《兔子四部曲之二》

RABBIT REDUX

兔子歸來

John Updike 約翰・厄普代克 / 著
李懷德◎譯

晨星出版

角色介紹

哈利．安格斯壯（Harry "Rabbit" Angstrom）

本書的主人翁，外號「兔子」。一九五一年畢業於布魯爾市區的高中，是學校籃球校隊的風雲人物。然而初入社會的兔子職場之路並不順遂，早婚的他與家境優渥的珍妮絲因為百貨公司打工的機會而共結連理。但雙方迥異的家庭背景，以及哈利不安於室的個性，使得他終難忍受日復一日相同的上班生活。於是，哈利在第一集的故事中選擇大步地奔跑出。經過十年光陰，「兔子」又回來了，這一次，他是否會償還過去日子裡，帶給妻子的輾轉苦痛與折磨？

珍妮絲．史賓格（Janice Angstrom Springer）

哈利．安格斯壯的妻子，在《兔子，快跑》故事中育有一子一女（尼爾森及麗貝卡）。娘家住在賈基山鎮上的高級住宅區，父親經營一間二手車交易公司，母親則出身中產階級家庭。在克羅爾百貨上班時結識哈利，基於想擺脫父母掌控的心理因素，決定成立屬於自己的家庭。在第一集的故事中，珍妮絲因為遭逢婚變的打擊開始酗酒，並且失去了她的小女兒。

姬兒．潘德頓（Gill Pendleton）

她是纖細而玲瓏有致的白人少女，來自羅德島的中產階級家庭。因為前男友吸食海洛因之故而離鄉背井，輾轉來到賓州布魯爾市。姬兒崇尚嬉皮式的生活觀，她反對戰爭、閱讀禪學與心靈治療類的書籍，也彈得一手好吉他，然而這一切都離哈利太過遙遠，她試圖用自己熱烈的靈魂鎔鑄這位中年男子陳腐僵化的心，帶給哈利與尼爾森父子生活一百八十度的轉變。

史基特・范斯沃（Skeeter Farnsworth）

曾參與過越南戰爭的年輕黑人，身材瘦削，並且留著一頭蓬鬆亂髮；他和哈利在金波休閒俱樂部初次碰面，隨後因持有毒品、大麻而遭到警方留置，但又擅自棄保潛逃。史基特透過姬兒的關係，被追緝的那段期間裡一直躲藏在哈利和尼爾森居住的公寓內，四位個性迥異的人同住一間屋簷下，從而發生許多讓哈利這輩子難忘的回憶。

蜜莉恩・安格斯壯（Miriam Angstrom）

哈利的妹妹，家人稱呼其「小蜜」。因爲追尋個人的夢想而隻身前往紐約，從事模特兒與雜誌拍攝的通告工作。哈利母親在病榻上仍然懸念著這位么女在異鄉的生活，但當小蜜返回布魯爾探親時，許久不見的兄長也正面臨人生上最大的低潮；熟知彼此個性的兩人間會碰撞出怎樣的火花？

查理・史塔羅斯（Charlie Stavros）

史賓格車廠銷售業務，在哈利十年前離開車廠職位後，接下其主要工作內容；但在這同時，也與珍妮絲因工作之便而潛生情愫。身爲希臘人後裔的他，厭惡美國干涉其祖國內政事務，同時也患有嚴重的先天性心臟疾病。

佩姬・佛斯納徹（Peggy Fosnacht）

珍妮絲的高中同學，原名佩姬・格林（Peggy Gring）。與奧立佛・佛斯納徹結婚後和哈利一家過從甚密，獨子比利和哈利大兒子尼爾森也是自幼相處的玩伴。但她與珍妮絲的感情路都不順遂，相繼發生婚變；在哈利獨居在家那段期間，佩姬與好友的丈夫彼此都有難以控制的出軌慾望。

厄爾・安格斯壯（Earl Angstrom）

哈利之父，長年在布魯爾市的「眞理印刷廠（Verity Press）」擔任印刷工人。和哈利的母親相比，顯得較爲沉默寡言；在哈利最無助的時刻，協助親生兒子到自己的印刷廠內一同上班維持家計。

瑪麗・安格斯壯（Mary Angstrom）

哈利之母，勤儉持家的婦女典型，然而內心有著對富裕階層潛在的敵意，每回不經意地提到珍妮絲時，言語總難免刻薄又毒辣。

弗瑞德・史賓格（Fred Springer）

珍妮絲之父，史賓格汽車公司的負責人。最初並不看好哈利與珍妮絲倉促成婚的這段感情，但出於對女兒的愛，仍然將一臺中古車以低價售予哈利做公務之用，並替兩人安排了新婚住宿公寓；曾在哈利人生低潮的時刻，聘僱他擔任二手車銷售員，讓他能夠養家餬口。

蓓西・史賓格（Bessie Springer）

珍妮絲之母，黝黑、嬌小的身材，生得一副吉普賽女性的幹練面孔，瞧不起哈利高中甫畢業時的寒酸模樣，但同樣基於愛屋及烏的理由，勉強接納這個看似不成才的女婿。

厄普代克「兔子系列小說五部曲」導讀

王安琪（亞洲大學外文系教授）

美國當代小說家厄普代克（John Updike, 1932-2009）從一九六〇年開始，每十年出版一部小說：《兔子，快跑》（Rabbit, Run, 1960）、《兔子歸來》（Rabbit Redux, 1971）、《兔子富了》（Rabbit Is Rich, 1981）、《兔子安息》（Rabbit at Rest, 1990），這四部小說以綽號「兔子」Rabbit 的Harry Angstrom為中心人物，從他二十六歲的籃球明星帥哥，寫到他五十六歲爆發心臟病去世，構成所謂的「兔子四部曲」。一九九五年厄普代克將這四部小說，親自校訂增刪潤飾，並恢復以往因出版社編輯擔憂猥褻興訟而遭刪除的情色文字，集結成一大巨冊《兔子四部曲》（Rabbit Angstrom: A Tetralogy），高達1552頁。到了西元兩千年，因應讀者殷切垂詢，他意猶未盡又寫了一個182頁的中篇小說（novella）〈兔子回憶〉（Rabbit Remembered）（收錄於短篇小說集《愛的插曲》（Licks of Love），交代兔子去世的後續情節。這一大本加一小篇共1734頁，應該算是比較權威的學術版本，但一般也以當年個別推出的首版的為主。目前通稱這五部小說為「兔子系列小說」（Rabbit novels）或「兔子五部曲」（Rabbit Pentalogy），這五部小說分別呈現一九五〇、六〇、七〇、八〇、九〇年代的兔子故事。

厄普代克的文筆淬煉如爐火純青，精緻如「工筆畫」細描慢繪，時時是妙言巧語，處處是譬喻典故，需要細嚼慢嚥用心體會。他的短篇與長篇小說獲得十幾項大大小小文學獎項（包括兩度國家圖書獎、兩度普立茲獎、一度歐亨利獎等），可能是獲得文學獎項最多的作家。他也是少數幾位學術界與暢銷榜共同鍾愛的作家，擁有一批死忠愛戴他的學者教授和大眾讀者（通常暢銷作家不太容易獲得學院派的青睞，而學院派的作家又晦澀難懂），兩大陣營各有各的讀者，「淺者讀其淺，深者讀其深」。他那精緻細膩的勾勒技巧，三言兩語掌握神韻的洗鍊文字，閱讀困難度一如亨利・詹姆斯（Henry James）和福克納（William Faulkner），更何況轉換成另一個迥然不同的語言系統，難怪多年來一直未見完整的全套中文譯本，沒有人能夠成功挑戰這等精湛文字。二〇〇八年一月上海譯文出版社推出四本兔子系列小說精裝中譯本，此次晨星出版公司一舉出版這五部兔子系列小說，其魄力與毅力值得嘉獎，其造福國人讀者也貢獻深遠，五位譯者都是國內學者和翻譯高手，功力經得起考驗，「沒有三兩三，不敢上梁山」。朱炎教授是國內首屆一指的厄普代克專家，承蒙他指派撰寫此一導讀，本人不勝惶恐。

二〇〇九年一月二十七日厄普代克因肺癌去世，全世界報章雜誌爭相報導，知名作家撰寫輓詞，一片緬懷欷嘘遺憾，好久沒有當代作家的逝世引起如此廣泛的關懷，也遺憾他終究未能獲得夢寐以求的諾貝爾文學獎。他勤於筆耕，寫詩、寫小說、寫書評、寫藝評，半個世紀的寫作生涯造就平均每年至少一本著作，「兔子系列小說」已經成為他的代表作，這位「兔子」是美國家喻戶曉的故事人物，也是很多美國人自己的人生寫照，五十多年來伴隨他一同成長的讀者們，歷盡滄桑之餘格外覺得心有戚戚焉，見證「感同身受的經驗」（vicarious experiences）。

「兔子」系列故事裡有很多厄普代克自己的影子，兩人都算是白手起家，從默默無聞到事業有成，從年輕迷惘焦躁不安出發，到後來即使經濟穩定但憂患意識依然揮之不去，正如其姓名Rabbit Angstrom中angst是德文字根近乎anxiety之意，終其一生他始終處於anxiety-ridden躁鬱狀態，但卻不太了解到底在追求什麼，人生無常，有意栽花花不開，無心插柳柳成蔭，努力與收穫往往不成正比。

厄普代克本人二十六歲左右時也面臨類似壓力，早婚娶妻大他兩歲，子女相繼出生，而他毅然決定辭去紐約客雜誌工作以專事寫作。這對寫作新手而言是很冒險的決定，他的焦慮壓力全化在「兔子」身上，孤注一擲的厄普代克寫出了一炮而紅的《兔子，快跑》；將心比心寫出來的故事，獲得全美讀者的認同。往後每十年厄普代克出版一本「兔子」故事，像連續劇一樣，呈現當前美國人五十年來成長過程中的種種感受，面對急遽變化與暴發富裕，還來不及調適或難以消化的迷惘、幻滅、疏離、躁鬱等等，他成功的具體的描繪出大家「於我心有戚戚焉」卻「無以名之」的微妙感受，難怪得到學術界與廣大群眾的共賞。

《兔子，快跑》寫的是天下所有年輕男人的危機意識和焦慮挫折，還沒準備好肩負家庭責任，當然想逃避，但是逃不出命運的掌心，只好回歸現實聽天由命。《兔子歸來》寫盡他的無所適從，面臨社會轉型過渡時期的紊亂、新舊價值觀交替的游離擺盪、個人與社會的信心危機，宗教也無法拯救他迷失的靈魂。捱過了貧賤夫妻的百事哀，棄絕了上帝的信仰救贖，到

《兔子富了》他代理日本豐田汽車，在全球石油危機聲中，他「瞎貓碰死老鼠」陰錯陽差押對了行業，但也富得莫名其妙，不是「白手起家」，而是勝之不武的繼承岳父事業。在《兔子安息》裡又搖身一變變得「財」高望重，儼然一介鄉鎮仕紳，然而外表壯碩卻是虛有其表，外強中乾好像就是美國這個國家的寫照，過度富裕的後遺症，飲食不知節制亂吃垃圾食物，成天看電視不運動，因而心臟病壽終正寢。最後〈兔子回憶〉裡他已去世十年，肉身已朽空留惆悵遺願未了，慌亂茫然的一生彷彿過眼雲煙，可有可無，太陽依舊東昇，歷史循環重演。

這五部小說形成一個完整結構，前有伏筆後有呼應，在〈兔子回憶〉作總結。厄普代克所創造的小說人物「兔子」，是一個觀察者兼參與者的角色（observer and participant），但不是評論者（commentator），見證美國這半世紀蓬勃發展的經濟和複雜變化的社會，無奈「兔子」只有高中畢業程度，畢竟才疏學淺，無法了解這些急遽變化背後蘊藏的深沈寓意。這個市井小民（Everyman）象徵著一般美國社會大眾，只是被動的接收者，親眼目睹並全程參與，敏感的他不論如何觀察入微也無法窺其堂奧，他只能觀察、感受、迷惘、徬徨，卻完全不能理解、詮釋、反省、參透。仔細數一數這五部小說裡處理的大大小小議題，沒有一百個也有五十個，都是跟美國文化主題切題相關，「生於斯長於斯」的情義與道義，促使冰雪聰明的厄普代克針針見血坦陳現狀。上自全體移民萬眾一心的理念、創國先民的建國理想與史話、清教徒的道德規範與工作倫理、一代接一代的薪傳、因應歷史變遷交雜互動的新舊觀念、演變到現階段物質文明與功利主義的價值觀、爭議衝突如性別、種族、階級問題等等。

厄普代克擅長描繪的對象是美國小鎮的中產階級，寫他們的平凡、中等、庸俗、實際，「兔子」從中產階級出身，一路上因緣際會遇見各行各業販夫走卒，幾乎囊括美國各種階級代表人物，各種價值觀「百川匯海」，才形成所謂的「集體意識型態」，沒有一種單一價值觀可以主導宰制所有其他者，整體的意識型態需要不停的自我調適修整。兔子系列小說是厄普代克五十年來用心過日子深思熟慮的結果，觀察美國社會價值體系瞬息萬變的過程，歷經世代交替，代代相傳至今，傳統的宗教觀和工作倫理只待成追憶，每個時代有每個時代的困境或信心危機，每個時代的人也都會從矛盾中凝聚出某種程度的共識。厄普代克忠實可靠、鉅細靡遺、不加評論、不偏不倚的把他所經歷見證的一切現象記載下來，留下蛛絲馬跡，以待後世再去歸納分析。即使不滿意於現階段的物質文明或低俗文化主導美國，他關心的是社會現象背後蘊含的文化衝擊效應，以他高規格高級知識份子的教養，降尊紆貴設身處地的揣摩中產階級社會大眾的感受。

「兔子五部曲」像是一部社會史百科全書，鉅細靡遺的描繪美國二十世紀後半葉錯綜複雜的社會現象（或亂象），像「萬花筒」裡看世界，呈現這半世紀美國社會全貌，縱覽美國文化傳承，並對「美國夢」（American Dream）意識型態提供文化批判。藉著大家暱稱「兔子」的這位純真無邪「美國亞當」（American Adam）人物的人生歷程及其焦慮游離，厄普代克以寓言方式，精湛透徹的呈現這個國家的「美國夢」建國理想，其道德與宗教標準陳義過高，其清教徒工作倫理過於嚴謹，以致於今人難以遵循實現，今日美國人物質生活富裕，但文化上欠缺內涵，精神上欠缺安全感。厄普代克緬懷「美國夢」建國史話的輝煌事蹟，感傷今昔理想落差幻滅，重新審視種種歷史事件與社會變遷對美國人價值觀的影響與調適。

「兔子」經常慶幸生爲美國人，姑且不論這個國家的現況如何偏離當年建國元勳的期望，畢竟這是全世界最富足最強勢的國家，是建立在一個純眞的理想美夢之上，當年一群人破釜沈舟遠渡重洋，離鄉背井只是單純的爲了照自己的方式信奉上帝。厄普代克自己是非常虔誠的基督徒，定期週日上教堂，「兔子」年少時受基督教教育，但在面臨信心危機的緊要關頭時，宗教卻未能即時替他釋疑解惑，前後兩位教會牧師都照個人理念詮釋教義，不顧他的迫切需求，害他變成一個無神論者，終日惶惶不知所措，只好以人類的「性」本能爲依歸，雜交、濫交、朋友換妻、甚至翁媳亂倫。這象徵著「美國夢」已在萎縮凋零，宗教原本是「美國夢」的精髓，現在宗教已經失去鎭定人心的作用，道德標準越來越低，過去美國人自豪自信的傳統觀念已不復見。屬於美國的一切價值都在貶値，民主也不再保護遵守法律的市民，政治腐敗剝奪了人性，這個國家正開始分崩離析。

《兔子安息》裡有一段章節令人激賞，日本豐田汽車老闆島田先生（Mr. Shimada）來視察，非常不滿意業績，因而撤銷代理權。這個老闆是厄普代克所創造出來最滑稽有趣的人物，說著一口洋涇濱英語，字不正腔不圓，卻批評得恰到好處。這個老闆批評道：「美國這個老大哥近年來的舉動就像個小老弟，產業界什麼也不生產，就只有靠併購和巧取豪奪，年輕人沒教養，缺乏自制和自律，自由氾濫到連狗都有權利隨地大便」。厄普代克一向不好諷刺，在這裡他可是諷刺得淋漓盡致，用的是「借刀殺人」（borrowed knife）的手法，從這個虛構的外籍人物嘴裡，厄普代克說出自己心裡的話，暢所欲言的批評自己同胞。厄普代克還用了另一個諷刺手法「懲罰無辜」（punishing the innocent），「兔子」用心傾聽日本老闆的嚴厲批評，承受所有的責難，儘管這一切並不是他個人的過錯。這個手法達到「雙面刃」（double-edged）的效果，從一方面來看，厄普代克誇張的模仿日本人可笑、笨拙、不合文法、不正確的英文，等於報復侵略性強烈的日本企業界，他們佔了便宜還賣乖，嚴重威脅美國經濟，造成工商業不景氣。從另一方面看，厄普代克也抒發了怨氣，直陳長久以來觀察到的美國人壞習慣：欠缺教養、濫用自由、個人主義、自私自利、自我膨脹、自以爲是、自相矛盾等等。事實上，這位日本老闆並不代表日本人的觀點，反而是厄普代克把自己的觀點「借題發揮」出來，厄普代克失望於美國人不自重，一代不如一代。

這「兔子五部曲」堪稱美國文學的里程碑之作，將會流傳久遠歷久彌新。值此金融海嘯，一代文壇偉人驟逝，回顧他那些反省檢討，似乎比諸多華爾街大師更發人深省。

《兔子四部曲之二》RABBIT
兔子歸來 REDUX

目次

第一章

老爸、老媽、月球

四點整，小印刷廠裡浮現幾個蒼白的人影，乍看之下有如鬼魅眨動著眼睛。室內的光線持續籠罩在這些人身上，直到門外的光線壓蓋過來。冬季裡，這個時段的松木街（Pine Street）顯得昏沉黯淡。這是位在布魯爾一座蕭條落寞的城市，黑暗很早就從上方的山巔灑落而下。不過，在這個夏日時分，人行道花崗岩的鑲邊上卻閃爍著雲母石所散發出的晶瑩光亮，斑駁的假護板讓成排的房屋互異成趣，生機盎然的小門廊上裝設縷花的托架，以及盛裝牛乳瓶的灰盒子，還有烏黑的銀杏樹，而路邊那些熱燙的汽車則畏縮地躲在像是赫然爆炸的光芒之下。這座城市正致力於復甦它衰頹中的市中心，有幾區建築物已被拆除以設置停車場，使過去停滿汽車的街道呈現一整片寂寥的開闊空間。雜草叢生、碎石遍布，原本視線不能及的教堂門面也顯露出來，產生後側通路及半邊巷弄的新視野，同時也讓陽光更加嚴酷。天空萬里無雲且慘淡無色，環繞著迷濛的濕氣。這是典型的賓州夏日，除了幫助植物生長之外一無是處，甚至連個健康的膚色都曬不出來，只讓人汗流浹背、皮膚黧黃。

一個老男人厄爾．安格斯壯和他的兒子哈利，混雜在印刷廠下班的人群中。父親已屆退休，是個瘦到不能再瘦的瘦子，面容被困苦洗刷得毫無表情，因劣質假牙推擠而造成臉部上方凹陷、移位。兒子比父親高個五吋、也胖了些，體態柔和，帶點蒼白和陰鬱。小小的鼻子，以及略微揚起的上嘴唇，使得當年的綽號「兔子」在他目前身上看來更顯貼切。十年來，他的粗腰，加上終日小心翼翼傴僂著身軀從事印刷排字的職業病，都導致了他怯懦的個性——一種近乎匿名般的怯懦。儘管他的身高、塊頭，以及機警靈活的腦袋依舊讓他走在街上時顯得與眾不同，但兔子這外號也已經跟著他好多年了。

「哈利，要不要去喝一杯？」父親問。印刷廠所在那條街與威瑟街交會處有個公車招呼站，以及一家名爲「鳳凰」的酒吧。酒吧外有個以霓虹燈管製成的裸女，穿著牛仔靴，而室內昏暗的牆壁上則畫有幾株仙人掌。父子倆搭乘的公車路線完全相反：老傢伙搭乘十六A路，繞山行駛，前往他住了一輩子的賈基山鎮；而哈利則搭乘相反方向的十二路公車，前往賓州山莊。那是個位於城西的新開發區，遍布牧場式的房舍，以及四分之一英畝大的草地。周圍環繞著推土機刨過的道路和鏈扣在土地上的槭樹苗，好像不這麼做，那些樹苗就會飛走似的。三年前，哈利帶著珍妮絲和尼爾森搬來此地，他的父親至今仍覺得他們搬離賈基山是種背棄，因此，現在大部分的下午，父子倆都會聚在一起喝一杯，藉以彌補當年分離所造成的不快。共事十年以來，他們之間滋長出某種父子之愛，事實上，如果不是當年哈利母親帶來的陰影像幽魂般存在於彼此間，這樣的父子情深應該早在哈利孩提時代便已存在。

「來罐史立茲（Schlitz）①！」厄爾告訴酒保。

「台克利雞尾酒（Daiquiri）②。」哈利說。冷氣很強，他必須捲下衣袖，扣上鈕子來保

①由密爾瓦基市，史立茲酒廠所釀造的知名啤酒。

②雞尾酒的一種，據稱在一八九六年在古巴有座名爲「台克利」的鐵礦場，有位在裡頭工作的美國工程師考克斯（Jennings Cox）發明了這種酒。考克斯原本想要調配的基酒是琴酒，但一時找不到足夠的原料，只好以蘭姆酒與當時流行的萊姆、砂糖作替代，沒想到因此大受歡迎。台克利酒主要盛行地帶就在哈瓦那、古巴，並且被作家大衛・安柏瑞的作品《The Fine Art of Mixing Drinks》選爲六大經典調酒。同時，第一集的故事《兔子，快跑》之中，台克利酒也是哈利情婦露絲最喜歡的飲品。

暖。他總是穿著白色襯衫去上班，下班後再換回，藉以去除身上的油墨味。哈利照例先問起母親的狀況。

父親避開了公式化的回答。通常他會回答：「好得不能再好。」但今天，他面帶陰沉，把身體往吧台的方向挪了幾吋，說道：「比預期的還差，哈利。」

母親罹患帕金森氏症已經多年，此刻哈利想起她的樣子。母親那生滿瘤結的手鬆弛無力地顫抖，拖著腳笨拙地步行，還有那雙盯著哈利的眼睛顯得茫然呆滯。儘管醫生表示母親的智力與過去無異，但她的嘴唇卻總得等到涎沫滴下後才會闔上。「你是說在夜裡嗎？」這個問法是想阻止父親把母親的實際狀況說得太明白。

老傢伙再次阻止了兔子想要迴避問題的念頭。「不，現在夜裡好多了，他們讓她服用一種新的藥丸，她自己說現在好睡多了。她有心事，有很多心事。」

「什麼心事，老爸？」

「我們沒談，哈利，她不是那種人，我們從來就沒談過這些事情。你媽和我會任由事情發展但是不去談它，因爲我們從小就是這樣被教育的，如果不是這樣，事情也許會比較好，我不曉得。我現在說的心事，是指那些他們灌輸給她的事情。」

「他們是誰？」哈利對著台克利酒的泡沫嘆了口氣，想著該說些什麼。父子倆都想說些什麼，但誰都不曉得該從何說起。當哈利的父親挨著身子想解釋的同時，他也變成城裡及週遭地區裡成千上百個糟老頭的其中一個——聲音淒愴，骨瘦如柴，六十年來把同一個牌子的啤酒喝個精光。

「這還要問嗎？就是那些來探病的人，現在她半天時間都躺在床上。麥咪．柯洛格（Mamie Kellog）是其中之一，另外一個是尤莉亞．安特（Julia Arndt）。我很不願像耶穌一樣拿這種事情來煩你，可是，哈利，她和現在住西岸的小蜜講話的時候，模樣不太正常。你是唯一能夠幫忙解決問題的人，我不想煩你，可是她變得越來越歇斯底里，甚至想要打電話找珍妮絲。」

「珍妮絲！她爲什麼要打電話找珍妮絲？」

「嗯。」厄爾啜了一口史立茲，用乾癟的手背抹去上唇的酒滴，半曲著的手指頭正是老年人彎起手指抓取東西的方式，連牙齒鬆動而擠出的鬼臉也出現了。「唔，他們談論的確實是珍妮絲。」

「我們家的珍妮絲？」

「哈利，別生氣！不要責怪向你通風報信的人，我只是把其他人說的話告訴你，並不是別人講什麼我都照單全收。」

「我只是覺得奇怪有什麼好說的。我現在也難得見她一面，因爲她整天待在史賓格車廠。」

「嗯，那就是了，這也許是你的錯，哈利，你那時候就理所當然地接受了珍妮絲的一切……我是說那段時間。」那段時間他離她而去，嬰兒死了，最後她把他給帶了回來。「就在十年前。」父親沒有必要補上這麼一句。在這寒氣十足的酒吧裡，鏡子下方的架子上擺著栽植在塑膠花盆裡的仙人掌，史立茲啤酒的小型商標轉輪反覆轉動，編織出五彩的拋物線。哈利開始感到世界在旋轉，心中一股寒意逐漸滋長，那股寒意緊抓著他的手腕，鑽進他的袖口。雖然這個消息尚未傳開，但各種傳言組合之後便可能讓它成爲公開話題，打破這死氣沉沉的寂靜。

「哈利，我的看法是，人們心裡的惡念常擊潰你對人性本善的信任，身體羸弱的人根本無法抵抗。你母親躺在那裡，不得不聽一些閒言閒語。若是十年前的她，難道不會把他們全都轟出去嗎？她的伶牙俐齒難道不會把他們的話全部摺倒嗎？他們只告訴她：『珍妮絲成天跟著某個男人到處亂跑。』哈利，沒有哪個人眞的說她紅杏出牆。」

寒意竄上兔子的手臂，直上肩頭，然後順著血液流向胃部。「他們有指名道姓嗎？」

「這我倒不曉得，哈利，在十之八九根本沒這個人的情況下，他們又怎麼指得出什麼男人的名字呢？」

「他們既然能夠創造出這種想像，也就能夠捏造出一個名字。」

酒吧裡的電視機無聲地播放。這天，火箭第二十次發射升空，十分之一秒的倒數計時，速度快得讓人目不暇給。隨著起落架下方冒出白煙，火箭緩慢升空，斜衝上天，瞬間變成一個隱褪掉的小斑點，也變成輕晃的天星。吧台邊的人們喃喃自語，他們沒跟著火箭升空，而是被留在這裡。父親朝著哈利咕噥道：「最近你看她是不是哪裡怪怪的，哈利？我知道，這件事情很可能就像人家講的不過是坨狗屎。不過…最近她有沒有…你曉得的……有沒有哪裡不對勁？」

這些話惹惱了哈利，他嫌惡地抬起了頭，假裝看電視。電視節目中，有些人在猜測藏在布幕後的禮品種類，最後答案揭曉，是個八呎高的食物冰櫃，於是有人又叫又跳，有人相互親吻。雖不是百分百確定，不過哈利敢發誓，節目中那個少婦在親吻間的一秒鐘張著嘴，讓節目主持人嚐到她的舌頭。無論如何，那名少婦並不打算停止那個吻，主持人的雙眼朝外咕嚕咕嚕地溜轉，對著攝影機乞憐，節目隨即切換至廣告。螢幕上靜靜地出現義大利麵條的畫面，某齣歌劇的演唱者一閃而過。「我不曉得。」兔子說：「珍妮絲有時候會酗酒，喝得不少，不過我也不惶多讓。」

「你不可能。」老傢伙說：「你不酗酒，哈利。我這輩子見過許多酒鬼，忘不了的就是波尼那傢伙。明知道酗酒會害死自己，即使人家告訴他明天就會沒命，他還是沒辦法不喝。你不是菜鳥了，你也許會在晚上喝個一兩杯威士忌，但這不代表你是個酒鬼。」厄爾把鬆垮的嘴巴埋進啤酒裡，哈利輕輕地拍拍吧台，又點了一杯台克利酒。老傢伙把鼻子湊近他，「哈利，如果你不願意談的話，就原諒我這麼問吧，床笫之間的事情怎麼樣？一向不錯，是吧？」

「不。」他緩緩回答，不屑於這種試探：「不見得好。告訴我一些老媽的事吧，最近有沒有再發生呼吸痙攣？」

「我已經不會再從夢中被她嚇醒。你媽服用了那些綠色藥丸之後，睡得像個嬰兒。這種新藥是個奇蹟，我得承認……十多年來殺人的唯一方式只有瓦斯，那是希特勒的好主意。不過你曉得現在已經不再有像希特勒這種狂人了，只要早晚給他們一粒藥丸，他們便會像愛因斯坦一樣靈敏。你不必明說那件事情是好還是不好，我想你的意思是還過得去，對吧？」

「嗯，坦白說，比以前任何時候都好。她跌倒過嗎？我是說老媽。」

「她白天可能有跌倒過一兩次，但是都沒跟我提。我要她待在床上看電視，但她自有一套理論，她認爲只要她還能夠做點事情，就應該下床走動，這對是她好的。我認爲她應該把自己低溫冷凍起來，一兩年內，八成已經發明出一種藥丸，有辦法治療這種病，就像治普通感冒那麼簡單。你曉得，其實已經有某種可體松③，不過醫生說他們不曉得哪種藥的副作用可能讓情況更糟。現在是大好機會，可以試試運氣，他們正準備要打垮癌症了，而且用那些器官移植的方式，要不了多久就能把你身體內部的所有器官汰換掉。」厄爾警覺到自己話太多，突然間消沉起來，他看著空酒杯裡的啤酒泡沫往下滑，忍不住又想補上一句，暢所欲言，「那是一件駭人聽聞的事。」沒聽見哈利答腔，又再加了一句：「她所憎恨的上帝沒出來管事。」

甜雞尾酒開始產生作用，兔子不再感覺寒冷，情緒也開始上揚。室內的空氣似乎變得有些稀薄，他的雙眼適應著昏暗，問道：「她的心智狀況如何？你不是說他們應該開始給她服用抗憂鬱藥的嗎？」

「老實說，我不會對你說謊，哈利。當她能夠說話的時候心智清楚得很，就像我剛剛跟你說的，珍妮絲的事情讓她最近變得憂鬱。我想對事情大有幫助的做法是……天哪，我眞的不願意讓你煩心，可是這是眞的。如果你和珍妮絲今晚能撥出時間過來一趟，將會有很大的幫助。因爲沒辦法經常看到你，你的母親便會胡思亂想。我知道你已經答應了星期天要來幫她慶生，可是你想想看，如果你整天躺在床上，身邊除了一臺白癡電視機，以及那些不懷好意的幫傭之外，別無他人，你也會覺得度日如年。若週末以前，你能找個晚上過來看看，也帶著珍妮絲一起來，那麼瑪麗便可看看她……」

「我很願意，老爸，你曉得我願意。」

「我曉得，老天，我曉得，我知道的比你想像得還多。你已經夠大了，能夠了解你老爸並不是你所想的傻子。」

「麻煩的是，珍妮絲經常要在車廠上班到十點、十一點，而且我不喜歡把小孩獨自留在家裡。事實上，爲防萬一，我現在也最好回家。」報紙上常常看到火災燒毀房子，或是有個瘋子潛入家裡這種事情。哈利看著父親的表情——嘴角憔悴的皺紋，疲憊的眼皮發緊，他看得出他的狐疑。兔子突然覺得很生氣，這多事的老廢物！珍妮絲會說：「誰要理那個蠢蛋？」但珍妮斯卻很愛她自己的父親，喜歡黏著他不放。在車廠，從開始上班，珍妮絲便快樂得像個女童軍。這個夏天有超過一半的晚上，珍妮絲都過了晚餐時間才回家，只隨便煮些冷凍食品打發，然後把尼爾森獨自留在家裡，等待她匆匆忙忙回來。哈利從來不曉得珍妮絲會如此我行我素，不過不曉得也好，這對他的心臟有益。他痛恨父親拿珍妮絲來刺探他，所以拿起最唾手可得的武器——老媽反擊回去，「那個醫生提過療養院沒有？」

③可體松（Cortisones）：爲一種糖皮質激素（Glucocorticoids），即是一種壓力荷爾蒙。在一九三〇年代，由愛德華．肯多（Edward Kendall）發現，爲最早合成之腎上腺皮質荷爾蒙製劑，除了能與糖皮質激素受體結合之外，還會向肌肉細胞發出分解、釋放蛋白質的訊號，從而使肌肉分解。

老人家慢慢將心思轉回自己的妻子。哈利心中有個念頭，就像奔馳中的火車冒出火花。老媽是否也曾對老爸做過那種事？對老爸不忠？老爸打探床第生活的舉動全都暗示著自己過去的某種經驗。眞是難以想像，不單只是跟誰的問題，還有那是什麼時候發生的事？哈利記得，老媽總是待在家裡，從來沒有其他人來拜訪，除了那名粉刷工人和傳教士之外。這個想法讓他受到刺激，就像老爸透露的謠言使他打了個冷顫，他想到這些事情都有各種可能性。老爸接著說：「醫生一開始提過，但我們希望在她臥床不起之前，設法拖延這件事情。如果到時候她無法照顧自己，而我也還沒退休，那麼療養院就可能是我們被迫要面對的一個選擇。我討厭面對這種事，老天爺，我討厭面對這種事。」

「嘿，老爸……」

「這裡有四十分錢，加上一毛錢小費。」老傢伙緊握著兩枚二毛五硬幣，然後把硬幣遞出，這模樣就像他手裡拿的是銀幣而不是銅幣。兩枚硬幣發出清脆的聲響，平躺在吧台上。在過去硬幣還有價值的時候，卻發生經濟大恐慌，而現在就算一毛錢是銀製的也毋須擔心了。鑄有甘迺迪頭像的半塊錢已終結流通，再也回不到過去，而這種金屬現在被送上了月球。付帳耽擱了哈利繼續詢問母親的問題，等到踏出酒吧，他發現自己已經問不出口了。他對父親的了解並不深，在室外炙熱的陽光下，父親失去了令人想要靠近的親切感，他兩眼下方肝紅色的眼袋，鼻子兩旁破裂的微血管，頭髮也硬如紙板，黯然失色，一切只讓人覺得他老了。

「你剛剛要問我什麼問題？」

「我忘了。」哈利回話的同時打了個噴嚏。從冷氣房走到炎熱的室外，使哈利的兩眼發熱，鼻水直流，走在路上，格外引人側目。「不，我想起來了，是療養院的事，我們怎麼負擔得起？不管一天五十塊錢還是多少，都會把我們榨乾。」

父親笑著，猛然調整了一下自己滑動的假牙，接著在炙熱的人行道上，在紅底白字的公車牌底下，踏出一步舞步。站牌上不但滿是刮痕，還有人用口紅把「BUS STOP」兩個字改成了「PUS DROP（流膿）」。「哈利，凡事自有道理。上帝待你媽和我不薄，無論你相不相信，在現在這種時局，活這麼久總是有些好處。這個星期天，你媽就六十五歲了，可以享受免費的醫療照顧。我從一九六六年開始付費，如今這巨大的焦慮將從胸中散去，醫藥開支的問題不會再來折磨我們了。雖然他們給詹森總統取了各種綽號，不過你相信我，他爲老百姓做了不少的好事，他所犯的錯都是背叛自己的結果。過去他派遣那些勇猛的小夥子，現在都已經飛上天空，而尼克森只是竊取別人的功勞，派遣他們到太空去的是其實是民主黨，就我記憶所及，一直都是如此，從威爾遜時代開始，共和黨一件事都不替小老百姓做。④」

「對。」哈利面無表情地說。他的巴士來了，「告訴她，我們星期天過去。」他擠到車子

---

④總統威爾遜（Wilson）爲民主黨，任期自一九一三年至一九二〇年，其後歷經共和黨哈定（Harding），共和黨科立芝（Coolidge），共和黨胡佛（Hoover），民主黨羅斯福（Roosevelt），民主黨杜魯門（Truman），共和黨艾森豪（Eisenhower），民主黨甘迺迪（Kennedy）等七位總統，一九六三年由共和黨詹森（Johnson）繼任，直到一九六九年共和黨尼克森（Nixon）接任總統。

後方的空位，抓著橫桿往窗外看，看到他的父親身爲一個「小老百姓」，爲了偉大、輝煌、燦爛的美國而消瘦，佇立在那裡，瞇著眼睛，仰望著政府賜予他宛如上帝的恩澤，並沉湎於神經質的快樂當中。父親拖著腳步來回迤踏，一整天的工作又告完成，肚子灌了幾杯啤酒，阿姆斯壯已然昇空，美國是人類歷史上的冠冕及茫然。就像發射臺上的一顆小砂礫，老爸已經做好他分內的工作。然而，老爸仍需要照顧自己的健康，有誰會料到先倒下去的是老媽？隨著巴士的排檔排進了傳動裝置箱，空轉，顫抖，兔子在心裡逼近母親彷彿殉道者恐怖遺骸的形象：黑髮變得灰白，那張像男人的嘴，與她的一生相比過於聰明伶俐；菱形的鼻孔，讓哈利小時候聯想起她的心懷怨恨。他從來就不敢去研究她那雙眼睛的顏色，當她遭遇挫折而閉上眼睛時，眼瞼會向外凸出。長型的臉微微發亮，看起來似乎流著汗，麻木地躺在枕頭上。哈利很少去探視老媽的原因其實是無法承受她那副模樣，而不是因爲珍妮絲。當她尋索話題和他打招呼時，也同時在消耗他的生命之泉。那淡黃褐色的病人氣味甚至無法停留在她的房間裡，轉而飄下樓去，讓他們在前廳的雨傘間就聞得到，之後尾隨他們進入可憐老爸替大家熱飯的廚房裡。那種氣味彷彿瓦斯漏氣，當他和小蜜都還小的時候，那種氣味曾經讓他覺得苦惱。哈利低下頭去，簡短做了禱告：「赦免我，赦免我們，讓她好過一點，阿門。」但即使他只在公車上禱告，此時，公車也有了那種氣味。

*

公車上有太多黑人，他們越來越吸引兔子的目光。此地一向就有黑人，哈利記得自己小時候，得屏住呼吸才敢從布魯爾市的街上走過去。雖然黑人絕不會傷害你，可是現在他們的聲音更爲嘈雜，不再剃光頭，而是蓄著長髮，這沒什麼問題，比較符合自然嘛！但「自然」卻是我們與他們距離越來越遠的原因。印刷廠的員工裡有兩個黑人，范斯沃（Farnsworth）和布坎南（Buchanan），他們絲毫沒有存在感，不過至少他們還記得面帶微笑。身爲黑人是一件可悲的事情，永遠領低薪，他們的眼睛看起來也與我們不同，充血且帶褐色，眼睛裡的液體好像幾乎要抖動出來。哈利曾讀過某位人類學家的理論，認爲黑種人除了較爲原始之外，也是進化最爲遲緩的人種，亦即最新的人種，在某些方面很有韌性，在某些方面卻也較爲纖弱，明顯較爲笨拙，就算聰明也聰明不到哪裡去，就好比原子彈與一體成形的鋁製啤酒罐，你無法說出比爾·柯斯貝⑤的愚蠢。

這種教育下的寬容，某種程度上也源自於恐懼，哈利不懂他們爲什麼一定要如此喧鬧，前方座位上的四個黑人推來擠去，用車頂拉環製造噪音，且不斷騷擾幾個拖著購物袋回家的荷蘭胖女人。好吧，就算他們都還是小孩子，暫且不論他們的膚色，但他們很不尋常——是個奇異的種族。不只是他們的皮膚，還有他們成群結黨的樣子，行爲放肆地就像一群獅子；而且想法怪異，就像他們的思維自有一套不同的模式；走起路來歪歪扭扭，哪怕他們並不是眞的想要嚇

⑤比爾·柯斯貝（Bill Cosby）：美國的黑人喜劇演員、電視製作人、音樂家與行動主義者。

唬別人。似乎所有這種非洲裔的人毛髮都很濃密，加上金耳環，以及那種在公車上面哄鬧嬉笑的噪音。這就像有些被鳥類偷偷帶進來的外來物種，後來卻反客爲主占據了整座花園，現在黑人占據了白種人的花園。兔子知道這裡就是他的花園，不管珍妮絲怎麼說他無聊、而且很法西斯，他還是要在後窗的玻璃上印上一幅納粹黨的鷹旗。你會在報紙上讀到發生在康乃狄克州⑥的新聞，內容是說青少年趁屋主到巴哈馬群島渡假時，闖進別人的房子亂砸、開派對。這個國家漸漸全變了樣，好像房屋是自己長出來，而不是人家窮其一生建造起來的。

巴士順著威瑟街而下，穿越奔馬河，乘客紛紛下車，司機也沒再讓任何人上車。這座城市顯得有氣無力，包括市區幾家廉價十元商店。那裡曾經宛如奇幻世界，櫃檯和他的鼻子同高，裡面販賣的兒童書籍很有聖誕節風味。克羅爾百貨公司是哈利之前工作的地方，他想到自己曾在家具部門後面拆解木箱板條。還有那以花盆圍繞的交通圓環，該處幾條軌道過去曾是個電車叮噹作響的交通要衝。原本營業的店家因被近郊的大型購物中心搶走生意，窗外缺乏擺飾且佈滿灰塵，而一些狹窄的店面，像是「搖滾舞（Go-Go）」或「時髦精品店（Boutique）」也不斷更換經營者。還有一間葬儀社，門前擺放了幾具花崗石仿製的人面雕像，一旁有幾家暢貨中心，一間兼賣烤花生的擦鞋小店，裡頭推銷黑人報紙的人高喊著「烈士姆博亞⑦。」另外還有一家兼售彩券並提供保全的花店。位於市區盡頭，距橋不遠處的街角有一家「金波休閒俱樂部」，它的隔壁是一家販賣煙斗的零售店，再過去則是一家雜貨店。

巴士行駛過橋，橋底波光粼粼，哈利想起小時候河水堵塞許多煤渣泥，曾有個人投水自盡，結果雙腳卡在煤泥裡，深及臀部，最後被警察給拉了出來，不過現在河水已經疏通，可爲人們提供些許航行之樂。西布魯爾市就像其他大城市的劣質仿製品，如骨牌般整齊的房屋同樣漆成磚瓦紅色，但卻隨處遍布停車位，幫浦和招牌從加油站突出，如湖泊般深不見底的超市停車場上方如魚鱗般閃爍著白光。隨著乘客逐漸下車，巴士變得越來越輕盈，車上的黑人也全數消失。巴士朝著期待中的空曠處前進，駛過固若金湯的住宅區，被水噴灑過的草坪圍繞在住宅四周，新裝上尖刺的圍牆上滿是修剪過的水仙花。巴士匆匆駛過博物館，博物館裡的花園永遠花團錦簇，天鵝搶食學童拋去的麵包屑。哈利瞥見郡立精神病院的新大樓，病房外的幾扇玻璃窗因陽光而映射出南瓜色的光亮。一旁爲「西布魯爾乾洗商店」和一家自稱「玩具天堂」的商店，還有一家名爲「里阿圖（Rialto）」的電影院，正上映「二〇〇一太空漫遊[8]」。

威瑟街蜿蜒地深入青翠的市郊，在二〇年代間，工業界的小名流們在此地打造半木質的夢幻之屋，他們在石灰泥中摻入鵝卵石，再加上煤渣磚，使泥灰現在剝落的樣子就像是甜餡餅的薄皮；而彷彿糖果製成的巫婆屋，則像有人拿變硬的餅乾，把兩個車庫與曲折的車道揉黏在一起。在布魯爾市，只有少數宏大華麗的宅邸由鐵圍籬及護城河般數哩寬的草坪所圍繞，除此之

---

⑥康乃狄克州（Connecticut）：美國東北部的一州，也是新英格蘭區域中最南的一州。

⑦烈士姆博亞（MBOYA MARTYRED）：指湯馬斯（Thomas Joseph Odhiambo Mboya），爲肯亞著名的政治家、民族主義領袖，在一九六九年七月五日遭到暗殺。

⑧二〇〇一太空漫遊（2001 Space Odyssey）：美國極具影響力的科幻電影，由史丹利・庫柏力克（Stanley Kubrick）導演，一九六八年推出。

外，沒有任何一區像這些房屋這樣居高臨下，只有最成功的牙科醫師、最積極的保險經紀人，以及最狡黠的眼科醫生才有辦法買上一棟。這個區域甚至於還有另外一個名稱，叫做「賓州公園」，藉以與西布魯爾市區隔，而「賓州山莊」之名則貼切呼應了該區景觀，雖然福內斯鎮（Furnace）的邊界一帶仍在其區域之內。福內斯鎮，這個曾經在美國獨立戰爭期間，以木炭爐熔鐵製造毛瑟槍的城鎮，目前鎮內大部分仍是農地。光憑幾輛鏟雪車和一位警長，根本難以應付泥濘骯髒的農村草地，坑坑洞洞的碎石子路面，以及錯綜複雜的下水道等等問題，這些都是當時的開發者突然離去之後，遺留下來讓他們自行解決的難題。

兔子在賓州公園站下車，走向都鐸．恩伯利大道。這條路沿著鎮區邊緣轉向，進入賓州山莊後，才改稱恩伯利路。哈利家位在美景彎道上的倒數第三戶，該處曾經有過美景，坡度和緩的山谷中點綴紅色的穀倉，以及粗石堆砌的農家房舍，然而，隨著賓州山莊的別墅越蓋越多，如今從任何一扇窗戶放眼望所見的景象就像一面破碎的鏡子，電話線及電視天線把一片美景分割破碎。哈利住在二十六號，門外裝有蘋果綠色的鋁製護牆板。他踏上石階，推開家門，門上嵌入的三面小窗，排列宛如三個階梯，也呼應他的三響門鈴聲。

「嗨，老爸。」哈利兒子的聲音從起居室裡傳來。起居室的位置在哈利的右方，按其面積大小，通常被稱之爲客廳，裡頭有個從未使用過的壁爐。「火箭已經離開地球軌道，飛到四萬三千哩之外了。」

「太好了。」哈利說：「你媽在家嗎？」

「不在。我在學校跟大家一起看火箭升空。」

「她有打過電話回家嗎？」

「還沒接到，我剛進門沒多久。」已經十二歲的尼爾森身高比同齡的孩子矮小，遺傳了母親黝黑的膚色，而某部分清秀伶俐的相貌可能來自於安格斯壯家族，他長長的睫毛不知像誰，而及肩的頭髮則是他自己留的。兔子無端地認爲，如果尼爾森的身高較高，配上這樣的頭髮長度還算適合，但現在兒子這副女性化的外表令哈利感到害怕。

「你整天都在幹什麼？」

電視裡仍是同樣的節目，猜獎與得獎，大家尖聲哭叫後，開始親吻節目主持人。

「沒幹什麼。」

「去打球嗎？」

「去了一會。」

「然後去了哪？」

「噢，去西布魯爾市，然後到比利家閒逛。嘿，爸……」

「嗯？」

「他爸在他生日的時候送他一輛迷你摩托車⑨，眞酷！前座的空間很長，要伸長身子才搆

⑨迷你摩托車（Mini-Bike）：最早設計出來是像「卡丁車」一樣的小型賽車，用作初學者學習或休閒之用。大部分的迷你摩托車輸出功率都不高，並且採用四行程引擎。

得到把手。」

「你騎過？」

「他只肯讓我騎一下。整台車處處發亮，上面連一滴油漆都沒有，全部都是金屬製，配上白色香蕉形狀的坐墊。」

「他年紀不是比你大嗎？」

「大四個月左右，只不過大我四個月而已，老爸，再三個月我就滿十三歲了。」

「他在哪騎車？騎上街不是違法的嗎？」

「他們房子有個大停車場，他就在裡面到處騎，沒有人會管我們。那輛腳踏車只要一百八十塊錢耶！」

「你繼續講，我去拿罐啤酒。」

這棟房屋小到尼爾森在客廳講話哈利在廚房都聽得見。尼爾森的聲音混合著電視傳出的貪婪笑聲，以及電冰箱門開關的聲音。「老爸，有件事情我不懂。」

「你講吧！」

「我想，佛斯納徹夫婦離婚了。」

「是分居了。」

「那麼，比利他爸為什麼還要繼續買給他那些沒用的奢侈品？你應該去看看他那套立體音響，全都是他爸買給他的，就放在他房間裡，根本沒人跟他搶，有四個喇叭，老爸還有耳機。」

耳機超棒的，聽起來就好像泰尼．提姆[10]在你耳朵裡唱歌。」

「住那種地方就該有那種設備。」兔子說著回到起居室：「來一口？」

尼爾森喝了一口，因為罐口太寬，啤酒泡沫沾滿了上唇的汗毛，他露出很苦的表情。

哈利解釋，「大人就算離婚，當父親的也不會停止付出他的愛，只是無法繼續住在同一個屋簷下，佛斯納徹先生之所以一直買給比利那些貴又沒用的爛貨，可能是因為心裡覺得虧欠。」

「爹地，你曉得他們為什麼要分居嗎？」

「這可把我給難倒了，其實更令人不解的是，他們究竟為什麼要結婚？」兔子認識佩姬．佛斯納徹的時候，她還叫做佩姬．格林，是個大屁股又斜視眼的女生，坐在教室的中間排，老是揮動高舉的手，搶著回答老師的問題。哈利不太認識佛斯納徹先生，他是個瘦小又老愛聳肩的傢伙，只記得他曾在畢業舞會的樂隊裡演奏薩克斯風，現在則是位於威瑟街彼端一家樂器行的合夥人，以前那間店名叫「調音與錄音」，現在則叫「原音重現」。比利的立體音響一定是佛斯納徹先生以折扣價購買的，根本花不了幾個錢；有些電視節目也提供像立體音響這樣的抽獎甜頭，吸引那些年輕人繼續為之瘋狂。電視上法式接吻的戲碼已經退場，現在換上一對黑人夫婦猜題，他們臉色蒼白，不過確實是黑人。無所謂，就讓他們猜，讓他們贏，讓他們跟所有人一起尖聲喊叫，總好過從屋頂向人亂開槍。

⑩泰尼．提姆（Tiny Tim）：美國歌手，善演奏尤克里里琴。

此時，哈利幻想那位黑人新娘，用她那個大嘴唇把你吸乾抹盡；而黑種男人作愛則慢得像耶穌，長度像皮鞭，爲了勃起無所不用其極，時間又持久，這就是白種女人需要他們的原因，白種男人太快繳械，他們必須持久一點以維持美國的榮耀。泰瑞莎在「哈哈笑[11]」節目上扮搖滾舞女郎，兔子很愛看她被人在皮膚上塗寫白色字體的樣子。因爲哈利幹印刷這一行，看電視時，珍妮絲和尼爾森常會問他上面寫什麼字，哈利輕瞥一眼便知，就算倒過來看或從反射鏡裡看都難不倒他。他的眼力既好又快，托塞羅[12]就曾對此大加讚賞，說他就算從耳洞裡看也看得到球。托塞羅是個機巧調皮的人，可惜已經過世了。現今打球的方式也也和以前大不相同，一切取決於跳投，如飢似渴的黑人圍成大圈，騰躍而起，身體在空中靜止一秒後，再舉起他們修長的手臂將球投出。他問尼爾森：「你爲什麼沒留在球場？我在你這個年紀的時候，是整天玩鬥牛的人。」

「是哦，可是那是因爲你球技好，身高又高。」尼爾森也迷過運動，參加過學校的少棒隊，可是後來卻不了了之，兔子將這事情歸咎於他母親所保存的那本剪貼簿。四〇年代末期是他籃球生涯的高峰，曾經締造許多當地紀錄。每年冬季回賈基山，尼爾森都想帶著那本剪貼簿同行，然後將它放在地板上翻閱，頁面背後的黏膠已隨著歲月乾硬，使得紙張在翻頁的時候劈啪作響。「賈基山隊擊敗了金鶯隊，安格斯壯射進三十七球。」那些乾枯泛黃的昔日賽事雖然發生在二十年前，但對這孩子來說，就像剛剛發生的一樣，彷彿來自於星際的榮光。

「我也是後來才長高的。」兔子告訴他：「在你這個年紀的時候，我比你高不到哪裡去。」這是一句謊話，但也並不盡然。即便是少少的幾吋，在籃球的世界裡也很關鍵。投球出去，媽的，沒進，快擺出隊形。哈利爲尼爾森的身高感到難過，雖然哈利的身高對他自己也沒什麼好處，若是不會造成傷害，哈利願意從自己身上減去五吋給尼爾森。

「總之，爹地，現在的運動太呆板了，沒人喜歡。」

「嗯，現在除了嗑藥、逃避兵役，還有把你的頭髮留長到眼睛裡去之外，有什麼是不呆板的？你媽究竟死到哪裡去了？我要打電話給她。你這輩子就這麼一次去把那可惡的電視給我關小聲點！」

大衛．弗斯特⑬的節目取代了原來的配對比賽，尼爾森索性關掉電視。哈利看見孩子臉上的驚嚇一閃而逝，心裡感到懊悔，那張臉就像老爸在街上打噴嚏時的表情，老天！竟然擔心他打噴嚏。哈利覺得他的兒子和父親似乎同樣脆弱，這讓他感到非常悲傷。這正是關心別人時所帶來的困擾，當你開始覺得保護過度，便會覺得喘不過氣來。

電話放在一組透空架的下層，這個架子用來隔開起居室與早餐間，上面擺放了幾本食譜，據哈利所知，珍妮絲從來沒看過這些食譜，日復一日端出千篇一律的炸雞、薯條，無味的牛排

⑪「哈哈笑（Rowan & Martin's Laugh-In）」是美國國家廣播公司從一九六八年至一九七三年，共播出一百四十集的短劇節目，由喜劇演員丹．羅溫（Dan Rowan）及迪克．馬丁（Dick Martin）主持，內容多指涉性暗示及政治議題。

⑫馬蒂．托塞羅（Marty Tothero）：哈利學生時代的籃球教練，在第一集《兔子，快跑》中曾經收留離家出走的哈利．安格斯壯。

⑬大衛．弗斯特（David Frost）：英籍記者、作家、媒體名人，以諷刺性的政論節目和名人專訪聞名。

與豌豆。哈利撥打那熟悉的號碼，電話彼端傳來熟悉的聲音，「史賓格車廠您好，我是史塔羅斯。」

「嗨，查理。嘿，珍妮絲在嗎？」

「當然，哈利，你好嗎？」史塔羅斯是個推銷員，嘴巴閒不住。

「麻煩你了。」兔子回答。

「請等一等，我的朋友，你找的好女人就在這。」哈利聽見史塔羅斯嘴巴離開話筒後的聲音：「快點接電話，妳老公找妳。」

在對方回應前的這段空檔，兔子彷彿看見話筒彼端的辦公室，放置在展示間地板上的新車閃閃發亮，老傢伙史賓格辦公室的毛玻璃門關著，後方則是綠色的櫃臺及三張鋼製的桌子，分別坐著史塔羅斯與珍妮絲，而追隨史賓格三十年的會計蜜德蕾・克魯斯特（Mildred Kroust）則特別被安排坐在兩人中間。上了年紀的克魯斯特因罹患某種婦女病而經常請假，桌面幾乎空無一物，只有幾個鐵線籃、一個毛線錐和一個吸墨用具。兔子同時也能想見牆上必定掛著去年的玩具狗月曆，而聖誕樹後面咖啡色的舊保險櫃上面，則擺著用紙板切割而成的豐田旅行車模型。哈利最近一次到史賓格車廠，是去參加聖誕派對，史賓格在從事二手車買賣多年之後，終於獲得豐田汽車的銷售代理權，這件事情令他非常得意，他告訴哈利「我就像是個整年都在過聖誕的小孩」。十年前，他曾試著把兔子栽培爲汽車推銷員，但最後哈利仍追隨自己的父親選擇目前這個最踏實的行業。「哈利，親愛的。」珍妮絲的聲音在話筒彼端響起。哈利察覺她的聲音有些不一樣，發出一種匆忙之下的急促呼吸，彷彿一首被他打斷的輕快歌曲。「你現在要開始對我碎碎念了嗎？」

「不是，孩子跟我只想知道，可不可以告訴我們，妳該死的什麼時候要回家煮飯？」

「噢，我知道，」她說著：「我也不想這樣，蜜德蕾不在，我們得查帳，她根本沒在記帳。」

哈利聽出她話中有話。「老實說。」珍妮絲繼續說：「要是最後發現她搞鬼，我也不會驚訝。」

「嗯，珍妮絲，妳聽起來在那邊找到很多樂趣……」

「樂趣？我是在做事耶，甜心。」

「是啊，去你媽的妳現在到底想怎樣？」

「什麼怎麼樣？沒怎麼樣，只有你老婆在努力工作，想多帶點麵包回家。」哈利想，麵包？「你居然問我想怎麼樣，眞可笑，你也許以爲你坐在那黑黑的地方哄騙幾臺機器，時薪賺七、八塊美金，是什麼不得了的錢，哈利，事實上，一百塊錢現在已經買不到什麼東西了，不管用了。」

「拜託，我爲什麼要聽妳講通貨膨脹，我只想知道爲什麼我老婆從來不回家爲我、還有他媽的妳生的孩子做頓晚飯。」

「哈利，你是不是聽到什麼閒言閒語？」

「閒言閒語？哪有什麼閒言閒語？珍妮絲，妳現在只要告訴我，是不是要放兩份冷凍餐食到烤箱裡，還是該作點其他的？」

在停頓間，哈利開始幻想，他彷彿看到珍妮絲收起她自由的雙翼，歌聲也嘎然而止，同時，他想像自己開始振翅高飛，無拘無束，自由自在。他隱約有種不詳的預感，珍妮絲的回答字字斟酌，讓他感覺好像小孩看著母親刮平一大匙糖，倒進一缽用麵粉、雞蛋、牛乳調製而成的食材裡，他好奇接下來會有什麼好事發生。珍妮絲說道：「甜心，拜託，就今晚？坦白說，現在這件棘手的事情正處理到一半，很難解釋，我們非得弄清楚確切的金額不可，不然明天就沒辦法開支票。」

「妳說的我們還有誰？妳爸也在？」

「那當然。」

「那我能不能和他講話？」

「爲什麼？他在外面的停車場。」

「我要知道他是不是有爆炸隊（Blasts）比賽的門票，孩子想看得要命。」

「喔，其實我沒看見他，我猜他回家吃晚飯去了。」

「那麼，就只有妳和查理在那。」

「還有其他的人進進出出，我們現在拼命想從蜜德蕾的帳裡面理出頭緒。哈利，我答應你今天是最後一次，之後我會在八點到九點之間回家，明天晚上我們全家一起去看場電影。我今天早上開車進城的時候注意到那部太空片還在西布魯爾市上映。」

兔子突然覺得很累，這段對話，還有所有一切，讓他渾身瀰漫不安的情緒，食慾也就此一掃而空，但全世界卻沒有因此而改變。「好，想回家的時候再回家吧，不過，我們到時候得談談。」

「我很願意跟你談，哈利。」哈利說要「談談」，是眞的想談談，但他從珍妮絲的語調裡聽出她把「談」這個字誤解成「辦那件事」，這使她掛電話的聲音聽起來既滿足又顯得不耐煩。

哈利去開了另一罐啤酒，罐上的拉環斷了，他只好走到放刀子抽屜的最下層，翻找那把生銹的教會鑰匙，然後加熱兩塊薩利斯堡牌的冷凍牛排。在等待烤箱預熱到四百度的空檔，他閱讀外包裝上的成分表：水、牛肉、豌豆、脫水馬鈴薯、麵包丁、磨菇、麵粉、牛油、奶油、食鹽、麥芽糖糊精、番茄醬、穀粉泥、烏斯特黑醋、水解蔬菜蛋白質、味精、脫脂奶粉、脫水洋蔥、調味香料、食糖、焦糖色素、辛香料、半胱氨酸以及生化氫氯化物、阿拉伯膠。所有食材和成分全都塞在這個錫箔包裡，但包裝上的圖案卻看不出任何有關成分的蛛絲馬跡，他一直以爲阿拉伯膠是用來做橡皮擦的，身爲一個三十六歲的男人卻一無所知，他終於發現自己的知識有多麼貧乏；他從來不會說中文，也不知道非洲的公主在性交時有什麼感覺。晚間六點的整點新聞，播的全是有關太空探索的內容，全是些空洞、沒意義的事物！有個禿頭男子拿著小玩具，模擬太空船外層空間銜接的狀況，然後是一群專家針對這件對人類未來五百年深具意義的事情開講，他們一直提起哥倫布號，但就哈利看來這兩件事情恰好相反。哥倫布號是盲目地航行，然後撞到東西；但現在升空的太空船卻準確知道自己前進的目標，而這個目標就只是繞著又大又圓的月球航行。

薩利斯堡牛排吃起來有防腐劑的味道，尼爾森吃了幾口就不吃了，哈利試著逗他，好讓他多吃一點：「看電視的時候不配晚餐節目怎麼行。」父子倆不停切換頻道，想找個看得下去的節目，就這樣一個頻道換過一個頻道，過了九點鐘，才看到由卡洛．巴涅特（Carol Burnett）和格摩．派勒（Gomer Pyle）主演，以「獨行俠⑭」爲題材的小喜劇，眞的非常好笑。這讓哈利想起當年還住在傑克遜街時，坐在扶手椅上收聽廣播的情景，他喜歡坐在那裡聽廣播，老讓扶手椅的手把上沾滿三明治餅乾裡夾的深色花生醬，母親常常爲此大爲光火。「獨行俠」在每個星期一、三、五晚上七點半開播，如果正値夏天，正在外面玩踢罐頭或跳房子的孩子們會回到家中等著聽廣播。隨著節目開始，街坊也逐漸安靜下來，等到八點，家家戶戶的門才會再度被推開，孩子們也出門繼續玩遊戲。過去那爽朗的夏季時光，只待夜幕低垂才適合步入夢鄉。一場跨海的越戰延長這樣充滿樂趣與平靜的成長過程，可以陪伴傑克．阿姆斯壯⑮一起吃麥芽糖和果凍，果凍讓他認識了傑克．賓尼⑯。

在這齣喜劇裡有一幕，獨行俠的妻子在小木屋附近邊跺腳，邊抱怨自己有多痛恨做家事，多痛恨自己孤獨的生活。「你從來沒回家過。」她說：「你老是撂下一句『喝嗨！來吧！白銀馬。』之後，便消失在滾滾塵埃裡。」電視上響起罐頭笑聲，兔子也跟著笑了，尼爾森卻笑不出來。兔子告訴他，「那是他們一貫用來引導觀眾入戲的方法。」

孩子執拗地說：「爸，我知道。」兔子在與尼爾森對話間漏看一小段節目，一定有個笑點沒聽到，因爲笑聲已經停了。

電視上獨行俠的妻子開始抱怨丹尼爾．邦尼（Daniel Boone）都給他的妻子帶漂亮的毛皮回來，「我又從你那裡得到過什麼？一顆銀製的子彈！」她打開一道門，一堆子彈稀哩嘩啦全掉出來，滾到地板上。這場喜劇的最後，卡洛·巴涅特、格摩·派勒，以及敦多——非小山姆·戴維斯（Sammy Davis Jr.），而由另一位黑人飾演——不斷在那些子彈上打滑、跌倒。兔子想著有幾百萬人正在收看這個節目，廠商也贊助好幾百萬美金；然而卻沒有人花時間去思考，像這樣一堆亂七八糟子彈散落在地板上根本是不可能發生的事情。

敦多告訴獨行俠：「下次最好先把這些子彈裝進槍膛裡。」

獨行俠的妻子轉過身抱怨：「還有他，爲什麼我們老是請敦多吃飯？他從來也沒回請過我們！」

敦多告訴她，如果請她去他的帳棚，她將會遭到七到八名印第安勇士綁架。但她沒被嚇到，反倒覺得很有意思，轉動著大眼睛說道：「我們走！que ma's sabe。」

尼爾森問：「爸，que ma's sabe⑰是什麼意思？」

---

⑭獨行俠（The Lone Ranger）：美國的電視節目及廣播劇，由喬治·傳德（George W. Trendle）編劇，法蘭·史柴克（Fran Striker）製作，內容描述美國西部時期的一位德州蒙面俠，在他印第安人夥伴敦多（Tonto）的協助下，一起爲正義奔馳。

⑮傑克·阿姆斯壯（Jack Armstrong）：美國六零至八零年代著名的電臺節目主持人。

⑯傑克·賓尼（Jack Benny）：美國電臺、電視、電影三棲的演員，從三零到六零年代極受歡迎，作品影響當代喜劇甚鉅。

⑰que ma's sabe：西班牙文，指「who knows more（誰知道更多）」。

兔子對這個問題感到有點意外：「不曉得，我想應該是『好朋友』或者『老闆』的意思吧。」獨行俠是個白人，理所當然在牧場上講求法律和秩序，可是敦多呢？哈利根本搞不懂敦多這個人，他既然身為一個印第安叛徒，必然相對是個無私、寂寞，且擁有道德英雄形象的人，但他為什麼要對一個蒙面的陌生人如此忠心耿耿？這對他自己有什麼好處？在越戰期間，這類問題從未被觀眾質疑過，敦多僅是單純地站在「正義的一方」，這顯然就像一個政治正確的美夢成真：紅種人與白人站在同一陣線上，他們互愛互信，自然得就像是美國星條旗上的紅白條紋，而如今究竟誰屬於「正義的一方」呢？哈利因為回答尼爾森的問題而錯過好幾個笑點。喜劇進入最後高潮，獨行俠的妻子就戰鬥姿勢，彎曲手臂，凶狠地告訴獨行俠：「你得在他和我之間做個抉擇。」

獨行俠毫不考慮，「上馬吧！敦多。」他在留聲機上放了一張威廉·泰爾序曲（William Tell Overture）的唱片後，便離開了。獨行俠的妻子墊起腳尖，但還是踩到子彈而滑了一下，她順勢將唱片歌曲換成了「印第安愛的招喚（Indian Love Call）」。這時候，敦多從螢幕的另一頭出現，他與獨行俠的妻子親吻、擁抱。「我一向感興趣的是……」卡洛·巴涅特的特寫越放越大，對著電視機前的觀眾說道：「印第安人的事。」

罐頭笑聲大作，連坐在椅上的兔子也笑了，不過，最後一幕的插科打諢有些走味，也許是因為大家一直認為敦多應該像耶穌或阿姆斯壯一樣，是個正直的人。「該上床睡覺了吧？」兔子問尼爾森。電視螢幕上出現一長串演員名單，他關掉電視，螢幕的光點在一閃後逐漸淡去。

尼爾森說：「學校的同學說，佛斯納徹夫婦離婚的原因是因爲先生外遇。」

「也許是他不想再去計較他太太到底用什麼眼光在看他。」

「爸，究竟什麼叫婚外情？」

「噢，就是結了婚卻還是和別人約會。」

「那，你和媽咪之間發生過這種事嗎？」

「我想沒有。我有一次休假，時間不長，你不會記得的。」

「我記得。我記得媽咪一直哭，大家都跑到嬰兒的葬禮上去找你，我記得我站在韋爾伯街，房裡只有我和你，透過窗戶的紗簾往下看，我曉得媽咪還在住院。」

「是啊，那段傷心的日子。外公說他會去拿門票，如果有拿到，這星期六我們就可以一起去看爆炸隊的比賽。」

「我知道。」孩子冷淡地說完，便恍惚地往樓梯走去。一天裡總有個一、兩次，哈利的眼角彷彿瞥見家裡住著另一個女人，這讓他覺得心神不寧，因爲那個女人不是珍妮絲，而是他那個留著長髮的兒子。

哈利又開了一罐啤酒，然後將尼爾森沒吃完的晚餐倒進廚餘處理器中，因爲工程疏忽造成賓州山莊的下水道阻塞，這臺機器有時會散發甜甜的臭味。哈利走過樓梯下方，收拾杯子並且放進洗碗機。珍妮絲的絕活之一，就是將用過的咖啡杯，被當成煙灰缸使用的咖啡墊，還有殘留苦艾酒的酒杯，隨便亂放在家中任何一個凸出的角落，例如電視機的上面，或是窗沿。她怎麼可能有辦法釐清蜜德蕾亂七八糟的帳本？也許只要出了家門，她就會變成一股無所不能的旋風，或是一個大喊「喝嗨」的獨行俠。她和她的印第安生活！可憐的老爸被謠言所困，而可憐的老媽則躺在床上，成了毒舌和惡夢下的犧牲品。他們兩老的心裡不是滋味，就像兩隻老鼠從乾草堆裡連奔帶跑地逃竄。哈利的心中感到一陣羞恥，他轉向窗外，幽微中隱約看到一支電視天線的暗影，和一個鋁製的樹狀曬衣架，遠方的停車場裡有個籃框。要怎麼樣才能讓這孩子對運動產生興趣？如果身高不足以打籃球，那乾脆去打棒球算了，無論是哪一種運動項目，只要能為他帶來一點樂趣，有個暫時的心靈寄託也好，如果他一直這樣空虛下去，是支持不了太久的，因為大人的世界更加空虛。

兔子的目光從窗戶移回，看到家裡的每吋地方都散發一種不可靠，彷彿隨時要被拋棄的虛矯，客廳裡沙發上的合成纖維布，把這種虛飾的光線反射到哈利身上。有一盞造型藝術燈是珍妮絲買的，上面以一塊浮木及鐵線編織作為基座。天然原木製成的隔板看起來極不自然，上面空空蕩蕩，僅有幾只煙灰缸散發像市場紀念品的光澤。廚房裡，鋼製洗碗槽的金屬光反射到哈利身上，買那片貝殼螺紋的地氈更是大錯特錯，就像油和水一樣不搭。洗碗槽上方的窗戶是黑色的，和收容所橘色的窗戶一樣黯淡。哈利從黑色窗戶的反光中看著自己和弄濕的雙手，樣貌彷彿沉在水底。他壓扁啤酒罐，裡面的啤酒已經被他心不在焉地喝光了。鋁罐讓兔子覺得體內彷彿也帶有腐蝕性的金屬味道，且會讓人發胖。事情不能亂成一團，像現在這樣一直站在原地，光想不做，眞是令人生厭。兔子起身上樓，他彷彿置身水底世界，以沉重且緩慢的動作脫掉衣服，然後刷牙、爬上床，連樓下和浴室的電燈都沒關掉，但這全都無所謂了。他聽見一陣淒切日窒悶的收音機雜音，尼爾森還沒睡，他想應該起床去跟兒子說聲晚安，順便親親他，可是沉重壓垮了哈利。就在這時候，廊間的燈光照進臥室，連同孩子輕輕的叩門聲，門被打開又關了起來，一定是孩子想找哈利。當其他人都起床，背脊早已挺得像燈柱，像路牌，像蒲公英的莖，像蜘蛛絲，更像個可以釘住一切的釘子；然而，早晨卻是兔子睡得最沉的時候。

突然有個龐然大物鑽上床，是珍妮絲。衣櫃上時鐘的螢光指針指著十一點五十五分，形狀就像兩支手臂要併成一根手指。她穿著睡衣，身體溫熱，皮膚的溫度比睡衣的棉布還高。兔子正夢到一個拋物線形狀的曲線板，他想站在上面駕馭滑行，可是那個玩意並不聽他使喚，像是就要支解的雪橇。

「事情解決啦？」他問她。

「差不多了。很抱歉，哈利，我爹回到辦公室，不讓我們下班。」

「逮個正著。」他嘴裡含糊不清。

「你和尼爾森晚上做了什麼事？」

「沒什麼特別的事。」

「有人打電話來嗎？」

「沒。」

雖然時間已經這麼晚，但他覺得珍妮絲刻意強打起精神，想要談話、想要辯解、想要彌補。她在床上改變了某種情勢，從一個不肯聽從擺佈的船筏變成了一個巢穴，他固守那條通往巢穴的曲折道路，裡頭充滿空洞的氣息。珍妮絲用手探觸他，而他以運動員保護自己私處的直覺把她擋開，於是她轉身背對著他。他接受這種拒絕，他挨近她，那腰部的曲線有如飛鳥沉降。他曾經害怕娶她，怕她會變得像史賓格太太那樣肥胖，然而隨著年紀增長，像她父親那樣子的纖瘦、精實與能幹卻在珍妮絲身上漸漸顯露出來。他的手從她的腰部移開，像迷路一樣在腹部四處游移，她的腹部因為懷過兩個孩子而顯得微微鬆垮，撫摸起來就像是小狗的頸子，是不是該讓她再生一個取代那個夭折的嬰兒？也許當時讓她懷孕就是一個錯誤。那件事情讓他落入性愛與死亡的深淵，珍妮絲的肚子像座墳墓，他曾經像獵物逃離虎口一樣逃避她的小穴。此刻，他的手指往下探尋，觸摸到那叢已經濕潤毛髮。他想起明天還要操作自動排字機的按鍵，現在兔子的心已經飛到了工廠上班。

＊

眞理印刷廠以印製訂單、募款舞會門票、秋季的政治性海報、春季裡的高中年刊、超級市場的廣告單、便宜郵購通告等業務賴以生存。廠裡的輪轉印刷機負責承印「布魯爾大酒桶（The Brewer Vat）」週刊。自從布魯爾市的另外兩家日報專注於報導特定的地區新聞，以及全國性的商業新聞之後，該週刊便專攻本市的醜聞。該廠曾一度發行名為「搖椅⑱」的德文日報，日報於一八三〇年發行，因為發行量過少，僅在市內及周遭各區偏僻角落中的數千名農人間流通，最後便在兔子任職期間停刊。兔子會記得這麼清楚，是因爲這份報紙的停刊也標誌了老庫特·許拉克（Kurt Schrack）的離開。庫特·許拉克是個陰鬱的德裔老人，臉上蓄著鬍鬚，看起來不像長在皮膚上可以修刮的毛髮，反倒像是深入肌理的刺青。當他愁眉深鎖，坐在他專屬的工作角落時，絕對不動如山。他只負責校對賓州荷文版，以及手工排版的工作。他的活字不許任何人碰，至於用在版內的各種花邊及花體字則是以木頭雕刻，因長時間的油印而變黑。每日許拉克都埋首於工作，到了午餐時間才會抬起頭來，以德語和波蘭裔的領班帕亞瑟克（Pajasek）交談，他也會與安格斯壯父子或廠裡其中一個黑人說話。在廠裡，許拉克頗具人望，因爲他無可取代。直到某個星期一，老闆叫他走路，他專屬的角落隨即被砌上一堵牆，用來隔出空間給雕刻工人使用。

「搖椅」已遠，而「大酒桶」也一直威脅要把客戶轉給費城一家大型平板印刷廠，屆時只要用漿糊把廣告、照片和文字貼上，然後寄出去就行了。眞理印刷廠面臨被照相製版法淘汰的命運，不只如此，還有照相平板印刷、照片合成，以及一種數位化電視，一秒鐘能投射上千字到軟片上，且絕不會造成金屬碰撞。這種電視以設計好的程式發送，程式甚至可以處理連字符號的複合詞，以及文繞圖排字法。可是單單一台平板印刷機就要價三萬美元以上，所以平床複印機仍是印製票券及海報最方便的工具。「大酒桶」是份多餘的刊物，隨時都有停刊的可能。

⑱原文中拼字可能誤植荷蘭文爲德文，此處將原書的拼法（Der Schockelschtuhl）改爲通用的德文拼法。

「布魯爾工廠的機具前進月球」是該刊本周的頭條，兔子即負責爲這篇兩欄寬的報導排字。他白皙的手指輕快地動作，使用過的鉛字必須放回頭部上方的鉛字架，油墨宛如雨水滴落在鐵罐頭上。

本週日，當布魯爾的居民抬起頭，月亮看起來可能會有點不同。
何以如此？
因爲，月球上面將會有些許的布魯爾市身

不行，另起一行會留下太多空白。他試著重新來過，想把「影」這個字放進上面一句，可是塞不進去，只得另起一行，一行只有「影」一個字。

影。
本市第七街和飛蝗街的Z型電子。

糟糕！

記者來自飛蝗街的報導：[19]

一項在艙內導引和灰航電腦（nabifiation computer）內

在艙內導引和飛航電腦（navigation computer）內重大的電力轉換系統，乃是由一間位於普通磚造建築物內的公司所製造，

該建築物一度曾爲薄紗珍織公司（Gossamer Ho，irey Co，）之所在，

該建築物一度曾爲薄紗針織公司（Gossamer Hosiery Co。，）之所在，

數千名每日經過該處的布魯爾市居民卻渾然不知此事。

該公司轉換器之印刷電路僅有半枚郵票大小，重量不及一枚葵花籽，如果無法正常運作，太空人阿姆斯壯、亞德寧和柯林將會漂過月球，消失於所謂「深太空」的無限眞空裡。

然而，上述的危險並不存在，Z字型電子公司總經理李羅．史屛．林格（Leroy 'Spin '[20] Lengel），

接著跳過二十行間距，欄寬要做出改變。

⑲以下文段在原文中的處理有故意拼錯字又重來的部分，乃作者想藉此呈現排版工作的特性。

⑳原文中以引號強調「Spin」一字，因「Spin」意爲旋轉，在此具有機械旋轉的雙關語效果。

在現代化的淡綠色辦公室內
向大酒桶記者保證：
「對我們而言，那不過是另一項工作而已。」
他說：「我們每星期都做一百件這種事。
當然，Z字型的全體員工
皆以這樣的工作能力自豪，」
林格又說：「我們正在新發現的大海上航行。」

溫熱的大型機器放在兔子頭部上方，就像母親的低語。這臺機器終究在變化無常的時代中被留存下來，鉛字盤放在哈利的右手邊；而星牌嵌條排植機[21]、鑄模圓盤，以及鉛字排版盤則放在他的左手邊，塗佈綠色的遮光燈泡與他的眼睛齊高。在這束光源上方，機器像一團雷爆雲充塞在陰影裡，上面的字模回歸桿慵懶地以螺旋方向運作，一大堆按鍵似乎正在爭相召喚兔子熟練的輕觸。已被溶解的鉛放置在鑄模圓盤的後方等待鎔鑄，偶爾會卡在機器中動彈不得，迸濺出來的鉛液相當燙人，哈利就曾被燙傷；這臺機器可說是鎮廠之寶，雖然性能頑固又不知變通，但它的要求不多，一旦需求被滿足，服從性便隨之而來，沒有所謂忠誠與否，你照顧它，它便會回報你。哈利也喜歡廠裡偏藍的光線，放眼看去就像乳液般滋潤你的眼睛，甚至不會映照出任何陰影，如此地平靜柔和，讓人只需回頭輕瞥便可清晰看見後方反光的文字。

哈利的家中則恰好相反，站在廚房的洗碗槽前方，光線的反射便會導致眼前一片黑影，讓人覺得餐盤好像永遠洗不乾淨。當你坐在客廳，面對珍妮絲慣用的那盞落地閱讀燈時，得瞇起眼睛才能迴避光線。而樓梯底端那盞燈泡常常燒壞，小傢伙也老是抱怨除非把電燈全部關掉，否則電視螢幕就會持續被反光干擾。眞理印刷廠廠房的天花板上懸掛著成排日光燈，當人們到處走動時，就像幽靈四處飄移，沒有任何影子。

到了十點半的休息時間，老爸走過來問哈利：「你今天晚上能過來嗎？」

「不曉得，珍妮絲昨晚說什麼要帶孩子去看電影。老媽怎麼樣？」

「好得不能再好。」

「她又提到珍妮絲了嗎？」

「昨晚應該沒有，哈利，起碼說得沒之前那麼多。」

老人家悄悄挨近，手中緊捏盛裝咖啡的紙杯，像在保護他的貴重財產。「你有跟珍妮絲說了嗎？」父親問：「有沒有調查出什麼？」

「調查？她做了什麼，難不成要我跟蹤她？我難得見到她幾次，她在史賓格車廠待到很

㉑星牌嵌條排植機（Star Quadder）爲方形結構中的四個導體，當中平行相對的導體末端相連，形成平衡磁性中心的成對構造，用以降低磁性感應。

晚。」在毫無瑕疵的光線下，兔子看見父親緊癟雙唇，疑惑的眼神骨碌骨碌地打轉。哈利只得接著說：「史賓格那個老傢伙要她加班，好算清楚一些帳，她一直待到十一點。自從店裡賣日本車之後，他就開始剝削員工。」

老爸的瞳孔終於放寬一條縫，眉毛也揚起一個鉛字的寬幅。「我以爲他和他老婆到波口諾斯㉒山區度假去了。」

「史賓格夫婦？誰跟你說的？」

「我想是你媽說的。我忘了是誰告訴她的，也許是尤莉亞・安特。大概上星期吧，聽人家說史賓格太太不耐炎熱，腿會發腫。我不知道該怎麼跟你解釋一些老人病，那不只是身體有沒有垮掉的問題。」

「波口諾斯……」

「聽說他們確實是上星期就去了。如果你今晚不能來，你媽會覺得很失望。我該怎麼跟她解釋？」

此時鈴聲大作，休息時間已告結束。布坎南無精打采地從一旁走過，邊抹去嘴唇上的威士忌酒漬，邊對著哈利眨眼。「你老爸是個包打聽。」布坎南語帶戲謔地喊著，樣子就像隻伶牙俐齒的黑色海豹。

哈利說：「告訴媽，我們晚飯後會想辦法過去一趟，不過我們已經答應孩子要去看電影，所以很可能去不了，也許星期五再說吧。」父親雖沒多加責怪，但卻一臉失望，這表情讓哈利的怒氣瞬間爆發：「可惡，老爸，我也有自己的家庭要管！我沒辦法什麼事都照你的意思做。」說完，兔子慶幸自己可以回歸操作機器的動作，機器發出顫動的低鳴，安分地圍繞著他，雖然他還是盡力想抹去腦海中那個地名——「波口諾斯」。他每觸碰一次按鍵，機器便回應似地低吼一聲，工作眞令人高興。

＊

哈利下班後發現珍妮絲已經回到家，車子停放在車庫裡。珍妮絲抽的煙讓狹窄的室內煙霧繚繞，電視機上放著喝剩的半杯苦艾酒，客廳和餐廳間的置物架上還有另外一杯。哈利大喊：「珍妮絲！」因爲房子空間狹小且容易產生迴音，屋內隨處都聽得見開關電視機的喀噠聲，拔開瓶塞的啵啵聲，還有尼爾森床鋪彈簧的嘰嘎聲；但此刻哈利沒收到任何回應，反而聽到浴缸的水持續攪動的聲響。他上樓查看，只見浴室瀰漫著水蒸氣——眞不可思議，一個女人竟然能洗這麼熱的水。

「哈利，你讓好多冷空氣吹進來了。」

珍妮絲在浴缸裡刮腿毛，幾處小傷口冒著鮮血。雖然她的臉龐陰鬱、瘦削、又緊繃，從不

㉒波口諾斯（Poconos）：位於賓州東北方的山區，佔地約六千平方公里。本地的居民人數約三十五萬，一直是頗富盛名的觀光勝地，也是許多新興社區選擇的建設地點。

算是個美人，在高個子女星充斥好萊塢的年代也上不了檯面，不過她有一雙美腿，以前如此，現在依舊。腿部的肌肉緊實，皮膚也修整得光滑細緻，加上骨感的膝蓋，哈利最喜歡看女人身上的骨頭。珍妮絲抬起她抹滿肥皂的長腿，像是故意挑逗哈利。他透過水蒸氣看到肥皂泡泡在浴缸裡外飛濺，當珍妮絲伸手刮除腳踝的時候，浴缸裡的水也在她陰部、腹部及臀部四周擺盪。結婚十三年來，哈利經常像這樣，站在樓梯處聆聽或觀看珍妮絲入浴。他之所以能夠精確算出結婚的年數，是因爲他們的孩子在結婚第七個月後出生。哈利問：「尼爾森呢？」

「和比利·佛斯納徹到布魯爾市看迷你摩托車去了。」

「我不要他去看什麼摩托車，他會摔死的。」他的另外一個孩子，他的女兒已經死了。活在這個世界就像是站在流沙上，你得找條踏實的路徑，穩健行走，絕不偏離。

「噢，哈利，去看看不會怎麼樣的。比利就有一輛，整天在那騎。」

「我買不起。」

「尼爾森答應我他要自己去賺一半的車錢，如果你那麼頑固的話，我會自掏腰包幫他付掉另外一半。」自掏腰包！她父親多年前已經給過她股票，而且她現在自己也在上班賺錢，在這種情況下，珍妮絲已經根本不需要他了。她問：「你確定你有把門關好嗎？剛剛突然有一陣可怕的風灌進來，我在這棟房子裡沒什麼隱私，不是嗎？」

「天曉得，妳認爲我需要給妳多少隱私？」

「你沒有必要站在這盯著我看，你以前已經看過我洗澡了。」

「不知道從什麼時候起，我就沒看過妳裸體了，還蠻不錯的。」

「我只是個屄，哈利，這東西到處都是，沒什麼好稀罕，世界上有數十億個。」

沒幾年以前，她是絕對不會說出「屄」這個字的。這個字眼讓哈利覺得很興奮，就像女人的氣息輕觸到他的陰莖。珍妮絲的腳踝突然被刮傷，鮮紅的血直冒而出，很是嚇人。「天哪！」哈利說：「妳眞是笨手笨腳。」

「你站在這盯著我看讓我緊張。」

「那妳爲什麼要在這個時間洗澡？」

「我們不是要出去吃晚餐嗎？如果要趕八點的電影，就得在六點出門。你也該洗個澡，把身上的油墨洗掉，要不要用我的洗澡水？」

「水裡頭滿是血和毛。」

「哈利，說眞的，你上了年紀之後變得很頑固。」

他居然說我頑固，這肯定不是她自己想說的，是珍妮絲身體裡面另一個聲音說出來的。

珍妮絲繼續說：「沒時間等水箱熱到讓你放水洗澡了。」

「好吧，我用妳的水。」

珍妮絲踏出浴缸，水潑濺到腳踏墊上，她的雙腿和臀部被熱水燙出玫瑰色的嫩紅，當她挽起頸背上的頭髮，雙乳也隨之高高聳起。「你要不要替我擦背？」

哈利已經忘記上次替珍妮絲擦背是什麼時候了。哈利動手的同時，珍妮絲嬌小的體態完美結合女人赤裸的優勢，腰際的曲線因側腹部的脂肪而顯得豐腴。哈利蹲下來擦拭珍妮絲的臀部，皮膚有如鵝肉般鮮嫩欲滴，兩條大腿後側的黑毛若隱若現，而中間部位則有如苔蘚般濕潤。「好了啦！」珍妮絲說完，避開身體。哈利起身，輕輕拭乾珍妮絲的頭髮，心想這世界眞是處處是好事！珍妮絲問：「你打算到哪裡吃晚餐？」

「隨便哪裡都可以，孩子喜歡西威瑟街上那間『開心漢堡』。」

「那不好吧，橋頭過去那裡有家新開的希臘餐廳，我想去吃吃看。查理．史塔羅斯前幾天跟我說還不錯。」

「哦，前幾天提到過……」

「他說，那家餐館賣一種葡萄葉做的菜，棒極了！另外還有賣醬汁醃製的小肉塊，尼爾森一定會喜歡。如果我們不帶他去嘗鮮，他會一輩子都在吃開心漢堡。」

「妳知道電影七點半開演吧。」

「我知道。」她說：「那就是爲什麼我現在要洗澡。」如今，眼前這個全新的珍妮絲，背對著哈利，臀部靠近哈利的褲襠，她墊起腳尖，弓起背脊，使這個接觸倍加誘人。哈利的心軟化，那話兒卻硬了。「還有……」珍妮絲繼續說著，腳尖上上下下地，像個孩童優雅吟唱著班柏瑞十字架紀念曲（Banbury Cross）。「去看電影不單是爲了尼爾森，也爲了我，我可是辛辛苦苦上了整個星期的班。」

哈利本來打算繼續問個問題，卻被珍妮絲禮貌性的親吻打斷了。她挺直身子說：「快點洗，哈利，水要涼了。」哈利的卡其褲襠留下兩個潮濕的斑塊，悶熱的浴室讓他反胃。珍妮絲推開通往臥房的門，突然竄入的冷風凍得哈利直打噴嚏；但是他沒有把門闔上，好讓自己在脫衣服的同時可以欣賞珍妮絲穿衣。珍妮絲動作嫻熟，迅速得像是一條蛇在砂土中鑽滾翻動。她穿上黑色褲襪，然後快速走到衣櫥翻找裙子，到抽屜拿襯衫，最後取出有銀色飾邊的那件衣服，哈利本來以爲她只有在參加宴會時才會穿。他用腳探了探浴缸的水溫，好像還是太燙了。

「嘿，珍妮絲，今天有人跟我說妳爸媽現在人在波口諾斯，可是昨天晚上妳說妳爸人在車廠。」

珍妮絲在臥室的正中央停住腳步，瞪向浴室裡，那對烏溜溜的眼睛輪廓變得更加深邃。她看著哈利慘白的身軀，鬆垮無力的腹部，和未接受過割禮的那話兒，就像雄雞的雞冠，從金黃色毛髮的根部中軟啪啪地垂吊著。她看著她老公，一位昔日的空中飛人如今已折翼，戴了綠帽，全身像豬油一樣慘白，眞想用刀把他切成一塊一塊。今天早上他離開家門時，還把持得住天使般的定力，然而回家的時候，卻成了現在這付軟弱洩氣的樣子。她理直氣壯地想著，今天這所有一切就是她無法原諒他的原因。珍妮絲的眼神讓他退縮，哈利別過臉，準備踏進浴缸。此時哈利的身影和她的情夫似乎重疊了，珍妮絲心想，所有的男人都像嬰兒，那麼天眞爛漫又容易受傷害。她沉穩地回答：「我爸媽是去了波口諾斯沒錯，不過他們提早回來了，我媽老是想去那些度假勝地，結果是去那裡被冷落。」不等哈利回應，珍妮絲就跑下樓去。

哈利泡在珍妮絲的洗澡水裡，水中飄浮著毛髮，空氣中滿是血味。免了聽見尼爾森進門的聲響，但透過天花板後聲音明顯削弱。「什麼爛摩托車！」孩子嚷嚷：「一下子就玩完了。」

珍妮絲說：「好在那輛車不是你的。」

「是啊，不過另外有一種比較貴的，很棒，是一輛久康達（Gioconda），外公能幫我們打折，不會比買那輛便宜的貴。」

「你爸和我都認爲，花兩百塊去買輛玩具不太划算。」

「那不是玩具，媽咪，騎那個眞的可以讓我學到一些技術，之後可以去考個駕照，而且老爸也可以騎去上班，就不必老搭公車了。」

「你爸喜歡搭公車。」

「我討厭搭公車！」兔子在樓上大喊：「上面有黑人的臭味。」可是樓下廚房裡的母子倆根本聽不見他的喊叫。

＊

整個晚上，哈利發現沒人在聽他說話，他爲此精神抑鬱，處於一種窒悶的孤立情緒當中。所以他更大聲說話，態度也更加執拗。他雖然開著貼有自己旗幟圖案的車，但因爲珍妮絲較常用車，這輛車的主人也不像是他。哈利掉頭往恩伯利大道，再轉威瑟街的方向，先經過電影院，再穿越過橋，他說：「可惡，我不知道爲什麼一定要回布魯爾市吃飯，我已經在那裡過要命的一天了。」

「尼爾森說他也想去。」珍妮絲說：「這一定會是個很有趣的嘗試，我向他保證，那裡的食物不像中國菜，不會黏答答的。」

「我確定，我們一定趕不上電影。」

「佩姬．佛斯納徹說……」珍妮絲開始說。

「那個笨蛋！」兔子說。

「佩姬．佛斯納徹說，片子剛開始的部分最無聊，只有一大堆星星加上交響樂。無論如何，一定會有些片段，不然至少也有些情節讓你想離開座位，去大廳多買一點糖果。」

尼爾森說：「我聽說電影的開頭超棒，有一堆住在洞穴裡的原始人在吃眞的生肉，一個傢伙被舉了起來，裡面有人眞的被用骨頭打死了。他們舉起骨頭，然後，那骨頭變成了一艘太空船。」

「謝謝你，掃興先生。」珍妮絲說：「我覺得我已經看完整部電影了，我看該去看電影的是你們兩個，我乾脆回家睡覺算了。」

「見鬼了！」兔子說：「妳就跟著我們受一次罪吧！」

珍妮絲讓步說：「女人不了解科學。」

哈利喜歡這種嚇唬珍妮絲的感覺，也喜歡在生活中爲這種無形的問題衝突爭吵。在這個家中，哈利永遠處於第四順位，不知道那個死去的嬰兒位置在哪？珍妮絲起初極度悲傷，哈利害怕她會崩潰，然而她最後還是像根蘆葦一般屈服接受了。從那時候開始經歷的漫長歲月裡，哈利成爲悲傷的唯一繼承人，自從他決定不讓珍妮絲再懷孕，關於死亡的全部罪惡都變成他的責任。當初，他曾經試著解釋，一切全是因爲夫妻之間的性生活變得太過陰沉、太過嚴肅、又無以復加地老套。但最後，他停止了這種自我辯論，而珍妮絲則過分健忘，就像母貓在角落喵喵嗅尋溺水的小貓，但一、兩天過去後，還是照樣舔牛奶，照樣在洗衣籃裡打盹，女人和大自然最爲健忘。兔子只要想起嬰兒，只要想起他在雜貨店的公用電話裡聽到女兒死訊的那一幕，整顆心便糾結在一起。這個心結，哈利隱約覺得是命中註定。

在珍妮絲的指揮之下，哈利右轉下橋，繼續駛過幾個街道，在金波俱樂部旁的昆斯街停下。哈利鎖上車門，對著珍妮絲抱怨：「這區的居民相當貧窮，最近發生過好幾起強暴案。」

「哦。」珍妮絲說：「大酒桶除了強暴案之外還會報導什麼？你知道什麼叫做強暴嗎？就是女人在事後改變了心意。」

「注意妳在孩子面前講的話。」

「他現在懂的比你還多。不是在針對你，哈利，我只是實話實說，現在的小孩比你小時候世故多了。」

「那妳小時候不也是嗎？」

「我那時候很笨又很單純。這我承認。」

「不過？」

「沒什麼不過。」

「我以為妳接著要告訴我妳現在多有智慧。」

「我沒有智慧，不過，起碼我一直試著保持心胸開闊。」

在他們前面不遠的尼爾森，字字句句都聽在耳裡。走到隔壁停車場前的路上有堆石礫，抬頭往石板屋頂看過去，可以看到威瑟廣場上方的向日葵啤酒大鐘，尼爾森指著鐘說：「六點二十分了。」他不確定自己有沒有說出重點，於是又補了幾句：「開心漢堡把食物放在熾熱發紅的大烤爐裡保溫，上菜很快又確實。」

「不帶你去開心漢堡，寶貝。」哈利說：「去吃吃看比薩樂園好了。」

「別傻了。」珍妮絲說：「那裡的比薩是純義大利式的。」說完對著尼爾森說：「我們有的是時間，現在還這麼早，不會有別人比我們先到。」

「要去哪？」尼爾森問。

「就快到了。」她沒帶錯路。

餐廳的所在地排開一列的磚瓦屋，紅磚漆成布魯爾獨具的暗紅色，小型招牌上寫著「樂舞餐廳（The Taverna）」的字樣。一家三口登上石階，走向大門，一名媽媽型的女子上前招呼，嘴上長滿鬍髭般的汗毛。她延請他們進入一間大廳，這裡過去曾是前廳，而今已打通與隔壁相連，後側則是通往廚房的兩扇彈簧門。大廳中央擺設幾張桌子，沿著兩側牆邊則是區隔開來的包廂。白色的牆壁上缺乏裝飾，卻有幅黃種人的照片，照片上瓜子臉的婦人懷抱嬰孩，前方閃爍搖曳著燭光。珍妮絲步履輕快地踏進包廂，在餐桌一側坐下，而尼爾森則坐在她的對面，此情此景迫使哈利做出選擇。哈利迅速走向尼爾森，在尼爾森身旁坐了下來，幫他看菜單，想找份足以和漢堡餐等量齊觀的菜餚。

紅格桌巾上的藍色玻璃瓶裡面插著新鮮的雛菊，香味柔和怡人，哈利忍不住摸了幾下。珍妮絲的眼光是正確的，這地方確實很不錯。廚房的收音機裡傳來音樂，餐廳裡除了他們之外只有一對男女，兩人正經八百地交談，不時觸碰對方的手，沉浸在某種互不信任的氛圍裡。那男的漲紅了臉，彷彿快要窒息，女的臉色則像是受到打擊般蒼白。他們都是居住在賓州公園裡的那種人，灰棕色及鉛筆灰的冷色穿著，在七月中旬這悶熱的河床低地上，算是穿對了，起碼比任何穿著都來的合適。他們的前額清秀明朗，明顯富貴相，絕對是步履蹣跚的骯髒窮人無法複製的。儘管哈利現在不可能成爲賓州公園裡的其中一員，但卻喜歡在這家既純樸又別緻的餐館裡加入他們，也許布魯爾市的經濟狀況並不如外人看來那麼糟。

菜單由手寫的膠版印刷體組成，尼爾森面色緊繃地研究。「這裡根本沒賣三明治。」他說。

「尼爾森，」珍妮絲說：「你如果要拿這種事情小題大作，我以後絕不會再帶你出門了。成熟一點好嗎！」

「上面寫的全是些囉哩叭嗦的東西。」

珍妮絲解釋：「餐廳總是要唬唬客人嘛！科巴布（Kebab）是鐵柱上烤的肉，穆薩卡（Moussaka）裡面有放茄子。」

「我討厭茄子。」

兔子問珍妮絲：「妳怎麼知道這些？」

「哪個人不曉得！哈利，你太土了。你們兩個在那裡排排坐，自己要看不起自己，眞是醜陋的美國人！」

「妳還不是沒親眼見過所有的中國人！」哈利說：「連妳小時候，還穿著小芳特羅王式㉓的襯衫時都沒見過。」哈利低頭看到自己指尖上面沾到雛菊土黃色的花粉垢。

「卡拉曼尼亞（Kalamaria）是什麼東西啊？」尼爾森問。

「我也不曉得。」珍妮絲回答。

「我要點這個。」

「你連那是什麼都不知道就要點啊？點一份蘇拉基亞（Souvlakia）算了啦，最單純的肉串，烤得非常透，上面灑了青椒，肉串上有夾洋蔥。」

「我討厭辣椒。」

兔子對尼爾森說：「不是會讓人打噴嚏的那種辣椒，這是綠色的，像挖空的蕃茄那種。」

「我知道。」尼爾森說：「天哪，老爸，我知道什麼是青椒好嗎！我就是討厭這種。」

「不要那樣講話，你什麼時候吃過青椒？」

㉓小芳特羅王（Little Lord Fauntleroy）是全世界第一本兒童小說，於西元一八八五年至一八八六年間發行，作者爲法蘭西斯・哈格森・柏奈特（Frances Hodgson Burnett），書中提到的兒童衣著形式在歐洲流行，後來傳到美國。典型小芳特羅王式的衣著爲天鵝絨剪裁的外套、膝褲以及飾有大片蕾絲或皺摺的襯衫。

「我吃過一次青椒漢堡。」

「你也許該帶他去開心漢堡吃飯，把我留在這裡就好。」珍妮絲說。

兔子問：「那麼，妳要點什麼？如果妳他媽的那麼精明的話？」

「爸在講難聽話了。」

「噓，」珍妮絲說：「你們兩個閉嘴！這裡有賣一種不錯的雞肉餡餅，可是我忘記名稱了。」

「妳來過這家餐廳！」兔子說。

「我點美洛佩塔（Melopeta）。」尼爾森說。

兔子看著兒子粗短的手指指出菜單上的位置，老媽經常說尼爾森那雙小手跟史賓格一家人像同個模子刻出來，說道：「傻瓜，那是甜點。」

餐廳門口走進一群黑髮的有色人種，全部面帶微笑，且聲音吵雜。服務生開始招呼他們，有個小弟推出一張桌子和包廂併桌，好容納他們全家人。這些人嘰哩呱啦地講著他們的語言，發出吱吱咯咯的笑聲，來餐廳吃飯讓他們情緒高漲。大人將座椅弄得嘎嘎作響，孩童則在喧囂的掩護下故作乖巧，瞪大眼睛打量著四周。相較之下，兔子一家人的無趣，此時顯得昭然若揭。在這個騷動的時刻，那對賓州公園的男女徐緩地轉過頭來，又不著痕跡地回過頭去，換成女人面紅耳赤，男子臉色蒼白，四目相交的同時，兩人的雙手在桌巾上碰觸，再繞過葡萄酒杯撫摸對方。希臘家族終於坐定，但還有一人尚未入座，這人雖跟著他們一起進門，但卻在門口遲疑了一會。兔子認識這個人，珍妮絲卻不想回頭，眼睛依舊緊盯菜單，然而因爲過於目不轉睛，反倒像在作戲。兔子壓低嗓門跟她說：「查理．史塔羅斯來了。」

「哦，眞的？」珍妮絲說，不過依然不願回頭。

可是尼爾森非但轉頭，而且還大聲地喊：「嗨，查理！」這孩子曾在車廠度過好幾次夏日時光。

眼力不好，性情又過分敏感的史塔羅斯，戴著淡紫色鏡片的眼鏡，定住焦距地往這邊看，臉上露出了笑容。他必然在某個銷售案成交時，露出過這種笑容，狡猾地把兩片嘴唇的一角擠落臉頰，製造出一個酒窩。他確實是個與眾不同的男人，比哈利矮個幾吋，也年輕幾歲，但卻散發與生俱來令人信服的沉穩，使他的外表較爲成熟。他額頭的髮線已往後退，有雙一字眉，舉止愼重得就像身上帶著易碎物品。身上穿著馬德拉斯（Madras）格子布料的衣服，臉上架著矩形厚膠框的眼鏡，兩鬢濃密、蓄著直角形的短髭鬚，這些外在都代表了他的品味與態度，而年逾三十卻未婚的事實更增添他的沈穩。兔子每次看到史塔羅斯，總會超乎常態地喜歡他，他令哈利想起過去球隊裡那些個性縝密、不毛躁、又絕不慌亂的傢伙，這些人往往是隊伍勝利的製造者。然而史塔羅斯看來滿腹心事，遲疑躊躇地往那一大家子的包廂附近走去。這時哈利開口：「跟我們一起吃吧！」而低頭的珍妮絲早已往史塔羅斯的方向瞄過一眼。

查理對著珍妮絲說：「全家到齊，眞好！」

珍妮絲說：「他們兩個人眞可怕。」

兔子說：「我們看不懂菜單。」

尼爾森問：「查理，卡拉曼尼亞（Kalamaria）是什麼玩意？我想點這個。」

「不，不要點，這道菜有點像是用章魚墨汁烹煮的章魚。」

「噁心死了。」尼爾森說。

「尼爾森！」珍妮絲嚴厲地說。

兔子說：「坐下吧，查理。」

「我不想打擾你們。」

「你可幫了大忙，感謝老天。」

「我爸的脾氣暴躁。」尼爾森透露。

珍妮絲不耐煩地輕拍自己身旁的空位，查理坐了下來，問她：「這孩子喜歡什麼？」

「漢堡。」珍妮絲刻意哼了一聲。她突然變成一個演員，每個動靜舉止，每個抑揚頓挫，無不在刻意暗示她與史塔羅斯之間的距離。

查理的神態拘謹且心無旁騖，頭部低俯，開始看菜單。

「我們給他叫個凱夫特德斯（Keftedes）好了？尼爾森，肉丸子好嗎？」

「上面不要給我加番茄那種黏呼呼的東西。」

「沒加，只有肉丸子，還有一點薄荷。薄荷就是救生員糖果㉔裡面放的東西，可以嗎？」

「好。」

「你會喜歡吃的。」

兔子覺得這孩子剛才好像接受推銷，買了一輛爛車。他看著坐在珍妮絲身旁肩膀寬厚的史塔羅斯，兩隻手上各戴了一枚粗大的金戒指，感到情勢急轉直下，駛入一條他不願意走的路，更要命的是，兔子和尼爾森坐在這臺爛車的後座，只能被動接受往後的情況。

珍妮絲對史塔羅斯說：「查理，你爲什麼不乾脆替我們點菜？我們不曉得該怎麼辦。」

兔子說：「我知道自己在做什麼啊，我點我自己的。我要……」他隨便地從菜單上挑了一道菜。「就點個沛達基亞（Paidakia）。」

「沛達基亞。」史塔羅斯說：「不好吧，那道是醃過醬汁的羊肉，前一天就要預定，而且一次至少要點六份。」

尼爾森：「老爸，電影四十分鐘之後就要開演了。」

珍妮絲：「我們要趕得及去看那部白痴太空片。」

史塔羅斯點頭，彷彿在他預料之中。兔子的耳朵裡彷彿聽到了一聲奇妙的回音，眼前狀況顯示珍妮絲和史塔羅斯之間的氣氛死氣沉沉，當然嘛，他們整天一起上班。史塔羅斯告訴他們：「那部電影很爛。」

「爲什麼爛？」尼爾森焦急地問，臉上嘴唇鼓脹，雙眼縮往眼窩深處。從他襁褓時期，奶瓶快喝乾之前，就會露出這種表情。

㉔救生員糖果（Life Savers）：美國一種甜甜圈形狀的薄荷糖。

史塔羅斯起了憐憫之心：「小尼，對你而言，那部電影會很了不起，裡面很多好玩的東西，但我看不到什麼性感的成分，我想可能是因爲我沒發現現代科技的性感在哪。」

「難道所有事情都非得性感不可？」珍妮絲問。

「不是非這樣不可，但最好有這種傾向。」史塔羅斯告訴珍妮絲，然後對兔子說：「點些蘇拉基亞吧！你會喜歡，而且菜上得很快。」隨後，史塔羅斯做了個絕妙的小動作，掌心朝外，彈手指發出「啪」一聲，甚至沒抬起手肘，方才帶位的大嬸便朝著這桌疾走而來。

「Yasou（哈囉）。」

「Kale spera（晚安）。」

史塔羅斯操著希臘語點菜的同時，哈利察覺珍妮絲的臉上浮現獨特的紅暈。歲月對珍妮絲是寬容的，似乎懷抱歉意。由於臉上出現幾條小皺紋，她從少女時期就不喜歡的部位，以及雙唇周圍顯現出的憂慮和暴躁，都宣告舒緩。哈利曾對她稀疏的頭髮苦惱萬分，看起來就像他缺乏財富的表徵，但現在她讓頭髮中分，平滑的兩股髮束順著耳朵垂下，看起來髮量也變多了。她不愛擦口紅，在某些光線之下，她的臉龐會散發吉普賽人的樸實無華，以及女性游擊鬥士流露的莊重。她的吉普賽外貌遺傳自母親，而莊重則出自於六〇年代，這些特徵讓她擺脫歲月帶來的臉部鬆弛，氣質平易篤厚，便足以爲美。此刻的珍妮絲，沉浸在整間餐廳的快樂氣氛之中，圓形臀部以上的身軀蠕動著，在燭光照映下，雙手誇張地揮舞白色的弧形。珍妮絲告訴史塔羅斯：「要不是你出現，我們全都要餓肚子了。」

「不會啦。」史塔羅斯是個務實又有安全感的男人：「服務生會照顧你們，他們都是好人。」

「可是這兩個人。」她說：「根本是典型的美國人，無可救藥。」

「是啊。」史塔羅斯對兔子說：「我看到你貼在那輛老爺車上的圖案了。」

「我告訴過查理。」珍妮絲告訴兔子：「貼那種東西的人絕對不是我。」

「那有什麼不對？」兔子問他們兩人：「那是屬於白種人的旗幟，不是嗎？」

「那只是某個人的旗幟。」史塔羅斯說。他不喜歡氣氛這樣演變，將自己的指尖緩緩縮回那雙有鏡片羽翼的病眼下。

「而不是你的，不是嗎？」

「哈利講到這種事就很激動。」珍妮絲警告史塔羅斯。

「我沒激動，我只是覺得有點悲哀，有些人，跑到這裡來賺我們的錢……」

「我在這裡出生。」史塔羅斯搶話：「我父親也是。」

「卻又來貶損這幅他媽的旗幟。」兔子繼續說：「把它當作是廁所裡的衛生紙。」

「旗幟就是旗幟，只不過是一塊布。」

「對我而言，它不只是一塊布而已。」

「那對你而言，它代表什麼？」

「是……」

「偉大的密西西比州？[25]」史塔羅斯打斷他。

「它代表有人從頭到尾不讓我把話講完。」

「只有一半的時間而已。」

「喔？所以半數時間不讓你講話，總比像在中國完全不讓你講話來得好就對了。」

「你看，美國這麼大，密西西比州已經非常遼闊，洛磯山脈也如此浩蕩——但我依舊無法理解爲什麼警察要毆打嬉皮，也無法欣賞五角大廈老是想扮演正義的牛仔，全球到處都有印第安人這件事情更是荒唐。你那張小貼紙對我的意義就在於此，它代表黑人去死，還有快點派遣軍隊與中情局進駐希臘。」

「今天就算美國不派兵，他媽的，別的國家也會這樣做。希臘人似乎無法自行處理這場政治秀㉖。」

「哈利，不要講這種荒謬的話，希臘人創造了文明。」珍妮絲說完，轉過頭對史塔羅斯說：「你看，每次他思考政治問題的時候，那張嘴變得多小、多麼緊繃。」

「我不思考政治問題。」兔子說：「身爲一個他媽的美國人的珍貴權利就是不需去思考政治問題。我只是不懂爲什麼我們要這樣綁手綁腳，被那些自稱革命分子的人勒索。還有，眞正讓我發火的是，還要在這裡聽一個每天營養過剩，坐在自己肥屁股上的破爛汽車推銷員謾罵這個國家，打從他們出生那天起，這個國家就一直把甜頭塞進他們的嘴裡去。」

查理作勢起身：「我看我還是走好了，這話實在太過分了。」

「別走。」珍妮絲央求著：「哈利不曉得自己在說些什麼，他對這個話題非常偏執。」

「是啊，別走，查理，多待一會，幽默一下我這個瘋子！」

查理再度坐下，以愼重的口吻說：「我要追問你的理由，請你告訴我，美國把我們塞到越南去算是什麼甜頭。」

「天哪！你說到重點了。如果越南願意放手，我們大可把它們打造成另一個日本。我們想製造的是一個富有的國家，到處都是高速公路和加油站。可憐的老詹森！你一定有看到他在電視上熱淚盈眶，他媽的他正提議把北越弄成美國的第五十一州，條件是他們停止丟炸彈。美國拜託他們搞個選舉，任何選舉都可以，可是他們寧可去丟炸彈。在這種情形之下，美國還能怎麼辦？我們現在正在犧牲自己，美國的外交政策就是：犧牲自我，好讓小個子黃種人高興。然後像你這種傢伙卻無所事事，坐在餐廳裡抱怨：『天啊！美國眞是爛透了。』」

「我想，丟炸彈的不是他們而是我們。」

「已經沒再丟了，我們早就依照你們自由主義者的要求，停止轟炸了，可是，這又讓我們得到什麼呢？」哈利俯著身子向前，好把答案說得更清楚：「連個屁也沒有！」

此刻，坐在大廳對面那對低語的男女面帶驚訝，望向此處，包廂裡的那一大家子人也停住喧嘩，豎起耳朵傾聽。尼爾森面紅耳赤，雙眼開始發熱，受傷地躲進眼眶裡。「連個屁也沒

㉕密西西比州（Mississippi）是美國黑人人口最多的一州，史塔羅斯故意提到，藉此諷刺哈利。

㉖指希臘在一九六七年四月二十一日由喬治・帕帕佐普洛斯（Georgios Papadopoulos）領導的軍事政變。

有！」哈利傾身，以較委婉的語調覆誦一遍，桌上的雛菊在一旁顫動。「我猜你馬上要跟我講美軍丟過『燒夷彈㉗』，這根本是個可惡又不可思議的詞彙！越共活埋過村長、發射迫擊炮轟炸醫院長達二十年之久——但只因爲美國對他們發射燒夷彈，他們就變成了史懷哲（Albert F. Schweitzer）和平獎的候選人，放屁！」哈利說話的音量越來越大，有人竟敢誹謗那面旗幟，誹謗他對國家的忠貞與感恩，讓他十分激動。

「哈利，你會害我們被攆出去的。」珍妮絲說。然而哈利注意到，她看起來仍然很樂，是各桌的客人中最高興的一個。

「我開始瞭解他了。」史塔羅斯告訴珍妮絲。然後對著兔子說：「如果我沒誤會的話，你的意思是說，美國就像是偉大的母親，試著讓任性的小孩服藥，因爲吃藥對他有好處。」

「沒錯，你懂了，我們就是。多數的國家都想服用這顆藥，想得要命，有少數幾個穿著黑色寬長褲的回教徒瘋子卻寧可把自己活埋。你還有什麼理論？班大叔（Uncle Ben）㉘理論嗎？我們到越南有可能是爲了他們的稻米嗎？」兔子笑著，再補了一句：「我們還真是惡劣的班大叔啊！」

「不。」史塔羅斯謹愼地回答，將他擱在格子桌巾上的兩隻手擺正，冷靜地注視著哈利的喉頭。哈利察覺史塔羅斯的反應：「爲什麼？」史塔羅斯繼續說道：「我的理論是，那是個錯誤的權利遊戲，並不是我們想要他們的稻米，而是我們不想讓他們擁有稻米，或者不讓他們擁有他們的鎂金屬和海岸線。我們和俄國人下棋下了那麼久，卻不曉得自己早就出局。白種人在黃種人的國家裡已經失去影響力了，甘迺迪㉙的政策顧問以爲只要按個按鈕，自己就能在辦公室裡操控這個世界，而且不會產生什麼後果。後來，刺殺甘迺迪的兇手奧斯華㉚幫助詹森爬上了大位，問題是詹森是個蠢貨，他以爲他該做的是用更粗大、更暴力的大拇指按住『那個按鈕』，結果美國這台機器現在熱過了頭，經濟上有通貨膨脹及市場萎縮的問題，社會上則發生大學生暴動。在其間，有四萬名美國母親的兒子在越南被塗抹糞便的竹子給殺了，大家現在不願意再看到有乖寶寶死在叢林裡，不過，他們曾經認爲有其必要。」

「難道沒有必要？」

史塔羅斯眨了眨眼：「我懂了，你是說戰爭有其必要。」

「沒錯，而且去那邊打比在美國打好，小型的戰爭比大型的好。」

史塔羅斯的手放在桌沿，準備要拍桌子了。「你居然喜歡戰爭！」史塔羅斯拍了桌子說：

㉗燒夷彈（Napalm）：也稱作「汽油膠化劑」或者「凝固汽油彈」，戰爭用可燃液體的總稱。運用在各式點火武器時，可以造成皮膚燃燒、意識不清，乃至於死亡；凝固汽油彈另外一個實用但危險的效果，是它會「急速消耗附近空氣中的氧氣」，並產生大量的一氧化碳而造成生物窒息。通常用在炸彈中時會發生上述效應。因此，凝固汽油彈在越戰期間（一九六五至一九六八年），美軍多用於爲直昇機淨空登陸區域。

㉘班大叔（Uncle Ben）：美國生產盒裝食用米的公司，早期生產以供應美軍爲主。

㉙約翰・甘迺迪總統（John Fitzgerald Kennedy）在處理越南方面的事務內容一直都被歸爲機密檔案，直到「五角文件（Pentagon Papers）」在一九七一年被解密後才公開。處理東南亞國家議題，甘迺迪早在一九六一年就受艾森豪總統的影響，開始在越南利用有限的武力對付當地以胡志明爲首的共產黨力量。宣布要與蔓延的共產主義做鬥爭之後，甘迺迪制定了一系列政策。在政治、經濟以及軍事上扶持尚不穩定的南越政府，其中包括運送一萬六千名軍事顧問以及美軍特種部隊至該區域。甘迺迪還默許使用燒夷彈、枯葉劑、噴射戰鬥機對所有區域進行攻擊。

㉚奧斯華（Lee Harvey Oswald）：美籍古巴人，被認爲是甘迺迪遇刺案的主兇。案發兩日後，奧斯華卻在警方的嚴密戒備中當眾被一名夜總會老闆傑克・魯比（Jack Ruby）開槍擊斃，當時的人民均在電視直播中目睹此事經過。

「你的國家正在焚燒外國人的嬰孩，朋友！」「朋友」這個詞他說得有氣無力。

兔子問史塔羅斯：「你當哪種兵的？」

史塔羅斯聳了聳肩，張開肩膀：「我4F體位㉛，當報務員。我聽說韓戰的時候，你沒被徵召，待在德州。」

「他們叫我去哪，我就去哪，現在也一樣。」

「好呀，你就是讓美國偉大的那種人，一個眞正的槍手。」

「他是個沉默的大多數，」珍妮絲說著：「不過現在，他一直製造噪音。」說完滿懷希望地注視著史塔羅斯，希望他也說幾句風涼話。老天，就算她步入中年之後屁股再怎麼保持圓翹，也改變不了她的愚笨。

「他是個正常的產物。」史塔羅斯說：「是個好心腸的典型帝國種族主義者。」兔子知道史塔羅斯以謹愼持平的語氣說出這句話，只是省略那種銷售員的微笑，他依稀感覺到史塔羅斯的討好，對方想與他握手言和。然而，兔子已經陷入自己的直覺當中，任何把美國的軍事行動描寫成「壓制」的說法都是錯誤的。美國已經超越了壓制，它的行動像一場夢，也像是上帝的面孔，無論美國到了哪裡，那裡便有自由。而美國不存在之處，魔鬼就會瘋狂地使用鎖鍊與黑暗施行統治，讓千百萬人窒息而死，美國轟炸機的下方即是天堂。

哈利於是反擊：「我不隨種族主義的非難起舞，你現在打開電視一定會看到黑人對著你吐口水，從尼克森時代以來，每個人都日夜打拼，讓黑人不需工作就變得富有。」哈利口無遮攔，但他卻是在捍衛某種非常敏感的議題，微弱的忠誠之火自他出生後便持續燃燒。「他們批評種族屠殺，但其實他們自己就是計畫這種事情的人，黑人加上闊綽的小孩就足以毀滅一切。他們是咎由自取，不能說當有個倒楣的警察稍微懷疑他們，就要尖叫找律師抗議。越戰，就我的看法……有人要聽我的意見嗎？」

「哈利，」珍妮絲說：「你嚇壞尼爾森了。」

「我的看法是，你應該去戰場展示你的意志力。在哪裡打都無所謂，因爲有問題的不是這場戰爭，而是這個國家。我們不必到韓國作戰，老天，現在也不必打希特勒了，這個國家因爲自己的安逸而變得恍惚無能，陷入自己的痴肥、懶惰和語無倫次裡面，因而沉淪至此，每一座城市都應該被氫彈轟炸，從底特律炸起，一直炸到亞特蘭大，好將大家喚醒，但即使如此，到頭來美國人可能認爲自己只不過是被親了一下，不痛不癢。」

「哈利，」珍妮絲問：「你是要尼爾森去越南送死嗎？你說啊！告訴他你會這麼做。」

哈利轉向尼爾森：「孩子，我不要你到任何地方送死，你母親才擅長置人於死地。」

哈利曉得這話非常殘酷，他很感激珍妮絲爆發怒火，才不致因此崩潰。「噢，」她說：「告訴尼爾森爲什麼他沒有弟弟妹妹，哈利，告訴他，是誰拒絕再有孩子的。」

㉛根據美國聯邦法規（Code of Federal Regulations Title 32, Chapter XVI, Sec. 1630.2）規定，美籍役男體位可分成五級，每一級中又包含五至七種類型。4F體位者表示不得從事任何含有武裝軍事類型的職位，僅得在軍事入口單位下設置的窗口從事勞動或其他行政服務。

「這眞是夠了。」史塔羅斯說。

「我很高興你目睹這一切。」珍妮絲告訴史塔羅斯，她低垂雙眼，而尼爾森也跟著垂下雙眼。

感謝上帝，餐點在此時上桌。尼爾森突然停止動作，他發現他的肉丸浸在肉汁裡，又看著兔子那份整整齊齊串在餐籤上的羊肉，說道：「我想吃那個。」

「那我們交換，閉嘴，快吃！」兔子說話的同時，看到珍妮絲和史塔羅斯點了同一道菜，是種白色的餅。以哈利身爲印刷工人的直覺看來，他們兩個似乎坐得太靠近了，以致於外側留下不像樣的空間。爲了要讓他們分開一點，哈利說：「我想，美國是個一流的國家。」

珍妮絲臉上不以爲然，史塔羅斯則默默咀嚼食物。「哈利從來沒去過別的國家。」

哈利對著史塔羅斯說：「我從來不想出國。我在電視上看到那些所謂別的國家，全都像鬼一樣拼命想要追上美國，結果因爲無法快速達到水準，所以放火來燒我們的大使館。你去過哪些國家？」

史塔羅斯勉強停住，說了個地名：「牙買加。」

「喔，」兔子說：「你眞是個探險家，特地搭噴射機三個小時，然後抵達和這裡一模一樣的希爾頓飯店大廳。」

「那邊的人討厭美國人去他們國家。」

「他們是討厭你吧，我和他們素昧平生，也從未去過他們國家。他們爲什麼要討厭我？」

「和其他國家的原因相同，因爲剝削。美國偷他們的鋁礦砂。」

「那麼，就讓他們拿鋁礦砂去向俄國佬買些馬鈴薯吧！順便也買飛彈基地。」

「我們在土耳其是有飛彈基地。」史塔羅斯說，他的心思已不在這種話題上了。

珍妮絲想幫忙：「我們已經丟過兩顆原子彈，俄國人連一顆也沒丟過。」

「他們那時候還沒有製造出原子彈，不然他們也會丟。如果眞是這樣，我看當時所有日本人會馬上切腹自殺，而我們把他們從這種處境中救了出來，現在，看看他們多幸福，精明得像鬼靈精，左右開弓，大撈我們的好處。當我們在幫他們打仗的時候，你們這些反戰人士還在幫日本人賣車。」

史塔羅斯用餐巾輕輕拭嘴，這時他又有了抬槓的力氣了。「珍妮斯想說的是，如果越南是個白種人國家，我們根本就不會陷入這個泥淖。我們原以爲那是另一次的印第安切羅基族（Cherokee）暴亂而已，只消說幾聲『不準』，秀秀一些非人道的武器就行。麻煩的是，現在那些越南人的數量比我們還多。」

「噢，他媽的，那些可憐的印第安人。」哈利說：「那不然我們該怎麼辦？讓他們佔據整個美國好用來燒營火？」抱歉了，敦多。

「如果眞是這樣，情況或許比較好。」

「那我們就哪也去不了了，他們會擋路。」

「很公平。」史塔羅斯說：「現在你也在擋他們的路。」說完，加了一句：「像你這種死白臉。」

「讓他們來啊！」兔子說著。此刻，哈利化身爲一座大膽挑釁的防禦工事，眼睛裡原本柔和的藍色光澤瞬間變成冷峻的火焰，凝止的眼神把他們瞪得垂下頭去。哈利瞪著珍妮絲，她的臉上充滿陰鬱與焦慮，就像個印第安女人，哈利恨不得把她給宰了。

這時候，尼爾森開口了。聲音扭曲上揚，眼中強忍著淚水：「老爸，我們快要趕不上電影了啦！」

兔子看了看自己的錶，發現時間只剩下四分鐘，這孩子說得沒錯。

史塔羅斯想幫忙，沒當過父親的人卻更像父親，以爲可以把孩子哄騙過去：「電影剛開始那一段最乏味，小尼，你不會錯過任何有關太空的情節，你該嘗點巴克拉瓦（Baklava）甜點。」

「我會看不到洞穴人啦！」尼爾森幾乎說不出話，眼淚就要冒了出來。

「我想我們該走了。」兔子告訴珍妮絲和史塔羅斯。

「這樣對查理沒禮貌。」珍妮絲說：「無論如何，在這部冗長的電影放映之前，我得喝咖啡才不會打瞌睡。」說著，轉向尼爾森：「巴克拉瓦眞的很好吃，蜂蜜加薄麵片，不正是你喜歡的東西嗎，試試看，當個好孩子！尼爾森，你爸媽很難得到餐廳吃飯。」

兔子不知如何是好，只得提議：「或者，你要不要嚐嚐你本來想點來當主菜的東西啊，甜汁小麵餅還什麼的。」

孩子的淚水終於冒出來了，緊繃著的臉也破碎了：「你們答應過我的……」他聲音嗚咽，一時說不出話，把臉藏在那堵毫無裝飾的白牆上。

「尼爾森，我對你很失望。」珍妮絲說。

史塔羅斯對兔子提議：「你們如果現在快去，珍妮絲就可以留下來喝杯咖啡，十分鐘內，我會開車送她到電影院外面。」

「聽起來可行。」珍妮絲緩緩地說，面容戒慎恐懼地舒展開來，像朵不鮮艷的花。

兔子告訴史塔羅斯：「好，太棒了！多謝，你人眞好，願意這麼做；還忍受我們——如果我有什麼地方說過火，那就抱歉啦，我只是受不了美國遭受攻訐，我確定，那是心理學上的問題。珍妮絲，妳身上有錢嗎？查理，你等等告訴她我們吃了多少錢。」

史塔羅斯重複了一次掌心朝外的巧妙動作：「算我的，你們什麼都不欠。」哈利無法推辭，連忙起身，趕去看什麼「吃生肉」的洞穴人和一支骨頭變成的太空船。兔子環顧四周，那對賓州公園的男女正在結帳，像是趕著要把嬰兒送上床睡覺，讓哈利聯想到熱切的家庭歡樂，他對著珍妮絲說：「明天提醒我打電話給妳爸，問他棒球賽門票的事。」他這麼說同時也是想讓尼爾森高興一點。

沒等珍妮絲開口，史塔羅斯貼心地回答：「他人還在波口諾斯。」

＊

珍妮絲以爲查理罵哈利「死白臉」的時候，一切都毀了，那時哈利杏眼圓睜，眼神冰冷地嚇人。但最後查理脫口而出她父親還在波口諾斯，珍妮絲知道這才是眞正的世界末日，雖然後來什麼事都沒發生。也許是電影麻痺了神經，那部片子的長度很長，主角最終登陸星球，卻變成一個戴著假髮的小老人，迷幻隱喻的部分讓珍妮絲傷透腦筋。在開車回家的路上，她決心將電影裡的謎題拋諸腦後，考慮乾脆承認自己說謊，然後再用言語逼退哈利，到時他唯一的選擇就是奪門而出，這樣也許對彼此都是個解脫。珍妮絲在廚房裡喝下一杯苦艾酒，想爲接下來要面對的狀況做好準備，可是樓上的尼爾森已經關上房門，哈利則在浴室裡，等她嘴巴混合苦艾酒和牙膏的氣味從浴室走出，哈利已經蓋上棉被躺下，僅有臉部暴露在外。珍妮絲上床，在哈利身旁躺下，傾聽他入睡後規律均勻的呼吸，而自己則像一輪皎月般清醒地躺著。

和查理一起喝咖啡的十分鐘後來延長爲二十分鐘。在獨處的時刻，她和查理挑明了說，既然他知道她會和家人一起到餐廳用餐，爲什麼還要魯莽地來攪局，查理回答她是爲了男人的尊嚴。他的嘴巴仍舊往外噘，彷彿嘴裡含著菱形的餅，兩側的駝肩也與黑社會老大有些神似。查理以爲那是她想要的，以爲她會先知會哈利和尼爾森。珍妮絲冷靜思考，查理也是來吃東西的，他只是不了解戀愛中的女人，以爲逕自跑到餐廳即是示愛；但實在不必藉著在這種場合出現來增加婚外情的危險性，他一出現，所有謹慎也就化爲烏有了。就算查理不只想喝咖啡，而是希望她喝完後跟他回家，珍妮絲也會百依百順，其實她早就盤算好在事後告訴哈利自己突然感到不適，才沒去電影院會合。

然而，所幸查理並未提出這樣的請求，他喝完咖啡，付清帳單，便履行他對哈利的承諾，在電影院前方的遮簷下放她下車。男人的言語一諾千金，女人在這方面則差強人意，或是天性使然。查理做愛的時候也像個推銷員，無時無刻不把珍妮絲推銷給她自己，軟語呢喃她身上的各個部位，也爲每個部位取了淫穢的暱稱，這些暱稱都是哈利吵架時說出口的詞彙。起初珍妮絲拒絕，但是當情緒放鬆，她想，這對查理而言不失是種釋放愛意的方式，和維持堅硬高舉的秘訣，更是讓珍妮絲更愛自己屄的方法。她跟他在床上不像與哈利時那般慌亂，珍妮絲知道哈利不持久，查理則相反，他就像個是隻貼心又毛茸茸的玩偶，是她的泰迪熊，能與他共享一切。她起初嚇得不敢摸他背上的毛，但其實沒什麼，男人總是多毛，就像是電影裡的穴居人，他根本是隻穴居熊。在一片漆黑裡，珍妮絲笑了出來。

黑暗中，車子穿越過橋，沿著威瑟街行駛。史塔羅斯問珍妮絲，哈利是否起了疑心。她告訴他不會，儘管她知道前陣子在辦公室待到很晚，讓哈利心煩意亂。

「我們也許應該低調一點。」

「噢，讓他去乾著急吧，他以前老是嫌我沒用。一開始很高興我出去工作，現在又覺得我忽略尼爾森。我跟他說：『給孩子一點空間，他馬上就要十三歲了，你依賴他的程度比依賴你自己母親還嚴重。』他甚至不准他買迷你摩托車，只因爲覺得太危險。」

查理說：「他對我一定沒有好感。」

「不盡然，只要談到有關越戰的事，他都一個樣，剛剛他只是在表達他眞正的想法。」

「他的想法怎麼會那麼糟糕？分什麼我們他們、什麼美國第一、什麼死了。」

珍妮絲試著思考原因。情夫能讓妳重新審視每件事，餘生會轉變爲某種形式的電影，雖然千篇一律，卻也相當有趣。她最後回答他：「哈利有某種執念，但我不知道那是什麼。」她試著解釋，交錯了含糊與停頓，但終究還是從嘴巴和腦袋裡傾吐出來。跟查理・史塔羅斯在一起的好處之一，就是他無論如何都會讓妳暢所欲言，他不僅讓珍妮絲的身體物歸原主，也把聲音還給了她的靈魂。「也許哈利回到尼爾森和我身邊，是因爲他生性保守，他想過安分守己的生活，可是現在他感覺到沒有人想回頭過那種日子了，他讓自己的生活侷限在逐漸溶解消失的規範裡。我的意思是，他覺得自己快要一無所有，所以只好老是在那裡看報紙、看新聞。」

查理笑了，橋上的藍光在他的手背上閃動，也在方向盤上跳躍。「我懂了，妳是他送給外人兌現的支票。」

珍妮絲也笑了。不過查理拿婚姻這種事取樂，似乎有點過分，畢竟這樁婚姻也是珍妮絲人生的一部分。有時候她會覺得，查理並沒有眞的把話聽進去，珍妮絲的父親也是這種人，和查理一樣是個急性子，像一陣風，不願採納他人的意見，跑在最前面的人往往會錯過沿途的風景。

史塔羅斯察覺自己說錯話，連忙想要彌補，到達電影院的時候，他輕拍珍妮絲的大腿。「太空漫遊啊……」他說：「我漫遊太空的方式就是和妳光屁股，一起鑽進睡袋，做愛一個禮拜。」遲到的觀眾焦急地在遮簷下排隊買票，燈光斜射進車裡之際，查理把手伸進珍妮絲的乳溝，拇指擠進她的鼠蹊部。這突如其來的觸摸讓珍妮絲既興奮又慌亂，滿懷罪惡地衝進電影院。放映廳裡鋪上深紫色的地毯，陳列賣糖果的櫥櫃，空氣中傳來不自然的冷冽。她在前排找到尼爾森和哈利，他們之所以坐在這種座位上，都是因爲珍妮絲想與情夫共享愛的晚餐，而害他們遲到。那麼寬大的螢幕就位在他們上方，使他們的頭髮像是著了火，耳朵像染上半透明的紅，父子倆的後腦杓看來同樣無辜。一股憐愛之情油然而生，在這份心情的催促之下，她弓著身子穿過其他觀眾膝間的空隙，坐到她丈夫和兒子爲她留下的座位上。

一輛車通過彎道，車頭大燈的光束掃進房間，也掃過天花板。樓下的冰箱兀自喃喃自語，把融化的冰水往退冰盤裡滴。珍妮絲的身體緊繃得像是一把豎琴，亟待男人的撫慰，她開始撫摸自己。她年輕的時候幾乎從未做過這種事，嫁給哈利之後，理當更毋須如此；婚姻必須滿足一個女人的生理需求，只要轉身面向對方，對方便要滿足她。然而現在，她和哈利的婚姻是多麼悲哀，夫妻之間僅剩兩扇各自上鎖的房間，聽得見對方的哭泣，卻踏不進對方的門扉，不單只是因爲死去的嬰兒，雖然那件事眞的很可怕，就像是個難以癒合的傷疤。

雖然悲傷已經褪色，回憶也趨於平淡，但最後，房間裡的似乎已經不是她自己，而僅是沒有靈魂的影子，但她並不是獨自一人，某些男人也在房間裡陪伴她，包括查理，但不只有他而已。妳可以在他面前做你自己，還能擁有他的肉體，這何等美妙。她在心裡狼吞虎嚥地咀嚼兩人肉慾的情節，只有大、巨大、還有緩慢的過程，慢得像糖分溶解，若不是他們已經上過那麼多次床，她可能一下子就能達到高潮。有時候她會央求他連番上陣，連自己都不敢相信自己會說出這種話，珍妮絲成了自己的玩物。體育老師、聖公會牧師、每個人都告誡她不要遊戲人間，甚至連母親說過令人害羞的話：「那種事情就只是那種事情，別讓妳的身體成了被玩弄的東西。」當尼爾森的彈簧床墊吱嘎作響，常讓珍妮絲不禁懷疑，這個可憐的孩子，身上的那根小玩意兒還正等著長毛呢，他心裡會幻想些什麼吧，一定會幻想一些情節。

當她回到家，看到尼爾森孤伶伶地坐在電視機前，想著他的迷你摩托車，多麼孤單的童年。她已經輸掉她的人生了，雖然她現在縱情於那檔事，但還是輸了，早已輸掉她的情慾，多愚蠢！人生是多麼愚蠢啊！我們被生下來，父母餵養我們，替我們換尿布、愛我們；乳房隆起之後有了月經，便開始瘋男孩子；被其中一、兩個男生撫摸過，便迫不及待地要嫁人；生了幾個孩子之後，就不想要孩子了；接著，莫名其妙又開始瘋男人，直到在肉慾中陷得太深，這個階段也終如曇花一現般逝去；於是我們戴上插滿花飾的帽子，坐車去土克森（Tucson）逛逛，或者在新罕布夏傷春悲秋，順道去探視孫兒孫女；最終，就像她的婆婆，那可憐的安格斯壯太太一樣，在床上度過餘生。哈利總是逼珍妮絲去看她，而她卻看不出有何必要。安格斯壯太太身強體壯的時候，總是嘴巴噴吐著唾沫，兩眼發狠像要從頭上爆開，暗自搜索惡毒的字眼，從沒對珍妮絲說過半句好話。住進療養院和醫院的都是些可憐的老人，但這些人只不過是步上自己父親或老姊姊的後塵。醫院大廳裡的電視開著，油氈地板上滿佈從聖誕裝飾上掉落的松針，最終我們離開了這個世界。

說到底，有沒有出生一點也不重要，人的一生當中，經歷了戰爭、暴動，和眾多歷史事件，不過這一切都不如報紙所說的那般重要，除非自己牽扯其中。關於這點，哈利似乎是對的。不論是越南、韓國或菲律賓，其實根本沒有人眞正關心他們，然而有些無辜的人卻必須爲戰爭喪命，這就是命。與尼爾森同齡的男孩，連鬍子都沒刮過就戰死沙場。想不透查理爲什麼要這麼關注這件事，要這麼生氣，他又不是被派去越南的青少年。或許他是吧，珍妮絲的父親曾談過查理過去加入學校幫派火拼的事，而我們家族則和他相反，父親說史賓格是個英國姓氏，父親很爲這個姓氏自豪。

然而，珍妮絲曾懷疑爲何自己的膚色那麼深，那種橄欖色並不是太陽曬出來的，而且她的頭髮捲曲，從來無法留平直的瀏海，直到最近才留長，把頭髮往後梳，這造型被查理冒瀆地戲稱爲「床上瑪麗亞」，儘管查理的臥房裡確實掛了一幅聖母像。學校裡的人不夠多，不過珍妮絲已經原諒了那些日子，看到自己依查理喜歡的樣子定型，也原諒了過去的歲月。她是查理的屄，是個有錢、又專屬於查理的屄，儘管她家並不富有，頂多稱得上體面而已。因爲哈利的不負責任，父親給她一些股票來排遣時間，股利的支票寄來，信封上面寫得很清楚，她不想讓哈利看到支票，因爲那些支票讓哈利的工作相形失色，想到這些年來他爲工作賣命，讓珍妮絲泫然欲泣。哈利的母親曾說過他過去如何辛勤練習運球與投球，但她其實語帶貶意，實際上是在暗示尼爾森缺乏才幹。

眞是愚蠢，這些想法都於事無補，明天還是要過日子，明天一定要和哈利講個清楚。她問查理該怎麼做，他聳聳肩說：「如果到午餐時間妳父親還沒從波口諾斯回來，那你就跟我回公寓吧。」白晝的光線曾經使她發窘，然而她現在卻最喜歡在大白天裡做那檔事，一切都被攤在陽光下，男人的屁股看起來是那麼純潔無瑕，甚至於那個小洞，也像被拉緊的錢包，陰毛又黑又軟。他們嘗試過各種姿勢，對他們而言，人類的自然和正常是可以被超越的。自己現在這樣眞沒用，珍妮絲抽回放在下體的手指，睜開眼睛，看著酣睡中的哈利，把所有心事都胡亂往心裡塞，過去這些年裡，愚昧地禁錮珍妮絲的性欲，眞是大錯特錯，全都是他的錯。其實她的性欲一直存在，而召喚它應該是哈利的本分。她肯爲查理付出一切，正是因爲他肯對她求歡，讓女人像獻身一樣把身體交出去。

她不在乎，人畢竟得活下去，現代女人不認爲性愛會燒掉她們的厚臉皮，根本上妳的存在只爲那件事，這念頭讓人深入自我，令人自覺驚訝，有種墮落及自我毀滅的感覺。雖然珍妮絲一直在他身邊，但哈利從來不敢認眞去思考這個問題，只知道盲目奔跑，太過吹毛求疵，實際上厭惡性生活，噢！也不盡然，她知道他早就發現自己的心已經飛了。珍妮絲睜開眼睛，看到他躺在床鋪的邊緣，就像躺在斷崖的邊緣，夫妻倆都在這斷崖上，眼看就要墜落谷底。她閉上眼睛，也快墜落了，「快到了！噢，噢。」床鋪在呻吟著。

珍妮絲沉湎於往事，她不曉得在哪裡讀到有人做過實驗，當做那件事的時候，醫師替當事人量血壓，然後把線接到腦袋上，觀察他如何集中腦力，結果顯示，最好的辦法就是自己來。她在床上引起的顫動把哈利搖醒了一半，他猛然翻過身，手臂摟起珍妮絲的腰，這個蒼白的高個子已經中年發福，珍妮絲用她正在自慰的手指頭拍開他的手腕，彷彿在懲罰他的過錯，而在身後的哈利則像個蒼白柔軟的鬼魅，想做個棺材把她給裝進去，就像他們對麗貝卡㉜這個不幸夭折的小嬰兒那樣。她彷彿感覺到自己渾身濕透地將已死的嬰兒抵在胸前，聲嘶力竭地哀號，彷彿在挖洞，想讓自己的生命回到那個洞穴裡去，永不超生。那部電影的畫面回到她的腦海，以黑色天鵝絨反襯的巨輪轉動著，配合交響樂的莊嚴節奏，消除了她剛衝進電影院的狼狽。此時的珍妮絲像個芭蕾女伶，漂浮在疏落的生命星球之間，生命中的所有男人，父親、哈利、尼爾森、查理，她想到自己在情夫不在的情況下達到高潮，也算是一種背叛。黑暗裡，她舉起指尖，上頭沾有濡濕處的香氛，她將指尖放在雙唇，親吻著自己，想著，你。

※

隔日是星期五，報紙和電視上盡是約克郡黑人暴動的血腥畫面，狙擊手擊傷無辜的消防隊員及路人，這個世界變成什麼樣子了？當太空人正接近月球的重力感應圈，一場來去匆匆的暴風雨襲擊了午後的布魯爾市，把購物的人潮和返家的工人痛打一頓，紛紛躲進商店，哈利和父親沒能及時擠進鳳凰酒吧，風雨浸濕了哈利的白襯衫。「我們以爲昨晚你們會來。」厄爾．安格斯壯說。

㉜麗貝卡（Rebecca）：哈利與珍妮絲的次女，尼爾森的妹妹；麗貝卡是史賓格太太的名字，爲了紀念母親，珍妮絲將女兒以此命名。

「老爸，我告訴過你，我們去不了，我們帶孩子出去吃飯，然後去看電影了。」

「好啦，不要這麼咄咄逼人，我只是以爲你可能會來，不過沒關係，我知道你盡力了。」

「我當時只說可能會去而已，她覺得很失望嗎？」

「她沒表現出來，你也知道你母親的性格內斂，她曉得你有你自己的問題要處理。」

「什麼問題？」

「電影好看嗎？哈利。」

「孩子喜歡，我不知道怎麼說，對我來說有點無聊，後來我很像吃壞肚子，覺得有點不舒服，回家之後睡得像死豬。」

「珍妮絲喜不喜歡那部電影？她看起來開心嗎？」

「媽的，我不知道，她都幾歲了，看這種電影會開心嗎？」

「我前幾天還希望不會被人家認爲我多管閒事。」

「老媽還在那亂扯那件事？」

「說了一點。我告訴她，孩子的媽，哈利是個大孩子了，他是個有責任感的美國公民。」

「是啊。」兔子承認：「也許那就是問題所在。」說完，哈利打了個冷顫，濕透的襯衫讓他在酒吧裡猛打哆嗦，他做手勢又點一杯台克利酒。無聲的電視中正播放新聞片段，內容是約克郡的警察三或四人一組，大步走在街上，之後畫面切換到在越南的巡邏隊，鏡頭下的男孩大兵看起來骯髒、恐懼、又疲憊，哈利心裡很難過，他無法和他們並肩作戰。畫面又轉換到那個喧騰一時的瘋挪威人，他終於放棄用紙艇橫渡大西洋的念頭。在這個滂沱大雨中的星期五下班時間，就算電視的音量再大，也會被酒吧裡的嘈雜聲瞬間湮滅。

「你覺得你今晚可以過來嗎？」哈利的父親問：「時間不必久，十五分鐘左右就好，這對你媽來說意義重大，小蜜在西岸沒消沒息，連寫張明信片也沒有。」

「我會跟她談談這件事。」哈利說。他指的是珍妮絲，儘管他腦海中想著在西岸到處晃蕩的小蜜。他記得過去住在傑克遜街的時候，他曾帶小蜜去滑雪，她的兜帽上滿布雪花，情景歷歷在目。參加派對的時候，哈利會在旁等著拍她一臉臭臉的表情；或者身上塗滿防曬油，和她一起躺在游泳池畔的陽傘下，旁邊躺了個身上滿是肥油的流氓，臉部中央插著一支雪茄，活像嘴裡長出第二根那話兒，那傢伙從嘴裡把雪茄拉了出來，張牙舞爪狂吼。「不過，別讓她期望太高。」哈利指他母親：「我們這星期天一定會去，現在，我得趕快回家了。」

風雨盡退，陽光灑落，彷彿急著曬乾潮濕的柏油路面。地面上的汙斑像地圖般分布成陸地，　張已經融化成紙漿的面紙形成一座四面環海的小島，海上有些過重的購物袋像帆船般漂浮其上。遠處一家鞋店門前的遮簷已廢棄不用，癟瘦的黑人在下面露出了笑容。外觀已遭破壞的公車站牌上，廢棄包裝紙從印有「保持市容整潔」的垃圾桶蓋裡滿出來，像小飛盤一樣漫天飛舞，滿刻凹痕及車輪刮痕的柏油路面，光澤在積水覆蓋下也已成往事。隨著晦暗的暴風雨散盡，宛如手巾及馬尾的雲塊往東翻越賈基山脊，使得天際找回昔時模糊、滯悶的賓州濕氣景觀，而凝結爲怒氣的焦躁又在兔子的心底鬱積起來。

兔子回到家時，發現家中空無一人。當他踏上前院步道，滿植螃蟹草和車前草的草坪經過雨水的洗禮，看起來閃閃發亮。尼爾森修整草坪可得到五十元的零用錢，但他從六月起就荒廢這份工作了。自從史賓格家中新買一輛可以坐在上面邊開邊割的刈草機，這台動力刈草機就被棄置不用，斜倚在車庫中，輪子旁放著一個三合一容器。哈利為刈草機上油，汽油被攪拌之後，在容器裡呈現琥珀色澤，但在漏斗裡看起來則透明無色。他猛拉四下之後發動刈草機，割下一行又一行濺著水的厚塊濕草，在前院兩個正方形草坪上前進後退，來往穿梭。後院還有一片面積較大的草坪，上面設有樹狀的曬衣架，同時也是尼爾森和哈利平時玩接傳遊戲的地方。他們用的是軟式棒球，因為長時間的使用，棒球的表面纖維已經發毛。雖然後院的草需要修剪，但哈利故意在前院逗留，讓珍妮絲看到他，加諸她的罪惡感，好試圖恢復彼此的關係。

珍妮絲一路顛簸，從美景彎道濺著水花的碎石子路上開下來，想把車停進車庫，但沒算準距離；車子的保險桿卡在外面，因此關不上車庫的門。她忿而發怒，地上的落葉、割下來的草和樹枝的長影相互堆疊交纏，兔子站在一棵因枝幹細長而被支索固定在地上的楓樹旁，手掌由於徒手剪修整條步道旁的雜草而感到疼痛萬分。

「哈利，」珍妮絲說：「你在外面幹嘛！看起好滑稽哦！」

那是事實，雖然「賓州公園」的地名引人遐想，加上自誇的居民每戶都擁有四分之一畝的院子和烤肉爐，但並沒有人會因此想走出戶外，就算是小孩子一到夏天也足不出戶。兔子小時候住家的附近一帶都是磚瓦房屋，小孩經常在戶外活動，躲藏在中空的樹叢間，在碎石路面的大街小巷中相互扭打嬉戲；最後至少有一個人會被大人關在緊閉的窗戶裡禁足。然而此地卻充滿無垠的悲哀，了無生趣的天空被瘦長的天線侵略、遭無線電波毒化，並且充斥著地下排水溝的氣味。

「妳他媽的到哪去了？」

「上班啊，很明顯嘛。爹地說下過雨之後絕對不可以割草，你看草全都趴下去了。」

「『上班啊，很明顯嘛！』有什麼好明顯？」

「哈利，你很奇怪，爹地今天從波口諾斯回來，要我六點鐘以後留下處理蜜德蕾的那團亂帳。」

「我以爲他幾天前就從波口諾斯回來了。妳上次騙我，爲什麼？」

珍妮絲跨過那堆被割下的草，站到哈利身旁，兩人與那棵樹並肩佇立。那棵細長的楓樹無法正常成長，好像是被此地的光線弄得不知所措。不知道哪一戶在星期五晚上烤肉，煤油氣味飄散過來。賓夕法尼亞山莊居住著會計師、推銷員、區長、督學、保險公司理賠人，盡是些陌生人或暫時寄居的人，這些居民對他們而言，都像路邊經過的汽車，或見聲不見影的孩童。珍妮絲的膚色在此刻加深，身體散發一種挑逗性的柔軟。「我忘了，我說了個愚蠢的謊話，你在電話裡那麼生氣，我總得先說些什麼吧，『爹地在公司』似乎是最簡單的說法，你曉得我的個性，你曉得我被你問得有多慌亂。」

「妳還對我說過多少謊話？」

「我想一句也沒有。可能有些小事吧，比如花了多少錢，這是女人說謊的主題。女人喜歡說謊，哈利，這樣人生才有樂趣。」珍妮絲正在賣弄風情，這違反常態，她輕舔上唇然後將舌頭停住，樣子像是捕獸器上的彈簧。

她走向那棵幼樹，觸摸被帶子綁住，以防止支索陷入的樹幹部位。他問她：「尼爾森呢？」

「我和佩姬說好，讓他今晚在比利家過夜，反正明天不用上學。」

「又跟那一家傻瓜混在一起，他們儘是給他出餿主意。」

「他這種年紀，已經學會有自己的想法了。」

「我拗不過老爸，答應他今晚過去看看老媽。」

「我不懂爲什麼要去看她，她從來就沒喜歡過我，她除了毒害我們的婚姻之外還會做什麼？」

「我還有個問題。」

「說吧！」

「妳和史塔羅斯上床了嗎？」

「我想女人只有被上的分吧！」

珍妮絲突然掉頭狂奔，踏上三個階梯，朝著裝設蘋果綠色鋁質護板的房屋裡跑。兔子把刈草機放回車庫後，從側門走進廚房。珍妮絲已經在裡面，乒乒乓乓翻弄鍋子，忙著煮晚餐。他故意問她：「我們是不是應該出去吃飯調劑一下？我知道昆斯街開了一家漂亮的希臘小餐廳。」

「他昨天出現只是巧合，我承認推薦那家餐館的是查理，但那又如何？你昨天對他實在很沒禮貌，簡直到難以置信的程度。」

「我沒有不禮貌，我們是在討論政治問題，我喜歡查理，就一個南歐移民又油腔滑調的左派分子而言，他還算是個不錯的傢伙。」

「你最近眞的很奇怪，哈利，我看你被你媽傳染了。」

「在餐廳裡，妳好像對那些菜很熟，妳確定他沒帶妳到那家餐廳吃過午飯嗎？或者在哪個加班加到很晚的晚上？妳加過好多次晚班，但是好像沒做多少事吧！」

「你根本不知道要做什麼事。」

「我知道妳老爸和蜜德蕾．克魯斯特過去都親自處理那些事情，從來不必加班。」

「拿到豐田代理權之後情況完全不一樣了，有新的工作業務，數不完的提貨單、進口稅、報關單。」珍妮絲想到更多閃避之詞，就像她小時候用雪在路旁的排水溝裡蓋攔水壩。「反正，查理認識很多女人，根本不缺女人，而且都是比我年輕的單身女子，甚至於連問都不必問就可以上床。每個女人都吃避孕藥，就這麼簡單。」言多必失，多說了一句話。

「妳怎麼曉得？」

「他告訴我的。」

「你們很親密嘛！」

「沒什麼，偶爾聊聊而已，當他徬徨無助，或是需要一點母親的意見的時候。」

「這就對了，有可能他懼怕那些年輕的小騷貨，或是他喜歡年紀比較大的女人，喜歡看『媽媽咪呀㉝』之類的，這種地中海型的男人需要很多母愛。」

看著哈利這樣兜著圈子往眞相裡鑽，對珍妮絲而言是非常有趣的。她的內心天人交戰，爲人妻子應該幫助自己丈夫發掘眞相，良心令她難以選擇適當的詞句迴避。

「但是無論如何，」哈利繼續說：「那些女人都不是老闆的女兒。」

那就是哈利心裡所想的，也是珍妮絲在與查理共度每個第一次時，心中最大的顧忌。當珍妮絲第一次陷入一團混亂的金額裡，查理輕拍安撫她；當爹地離開辦公室，他們共進第一次的三明治午餐；第一次五點鐘在街上的阿特拉斯酒吧，共飮威士忌沙瓦㉞；第一次在車內接吻，後來總是在不同的車子裡，有輛向車廠借來的車裡還殘留新車的氣味，就像她們愛撫後燃燒的保護層。每一次她總忍不住聯想到他另有所圖，直到史塔羅斯說服她他愛的是珍妮絲的人，是那個婚前姓史賓格，個性有趣又笨拙的珍妮絲。他像舔冰淇淋一樣舔舐她的身體，時間在此刻被偷走，瞬間擠壓成鑽石，神經隨著愉悅流動，以間不容髮的速度在兩人之間來回擺盪，直到進入一種狂亂的麻痺爲止。這種麻痺的狀態如此強烈，以至於事後回到家，竟無法獨自入眠，好像當天中午曾睡過午覺。他們發現開車到史塔羅斯的公寓僅需十二分鐘的距離，可以走後面那條行經舊市場的捷徑，市場現在空無一人，僅餘一排鐵皮屋頂的倉庫。

「我是老闆的女兒，這件事情對他有什麼好處？」

「會讓他覺得自己正在飛黃騰達，不管哪裡來的希臘人或波蘭佬全都熱衷於賺錢。」

「哈利，我不知道你居然有這麼強烈的種族偏見。」

「妳和史塔羅斯之間到底有還沒有。」

「沒有。」珍妮絲知道自己這句謊話，就像小時候看著用雪堆成的攔水壩漸漸融化，事實眞相終究會顯露出來，因爲偷情的證據過於明顯，且過於頻繁。儘管她害怕到快尖叫，但還是得像個嬰兒裝傻，爲此她替自己的勇氣感到驕傲。

「妳這個笨婊子。」哈利罵道，並伸手打她，沒打她的臉，而是打了她的肩膀，動作像男人想捶開上鎖的門。

珍妮絲笨拙地打了回去，以她伸手搆得到的高度，只能打到哈利的脖子。哈利感到一陣快感襲來，像是陽光射入隧道裡。他繼續打她，三下、四下、五下、打到欲罷不能，就像一步步朝那道光芒接近。實際上，他並沒有使出全力，但力道已經足以讓珍妮絲抽噎啜泣。她彎起身子，以致於最後幾擊像是鐵鎚，搥落在珍妮絲的頸項與後背上。哈利從來沒從這個角度看過珍妮絲，粉白的頭髮中分線後延續蠟燭白的頸背，襯衫背後透出胸罩扣環。啜泣此時變成了嗚咽，她卑微的臉龐和怯懦的姿態中散發出一種美，使他驚爲天人，因而停止動作。珍妮絲發現哈利不會再動手打她，便放棄扭躲，側身撲倒後，開始放聲大哭，發出一種由於受到驚嚇而喘

㉝媽媽咪呀（Mamma Mia）：根據英國劇作家凱瑟琳・強森（Catherine Johnson）的劇本，並採用阿巴合唱團（ABBA）經典名曲的「點唱機音樂劇（Jukebox Musical）」。

㉞威士忌沙瓦（Whisky Sour）：一種在威士忌中加入檸檬汁、糖與若干冰塊及蘇打的雞尾酒。

息不止的駭人噪音。珍妮絲的滿臉通紅，皺在一起，就像初生的嬰兒。在好奇心的驅使之下，哈利跪下身子察看她。珍妮絲見狀，烏黑的眼睛裡出現一道閃光，朝著他的臉啐了一口唾沫，可是沒估算好，唾沫反而落到自己臉上。對哈利來說，那只不過像個飛濺而來的輕吻，根本傷害不了他。臉上沾滿自己唾液的珍妮絲大喊：「對，我有和查理上床！」

「唉，該死的。」兔子的語調溫柔：「妳當然有過。」說著，他欠身把頭部低俯在她的胸部，以免自己被她抓傷，一邊拍拍她的身體兩側，一邊試著摟抱她，想把她扶起來。

「我愛他，你很該死，哈利，我常和他做愛，一直沒停過。」

「很好。」哈利喃喃自語，爲了那道光芒的消退而傷心，爲了剛剛揍她那種忘我的情緒消退而惋惜，也爲了把她揍到講出眞話而悲哀。現在，她又變成過去那個需要他照顧的廢人了。

「那對妳有好處。」

「已經持續好幾個月了。」珍妮絲的語氣堅決。哈利的反應讓她非常憤怒，她沒有放棄，扭動身軀，試著想要掙脫，好再啐他兩口唾沫。他死按住她揮舞的雙臂，把雙臂固定在她身體的兩側，猛力壓制住。珍妮絲死瞪著他的眼睛，面露兇光，不發一語，冷若冰霜，思索著如何才能給哈利最重一擊。「我爲他做的事——」她說：「——絕不會爲你做。」

「妳當然會做。」他喃喃自語，想抽出一隻手掌摑她的前額，讓她閉嘴。她站在廚房洗碗槽前的油氈上，油氈和她的額頭一起散發光澤，頭髮向外蜿蜒成油氈上的大理石紋路。附近瀰漫淡淡的腐朽味，可能與洗碗槽的水流遲緩有關。珍妮絲終於不再反抗，四肢鬆軟，放聲大哭，哈利輕而易舉地把她抱到起居室的沙發上。他的力量龐大，但脛骨顫慄，由於修草剪刀握柄笨拙的新月形狀，使他的手掌痠疼。

珍妮絲的身軀失落地沉陷進沙發裡。

哈利繼續刺激她；「他做愛的功夫比我好吧？」這話想讓珍妮絲繼續坦白，像醫生用藥水消毒膿腫。

珍妮絲咬牙看著眼前這片斷垣殘壁，她不想再被打，希望哈利可以對她仁慈、正經一點，這骯髒的欲望污染了一開始滿心害怕和憤怒的初衷。「他不一樣。」她說：「我在他面前比在你面前興奮，不過我想是因爲我沒和他結婚。」

「你們在哪裡做那件事？」

各種場景在她腦海裡旋轉飛逝，遮蔽了雙眼：汽車的座位上，地毯上，從擋風玻璃看出去的樹下，在保險櫃，三張綠色鋼製辦公桌，和硬紙板製成的豐田廣告板之間的褐灰色地毯上，用硬紙嵌板和破爛床罩裝飾的汽車旅館房間，當然還包括查理擺設笨重家具，又把全家福照片裝在銀色相框裡那棟無趣的單身公寓。「各種不同的地方。」

「妳想要嫁給他嗎？」

「不，不。」她爲什麼會拒絕？這個回答的動機有無限可能，連珍妮絲自己也不明白，她原本以爲那是一扇通往花園的大門，沒想到通往的卻是空虛。她平躺在沙發上，一隻鞋子脫落，當哈利把她抱到這裡，自己則跪在地毯上，她身上的瘀傷也開始火辣辣地刺痛。她試著把哈利拉近身邊，但他全身僵直，彷彿一具屍體，而兇手是她。

他問：「我對妳有那麼不好嗎？」

「噢，甜心，不是的，你對我很好，你回到我身邊，還在那種骯髒的地方上班。我不曉得是什麼驅使我這麼做，哈利，我眞的不知道。」

「無論是什麼。」他告訴她：「在我身邊，那份衝動一定還在。」他說這句話的時候表情像是尼爾森，心事重重又忿忿不平，迷惑地想窺探珍妮絲眞正的想法，一副受害者的模樣。珍妮絲知道，她必須和他做愛。內心一陣相互矛盾的浪潮相互衝撞，她居然要和眼前這個陌生、蒼白且毛髮稀疏的人產生情慾，這種念頭令人嫌惡，與查理私通的銷魂才讓人意亂情迷。

哈利覺得害羞，也害怕讓她失望，從沙發上離開，坐到地板上，強裝鎭定，開口和珍妮絲說。

「妳還記不記得露絲㉟這個人？」

「你是說你離家出走之後跟你住在一起的那個妓女嗎？」

「她其實不是妓女。」

「管她是什麼，她怎麼了？」

「幾年前，我又見到她了。」

「你又跟她上床了？」

「噢，天哪，沒這種事，她整個人變得很循規蹈矩。事情是這樣的，我們在威瑟街巧遇，她在買東西，她胖到我認不出來；我想她有先認出我，她一直盯著我看，我才驚覺她是露絲，還是頂著那個大蓬鬆頭。她從旁走過去之後，我在她後面跟蹤了一會；後來，她很快走進克羅爾百貨公司，我心裡盤算先在邊門那裡等，如果她從這個門走出來，我就跟她打招呼，她如果從其他的門出去就算了。我等了五分鐘，不過其實我沒有眞的很想跟她相認。」

哈利描述這段過程的時候心跳加快，就像當時一樣。「我正要離開的時候，她卻拖著兩包購物袋走了出來，她看到我說的第一句話就是『別來惹我。』」

「她愛你。」珍妮絲如此解釋。

「她曾經愛過，也曾經不愛過，」哈利說著，但這份志得意滿失去了珍妮絲的同情。「我提議請她喝一杯，可是她只讓我陪她走到以前是艾克米超市的那個停車場。她跟我說她住在市郊，往加利里那個方向，丈夫是個養雞農，另外還當校車司機。我記得她丈夫是個年紀比她大很多的傢伙，曾有過家室。她告訴我，他們有三個小孩，一個女孩，兩個男孩，也給我看放在皮夾裡的照片。我問她多常進城，她說：『基於你的關心，我以後絕不會再來。』」

「可憐的哈利，」珍妮絲說：「她聽起來很差勁。」

「沒錯，不過可能是因爲她變胖了，就像我說的，她是個失去了內在自我的人，看起來就和市區那些拖著購物袋的胖子一模一樣，不過總而言之，她還是她。」

㉟露絲（Ruth）：十年前哈利離家出走時，透過高中籃球老教練的介紹與露絲相識，兩人同居過一段時間。但在珍妮絲懷下麗貝卡後，哈利便離開了她，兩人遂斷絕聯絡。

「好吧，你還愛她。」珍妮絲說。

「不，我當時不愛她，現在也不愛，妳還沒聽她後來做出更糟的事情呢。」

「我不相信你回到我身邊之後沒再和她聯繫，至少也會看看她是怎麼處理……有身孕的事。」

「我覺得我不應該這麼做。」不過，哈利此時從珍妮絲深邃又帶批判性的眼神裡看出，這件事比他想像中更加複雜，有些他該遵守的條件，表象之下的默契才是關係重大。當珍妮絲把他帶回家的時候，就應該先說清楚才對。

珍妮絲問：「更糟的事情指的是什麼？」

「我不曉得是不是該告訴妳。」

「告訴我，我們之間不該有所隱瞞，說完之後，我們就快把對方的衣服剝光吧！」她的聲音聽起來帶著倦意，把事情全盤托出必定非常傷神。哈利想轉移珍妮絲的注意力，就好像贏牌之後故意和輸家談笑一樣。

「妳剛剛自己說了關於那個嬰兒的事，我當時也想起那件事情，於是問露絲，『那女孩多大了？』，可是她不肯告訴我。那女孩是她最大的孩子，我拜託她讓我再看一次皮夾裡的照片，妳知道的，想看看長得像不像我，可是她不讓我看，反倒對著我笑，真的令人相當不舒服，而且她又說了一些非常奇怪的話。」

「她說了什麼？」

「確切的內容我忘記了，她上下打量我，然後說我變胖了，胖這個字她居然說得說出口！

之後，她又說：『兔子，快跑，你在包心菜田裡已經走運了。』或是其他類似的話。從來沒有哪個人叫我兔子，這讓我有點不解。這是發生在兩年前的事，大約是秋天吧，從那時候起，我就再也沒見過她了。」

「你現在快說實話，這十年裡，你有沒有其他女人？」

哈利的記憶快速倒帶，遭遇幾個黑暗的角落。有一年，眞理印刷廠在波蘭裔美國人俱樂部（Polish-American Club）裡舉辦周年聯歡會，他和一個胸部扁平的骨感女孩上床，因爲女孩感冒了，所以做的時候還穿著胸罩和毛衣。另一段詭異的插曲發生在澤西海岸（Jersey Shore），那天，珍妮絲和尼爾森到遊樂園去了，哈利穿著短褲從海灘回來，有人敲響小屋的門扉，打開門，是個矮胖的黑人女孩，在兩個皮包骨男孩陪伴下，上門來推銷自己，價碼是一次五塊錢或七塊錢，全依服務內容而定。問題是聽不懂她的口音，他看著她，要她覆誦「幹」和「吸出來」這兩個詞，引起男孩和女孩的吃吃竊笑。驚恐之餘，哈利很快地關上那扇單薄的門，把他們全都擋在門外，好像剛被他們恐嚇要加害於他。鎖上門後，哈利對著牆壁打手槍，牆壁散發出海邊潮濕的鹹味。哈利告訴珍妮絲：「妳曉得，自從小貝姬㊱死後，我對性就失去興趣了，雖有性慾，會想要，但隨後就會被其他事情轉移掉。」

「扶我起來。」

㊱原文爲「Becky」，哈利對小女兒麗貝卡的暱稱。

珍妮絲站在電視機前，螢光幕一片慘綠，無聲無息。珍妮絲很有效率地褪去了衣裳，當她脫去褲襪，那兩顆擁有深色乳頭的乳房呈筒狀垂擺，曬黑的皮膚只蔓延到喉頭爲止。從前的夏季周日，他們一家人會到西布魯爾市的游泳池游泳，但如今，孩子已經到了不願意和父母親一起出門的年紀，因此再也不曾去過。自從史賓格一家發現波口諾斯這個度假勝地，他們也再沒去過澤西海岸了。波口諾斯那多蟲的褐色湖泊禁錮在黑暗的綠色樹林當中，讓兔子非常厭惡，從來不想去，事實上他根本不出門，只在家裡度假。他曾幻想自己到南部的佛羅里達州或阿拉巴馬州，去看棉花田和鱷魚，但那是年少時的夢，已隨著嬰兒的死而幻滅，一生曾去過一次德州，便已足矣。珍妮絲全身赤裸，爲哈利解開襯衫，她把舌頭夾在上下兩唇之間，伸手摸索，他渾身麻木地進行寬衣解帶的工作，長褲，鞋子，然後是襪子。空氣了解哈利，白晝的空氣一直四處徘徊，夏季的光線刺激那片不見天日的皮膚。他和珍妮絲已經好幾年沒在白天做愛了。做到一半，珍妮絲問他：「你不是喜歡看我的身體嗎?以前我被看得好窘。」

薄暮時分，他倆一絲不掛地用餐，享用珍妮絲親手做的義大利臘腸切片三明治，並且淺酌幾杯威士忌。屋裡一片漆黑，儘管周圍都已燈火通明，光線有如鏡子般四處反射。附近的燈火，和沿著美景彎道行駛而過的汽車，將柔和的燈光輕滑進他倆房裡，透空架的隔板像幾道平行的刀劍，浮木燈倒映出犀牛的暗影，燈罩上擺著一張尼爾森在學校拍攝的半身照，裝在硬紙板製成的相框內，尼爾森在框緣摻入香味的色彩裡向外展露笑容。爲了在天色漸暗後還能看見室內景物，珍妮絲打開了電視機，關掉聲音，在青色的螢光中，登月小艇像演啞劇一般模擬飛行情形，鎮暴部隊站在砸毀的超級市場前面，一艘小舟橫渡大西洋後，終於在佛羅里達登陸，像場面緊張的喜劇、西部鬧劇，還有像水銀般瞬息萬變的陰沉面孔。

於是他倆再度做愛，珍妮絲的軀體就像一片兼具力量與柔美的沙地，她的嘴則是放蕩的黑洞，眼睛深處閃迸著火花。而哈利則如同一片遭受砲擊燒夷後的不毛山水，沉默中所爆發出的各種想像，也比不上珍妮絲專業級的愛撫。這些念頭從哈利的腦際閃過，卻再也傷害不了他。珍妮絲反過身來，在哈利身上渾身解數地展現這幾個月來獲取的新知，胃口之大，讓哈利嚇了一跳，自知無法滿足珍妮絲，就像死亡永遠貪得無厭。珍妮絲的出軌行為化成激情，又化成了狂濤。第一次太快，第二次則很甜蜜，賣力又出汗，第三次哈利眞心誠意地使力，幾乎是純潔地奉獻，留下力竭後的甜美，至於第四次，由於根本沒有第四次，所以很遺憾。他岔開兩條大腿，她的屄在電視螢光的俯照下左右不均地大開。她彎下頭，頭髮搔得他肚皮發癢，冰冷、晶瑩的淚水，落在一具疲倦無力的肉體上，落在那個曾經辜負過她的肉體上。

「老天，」哈利說：「我忘了，我們今晚應該到老媽那去。」

※

哈利夢到自己和查理．史塔羅斯一起開車北上，開的是一輛紅色的豐田。坐在駕駛座上的是史塔羅斯，車上的排擋細小得像支鉛筆，深怕一換檔就被折斷。史塔羅斯腳上穿了一雙高爾夫球鞋，使他踩油門和離合器的動作不太靈光。他神經質地喃喃自語，那雙戴著戒指的大手巧妙地打著手勢，開始跟哈利討論他的困擾：詹森總統需要一位希臘裔幕僚，便邀請他出任副總統。他很想接受，但卻不願意離開布魯爾市，因此，他們便協商在這個夏天，把白宮搬遷到布魯爾市，畢竟此地有許多空地可使用。查理邊說，兔子則思考這或許是他可以脫離印刷廠，躍居白領階級的大好機會，畢竟銷售服務和軟體是未來的趨勢。他滿懷希望地告訴史塔羅斯：「我可以幫忙舔郵票、貼郵票。」然後伸出舌頭給史塔羅斯看。他們在高速公路上朝北前進，進入人跡罕至的煤礦區，也進入了賓州北部未開發的荒野。在這個樹木參天的湖泊區，公路旁邊竟出現一座奇特的白色城市，高大成排的房屋櫛比鱗次，潔白得像是床單，密集延伸至天際；然而，這座巨大的城市居然沒有名字。他們在郊區一間的雜貨店旁分手，史塔羅斯交給他一張地圖，兔子克服萬難，終於在地圖上找到自己的位置，市中心以牛眼爲標誌，命名爲「東昇（The Rise）」。

東昇，東昇……哈利從惡夢中醒來，頭很痛，而且勃起了。他覺得他那話兒像玻璃一樣脆弱，昨晚與珍妮絲的翻雲覆雨令他頭痛欲裂。他記得他們超過兩點才睡覺，那時電視裡只剩下嗡嗡聲。身旁的床上空空蕩蕩，他聽見樓下傳來眞空吸塵器的聲音，珍妮絲已經起床。

哈利穿上他的周末家居服，套頭衫是杏色的，斜紋布長褲上滿是補釘。走下樓後，珍妮絲正在客廳裡打掃，前後推移銀色的吸塵管。她朝他看了一眼，發現哈利看起來像老了好幾歲，性愛催人老，難怪教士滿臉稚氣，老處女沒過五十歲頭髮不會變白，可惜我們不是其中之一，被魔鬼收買會讓生命枯萎。珍妮絲說：「柳橙汁在桌上，鍋子裡有蛋，我先把這個房間清完。」

坐在早餐桌上，哈利環視整間房屋，明顯的區分成半邊廚房、半邊客廳。構築起家庭生活的家具，在晨光下看起來彷彿一堆火星生物：罩著合成纖維布的扶手椅，因爲銀色飾邊而顯得生氣勃勃，還有一座厚泡棉沙發，一張矮桌敲成的仿古工作檯，和一盞由浮木製造的燈具。沒有一件家具的造型符合它的功能，也沒有一件由手工打造，他每天生活其間，但卻對它們感到無比陌生，說不出材質，全部都像放在百貨公司櫥窗裡好幾年的東西，雖然陳舊，卻從未令他感覺舒適。甚至連那杯柳橙汁喝起來都有種奇異的酸味，不像從冰箱裡拿出來，反而像某種化學合成的果汁。

他把蛋敲破、丟進煎鍋、開小火，心中對自己的母親滿懷歉意。珍妮絲關上吸塵器走了過來，倒了一杯咖啡，坐在對面陪他吃早餐。睡眠不足爲讓她眼周浮現紫色的黑眼圈。哈利問她：「妳會跟他說嗎？」

「我想我非說不可。」

「爲什麼？妳不想跟他保持關係嗎？」

「你在說什麼，哈利？」

「如果他讓妳快樂的話，就繼續維持這份關係吧，我似乎無法讓妳快樂，所以儘管去吧！至少等妳滿足了爲止。」

「萬一我一直無法滿足呢？」

「那我想妳就應該嫁給他。」

「查理不會結婚，無論對象是誰。」

「誰說的？」

「他自己說的。我問他爲什麼，他不肯說，也許和他的心臟問題有關，那是我們唯一一次談論這種問題。」

「除了討論下次要用哪種方式辦事之外，你還會和他談什麼？。」

她從前很可能會因爲這種嘲諷憤而離席，不過今天早上並沒有這麼做，她看起來消沉、坦然又鬱鬱寡歡，這讓哈利很高興，一個不近人情的女人在他面前顯露眞我，應該雪中送炭，不應趁火打劫。「沒談什麼，就談些有趣的小事，比如他在窗外看到什麼，談小時候，不過他比較喜歡聽我講，因爲他小時候，住在布魯爾市最糟糕的地區，像賈基山那樣的小城在他眼裡已經是夠了不起了。他常叫我有錢的婊子。」

「老闆的女兒。」

「別這麼說，哈利，你昨晚已經說過了。你不了解，我們聊的事情聽起來雖然很傻，但查理有一種天分，能用他的生花妙語，讓每件事情聽起來都很吸引人，像是品嚐食物的方式，天空看起來的樣子，或是餐廳裡的食客。只要你卸下心防，他便蠢蠢欲動，只要面對他想要的，他不但動作積極而且滿懷熱情。昨天晚上你離開後，他覺得很抱歉，因爲逼你說了那麼多超出你的本意的話。他熱愛生命，討厭與人爭吵。眞的，哈利，他熱愛生命。」

「我們都熱愛生命。」

「不盡然，我覺得我們這一代受的教育，讓我們很難熱愛生命，但查理卻不是這樣，他就像是白晝的光線，沒有陰暗的角落。你還想聽嗎？」

哈利同意。「當然想。」儘管他知道聽了會傷心。

「大白天做愛是最美好的一件事。」

「夠了，你放心，我剛說過，妳可以繼續跟那個混蛋在一起。」

「我才不相信。」

「只要答應我一件事，不要讓小孩子知道。去探視我媽的人跟她通風報信，所以她已經知道了，現在全鎮的人都在閒言閒語。」

「隨便他們。」珍妮絲說著，站起身子：「你媽好可惡，哈利，她除了毒害我們的婚姻之外還會做什麼，現在她終於淹沒在自己生命的毒液裡等死，我很高興。」

「妳千萬別這麼說。」

「爲什麼不能說？她如果是我的話，她就會這麼說。她當初想叫你娶誰？告訴我！誰最配得上你？誰啊？」

「我妹。」他說。

「讓我告訴你一件事好了。我第一次和查理上床的時候，我有罪惡感，沒辦法放鬆。但我一想到你媽怎麼對待我和她的親孫子尼爾森，我就對自己說，來啊，大傢伙，插我吧！然後我就高潮了。」

「夠了，夠了，省省那些細節吧。」

「我眞的、眞的，受夠了，我一直考量到你的感受，過去那些日子……」說到這裡，強大的悲傷讓珍妮絲無法再說下去，壓迫感像一張網，從她臉上摔落下來，使她非常狼狽。「我很後悔你那個時候回來，你當時是個無腦的帥傢伙，但我卻得日復一日地看著你走向死亡。」

「我昨天表現沒那麼差吧？」

「沒錯，昨晚好得令我生氣，你讓我全亂了。」

「你一百年以前就開始亂了，小朋友。」哈利繼續說著：「就算我爽到死在這裡，妳也要過來幫我服務。」這時哈利又想上她了，想看看珍妮絲可不可以再狂野一次，昨晚某刻，她的舌頭翻攪過來，與他的嘴難分難捨，就像胚胎尚未產生第一次的細胞分裂。

電話鈴響，珍妮絲從廚房牆壁上拿下話筒：「嗨，爹地，波口諾斯好玩嗎？很好啊，我就知道她會開心，她只是喜歡被奉承。他當然在，他就在我旁邊，我叫他來接。」珍妮絲把話筒交給兔子。「找你的。」

老傢伙史賓格的聲音高亢，嘴甜又客氣。「哈利，最近怎麼樣？」

「還不錯。」

「你還想去看球賽嗎？珍妮絲跟我說你想要今天爆炸隊的門票，票就在我手上，三張一疊右後方的票，那個經理是我二十年來的老顧客。」

「喔，太好了，那孩子昨晚在佛斯那徹家裡過夜，我等等去帶他回來，我們約在運動場碰面嗎？」

「我去接你們，哈利，我很樂意開車去接你們，這樣珍妮絲還可以陪你一會兒。」史賓格語氣裡帶著前所未有的紘外之音，溫和又帶點哄騙，就像在照顧殘障病患。他也知道，全世界都知道了。大概下星期的「大酒桶」就會刊登：「印刷廠排字機工人之妻與本地銷售代表發生肉體關係」、「希臘採取堅定的反越戰立場」。

「跟我說，哈利。」史賓格繼續甜言蜜語：「你母親的健康情形怎樣？麗貝卡和我都非常關切，**非常非常地關切**。」

「我父親說大致上還是老樣子，你知道康復的過程緩慢。現在吃的藥甚至會讓療程拖得更久。本來這星期要去賈基山看她，可是沒安排好。」

「你去的時候，請轉達我們的關切之意，**記得要轉達我們的關切之意**。」為什麼每一件事都非得說兩遍？大概因為他在處理豐田代理權的事情，跟日本人說話都要說兩次。

「好，一定。你還要跟珍妮絲說嗎？」

「不用了，把她留給妳吧。」這是句玩笑話。「我十二點二十分，**記得——是十二點三十左右會到你家**。」

哈利掛上電話，珍妮絲已從廚房離開。他在客廳找到正在哭泣的她，他走上前，跪在沙發旁，以雙臂環抱著她，可是哈利神情木然，動作只像是聽從舞臺指導的指揮。珍妮絲襯衫上有顆鈕釦鬆開，從胸口到胸罩裡的淡膚色曲線，與她在哈利耳朵旁的熱氣混合在一起。珍妮絲說：「你不懂他的好，不是在性方面，也不是因為他很有趣或者什麼的，就只是很好很好。」

「我了解，我也認識一些好人，他們會讓人感覺很好。」

「他會讓我覺得，無論我做了什麼，在他眼裡都一樣好。他從來不會像你那樣一天到晚嫌我笨，即使他比你聰明一百倍。如果他不是希臘人的話，他一定會去上大學。」

「噢，原來他們現在不讓希臘人上大學嗎？是黑人佔的名額太多了吧！」

「你現在又要開始惹人厭了嗎，哈利。」

「那是因為從來沒有人願意說我有多好。」哈利邊說，站了起來。珍妮絲的頸背在他下方，只要他舉起手刀一砍，她就完了。

屋外傳來汽車經過的聲響，史賓格不會這麼早就到。哈利走向窗邊，看到一輛藍色的復仇女神（Fury）停在車道上，副座的門推開，尼爾森走下車，佩姬．格林則從另一側現身，戴著太陽眼鏡、穿著迷你裙，露出她粗肥的大腿，像牌桌上發牌人碩大的拇指。婚姻失敗帶來的不幸和背棄，反而讓她生氣勃勃，走出家門開始上班。她勉強跟哈利打了招呼，他從學生時代就認識她，太陽眼鏡遮住了她那雙東張西望的眼睛。兩個女人走進廚房，從珍妮絲鼻子裡發出的唏噓聲聽來，有人又開始訴苦了。

哈利踏出門外，繼續完成昨天傍晚就開始的庭院工作。他的周圍是美景彎道住戶的後院，成片延伸到賓州山莊的地平線，家家戶戶設有烤肉爐與鋁製的樹狀曬衣架。其他家的男人也紛紛出現在自家的庭院裡，刈草機的噪音在房屋與房屋間迴響。哈利弓著身子推動刈草機，汗水就像單調炎熱的天空中懸吊的鏡子碎片。哈利的鄰居，用旅行車載著家具前來，又開著旅行車走了，若非是想串聯住戶在一些徒勞無益的請願書上簽名（爭取改善下水道工程，或較迅速的消防保障），否則平常老死不相往來。尼爾森走出屋子問哈利：「媽咪怎麼了？」

哈利關掉刈草機：「她在幹嘛？」

「她和佛斯納徹太太坐在桌子旁邊，哭得眼睛都快掉出來了。」

「還在哭啊？我不知道，孩子，她心情不好，你得知道一件關於女人的事，就是她們身體裡的物質和我們男人不太一樣。」

「媽咪幾乎不哭的。」

「哭一哭也好。你昨晚睡得好不好？」

「還可以，我們看了一部關於魚雷艇的老片子。」

「想不想去看爆炸隊的比賽？」

「當然。」

「但不是非常想，對吧？」

「我不像你那麼喜歡運動，爸，那些人太好鬥了。」

「這就是人生，狗咬狗，人吃人。」

「是這樣嗎？爲什麼人跟人之間不能和平相處？這個世界夠大、讓每個人都能分一杯羹。」

「是這樣嗎?那麼你要不要來跟我分個工作啊?換你來推一會兒吧。」

「你欠我零用錢。」當兔子拿出一塊五給他的時候,尼爾森說:「我正在存買迷你摩托車的錢。」

「祝你好運!」

「那麼,老爸……」

「嗯?」

「那我想,我做事的時薪應該可以領到一塊兩毛五吧,這個價碼還低於聯邦規定的最低工資。」

「看到了吧?」兔子告訴他:「這就叫人吃人。」

哈利回到屋內梳洗,把袖口沾的碎草片洗乾淨,並在拇指貼上OK繃。拇指,多麼柔軟的部位,中學時期大家都說女生越風騷,拇指就越厚。這時珍妮絲踏進浴室,關上門說:「我決定跟他說,你們去看球的時候,我就要去跟他說。」她的臉龐緊繃,淚水的斑痕在鼻子旁邊閃爍,貼滿磁磚的牆壁擴大了她的抽噎,佩姬.格林的車在離去中咆哮。

「跟誰說什麼?」

「你知道的,跟查理談分手。」

「我說過,妳可以繼續跟他在一起,起碼今天妳什麼事都別做,冷靜下來,喝一杯,或是看場電影,妳可以再去看一次那部太空片,上次妳在最精采的部分睡著了。」

「這樣太沒用了，不，我和他之間一直都很坦誠，我得把實情告訴他。」

「我看妳只是想趁我去球場的時候，找個藉口跑去見他。」

「隨便你怎麼想。」

「萬一他叫妳跟他過夜怎麼辦？」

「他不會。」

「萬一會呢？算是請妳送他一份畢業禮物？」

珍妮絲睜大眼瞪著哈利，就像怨恨的凝視在背叛的熔爐裡冶鍊，這讓哈利明瞭生命就是一段背叛的旅程，沒有其他途徑，不離開此處，就到達不了彼岸。「那我會給他。」珍妮絲說。

「妳要去哪裡找他？」

「車廠，夏天的每個星期六他都會在那裡待到六點。」

「妳打算給他什麼分手的理由？」

「你爲什麼還要問，你知道實際過程。」

「萬一他問妳爲什麼要老實跟我說呢？」

「原因很明顯，我之所以要告訴你，是因爲我是你的妻子。」

淚水滿溢珍妮絲的眼眶，緊繃的臉龐也破碎了，就好像尼爾森掩飾緊張、不及格、偷東西和頭痛時的表情，不打自招。哈利克制自己想擁抱珍妮絲的衝動，他不想再當一個麻木不仁的人。珍妮絲坐在浴缸邊緣啜泣，不斷在顫抖中保持平衡，浴簾在肩頭上沙沙作響。

「你不阻止我嗎？」她終於把想講的話說出來。

「阻止什麼？」

「阻止我去見他。」

哈利決定承擔殘酷無情之名，對痛苦的珍妮絲送出一份厚禮。他冷冷地說：「不，妳如果想去就去，只要別讓我看到那個混蛋就好。」爲了迴避珍妮絲的臉，哈利看著浴室櫥櫃鏡面中的自己，一個蒼白的大高個，有點雙下巴，小小的嘴唇扭曲著，想擠出微笑來。

車道上的碎石路面再度作響，哈利從浴室的窗戶望出去，看到史賓格那輛暗褐色車頂的全新豐田車。他朝尼爾森喊道：「外公到了，我們走囉！」然後，對著珍妮絲低語：「坐好！小朋友，不要輕易做任何決定。」他的岳父越過一綑尼龍安全絕緣管線溜進來，哈利朝著他哼著：「給我買點花生和好吃的東西……」

運動場位於布魯爾市的北邊，穿越一座高架橋，經過兩座舊針織廠廢棄的磚造建築，再沿著一條三線道公路直行。過去幾年間，公路兩旁開設幾家自稱由賓州荷蘭裔居民所經營的餐館，上方懸掛大型塑膠製的亞米胥教派㊲男子看板，以及霓虹的女巫招牌，販賣道地的荷蘭式冷熱自助餐，和一種油炸食物，以及號稱能使豬隻長青春痘的麵糰，試著靠這些噱頭招徠觀光客，推銷昔日賣不出去的東西。一家人行經鄉間的露天市場，每年九月，同一群吉普賽人會擺出破舊的攤位，農人則會帶來一些發臭的牲畜，扮成埃及妖女塞菈芬娜（Sarafina the Egyptian Temptress）的女人，會爲多付一塊錢的鄉巴佬脫光衣服。哈利此生所見的第一個裸體女人就是塞菈芬娜，或是塞菈芬娜的媽。她穿著高跟鞋，戴著黑面罩，身體向後彎曲，將兩條腿打開左右移動，過程中仍保持一種震顫的韻律，好讓每一個伸長脖子的腦袋，多少可以看到一點她身上的裂口（好在哈利當時身高已經很高了）。那是個令人興奮也叫人反胃的縐褶，小塊毛髮胡亂覆蓋在上方，哈利覺得索然無味，是磨蹭而起的毛嗎？他不知道，無法想像。

史賓格談到約克郡的暴亂，直搖頭說道：「狙擊手連續攻擊了四天，哈利，這個世界要變成什麼樣子了？最讓我感觸良多的是，這個國家面對少數暴力者，竟然如此缺乏防備，我們的所有制度全部只建立在信任的基礎上。」

尼爾森發表意見：「可是那是暴亂者獲得正義的唯一辦法，外公，我們的法律保護的是財產，不是人。」

「他們正在自打嘴巴，小尼，許多和我一樣的白種人都是好人，但都開始仇視黑人，雖然速度慢，但終究會全部仇視黑人。擊垮韓福瑞㊳的不是越戰，而是街頭的法律及秩序，那才是大眾投票的依據。我說的對不對，哈利？我是個趕不上時代的老人，連自己都不相信自己的看法了。」

㊲是美國和加拿大安大略省的一群基督新教再洗禮派門諾會信徒，以拒絕汽車及電力等現代設施，過著簡樸的生活而聞名。他們多是德裔瑞士移民後裔組成的傳統、嚴密的宗教組織，過著與世隔絕的生活，在一五二五年來自瑞士。他們不從軍，不接受社會福利，或接受任何形式的政府幫助，許多人也不購買保險；大多數亞米胥教徒在家說一種獨特的高地德語方言，又稱爲賓州德語。

㊳胡柏·韓福瑞（Hubert Humphrey）：美國政治家，曾任明尼蘇達州聯邦參議員，爲詹森總統任內的第三十八任美國副總統，任期一九六五年至一九六九年，一九六八年代表民主黨出馬角逐美國總統，但最後敗給共和黨候選人理查·尼克森。

在哈利的回憶裡有一個很老的怪老頭，站在小小的舞臺旁邊，從後面伸出手，放到塞菈芬娜那片毛茸茸的地方，喊了一聲：「啊哈！」女郎的舞步戛然而止，從黑色面罩裡瞪大眼睛，帳篷裡頓時一片死寂，老頭面紅耳赤。「啊哈！」像個勝利的吶喊，好像以陷阱捕獲了一隻珍奇的動物，這一幕令哈利永難忘懷。「啊哈！」他垂下頭來回答史賓格，說：「大環境越來越不好，民生物資越來越糟，人心也越變越壞，也許整個國家都在沉淪。現在，黑人數量比以前都多，但在感覺上好像沒那麼多，也許吧。人要生存就會有需求，也許這個世界不夠大，無法滿足所有人的需求。我不知道，我什麼都不知道了。」

史賓格這個老傢伙笑了，他發出悶哼聲，不停地咒罵，使他那張小嘴巴上的鬍子和鼻毛連接在一起。「你今早有聽說泰迪．甘迺迪[39]的事嗎？」

「他怎麼了？沒聽說。」

「把你的耳朵關上，小尼，我忘了你在車裡，不然我不會提這件事的。」

「外公？他怎麼了？有人對他開槍嗎？」

「哈利，事情顯然是，」史賓格刻意用嘴角說話，不想讓尼爾森聽到，可是他聲音那麼清楚，孩子很容易就聽見。「他把一個賓州女孩丟到麻塞諸塞州的一條河裡去了，一聽就知道是個謀殺案。」從側面看，史賓格的臉像個由粉紅色骨頭製成的雕刻品，顴骨頂端長有薔薇色的斑點，鼻樑轉折的位置則有顆紅色的疙瘩。因爲必須隨時保持推銷員的笑容，焦慮分明的臉龐滿佈皺紋。哈利至少可以確定一件事情，那就是抱大腿也要有個限度。

「抓到他了嗎?他有被關到監牢去嗎?外公。」

「小尼，他們絕對不會把姓甘迺迪的人關到監牢裡去的，就算要打他的手心也會先在手上抹油，證據會全部被封鎖，眞是個奇恥大辱。」

兔子問：「你的意思是他把一個女孩丟到河裡嗎?」

「他們在一座橋邊的水裡發現他的汽車，車裡找到女的屍體，那座橋在一個他們一起去過的小島上，我忘記名稱了。事情是昨天夜裡發生的，他沒去報警，直到警方逮到他。大家說這叫做『民主』，哈利，眞是諷刺。」

「那你說，這叫什麼?」

「我要把它叫做甘迺迪家族御用的警察國家。打從波士頓那家姓布拉明的排擠老喬伊㊵以後，甘迺迪家族便出來搜購這個國家。後來老喬伊代表富蘭克林·羅斯福㊶進駐倫敦的時候，就

㊴泰迪·甘迺迪（Teddy Kennedy）：美國民主黨麻薩諸塞州的（Massachusetts）參議員，西元一九六九年，捲入恰巴奎迪島事故（Chappaquiddick incident），泰迪·甘迺迪聲稱在駕車不慎落水後，自行逃離車中，而乘客瑪麗·喬·考貝尼（Mary Jo Kopechne）則在車上死亡，事後泰迪·甘迺迪因離開事故現場被控告，整起事件成爲國家醜聞，也斷送了他的總統之路。

㊵布拉明家族（Brahmin）爲美國麻薩諸塞州（Massachusetts）波士頓（Boston）的新英格蘭（New England）中產階級。老喬伊（Old Joe）指約翰·甘迺迪總統的父親喬瑟夫·甘迺迪（Joseph Kennedy），當時宗教派別分明，甘迺迪家族所屬的天主教派因此被上流階級布拉明家族所屬的英國新教派排擠在外。

㊶富蘭克林·羅斯福（Franklin Delano Roosevelt）：美國第三十二任總統，於二次大戰期間，西元一九三八年命喬瑟夫·甘迺迪擔任美國大使，進駐英國倫敦。

費了不少力氣想與希特勒結盟，現在他們居然要美國這位年輕寡婦再跟有錢的希臘人聯姻，以免國庫的鈔票被掏空。難道美國眞如報紙上所說，是顆好吃的軟糖？跟希臘人是天造地設的一對嗎？你的看法如何？哈利，我是不是說得太過分了？我這個落伍的人，我自己講的話連自己都不相信。」啊哈！

「我會說，」哈利說：「你說得對。你應該加入那些暴民，幫自己買顆炸彈丟出去。」

史賓格一面開車，一面望向哈利，想知道自己是不是表態過頭。他的姿態如此羞怯，這正是人與人相處時所必需的。一處麥當勞的黃色M字招牌從車旁閃過；在美孚（Mobil）加油站上閃亮的大轉輪比較之下，午間的太陽就像個小裝飾品。厄爾．安格斯壯起碼說對了一件事：「對事不對人。」史賓格開口，語帶保留地微笑，展示他灰色牙垢下方的瓷牙：「我要替甘迺迪家族講幾句話，無論如何，他們不像羅斯福一樣惹我生氣。羅斯福這個人，根本是死於腦袋裡的胡思亂想[42]。有一件事情應該要爲甘迺迪家族講話，起碼他們沒有爲了窮人的利益而把經濟搞垮，願意依循舊有的規則進行。」

「比利．佛斯納徹說，等我們長大要推翻這個制度。」

史賓格已迷失在國家混亂及腐敗的思緒裡，沒聽見尼爾森說的話：「他爲了黑人和一些白種垃圾的利益，企圖傾覆整個國家，結果八年都行不通，只好誆騙小日本人來攻擊珍珠港，如此一來，戰爭就可以把他從經濟大蕭條的牢獄裡保釋出來，這就是爲什麼有這麼多戰爭可打；無論你相不相信，這全都是爲了拯救民主黨錯誤的經濟政策。而詹森呢？現在一獲得四年任期的保證，就跑到越南打仗了，其實根本沒人需要我們。詹森是羅斯福的人，他只是想把有色人種塞進經濟體系裡，而杜魯門[43]在韓國幹的也是同一件事。你大可認爲我是跟不上時代的老古板，但歷史支持我的論點，屢試不爽。就這個問題，你有什麼看法，尼爾森？」

「昨晚在電視上，」這孩子說：「我們看了一部在太平洋地區攻打日本人的老片，有一艘輪船沉沒了，船長，我不曉得他是不是船長，背部受傷還拖著一個傢伙游了好幾哩。」

「這部片就是甘迺迪主演的，」史賓格說：「根本是純粹的政治宣傳。好幾個電影製片廠是老喬伊的，所以可以拍出那種電影，他在這種電影上灑鈔票，而其他誠實的片商卻爲了讓美國電影受歡迎，賠錢賠到連襯衫都快沒得穿。我聽說他在外邊跟那些猶太共產黨人秘密結盟。」

兔子告訴尼爾森：「那就是你小蜜姑姑現在在做的事情，她在那邊和共產黨人在一起。」

「她很漂亮，」尼爾森跟外公說：「你有看過小蜜姑姑嗎？」

「好像不多次，小尼，她很出風頭，你是對的，會以她爲榮是有道理的。哈利，你的沉默讓我不安、你的沉默讓我很不安；也許我說得太超過、太過分了。告訴我，你對這個國家的現況有什麼看法。現在國家到處都有暴亂，那個可憐的波蘭女孩來自威廉波特附近，受了凌辱，就這樣淹死在車裡，而泰迪·甘迺迪那個未來的總統卻還在享樂。有人說那個女孩有孕在身[44]，

---

[42] 此句用以諷刺羅斯福在一九四五年三月三十日因嚴重腦溢血過世。

[43] 哈利·杜魯門（Harry S. Truman）爲美國第三十三任總統，任期西元一九四五至一九五三，任內爆發韓戰。

[44] 關於此事件中的波蘭女孩有沒有懷孕，至今仍無法被證實。

我不驚訝。尼爾森，你不該聽這種事。」

哈利伸了個懶腰，塞在車中太受束縛，令人昏昏欲睡。他們已接近運動場，一名黑人男孩揮手招呼他們駛入停車場。「我想，」哈利說：「美國仍是個一等一的國家。」

不過有些事情並不如預期。球賽本身很無聊，中場穿插一群白衣男子的舞蹈也差強人意，斷續節奏下模糊的動作，不知意義爲何。雖然籃球才是兔子的最愛，但他猶記得棒球場裡壯觀的草皮、高飛球對著自己飛來時的興奮、球員朝著本壘狂奔的情形、手套皮與球摩擦出的「啪」聲、球員垂頭喪氣快步走回休息室的漠然、打者儀式性的聳肩輕輕揮棒，還有打擊區上各種神經質的禮數。有一種美，比籃球場上的飛奔更美，這份美來自鄉間草地，混合了孤獨與等待。等待投手看守一壘跑者之後，投出風馳電掣的一球，這股混合唾沫、塵土、青草、汗水、皮手套、陽光的氣味，就是美國。他坐在一壘側的兒子和岳父中間，手裡拿著捲起的節目單，陽光駐足在他的大腿間。透過觀眾的歡呼喝采，以及攻守輪替的節奏，兔子等候那份美的到來，這是美國的魔力，也是青春的滋味。然而事與願違，觀眾稀稀落落，只見內野後方到外野斜坡的綠色座位區幾群男孩子，或趴或躺，發出稀疏、吵雜又刺耳的聲音。

星期六下午，只有醉漢、賭徒、老人、殘障人士，以及翹課翹班的人才會跑到球場來。他們發出的咒罵既粗魯又無情：「撞死他！超速隊！」「宰了那個黑雜種！」哈利非常希望能夠保護這場球賽，不讓它受到那些觀眾的影響，但那些悠哉的空座位讓人閒得發慌，對觀眾來說，這場球賽節奏實在拖太長了。球員都是無精打采的老鳥，每個人暗地裡都有出人頭地的美夢——想進軍大聯盟，各憑本事賺大錢。每個男人從小就想打敗別人，他們不只是個球員，和其他男人一樣都是行家。當英勇的假面被丟棄，只有球衣「爆炸隊」字樣底下橘色毒氣彈爆炸的圖案，才能喚起舊時代的忠誠。有誰關心布魯爾市對抗哈茲頓（Hazleton）的結果？就算有，那個人也一定不是史賓格。他看球的時候，上下兩片嘴唇心不在焉地動作來動去，像是在腦中計算帳目；也不是尼爾森，對他而言，現場的螢幕太大，他懷念電視裡有球評的現場轉播，以及聳動的商業廣告，他爲了保持禮貌而不作聲的失望表情讓兔子感到困擾，除了讓球賽繼續沉悶，也填補了因珍妮絲招認外遇而帶來的內在空虛。哈利孩提時代的八組聯盟，隨著星條旗上的四十八顆星星消失，現場的游擊手也不再繼續嚼菸草了。球賽在一些冗長的拖延戰術下繼續進行，幾名代打者故意用步行來消耗時間，不讓球賽結束。比賽結果：七比三，哈茲頓贏。老傢伙史賓格嘆了口氣後起身，像是剛從不自在的睡姿中驚醒，抹掉鬍子上所沾的啤酒漬，「抱歉，小尼，這些孩子沒爲你打贏這場球。」他說。

「沒事，外公，他們打得很棒。」

史賓格刻意找話題跟哈利聊：「那位年輕的崔斯勒（Trexler）是個明日之星。」

大太陽下，喝了兩罐啤酒的哈利有些醉意，火氣上升，他向史賓格道謝，沒邀請他進家裡坐。家中像外太空一樣寂靜，廚房桌上擺了一個密封的信封，信上寫著哈利，裡面是珍妮絲手寫的信，字跡歪歪斜斜，顫抖得厲害：

親愛的哈利：

我必須出門去思考幾天，拜託不要來找我、或是跟蹤我。最重要的是，現在我們必須像個成熟的大人，相互尊重、相互信任。你叫我和情夫繼續在一起的念頭嚇到我了，我不認為這樣算是誠懇，也很懷疑我對你是否還有任何意義。告訴尼爾森，說我和他外婆到波口諾斯去了。別忘記給他午餐錢。

愛你的珍

在克羅爾百貨公司販售鹹堅果的日子裡，「珍」就是她工作服口袋上繡的名字。曾經有幾個下午，他們會前往琳達．哈瑪赫（Linda Hammacher）位於第八街的公寓，當太陽隱沒到那座巨大的灰色瓦斯槽的後面時，地平線上四周升起了黑夜的白光，她讓哈利褪去身上所有的衣服，多麼美妙。那時候的內衣構造較為複雜，長襪「啪」一聲被解開，鬆緊帶在她的皮膚上留下勒痕。珍，這個名字在接下來的十五年內不再被使用，家裡留給哈利的紙條上只剩下字母：「J」。

「媽咪呢？」尼爾森問。

「到波口諾斯去了，」兔子說著，將那張字條塞到胸前的口袋裡，不讓孩子看到：「她和外婆一起去的，這裡天氣熱，外婆腳更不好了，這聽起來很荒謬，不過事情有時候就是這樣，我們今晚去開心漢堡吃晚餐吧。」

這孩子的臉上長滿雀斑，周圍的長髮遮蓋住耳朵，厚實的嘴唇緊閉，害怕犯錯的雙眼低垂，全神貫注地聆聽。他兩歲的時候曾和死神搏鬥，也許是因爲這個原因，使他堅定地跟哈利說：「她會回來的。」

＊

星期日早晨以悶熱揭開序幕。八點的整點新聞報導，昨晚約克郡以西的部分地區又發生零星槍擊；艾德加鎮（Edgartown）的警察局長多明尼克．艾倫納（Dominick J. Arena）預計今天將以「擅離事故現場」的罪名，對參議員甘迺迪正式提出告訴；阿波羅十一號已經進入月球軌道，老鷹號㊺也完成歷史性登陸的準備。兔子昨晚失眠，關上電視，赤腳在草坪上晃蕩，想驅散頭顱裡的疼痛。賓州公園的家家戶戶一片寂靜，偶爾才有一輛天主教徒的車子呼嘯而過，趕往子夜彌撒。隔天，尼爾森在九點左右起床下樓，哈利爲他做完早點後，端著一杯咖啡，和一份週日的「布魯爾市標準報」躺回床上。標準報屬娛樂性質，頭版的史奴比躺在狗屋上做夢，不一會，兔子也睡著了。夢裡的尼爾森看似受到驚嚇，表情像在尖叫，接著出現一顆無聲的汽球。當哈利醒來，時鐘上指著十點五十五分。秒針一圈圈掃過鐘面，齒輪裝置沒因此被磨成粉眞是奇蹟。兔子開始更衣，穿上乾淨的白襯衫以表示對星期天的尊重，他再度下樓，赤腳感

㊺指哥倫比亞號（Columbia）的登月艙「老鷹號（Eagle）」。

受毛絨絨的地毯，好像自己是單身漢。整個家都是他的，空間頓時大得出奇。他拿起電話簿找出：

查理．史塔羅斯，艾森豪威爾大道1204號（1204 Eisenhower Ave.）

哈利並沒有撥號，只是看看那個姓名和電話號碼，彷彿看到自己的妻子蠕行於字母與字母之間，比筆尖還小。最後，他撥了一個熟到不能再熟的號碼。

他的父親接起了電話。「喂？」聲音機警，準備聽到瘋子或是推銷員的聲音就要隨時掛下話筒。

「老爸，嗨，我希望前天晚上你沒等我們等到連覺都不敢睡。我們沒辦法過去，甚至連電話都沒辦法打。」

對方停頓了一下，雖沒有停頓很久，但足以讓哈利明白兩老確實非常失望。「沒事，我們料到有事耽擱，所以時間一到就上床睡覺了，你知道，你媽不是那種會浪費時間抱怨的人。」

「是啊，嗯，可能今天過去吧！」

他父親壓低嗓門：「哈利，你今天非來不可，你不來，她就要心碎了。」

「我會、我會，可是…」

父親在話筒旁遮上嘴巴，以沙啞的低聲催促：「你知道，今天可能是她最後一次……過生日了。」

「我們會去，老爸，我是說，我和尼爾森會去。珍妮絲有事外出了。」

「怎麼會？」

「說來複雜，可能因爲她母親的腿去波口諾斯了，她昨天晚上決定要去的。沒什麼好擔心，大家都很好，只是她不在而已，但是孩子在。」爲了證實這段話，他喊道：「尼爾森！」

沒有人回答。

「他一定是出去騎腳踏車了，老爸，他整個早上都還在，你希望我們幾點到？」

「你方便就好，哈利。傍晚左右好了，能夠的話，儘量早點來。家裡有紅燒牛肉，你媽本來要烘個蛋糕，可是醫生認爲那對她來說太費力了，我去「半條麵包店（Half-A-Loaf）」買了一個很好的蛋糕，是奶油糖果冰淇淋口味，以前你不是最喜歡吃這個？」

「今天是媽的生日，不是我的，我該給她買什麼禮物？」

「你人來就好，哈利，這就是她最期待的禮物了。」

「好，好吧，我來想想該買什麼，幫我跟她解釋一下，珍妮絲不會去。」

「這就像我父親說的，愛莫能助，願上帝讓他安息。」

一旦開始老生常談，老爸便會講個沒完。兔子掛上話筒。孩子騎的是輛生銹的史溫（Schwinn）牌腳踏車，兩塊擋泥板已經磨損，應該買輛新的了。腳踏車不在車庫裡，珍妮絲開的「獵鷹」也不在，只有機油罐、汽油桶、刈草機，以及亂成一團的橡皮水管；水管一定是珍妮絲最後用的，否則不會這麼亂。裡面還有一根缺齒的草耙，以及「獵鷹」的雪胎。兔子花了一小時左右的時間，昏沉沉地在房屋四周到處遊走，不曉得該打電話給誰，既沒有車，也不想進屋和電視機對看。他決定除草，拔掉院子邊界花圃上的雜草。在他們搬進這棟房屋第一個興奮的夏季，珍妮絲在花圃裡埋下一些球莖，栽植一些樹苗及矮灌木，這些植物後來被閒置於此，眼看杜鵑枯死，水仙和鳶尾花肆意生長，夾竹桃與雜草纏鬥，在隨後幾個夏天間漸漸隱聲匿跡，消失在大自然裡。

哈利拔著雜草，彷彿自己也是一根雜草，他的手指上長出難看的腫包，像上帝之手，挑選要結束哪根雜草的生命。他回到屋裡，到冰箱拿了一根胡蘿蔔吃，接著翻開電話簿，查看佛斯納徹這個姓，當中好多姓佛斯納徹的人，其中有兩個人名叫奧立佛。他花了一點時間想到「M」，應該是瑪格麗特（Margaret）的縮寫，用縮寫登記，是爲了避免接到亂七八糟的電話。哈利因自己的推測得意了一下，但隨即想到，以名字縮寫登記電話的都是沒有婚姻關係的女人。「嗨，佩姬，我是哈利．安格斯壯。」他刻意以些許自傲的口氣報出自己的姓名。他和佩姬以前是同學，當時他小有名氣，所以她還記得他是誰。「我在想尼爾森是不是到妳那裡和比利一起玩了？沒多久之前，他騎著腳踏車出去，不知道他跑哪去了。」

佩姬說：「他不在這，哈利，抱歉。」珍妮絲昨天向她嘀咕許多事，使她的聲音因知曉一切而顯得冰冷。但她改以較爲溫和的口吻問：「一切還好嗎？」哈利聽得出她話中有話：好傢伙！奧立佛離開了我，而珍妮絲現在離開了你。

哈利很快回話：「我們好得很，嘿，如果尼爾森路過妳那裡，告訴他我在找他，我們得到他奶奶家去。」

佩姬以冰冷的語氣道再見，又多一個人知道這件事，他們所有人都瞪大眼睛，表情漠然。現在全國似乎只有尼爾森不知道事情的眞相，這讓他變得更加可愛。不久，尼爾森回來了，因賣力騎腳踏車而滿臉通紅。他頭髮濕漉漉地告訴哈利：「我到佛斯納徹家去了。」

兔子眨了眨眼：「好吧，從現在開始，我們之間要保持好一點的聯繫，目前這段時間，我是你的父親，也是你的母親。」父子倆一起吃午餐，黎巴嫩燻臘腸配上不新鮮的粿麥麵包，然後步行前往恩伯利大道，轉向威瑟街，搭上十二號公車，東行進入布魯爾市。星期天，他們倆在無雲無色的天空下等了二十分鐘，行經醫院站，上來一批已經完成探病的乘客，表情茫然，有人從醫院帶走已枯萎的花，有人在車上看書。橋下前進中的船隻響起蜂鳴器，白色的船首在黑色的河面上劃出水痕。下車時，有個黑人小孩沒把伸到走道上的腿收回座位，兔子只好抬腿跨過，「大腳丫！」那個小孩跟他的同伴說。

「香腸嘴！」跟在兔子身後的尼爾森對著那個黑人小孩回罵。

父子倆試著找間營業的商店，送老媽的禮物向來很難買。其他的孩子送爛東西給他們的母親，他們的母親也會很高興，像是十元商店買來的珠寶首飾、瓶裝化妝水、盒裝糖果、圍巾。但對老媽來說，東西不是太貴重就是不夠貴重。小蜜向來都送親手做的東西給老媽，像是編織的茶壺墊，或是手繪的年曆。然而兔子沒有這種本事，只能拿自己，或是比賽的獎品，以及報紙上有關哈利的新聞標題，作為禮物送給老媽，老媽對此似乎相當滿意，生命要比物品更讓她掛念。但如今剩下什麼呢？一個將死之人會渴望得到什麼？千奇百怪的義肢、義腿、人工心臟一一閃過兔子的腦際，在周日的耀眼陽光下，他與尼爾森走在寂靜的布魯爾市區，父子倆在第九街與威瑟街口附近，發現一家營業的雜貨店。放眼望去，熱水瓶、太陽眼鏡、刮鬍水、柯達軟片、嬰兒用塑膠尿兜，沒有一件適合送給老媽的東西。哈利要一件又大，又讓人心情開朗的東西，好把心意傳達給老媽。眞女孩化妝水、超級普拉命丸、無垢去光水、娜迪特腿部保養品。一整個貨架上陳列的全是洗髮按摩染髮劑，封面上的女郎一個個像封在包裝裡的蕩婦，有「白雪公主的金髮」、「丹麥小麥」、「姬拉妮赤褐色」、「巴黎情趣」，還有「西班牙黑葡萄酒」。尼爾森拉扯哈利白襯衫上的袖子，把哈利拖到「陽光剪髮器」和「炫亮磁電擦鞋器」並排擺放的位置，兩件商品的包裝都很吸引人。

「奶奶不穿鞋，現在只穿拖鞋了。」哈利說：「而且我記得她從不剪頭髮，頭髮有一次留到腰際。」這時候，他的眼光被一臺空氣濕度調節器吸引，售價十二塊九十五分錢；從包裝盒上的圖片看來，型態像是個厚重的飛碟。無論老媽如何不良於行，都該買一臺，布魯爾市的夏季氣候雖然非常潮濕，但在冬天也許會需要一臺增加空氣濕度的機器，防止壁紙脫落及皮膚乾燥。當他不在老媽身邊，機器卻能日夜陪著她。哈利朝康特里克水瓶，以及二吋半老花眼鏡的方向移動，但兩者都太病態，他的身體裡也開始產生反胃的感覺，因而打消購買的念頭，千萬顆的藥丸都塡不滿痛苦的火山口。他走到「快易電動按摩器（附頭皮梳）」前方，包裝盒上有幾個裸女的側身照，像女同性戀者一樣優雅地相互撫摸肩頭和頸背。像這樣一條通電的電線上接著梳子的產品，還能引發什麼遐想？售價十一塊九十五分錢，可能對褥瘡有幫助，還可以嗡嗡作響地邊逗老媽發笑，邊弄得她發癢。這就是人生，就像一節馬殺雞，這東西居然還比濕度調節器便宜一塊錢。

時光飛逝，尼爾森輕拉哈利的衣袖，想買一客楓糖胡桃冰淇淋，趁孩子吃冰，哈利買了一張生日卡搭配那臺按摩器，卡片上有隻啼叫的公雞，背景上的艷紅色太陽昇起，外頁的綠色字句寫著「上午起床眞舒暢！」，內頁則寫著：「祝您生日快樂，媽！」什麼媽！什麼上午！老天，這個世界哪來那麼多匠心獨具的垃圾，雖然他終究買了下來，卡片上那隻鮮橘色的公雞看起來喜氣洋洋，足以將這份心意傳達給老媽。哈利可不認爲母親已經老眼昏花，她的嘴巴一點都不饒人，既然要送禮，還是穩當一點比較好。

店外的世界明亮耀眼，卻了無趣味。兩個人，父親帶著兒子，頓時感到孤立無依。兔子緊提著他的大提袋，心想，人都到哪去了？這個世界上還有人活著嗎？柏油路走起來軟綿綿的，行經三條了無人跡的街道之後，以向日葵啤酒商標爲中心的大花鐘，指針指向四點。父子倆在鳳凰酒吧對面熟悉的街角等車，哈利的父親通常在此搭十六路公車回賈基山。他們是車上唯一的乘客，公車司機神秘兮兮地告訴他們：「太空船快降落了」。公車穿過市立公園，經過第二次世界大戰的坦克車、蚌殼形狀的演奏臺，以及網球場，最後繞過山肩。山路一側是幾座加油站和綠色的峭壁，另外一側，則是一處斷崖及遠方的高架橋。尼爾森聚精會神看著窗外，車子也即將越過第二座山，兔子問尼爾森：「你今天早上到哪去了？跟我講實話。」

這孩子終於說了實話：「艾森豪威爾大道。」

「去看你媽的車在不在那裡是嗎？」

「大概是吧。」

「所以在嗎？」

「在。」

「你有進去嗎？」

「沒有，只在窗戶邊看了一會。」

「你知道門牌號碼嗎？」

「一二〇四。」

「沒錯。」

父子倆在花崗石建造的浸信會教堂旁下車，由中央街朝傑克遜街直行，便可到達老爸老媽的家。這幾條街道從兔子出生以來就沒變過，爲了留下寬敞的停車空間，使兩旁房舍距離太近，也太堅固，以致於難以拆除。紅色的磚塊上佈滿紫色的斑點，兔子小時候以爲那些紋理是裂痕，就像冬天乾裂的嘴唇。楓樹和七葉樹遮蔽多戶前院的草坪，鐵絲線上纏繞伏牛花和黃楊木作爲柵籬。房舍間不完全相連，以石板製成的屋頂讓人感覺沉重；前廊有磚牆，每戶橡木門上方的扇形窗和斜角玻璃上，都閃爍著教堂般的幽暗色彩。兔子小時候曾經想像，扇形窗是路德教堂神壇上方那些窗子的小孩，也來自於上帝，就像一道淡紫色和金色的崗哨，每日照看他和老爸、老媽、小蜜多次進出。而如今，他帶著自己的兒子從這裡進門，懷抱的已不只是為人子女的心情。

他覺得父母親居住的地方著實令人難過，雖然起居室櫥櫃上方的鐘，指著的時間不過才四點二十分，黑暗卻已經降臨，屋內的地毯是深色的，厚重的窗簾和死氣沉沉的壁紙，一盆盆植物擠在窗戶的玻璃旁邊。老媽曾經抱怨，他們怎麼會有這樣一棟半個屋角靠近角落的房屋。不過，當他們的老鄰居柏爾格（Bolgers）夫婦去世之後，柏爾格家的半邊房屋出售，他們卻沒有採取任何探尋售價的行動，結果，一對來自史寬墩（Scranton）的年輕夫婦使買下了那半邊。當太太有孕在身、打著赤腳在屋內走動，而先生則在四二二號公路沿線上某個新設的電子工廠上班時，安格斯壯一家依然住在採光不良的半邊房屋裡。屋內的陽光逐漸黯淡，他們卻寧可叫哈利到外面享受陽光，自己留在屋裡擁抱陰暗。越過兩條人行道另一頭的住戶，是個衛理公會的老教徒，老媽曾為該由誰替人行道間那塊長條狀的綠地除草，而與他有過爭執。如今，那家房屋掛上一個待出售的牌子，已經掛了一年之久。現代人需要新鮮的空氣和寬敞的土地，擁擠的山坡地無法滿足這種需求。然而對兔子來說，這棟房屋裡有防腐劑、打臘劑、殺蟲劑的氣味，有隨光陰層層交疊，和年華老去的況味，還有讓人覺得安全的氣息。

有個人影從廚房裡走出來，兔子以為是父親，結果卻是母親。她穿著浴袍，慢吞吞地拖著腳步，但身體筆直，可以走動。母親靠上前來，面無表情地接受哈利的親吻，那滿佈皺紋的臉頰感覺溫暖，但放在他腰際上的手卻長滿肉瘤，而且冰冷。

「祝妳生日快樂，老媽。」哈利將按摩器抵在胸前，但現在送禮似乎是太早了。老媽凝視著那臺按摩器，好像它是哈利放在他們母子間的一面盾牌。

「我六十五歲了，」她邊說、邊搜索要使用的詞彙，話講到一半便停住了。「我二十歲的時候，告訴我男朋友我很想被上，我三十歲的時候……」老媽沒再說下去。兔子心裡湧現一種茫然的恐懼，就像害怕黑板上的文字即將被擦去——與其說是因爲看到老媽顫抖中的雙唇，不如說是她那呆滯又迷惘的凝視，彷彿對任何事都無動於衷。

「這些話是妳跟老爸說的話嗎？」

「不是跟你爸，是別人，之後我才認識妳爸，所幸這個人現在沒在這裡，看到我這副德性。」

「依我看，妳現在看起來蠻好的啊，」兔子說：「沒想到妳會下床來。」

「尼爾森！我看起來怎樣？」她認出這孩子了。老媽總是喜歡測試尼爾森，把他弄得難以招架。她無法原諒尼爾森在各方面都不像哈利，反而太像珍妮絲，甚至說過「那兩隻史賓格家的手㊻」這種話。而今她自己的兩雙手，迷失在浴袍的繫帶上，不停顫抖晃動。

「很好。」尼爾森回答。他很機伶，知道簡潔迅速的回答，乃是防衛自己的最佳武器。

爲了從孩子身上轉移她的注意力，兔子問老媽：「妳這樣下床好嗎？」

她居然笑了，令人不可置信。她把頭後仰，手停止晃動，大大的鼻頭及底面反射著亮光。

「我曉得厄爾的說法，你是站在他的角度來看我，我已經是個要進棺材的人了，醫生要我下床，我得烘個蛋糕。厄爾從「半條麵包」買回來的稀麵糰吃起來沒有味道。珍妮絲呢？」

「喔，關於這個。珍妮絲覺得非常抱歉，因爲她沒辦法來，她得跟她媽到波口諾斯去，我們全都覺得很意外。」

「事情總是這樣，充滿意外。」

厄爾．安格斯壯微弱的聲音從樓上急切地傳來，帶著慶賀他人凱旋而歸的炫耀口吻：「他們降落了！老鷹號登陸了！我們登上月球了，先生小姐們！山姆大叔登陸月球啦！」

「那只是他們該去的地方。」老媽頭上還夾著髮捲，她笨拙地在耳後撥動歪曲的手，撫順一撮從髮卷上鬆脫的頭髮。眞有趣，頭髮在灰白之際，卻越來越不聽話。聽說人就算躺進墳墓，頭髮還是會繼續生長。打開女人的棺材，會發現頭髮像床墊裡面的塡充物一樣，把棺材塞得滿滿。難道陰毛也是嗎？有意思的是，陰毛從來不需要修剪，塞菈芬娜的陰毛看起來又老又骯髒。兔子攙扶母親的手臂，扶她上樓看登陸月球的新聞；她手肘以上的部位令人擔心，骨肉鬆垮，像是燉爛的雞肉。

電視機放在房屋前半部的老媽房間裡，房裡瀰漫從前家裡養兩隻貓時地下室的氣味；哈

㊻在第一集《兔子，快跑》中，安格斯壯太太曾經諷刺尼爾森不像他父親有雙適合打籃球的大手，卻像珍妮絲一樣纖細。

利試著回憶兩隻貓的名字，是潘希，還有威里。威里是公的，因爲打過太多架，打到腹部稀巴爛，不得不送到動物救援所救治。電視上看不到月球的影像，只有劈劈啪啪的聲響，以硬紙板剪出的模型，模擬月球上的實際狀況，在電子字幕逐字拼寫的爆裂聲中，傳出一名男子的聲音。

「……實際上，這個區域裡有數千個約兩呎的小型坑洞。」這個男子就像之前湯姆・密克斯㊼影集進廣告後，推銷瑞斯頓麥片粥的聲音，他說道：「我們看到前方幾百呎外有一些帶有稜角的石塊，大約兩呎大小，在我們前方的路線上還有一個小丘陵，但難以估算距離，可能距離半哩或一哩那麼遠。」

一個證實是從休士頓㊽總部發出的聲音說：「好的，寧靜海㊾，我們接收到了，完畢。」這個聲音有著德州人講話的權威感，他們的口音那麼親切，就好像字詞都是他們發明的。兔子在一九五三年駐紮拉森堡（Fort Larson），這是他初次，也是最後一次遠離賓州這個潮濕又翠綠的高地。那時的德州對他而言就像是月球，從他膝下的高度望去，黃色的土地整齊得像被刀切過，崎嶇不平的深紅色地平線之外，天空晴朗、遼闊得超出哈利的想像。每個人的聲音聽起來都如此悅耳、堅毅、可愛，哪怕是妓院裡的女孩也是如此：「親愛的，你上了兩次都沒付錢喔！」

一個被稱爲哥倫比亞號㊿的聲音說道：「似乎比昨天好多了，在低角度陽光照射下，它看來粗糙得像玉蜀黍的穗軸。」什麼？像什麼？電子字幕接著打出：「麥克・柯林斯㊿在環繞月球軌道指揮艙中的談話。」

寧靜海接著說：「它眞的很崎嶇，麥克，預定著陸地區的表面非常崎嶇，都是坑坑洞洞，加上數不盡的岩石，其中許多可能超過五或十呎。」老媽房間裡綴有滾邊的窗簾，隨著歲月流逝而泛黃，用雛菊別針固定住兩旁，若是嬰兒看來，應該會覺得神奇的不得了。空氣濕度調節器安全汽門噴出水氣的上方，以玫瑰花和玫瑰花刺爲圖案的壁紙已經剝落，絲絨製的扶手椅吸納了塵埃。這張座椅原本放在樓下，哈利小時候會拍打它，讓塵埃四處飛揚，匯集到午後太陽的光束裡。那些塵埃亂流對他而言彷彿就是宇宙，每粒塵埃都是一個地球，他就在其中一粒上面，是無可想像的微小，也是不可承受的微小。當初，傍晚時分的幾束光線，穿過兩三叢楓樹照進房屋；而今，那些楓樹枝繁葉茂，完全遮蔽日光，讓房間像地窖那般陰暗。

木頭櫃上擺著幾罐藥瓶及一本聖經，牆上則掛著哈利和小蜜幾張中學時期的套色照片。他回憶拍這些照片的人，是個有藍色下顎，又愛出風頭的矮胖子無賴，自稱自己是攝影大師，每

㊼湯姆．密克斯（Tom Mix）爲美國的電影明星，主演早期許多西部電影，是好萊塢第一位西部超級巨星，爲日後電影中的牛仔形象樹立典型。

㊽西元一九六一年美國太空總署在此設立載人太空船中心（Manned Spacecraft Center），一九七三年由詹森總統更名爲太空中心（Space Center）。

㊾寧靜海（Tranquillity），是月球上的一處月海，位於寧靜盆地之內，被選擇爲登月艙的登陸點。

㊿指哥倫比亞號（Columbia）指揮艙。

(51)麥克．柯林斯（Mike Collins）爲西元一九六九年七月二十四日，與尼爾．阿姆斯壯（Neil Armstrong）、巴茲．奧爾德林（Buzz Aldrin），搭乘阿波羅十一號（Apollo 11）一起執行登月任務的太空人，他在任務中擔任指揮艙駕駛員。

年春天都像隻鼬鼠溜到學校去，逼迫所有人到體育館裡排隊，拿濕掉的梳子梳頭，學生家長在兩星期後只得乖乖出錢，讓子女把那些八乘十吋的大合照，和一張皮夾大小的可怕團體照帶回家。隨著時代變遷，那個無賴變成靠眞本事吃飯的人，否則他將永遠完蛋。兔子瘦削的腦袋，在半透明的金黃色陽光下變成粉紅色，耳朵由頭部伸出一吋，眼睛呈現不眞實的大理石藍，連下眼皮也變得年輕豐滿許多。蜜莉恩的頭髮長及肩膀，散發洗髮精光澤，捲成電影明星麗塔·海華絲（Rita Hayworth）的樣式，臉龐顯得豐滿，嘴唇擦上暗紅色的脣膏，像是在她白皙僵硬的臉頰別上一枚徽章。相框裡的兩個孩子，透過無賴弄髒的鏡頭，對著虛無微笑；也從那個飄散汗味和嬉鬧聲的禮堂，對著長期臥床的母親微笑。

哥倫比亞號開玩笑說道：「沒把握的話，那就滑行久一點再降落。」

寧靜海：「我們不是正在這麼做嗎？」

休士頓插話：「寧靜海，這裡是休士頓，如果準備好要接收的話，P二十二號有資料更新要傳送給你。」

哥倫比亞再度說笑：「靜候差遣，長官！」

休士頓是個由電腦運作，且日夜無眠的城市，那裡的人嚴肅地回答：「好的，麥克，P、么、么、洞、四、三、洞、兩、洞、八，P、兩、么、洞、四、三、洞、拐、兩、洞、八[52]，位於降落地點南方四哩。完畢。」

哥倫比亞覆誦這些數字。

寧靜海說：「本組之任務計時器目前的讀數是勾、洞、四、三、洞、四、四、洞、拐，一切穩定。」

「好的，接收到了，你們的任務計時器目前穩定在……再報一次時間！」

「勾、洞、四、三、洞、四、四、洞、拐。」

「好的，接收到了，寧靜海，引力校正正常，等你回來時再見！」

「嗯，現在還不是說再見的時候，我剛試過在么六六五出去，可是在進入三兩返航點之前，發生不明原因，它卻繼續向六兩兩航行，我想在現在記錄下時間，也想知道你是否要我繼續朝力矩角度航行，或是回到最初角度，嘗試重新進入。完畢。」

「接收到了。巴茲，待命通知。」

尼爾森和祖父全神貫注地聆聽這段過程，瑪麗．安格斯壯則不耐煩地轉過身去——也許是由於她行動困難，使所有姿勢看來全像是不耐煩。她不想再關心太空船降落的過程，慢吞吞地拖行下樓，心跳不停的兔子緊隨在後，然而她並不需要任何人攙扶行走。踏進耀眼明亮的廚房後，老媽問：「你剛說什麼來著，珍妮絲到哪去了？」

「跟她媽到波口諾斯去了。」

52 原文由於是譯電溝通，爲求傳達現場氣氛，故採用台灣軍用無線電慣用的數字用語，由一到零分別是：「么、兩、三、四、五、六、拐、八、勾、洞」。

「我爲什麼要相信？」

「妳爲什麼不相信？」

哈利母親彎著身子，打開烤爐，往裡面看，從她糾結的頭髮中透出網洞般的光線，她嘴裡嘟囔，直起身體說道：「珍妮絲這幾天是在躲我。」

處於驚嚇及恍惚狀態下的兔子，似乎只能問：「她爲什麼要躲妳？」

他母親試圖集中視線，只有上下兩唇間舌頭的動作暴露她設法說話的意圖：「我知道太多……」她終於說了出來：「她的事情。」

兔子說：「妳知道的只是一堆可悲的人告訴妳的八卦，別再拿這種事去煩老爸，他上班的時候會來煩我。」既然老媽沒有反擊，兔子便索性繼續說：「小蜜在拉斯維加斯每天要進行十次性交易，我想這種事情要比可憐珍妮絲的私生活更讓妳傷腦筋才對。」

「她一向……」他母親說了出來：「被寵壞了。」

「是的，我想，尼爾森也被我寵壞了。那麼，妳會怎麼形容我呢？我昨天坐在運動場看爆炸隊比賽時，才想起我以前棒球打得多差勁。我們來面對現實吧，以做人論，我大致是個丙下等級的人；以丈夫的身分來說，我差不多是個零鴨蛋。如果眞理印刷廠經營不善，那麼我也將跟著關門大吉，不得不去領失業救濟金，這就是我的人生。多謝了，老媽。」

「噓，」她面無表情地說：「你沒問題的，蛋糕塌下去了。」她像一支生銹的彈簧刀，勉強自己俯下身體，往瓦斯烤爐裡看。

「抱歉，老媽。不過⋯天哪！我最近實在累攤了。」

「等你到了我這把年紀，會覺得好一些。」

今天是個成功的家庭聚會，他們坐在廚房餐桌旁那四把亮光漆已被磨損的座椅上，除了此時老媽身上穿的是浴袍，以及小蜜位置上現在坐著尼爾森之外，一如往昔。老爸切開紅燒牛肉，幫老媽切成小塊。老媽的右手握得住餐叉，但無法使用餐刀。這一餐喝的是紐約州生產的葡萄酒，老爸的假牙往下滑，提議舉杯敬「我的瑪麗，與我禍福與共的天使」。兔子懷疑老爸話中的「禍」指的是什麼，也許正是眼前的事情。老媽拆開幾件禮物，看到那臺按摩器，笑了出來，她問：「買這個是要讓我一直蹦蹦跳跳嗎？」她要老爸插上電，按摩器在尼爾森的頭上震動，他正需要按摩來提振心情。哈利覺得珍妮絲的缺席，正在啃噬尼爾森，這孩子只吃了半塊蛋糕，害哈利不得不替兒子解決剩下的半塊，免得惹老媽傷心。

暮色漸濃，把西布魯爾療養院的玻璃窗燒炙得橘紅，而山的這一邊，暗影像是闖空門的竊賊，鬼祟地移動，溜進這棟房屋與待售屋之間狹窄的混凝土空間，再行經牆壁上的壁紙，從那對喜歡打赤腳的年輕夫婦家中，穿越一組搖滾樂隊的低音打擊演奏，最後深入老媽架上那些成對錫罐（有裝餅乾的，裝糖的，裝麵粉的，裝咖啡的）的剩餘空間裡。客廳中，桃木櫃上的玻璃破碎，尼爾森的眼皮開始往下沉，他把頭趴在冰涼的亮光桌面，緊閉的上唇弧線帶著歉意的笑容。老爸老媽談到與街坊鄰居的舊日時光，三〇、四〇年代的人，都曾經活生生地存在，每天都可以見到他們，但卻沒拍下任何照片。像是那個拒絕修剪半邊草坪的衛理公會老教友，住在哈利家前面的是琴姆（Zims）一家人，他們有個漂亮女兒，每到早餐和晚餐時刻，總聽得見她母親的尖聲叫喊；住這條街底的男人，晚上在麻花工廠上班，在某日的破曉時分舉槍自盡，除了拖牛奶車的那匹馬之外，沒有人聽到。那個年代，就有拉牛奶的車了，當年有幾條街還是坡度和緩的塵土地面。尼爾森正在與睡魔搏鬥，兔子問他：「要回家了嗎？」

「正好相反，老爸。」他睡眼惺忪，因自己機智的回答，咧著嘴笑。

兔子打趣說：「已經九點了，我們最好回去和我們住的太空船幽會。」

可是那艘太空船是艘空船，是位在賓州山莊黑夜裡一幢長長的空屋，在虛無中緩慢旋轉，進入眞空，苗圃周圍的雜草只除掉一半。尼爾森害怕回家，兔子也怕，他們坐到老媽的床沿，在黑暗裡看電視。他們聽說，月球上巨型金屬蜘蛛裡的太空人睡不著覺，所以月球漫步提前好幾個鐘頭。電視裡的人由於消磨時間而顯得疲倦又容易發怒，以實物大小的模型，講解即將發生的狀況。其他頻道上有穿著太空衣的人到處亂走，將錫箔盤放在地上，像在野外烹煮食物。終於看到眞正的重頭戲了…吧？一臺裝置在登月小艇上的電視攝影機出現了，一幅抽象畫出現在螢幕上，播報員說明螢幕上方的黑暗是月球的黑夜，左下角的黑暗是太空船及梯子的陰影，螢幕上白色的部分則是月球表面。尼爾森睡著了，頭枕在他父親的大腿上，孩子睡覺的時候，頭上竟會出那麼多汗，就像埋在地底下的植物球根。老媽坐在哈利後方，腿上蓋著毯子，背部靠在枕頭上。老爸在椅子上睡著了，呼吸像是遠方悲愴的大海，海浪沖向岸邊，而後又再退去，也像個運作中的老舊幫浦。

外面的燈光悄悄穿過窗戶陰影裡的縫隙，觸摸他的額頭，使他稀疏的頭髮蓬亂得像是柔軟的羽毛。明亮的電視螢幕上好像有事發生，一個彎曲的影子從左上角滑了下來，是一條人腿；接著又下來另一條腿，亮光被遮掉的那一塊是月球表面。一個笨拙的側影走進那些抽象的陰影和光亮中，是阿姆斯壯，不是傑克，他說了些有關「一步」[53]的話，接著一陣喀嚓聲讓哈利聽不懂他在說什麼，電子字幕在旁邊打出：「人類登陸月球。」喀嚓喀嚓的聲音告訴休士頓，月球表面沒什麼問題，滿是粉狀的物質，可以用腳尖挑起來，粉狀物質像木炭粉一樣附著在他的太空靴上，踩在地上，腳僅僅只陷入一吋，走動起來比在地球上模擬時還要容易。老媽在背後艱難地伸出手，摸摸哈利的後腦勺，笨手笨腳地幫哈利按摩頭皮，似乎想釋放他腦中所有她已知的煩惱。「我不知道，媽，」哈利突然招認：「我曉得有那回事，不過我到現在還沒有任何感覺。」

[53] 即阿姆斯壯登陸月球時所說的歷史名言：「這是我的一小步，卻是人類的一大步。（That's one small step for a man, one giant leap for mankind.）」

第二章

姬兒

「這上面很不一樣，不過，非常美。」

——尼爾·阿姆斯壯 一九六九年七月二十日

白晝以蒼白的臉色切割黑夜，雖彼此交融，但不全然相像，透明的色彩是如此清淡，只有層層相疊才使色彩轉爲暗色的陰影。八月裡的一個星期六，廠裡一半的員工得上半天班，也許是因爲這份「同是天涯淪落人」的默契，布坎南在喝咖啡的休息時間走近兔子。這位黑人在室外烈日下的裝載臺上喝酒，他抹去嘴角的威士忌酒漬，問道：「他們對你怎樣？哈利。」

「他們？」哈利與布坎南不過是點頭之交，他聽過這個人的名字，可以算是認識他好幾年了，不過和一名黑人交談，並不是一件容易的事，談話裡似乎總會有一些哈利聽不懂的笑話牽扯其中。

「我指的是這個世界，老兄。」

「不錯呀。」

布坎南站在原地眨動眼睛，端詳著哈利，雙腳迷人地上下晃動。難以判斷他的年紀，也許三十五歲，也許六十歲。他的嘴唇上蓄著小到不能再小的黑鬍子，比刷活字的刷子還小，膚色像黑炭，沒有任何光澤，與廠裡另一名黑人不同，范斯沃的皮膚看起來像是光亮無比的皮鞋，在沒有陰影的光線下，埋身在印刷設備當中，兀自閃閃發光。「但是並不好，不是嗎？」

「我睡得不好。」兔子承認。這些日子以來，他心裡有一堆事情想傾吐，想自白，他眞的太孤單了。

「你家女人還在城的另一邊與人同居？」

全世界都知道了。黑人、苦力、智障、遊民、譜曲者、公車車掌、健身房老闆，還有整個布魯爾市。「眞理印刷廠員工被命名爲本週『烏龜』，安格斯壯正式接受市長頒發的綠帽子」。

「我現在獨居，」哈利承認，然後補充：「和兒子同住。」

「那接下來怎麼辦？」布坎南問，微微震驚：「有什麼打算？」

兔子虛弱地說：「等事情解決。」

「有沒有找個相好的？」

哈利的表情一定很吃驚，因爲布坎南趕緊解釋：「男人一定要有個相好的——咦，你爸這幾天到哪去了？」這個問題緊隨前一句話脫口而出，儘管兩者之間看起來毫無關連性。

兔子覺得爲難且受到冒犯，但他知道布坎南是個不懂拐彎抹角的黑人，所以兔子回答：「他請了兩星期的假，開車接送我母親到醫院去做幾項檢查。」

「這樣啊。」布坎南沉思。他的雙唇緊閉，像是在相互溝通，一個新的念頭突然從他兩唇之間衝出來，那撮小鬍子跳起輕快的捷格舞①：「你爸是你眞正的好夥伴，那眞是棒、簡直棒極

①捷格舞（The Jig）：一種形式活潑的民俗舞蹈，發源於十六世紀的英格蘭，今多配合愛爾蘭舞蹈音樂，以及蘇格蘭鄉村舞蹈音樂演出。

了。我老頭就完全不同，我知道他現在在哪裡，他在城裡到處閒晃，我們之間沒有你跟你爸的那種關係，他不會像朋友一樣和我相處。」

兔子不知如何是好，不知道該表示同情還是笑出來。「嗯，」他決定承認：「他可以算是我的朋友，但同時也是一個討人厭的人。」

布坎南喜歡這種講法，但也出現不以爲然的強烈反應：「噢，絕不可以這麼說，你應該感激有一個這麼關心你的爸爸，你不曉得，你有這樣的爸爸是多麼幸福。你老婆帶著屁股去找別人，並不是世界末日，你是個大男人，應該去找個相好的。」

嫌惡與興奮在兔子心裡爭鬥。他覺得自己站在布坎南身旁，高大白皙，像個娘們，是個混雜可笑、軟弱與貪婪的化身。與黑人交談讓他全身發癢，癢到眼球後面，也許是因爲黑人的眼睛裡一半是液體，白中帶黃，多愁善感，全身上下都有苦中作樂的本事。「我會想想辦法。」兔子不情願地說，心裡想著佩姬·佛斯納徹。

休息時間結束的鈴聲響起，布坎南「啪」地一聲垂下肩膀，像是做出某項決定。「怎麼樣？哈利，今晚和我們幾個男人出去走走？」他繼續說：「九點、十點左右，到金波休閒俱樂部，看看有什麼搞頭，也許什麼都沒有，也說不定會有。你繼續這樣只會讓你越變越老，又老、又肥、又吹毛求疵，那不是一個男子漢該有的樣子。」他看得出來兔子直覺想拒絕，趕緊舉起他那雙帶有銀白光亮的手掌，阻止兔子開口：「你考慮看看，老兄，我喜歡你這種人，如果不想來就別來，沒關係！」

＊

星期六整天，這個邀約一直在耳邊迴響，布坎南其實話中有話。哈利躺著等死已經好幾年了，是他的身體讓他這麼做的。他的眼睛每到下午總會開始模糊，走在蜿蜒的人行道回家時，沒有任何加快腳步的動力。晚餐之前就昏昏欲睡，夜裡抑制不住性慾，卻又無法勃起發洩來放鬆自己。無論如何，每天早晨總是被第一道光芒喚醒，又開始刺眼的一天。哈利這輩子沒去過多少地方，對於周遭的世界再熟悉不過了，樹木與天氣；他每天踏出那棟以綠木蓋成的房屋，都會注意到前門邊緣上鑄造的裝飾品，它正因乾燥導致裂縫越來越寬。哈利不相信，也不希望有來生，重複的事情太多，他現在就是在重複生命。當年他回到珍妮絲身邊，也是一種悲劇的重覆，而可憐的珍妮絲現在才在過著她眞正的人生，祝福那個笨蛋，起碼是她自己要滾出去的，女人褲子底下全燃燒著不滅的慾火，在擊敗男人那話兒的瞬間燃起，直到狂亂追逐到另一根還管用的爲止。

上個星期，哈利曾打過一次電話到車廠去，想查看珍妮絲和史塔羅斯有沒有上班，還是不分晝夜在做那檔事。接電話的是蜜德蕾．克魯斯特，她把電話轉給珍妮絲。珍妮絲壓低嗓門說：「哈利，爹地還不曉得我們的事，不要打電話到公司來，我會回你電話。」珍妮絲在當天下午回電，打到家裡，當時尼爾森在別的房間裡看「荒島漂流記」。珍妮絲電話裡的聲音非常冷漠，讓哈利差一點就認不出：「哈利，我很抱歉這件事讓你痛苦，眞的抱歉，不過更重要的是，在此刻別讓罪惡感驅使我們，我現在非常誠實地審視自己，想知道眞正的自我，還有未來的方向。我希望我們雙方能達成共識，現在是一九六九年，沒理由讓兩個成熟的人只因爲習慣，就互相壓抑至死，我正在尋找眞正的自我，希望你也去做相同的事。」繼續說了幾句這類的話之後，珍妮絲便掛斷電話。她的口才精進不少，也許是看了很多精神病學方面的談話性節目。罪人犯罪還有道理，去她的！天哪，去她的！哈利在公車上這麼想。

他一邊暗自咒罵，一邊回到家喝罐啤酒、洗個澡，換上他那套淡灰色毛棉混紡的高級夏季西裝，從烘乾機拿出尼爾森的睡衣，從浴室裡拿出自己的牙刷，孩子和比利已經爲他打點好今晚的行程。哈利打電話給佩姬查證，「噢，沒問題，」她說：「我哪都不會去，何不留下來一起吃晚飯？」

「我想不行。」

「怎麼了？有別的事情要做？」

「對，之類的。」哈利和尼爾森搭乘無人的公車，在六點左右抵達。這時的布魯爾市已經步入週末的快速節奏，一輛輛汽車急速返家之後，再跑出門。一個橘色頭髮的肥胖男子，站在布蓬下品嚐雪茄，好似天使即將降臨，遠看就像一個在商店前面等人的光點。女孩們頭頂大如玫瑰花叢的髮型，喀達喀達走過，頭巾裹著她們的捲髮，這就是週末夜。佩姬在門口相迎，邀請哈利進去喝一杯，她和比利的住處從前是個跑馬場，位於西布魯爾市一棟樓高八層的新公寓。屋內可以俯瞰河景，從她家的客廳望去，布魯爾市的全景盡收眼底，歐爾．普萊澤②店招牌的後方是法院所在地，摩天大樓頂端一座混凝土製成的老鷹展開翅膀。在這座花盆紅的城鎮身後，是賈基山煙霧般的綠，一側被砂石坑砍去極深的傷口，像塊被切成片狀的烤肉，而河流則黑若煤炭。

「喝一杯也好，不過我還要去其他地方。」

「你剛剛已經說過了，想喝什麼？」佩姬身穿淡紫色毛料的緊身迷你裙，露出兩條粗壯的大腿。珍妮絲一直有雙漂亮的腿，而佩姬膝蓋的後側則是一團難看的白肉。

「妳有沒有台克利雞尾酒？」

「不曉得。奧立佛好像有，不過我們搬出來之後，就全部留在他那裡了。」她以前和奧立佛住在幾條街外一棟石棉瓦製的半獨立家屋，離郡立精神病院不遠。佩姬和孩子住這棟公寓，而奧立佛目前則住在市區上班的樂器行附近，如果母子倆想找，他其實就在公寓窗外一片茫茫人海當中。佩姬在幾座空書櫥下方的矮櫃中翻找，「找不到，酒應該包在封套裡。怎麼樣，來杯琴酒③吧，加些什麼？」

「妳有苦檸檬嗎？」

佩姬又開始到處翻：「沒有，只有一些通寧水④。」

---

②原文爲「Owl Pretzl」，按字意即是貓頭鷹，俗稱夜貓子。

③琴酒（Gin）是一種以穀物爲原料，經發酵與蒸餾而成的中性烈酒基底，增添以杜松子爲主的多種藥材與香料調味後，所製造出來的一種蒸餾酒。

④通寧水（Tonic Water）是一種奎寧（Quinine）調味的碳酸飲料，帶有獨特的苦味。

「很好了，要我來調嗎？」

「你如果願意的話。」佩姬兩腿沉重地站起身，微微冒汗，鬆了一口氣。知道哈利要走上前，佩姬決定拿下眼鏡，卸下她的武裝。她轉過身，臉上帶著無助的表情，對哈利而言，她的斜視赤裸裸攤在他眼前，眼睛像被天花板角落的什麼東西吸引住。哈利知道她只有一隻眼睛有問題，但始終不清楚到底是哪一隻。她眼睛的周圍有一整片白色的皺紋，平常是被太陽眼鏡隱藏起來。

哈利問她：「妳要喝什麼？」

「噢，隨便都好，和你一樣好了，我什麼都喝。」

他在狹小又陽春的廚房裡，把冰塊從冰盤上弄下來，兩個孩子悄悄從比利的臥房裡溜出，兔子懷疑這兩個小子是不是剛偷看色情照片。從前的小孩子得向普拉姆街（Plum Street）上一個老瘸子買這種照片，每張一塊錢；而如今在市區，只要花七十五分錢就可以買到一整本色情雜誌，老人因此差點把最高法院的屋頂給掀了。比利比尼爾森高出一個頭，皮膚上有些部份被曬傷了，換成尼爾森可能只是變得黝黑——像他母親一樣；兩個孩子都留著蓋住耳朵的長髮，只是比利的頭髮比較金，也比較捲。「媽，我們想下樓到停車場去騎迷你摩托車。」

「一個鐘頭內回來。」佩姬告訴他們：「我要煮晚飯了。」

「我們來這裡以前，尼爾森已經吃了一個花生三明治。」兔子說。

「典型的男人廚藝！」佩姬說：「你今晚到底要去哪？還穿了西裝？」

「沒要去哪，我答應一個傢伙今晚跟他聚一聚。」他沒說對方是個黑人。然而，突然有種害怕的感覺，因爲他發現應該邀她一起去。佩姬身上穿的就是外出服，雖然並未濃妝豔抹，但不像計畫今晚待在家裡的樣子。哈利把佩姬那杯對了通寧水的琴酒遞給她，最好的防禦就是攻擊：「妳這裡有沒有薄荷或是萊姆之類的？」

佩姬抬起她那雙修剪過的眉毛。「沒有，冰箱裡只有檸檬，不過我可以爲你跑一趟樓下的雜貨店。」沒想到被反將一軍，她居然能利用哈利的刻意挑剔來營造自己的貼心和周到。

兔子笑著收回剛剛的抱怨：「算啦！我只是習慣上酒吧，酒吧裡什麼都有，在家我所能做的就是喝啤酒。」

佩姬以笑容代替回答，她緊張得像個老師，面對有生以來的第一堂課。爲了讓雙方放鬆情緒，哈利在一張鬆軟的皮質扶手椅上坐了下來，坐下的時候，椅子發出噗的一聲。「嘿，這眞不錯。」他指的是景色，可是這話說得太早，因爲從那張矮椅望出去，美景早已從視線跳脫，只剩一片天空，像一條又細又亮的水柱，也像培根上的一抹脂肪。

「你應該聽奧立佛抱怨這戶公寓的租金。」佩姬沒坐到另一張座椅，而是坐在窗戶下方暖氣進出的鐵架子上，與哈利面對面，並且高於他。這使她的大腿一覽無遺，光滑的肌膚上散布著不均勻的小點，雖然如此，她還是對他展示她內褲上的三角地帶——迷你裙和色情雜誌，是生在一九六九年的另一個好處。嗯，他媽的，大家都知道女人身上有裂口，色情爲什麼不能合法化？有個傢伙到店裡買了一本雜誌，裡面全都是女人的那玩意，用四色印刷的，品質低劣又模糊，但全都是那些玩意，有上下顚倒的，有從後面拍的，而些女孩，舌頭捲在嘴巴裡，煽情地用手撫摸腹部，或是想掩飾心中愚蠢的感覺，全都姿色平庸，眞的，不過就是女人的那玩意。沒有最高法院，那些照片不會這麼清楚。

「嘿，老奧立佛怎樣？」

佩姬聳肩，說：「他會打電話來，常常都是爲了取消和比利周日的聚會。你知道，他向來不是個像你那樣顧家的男人。」

兔子對「顧家」這個稱號感到訝異，態度變得非常溫馴，問道：「他平常怎麼打發時間？」

「噢，」佩姬笨拙地轉過身子，兔子藉著窗戶的光線，看到她那杯正在冒泡的調酒，她竟然快醉了。她說：「他和一票討厭的人在布魯爾市到處奔波，大部分是搞音樂的。他們經常往費城跑，還有紐約。去年冬天他到亞斯班（Aspen）滑雪，後來告訴我發生什麼事，包括他跟其他女人的事。他回來臉曬得很黑，我哭了好幾天。以前我們住在富蘭克林街的時候，他從來就叫不出門。你怎麼打發時間？」

「隨便找事做，沒精打采，和孩子在家裡到處閒逛，亂看電視，在後院玩接球。」

「你是爲了『她』沒精打采嗎？哈利？」這女人笨拙地挪動屁股，從暖氣架上下來。那雙斜眼凝視哈利的兩側，使他以爲自己是她的目標，而感到畏縮。然而她卻慢慢從他身旁走過，幫自己再斟一杯酒。「再來一杯？」

「不了，多謝，這杯還沒喝完呢，我得趕快走了。」

「這麼快。」佩姬低嘆，像在她小小的廚房裡回憶某首歌曲的前奏。窗下傳來兩個孩子在迷你摩托車上嬉笑及咳嗽的聲音。噪音猛撲而來，向上盤旋，像隻粗暴的禿鷹。河流對岸，布魯爾市傳來的車流聲，彷彿低語，一聲汽車的喇叭聲響起之後，煞車燈有如磷火閃爍，就像海浪般持續不斷。佩姬在小廚房裡，彷彿用烤爐裡烘焙一個想法，朝著哈利大喊：「她不配！」她站在他身後，聲音就在哈利的頭部上方。「我不曉得爲什麼，」她說：「你那麼愛她，但珍妮絲卻不了解。」

「嗯，你總是要習慣她，無論如何，去跟那種南歐來的黑皮膚在一起⑤，是種侮辱，妳應該聽聽他是怎麼詆衊美國的。」

「哈利，你知道我的想法，我確定你知道。」

不，他根本不知道，她還以爲哈利看得到她內褲上印的思想。

「我覺得珍妮絲待你非常不好。上次我們一起吃午餐的時候，我告訴她：『珍妮絲，妳爲自己辯解的方式沒辦法讓我認同，妳離開一個當妳需要他，他就回到妳身邊的男人，而且妳也離開妳正在成長的兒子，現在最重要的就是有一個安定的家。』我當她的面這麼說。」

「事實上，尼爾森常去車廠看她。她和史塔羅斯帶他出去吃過飯，他好像多了一個叔叔。」

「你眞是寬宏大量，哈利！要是奧立佛，非把我掐死不可。他非常愛吃醋，老問我男朋友

⑤哈利指的是希臘裔的查理·史塔羅斯。

是誰。」

哈利懷疑佩姬會有男朋友，繼續喝他的酒。雖然這個國家大屁股的女人，通常不會對別的男人搖尾乞憐，但荷蘭裔的男人喜歡航空母艦型的女人。哈利說：「我不曉得我對珍妮絲算不算寬容，她畢竟也要活下去。」

「好，哈利，如果這就是你的理由，但哪個人不想活下去？」如果這時候他直起身子，從佩姬在他面前這個位置，她那叢毛茸茸的玩意會剛好抵在他的鼻尖，毛會把他弄得很癢，可能會打噴嚏。哈利啜了一口，感覺這股無味的液體在他體內膨脹。假如佩姬沒提防，他隨時都能坐直。從她的髮量推測，下面很可能像個茂密的樹叢，雖然很難說，雜誌裡有些女人的腹部下方只有幾綹毛而已，連當腋毛都不夠，全是些中看不中用的女人。佩姬移動身體，說道：「如果每個人都要這樣活下去的話，那家庭要靠誰來凝聚？活下去是一種妥協，是做自己和滿足別人期望之間的一種妥協。」

「這問題只有老天才知道了！」

哈利把問題推給那個沒有明講的「名字」，讓姿勢誘人的佩姬受到刺激。她轉過身面向窗外，背對哈利，趴的姿勢像狗一樣。他想把她推到椅子上，讓她慾火焚身，她可以自己動手，而他則從後面戳。珍妮絲嚐過這種滋味，喜歡這種充滿獸性的姿勢，她可以不必看到他的臉而分神，也不需要濕吻。他們第一次做愛的時候，珍妮絲抱怨她無法呼吸，哈利當時問她是不是扁桃腺發炎。說眞的，世界上幾十幾億個女人的屄沒有兩個是一模一樣的，但只要摸得恰到好處，就會濕答答地融化，我們越加保護的部位，其實就是越想受到侵犯的部位。佩姬留在窗檯上的酒杯像個誇張的珠寶，她轉身面對哈利，臉部表情扭曲。由於剛剛的那句話是衝著她來的，所以她問：「你不認爲上帝也是一般人？」

「不，我認爲，上帝什麼都是，就是不是一般人，我認爲如此。我不曉得自己到底在想些什麼。」哈利被激怒，站了起來。

窗外一片遼闊，天邊一個炙熱的陰影，白紫色的邊緣捕捉這座紅色城市逐漸消褪的天光，山色朦朧。佩姬驚叫：「噢，你是說——」她揮舞著雙手在空中做出一個支持自己笨拙想法的手勢，「——你自己。」

她看來是那麼茫然、無助，哈利只有迎上前去擁抱她、親吻她。她的臉像陰暗的月蝕，看起來龐大冰冷，她的雙唇笨拙地貼住他，豐潤得像橡皮糖，還未麻痺，不至於無味。兔子小時候很喜歡吃豆特（Dots）軟糖，在電影院裡一下就可以吃掉三盒，先用舌頭和牙齒之間攪弄，然後再忘情地嚼爛它。佩姬踮起腳尖磨蹭碰撞，雙手上上下下地愛撫著他。她身上那個奇妙的部位好似空無一物，但又比其他地方來得高高在上，她踮腳和臀部的力道交纏在一起，又推又撞，哈利反而變成這個無情獨眼女洩慾的屄，他覺得佩姬的心情獲得發洩，兩人的纏綿在黑暗中就像個臃腫的大皮球。

有人來搔這顆皮球的癢。鑰匙孔裡插入鑰匙，敲門聲響起。哈利和佩姬推開彼此，她把頭髮塞到她分岔的視線兩側，氣喘吁吁跑向門口，開門讓兩個孩子進來。兩個孩子都面紅耳赤且怒氣沖沖。「媽，那台爛車又壞了啦。」比利告訴他母親。尼爾森看向他的父親，幾乎要哭出來，自從珍妮絲離家出走，他變得安靜又多愁善感，就像一個盛滿淚水的蛋殼，容易破碎。

「那不是我的錯，」他沙啞地喊著，喉嚨裡的委屈不吐不快：「爸，他說那全都是我的錯。」

「寶貝，我沒那麼說。」哈利澄清道。

「老爸你說過，他也這樣說，可是根本不是我的錯。」

「我只說他騎太快，他老是騎太快，他騎到一堆石頭上，車子在上面彈來彈去，現在車頭燈下彎，而且不會亮了。」

「如果那台車不是便宜貨的話，就不會老是壞掉。」

「那才不是便宜貨，是這裡能買到最好的一輛，你甚至根本沒有……」

「你就算把它送給我，我也不要……」

「你以爲你在跟誰講話！」

「嘿，算啦、算啦！」哈利說著：「把它拿去送修，我會付錢。」

「爹地，你不要幫他付錢，這根本不是任何人的錯，只是因爲他被寵壞了。」

「你這個懦夫！」比利說著，動手打尼爾森，幾乎像三個星期前哈利打珍妮絲那麼用力，但是打的是不痛不癢的部位。哈利隔開兩人，緊掐比利的手臂，想讓他冷靜下來。這孩子總有一天會很強壯，他的臂膀已經相當結實。

佩姬此時才從剛才的吻回過神來，「比利，這種事情難免會發生，如果你一定要這樣玩命的話。」說完，轉向哈利：「可惡，奧立佛給他弄了這個東西來，一定是故意找我麻煩，他明知道我討厭這些機器。」

哈利決定跟比利談談：「嗨，比利，我是不是該帶尼爾森回家？還是你希望他留在這裡過夜？」

兩個孩子都發出哀鳴，希望留下過夜。「爹地，你不必爲了我再跑一趟，我明天一早就騎車回家，我腳踏車還在這，昨天沒騎回家。」

兔子這才鬆開比利的臂膀，親親尼爾森耳朵附近，試著正視佩姬那隻沒問題的眼睛，說：「好啦，我要走了。」

她說：「非走不可嗎？留下來吃晚飯怎麼樣？還是再喝一杯？時間還早。」

「有人在等我。」兔子撒謊，繞過家具，走向門口。

佩姬追上前去，迷惘的眼睛在她像衛生紙的眼窩裡綻放異彩，雙唇微張就像剛與人接過吻。哈利強忍自已想吻她的貪念。「哈利！」她先開了口，因爲絆了一下，步履不穩，似乎就要撲倒在他懷裡，然而雙方並沒有身體上的接觸。

「嗯？」

「我平常都在家，如果……你知道。」

「我知道，多謝妳那杯琴通寧，妳家的視野眞棒。」哈利伸出手，沒拍她的屁股，而是輕拍她的髖骨下方，發現那個部位既豐腴又帶勁，在手掌之下充滿生命力，使他驚艷不已。等她關上門，哈利不禁自問：爲何要坐上電梯？爲何要離開這裡？

此時和布坎南碰面還嫌太早。哈利折返，經過西布魯爾市的幾條小巷，朝威瑟街方向前行，穿越昏暗的夏季天色，穿越遠方傳來的球賽喧囂，穿越家家戶戶廚房洗碗槽裡的餐盤碰撞聲，穿越沿途住家電視聲中隱約夾雜的笑聲和掌聲，也穿越青少年汽車車輪與路面的摩擦聲，以及引擎換檔聲。孩童和老人坐在門廊台階上鉛色的牛奶瓶盒子旁邊，有幾段人行道用磚頭鋪成。河流旁一帶，是布魯爾市歷史最悠久的地區，很狹窄，很高級，也很乏味。樹與樹之間，設立一大堆亂七八糟的消防栓、儀器錶及交通號誌，其中有些綠底白字的告示牌，指示駕駛人高速公路的方向，高速公路的編號寫在聯邦路牌，或者州政府設置的路邊看板上。

這些偏僻的西布魯爾市巷弄、人行道和柏油路面，都像舊衣一樣令人感到舒適，可以直通費城、巴爾的摩、首都華盛頓，以及商業與時尚重鎭——紐約，另一個方向則通往匹茲堡和芝加哥。上方的廣告牌，有壯觀龐大的金屬徽章，和身著內衣閒逛的胖男人，路上的老女人則跟隨鄉下雞蛋商蹣跚的步履，穿梭於八卦閒談間，狗兒蜷曲身體，睡在陰涼的街道邊。孩子們手持曲棍球棒，有的拿著用膠布纏繞握把做成的球具，「咻」一聲飛過的球和皮質的塡充料也有瑕疵，他們在此地鍛鍊身體，準備成爲下一代的運動員或太空人。

暮色中，在這本質是塵霧的氤氳裡，兔子的眼睛一陣刺痛，這個無害的地方已經逐漸被遺忘，曾經有這麼多的愛，這麼多過分的愛，就是所有人瘋狂的根源，讓我們腐朽凋零，讓我們像蒲公英花粉一樣爆炸。他在轉角處的雜貨店買了一支「噢—亨利（Oh Henry）」棒棒糖，接著走到威瑟街的「開心漢堡」，餐廳的停車場像湖泊一樣大，令人頭暈目眩。他點了一份雙層起司堡月球特餐，漢堡麵包上插著一支美國國旗，還有一杯香草奶昔，喝到最後有種化學沉澱物的味道。

「開心漢堡」店裡相當明亮，加上室內那個淡紫色的大月亮，使哈利的指甲閃閃發光，也使付帳的硬幣亮得像是金屬製成的馬車車輪。然而一片燈海之外，是不懷好意的黑暗。哈利硬著頭皮經過一家光線黯淡的銀行，穿越大橋，巨大花莖上的瘦長弧形燈，往下散放的光芒宛如月光，將來往奔忙的汽車照成紫色。橋上除了哈利之外沒有別人，站在橋中央，布魯爾市像個蜘蛛網，上面附著許多繽紛的水滴，夜裡的賈基山也是其中之一，遠處山頂旅店那個髒汙的光點，在夜色下竟然也像一顆星。

滋生孑孓的河水濺到兔子臉上，珍妮絲的離棄在哈利身體裡作祟，像他胃裡的痛處，只有啤酒和咖啡才能紓緩。孤家寡人的他必須照顧自己，每晚孤枕而眠使他畏懼床鋪，總是看電視看到收播，卡爾森⑥和葛里芬⑦，都是驕傲自大的傢伙，除了厚臉皮之外一無可取，幾百萬

⑥強尼・卡爾森（Johnny Carson）是美國電視節目主持人及喜劇演員，主持的「強尼卡爾森今夜秀」在美國連播三十年，獲得六個艾美獎。

⑦瑪夫・葛里芬（Merv Griffin）是美國電視節目主持人，歌手和傳媒巨頭，在二〇到六〇年代主持「瑪夫葛里芬秀（The Merv Griffin Show）」，也製作遊戲節目「危險邊緣！命運之輪（Jeopardy!, Wheel of Fortune）」和「瑪夫葛瑞芬填字謎（Merv Griffin's Crosswords）」。

人都怨聲載道。當哈利兒時第一次聽到「美國夢」這個名詞，他幻想上帝正躺著睡覺，拼湊出的彩色美國地圖從祂腦中浮現，就像一片雲彩。佩姬的擁抱牽動他的四肢，她的求歡讓人難以招架。「金波休閒俱樂部」就在布魯爾市區大橋末端的一帶，從普拉姆街再走半個街區就可抵達，裡面全是黑人。

黑，對哈利來說只是個政治字彙，可是這些人還真夠黑。當哈利這個高大的白種男人，身著灰色西裝，文質彬彬地走進店門，所有轉過頭來的人，臉上散發的就是黑。恐懼在他的皮膚上下遊走，然而那臺閃爍綠紫色光線的自動點唱機卻正在播放名叫「月情（Moonmood）」的歌曲。不久，店內笑聲及歡樂的低語聲再度湧現，他的出現不過是個意外。兔子站在原地，像顆等著被人射破的氣球。沒多久有人推推他的手肘，原來布坎南就在他身旁。

「嘿，老兄，你來啦。」布坎南從菸霧瀰漫中突然現身，修剪過度的小鬍子看起來邪里邪氣。

「你沒料到我會來？」

「我很懷疑，」布坎南說：「深深懷疑。」

「是你要我來的。」

「沒錯，哈利，你說得對。我沒有要跟你爭論這個，你來我很開心，讓我補償補償你，想喝一杯嗎？」

「我不確定，我的胃有點敏感。」

「那你需要喝兩杯，你想喝什麼酒？」

「來杯台克利如何？」

「不行，那是女人午餐吃生菜沙拉配的飲料。魯弗（Rufe），你這個老壞蛋人呢？」

「有，有！」吧台那邊傳來回應。

「給他調一杯史汀格⑧。」

「好啊！沒問題！」

魯弗是個禿頭男子，頭形就像布魯爾市立博物館裡的石斧，只是較為光亮。他弓著身軀，走進吧台的照明燈下，布坎南帶領兔子走進內部包廂。店內縱深極長，隔間較店外看來複雜得多。包廂位在深處，位置隱密，以深色木料打造，外觀呈岬形。沿著牆是魯弗的工作區和低矮吧台，吧台上方和後面有廉價又常見的帕布斯特、巴德及米勒啤酒⑨，正在搖晃閃爍，還有兩個填充的小型鹿頭（或是小羚羊，有可能是小羚羊嗎？），淺棕色的雙眼動也不動地凝視前方。

敞開的空間雖面對一堵牆，但仍足夠安置後方一整排包廂，甚至還放得下一架華麗的小鋼琴，鋼琴用罐裝噴漆噴成環狀漩渦形的銀白色。主空間旁的房間裡設有撞球台，黑人或趴或站，圍繞在那張悠閒的綠色布檯四周，黑人從事任何活動都能使兔子安心，尤其是撞球這種可

⑧一種混合白蘭地（Brandy）和白薄荷甜酒（White Creme De Menthe）的雞尾酒。

⑨帕布斯特（Pabst）、巴德（Bud）及米勒（Miller）都是啤酒的牌子。

以防止他們發怒的活動。「來認識幾個人！」布坎南說。包廂裡有兩個人，一男一女，男的戴一副銀色的圓框眼鏡，蓄著山羊鬍，是個年輕人。女的年紀較大，滿臉皺紋，正吞吐一根黃色的香菸，先深吸一口香進身體，再閉上眼睛，慢慢呼出來。褐色的眼皮顯得陰沉，塗抹藍色眼影，喉頭下方乳房間的鎖骨上閃爍汗水，讓人還以爲她眞的有胸部，實際上並沒有，她身上那件雞冠血紅色的衣服剪裁低胸，似乎暗示她也曾經波濤洶湧。不等人做介紹，她朝哈利說聲：「嗨。」眼神在飄忽不定之際，牢牢盯著他看。

「這個人，」布坎南宣布：「是我的同事，和他父親一起在眞理印刷廠上班，是個自動鑄造排字機專家。」他話中的所有音節一律發出怪異的滴答聲，是故意裝出來的腔，還是某種信號之類的？「不僅如此，他還是個有名的運—動—員，是個無人能比的籃球高手，曾經是布魯爾隊的神射手。」

「很不賴啊。」另一個黑人說。他的圓框眼鏡歪斜，閃耀光芒。昏暗燈光下造成的臉部陰影，讓他看來削瘦。回話的語氣明顯提高，且非常冷淡。

「那已經是多年前的事了。」兔子說，像爲自己的豐功偉業、膨脹又蒼白的臉，還有已逝的威名感到不好意思。他坐進包廂，將自己隱藏起來。

「看看他那雙手……」那女人神情恍惚地說：「給老蓓碧看看你的手，白小子！」神經質的兔子渾身起雞皮疙瘩，在帶有甜味的菸霧裡，差點打噴嚏。他抬起放在腿上的右手，放在光滑的桌面上。純潔的皮膚和扭曲的手掌，讓他想起電視節目裡主持人跟黑猩猩表演的雙簧脫口秀，在錯過贏獎契機時那種毛骨悚然的眼神。

那女人觸碰哈利的手，溫度像爬蟲類一樣冰冷，她抬起眼睛默想，鎖骨上方晶瑩閃爍，喉頭的部位垂掛宛如餐巾的假鑽石串。不過也許是眞的鑽石，黑人不像白人將鈔票投入房地產，買車就要買凱迪拉克，穿鞋就要穿鱷魚皮製，史賓格車廠推出的豐田汽車太過樸素，還不夠格，哈利的思想與脈搏在賽跑。那女人一隻眼睛旁邊黏了一個銀色小亮片，不見華貴，反而加深醜態，而假睫毛則是大新月形。她把自己打扮成這副德行，使兔子深信她不會加害於他，脈搏的跳動也緩和下來。她的觸摸像蛇一樣滑行，「注意你的拇指，」她對著空氣說，撫弄哈利拇指上的關節、皮膚上的球形紋路，以及無色的月形指甲。「拇指代表甜蜜和光明，是射手座和獅子座的愉悅指標。」她神態深情款款，掐了一下拇指根部的關節。

布坎南匆忙跑回吧台，詢問史汀格酒怎麼還沒送來。另一名黑人加入交談：「和那群常帶著『短獵槍』找你的白鬼不一樣，對吧？」

蓓碧回答，神情依舊恍惚，「不，先生，你拇指上的感應非常具有說服力，在運勢好的情況下，絕對會派上用場；但拇指的根關節這裡則不太好，我從那個地方感覺不到什麼。」說著，像壓弦一樣，以驚人的力量使勁用手指頭壓住哈利的拇指根部，「姆指這裡，顯示你是個讓人心碎的傢伙。」

「所有的白人都讓人心碎，不是嗎？只因爲他們不懂怎麼去搖動他們肥胖的大屁股，並不表示他們不想把那話兒戳進去，要把那根東西戳進去才有意思，對吧？他們不這麼做的原因是因爲他們很虔誠，對吧？所以偉大的白人上帝叫他們去幹那些黑人小妞，他們就眞的去幹，因爲，上帝就在那裡，一巴掌打在他們的肥屁股上。英文裡，貧窮的『白種人（Cracker）』那個字倒著拼就是『操他媽的人（Fucker）』，不是嗎？」

兔子不知道那個年輕黑人說的是玩笑話還是當眞，也不知道自己是否處於眞實世界裡。他動也沒動，甚至沒抽回被那個女人檢視的右手，她的觸摸冷冽得像排牙齒，他如今就像身處於虎視眈眈的黑豹群中。

布坎南那個老壞蛋慌慌張張回座，在兔子面前擺上一杯白色的烈酒，然後往包廂裡擠，逼得兔子不得不朝著另一個黑人的方向移動。布坎南環顧四周，感覺氣氛變得沉重，一派輕鬆地說：「你們知道怎樣嗎？這位仁兄的太太，那女的，我從沒有榮幸見到她，沒想到眞理印刷廠野餐聚會的時候，范斯沃……你們知道范斯沃現在……？」

「像個當爸爸的人，」那年輕人說：「不是嗎？」

「那桶啤酒把我轟得糊里糊塗，害我記不得所有人的面孔和名字，咦，我說到哪了？噢，對了，那女的，上個禮拜就這樣突然離開了他，斷然離開，然後跟另一個男人跑了，好像說是義大利人，是不是？哈利。」

「是希臘人。」

蓓碧咯咯笑：「親愛的！你難道沒有經歷過他的事嗎？你講人家壞話的舌頭就像他的拇指那麼長。」她用手肘推推身旁的同伴，年輕黑人把和蓓碧共享的香菸從嘴邊取下，菸已燃盡，僅剩菸頭，燙得他吐出舌頭，那發白的舌頭嚇到哈利，滿嘴月色白的肉，儘管既厚又蒼白，但長度看來不特別長。這個男的，就兔子看來還是孩子，一小撮山羊鬍是他身上唯一長得出來的東西。哈利不喜歡他，但喜歡蓓碧，儘管她已經乾癟地像是盒子底部剩下的最後一顆乾話梅，事實上在座所有人全都是活在盒子底部的人。除了這家店裡那些黑人的舌頭之外，哈利那杯飲料和他的手掌是最蒼白的東西，哈利啜飲一口酒，太甜又太詭異，輕微的頭痛即刻湧現。

布坎南堅持說：「我認爲這樣不對，一個健康的大男人獨居，沒有人安慰他。」

山羊鬍點點頭：「我一點也不在乎，總該給這個人時間思考，對吧？別爲了想幹女人而自找麻煩，對吧？假如有機會的，可以去找些自己能做的業餘嗜好，像木工什麼的。」他跟蓓碧說：「妳知道，他們可以在地下室做木工這種聰明事，好像集郵一樣，對吧？那就是他們之所以能把事情做大的原因，夠聰明，對吧？」他說著，輕敲自己的腦袋，腦袋上擠滿一吋厚的濃密黑髮，密集交纏的頭髮，讓兔子想起母親使用細金屬線打出來的毛線。母親那雙泛青又彎曲的手如今已經無能爲力，即使在當前這種場合，家裡的傷心事也像拿針插進潰爛的傷口一般，讓他難過不已。

「我以前蒐集棒球卡。」兔子告訴他們，希望能從他們身上激發粗魯無禮的表現，好讓他走人。他還記得卡片帶著口香糖的氣味，以及從糖粉裡面拿出來那種滑溜的手感。他啜飲一口史汀格。

蓓碧看著哈利，做了個苦臉，「你沒必要喝那種像尿的東西。」說著，她又用手肘頂頂鄰座的人，「再來支大麻菸吧！」

「小姐！妳以爲我家賣大麻的啊。」

「我只知道一件事情，就是你很有辦法。別再講那種頑固的屁話，這裡這個白鬼子需要提振一下心情，可是我卻無能爲力。」

「最後一口！」他說著，把那截又濕又短的菸頭遞給了她。

她在向日葵啤酒公司的菸灰缸裡，把菸頭捺個稀巴爛，「這隻蟑螂就這麼死了。」說完，乾瘦的手掌朝上攤開，想擊個掌。

布坎南咯咯笑，「母親的愛就是教我們，要對自己好一點。」他告訴蓓碧。

年輕黑人點起另一根菸，捲菸紙的尾端扭曲，被火點燃、然後消退。他遞給她：「浪費是一種罪惡，對吧？」

「別囉嗦！我們這位美男子需要放輕鬆，我一向討厭看到有人傷心。白人不像我們，他們心裡藏不住事情，像小孩子，會把不好的情緒傳遞給別人。」她伸手把菸交給兔子，潮濕的那一頭對著他。

哈利說：「不，謝了！我十年前戒了菸。」

布坎南咯咯笑，用拇指和食指順順鬍鬚。

年輕黑人說：「他們就是想長生不老，對吧？」

蓓碧說：「這菸不是像尼古丁那種狗屎，這菸草是種恩賜。」

當蓓碧誘哄兔子時，布坎南和年輕黑人則坐在斜對角，開始討論長生不老這件事。「我父親曾說，在家鄉你絕對看不到死掉的白人，就像看不到死騾子一樣。」

「上帝站在他們那邊，對吧？上帝是白人，對吧？祂不想讓更多白人到天堂去干涉祂，祂很滿意目前的狀況，祂和所有的黑天使都在棉花田裡優游自在。」

「你的嘴巴會害死你，孩子。我們現在講的是這個人。」

「你又在賣弄誰的黑屁股？她的還是你的？」

「你把你藏在鞋子裡的海洛因管好就行了。」

蓓碧講話了：「你盡可能用力吸，然後閉住氣，愈久愈好，那玩意需要時間和你的身體融合。」

兔子試著照做，但咳嗽讓他把吸進去的全吐了出來，他也害怕萬一上鉤，等等會突然被拿針筒戳，或是開始產生幻覺，原因是有人在史汀格裡滴了些什麼，之後報紙上會出現「金波俱樂部死亡案件解剖，驗屍人員發現死者非典型膚色」這樣的標題。

看到他咳嗽，年輕黑人說：「他好可愛！我不知道他以前也在苦日子混過，跟那幫窮白鬼一樣，對吧？」

兔子被激怒，於是再深吸一口。那玩意燒灼他的喉嚨，在胃裡翻騰，令他反胃，把菸呼出來之後，哈利期待接下來的反應，結果什麼反應也沒有。他啜飲一口史汀格，味道突然變得像化學藥品，喝起來就像杯底的奶昔。他不知如何從這個地方脫身，佩姬的邀約還算數嗎？夏夜裡布魯爾街上的熱吻，多麼令人陶醉，但只要想到另外那兩個人正在歡度甜蜜時光，就讓人光火。

蓓碧問布坎南：「喂，男人！你在想什麼？」她正吸著大麻菸，煙霧瀰漫她的雙眼。

布坎南這胖子聳肩的動作，牽動兔子身體的側邊。「沒什麼大不了的計畫。」布坎南咕噥道：「要看接下來有什麼發展。女人！妳管好自己就好，妳沒資格把這個白人的事情拿去告訴那些黑人老大。」

她對著他的臉噴了一口煙：「誰怕誰？」

年輕黑人插嘴：「白鬼子自己不插，對吧？」

布坎南一時語塞，的說：「那張嘴又來了！」

兔子大聲問：「我們還要聊些什麼？」說著，用手指捏蓓碧一下，向她要那支大麻菸。吸氣進入喉嚨時依舊感到發燙，然而多少已經適應那種燒灼感，哈利覺得自己身高在其他人之上，有種舒服又威風的感覺。

布坎南問另外兩個人：「姬兒今晚會來嗎？」

蓓碧說：「讓她自己靜一靜吧。」

年輕黑人問：「她是想要哈一管，對吧！」

「不要管這件事，聽著！她現在很乾淨，已經不幹那種事了，沒什麼哈一管不哈一管，她只是因為心情紊亂而身心俱疲，為了戰勝自己的命運。」

「乾淨，」那孩子說：「什麼叫做乾淨？白就乾淨，對吧？女人的屄就乾淨，對吧？大便乾淨，對吧？只要沒被法律揪出來就都是乾淨的，對吧？」

「錯了！」蓓碧說：「仇恨就不乾淨，像你這種心懷怨恨的人，就需要洗滌心靈。」

「洗滌心靈是跟耶穌講的，對吧？」

「姬兒是誰？」兔子問。

「清洗是比拉圖⑩說的，是他認為他應該去做的事，對吧？不要跟我說什麼乾淨不乾淨的，那是一個把我們困住太久的黑袋子。」

布坎南仍繼續技巧性地向蓓碧打探：「她會來嗎？」

年輕黑人插嘴：「她會來，那個賤貨沒辦法不來，就算把門上鎖，她也會從塞信的門縫裡滲透進來。」

蓓碧有些訝異地轉過頭去，說：「你喜歡小姬兒？」

「人可以愛自己不喜歡的人，對吧？」

蓓碧垂下頭，「可憐的孩子！」她朝著桌面說：「當她要傷害自己時，每個人還上前去推她一把。」

---

⑩本丟．比拉圖（Pontius Pilate）是釘死耶穌的古代羅馬猶太總督，比拉圖查不出耶穌有什麼罪，但最後在眾人的喊叫聲中讓步，並在眾人面前洗手表明無辜，說：「這個人的死，罪不在我，你們承擔吧！（I am innocent of this man's blood; you will see.）」然後將耶穌釘死在十字架上。

布坎南緩緩地繼續說：「想想，也許有人想認識姬兒。」

年輕黑人突然坐直，從吧台和街上反射進來的燈光，在他鏡框的邊緣打轉，「你想撮合他們，」他說：「你要插手這些白鬼子的鳥事，你認爲你隨時都可以擺平白人那些魔鬼，對吧？你自以爲是站在山崗上，有別於黑人的摩西，對吧？」

年輕黑人的話，像是另外兩人可以忍受的一波靜電干擾。布坎南仍舊隔著桌子向蓓碧打探：「妳想想，」他聳聳肩，說：「這算是一石兩鳥。」

蓓碧的淚水，從那張滿布皺紋的臉上滑落桌面，她往後梳的頭髮像女學生一樣緊貼頭皮，上面繫著一條紅絲帶，滿頭捲髮還梳成這種髮型，一定很痛。「她的運勢一路下滑，這就是她的命，難以擺脫。」

「誰想被這個巫毒女人施法？」年輕黑人問：「這裡的白人科學不得了，連丟骰子都不用了，對吧？」

「姬兒是白人嗎？」兔子問。

年輕黑人氣沖沖地告訴另外兩個人：「別再講悄悄話了！她隨時會來，除了這裡她還有什麼地方可去？我們就是可以洗清她罪惡的寶血，對吧？還乾淨咧，放屁，髒死我了。沒有什麼能讓她的屄不被人戳，她臉上還掛著微笑，對吧？因爲她很『乾淨』。」憤怒的背後，不僅有一段故事，還包括宗教的因素。兔子很清楚，這位像史汀格一樣蒼白且有害的姬兒，就像一朵即將飄來的烏雲，另外那兩個人正設法拿這朵烏雲安撫他。

兔子說：「我想我要先走了。」

布坎南趕緊按住他的手臂：「爲什麼要走？兔子兄弟！你還沒有達到目的呢，朋友！」

「我唯一的目的就是當個有教養的人。」「她會從塞信的門縫裡溜進來」這個畫面和肚裡的大麻煙一樣，在他腦中陰魂不散，哈利覺得自己隨時可以從包廂起身，像條圍巾一樣從布坎南的肩膀閃過，然後邁出大門，老媽、珍妮絲，或任何人都不能攔阻他。托塞羅曾經誇讚他可以邊運球，邊閃過一整隊的警察。

「你現在要翹起一半那話兒走出去？」布坎南警告他。

「你還沒聽過蓓碧彈琴呢。」年輕黑人說。

哈利停住：「蓓碧彈什麼琴？」

蓓碧喝醉了，凝視自己那雙沒戴戒指的乾手，邊撫弄邊低咕道：「讓他走，隨他去，我不要他聽。」

年輕黑人揶揄她：「蓓碧，妳現在玩的是哪門子壞黑人的把戲？他想看妳表演，看妳表演黑鬼子最擅長的事，對吧？妳以前鬼頭鬼腦玩撲克牌測驗那種小把戲，現在能玩玩五弦琴，也許將來還能當個又唱又跳的辣媽，可惜不是現在，對吧？」

「不要激動，你這黑鬼！」蓓碧說，臉龐仍然低垂，「有時候你太偏激了。」

兔子不好意思地問蓓碧：「妳彈鋼琴？」

「他給我不好的感應，」她向兩個黑人招認：「他的手指關節不吉利，裡面有惡靈。」

布坎南伸出手去，用他那雙印刷工人的大寬手，握住蓓碧那雙乾瘦的手，讓哈利吃了一驚。布坎南一隻手指上配戴乳藍色的玉戒，另外一隻上面則是磨損的亮銅戒指，手臂重重攬住哈利的肩膀，「如果妳是他，」他對蓓碧說：「妳會有什麼感覺？」

「不好的感覺，」她說：「無論如何，糟到不能再糟。」

「請爲我彈奏一曲吧，蓓碧。」兔子說，沉浸於大麻菸帶來的迷幻愛意裡。蓓碧抬起眼睛，看著兔子，嘴唇往後收縮，露出長長的黃牙，以及大黃根莖顏色的牙齦。「諸位，」蓓碧相當歡喜，拉長聲調說道：「你們就是一定要到處宣揚我這老女人就對了。」身穿雞冠紅衣服的她，擠出包廂，蹣跚行走，穿越像母雞搔癢般的掌聲，走向鋼琴。鋼琴上面有像小孩子漆出來的銀色漩渦，她朝吧台方向的魯弗示意，請他開啓舞臺上的聚光燈，然後僵硬鞠躬，勉強對著周圍的昏暗微微一笑，在經過快節奏試音，把煙霧驅散之後，演奏開始。

蓓碧彈奏什麼呢？都是旋律優美、悅耳動聽的老歌。「順水悠悠的河（Up a Lazy River）」、「至上的妳（You're the Top）」、「瀟灑的你（Thou Swell）」、「夏日時光（Summer Time）」。來自印第安那州⑪的人在曼哈頓寫下上百首，上千首這樣的曲子。她一首接一首彈奏，渾然天成，曲間銜接得極爲自然，在鋼琴黑鍵六、七下重擊之下，樂曲流洩，蓓碧彷彿正幫鋼琴呼喚不言而喻的衷曲，或似鞭策寧靜，或似呢喃「我在這裡，我的愛人，來找我，快來找我」。她那兩隻褐色皮膚的手滿是皮包骨，在鍵盤上滑動，就像是桌上的一副手套。她的眼神專注，穿透頭頂上藍色的氤氳，成爲矚目的焦點，繼而讓雙手彈出不同風格的曲調，「我有趣的情人（My Funny Valentine）」、「煙靄走進妳的明眸（Smoke Gets in Your Eyes）」、「我無法起步（I Can't Get Started）」。蓓碧開始哼唱，這些歌詞誕生於久遠之外的煙雲裡，誕生於伴隨著美國夢成長的歲月裡，爲之歡笑，爲之渴望，在日復一日間傳唱，進而成爲家喻戶曉的「國民歌」；從知識分子到鄉巴佬，從麥稭船工到穿著圍兜和連身裝的孩童，從放蕩的公子哥到失意的傷心人，從豪華大樓的頂層公寓到鐵道旁的簡陋小屋，從金字塔的頂端到底層，從有錢人到窮光蛋，從貨櫃卡車上到收音機裡的最後一節新聞。兔子在那個時代的尾聲，出生於這個像腐爛蘋果一樣縮水的世界，美國已不再和歐洲沆瀣一氣，連百老匯都遺忘了自己的曲調。但在此時此地，在蓓碧彈奏的旋律裡，她像是走上小階梯，然後踩著蹣跚舞步下來，黑色的腳步一閃一閃，此外沒有其他的樂聲。蓓碧此時又彈起一些披頭四的曲子，「昨日（Yesterday）」、「嗨，裘德（Hey Jude）」，單調而快速的里基蒂克節拍[12]就像搖動玻璃杯裡的冰塊。蓓碧彈奏時，身軀搖擺，略往後方斜仰，在她雙臂末端的彈奏之下，曲調回歸基本的散拍節奏，兔子彷彿看見馬戲團的帳蓬、煙火，以及農人的車輛，看見一條無生氣的沙河，沙流如此緩慢，唯一的生物只有一尾鯰魚，伏在金黃色的沙堆底睡覺。

年輕黑人靠向前，對兔子小聲說：「你想要玩女人，對吧？你可以找她，五十塊錢可以讓

---

⑪印第安那州擁有深厚的爵士樂傳統，許多美國歷史上知名的爵士樂手都是出生於印第安那州。

⑫里基蒂克（Rinky-Tink）：在二〇年代時曾經流行過的爵士樂類型，以簡潔的節拍著稱。

你整夜享用她，只要你想得到，怎麼弄她都行，她很有經驗。」

兔子沉湎在蓓碧的樂曲裡迷失了，他搖搖頭說：「她太完美了。」

「很好，老兄，她也要討生活，對吧？這裡不會付她錢。」

蓓碧化成一列火車，深紫紅色的車頭上下左右震動，珠寶項鍊閃爍藍光，音樂行至高潮，穿越不和諧的山洞，駛過開闊的路段，尖細的音符直衝雲霄，所有的悲戚與狂喜，就像鞋底被磨出洞一樣地穿牆而出。樂聲周圍的包廂裡傳出壓低嗓門的叫聲，「好啊！蓓碧」、「唱呀！」、「唱呀！」。隔壁房間那些圍在綠色撞球台四周的長腿男孩也全聽得出神，動也不動。蓓碧對著一個比棒棒糖還小的麥克風，開始演唱，那是一種超越性別，純粹的人類之聲，歌詞取自舊約聖經的傳道書：「生也有時，死也有時，有收集石頭的時候，就有放手的時候」。是的，這是上帝最後一句話，此後再也沒有別的了。然而她卻在此刻縱聲而唱，歌聲流露眞情，音量逐漸增強，龐大的黑色下顎嚇到兔子，但同時也讓他慶幸自己在此處與這些黑人共處，他高興得無以復加，想穿越音樂喧囂裡的黑暗，向那位悶悶不樂、戴著圓型眼鏡的山羊鬍兄弟，致上自己的心意。他想大聲吶喊，簡直心癢難搔——蓓碧停止歌唱，彷彿突然感到疲倦，或受到無禮的對待，聳聳肩，然後鞠躬下臺。

那就是蓓碧的表演。

她回到自己這桌，駝著背而且發抖，顯得緊張又蒼老。

「好極了，蓓碧。」兔子說。

「眞的。」另一個聲音說道。一個嬌小的白人女孩站在那，面容拘謹，身著一襲白色的便裝，但骯髒有如煙塵。

「嗨，姬兒。」布坎南說。

「嗨，布坎南。嗨，史基特。」

原來山羊鬍的名字叫史基特。史基特愁眉不展地看著手上那截菸，那截菸屁股的長度，連稱蟑螂都嫌勉強。

「姬兒，親愛的。」布坎南站在桌旁，大腿摩擦桌子的邊緣。「容我介紹，這位是『兔子』哈利．安格斯壯，跟他父親和我一起在印刷廠做事。」

「他有父親？」姬兒問，依然注視史基特，但史基特卻故意不去看她。

「姬兒，妳進去坐我的位置，」布坎南說：「我到魯弗那裡去拿張椅子來。」

「坐，寶貝。」史基特說：「我頭痛得很。」沒有人想對他表示意見，也許當他離開這裡，大家會和兔子一樣感到高興。

布坎南咯咯笑，摩擦雙手，眼睛與在座眾人保持接觸，不過蓓碧似乎在打盹。布坎南對姬兒說：「要不要來杯飲料？七喜汽水？魯弗可以幫妳調杯檸檬水。」

「不用了。」姬兒說，她的態度維持像喝下午茶一樣地拘謹，兩手擱在大腿上。她的手臂纖細，臉上有雀斑，兔子嗅出來她身上散發高級香水的氣味，令他很興奮。

「也許，她想要一杯眞正的飲料。」兔子說。一位白種女人在座，兔子覺得有照顧對方的責任。你不能去責怪那些黑人，因爲他們沒兔子這種優勢。電視四十四頻道一直播放與奴隸船、禁閉室、被賣到河的下游去、三K黨⑬，以及詹姆士．厄爾．瑞⑭這些相關的紀錄片。

「我還未成年。」姬兒委婉地告訴兔子。

兔子說：「誰會管這種事？」

她說：「警察。」

「只要不到街上去，他們就不會太在意，」布坎南說：「除非這女孩是在外頭，否則條子才不會來這裡沒事找事。」

「條子本來就愛小題大作，」蓓碧像作夢一樣說道：「條子就是有牌的流氓，去他媽愛挑剔的條子。」

「不要這樣，蓓碧，」姬兒央求：「不要推拖了。」

「妳讓妳的老黑嬤嬤被警察找上門，」蓓碧說：「難道我沒把妳照顧好？」

「警察怎麼會知道她喝酒？」兔子打抱不平。

布坎南講了個超短的俏皮話：「哈利！他們只要轉個頭就知道了。」

「這裡有警察？」

「朋友！」從布坎南悄悄靠近的動作，哈利覺得自己好像找到另一個老爸。「如果不是這裡有線民的話，可憐的金波俱樂部一個晚上不會只賣出兩罐啤酒。當線民是低層人民的靠山，線民人數已經多到連警察都不敢開槍的程度，怕會幹掉自己人。」

「像約克郡一樣。」

姬兒問兔子：「嗨，你住布魯爾市？」他看得出來她不喜歡白人在這裡出入，哈利只能以微笑代替回答。去妳的，妳這小女孩。

布坎南替兔子回答：「小姐，你問他是不是住在布魯爾市？如果他還住布魯爾市的話，那他就是個活廣告，就是歐爾．普萊澤，也就是『夜貓子』普萊澤。我不認爲這老小子去過十二街後頭那些夜貓子常混的地方。哈利，你去過嗎？」

「事實上以前在德州當兵的時候，我去過幾次，」

「你打過仗？」姬兒問，這話有點挑釁，也許只是像隻小貓那樣，製造接觸的方法。

「我曾經準備到韓國，」哈利說：「可是他們根本沒派我去。」儘管當時他很慶幸，但從那時候起，這件事就一直啃噬他的內心，成爲他有生以來的奇恥大辱。他從來沒眞正當過戰士，但現在內心已如槁木死灰，因此在某種程度上想嘗嘗殺人的滋味。

「史基特……」布坎南說：「他剛從越南回來。」

「那就是他如此粗魯的原因。」蓓碧說。

「我對這個人不予置評。」兔子承認。

⑬三K黨（Ku Klux Klan）是美國奉行白人至上主義的民間組織，也是美國種族主義的代表性組織。

⑭詹姆士．厄爾．瑞（James Earl Ray）：他於一九六八年四月四日，在美國田納西州的孟菲斯（Memphis, Tennessee），刺殺美國的公民人權運動領導人馬丁．路德．金恩博士（Dr. Martin Luther King, Jr.）。

「你人很好。」布坎南說。

「他很粗魯。」蓓碧說。

姬兒的檸檬水送來了。檸檬水放到面前時，她看起來很開心，足以顯示她還是個小女孩。那杯檸檬水就像是下午茶的蛋糕，讓她眼睛一亮。杯緣嵌有一片新月形的萊姆，姬兒將它取下，吸了一口，露出酸的表情。孩提時代的嬰兒肥已經從她臉上消失，但成熟女人的輪廓還未定型。她金髮白膚，白裡透紅，下垂的髮型不顯清爽，沒燙過，幾乎帶點肉色，或者說帶點針葉林木的顏色，可能是紫松或杉木。哈利隱隱覺得想保護她，姬兒緊綳的小骨架讓他想起尼爾森。他問她：「妳做哪一行？姬兒。」

「沒做什麼。」她說：「就到處晃蕩。」哈利提出這種問題，是一種正直的作法和積極的態度，畢竟黑人像陰影一樣，在她四周環伺。

「姬兒是個可憐人。」蓓碧主動說，沉湎於吸麻後的陶醉裡，「她誤入歧途。」說完輕拍兔子的手，像是告誡他：「你可別步上她的後塵。」

「年輕的姬兒……」布坎南把事情講清楚：「是從康乃狄克州的家裡逃出來的。」

兔子問：「妳爲什麼要做這種事？」

「爲什麼不？讓自由的鐘聲響起啊！」

「我可不可以問妳幾歲了？」

「你可以問。」

「我正在問。」

蓓碧不放開兔子的手，用她食指的指甲玩弄兔子手背上的汗毛，使得兔子牙齒發冷。「你還沒老到能當她爸。」蓓碧說。

哈利開始游移不定，是他們把姬兒這個難題丟給他的，他現在反倒變成白鬼子的家庭顧問，那女孩也一樣，只能心不甘情不願地配合訪談。她反問他，以閃避對方提出來的問題。

「你又幾歲？」

「三十六。」

「除以二。」

「十八，嗯？妳逃家多久了？離開妳父母嗎？。」

「她父親死了。」布坎南小心翼翼插嘴。

「夠久了，謝謝關心！」姬兒的臉色變得蒼白，雀斑也變得明顯，就像乾掉的褐色血斑，兩片乾裂的小嘴唇繃得緊緊，下巴則朝著哈利。她在擺架子，他是賓州山莊裡的一員，而她則來自賓州公園那種人家，有錢人家的小孩總是在製造所有麻煩。

「什麼事情夠久了？」

「做一些病態的事情夠久了。」

「妳生病了嗎？」

「治好了。」

布坎南插嘴：「蓓碧幫她的。」

「蓓碧眞是個好人，」姬兒說：「她把我帶回來的時候，我眞是一場糊塗。」

「姬兒是我的心肝，」蓓碧說，就像是在演奏中突然轉換曲調：「姬兒是我的心肝寶貝，我是她的心肝嬷嬷。」說完，那雙褐色的手放開哈利，攬起姬兒的腰，抱住她，靠往自己身上那襲雞冠紅的衣服，兩個女人，一顆是乾梅，一根是嫩草。姬兒心滿意足地噘噘嘴，嘴的動作看起來煞是可愛，兔子想著。儘管此時並非冬天，而是潮濕的仲夏，她的下唇卻滿是唇紋，乾得龜裂。

布坎南進一步說明：「事實上，這女孩並不是沒有規矩的地方好去。幾個星期前，她來到這裡，我想她當時不曉得這地方來往的大多是黑人，像她這樣漂亮的小女孩到這裡，和一些黑人兄弟廝混，他們會把她生吞活剝的。」他吞吞口水，「因此蓓碧馬上把她帶走，像母雞用翅膀的羽翼保護她，不過唯一的麻煩就是……」這黑胖子迅速靠過來，把包廂弄得很擠，「蓓碧住的地方不大，而且總得……」

這女孩突然發起脾氣：「無論如何，我不受歡迎就是了。」她瞪大雙眼，兔子之前沒看她眼睛的顏色，她的雙眼抑鬱、呆滯地緩緩轉動，彷彿深怕傷害到柔弱的眼皮，也像叛逆的孩子，想要走自己的路闖蕩世界，但卻失去積極追尋的意念。她的眼睛是綠色的，一種漠然疲憊的綠，然而卻是兔子最喜歡的顏色之一——八月的青草綠。

「姬兒，心肝寶貝！」蓓碧說著，摟著她：「妳是世上我最歡迎的寶貝。」

布坎南只對著兔子一個人講話，聲音越說越小：「發生在約克郡的事情，也可能在這邊發生，我們該怎麼保護……」他朝姬兒的方向指出一個小手勢，不著痕跡地結束這句話，這使哈利想起史塔羅斯的手勢。布坎南不再咯咯笑：「我們忙著閃子彈，遭到逮捕是遲早的事，身爲黑人，左右爲難！」

姬兒突然開口：「我會好好的，你們兩個都別再說了，別想把我賣給這個討厭的人，我不要他，他也不要我，沒有人要我，沒關係，我什麼人都不要。」

「每個人都需要別人，」蓓碧說：「妳待在我那裡無所事事，我並不介意，只是有幾位紳士介意，如此而已。」

兔子說：「布坎南介意。」他的觀察讓所有人大吃一驚，在座的兩名黑人先是爆出一陣尖叫，接著大笑。哈利的雙手之間又上來一杯史汀格，白得像檸檬水。

「親愛的，問題是妳太顯眼。」蓓碧隨後難過地加了一句：「妳讓我們這些黑人更醒目了。」

一陣靜默，就像一群大人等待頑皮的孩子守規矩一樣，姬兒憂鬱地問兔子：「你做哪一行？」

「排字，」兔子告訴她：「看電視，當保母。」

「唉，」布坎南解釋：「哈利他前幾天遭受難堪的打擊，他老婆沒有正當理由，就突然離開他了。」

「完全沒理由？」姬兒問，咄咄逼人的噘著嘴，不過當她問完問題，原來那陣好奇的火花卻頓時消逝無蹤。

兔子思索，「我想，是我讓她覺得厭煩，另外，我們在政治問題上的看法也南轅北轍。」

「關於哪方面？」

「越戰，我完全支持這場戰爭。」

姬兒的呼吸急緩不定。

蓓碧說：「我就曉得你姆指的根關節看起來不吉利。」

布坎南試著緩和氣氛：「印刷廠裡每個人都支持越戰。我們認爲，你擋不住那邊的游擊隊，那些穿著黑色寬長褲的越南傢伙還會走上街頭。」

姬兒嚴肅地告訴兔子：「你應該和史基特聊聊這方面的事，他說那是一次很棒的旅行，他很喜歡。」

「那我可不確定。我沒說去打仗，或者被人家俘虜，是一件愉快的事，我只是不喜歡那些小鬼亂批評，說那是一場亂七八糟的爛仗，我們應該滾出越南。如果每一場爛仗你都置身事外，那麼任何事情你都無法參與。」

「阿門！」蓓碧說：「總而言之，人生如糞。」

兔子感覺自己激動起來，繼續說：「我不太相信那些大學生或越共，我不認爲他們有辦法解決任何問題，我認爲他們只是一些想要破壞的少數分子，現在事情已經做了一半，做一半不總比什麼都不做好。」

布坎南急切地想要緩和場面，那條小鬍子下方的嘴唇上面開始冒汗：「我百分之九十九同意你的說法。我喜歡開明的利己主義，根據我的看法，開明的利己主義是我們在越南必須採取的最佳政策；無論這塊餡餅是誰切的，我都不可能捨近求遠，跑到天涯海角去買那塊餅。像史基特那種年輕人，他們說人民最大，你看看誰是所謂的人民，還不是就他們幾個。」

「就是有像你這種湯姆大叔⑮。」姬兒說。

布坎南眨眨眼，因爲受到傷害，聲音變得低沉，「我不是個聽命於白人的黑人，小女孩！你這樣說對我們任何人都沒有幫助，只是顯示妳還太嫩了。我這種人，希望從甲地到乙地，從搖籃走到墳墓的過程中，越少人受傷害越好，就和在座的哈利一樣，和妳過世的父親一樣。願上帝讓他安息！」

蓓碧攬著這個倔強又無精打采的女孩，說道：「我眞是欣賞姬兒的膽量，她不擔心自己的人生，比你這個滿身臭氣，坐在那裡舔自己像在舔雪茄的老胖子還有種。」蓓碧一邊說，一邊盯著布坎南看，像是期望他同意自己的看法，樣子就像一對吵架的父母，世界上到處都有。

布坎南誠懇地向姬兒說明：「那正是問題所在。這位年輕的哈利住在　棟高級的房屋，位於西布魯爾市最高級的地區，一個人住，沒有累贅。」

⑮指對白人採取卑屈態度的黑人男子。

哈利抗議：「我沒那麼孤單，我還有個孩子。」

「男人總是要有點累贅。」布坎南接著說。

「繼續彈啊！蓓碧。」昏暗的包廂裡傳出陰沉的聲音。魯弗晃動腦袋，打開聚光燈。蓓碧嘆口氣，想把史基特抽剩的大麻菸遞給姬兒，姬兒搖搖頭，退出包廂，讓蓓碧走出去。兔子本以爲姬兒要離開，但等她重新坐回對面位置時，兔子才發現自己內心的欣喜。當蓓碧繼續彈奏，他啜飲史汀格，她則開始咬碎檸檬水裡的冰塊。這次，撞球房裡的男孩們輕聲繼續進行球賽，冰塊碰撞的叮叮聲與酒精和音樂交融，使哈利的心胸擴大，大到可以容納聚光燈下藍色的光芒、黑人的面孔、一曲「忍冬玫瑰（Honeysuckle Rose）」，以及比苜蓿更甜的汙濁菸味和意外出現的姬兒。

她的手腕跟下臂的半透明肌理有如天使，姬兒尚未完全發育，女人的韻味像一臺小型飛船漂浮在她身上。他的心胸又更加擴張，除了金波俱樂部之外，還能容納全世界箭在弦上的各式戰爭，還有多姿多彩的各種競賽，各大洲的形狀就像天花板上的汙斑，地心引力讓地球串起每一顆星辰，光芒就像藍色大理石上旋轉的雲彩，一切既溫暖又濕潤，即將孕育新生命，除了哈利和他的家庭之外。那個家一直是個怪異的不毛之地，既貧瘠又冷清，在賓州山莊的冥寂中空轉，像個被拋棄的太空艙。哈利實在不願意回去，卻別無選擇，非回去不可。「我得走了。」他說著便站起身。

「嘿，嘿，」布坎南抗議：「今晚還沒開始呢。」

「我該回家了，怕孩子受不了他的同伴，我也答應我母親，如果她不必留在醫院裡作進一步檢查，明天就要去探望他們。」

「你開溜，蓓碧會很傷心，她和你很投緣。」

「另外那個和她投緣的傢伙會回來這裡，我想蓓碧很容易和人投緣。」

「你不高興嗎？」

「沒有，天哪，我很喜歡她，告訴她，她根本是個奇才，今晚對我而言，已經跨出很大一步了。」哈利試著站起來，但桌沿限制他只能彎著身軀，包廂感覺傾斜，他的身體也開始搖晃，彷彿他已經回到那個越來越冰冷的家。姬兒也跟著站起來，聽話得像面鏡子。

「總有一天，」坐著的布坎南繼續說：「你會更了解蓓碧，她是個好人。」

「這我不懷疑。」他告訴姬兒：「妳坐下！」

「你不帶我一起走嗎？他們要你帶我走。」

「天哪，我可沒打算這麼做。」

姬兒坐下。

「老朋友，哈利，你傷到這個小女孩的心了。『龜毛』這兩個字一定是你另一個名字。」

姬兒回應：「對你這種的討厭鬼，我沒有任何感覺，我斷定他是個同性戀。」

「有可能，」布坎南說：「難怪他太太……」

「拜託！讓我從這個包廂出去。我帶她走……」

「那就請便啦！朋友，今天算我的。」

蓓碧正彈奏「日復一日（Time After Time）」，唱著：「我告訴自己……」

兔子投降，因爲桌沿快要弄痛他的大腿。「好啦！孩子，快點。」

「我不敢奢望你帶我走。」

「妳會覺得厭煩的。」老實說，哈利認爲有必要加上這句話。

「你已經讓我覺得很煩了。」她告訴他。

「姬兒，妳對這位紳士要親切一點。」布坎南連忙往外擠，讓哈利滑出包廂，免得壞了好事。他神祕兮兮地靠近，因爲喝了幾杯加料的酒，使他呼吸急促，眞是個怪老頭！「問題是，」他進行今晚的最後一項說明：「事情不太妙，她在我們這裡，既未成年，還有其他的麻煩。現在的條子不是不友善，但他們還是謹守分際，因此留著她對任何人來說都不太妥當。她是個可憐的孩子，需要父親，事情就這麼單純而已。」

兔子問她：「妳父親是怎麼過世的？」

姬兒說：「心臟病發，在紐約劇院的大廳倒地而死，當時他和母親去看『毛髮⑯』那齣音樂劇。」

「好吧，我們走。」兔子對著布坎南說：「酒多少錢？哇！你們這些人眞是在坑我！」

「算我們的，」是哈利獲得的答覆，他用他亮銀色的手掌揮揮手：「算在黑人兄弟帳上。」布坎南不得不講幾句俏皮話，然後再裝正經：「你是個正港男子漢，老兄，你是個大人物。」

「星期一上班見！」

「姬兒心肝，要乖乖的，記得保持聯繫。」

「一定。」

布坎南一提到工作就令人懊惱。每個人都得工作，早班，晚班；肚子飢餓的時候，嘴巴就拼命咀嚼；心靈飢渴的時候，就被女人的屄掏空，人和禽獸沒什麼兩樣。當哈利還小的時候，曾在心中描繪人體的圖像；人體裡有隻像條蟲一樣的寄生蟲，一根槲寄生的嫩枝從骨頭上垂吊而下，靠空氣存活，還有一隻水母在肺臟和肝臟之間擺盪。黑人身體裡的成分比較多，比較大，那話兒像條鰻魚，是夜裡的掠食者。他們那種侵略性的下體氣味充斥在公車上，但不敢蔓延到哈利去的那些清潔又乾燥的地方，他覺得自己快吐出來。史汀格裡濃烈的毒藥，在月亮漢堡上閃爍。

蓓碧換上六和弦的曲譜，就像把六排自動鑄造機生產的黑鉛字，啪地一聲放到字盤上，開始彈奏「有個小旅館（There’s a Small Hotel）。」唱出：「有個小旅館，獻上一個祝福……」

⑯原名「Hair」，這是一齣由詹姆士．拉度（James Rado）與杰羅姆．羅格尼（Gerome Ragni）作詞、高特．麥德默（Galt MacDermot）作曲的搖滾愛情音樂劇，劇情傳達美國六〇年代中期的嬉皮文化與性愛開放，搖滾樂風也衝擊了傳統音樂劇的形態。這樣的突破性嘗試，使該劇勇奪一九六九年的葛萊美獎。

＊

伴隨這首曲子，姬兒和兔子踏上街頭。哈利的右手邊朝向山的方向，藍色路燈下的威瑟街蒼白伸展，遠方「山頂大旅店」的招牌糊成一片，向日葵啤酒鐘的背後顯出黃色的霓虹花瓣，街道朦朧如斯。哈利還記得這條街上曾有過五家電影院，四周的各式霓虹燈妝點街弄，就像嘉年華會的中心，成人夾雜小孩在附近閒逛，而今此處看來闃無人聲，人們對強暴者提心吊膽，人潮已被郊區的大型購物中心吸引殆盡。上星期的「大酒桶」還刊出「本地流氓襲擊老人」的新聞標題，所謂「本地流氓」，最原始的解釋就是「黑人」。

兩人左轉，走向奔馬橋，河上的水氣冷卻哈利的額頭，讓他確定自己不會嘔吐了。哈利就算在嬰兒時期，也忍得住嘔吐，但有些人卻很愛吐，隆尼．哈里遜（Ronnie Harrison）⑰就是其中一個，在大型比賽開賽前，或是幾杯黃湯下肚後，便會嘔吐，然後拿塞在牙縫間的穀粒開玩笑。但兔子必須克制不讓東西吐出來，哪怕要忍受腹部疼痛的代價。他心中還抱持剛剛在金波俱樂部裡那種胸口能涵蓋萬物的感覺，他想保存那樣的感覺。城市夜晚的空氣裡，當貨車輪胎輾過炙烤一整天的柏油和混凝土，刺鼻的臭味便像蓋子一樣被掀開，車燈偶爾閃逝而過，觸摸身旁這名站在人行道上猶豫的女孩，也捕捉她白皙的雙腿和單薄的衣裳。

她問：「你的車在哪？」

「我沒車。」

「怎麼可能。」

「我老婆離開我的時候，把車開走了。」

「你們沒兩輛車？」

「沒。」還眞是個有錢人家的小孩。

「我有車。」

「在哪？」

「不知道。」

「怎麼會不知道？」

「我把它停在普拉姆街蓓碧家附近的街上，我不知道那是人家車庫的出入口，有一天早上車子就被拖走了。」

「妳沒去找？」

「沒錢付罰款，也怕警察，他們可能會查出我的身分，警察那邊一定有關於我的通報。」

「乾脆回康乃狄克州不就是最簡單的事情嗎？」

「噢，拜託！」她說。

「妳爲什麼不喜歡那個地方？」

⑰哈利高中時期球隊的隊友。

「因爲全都是些自私自利的人，自私得噁心。」

「現在有一個最自私的溜走了，妳母親會怎麼樣？」

女孩沒回答，卻穿越馬路，從金波俱樂部這邊走上對面的橋，兔子只有跟上去，「妳的是哪種車？」

「白色的保時捷。」

「哇！」

「我爸送給我的十六歲生日禮物。」

「我岳父經營這裡的豐田代理公司。」

他們走到一個相當美的地方，此處調和的美感中止兩人的談話。他們已經過橋，站在人行道上稍寬的地方，在這個汽車的年代，步行前來此處的人不多。這座橋建於三〇年代，人行道、寬欄杆以及路燈的基座都是紅色粗混凝土製成。橋上設有燈架，鐵質的燈架上設置凹槽和植物飾紋，莊嚴而迷濛地照亮橋口。至於橋本身，則是依賴步道中央新架設鋁桿的冷紫色燈管照明，燈光下，姬兒白色的衣裳不似人間。某人的姓名被刻製在一塊銅牌上，字跡難以辨認。姬兒不耐煩地問：「嗯，我們現在要怎麼辦？」

哈利以爲她問的是交通問題。他的身體裡有太多史汀格和大麻菸，仍然覺得不太舒服，因此根本沒思考過這個問題。布魯爾市區徘徊的那些計程車也像是嗑了藥一樣，昏昏欲睡地打轉。在金波俱樂部霓虹燈外的幽暗裡，褐色的陰影、小酒館的燈罩和門口的笑聲，全都在虎視眈眈。兔子說：「我們走到橋的對面，希望還有公車。最後一班是十一點左右，也許禮拜六比較晚，無論如何，即使沒車，走路回家也不遠，我兒子常走。」

「我喜歡走路。」姬兒說，又貼心補上一句：「我很強壯，你不用把我當孩子。」

欄杆像X形的鐵道籬笆，哈利沿著欄杆拼命走，只恨兩條腿走得不夠快，砂質面的欄杆被哈利扶到發燙，手上也顯現像岩鹽摩擦過的斑痕。再也不幹這種事了，再也不想看到這種顏色了，紅色！全身發熱，匆忙跟在後面的姬兒，頭髮也飛揚著。

「幹嘛走這麼快？」

「噓，妳沒聽見他們？」

汽車呼嘯而過，球形的車燈在前方滾動。下方有鐵片掉落到黑色河水裡的聲響，河上閃動白色的水花和船影。他們後方傳來「啪噠啪噠」的腳步聲，有人在後面急追。兔子鼓起勇氣，停下腳步往後瞄，看到兩個人影正在追逐他們——影子有時變短、有時重疊、有時變長，從紫色燈光下跑過的時候又恢復正常，在一道道斜下迤邐的淡紫色光影中周而復始幻化。其中一人手裡揮舞白色且閃爍亮光的物品，哈利的心糾結在一起，突然感覺有股尿意，想到就此與橋另一端的西布魯爾市永別，報紙將會刊出頭條「本地男子防衛外州女孩遭刺，屍體從歷史悠久的橋樑上被拋下」。哈利緊抓姬兒的手臂，催促她快跑。她的皮膚光滑細嫩，像欄杆一樣微微發溫。她尖聲大叫：「放開手！」掙脫開來。哈利轉過身，意外發現被他遺忘的勇氣居然還在，他的身體不自覺地化身成一堵剛毅有力的盾牌，面對眼前的威脅，只有眼神是柔和的。殺！

在近乎紫色的月光下，那兩名黑人停下腳步，倉皇退後；兩個人都很年輕，跑的渾身是汗，哈利比他們都還要高大。其中一人手上拿的白色物品並不是刀，而是個珍珠小提包。拿著小提包的黑人搖晃走上前來，眼白和珍珠在光線裡散發薰衣草紫色，「這是妳的東西嗎？小姐？」

「噢，是我的。」

「蓓碧叫我們送過來。」

「噢，謝謝二位，也謝謝她。」

「我們嚇到誰了嗎？」

「不是我，是他。」

「是啊。」

「老兄，你也嚇到我們了。」

「抱歉！」兔子主動說：「要怪這座陰森的橋。」

「沒事了。」

「沒事了。」兩人淡紫色的眼球溜溜轉動，紫色的手在穿著破舊牛仔褲的大腿上輕敲離去的節奏。他們笑成了一團，兩輛貨櫃車分別從橋上朝不同方向駛去，兩輛長型的車交錯而過，衝擊彼此間的空氣，各自在路上奔馳，發出破壞性的響亮聲音，橋樑也隨之震動。兩名黑人消失，兔子和姬兒繼續走。

大痲菸、威士忌再加上恐懼，強化了兔子既有的方向感。沒有公車前來，姬兒的衣服在眼角飄揚、皮膚緊繃，思緒混亂得像一群飛蚊在腦中繞圈，他試著和她攀談：「妳家住康乃狄克州？」

「一個叫做史東寧頓（Stonington）的地方。」

「靠近紐約？」

「很近，我爸爸總是星期一南下紐約，星期五回來。他喜歡航海，他曾說，除了桑德（Sound），史東寧頓是州裡唯一面對大海的城鎮。」

「可惜他死了，這妳剛說的。我母親……有帕金森氏症。」

「你眞的喜歡談這種事情嗎？我們爲什麼不走路就好？我沒來過西布魯爾，不錯嘛！」

「哪裡不錯？」

「每個地方都不錯，我在這座城市中沒有過去，所以不會讓人失望。你看，開心漢堡店就很漂亮？裡面全都是金色的，塑膠做的，還有紫色的火焰。」

「我今晚就在那裡吃東西。」

「東西好吃嗎？」

「難吃死了，也許是因爲每樣東西都吃過好多次，我應該繼續抽菸，我兒子喜歡那個地方。」

「你說他幾歲了？」

「十二歲，今年十月就十三歲了，身高看起來比年紀小。」

「你不能這樣跟他說。」

「我試著都不去煩他。」

「如果你要煩他，都用什麼事煩他？」

「噢，用我以前喜歡做的事，不過他覺得無聊，我不認爲他有從中得到什麼樂趣，他根本不想出門。」

「嘿，你叫什麼名字？」

「哈利。」

「嘿，大哈利，你介意請我吃東西嗎？」

「當然……我是說我不介意，回我家吃？我不曉得冰櫃裡還有什麼可吃的，我是說冰箱。」

「我是說去那邊吃，賣漢堡的那裡。」

「噢，當然，好極了！抱歉，我原本以爲妳已經吃飽了。」

「可能吧，我不想記那些瑣碎的事；不過應該是沒吃飽，因爲現在我覺得肚子裡全是檸檬水。」

姬兒點了一個八十五分錢的腰果漢堡和一杯草莓奶昔。在捉摸不定的燈光下，她狼吞虎嚥解決漢堡，哈利又幫她點了一個，她露出不好意思的微笑，牙齒小而內彎，略呈圓形，齒間的縫隙就像印刷機細小的空隙。非常好。「我常試著不要吃東西。」

「爲什麼？」

「很醜陋，你不認爲吃東西是件醜陋的行爲？」

「那是沒辦法的事。」

「那是你的哲學觀，是不是？」即使在耀眼的光線下，姬兒的臉龐看來仍有些朦朧又難以捉摸，超過她的實際年齡。吃完漢堡，她用紙巾將手指一根一根擦乾淨，並果決地說：「非常謝謝你。」哈利前去付帳，她緊抓她的錢包，不過裡面會有什麼呢？信用卡？還是革命示意圖？

哈利喝下咖啡以保持清醒，他要整晚幹這個可憐的女孩，以謹守中年男人的榮譽。這種心態在不同種族皆然，在軍中曾有人說，中國女人在她們的陰道裡放刀片，以防被日本人強姦，想到這裡，不禁讓兔子的陰囊縮了一下。兩人沿著威瑟街前行，享受這段漫步。商店櫥窗裡黯淡無光，但防夜賊的燈還亮著；艾克米超市的停車場上除了散落一地的紙巾之外，一片空蕩。電影院遮蓬上的看板，已經從「二〇〇一太空漫遊」換爲「大地驚雷（True Grit）」，檔期眞是短。他們在閃黃燈的路口過街，走上都鐸．恩伯利大道，然後進入恩伯利路，最後轉入美景彎道，一路上伸手不見五指。「你覺得爲何這裡這麼陰森？」姬兒說。

「我想是因爲單調。」他說：「我長大的那個城，沒有任何兩棟房子蓋在同個水平線上。」

「這樣看起來比較整齊。」

「事實上，整齊，並不是一件太好的事。」

哈利燻黑的長影折成兩半，他走上通往玄關的台階，雙腿發抖。從他肩膀望去，姬兒的側影很美，冷冽得像舊版一毛硬幣上那張臉。當他想開啓那道上面有三扇小窗的大門，鑰匙險些從手上滑落，多麼神奇的感覺。他打開屋內走廊的電燈，絕不想看到那些原來的舊家具，但一張仿工作台映入眼簾，沙發和銀線扶手椅相看兩不厭，就像兩個累到無法上樓的醉漢，面無表情的電視機坐在金屬製的電視櫃裡，櫃殼漆上木材的紋路，通透的架子上空無一物。

「哇，」姬兒說：「這裡可眞寒酸。」

兔子不好意思地說：「我們從沒認眞挑選家具，都是偶然之下買來的，珍妮絲老想做不一樣的窗簾。」

姬兒問：「她是個稱職的家庭主婦嗎？」

哈利回答得很緊張，這個問題彷彿將珍妮絲帶回屋裡，她像躲在廚房裡，或蹲在樓梯上傾聽。「還可以。組織能力不怎麼樣，在她跟男人鬼混以前，至少做家事很勤奮。她曾經酗酒，不過後來控制住了，大約十年前，我們家發生一件悲劇，把她從醉生夢死中喚醒，也讓我當頭棒喝——我們的孩子死了。」

「怎麼死的？」

「我們所引發的意外。」

「眞慘。我們睡哪？」

「妳何不睡我兒子房間？我想他今晚不會回家，他今晚留宿在一個任性的小孩家，我告訴尼爾森，如果他受不了，就回家來，我本來應該留在家裡聽電話。現在幾點了？要不要來罐啤酒？」

身無分文的姬兒，手上卻戴著一支至少值兩百元的小型手錶。「十二點十分，」她說：「你不想跟我睡嗎？」

「嗯？妳不是不想跟一個討厭鬼睡覺嗎？」

「你是個討厭鬼，但是你剛剛請我吃東西。」

「那沒什麼，看在同是白種人的分上，哈。」

「你身邊有個這麼甜蜜又有趣的家庭，總是在想是不是有家人需要你。」

「是啊，算了，事情很難說，如果我可以面對現實的話，也許沒人需要我。現在，如果要我回答妳的問題，我當然樂意跟妳睡覺，如果不會因爲觸犯強姦罪而被抓起來的話。」

「你還眞怕犯法，對嗎？」

「我只是想盡量避免。」

「我用聖經向你擔保……你有聖經嗎？」

「有過一本，尼爾森帶到主日學用的，他要用的時候就會帶去，我們就順其自然吧，只要妳向我保證。」

「我向你保證我十八歲了，在法律上，我已經是個成年人。我不是替黑人幫派工作的誘餌，你不會被人從後面勒住脖子或者被勒索，你現在可以上我了。」

「不知爲什麼，妳快把我弄哭了。」

「你被我嚇壞了，我們先一起洗澡，然後再看看感覺怎麼樣。」

哈利笑著：「我想到時候會非常帶勁。」

她很當一回事，像隻從新籠子裡伸出鼻子嗅聞的小動物。「浴室在哪？」

「妳就在這裡把衣服脫掉。」

這道命令嚇到她了，姬兒的下巴凹陷，恐懼的雙眼圓睜。他沒有道理成爲唯一受到驚嚇的人，這個有錢的婊子竟然敢說他家的客廳寒酸。站在這張不久前才和珍妮絲在上面做過愛的地毯上，姬兒的衣服裡隱約透出肌膚。她踢掉腳上的涼鞋，褪去身上的衣服，沒穿胸罩，乳頭隨著衣服拉高而上挺，然後低垂，向哈利拋出媚眼。下半身穿的是比基尼式的內褲，黑色蕾絲精細得看不出是何種款式，哈利一點也沒有浪費眼前的美景。姬兒用兩根拇指，一邊扭動身軀，一邊褪去內褲的鬆緊帶部分，並跨步向前。珍妮絲如果不剃毛，大腿內側會有三角形的勒痕，但姬兒那個部位則幾乎不見暗影，琥珀色的細毛，色澤朝著中央那塊筆直秀美的濃毛方向逐步加深，逐漸蔓延。她的骨盆角像是飢餓的顴骨，沒生過小孩的腹部平坦，當她轉身，乳房在某種光線下幾乎不存在。赤裸的姿態拉長她頸項的比例，頭蓋骨以下到腰際凹陷處，曲線玲瓏，散發眞正的成熟美。腿部從穠纖合度的臀部勻稱筆直而下，腳踝不像珍妮絲那樣瘦小。不過，嘿！她居然赤身露體站在這個房間裡，在他家裡，這個怪異的女孩，也太信任別人了。她彎下腰撿拾自己的衣服，輕輕地踩在他的地毯上，像是小心翼翼尋找地面的大頭針。兔子與她僅一臂之遙，一本正經地噘嘴，下唇有部分脫皮。「你呢？」

「到樓上來。」哈利向來都在臥房裡脫衣，牆壁另一邊的浴室裡，熱水開始泉湧、開始歡唱、開始濺出水花。哈利低頭看，一點變硬的跡象都沒有。浴室裡，他發現姬兒彎下身軀正在探試水溫，兩瓣屁股間夾有一叢毛，從後面看，眞像一個瘦小男孩的背脊，接到上下顚倒的情人節愛心上面，愛心就像女人光滑的臀部。他想撫摸她，想要撫摸她光滑勻稱的身體，並且眞的動了手，未料卻像玻璃一樣刺痛他的指尖。姬兒沒有退避，也沒有轉過身去，繼續試探自己滿意的水溫。哈利那話兒依然委靡不振，不過他已不再擔心。

他們的共浴太文雅、太安靜、太順暢、又太純潔，互動過程也十分拘謹，哈利爲姬兒的乳房抹上肥皀，加以揉洗，似乎在挑戰胸部的清潔競賽，非洗得更乾淨不可；她則跪下爲他揉搓背部，彷彿整年的工作疲勞都鬱積在那裡。她拿濕衣服矇住他的眼睛，然後數數他有幾根變成灰白的胸毛（六根）。倆人站起來，互爲對方擦乾身體，他像個維京海盜一樣往她身上逼近，但還是擺脫不了他自知之明的性無能，他們就像是探照燈拋向雲端的光束末梢，扮演的角色只是在這棟房屋裡晃蕩，像擺在電視機上方用來自娛娛人的泛白裝飾品。

她瞄他下體一眼：「我沒讓你慾火焚身？是不是？」

「有，妳有，太火熱了，但還是有種怪異的感覺，我連妳姓什麼都不曉得。」

「潘德頓。」她跪到浴室的腳踏墊上，握起他那話兒往嘴裡頭塞。他往後退，好像被什麼咬到。

「妳等等！」

姬兒執拗地抬起頭，往上看他那鬆軟的腹部，就像一個任性且困惑的學童到最後一堂課還得不到任何答案，她在嘴裡吸吮禁果。他把她拉起來，希望他拉的是個孩子，但她的身體比孩子長，胳肢窩裡又扎人又濃密。他吻她，但她的唇不是橡皮軟糖，觸感乾硬，她轉開那張瘦削的臉，看著他的肩膀說：「我不太能讓男人慾火焚身，我沒有胸部，像我媽的奶就很大，也許那就是問題所在。」

「說說妳的問題。」他說著，牽起她的手，走進臥室。

「噢，老天，我是專門修理故障機器的能手，一看就知道，你的狀況比我還差，人家脫衣服的時候，你竟然一點反應都沒有。」

「凡事起頭難，妳得先將對方吸引住才行。」哈利熄燈，雙雙躺到床上，她擁抱他，火熱的嘴和浪辣的腿，狂送猛攻，然而哈利卻只是輕撫她的背，按摩她的乳房，隆起兩個奶子，再用手搓弄。「妳沒有問題嘛！」他低吟：「它們好可愛。」他很輕易就感覺到下面正在充血，正在變硬，就像被放到冷凍室的冰淇淋，新聞標題寫著：「診所對逃家少女開放，父親夜裡出任務。」

放鬆愛撫，姬兒身上發黏，青筋和哀怨浮上臉龐。「你應該去搞我媽，她對男人很有一套，男人對她而言就是全部的一切，也是最終的一切，我知道她甚至在我父親過世之前就到處留情。」

「那就是妳逃家的原因？」

「如果我說眞話，你是不會相信的。」

「說說看。」

「跟我交往的傢伙想讓我染上毒癮。」

「這種事情不難想像。」

「是啊，不過他的理由很瘋狂。喂，你不會想聽這些五四三的，你硬了，爲什麼不乾脆上我？」

「把他的理由說來聽聽。」

「你知道，我有一次嗨了，曾經看見……嗯，你知道的，上帝[18]。但他沒看過，只看過一些像老電影裡面的光影，那根本不算。」

「他給妳哪種貨？大麻？」

「才不是，聽著，抽大麻不過像喝杯可樂。如果他弄得到手的話，他會給我迷幻藥，是一種怪異的藥丸。他搶過幾輛醫生的車，拿走人家的樣品，然後混合起來，看會產生什麼作用。

⑱此處係指吸食迷幻藥後產生的幻覺。

他們還給那些藥取了名字，像是紫心、洋娃娃之類的，我不知道全部的名稱。後來他去偷注射器，開始注射毒品，他大部分的時候根本不知道自己注射進去什麼，眞是瘋了。我從來不讓他注射我的皮膚，我想過，從嘴巴進去的，我還可以吐出來；可是從血管進去的，我就弄不出來了，我可能會沒命。他說，那是快感的一部分，眞是個怪胎——可是他有勢力控制我，所以我就逃跑了。」

「他有沒有設法跟蹤妳？」好像有個怪胎走上樓，長滿綠色的牙，身上還有毒刺。兔子那話兒軟趴下去，凝神傾聽。

「沒，他不是這種人。分手前的那段時間，我並不認爲他知道所有來龍去脈，他只想到接下來要怎麼弄到貨，有毒癮的人就是那樣子，很惹人厭，你以爲他們是在跟妳講話，或者跟妳做愛或什麼的，最後卻發現他們只是越過妳的肩頭在找下一次的貨，妳才會曉得自己什麼都不是。他不需要我去替他尋找上帝，如果他在大街上遇見上帝，他就會逼祂掏出足夠的鈔票，好讓他去買幾包。」

「他長什麼樣子？」

「噢，大約五呎十吋高，及肩的褐色頭髮，用梳子梳，頭髮會微微捲曲。體態端正，雖然海洛因讓他身上毫無血色，但他的體格仍然很好，背部線條漂亮極了，有寬闊的肩膀，後面的小塊肌肉波浪狀隆起，你知道，就在這個位置。」姬兒探觸哈利身體上同一個位置，但看到的景象與理想不符。「他國中的時候是田徑選手。」

「我指的是上帝。」

「噢，你問的是上帝。祂千變萬化，每次看起來都不一樣，但是，你總能知道祂是上帝。有一次，我記得祂在一朵大百合花裡，只是放大了一千倍，像一個閃耀光澤又發亮的漏斗一直往下沉，我沒辦法形容。」她滾過來，激情地親吻哈利的嘴，他遲緩的回應似乎點燃她的慾火。她爬起來，像浣熊喝水那樣趴著，吻他的臉頰、他的胸、他的肚臍，再往下遊走，然後停在原處。她用嘴巴輕咬，哈利驚喜地強忍住笑，她的手指在他大腿的毛髮上搔弄，就像冰塊放到皮膚上的刺激。她的頭髮在他的肚子上撐起一座帳篷，他想推開她，但是她動也不動地黏在那，他終於放鬆下來。

車庫向上照的燈光投射在天花板，浮現煙囪遮雨板集水口處髒汙的補綴痕跡。以後一定要關車庫的燈，雖然開燈可能是防止夜賊闖入的好辦法——附近的毒蟲無所不偷。哈利也想到尼爾森現在不知道在做什麼，應該睡著了，那孩子喜歡躺著睡，嘴巴微張，彷彿受到驚嚇，瘦的皮包骨，就跟納粹布亨瓦集中營（Buchenwald）照片上的人一模一樣，哈利老是想叫醒他，確定他沒事。錯過今晚十一點新聞和越戰陣亡人數統計，也許哪裡又有種族暴動。布坎南是個有意思的人，行事很隨性，更精確來說，是跟著自己的感覺走，一開始竟然還想把蓓碧推銷給他，或許那就是他的生活方式吧！床上的珍妮絲很淫蕩，火辣得像熱騰騰的鍋子，但這孩子卻很冷靜，像大學生一樣運用自己僅知的所有技巧，卻產生了作用。

「太好了。」她說，撫弄哈利那根膨脹的老二，唾液在上面晶瑩閃爍。

「妳很厲害，」哈利告訴她：「別失去信心。」

「我喜歡……」她說：「把它弄大、弄硬。」

「爲什麼要這麼麻煩？」他說：「我是個討厭鬼。」

「要不要插進來？」這女孩說完，平躺岔開兩條腿，她這種意識不清的狀態再度讓兔子感到難過，當他正摸索將那話兒放進她身體，她卻退縮了一下，使讓他打消念頭，那東西又變小了。姬兒模糊的臉讓五官被撐大，她的音調上揚：「你不喜歡我。」

正當哈利思索該如何回應的時候，她卻睡著了，這是剛剛那個他沒想過要問的問題的答案：「她累了嗎？」當然，她肚子都那麼餓了。痛苦的罪惡感充斥他的胸膛，壓迫雙眼的深處。夜裡的溫度逐漸轉涼，八月時節的秋意正掩護太陽悄悄撤退，他起身，爲她蓋上棉被。清冷的月光照亮磨損的壁紙，猶如閃光燈泡下的一塊浮石，十億年不滅的足跡，沒有沾惹絲毫塵埃。廚房裡的油氈墊令他腳底冰冷，他關掉車庫裡的燈，在六片鹹酥餅乾上塗抹花生醬，做了三份三明治。自從珍妮絲離家出走，他和尼爾森去買自己喜歡吃的東西，累積體內的鹽分和澱粉。

他坐在客廳裡，吃那幾片餅乾，沒坐在銀邊扶手椅上，而是選擇那張褐色的舊椅子，從結婚以來，這張舊椅就一直陪伴她們的婚姻。他咀嚼食物，凝視眼前那座像空水族箱的電視機，思索著應該把它砸掉，那是毒藥。他忘了在哪裡讀過，現在的小孩如此瘋狂的原因，正是因爲電視陪伴了他們成長，兩分鐘看這個節目、兩分鐘看那個節目。餅乾屑沾在他胸前的毛髮上，有六根灰白色的是嗎？一定不止六根。珍妮絲願意爲史塔羅斯做，卻不願意爲他做的，究竟是些什麼事？還能做什麼？不過就是三個洞和兩隻手。她現在快樂嗎？他希望如此，眞是個可憐的笨蛋，他曾在無意中壓抑她的潛力，現在應該放手讓她自由發展。耶穌會穿著罩衫、站在閃耀光輝的甬道終點，那朵大百合花裡迎接老媽嗎？希望如此。他想起明天還得出門，接著又想起其實不必上班，因爲明天是星期天。星期天哪，星期天之犬，露絲⑲曾經如此嘲笑過他和教堂。

那段日子裡，他可以勉強自己做任何事情，不知道露絲現在是否能夠承受自己和她的養雞場？希望可以。哈利從那張臃腫的椅子起身，拍拍胸毛上的餅乾屑，有些掉到地板上，有些抓了又掉，不曉得爲什麼胸毛要那麼捲、那麼有彈性，如果大家都像修女和知識分子一樣願意剃毛的話，眞的可以全拿去當床墊的塡充物。樓上那具躺在床上的軀體像一根銀條，在他心裡下沉，他忘記她還在他手上。不吉利的指根關節！這個可憐的女孩挑逗他，想再和他做愛，給他一個法式熱吻之後，又再昏睡過去。工作一整天換一個棲身之處，天下沒有白吃的午餐，正是清教徒的道德觀。他開始自慰，並且把佩姬・佛斯納徹當成性幻想的對象，尼爾森會怎麼想？

※

⑲十年前哈利逃家時，透過老教練托塞羅介紹認識的妓女，兩人曾同居過短暫的時日。

姬兒睡到很晚。十點十五分，兔子正沖洗他吃麥片粥的碗和咖啡杯，尼爾森在廚房的紗門邊出現，因爲騎腳踏車而滿臉通紅，「嗨，爹地！」

「噓！」

「怎麼了？」

「你製造的噪音讓我頭痛欲裂。」

「你昨晚喝醉了嗎？」

「你說這什麼話？我從來沒醉過。」

「你走了以後，佛斯納徹太太哭了。」

「也許是因爲你和比利都是被寵壞的小鬼。」

「她說你去布魯爾市和某個人見面。」

佩姬不應該跟小孩說這種事。這些離婚的女人，把自己的兒子當成丈夫的替代品，當著他們的面哭鬧，還換衛生棉。「我是和印刷廠的同事見面，我們一起去聽黑人女子彈鋼琴，之後就回家了。」

「我們昨晚超過十二點還沒睡，看了一部超正點的電影，那些傢伙乘著前方打開的船艇，在一個叫什麼『挪威』的地方登陸……」

「諾曼地。」

「對！你當時也在現場嗎？」

「不，那件事發生的時候，我才跟你一樣大。」

「電影裡可以看到機關槍把海水打得成排飛濺起來，那才叫掃射。」

「嘿，可以盡量小聲點嗎。」

「爲什麼？爹地，媽回來了嗎？是媽咪嗎？」

「不是，你吃過早餐了嗎？」

「吃了，佛斯納徹太太給我們煎培根和法國土司，我學會怎麼做了，很簡單，只要打幾個蛋，放入麵包，然後煎一下，下次我可以做給你吃。」

「謝謝，我媽以前做過。」

「我討厭奶奶的作法，吃起來很油膩，老爸你以前不是也討厭她做的食物？」

「我喜歡她的做法，因爲那是我唯一知道的作法。」

「比利跟我說奶奶快死了，是不是眞的？」

「她生病了，不過是一種慢性疾病，你見過她現在的樣子，可能會好轉，醫院不斷有新的療法。」

「我希望她會死，爹地。」

「不，你不該這麼想，不可以說這種話。」

「佛斯納徹太太告訴比利，一個人該說出心裡眞正的感覺。」

「我相信她告訴比利很多屁話。」

「你爲什麼說是屁話？只要你習慣她的眼睛，就會覺得她人很好，你不喜歡她嗎？爹地，她覺得你不喜歡她。」

「佩姬人不壞。你今天要做什麼？最近一次是什麼時候上主日學？」

這孩子在父親的視線之內繞圈，「我衝回家來是有原因的，佛斯納徹先生認識的人有一艘汽艇，他要帶比利搭汽艇去河裡釣魚，比利問我要不要去，我說要問你。爸，可以嗎？我反正都得回來拿泳裝和乾淨的褲子，那輛該死的迷你摩托車把我身上這件弄得到處都是油污。」

兔子整個耳朵聽到的全是一場糊塗的措辭，他有氣無力地說：「我不知道河裡釣得到魚。」

「奧立佛說河浚清了，至少布魯爾市以上那一段；他還說，他們在艾芙特島（Eifert's Island）周圍放養鱒魚。」

奧立佛？我有聽錯嗎？「從這裡到那裡要好幾個鐘頭的路程，而且你從來沒釣過魚，你記得我們帶你去看球賽的時候，你有多無聊嗎？」

「那是因爲那場球賽無聊，老爸，球賽裡打球的是別人，但釣魚是自己去釣。爸～讓我去拿泳衣好不好？我跟比利說十點半以前要騎腳踏車回去那裡。」說完，這孩子已經踏上樓梯，要阻止他上樓！

兔子喊著：「你如果出去，那我整天要幹嘛？」

「你可以去找媽咪，她多少有點想看看你。」這孩子認爲自己已經獲得確切的許可，三步併作兩步跑上樓去，他在樓上的尖叫聲讓他父親的胃頓時收縮。兔子趕到樓梯口，張開兩臂準備迎接尼爾森投入懷裡，可是這孩子在最後一級階梯前止步，嚇壞地說：「爹地，你的床上有個東西在動。」

「我床上？」

「我看到的！」

兔子說：「也許只是電風扇吹起床單而已。」

「老爸，」孩子蒼白的臉色開始消褪，但宛若疾風的恐懼正在蔓延：「那東西有長長的毛，而且我看到一隻手臂，我們要不要打電話報警？」

「不，今天是禮拜天，我們讓那些可憐的警察休息休息，沒事！尼爾森，我知道那是誰。」

「是嗎？」這孩子防衛性地垂下雙眼，腦中開始拼湊床鋪上長毛生物的相關資訊，試著把這個存在一半眞實性的怪物，連結到眼前父親那種曖昧的態度，以及父親隱藏在汗衫下的費解謎題。兔子說：「她是個逃家的女孩，我昨天晚上和她相遇了。」

「她要住在這裡？」

「如果你不願意，那就不要。」姬兒的聲音沉穩地從樓梯上方傳來，她裹著床單踏下階梯，睡眠使她神采弈奕，雙眼現在就像新鮮的濕草。她告訴孩子：「我是姬兒，你是尼爾森，你父親把你所有的事情都告訴我了。」

姬兒繼續朝尼爾森走來，裹著床單的模樣就像小一號的古羅馬帝國元老院議員，長髮披在腦後，也塞在床單裡，前額發亮。尼爾森站著不動，兔子則愣住，發現姬兒和尼爾森幾乎同高，「嗨！」尼爾森說：「他眞的告訴妳了？」

「是啊，」姬兒繼續說，展現自己的風度，無疑是在模仿她的母親，可以想像一個女人在展現文雅的談吐，誇讚別人家中的花瓶和窗簾。「他老是惦記著你，你眞幸福，有一位這麼可愛的父親。」

孩子嘴唇半張，環顧四周，就像聖誕節早晨，不曉得禮物是什麼，但是在拆禮物之前，他想要先喜歡它。

她裹緊身上的床單，然後把父子推進廚房，用她說話的聲音拖走尼爾森，「你眞幸運，可以去搭汽艇！我喜歡汽艇，我家以前有一艘二十二呎長的史洛普（Sloop）。」

「史洛普是什麼？」

「是一種帆船，單桅的。」

「有比單桅更多的帆船嗎？」

「當然，像是史庫納（Schooner）和約爾（Yawl）。史庫納的主桅在後面，約爾的主桅在前面。我們家以前有過一艘約爾，不過太常使用，得再添購一艘才行。」

「妳去航海過？」

「整個夏季都在航海，到十月爲止。不單如此，春季我們要磨船殼、塡漏洞、上油漆。這是我最喜歡的工作，以前我們全家人一起做，我父母親、我，還有弟弟們。」

「妳有幾個弟弟？」

「三個，中間那個大概是你這個年紀，十三歲。」

尼爾森點點頭：「幾乎同年。」

「以前我最喜歡他，現在還是。」

屋外有隻鳥突然受到驚嚇，沙啞地鳴叫，是因爲貓嗎？冰箱轟隆作響。

尼爾森突然說：「我以前也有個妹妹，可是死了。」

「她叫什麼名字？」

哈利必須代爲回答：「麗貝卡。」

姬兒仍舊沒看兔子一眼，專注在尼爾森身上：「我可以吃早餐嗎？尼爾森。」

「當然。」

「我不想把你喜歡的麥片粥或是其他東西吃光。」

「不會的，我告訴妳東西放在哪，別拿爆米花，那包放了一千年了，吃起來像地板上的毛。葡萄乾麥片和字母玉米片[20]就沒問題，是這個禮拜才從艾克米超市買來的。」

「誰負責採買？你還是你父親？」

---

⑳字母玉米片（Alpha-bits）：早餐穀片製造商喜瑞爾的產品，將玉米片製作成英文字母的形狀而聞名。

「噢，我們一起去。有時他下班後，我會和他在松木街碰頭。」

「你什麼時候去看你母親？」

「我去看她好多次了。我有時候週末會待在查理．史塔羅斯的公寓，他有一把眞正的手槍，放在他的衣櫃裡，不過是合法的槍，他有執照。這個週末我不能去，因爲他們到海岸去了。」

「哪個海岸？」

尼爾森的嘴角得意地上揚，沒想到她連這都不曉得。「澤西海岸，每個人都簡稱海岸㉑，我們以前有時候也去維伍德（Wildwood），可是爹地很討厭那裏的交通。」

「我好懷念，」姬兒說：「大海的氣味，我成長的地方是個半島上的城鎮，三面環海。」

「嘿，要不要幫妳做法式土司？我剛學會怎麼做。」

也許是因爲妒忌，兔子對眼前的情節開始不耐煩：他的兒子儘管瘦小，卻機警又主導整個局面；裹著床單的姬兒像代表正義、自由或哀悼和平的卡通人物。他到玄關拿取星期日的「凱旋報」，坐在玄關的台階上沐浴陽光，閱讀報紙上的連環漫畫，直到室外的昆蟲叮得他受不了，才回到屋內的客廳裡，隨意翻閱關於埃及、費城人隊，和歐納西斯（Onassis）家族的報導。廚房傳來油炸東西的嘶嘶聲、吃吃的笑聲和低語聲。哈利正看到園藝版：

在八月時節無憂無慮，大量生長於原野和路邊的植物，如秋麒麟草、羊蹄㉒、艾菊等，別輕視它們樸素的外表，只要細心加以乾燥、整理，便能成爲吸引目光的花束，讓房間的角落在

整個冬季顯得盎然明亮。

尼爾森鬍髭上沾著牛奶走進來，雙眼圓睜，神情緊張，興沖沖地問道：「爹地，她可不可以跟我一起去坐汽艇？我打過電話問比利，他說他爸不介意，只是要我們快點，你也可以一起去。」

「也許我介意。」

「爸，別這樣嘛！」哈利解讀兒子緊繃的表情，意思是說：你這樣說，她聽得見，她那麼孤單，我們要對她好一點，我們要對窮人、弱者、黑人好一點，愛應駐足於此。

※

星期一，兔子負責「大酒桶」的頭版。留空窗、六十七字，強暴搶劫類。

㉑澤西海岸（Jersy Shore）是一處位於紐澤西州南端的沿海觀光城市，平時居民僅五千餘人，但在旺季時曾有過超過二十萬名旅客的盛況。

㉒原文使用「Dock」，指的是蓼科、酸膜屬，名爲羊蹄的草本植物（與羊蹄甲有別）。從文章內八月當季推測，作者指的可能是「Curly Dock」這種開螺旋狀小花的羊蹄草；另有兩種羊蹄名爲「Bitter Dock」，兩者間細微差異處一般民眾不易區分。

「三名黑人少年遭留置」

警方週六透露已留置兩名未成年黑人，以及另一名青少年溫代爾・菲利浦，現年十九歲，設籍普拉姆街十二號，將就此進行偵訊。彼等涉嫌於上周四兇殘襲擊一名身分不詳之年長白人婦女。

該宗喪盡天良之犯罪案件，係第三區發生之一系列類似案件中最新一起，業已喚起附近住戶組成抗議委員會，將於本周五前往市政委員會議表達心聲。

人人自危

「沒有人在街上是安全的。」

該委員會發言人賓納德・弗格向「大酒桶」記者表示：

「甚至在自己家中，也無法感到安全。」

在機器的運轉聲中，兔子感覺肩膀被人拍了一下，回頭看，領班帕亞瑟克心事重重地說：

「安格斯壯，電話。」

「該死的，誰呀？」他覺得他有義務這麼說，算是爲在眞理印刷廠的上班時間接電話表達歉意。

「是個女人。」帕亞瑟克無動於衷。

會是誰？是姬兒遇到麻煩嗎？（昨夜她設法讓他高潮的時候，因汽艇出遊而打濕的頭髮搔癢他的肚皮）她被綁架了嗎？是被警察，黑人，還是佩姬……佛斯納徹打電話邀他去她家吃晚飯？或是老媽病情轉壞，用最後幾次心跳撥來這通電話？哈利一點也不驚訝老媽寧可和他說話，而不是找老爸；也從不懷疑老媽最疼愛的是他。電話放在帕亞瑟克那間三堵毛玻璃的狹小辦公室中，因爲那架老梅根泰勒[23]排字機經常故障，因此寫字檯上擺放了零件的型錄，以及廢棄不用捲起來的新聞稿。「哈囉？」

「嗨，甜心，猜猜我是誰。」

「珍妮絲，海邊怎麼樣？」

「很擁擠，又悶熱，你那邊如何？」

「相當不錯。」

---

[23] 一八八〇年美籍德人奧瑪．梅根泰勒（Ottmar Mergenthaler），他是一家機械工廠的工人，得到一些同事的協助，研發機械式排版機，終於在一八八五年發明了世界上第一部「風箱式」鑄字排版機，也就是現在通稱的林諾行式鑄排機（Linotype Slur Casting Machine），進而讓檢排作業進入自動化時代，不再需要手工。

「和我聽說的一樣，聽說你們坐汽艇出去玩了。」

「是啊，是孩子的主意，他安排讓奧立佛找我去。我們的船一路航行到艾芙特島；州政府在河裡放養了一些鱒魚，但沒釣到多少，大概是河裡淤積太多煤泥。我的鼻子曬傷了，一碰就會痛。」

「我聽說汽艇上有一大票人。」

「九個人左右，奧立佛和他搞音樂的那幫人玩得很盡興。我們在舊營地的集合場上野餐，靠近史托基採石場那邊，妳知道，就是那個巫婆住了好多年的地方，奧立佛的朋友全都帶吉他去彈，超棒。」

「我聽說，你也帶了朋友。」

「妳聽誰說的？」

「佩姬告訴我的。她聽比利說到這事，他被弄得神魂顛倒，說是尼爾森帶去的女朋友。」

「比迷你摩托車還好吧，哈？」

「哈利，我不覺得這有什麼好笑，那個女孩子哪來的？」

「噢，她是從附近店裡找來表演的搖滾舞女，在午休時間表演，工會要求的。」

「到底是哪來的？哈利。」

珍妮絲那種厭倦又傲慢的堅持讓哈利覺得很樂，她像個上學的孩子，似乎正在自信中成長。哈利招認：「算在酒吧無意間認識的。」

「嗯，這才是老實話，她要待多久？」

「我沒問，現在的孩子隨心所欲，不像我們以前那樣，他們也不害怕餓肚子。嘿，我得回去做事了，順便告訴妳，帕亞瑟克不喜歡人家打電話到這裡找人。」

「我不會故意打到這裡找你，我打到你上班的地點，是因爲不想讓尼爾森聽到。哈利，你現在有在聽我說話嗎？」

「廢話，不然我在聽誰講？」

「我要那女孩離開我家，我不要尼爾森攪和到這種事情裡面。」

「哪種事？妳是說妳和史塔羅斯那種事嗎？」

「查理是個成熟的男人，有一大堆姪女、外甥女，所以很了解尼爾森。那女孩聽起來像個嗑藥嗑昏頭的小野獸。」

「那是比利對她的描述嗎？」

「佩姬聽比利說完後，又打過電話給奧立佛，得到更詳細的描述。」

「所以，這就是奧立佛的說法囉？老天，我告訴妳，在汽艇上大家相處得都很愉快，她的外貌比以前跟奧立佛在一起的那兩隻老烏鴉好看多了。」

「哈利，你太可怕了，我認爲這是非常負面的發展，我沒有權力干涉你的性需求，但我不想讓我的兒子墮落。」

「他沒有墮落，她有辦法叫尼爾森幫忙洗碗盤，比妳跟我還叫得動他，就像姊姊一樣。」

「那她對你又算什麼?哈利!」哈利沒立即回應,珍妮絲又重複一遍,像他的岳母般,帶著嘲諷和挖苦的語氣:「那她對你算什麼?你的小老婆?」

哈利思索,然後告訴她:「只要妳回家,我相信她會離開。」

此時換珍妮絲陷入思考,終於她說;「我如果回家,就要帶尼爾森走。」

「妳試試看。」哈利說完,掛上電話。

他坐在帕亞瑟克的椅子上一分鐘,再給電話一個響起的機會。果不其然,電話再度響起,他接起:「喂?」

電話另一頭的珍妮絲泫然欲泣,說:「哈利,我不想跟你說這些,如果你當時能夠滿足我的話,我是絕對不會離開你的,是你逼我走上這一步。我原本不知道自己失去什麼,不過,我現在知道了,也得到了,我拒絕接受所有責難,我說眞的。」

「好,我不責怪妳,我們保持聯繫。」

「我要那女孩離開我兒子。」

「他們相處得很好,妳放輕鬆!」

「我要控告你,讓你上法院。」

「好啊,等那些特技表演完了之後,妳就可以出名了,至少可以搏得法官一笑。」

「法律上那是我的房子,起碼有一半是我的。」

「妳倒說說看,哪一半是我的,我會讓姬兒留在我那一半裡。」

珍妮絲掛上電話，也許是因爲哈利搬出姬兒的名字，傷到她的心。這次，哈利不再等電話鈴響，轉身離開這間三面毛玻璃的小辦公室。他的雙手因害怕和衝動而微微發抖，混雜機器的喀噠聲，在機油與油墨的氣味中，身上的汗臭也消逝無蹤。哈利重回那架老排字機上的工作崗位，在把剛剛那通電話拋諸腦後之前，心不在焉揀了三行字。他想，史塔羅斯可能會提供法律意見給珍妮絲，不過，現在就把史塔羅斯視爲敵人還嫌太早，哈利在心中盤算，他還得靠史塔羅斯控制那個瘋女人，也就是他的妻子。透過珍妮絲的肉體，哈利和史塔羅斯稱兄道弟起來。

＊

經過連續幾夜，姬兒終於讓兔子適應她的身軀。他無法克服內心的恐懼，不敢把姬兒的胴體當作成熟女人看待，原因之一，是她的屄讓人有刺痛感。每次當他想挺進她身體時，都會想起刀片的故事。而她，自從汽艇出遊弄濕頭髮的那晚過後，就喜歡手口並用讓他到達高潮。事後，姬兒皮膚上會留下小堆凝結的糊狀精液，雖然很容易擦拭乾淨，但在哈利的想像空間中，卻像是他在她的臂膀、喉嚨和腰際，留下強酸灼傷的標誌，他幻想姬兒那苗條、白皙、柔韌的軀體最後全身佈滿這種看不見的傷痕，就像報紙上那些遭大火灼傷的孩童。站在他的立場，他也想用手和口來回報她，但卻被優雅地勸阻、推開，再三保證她已經高潮了，姬兒反過頭來服侍他，或只是要求他輕捏自己大腿間的地帶；過了半晌，哈利發現自己已經氣力放盡，於是向姬兒道了謝。

八月天的夜裡又悶又黏，躺在床上，沉重的空氣像是天花板，距離他們的臉上僅一英吋。一輛車發出震耳欲聾的噪音，從熱軟的柏油路和鬆散的碎石子上滑過。一哩外的河岸，有輛警車的警報器正在哭訴，是種新的鳴聲，比舊的更加狂暴。尼爾森打開浴室燈，尿尿，沖馬桶，然後在他們耳邊「啪」地一聲，關上電燈。尼爾森剛剛有聽到做愛的聲音嗎？有偷看過嗎？姬兒的呼吸在喉嚨裡盤據，她睡著了。

哈利下班回家，發現姬兒有時坐著看書，有時候坐著縫衣，有時候坐著和尼爾森玩大富翁。她看的書都怪里怪氣，像是瑜珈、精神療法、禪學，全是在艾克米超市買的。除了購物之外，姬兒很不願意出門，甚至到晚上也一樣；不完全是因爲幾個州的州警都在尋找她，畢竟像她這種人，硬要找的話，還有好幾千個；而是因爲對姬兒而言，白晝的陽光、景緻及街道這些兔子視爲生命糧食的事物，全都令她作嘔。他們很少看電視，因爲只要一開電視，她就走開，因此唯有等她進廚房做菜，哈利才能悄悄來一段六點整點新聞慰勞自己。現在晚上的時間，姬兒都和尼爾森討論「上帝」與「美」是何物，以及人生的奧義。

「人無論做什麼，」她說：「都會留下他作過的點點滴滴，如果所做所爲是爲了賺錢，那麼做出來的東西，就會有鈔票的氣味，這就是爲什麼那些房子會如此醜陋。爲了獲取利潤而切出屋角，錢的臭味就一直留存在那裡，這就是爲什麼天主教的大主教教堂會那麼美麗，貴族和富太太穿著天鵝絨和貂皮大衣，慢條斯理走在斜坡彎道的石頭路上。拿畫家來說，他站在畫布前，畫筆上蘸了顏料，無論他有什麼感覺，疲倦也好、厭煩也好、快樂也好、自豪也好，作畫的痕跡都會留在那幅畫上。所有顏料都是一樣的，但人的感覺卻各有不同，就像指紋、就像是手寫的筆跡，人，是把物質轉爲精神，以及把精神轉爲物質的媒介。」

「妳的重點是什麼？」

「重點是狂喜，」姬兒說：「和活力。凡是好的事情，就會令人欣喜若狂。世界是上帝創造的，不會發出銅臭味，從不停歇，不會過多或短缺，永遠平衡滿足。地震後的石頭是平靜的，這樣的道理放諸四海皆準，就算是雷電或雪崩也一樣。我坐我父親的船出海的時候，喜歡抬頭看星星，天上似乎有條看不見的線，把星星串聯起來，分配得完美無缺，我幾乎聽見宇宙演奏著千萬個音符。」

「爲什麼我們現在聽不見？」尼爾森問。

「因爲自我和私心讓我們變得又聾又瞎。無論何時，如果只爲自己著想，就等於是蒙蔽自我。」

「聖經裡也有這麼講。」

「那正是祂的旨意。我們如果沒有私心的話，這個宇宙就會是絕對純淨的，所有的動物、岩石、蜘蛛、月球上的岩石、星星、塵土全都抱持無我意識，各司其職，上帝的意識就是全宇宙唯一的意識。想想看，尼爾森，就好比物質是精神的反射，不過那面反射鏡是立體的，是個非常大的房間，像一間跳舞的大廳，裡面則是一些小型的反射鏡，因爲排歪了，使它們朝著錯誤的方向反射光線，上帝由外往裡看，小鏡子看起來都變成暗點，讓上帝照不到自己。」

兔子亟欲聽她繼續說下去。姬兒的語句通常很簡潔，不帶感情，聽過她的話語就像背完一段課文，音調低沉，像是地底下的呢喃。她和尼爾森坐在地板上，中間放著大富翁的遊戲盤、房屋、旅館和玩具錢，這遊戲已經進行好多天了。兔子走進來，站在他們身邊，但他們兩人沒有任何反應。兔子問：「那麼上帝爲什麼不拿掉那些暗點？我想那些暗點就是我們。」

姬兒抬頭看，臉上瞬間空白得像一面鏡子。兔子回想起昨晚，期待看到她的口唇周圍的灼傷，就像一個開關控制不住的水龍頭，往一個滑溜的窄口水壺裝水，最後滿溢而出。姬兒回答：「我不確定祂是不是還在注意我們，宇宙如此浩瀚，我們的分量卻如此渺小，渺小且短暫。」

「也許，我們正在自己毀滅。」兔子在一旁幫腔，他很想幫說話，不想太早被蓋棺論定，畢竟活到老學到老，如果是跟珍妮絲和史賓格那個老傢伙在一起，絕對不會有這類的對話。

「確實有想死的欲望。」姬兒承認。

尼爾森只想和姬兒說話，「妳相信其他星球上也有生命嗎？我不信。」

「爲什麼？尼爾森。你的思想好狹隘！爲什麼不呢？」

「我不知道，說出來會很蠢……」

「說說看！」

「我曾想過，如果其他星球上有生命的話，登陸月球的人一踏出太空船，就會把他們全幹掉了，可是事實並非如此，所以我認爲其他星球上沒有生命。」

「不要笨了，」兔子說：「月球現在就在地球正下方，我們談論的是好幾百萬光年外的外星生命。」

「我反而覺得月球是個很好的例子，」姬兒說：「它可以證明即使是微不足道的東西也能讓上帝滿足，月球上只有無邊無盡的灰色塵土，有人有其他意見可以反駁嗎？」

尼爾森說：「我學校的朋友說，月球上有人，不過那些人比原子還小，因此即使把岩石磨成粉，也找不到那些人。那傢伙還說，月球上的人擁有好幾座城市，什麼都有，我們呼吸的時候，會通過鼻孔把他們吸進去，他們會讓我們自以爲看到飛碟，這也是那傢伙說的。」

「我個人……」兔子在腦中抽出一篇他排版的「大酒桶」專欄報導，說：「對木星抱著一線希望，你們知道，木星的外表是氣體，但表層以下幾千哩的範圍之內，可能存在一種化學的合成物，支持某些生命，諸如魚類什麼的。」

「是清教徒對無用的恐懼，才讓你這樣想，」姬兒告訴他：「你以爲其他星球必定會被利用或開發嗎？爲什麼？也許那些星球的存在只是爲了要教人們如何從一數到七。」

「那爲何不乾脆讓我們每隻腳長出七根腳趾？」

「學校裡有個孩子，」尼爾森插嘴：「一生出來就多了一根手指頭，醫生把它切除了，不過還看得見那隻手指原來在哪。」

「還有……」姬兒說：「還有天文學。沒有其他星球，夜間的天空將只是一片空虛，我們也絕對猜不出有什麼三度空間。」

「上帝的想法眞是無微不至，」兔子說：「如果我們的確只是祂鏡子裡的幾個斑點。」

姬兒不同意兔子的說法，「祂成就所有的事，」她說：「順帶一提，但不是因爲祂非這麼做不可。」

她其實也可以無憂無慮。有一次，兔子勸她應該多出門，她於是走出戶外作日光浴——只有下半身穿著比基尼褲子，躺在烤肉爐旁的毯子上，橫亙於十幾戶鄰舍的視線之下。後來有鄰居打電話來抗議，姬兒爲自己辯護：「我胸部那麼小，我想大家會以爲我是男的。」後來哈利每星期給她三十塊當零用錢，她便出門到警察局贖回那輛保時捷，結果停車場的費用比罰金高出四倍，她塡寫美景彎道的地址，表示這個夏季她將住在叔父家裡。「眞是件麻煩事，」她告訴兔子：「不過，尼爾森應該有輛車，他這個年紀，沒有車太沒面子了，全國每個人都有車，除了你之外。」所以，保時捷住到他們家來，停在路邊，白色的車身上都是灰塵，副駕駛座右前方的保險槓有刮痕，活動車蓬的彈簧斷了一支。尼爾森愛死那輛車，高興到快哭出來，每天早上都去看它，不但清洗那輛車，閱讀使用手冊，還轉動車子的輪胎。開學前那個晴朗透明的一週，姬兒開車帶他前往鄉間，到布魯爾郡的農地和山區去，並教導尼爾森如何駕駛汽車。

有幾天，他們在兔子下班後一個鐘頭才回到家。「爹地，這臺車眞是風馳電掣，我們往山上開，進到山裡老鷹的保護區，姬兒讓我在彎曲的下坡路段開車，一直開到大馬路上。你知道什麼是『檔剎』嗎？」

「我常做這種事。」

「就是把排檔換進低速檔，用以取代踩煞車，那種感覺眞好！姬兒的保時捷大概有五個檔，車子的重心很低，眞的可以急轉彎。」

兔子問姬兒：「妳確定這麼做是對的？這孩子可能會撞死人，我可不想被告到法院去。」

「他很厲害，而且很負責，一定是從你那裡學來的。我本來坐在駕駛座上讓他掌控方向盤，可是那比乾脆讓他自己開還要危險，何況山裡根本沒有人。」

「除了老鷹之外。爹地，那些老鷹立在松樹上，等人拿一整隻死牛之類的餵他們，好噁心。」

「好啦，」兔子說：「老鷹也要吃東西呀。」

「那就是我一直告訴你的，」姬兒說：「上帝存在老虎身上，也存在小羊身上，上帝的道理，放諸四海皆準。」

「是呀，上帝眞的喜歡讓自己變成小羊被嚼爛。」

「你知道你自己是哪種人嗎？」姬兒問，眼睛綠得像河邊的牧草，纖細杉木色的頭髮紛亂溶入窗外的光線裡，她在腦裡捕捉到一個形容詞：「是個喜歡講風涼話的人。」

「這只是中年人的通病罷了，如果有人迎面而來對我說：『我是上帝。』我會跟他說：『證件拿出來給我看。』」

姬兒輕快走向前，滿懷今天一整天惡作劇的樂趣，給哈利一個輕輕地、蜻蜓點水式的擁抱，「我覺得你很不錯，尼爾森和我都這麼認爲，我們常這麼說。」

「你們談我？你們兩個吃飽沒事做？居然談論我？」哈利的本意是想要搞笑，想維持姬兒的好心情，但她的臉僵住，一瞬間猶豫，這時候，尼爾森告訴哈利，說他不知道撞到什麼東西。他們在那輛小車裡做了什麼？兩個年輕的肉體，無須太多空間，也無須有太多接觸。這孩子稀疏的鬍子，黑色的毛髮，和姬兒那濃密的杉木色頭髮，他們兩個人的身體還沒成熟到哈利的程度，在這種敏感的年紀裡，姊弟般的羞澀只需要一點點碰觸，就像手在廚房洗碗槽晶瑩的杯子裡彼此碰觸。第一天夜裡，她既然能主動對他這個老男人投懷送抱，那麼把這孩子帶出去，還有什麼事不能做？一定有人做了什麼！爲什麼不？一個惱人時刻裡的關鍵問題！爲什麼不？

兔子雖然沒有繼續追究這讓他大吃一驚的罪行，但當天夜裡，他卻讓姬兒臣服在他之下，儘管姬兒說她的陰道太緊，會使他不舒服，提議用嘴巴替他服務，他還是硬把那話兒插進裡面。他那話兒持續地展現異常堅硬，令她驚嚇不已，哈利把她放到身上，將她光滑的臀部往下拉，她的骨盆飢渴，劇烈吸氣，在疼痛的驚愕之外，音調卻宛如快樂的呻吟，「你頂到我子宮了！」他試著想像那幅畫面，在她體內那片薔薇花色的黑暗中，看不到自己身在腎臟、腸子或肝臟之間的哪裡。嬰兒像他的新娘，長有肉色的毛髮，模糊不清的內臟在他上方晃蕩、嘲弄他，像朵雲先將他往天上吸，再讓他墜落，如此才原諒了他。哈利對姬兒的愛，被嫌惡和困惑同時包裹，讓他很快進入夢鄉。

不久，姬兒從床上起身去沖洗身體，查看尼爾森，並且向上帝禱告，然後吞下一顆藥丸，做完所有該做的事，好彌補哈利那根垂死老二造成的傷害，睡眠也在此時被第一個夢境闖入。

多麼悲哀又荒謬，我們憑空結交伴侶，然後傷害她們，好接受她們的鄙視，這樣才算完成整個人生創作。

＊

哈利的父親在上班休息時間悄悄挨過來，「最近如何？哈利。」

「還不錯啊。」

「我討厭這樣子嘮叨，你已經是個大人，有你自己的煩惱要面對，這點我很清楚，不過，如果你能找幾個晚上過來和你媽聊一聊，我真的會非常感激你。她現在聽到各種關於你和珍妮絲的閒話，如果你能跟她說清楚，她會比較安心。我們雖然不是衛道人士，哈利，這你知道。你母親和我以前可是努力憑自己的良心在過日子，而且也憑著良心，把上帝恩賜給我們的兩個孩子拉拔長大，可是我非常清楚，現今的世界不一樣了，我們不是衛道人士，我和瑪麗都不是。」

「她的病情好點了嗎？」

「嗯，那是另一個問題。哈利，他們繼續讓她服用那種新的仙丹，還給它取了名字，我記不太起來……左——多巴㉔，對了，叫「左多巴」沒錯，我猜那種藥仍然在實驗階段，不過在

㉔即左旋多巴（Levodopa），也縮寫作「L-Dopa」。是在某些食物和草藥中發現的一種天然膳食補充劑和精神藥物，常用於臨床治療帕金森氏症。

許多病例上，已經產生了不可思議的效果。麻煩的是，這藥也有一些醫生不太了解的副作用，像你媽的情形是憂鬱消沉，有些反胃和缺乏食慾，還有，作惡夢。哈利，夢魘會把她嚇醒，她醒了就把我也弄醒，我聽得見她心臟的跳動聲，砰砰跳，我以前從未聽過這種跳動的聲音，哈利，一個人在房裡的心跳聲竟然會像腳步聲那般清晰，不過那確實是左多巴在她身上產生的作用。不過毫無疑問，她講起話來容易多了，手也不像以前搖晃得那麼嚴重。很難說怎樣比較好，哈利，有時候我們認爲應該順其自然，可是後來又會懷疑，不曉得什麼是自然？什麼是不自然？這是另一個層面的問題了。」

老爸靠得更近，打量四周，低頭看紙杯裡的咖啡灑出來，燙到他的手指。「我不該提這件事，不過，那件事讓我很困擾，你媽說，她聽到新的流言，不管你要怎麼認定這件事，這還是讓她覺得，該怎麼說呢？」老爸再次打量四周，才向哈利透露：「我知道你是個多情種子，但她現在才剛滿六十五歲，每天有一半的時間躺在床上，她自己說這種打擊嚴重到難以承受，她說她不想看電視，看到廣告就覺得更煩，她說她現在只能靠自嘲來苦中作樂了。眞是糟糕透頂，一個好女人變成那個樣子。抱歉，我在你面前喋喋不休，這件事藏在我心裡藏太久了，我想，有一半是因爲西岸小蜜的緣故，天曉得你是不是也有自己的問題？」

「我沒有任何問題。」兔子告訴老爸：「目前，我兢兢業業等孩子開學上課，我得說，孩子的心理狀態相當穩定。你知道，我沒有常回賈基山的原因之一，是尼爾森小時候老媽對他相當不親切，這孩子直到現在還在怕她。另一方面，我不想把他單獨留在家裡，整個郡有那麼多搶劫及暴力襲擊案件，有些人跑到郊區來，能偷就偷，我剛剛才排到一篇報導，說裴利鎮有人趁女人上樓洗澡，偷走眞空吸塵器和一百呎長的橡皮水管。」

「可惡，準是那些該死的黑人幹的，上帝，準沒錯。」雖然只是休息時間，布坎南和范斯沃照例會到外面的小巷子裡，和波尼那些酒鬼混在一起。厄爾．安格斯壯還是壓低嗓門，使聲音變得沙啞。「我一向都叫他們黑人，現在他們也自稱黑人，我覺得非常適合。他們根本無法做白人做的工作，除了少數幾項之外，就拿布坎南來說，儘管他是這裡最資深的人，還是一直幹不到排字部門工頭的職位，有一些沒辦法當老大的黑人就只能用搶用殺的，他們以前達不到滿意的工作標準，現在也一樣。這個國家應該採納，咦，採納誰的意見來著？沒記錯的話，是喬治．華盛頓的意見，只要我們有機會，就該把他們裝上船，全都送回非洲去，現在非洲也不會接納他們了。容我這麼說，又酗酒，又是凱迪拉克，還當白人的性玩伴，早把他們給腐蝕到臭氣薰天。他們是這個世界的垃圾，哈利，美國黑人是低等人中的低等人，他們偷拐搶騙，還有膽說是這個國家欠他們的。」

「好啦，好啦。」眼見老爸只要與他意見不合，就被激怒，兔子趕緊轉移到他們之間最穩當的話題：「她常提到我？老媽。」

老人舔舔嘴唇上的唾沫，嘆口氣，相信兔子眞心誠意想問，便猛然低下頭去，看一眼手上那杯漂有浮渣的冷咖啡：「一天到晚問，哈利，她沒有一分鐘不提到你。只要有人告訴她有關你的事，她就大罵史賓格一家人，老天，她爲什麼那麼關心那一家人，尤其是那家的女人，顯然是哪家的長舌婦說你和一個十來歲的嬉皮女孩廝混，所以珍妮絲才會離家出走。」

「不，是珍妮絲離家出走在先，我一直叫她回來。」

「好，不管事情眞相如何，我知道你在努力做對的事情。我不是衛道人士，我曉得現在年輕人忍受的緊繃和精神壓力，比我這個年紀的人要大得多，如果原子彈和有錢小孩鬧革命，是我要擔憂的問題的話，我一定毫不遲疑朝自己腦袋開槍，讓這個世界在少了我的情形之下繼續轉動。」

「我會想辦法過去，我應該和她談談。」兔子說著，視線越過父親肩膀，看到黃面的壁鐘上剩下一分鐘就十一點十分，休息時間只剩一分鐘了。兔子明白，在這個繼續轉動的世界裡，母親是唯一瞭解他的人。他記得人類登陸月球那晚，不久於人世的老媽曾使力用手肘輕推他一下，但他當時並不想在她面前敞開心房，直到後來釐清內心的感受，也有足夠力量來護衛這份感受。老媽的心事是死亡和左多巴，而他的心事則是姬兒。她跟他們父子同住一個屋簷下，已經三個星期了，正學習持家；每當他要開始陳述共產主義、青少年跟其他社會問題都是暴民引起，或者把亂象歸咎給瘋子黑人，姬兒就會以她扭曲的綠色眼睛，給哈利一個「我知道你又在想什麼」的不悅眼神。一切都從那晚開始，當他往上抽送時弄傷她，戳到她的子宮。

他父親比想像中更想親近他，因爲老人家進一步說：「我心裡有個疙瘩一定要說，哈利，原諒我不分場合，不過我希望你有做預防措施，讓未成年人懷孕，法律不會站在你這邊，而且人家說，那些未成年人髒得像鼬鼠，會讓每個人染上淋病。」眞是荒唐，當時鐘跳完最後一分鐘，休息結束的鈴聲響起，老人家竟然鼓起掌來㉕。

＊

穿著乾淨卻皺褶的下班襯衫，兔子打開自己那棟住家蘋果綠的前門，聽到樓上傳來的吉他聲，吉他弦緩緩撥彈，兩個高頻但細小的聲音隨旋律流動，哈利受到吸引而走上樓。在尼爾森的房間裡，兩個人坐在床上，姬兒在床頭的枕頭旁邊擺出瑜珈姿勢，露出她黑色的蕾絲內褲，一把吉他架在她大腿上。兔子以前從沒見過這把吉他，顯然是新買的，發亮的灰白色木料，像是女人沐浴後上油的皮膚。尼爾森坐在姬兒身旁，身上穿著T恤和騎師牌棉質緊身內褲，伸長脖子想看床單上姬兒腳踝旁的樂譜，他的雙腿垂掛到地上，看來肌肉發達又修長，開始長出像珍妮絲那種深色的汗毛。

兔子注意到，牆上布魯克．羅賓遜㉖、奧蘭多．賽培達㉗，以及史提夫．麥昆㉘坐在摩托

㉕原文中故意將「淋病」與「鼓掌」的同義詞「clap」混用，製造諷刺效果。
㉖布魯克．羅賓遜（Brooks Robinson）：美國職棒大聯盟的三壘手，在巴爾的摩金鶯隊貢獻職業生涯中的二十三年，並於一九八三年被選入棒球名人堂。
㉗奧蘭多．賽培達（Orlando Cepeda）：美國職棒大聯盟的一壘手，在十六年的職業生涯中，曾效力於舊金山巨人隊、聖路易紅雀隊、亞特蘭大勇士隊、奧克蘭運動家隊、波士頓紅襪隊，以及堪薩斯市皇家隊。
㉘史提夫．麥昆（Steve McQueen）：美國電影明星，綽號「酷王之王」（The King of Cool），憑藉反英雄的形象，在六〇到七〇年代反主流運動的聲勢下，成為票房紅星，他同時也是摩托車賽車和汽車賽車的狂熱者。

車上的舊海報被取下來，原來貼有透明膠帶的地方留下油漆剝落的痕跡。他們兩人正哼唱：「……一個男人要走一過多少路……㉙」當哈利踏進房間，愉悅的音符也戛然而止，雖然他們必然已先聽到樓梯間傳來警告的腳步聲。尼爾森穿的內衣褲還算乾淨，離髒鼬鼠的程度還遠得很，姬兒說服尼爾森每天在他父親回家以前沖一次澡，這種習慣養成的原因，或許是因爲姬兒的父親每周五才會回到位於史東寧頓的家，値得受到儀式性的歡迎。

「嗨，爸，」尼爾森說：「眞是正點，我們正在唱合聲。」

「吉他哪來的？」

「騙來的。」

姬兒用赤腳頂了孩子一下，但來不及擋住這句話。

兔子問兒子：「怎麼騙的？」

「我們站在布魯爾市的街角，威瑟街和第七街附近，後來有一輛可疑的汽車減速，一直往我們這邊看，我們便轉往卡麥隆街。然後我們開始胡說八道，爹地，姬兒攔住路人，告訴他們我是她弟弟，我們的母親患有癌症，快要死了，父親則酗酒，我們家裡還有個弟弟，還是嬰兒，不過有時候，她會說是妹妹。有些人會告訴我們應該去申請社會救助，但也有很多人加減會給我們一塊錢。奧立佛答應把一把價値四十四塊錢的吉他，用二十塊賣給我們，我們最後終於湊足錢，姬兒在店後面的房間跟他談了一下之後，他又免費送這本樂譜給我們。」

「奧立佛對我們還眞好啊。」

「哈利，他人真的很好，雖然外表看起來不像。」

兔子對尼爾森說：「我很好奇他們談了什麼。」

「爹地，這件事沒有什麼不正當，被我們攔下來的那些人事後會覺得心裡很舒坦，因爲我們讓他們良心發現。爹地，在一個權力才能代表一切的社會裡，金錢早就沒有用了，你需要多少就去要多少。」

「他媽的，你現在的生活就是這麼一回事。」

「不錯，我凡事都要求人，不是嗎？但我也沒有因爲求了就得到一輛迷你摩托車。」

「尼爾森，你穿好衣服，然後留在房間裡，我要和姬兒談談。」

「如果你傷害她，我會宰了你。」

「你不給我閉嘴的話，我就把你送到你媽那裏去跟查理．史塔羅斯住在一起。」

回到他們的臥房裡，兔子小心翼翼關上房門，用輕柔但顫抖的聲調對姬兒說：「你把我兒子弄成和妳一樣的乞丐和妓女。」等了大約一秒鐘，不等姬兒反駁，哈利就往她桀驁不馴的瘦小面頰甩了一記耳光，她的雙唇緊閉，水汪汪的綠眼珠中隱含蔑視，眼裡的暗影就像樹木的綠葉，層疊閃爍，就像一座顯微鏡下的森林，哈利恨不得轟炸它。他那一巴掌，手指感覺像甩在

㉙「一個男人要走過多少路（Must a Man Walk Down）」，此句歌詞出自巴布・狄倫（Bob Dylan）的反戰歌曲「隨風而逝（Blowin' in The Wind）」。

塑膠製品上一樣刺痛，滋味並不好受。他又甩她一耳光，抓起她連住頭皮的頭髮，想固定她的臉，她則拚命掙扎，想要脫身，這使哈利更加狂怒，一拳往她脖子側邊揮過去，姬兒被打得倒在床上。

姬兒捂著自己的臉，氣喘吁吁朝著兔子發出噓聲，奇特的噓聲從她內彎牙齒間的小縫隙鑽出來，直到她說出第一句話，態度冷靜凜然：「你知道你爲什麼要這樣嗎？你只是故意要傷害我，只是想對我出氣，你根本不在乎我和尼爾森出去騙錢這件事，你什麼時候管過誰騙誰？誰又偷了誰？」

哈利百口莫辯，她繼續說：「那些豬八戒法律只會讓你深陷在那個滿身油污的工作裡，還把你弄成一個連自己白痴老婆都管不住的孬種！」

哈利抓起她脆弱如粉筆的手腕，想折斷它，感覺一下骨折清脆的聲音。他想讓她在家療傷幾個月，在他懷裡保持絕對的靜默。「聽著！我每一塊去他媽的錢都是一天天賺來的，而且妳正靠這些錢在過日子，如果妳想回去向妳那些黑鬼朋友要錢花，那請便，滾出去！讓我和我兒子清靜清靜。」

「你這個爛貨！」姬兒說：「你這個殺害嬰兒的爛貨！」

「又多了一項罪名！」他說：「妳這個變態婊子。你們這些有錢人家的孩子遊戲人間，拿石頭扔那些保護你們老爸偷來贓物的笨警察。妳繼續混啊，寶貝，妳以爲妳當個隨便任人幹的屄很偉大就對了，不過我告訴妳，我老婆那條可憐的母狗被人從後面插的功夫，都比妳拚命想讓人家從前面幹的能力強。」

「從後面幹是對的，她受不了你那張臉。」

兔子緊掐她那隻像粉筆的手腕，告訴她：「已經沒人想幹妳了，寶貝。妳才十八歲，就全被吸乾了。妳什麼都嘗過，什麼都不怕，妳想知道爲什麼妳下面從頭到尾半死不活的嗎？妳會這樣，得怪妳自己，親愛的寶貝，妳是自作自受！妳他媽的以爲妳在改變這個世界，但其實根本不懂是什麼讓這個世界運作，讓我告訴妳吧，是恐懼！這才是讓我們這些沒用的廢物動起來的原因。妳不曉得什麼叫做恐懼對不對？可憐的寶貝，難怪妳那麼半死不活。」哈利緊掐姬兒的手腕，直到他可以想像她手腕裡彎曲相連的骨頭，像在X光裡曲折到非人的程度。姬兒的眼睛變寬，只有兔子才能從裡面看出那絲驚恐，因爲他把姬兒的手腕抓得太緊了。

她掙脫之後，一邊揉搓自己手腕，一邊直瞪哈利，絲毫沒有閃躲。「大家已經被恐懼驅使夠久了，」姬兒說：「讓我們試著用愛改變這個世界。」

「那妳最好去幫自己找另一個星球，月球冷冰冰的，寶貝，既冷又醜，妳如果不想要，共產黨會要，他們可沒像妳他媽的那麼狂妄自大。」

「什麼聲音？」

是尼爾森的哭聲，他站在門外，不敢進來，和過去兔子與珍妮絲發生爭執時一模一樣。他們夫妻吵架，只是想從對方口中套話，尼爾森會央求他們停止。兔子認爲小貝姬也許就是在一場爭吵中被殺害，而眼前這次則可能會殺死尼爾森，於是讓尼爾森進門，向他解釋：「我們在談論政治問題。」

在啜泣與抽噎的空檔，尼爾森擠出一句話：「爸，你為什麼老是跟別人唱反調？」

「因為我愛我的國家，我受不了有人說我們國家的壞話。」

「你如果真的愛這個國家，你就會希望這個國家進步。」姬兒說。

「如果這個國家進步，那我不就也得跟著進步？」他神情嚴肅，另外兩人卻大笑起來，最後他也笑出來。

透過殘缺的笑聲，他們試圖重建家庭的歡樂。姬兒還在揉搓自己的手腕，兔子打姬兒的手掌也開始隱隱作痛。晚餐時刻，姬兒做了一道比目魚排，擠上檸檬，口味清淡，在開朗的氣氛中以文火慢煎，褐色的魚皮又香又脆。尼爾森的大餐是一個牛肉漢堡，麵包灑上麥芽，讓他想起腰果漢堡。麥芽、綠皮茄瓜、栗子、芹菜鹽和家庭牌的食品，通通都是姬兒採買回來的舶來品，兔子也從未體驗過像她這種烹飪口味，有燭光和鹽水，注重養生又豐富多樣，還有絕佳的品味。姬兒家裡雇有傭人，因此，她在許久之後才明白，沒有神力能將髒碗盤變乾淨，必須由人親手收拾清洗才行。

每個星期六早上，仍是由哈利負責在各個房間內吸塵，捆紮自己髒污的襯衫和床單送洗衣店，將尼爾森的襪子和內衣分類，然後丟進地下室的洗衣機。他看得出來哪裡累積灰塵，哪裡開始變髒，哪裡越來越亂，怎麼做家事才能節省時間，但這兩個孩子卻無能為力。不過，姬兒下廚的時候，兔子卻願意當她的僕人，偶爾幫忙，她的烹飪方式改變了兔子的生活品味。佐餐的葡萄酒，是一種加州白葡萄酒，盛裝在半加侖的大瓶子裡，現在每餐都有生菜沙拉，以鑽石郡（Diamond County）烹飪方法攪拌出來的生菜沙拉，有點像德式酸菜的孿生兄弟，富含濃厚的調味醬，然而姬兒用雙手拌萵苣，一層薄薄的油幾乎少得看不見，相當健康。至於餐後甜點，珍妮絲從前會端出「半條麵包」店裡的精製麵糰，姬兒則準備水果拼盤，而她煮的咖啡和珍妮絲以前端出來的流質瀝青相比，簡直是黑色的瓊漿玉液。兔子根本無須動手，只要目送餐盤從餐桌上被撤走，洗乾淨後，再重新盛大陳列在客廳裡。

當用過的餐具放進洗碗機，洗碗機開始運轉之後，姬兒回到起居室，坐在那塊寒酸的地毯上，彈起吉他，是什麼歌曲？「再會了！安潔莉納，天空一片火紅……㉚」，就連其他曲子，也能夠彈上幾段，她也許會彈六種和弦，弦柱上的手指時常壓到垂下的秀髮，一定很痛。她的歌聲就像纖弱的樂器，沒多久就沙啞了，「所有的審——判，上帝啊，很快就要——過去……」㉛她輕唱，唱完，等待掌聲。

尼爾森用他兩隻小手拍手喝采。

「了不起！」酒後微醺的兔子嘗試爲自己的生活辯解：「不是開玩笑，我有一次參加靈

㉚「再會了！安潔莉納，天空一片火紅……（Farewell, Angelina, the sky is on fire）」，同樣出自巴布・狄倫的歌曲「再會安潔莉納（Farewell Angelina）」。

㉛所有的審判，上帝啊，很快就要過去（All my trials, Lord, soon be over）出自歌曲「所有的審判（All My Trials）」，這首民歌成爲五〇到六〇年代的社會抗議運動期間的「國歌」。歌詞描述臨終的母親安慰她的孩子：「審判，很快就要過去」，意謂無論情勢如何嚴峻，都將雨過天青。

修旅行，結果除了得罪所有人之外，啥也沒做。革命，管它到底叫什麼，只不過是把混亂當有趣。好，就算它有趣，但也只會有趣一下下，只要有人繼續提供新的題材，就不再有趣了，混亂是要付出昂貴的代價，我說了半天，全部的意思就是這樣。」

姬兒在兔子講話的斷句間亂撥吉他，一邊幫他壯聲勢，一邊製造「笑果」。兔子於是展開反擊：「現在，換妳說，說說妳的故事。」

「我沒有什麼故事，」姬兒說著，漫不經心地彈撥吉他：「不是誰的女兒，也不是任何人的老婆。」

「說個故事讓我們聽聽嘛！」尼爾森央求。姬兒笑著，露出她略呈圓形的牙齒，使她瘦削的面頰泛起笑靨。看得出來她答應了。

「這是姬兒和她病態情人的故事。」姬兒宣布，同時漫彈一段吉他。兔子陷入思緒，研究這把具有女人形體的吉他，就好像琴體內的音符早已存在，隨時要從那個圓形的孔洞裡飛出來。「現在，姬兒……」姬兒繼續說：「是個標緻的女孩，成長於中產階級。她的父親和母親，各有一輛汽車，引擎蓋上有顆賓士的星星，我不知道我押韻還能講多久。」她又滑稽地撥幾下弦。

「不用勉強去押韻。」兔子勸她。

「她的養成教育……」她刻意將重音放在字尾，以完成押韻。「非常正統，都是航海、舞蹈和法文等等這些東西。」

「繼續押韻，姬兒！」尼爾森央求。

「十四歲起有了月經，但即使戴著胸罩出門，姬兒也不像個女王。她對男孩的認識侷限在那些打網球的男孩，以及和她父、母親一起應酬的男孩之中。那些人非常適合她，因爲他們觀察過姬兒的父母喝酒、談話、賺錢、用錢，知道姬兒不會很快變老、變肥、變臃腫。噢，那是一段往日時光。」

「別爲了我押韻。」兔子說：「我去拿罐啤酒，還有人要嗎？」

尼爾森嚷嚷：「我想和你喝一罐，爹地。」

「自己喝自己的，我拿一罐給你。」

姬兒持續彈奏，想喚回父子的注意力：「好，縮短沉悶的往事。有個夏天……」她尋找韻腳：「在她父親死後……」

「喔！」兔子說，手拿兩罐啤酒，踮著腳尖走回來。

「她遇見了一個男孩，這男孩成爲她精神和肉體上的嚮導。」

兔子拉開啤酒罐，同時盡量使拉環發出的噴氣聲小一點。

「他的名字叫菲瑞迪。」

兔子眼見除了一口氣把拉環給拉下來，別無它法。他拉開，啤酒泡沫從罐口冒出來。

「他身邊最美好的事情就是她準備好了，」姬兒亂彈著吉他：「他有古銅色的臂膀，因爲他是個救生員，而且他的泳衣有時柔軟，有時候堅硬。他來自遠方，來自浪漫的羅德島，面對內瑞岡瑟灣。」

「嘿！」兔子叫好。

「唯一的不幸是，這位古銅色的救生員內心已經死了，他的內在是個老年人，有可怕的需求，需要大麻菸、印度大麻、迷幻藥，古柯鹼加嗎啡的混合劑。」這時候，姬兒的吉他變換節奏，突然轉為弱拍。

「儘管他是個白人，他還是個天生的失敗者，在沙灘上，他幹了還是處女的甜美姬兒一整晚，她為了他沉淪，」接著一陣間奏，「深陷沉重的毒囊，那個混帳每次打電話來，她都嚇呆了，她從一般流行的藥丸用到點滴迷幻藥。」姬兒停住，俯身凝視尼爾森，緊盯不放，尼爾森於是輕喊一聲：「然後呢？」

「他熱切提議她注射海洛因。」

尼爾森看起來快哭了，低垂雙眼，腮幫子鼓起來。兔子心想，尼爾森此時看起來真像個鬧彆扭的女孩，看不出這孩子有哪點像他，除了那個小而挺直的鼻樑之外。

音樂繼續。

「可憐的姬兒很害怕，學校裡其他同學告訴她，別做個自我毀滅的笨蛋，她的母親，雖然在守喪期間，依然非常忙碌，跟一名來自魏斯特里（Westerlee）的離婚律師胡搞。惡劣的菲瑞迪承諾給姬兒天堂，但是姬兒要的只是世俗的愛，她要的是那話兒的滋味，可是，菲瑞迪求她、揍她，用甜言蜜語哄她，勸誘她。」

兔子開始懷疑她以前是不是做過這種事，否則韻腳何以如此巧妙，畢竟這小鬼什麼事沒做過？

「她怕死，」——漫彈，漫彈，橘色的長髮在拍打琴身，「他問她爲什麼？他說這個世界瘋了、又墮落了，她回答他沒有資格抱怨。他說種族主義盛行，把妳的手臂伸出來，她回答除了他之外，沒有任何一個白人曾經傷害過她。他說第一針只注射到表皮下方，她說好吧，愛人，把那狗屁東西扎進去吧。」過場的間奏一次，兩次，三次，姬兒抬起頭，看著父子倆，就像傳說中的愛爾蘭妖精，臉上毫無血色，她吟唱下一句：「那是地獄。」

長長的——間——奏。「他持續抱住她的頭，輕拍她的屁股，說放輕鬆，說他是來拯救世人。他問她，難道他沒讓她見到上帝的面容嗎？她說有，謝謝你，不過如果劑量少一點，她會更快樂。她看到她那位有著古銅色肌膚，以及白色微笑的情人就像行屍走肉，她每一次恐懼的呼吸都在愛他，都在擔心他。猜猜姬兒接下來究竟做了什麼？」

靜默。

尼爾森脫口而出：「做了什麼？」

姬兒微笑：「她跑到史東寧頓儲蓄銀行提了一大筆錢，然後跳上她的保時捷，一走了之，這就是她和你們兩個討厭鬼同住的經過。」

父子倆鼓掌，姬兒大口暢飲啤酒，作爲自己的犒賞。回到臥房，她懷抱藝術家與高采烈的心情，期待獲得讚賞。兔子告訴她：「好歌，不過，妳知道我不喜歡哪部分嗎？」

「哪部分?」

「懷舊。你懷念那段日子,懷念過去和菲瑞迪麻木不仁的生活。」

「至少,」她說:「我不是玩玩,你剛是怎麼說的?隨便任人幹的屄是吧?」

「抱歉,我當時在發脾氣。」

「你還是要我走嗎?」

兔子感覺到決定的時刻即將來臨,他把自己的褲子、襯衫掛好,把換下來的內衣褲丟進洗衣籃,把姬兒脫掉之後丟在地上的衣服撿起,掛往她那半邊的衣櫥鉤子上,把她穿髒的褲襪丟進洗衣籃。「不,妳留下。」

「你得求我。」

哈利轉過身,一個疲倦的大男人,肌肉鬆垮,八小時後就得起床去上班排字。「我求妳留下。」

「收回你甩我的耳光。」

「怎麼收回?」

「親吻我的腳。」

他聽話跪下。姬兒面對情願屈從的哈利,心中感到困窘,明白屈從暗示著慾望,她伸直雙腳,趾甲往哈利的臉頰戳去,差點戳到他的眼睛。他緊握住她的腳踝親吻,姬兒的兩隻腳踝柔嫩,像是已婚婦人,腳背上有些青筋。他回憶起運動員更衣室裡美好的滋味,就像香草腐壞的酸臭味。

「把舌頭伸進我的腳趾！」姬兒發號施令，聲音因害羞而有些沙啞。眼看哈利又照辦，坐在床沿的她，緩緩向床上挪動，張開兩條腿。「現在，換這裡！」她知道他喜歡這個地方，但刻意主動提出要求，要試試這個愛唱反調怪人的能耐。哈利頭上蓄著倔強的老派短髮，就像敵軍的制式髮型，既是運動員，又像軍人，耳朵上方露出骨頭，頭頂上長有稀疏的淡金色頭髮，就像一塊巨石被夾在姬兒的兩條大腿間。她唱歌時的興奮雖然漸漸退卻，但卻與哈利舌頭持續舔拭的溫度交融，產生一陣火花，姬兒兩腿之間的荒蕪空地上長出綠色的嫩芽。「上面一點！」姬兒的聲音變得酥軟，「快一點，好爽，好爽！」

※

有天下班後，兔子和老爸在松木街上，朝鳳凰酒吧的方向走去，準備在上公車前喝一杯。這時，有個蓄著鬢角，戴著玳瑁框眼鏡，衣著整潔的矮胖男人攔住他們。「嘿，安格斯壯。」父子倆停下腳步，眨眨眼，走在刺眼的陽光通道下，又上了一整天的班，父子倆通常都有不受注目的感覺。

哈利認出那個人是史塔羅斯，他身上穿著一套以綠色線條爲底的米色小方格西裝，看來瘦了些，面容緊繃，強裝的沉著只是表象，或許只是因爲不期而遇讓他緊張。兔子說：「老爸，讓我介紹我的朋友查理．史塔羅斯，這是厄爾．安格斯壯。」

「幸會，厄爾。」

老人家不理會對方伸出來那隻厚實的手，對著哈利說：「該不是那個毀了我媳婦的人吧？」

史塔羅斯試圖緩頰：「毀了她，言重了，應該說是討她歡心。」他努力擠出笑容，但對方未予理會。史塔羅斯轉向哈利：「很抱歉打擾兩位，安格斯壯先生，我們可不可以談談？也許到街角去喝一杯。」

「哈利，你想去嗎？你要跟那個人渣走，還是把他打發掉？」

「好啦，老爸，你想說什麼？」

「你們年輕人或許有自己解決事情的辦法，可是我已經老到無法改變了，我去搭公車，你不要輕易被占便宜，這龜兒子看起來蠻滑頭的。」

「替我問候老媽，這個週末我會想辦法過去。」

「只要你想來，你就能來，她老是夢到你和小蜜。」

「嗯，你什麼時候可以把小蜜的地址給我？」

「她沒有地址，他們目前的作法是透過洛杉磯的某個經紀人轉信，你打算寫信給她？」

「也許寄明信片給她吧，明天見！」

「眞是個惡夢。」老人家說完，背叛他本來要去喝的啤酒，閒晃到路邊去等十六路公車，那失望的背影令哈利想起尼爾森。

鳳凰酒吧內部昏暗且寒冷，兔子覺得噴嚏正在他雙眼之間集結。史塔羅斯在前方帶路，找到包廂坐了進去，雙手交握，擺在合成樹脂的桌面上，那兩隻毛茸茸的手曾撫摸過珍妮絲的乳房。「她怎麼樣？」

「她？噢，該死，她很好。」

兔子不確定史塔羅斯是不是話中有話，他的舌尖失去味覺，無法巧妙地進一步刺探，因此他說：「這裡下午沒有女侍服務，我要一杯台克利，你要喝什麼？」

「蘇打水就好，多加些冰塊。」

「不來點烈酒？」

「從來不碰。」史塔羅斯清清喉嚨，用手把鬢角上方的頭髮撫順，手雖然攤平，但卻微微顫抖，他解釋：「醫生告訴我，我碰不得酒。」

哈利去吧台取回飲料後問：「你生病了嗎？」

史塔羅斯說：「老毛病，還是那顆心臟，珍妮絲一定告訴過你，從小時候開始，我心臟就有雜音。」

這傢伙在想什麼，他以爲珍妮絲會和兔子坐在一起討論他，好像他是他們夫妻倆最疼愛的孩子嗎？他記得珍妮絲曾經大喊史塔羅斯不能結婚，期待換取哈利的同情，詭異的是，哈利還眞的同情過他。「她提過一些。」

「是風濕性高燒引起的，我小時候，每種醫療疏失都曾在我身上發生，感謝上帝，他們現在已經克服這些技術性問題，」史塔羅斯聳聳肩，「醫生說如果我照顧好自己身體，可以活到一百歲。你知道的，」他說：「那些醫生，還有很多盲點。」

「我懂，他們目前就在折磨我母親。」

「老天！你眞該聽聽珍妮絲如何滔滔不絕地談論你母親。」

「應該不是充滿熱情地說吧？」

「是啊，她需要發點牢騷，來證明自己的無辜，她正爲孩子的事操煩。」

「是她自己遺棄他，把尼爾森留在我身邊。」

「你知道上法院的話，你會失去孩子的。」

「走著瞧。」

史塔羅斯輕敲滿是蘇打泡沫的玻璃杯，顯示兩人的談話有了最新發展（可憐的佩姬·佛斯納徹，兔子應該打電話給她）。「可惡，」他說：「不能把孩子帶到我那裡住，我沒有多餘的房間。像現在如果我家人來拜訪，我就只能叫珍妮絲出去看電影，或回娘家去，你知道我沒有母親，只有祖母，她已經九十三歲了，還說要長生不死。」

珍妮絲曾經描述過史塔羅斯的房間，兔子試著想像裡面滿是套色的照片，還有珍妮絲的裸照——本月玩伴女郎，在短絨毛橄欖色的希臘沙發上擺出撩人姿勢，衣袖捲起，身體在髖部彎曲，剛好遮住那叢豔光四射的黑色陰毛，全幅版面的摺痕切過她的肚臍，垂掛的手拿著一朵玫瑰。這幅幻影開始讓兔子充滿憎恨，他問史塔羅斯：「依你看，事情該怎麼解決？」

「那正是我打算要請教你的。」

兔子問：「她厭倦你了？」

「沒有，老天！剛好相反，她使我銷魂。」

兔子啜飲一口，往其他方向刺探。「她想念孩子嗎？」

「尼爾森有幾天會到車廠來，無論如何她都會和他在週末見面，她以前不也是這樣，見面的機會不比現在多。總之，我不懂珍妮絲的母愛是什麼，她倒不怎麼擔心她剛脫掉尿布的兒子竟然跟一個嬉皮同居。」

「她不是嬉皮，她絕對不是，除非其他同年齡的人都變成嬉皮。還有，我才是那個和她同居的人。」

「她做那檔事的工夫怎樣？」

「她使我銷魂。」兔子反唇相譏，他開始摸清史塔羅斯葫蘆裡賣的是什麼藥。首先，刻意在大街上巧遇，讓你把他當朋友，一個透過珍妮絲肉體結交的朋友。然後，踏進鳳凰酒吧之後，他讓你認爲他生病了，是個面對逆境而堅持到底的人。而現在，他看得出來，史塔羅斯根本是個競爭者，是個聰明伶俐又緊迫盯人的攻擊球員。兔子因此產生鬥志，好，他所要做的只是保持輕鬆的態度，靜觀史塔羅斯出擊。

史塔羅斯微微弓起那副厚實的肩膀，喝些蘇打水：「你跟那個嬉皮在一起有什麼打算？」

「她有名字，叫姬兒。」

「姬兒之後的遠大計畫是什麼？你知道嗎？」

「不知道。她父親去世了，她並不喜歡她母親，我想，如果機運變差，她會回康乃狄克去。」

「這麼說吧，你就是她的機運嗎？」

「我目前是她計畫的一部分，就這樣。」

「她也是你計畫的一部分，你知道，你和那女孩同居，算是送給珍妮絲一個一翻兩瞪眼的離婚官司。」

「你嚇不倒我的。」

「依我的理解，你曾向珍妮絲保證，只要她回家，那女孩就會走？」

兔子開始感覺到史塔羅斯想要攤牌的點是什麼，鼻子上方又開始發癢。「不。」哈利說，同時祈禱別打噴嚏，「你不了解。」他打了噴嚏，吧台邊六張臉轉了過來，陳列史立茲啤酒的旋轉盤似乎遲疑一下，電視上正在播放電冰箱，以及智利滑雪週末假期的廣告。

「你希望珍妮絲現在回到你身邊嗎？」

「我沒意見。」

「你想離婚，讓你繼續過這種好日子？或者想乾脆把那個女孩娶回家？那個姬兒，她會弄破你那兩顆鳥蛋，老小子！」

「你想太遠了，我只是過一天算一天，好想辦法忘記我的憂傷，別忘了，我被遺棄了，有個花言巧語，頭髮捲曲的反戰分子，還是個日本車推銷員，他把我太太拐走了，我忘記那個狗娘養的叫什麼來著了。」

「事情不完全是那樣，她自己跑來猛敲我家大門。」

「是你讓她進去的。」

史塔羅斯看似驚訝：「不然還有誰？她當時處境危險，不然她還有哪裡可以去？我收容她，對所有人而言都省得麻煩。」

「現在變成你的麻煩了？」

史塔羅斯像玩牌一樣，撥弄自己的手指。如果他輸掉這場騙局，能夠全身而退嗎？「她留在我這裡，會讓她繼續懷抱我無法達成的期待，抱歉，我不可能結婚，跟任何人都不可能。」

「別假惺惺了！現在你嘗過她的各種姿勢，就想退貨啊，可憐的老珍妮絲！真傻。」

「我不認爲她傻。我發現她……只是對自己沒信心，她想要的和每個正常女孩相同，她想當特洛伊的海倫[32]。我有時候可以滿足她，但沒辦法不斷給予，我支持不住。」史塔羅斯生起氣來，直線的眉頭變得陰沉，「你到底想怎樣？你光坐在這捏鬍子，是什麼意思？我如果把她踢出去，你會把她撿回去嗎？」

㉜「特洛伊」是希臘詩人荷馬（Homer）在史詩依里亞德（Iliad）裡特洛伊戰爭（Trojan War）的一段故事，戰爭即是爲爭奪世上最漂亮的女人海倫而起。

「等你把她踢出去再說，再說她隨時可以去和她的父母同住。」

「她母親快把她逼瘋了。」

「那正是母親的功能。」兔子想到自己的母親。他還小的時候，曾經尿急，但來不及跑到學校，於是就在路邊的水溝裡尿尿，水溝水是從製冰廠流下來的。現在他的膀胱產生一絲帶著內疚的舒暢感，他試著解釋：「聽著，史塔羅斯，現在錯的人是你，上別人老婆的是你。如果你想把你那話兒拔出來，那就拔出來，去你媽的別把我拖進你們兩個組成的聯合政府。」

「我們從頭說起好了。」

「好啊，當初插手的是你，可不是我。」

「我沒插手，我只是出手救人而已。」

「你們鷹派分子都這麼說。」他非常想和史塔羅斯針對越南問題展開辯論，但史塔羅斯卻死守較不激烈的主題。

「她當時非常自暴自棄，老兄！我的天！難道過去十年間你都沒和她上床？」

「我憎恨那件事。」

「隨便你，繼續憎恨下去啊。」

「她跟全世界上百萬個人的老婆比較起來，沒有比較差。」如果是十億個屄，其中有多少個已經是人家的老婆？五億？「我們過去的關係並不差。」

「我想說的是，你老婆是自己送上門來的，我並沒有編造故事。當時我說服不了她，從頭到尾都是她造成的，我是她第一個外遇機會，假如我是個只剩一條腿的牛奶工，採取主動的就會是我。」

「您太客氣了。」

史塔羅斯搖搖頭：「她有點如狼似虎。」

「住口，你現在是打算讓我勃起嗎？」

史塔羅斯毫不迴避地端詳哈利，說道：「你眞是個有趣的傢伙。」

「說說看，你不再喜歡珍妮絲的原因。」

兔子純粹出自好奇的語調，稍微放鬆史塔羅斯的肩膀。史塔羅斯兩隻手做出一個掐住自己脖子的姿勢，說道：「只是因爲太……拘束了，我不想要沉重的關係，我需要保持輕鬆，就像平穩地開一艘船，得避免壓力，私下跟你說，我不會活太久。」

「你剛才還告訴我你會活很久。」

「很可能不會。」

「你知道，你跟我一樣，就和我當年的情形一樣，現在每個人都和我當時的情況相同。」

「這個夏天，她已經過得很爽了，你讓她回去吧，叫那個嬉皮到外頭去遊蕩，無論如何，那種嬉皮孩子會很想聽到這種話。」

兔子喝完第二杯台克利，味道不錯，而且能夠延長、拉寬這樣的沉默。兔子不會承諾把珍妮絲接回家，比賽暫停，但因繼續保持緘默是種令人難以忍受的失禮，哈利最終還是說：「只是不知道……抱歉！說得不太清楚。」

史塔羅斯立刻接話：「她有癮？」

「誰？」

「你家那個色情狂。」

「對什麼有癮？」

「你知道的，避孕藥、迷幻藥，不過她不可能對海洛因有癮，否則你家的家具會一件不剩。」

「姬兒？不，她戒掉毒品了。」

「別相信她，他們絕對辦不到，這些溫室裡的花朵，毒品就是他們的養分。」

「她對毒品深痛惡絕，已經浪子回頭了，何況這干你什麼事？」兔子不喜歡比賽在不知不覺中過去，他想進籃，但是卻無能爲力。

史塔羅斯每分鐘都要聳肩：「尼爾森呢？他的舉止有無異狀？」

「他長大了。」聽起來是有意閃避的答覆，史塔羅斯沒當一回事。

「變呆了？神經質？不該睡覺的時候打瞌睡？你在工廠忙著挑字撿字的時候，他們成天在做些什麼？他們一定做了什麼，老兄。」

「你說的對，她會教他面對人渣的時候應該如何保持禮貌！老兄，我來替你付那杯水的錢吧。」

「那我又學會什麼？」

「我希望你什麼都沒學到。」

可是史塔羅斯已經切入籃下，準備單手跳投，比賽也進入延長賽。兔子急著回家察看尼爾森和姬兒，嗅聞他們的呼吸，看透他們的眼睛，是他自己讓羊入虎口的。可是，鳳凰酒吧外九月迷濛的斜陽裡，交通混亂，公車與一切都在陽光的捕捉之下。一部影片止在進行拍攝，兔子記得大酒桶曾經報導，標題是「布魯爾位在美國中西部？紐約電影製片人認爲如此」。有個新成立的獨立製片公司挑選布魯爾市作爲某處電影場景，沒有一個演員的名字對哈利有意義，詳細的內容也已不復記憶。然而他們來了，圍成弧形的汽車和大卡車在上面打燈光，幾乎延伸到威瑟街。一大群捲起襯衫袖子的當地人，拖著袋子的老太太，以及一些黑人混混，爲了看清楚拍攝場景，爭先恐後地往街上能擠就擠，使得交通柔腸寸斷，而本應負責疏散交通的警察，卻圍住這場鬧劇，保護那些製片人。高大的兔子從人行道上往裡面瞥去，其中一間用木板封住的商店，被布置成一家餐館，從前旁邊是放映米高梅電影的「巴格達電影院」，而今已被改建爲放映「深褐色歌舞劇」、「換妻國度的蜜月之旅」等色情影片的場所。一個有太妃糖髮色及鮭魚肉色面孔的高大男人，與一名古銅髮色的可愛小女孩手挽著手，從佈景餐館中出現；然而此時卻發生與圍觀民眾有關的突發事件，另一名濃妝豔抹的演員從滿身塵埃的圍觀人群中出現，原來是偶然的巧遇。第一位男子笑場，然後是那名女孩，接著就是NG重來的表情，意謂這段影片得全部剪掉，大家咒罵連連。他們重演好幾回這個片段，場面調度之間每個人都在等待、講風涼話或調整燈光。從兔子這個距離看去，不可能看仔細那個女孩，她的眼睛閃爍，秀髮像鋼盔反射白光，甚至連衣服都洋溢光芒。有個像是導演或燈光師的人，身影模糊站在她身旁。兔子的心情也跟著黯淡且充滿罪惡感，在天色大亮之時，仍能區隔出日光與聚光燈的差異。這座刺眼的淡色調孤島，突顯周圍盡是受到忽視的卑微旁人，技師、警察、熱情的群眾，也包括兔子在內，全是若隱若現的鬼魅。

＊

本地遺蹟　古物出土

布魯爾市改頭換面之際，發現更多自己。在市中心內進行的大規模拆除，以及重建工程，繼續揭開無數「昔日」古器物的面紗，使我們能夠饒富興味地探索這座城市的過去。一座鑲滿壁畫的地下酒館，於建設穆爾街（Mruiel Street）及格里利街（Greeley Street）一帶（Mruiel Street）及格里利街（Greeley Street）一帶㉝的停車場而重見天日。

前輩們記得這個隱匿處乃是禁酒時代人物「手套」納格爾（"Gloves" Naugel）等人出沒的地方，同時也是音樂家的訓練場所，諸如家喻戶曉的伸縮喇叭好手「紅人」溫瑞奇（"Red" Wenrich）㉞。古老的廣告牌也很普遍，製作各種各樣別出心裁的形狀，母牛形、蜂房形、獨木舟型、迫擊砲形及犁形等等。這些招牌廣告著「乾貨及縫紉用品」以及皮質貨品、藥材、藥劑等數種產品，保存於地底，大多易於辨認，上面還標註著十九世紀時期。

天然石材的地基之間出土的尚有金屬工具以及石磨，箭器也很常見。

布魯爾歷史學會副主席克勞斯·許爾納博士（Dr. Klaus Schoerner）花了……

㉝此處爲原文故意表現哈利打字時排版的文字重複錯誤。

㉞指的是著名爵士樂手波西·溫瑞奇（Percy Wenrich）。

休息時間，布坎南大搖大擺去找兔子：「小姬兒把你服侍得怎麼樣？」

「正在努力中。」

「她服侍得不錯，是不是？」

「她是個好女孩，就跟時下的小孩一樣不能適應社會，不過我們，我兒子和我，已經習慣她了。」

布坎南微笑，修整過的小鬍子像在發出「嗯」聲，向兩旁撐開，他擺動身軀向前靠近半步。「小姬兒還陪在你身邊？」

兔子聳聳肩，覺得無力又緊張，他一直聽天由命。「她沒別的地方可去。」

「是啊，老兄，她一定把你服侍得非常好。」布坎南沒走到外面去喝威士忌，留在原地繼續微笑，但心事重重的陰影逐漸壓迫他的笑臉。他說：「你知道，好友哈利，隨著勞動節㉟到來，孩子們要回到學校上課，隨處可見的通貨膨漲和物資短缺，已經到了山窮水盡的地步。」

「你有幾個小孩？」兔子禮貌性問。和布坎南同事多年，卻從沒想過他是個有家室的人。

這名炭色皮膚的肥胖男人前後搖動雙腳，「噢……算得出來的有五個，他們張大眼睛看著爹地討錢用，勞動節讓作老爸的有點慚愧，最近，我這個老里斯特（Lester）㊱的牌運不好。」

「我替你難過，」兔子說：「也許，你該戒賭了。」

「小姬兒滿足你的需要讓我高興得要死，」布坎南說著：「我在想，如果你能在勞動節之前借我二十塊錢，那會是幫一個大忙。」

「二十塊錢？」

「就二十塊。哈利，不可思議，我費了多大的勁去學如何賺點外快。朋友跟朋友之間，小小二十塊錢會讓我的假期好過一點，就像我所說的，看到姬兒幹得這麼好，你一定覺得相當滿意。大家都說戀愛中的人非常慷慨，是所有人的朋友。」

布坎南話未說完，兔子已經掏出皮夾，找到兩張十塊錢，「這錢只是借你的。」兔子說，並且感到恐懼，知道自己在說謊，又爲童年那次的墮落感到不知所措，腫脹的膀胱使他來不及跑到學校，門一定都關上了，校長克萊斯特先生總是拿著叮噹作響的鑰匙，站在前門附近，推動磨成銅黃色的欄杆，想逮住遲到的學生，把他們關進他那間保管成績紀錄，又通風不良的辦公室裡去。

「我的孩子們爲你祈福。」布坎南摺起紙鈔，「這些錢可以買一大堆鉛筆。」

「嘿，蓓碧怎麼樣了？」兔子問。他發現，錢落入布坎南的口袋之後，感到如釋重負，他用鈔票來買來發問權。

布坎南鬆懈警戒心：「她還是很活躍，就像那些年輕人說的，她還在做她的事。」

㉟勞動節（Labor Days）在九月的第一個星期一。

㊱布坎南的名字。

「我以為……你知道，你們是不是已經中斷聯繫。」因為缺錢用，布坎南端詳兔子的表情，想確定他在暗示什麼，布坎南明白了，「他把我當皮條客！」小鬍子又變寬了，「你想上了蓓碧？就是這樣對不對？厭倦了白肉？想換雞腿吃？哈利，你爸如果知道，會怎麼說？」

「我只不過問她好不好而已，我喜歡她彈琴的樣子。」

「我知道她第一眼就喜歡你，我們什麼時候再去金波一趟，看看會發生什麼好事。」

「她說我的指根關節不吉利。」刺耳的鈴聲響起，兔子盤算下次的談話應該在多短的時間內進行，還有布坎南了解他有多深。布坎南也看得出哈利的心思，想到他的指根關節，便有意無意、興高采烈地拍一下兔子伸出的手掌，拍打在皮肉上有刺痛的感覺。

布坎南說：「我喜歡你，老兄。」說完轉身走了，他的頸背上李子布丁色的贅肉一圈圈顫動，一定是由於飲食不健康，吃了太多澱粉質、豬小腸和粗玉米粉。

與「大酒桶」記者會晤的短短一小時之間，克萊斯特博士侃侃而談過去布魯爾市那段安逸的日子，曾經是作為市那段安逸的日子，曾經是身為奔馬河沿岸與印第安人部落之間的貿易站。

他拿出一品脫[37]相片給我們看
他拿出了一張相片給我們看
上頭有一棟被侵蝕了的原木小房子，房
子所在的原始小村落叫做格林威治（Greenwich），以
英國著名的天文台所在地格林威治命名。

克萊斯特博士的收藏品裡也有許多吸引
人的威瑟街照片，當時街上有幾家簡陋
的商店及客棧，其中最著名的乃是「鵝與毛」。
一七二〇年，喬治．華盛頓及其隨員西行鎮壓
一七九九年，喬治．華盛頓及其隨員西行鎮壓
威士忌叛亂[38]時，曾在這間客棧停留一晚。

㊲原文故意將「相片（print）」誤植爲「品脫（pint）」。

㊳威士忌叛亂（Whisky Rebellion），肇因於一七九四年賓州西部的農人拒絕繳納菸酒稅（在一七九一年由國會通過的新法），聚眾進行反抗。同年八月，華盛頓總統發布公告，派遣聯邦軍隊一萬三千人進駐事發區域，居民的抵抗運動遂遭到鎮壓。這項總統職權命令在共和黨與聯邦黨之間的反應兩極。作者透過故意的錯誤報導以作嘲諷。

第一座鐵礦是位於本市南方七哩處衆所周知的歐立爾熔爐（Oriole Furnace）。克萊斯特博士保存有最初的礦渣，並且興致高昂地談論相關技術，憑著那些方法，早期的煉鐵人員可以製造出馬力充足的通風裝置。

帕亞瑟克走到哈利後面，「安格斯壯，電話。」帕亞瑟克是個無精打采的矮小禿頭男子，形似豬鬃的雙眉加深他壓力沉重的神情，就好像額頭被擠壓到眼睛上方，形成長條水平的皺摺。「你講完電話，應該告訴對方你家的電話號碼。」

「抱歉，艾德，也許是我那個瘋老婆。」

「可不可以請她在你的私人時間發瘋？」

從機器旁走進相對安靜的毛玻璃牆裡，就好像穿透水層進入急速眞空中。隨即，哈利開始發飆。「珍妮絲，看在老天爺的分上，別再打電話到這來，打到家裡去！」

「我不想跟你養的小接線生說話，只要一想到她的聲音，我就全身發冷。」

「接電話的通常是尼爾森，她從來就沒接過。」

「我不要聽她的聲音，不想看到她，也不想聽到有關她的事情，我無法形容，哈利，我一想到那個人就覺得噁心。」

「你又酗酒啦？妳聽起來很糟。」

「我很清醒，也很滿足，謝謝你！我想知道你有沒有幫尼爾森準備開學要穿的衣服，你知道他這個夏天長高三吋，衣服全都穿不下了。」

「眞的嗎？了不起，他終於不用當小矮子了嗎？」

「他會跟我父親一樣高，而且我父親不是個小矮子。」

「對不起，我老以爲他是個小矮子。」

「你是要我馬上掛掉電話嗎？你想要這樣嗎？」

「不是，我只是要妳別打電話到工作的地方找我，要打，就打去別的地方。」

珍妮絲掛斷電話。哈利坐在帕亞瑟克的木質旋轉椅上等待，看著月曆還沒掀到九月，而八月份月曆上的女孩，手裡握著兩支冰淇淋甜筒，一支是草莓口味，另一支是巧克力口味，甜筒開口剛好擋住乳頭，標題則是「養眼冰淇淋」——電話鈴聲響起。

「我們剛說到哪了？」他問。

「我得帶尼爾森去買上學的衣服。」

「好，妳隨時都可以過來接他，說個日子。」

「我不想接近那棟屋子，哈利，只要那女孩還住在那裡，我就絕對不會接近賓州山莊，很抱歉，那是一種無法控制的厭惡感。」

「如果妳覺得那麼不舒服，可能是懷孕了，你和查理有沒有避孕？」

「你不再像當初我認識的那個哈利。我跟查理說過，無法相信自己曾經跟這個人共同生活了十三年，好像從未發生過。」

「這倒提醒了我，我們該怎麼幫尼爾森慶生？下個月他就滿十三歲了。」

珍妮絲開始喊叫：「你就是不肯原諒我懷孕的事，對不對？。」

「原諒了、原諒了，放輕鬆！一切都很好，我叫尼爾森到妳的愛巢，跟妳一起去血拼，講個日子吧！」

「叫他星期六上午到車廠，我不喜歡他到公寓裡來，他要離開的時候會讓人難過。」

「非得星期六不可嗎？姬兒提過要開車帶我們兩個到弗格谷去，孩子和我都沒去過。」

「你現在是在要我嗎？你覺得這樣很好玩？哈利，這是眞實人生！」

「我沒有啊，我們確實要去弗格谷，我說眞的。」

「好，你告訴她，說你們不能去，叫尼爾森過來，不過要叫他帶點錢，我不認爲我得出錢幫他買衣服。」

「到克羅爾百貨公司去買，賒帳。」

「克羅爾已經每況愈下，這你是知道的。裴利鎮附近新開一家很不錯的小店，過了那家以前坐滿中國人的潛艇堡店就到了。」

「去開另一個賒銷戶頭，告訴那家店，說你是史賓格車廠的人，爲了保險起見，可以拿一輛豐田車作擔保。」

「哈利，你沒有必要記仇，是你把我攆出來的。那天晚上你說的話我永遠不會忘記，是我這輩子最大的驚嚇，你說：『妳如果想去，就去，只要別讓我看到那個混蛋就好。』這都是從你嘴巴說出來的話。」

「嘿，這倒提醒了我，前幾天我有看到他。」

「誰？」

「查理，你那個陰險又黝黑的情夫。」

「怎麼會？」

「他在我下班後來偷襲，還帶了一把匕首，在巷子裡等我。我說：『噢！你抓到我了，你這個共產黨間諜！』」

「他找你幹嘛？」

「談妳的事。」

「談我什麼事？哈利，我已經搞不清楚你是不是在鬼扯，你說，你們談了我什麼？」

「談妳快不快樂。」

珍妮絲沒回嘴，因此哈利繼續說：「我們的結論是妳很快樂。」

「沒錯。」珍妮絲說完，掛上電話。

貝斯默㊴熔爐在這之後才出現……
褪色的威瑟街老照片展示出一條繁榮的大道，有品味的矮建築物，地面有使用馬匹拉車的軌跡 promi-，
地面有使用馬匹拉車的 traks prami-，
地面有使用馬 trolleyyyfff etaoin
etaoinshrdlu estaeimshrdlucmfwpvbgkqjet㊵

※

哈利問姬兒：「妳今天和孩子做了些什麼？」
「噢，沒什麼大不了的事，上午在房子裡閒晃，下午開車出去走走。」
「去哪？」
「賈基山那邊。」
「城裡？」
「山上。到山頂旅店喝了杯可樂，然後到公園裡看了一場壘球賽。」
「跟我說實話，妳有沒有讓孩子吸大麻？」

「你爲什麼會有這種想法?」

「他非常迷戀妳，所以我想，不是因爲大麻就是因爲性。」

「或者是因爲那輛車，或者是因爲我把他當人看——不會因爲他長不到六呎六吋高，就把他看成是個失敗的小運動員。尼爾森是個非常聰明敏感的小孩，被他母親離家出走弄得心煩意亂。」

「我知道他很聰明，謝謝！我認識這孩子好多年了。」

「哈利，你要我走是不是？如果你要走，那我就走，我可以回蓓碧那裡去，除非她自己也不好過。」

「哪裡不好過？」

「她因持有毒品而遭到逮捕，前幾天，警察到金波帶走大約十個人，包括她和史基特。她說，警方要求的保釋金不低，但金波的老闆拒絕了。順帶一提，金波的老闆是個白人。」

「這麼說來，妳還一直和那幫人保持聯繫。」

㊴貝斯默（Sir Henry Bessemer, 1813-1898）因在一八五六年發明了酸性轉爐煉鋼法而聞名，晚年他也獲頒世界各國贈予的榮譽頭銜。儘管這項煉鋼技術在今日已經不再使用，但在當時是突破性的發展，讓工廠可以用低成本快速煉成鋼材，用鋼鐵取代其他劣質、廉價的工業原料。

㊵原文再次故意營造排字錯誤，和之前重複排同一行字不同之處在於，這次出現連續三行類似的文字、拼錯單字（將tracks與promi-誤植爲traks與prami-）和最後一行毫無意義的字母堆砌。這反映出哈利內心世界的矛盾與衝突加劇，因此思緒紊亂、無法思考，只能做出無意識的反應。tracks表示「痕跡」；promi-是promiscuous的縮字，表示「雜亂無章」。

「你不喜歡我這麼做？」

「隨妳便，妳搞砸的是自己的人生。」

「有人跟你打小報告，是不是？」

「有幾個人。」

「隨便你想對我怎樣都行，哈利，在你的眞實人生裡，我什麼也不是。」

客廳裡，姬兒站在哈利面前，身上穿著剪短的牛仔褲及農村風格的襯衫，放在身體兩側的雙手，略微抬起張開，就像傭人等著端托盤，手指因爲幫他清洗餐盤而發紅。哈利轉而獻殷勤，他承認：「我需要妳的甜嘴和珍珠般的屁股。」

「我想它們已經是厭煩的了。」

姬兒的原意是哈利已經厭煩她，但哈利卻將這句話反向解讀，認爲是自己使姬兒厭煩，他一向如此；於是他展開攻擊：「好，那妳和孩子之間的性方面怎麼樣？」

姬兒的視線轉向別處，當她不再注視他，她的長鼻子、長下巴，和冷漠的櫻桃小口，帶有一種什麼都無所謂的高傲，似乎凌駕於他，且有意振翅高飛。夏季在她身上只留下少數曬斑，大多分布在前額，像盛裝牛奶的容器般優雅凸起，頭髮由於編紮許多細小辮子而相互纏捲。

「他喜歡我。」姬兒回答，雖然實際上根本不算是個回答。

哈利告訴她：「我們明天沒辦法到弗格谷玩了，珍妮絲要尼爾森跟她一起去購物，去買開學穿的衣服，而我得去探望我母親，妳如果願意，可以開車送我一程，不然我就搭公車。」

他以爲姬兒會一口答應，然而她卻還他一聲富家小姐的冷笑，說道：「你有時候會讓我想起我媽，她也自認可以擁有我。」

星期六早晨，姬兒走了，但衣服卻還是像破布一樣掛在衣櫥裡。樓下廚房的桌上躺有一張用綠色奇異筆書寫的紙條：「整天外出，已將把尼爾森送到車廠」，署名部分則是夾雜和平標誌、心形符號，以及姬兒名字的首字縮寫。因此，哈利必須大老遠搭兩段公車穿越布魯爾市，賈基山的草坪在道路之間拼綴而成，全是乾草；疏落而下的楓葉都已變色，灑落其上，滿城金黃，空氣中瀰漫即將開學的氣味，一切又將重新開始，也重新確認舊有秩序的存續。他想要擁有美好的感受，過去每當季節更迭，假期的開始或結束，月曆上全新的一頁又展現在眼前時，都能爲他帶來美好的感受。然而，成年人的生活只能證實這個世界上沒有季節變化，只有天氣變化，且年紀越大越感受不到天氣改變的樂趣。

老家隔鄰那棟房屋依舊掛著「待售」的牌子。他推推前門，鎖住了，只好按門鈴，蹣跚而沉重的步履聲綿延一長段時間，老爸終於走到門口。兔子問：「幹嘛鎖門？」

「抱歉，哈利，最近鎮上闖空門的竊賊太多了，我們不曉得你會來。」

「不是答應過你嗎？」

「你以前不也答應過？你媽和我不會怪你，我們知道這段日子以來你太辛苦了。」

「沒那麼苦，有些方面反而輕鬆多了。媽在樓上嗎？」

老爸點頭：「她已經很少下樓了。」

「我以爲那種新藥有效。」

「某方面的確有效，可是也讓她意氣消沉，缺乏意志力。我父親以前說，人生十分之九靠意志力，我活得越久，就越覺得他講得很有道理。」

房屋裡的消毒水氣味依然帶來壓迫感，但哈利還是三步併作兩步上樓。姬兒的不告而別令他極度生氣，他衝進房間，說：「老媽，告訴我妳做了什麼夢。」

她的體重減輕、骨瘦如柴，只剩連結組織；臉部皮包骨，帶有一種眺望的悠遠表情，似乎期待甜美的到來。從這具幽靈身軀中發出的聲音卻比以往宏亮，話語間也比較少間斷。

「晚上有某種東西殘酷地折磨我，哈利，厄爾告訴過你沒有？」

「他說妳做惡夢。」

「是的，惡夢，不過沒恐怖到完全睡不著的地步，畢竟我對這個房間一清二楚，每樣東西都知道。晚上，那個無辜的老梳妝檯，還有那個……破爛又不像樣的扶手椅……它們……」

「它們怎麼樣？」兔子坐到床沿，牽起她的手，同時也害怕自己的體重一坐到床上，搖晃之下擠壓到骨頭，會讓母親的骨頭折斷。

她說：「它們要……把我悶死。」

「那些東西？」

「所有的東西都……有辦法，它們用很怪異的方式湧上來，就是這些陪我一輩子的家具。你爸睡隔壁那間房，他的鼾聲我都聽得見，沒有汽車從門外經過，只有我和街燈，看起來就像……在水底，我開始數自己剩下的呼吸秒數，我以為自己還有四十秒、三十秒，結果，只剩下十秒鐘。」

「我不曉得呼吸會受到惡夢的影響。」

「不是，這都是我自己想的，都是我心裡的事情，小哈，它讓我想起過去人們清理排水管的時候，不曉得哪個人幾年前離開之後，丟下一把橡膠梳子，梳子和所有毛髮、淤泥混在一起。我看那是六十年前的事情。」

「妳不會覺得那跟妳的人生有什麼關係吧？我認為妳很好。」

「哪方面很好？我連自己要做什麼都不知道，這才是好笑的地方。」

「妳曾有過歡笑，」哈利提醒：「還有幾個孩子。」

她接受他的提醒：「我一直夢到你和小蜜，總是一起夢到。自從你離開學校，你們兄妹倆就分開了。」

「在妳夢裡，我和小蜜在做什麼？」

「你抬頭看著我，有時候要我餵你吃東西，可是我找不到吃的。我記得有一次去察看冰箱，結果發現有個男人被冰凍在裡面，我從未見過他，只有一個人。我夢到的偏偏都是陌生人，不然就是爐子點不著，或者不知道厄爾採買回來之後東西放到哪，我了解他，一定是放到哪去了。總之都是無聊的事，可是在夢裡卻變得很重要，我醒來後對著厄爾尖叫。」

「小蜜和我在夢裡有沒有說些什麼？」

「沒有，你只是像小孩子一樣抬頭看，有些害怕，但我確定我可以幫你解決困難，這就是你在夢裡看起來的樣子，我甚至看見你死了。」

「死了？」

「是啊。全身灑粉，放在棺材裡被抬出去，但是身體仍然站立，好像等待從我身上獲得什麼。你死了是因爲我拿不到桌上的食物，想想……這些夢裡都有一件怪事，雖然你是從小孩子的高度抬頭看我，但是卻和你現在看我的方式一樣，小蜜則是滿嘴口紅，身上穿一件發亮的迷你裙，馬靴的拉鍊高到膝蓋。」

「她現在看起來就是那副模樣？」

「是啊，她曾寄給我們一張她的宣傳照。」

「宣傳什麼？」

「噢，你知道，宣傳她自己，你也知道現在大家是怎麼做事的，我本身倒是想不透。那張照片放在梳妝台上。」

那是一張八乘十大小的光面相片，表面有被郵差彎折過的摺痕，照片裡小蜜上半身穿著露背裝，戴著手鐲，下半身穿著蘇丹式的寬管長褲，頭往後甩，露出修長的大赤腳。她小時候腳型就大，老媽總得要求鞋店店員到儲藏室，尋找合腳的鞋。雙眼經過整型，已經完全不像小蜜，只有鼻孔，以及鼻尖上像瘤的小圓團，仍看得出小蜜的影子。她小的時候只要開始哭，兩個鼻孔便會往裡縮，如今她要性感，鼻孔也以同樣的方式往裡縮，兔子覺得小蜜在照片裡的份量比不上幫她拍攝的攝影師。照片下方是褪色的原子筆筆跡，小蜜寫：「想念你們，至盼速返東岸，愛你們的小蜜上」因沒完成中學學業，字體歪斜；反觀姬兒那張字條上的筆跡，出自私立學校教育下的半印刷體，明確工整，差可比擬印在海報上的字，這不是小蜜所能企及的。

兔子問：「小蜜現在幾歲了？」

老媽說：「你不想聽我的夢了？」

「我當然要聽。」他在心中計算，小蜜在他六歲的時候出生，現在應該是三十歲。她在照片上穿一身回教服飾還能上哪去？人到了三十歲還沒做過的事，以後也不可能去做；但已經做過的，接下來會做得更多。他告訴老媽：「說說看最糟糕的夢。」

「隔壁的房子賣掉了，賣給一些蓋公寓大樓的人，來自史寬墩的夫婦和他們合夥，蓋了兩堵牆，讓這棟房屋完全失去光線，我只好從洞裡向上看，一些像可樂罐、穀物盒的髒東西開始往下掉落，落在我身上，之後我驚醒過來，發現自己無法呼吸。」

兔子告訴老媽：「賈基山不是個可以蓋高樓的地區。」

她沒笑，睜大雙眼，緊緊抓住她的後半夜，和她最後的人生。後半段的惡夢像是排水不佳的地下室積水不斷上升，直到將她吞噬，並且證實那段惡夢一直以來就是她真實的後半生，白晝不過是幻影，是一種自我欺騙。

「不，」她說：「那不是最糟的，最糟的是厄爾和我到醫院做檢查，周圍都是像我們廚房裡那種大小的桌子，差別只在廚房桌上擺的是餐具，而那些桌上擺的則是一種紅色的黏土，黏土與皺掉的床單混在一起，形狀看來像是小孩子用沙土砌成的城堡，以管線與機器相連，機器上有像電視的模型。我排第一個，然後病人一個接著一個地輪番上陣。沒腦子的厄爾一直得意洋洋地說：『政府負擔全部費用、政府負擔全部費用。』他還拿出一份你和小蜜簽字的文件，是要把我做成……你知道，那些黏土。」

「那不是夢，」她兒子說：「那是眞的。」

她在枕頭上坐直身體，僵硬地破口大罵，那張不饒人的嘴往下鬆垂，這張嘴過去比吸血鬼、小兒麻痺症、天打雷劈、上帝或上學遲到都還要令兔子感到害怕。「我爲你感到羞愧，」她說：「我想也沒想到，我兒子會對我講出這麼冷酷的話。」

「那只是個玩笑，老媽。」

「想想這一切都是什麼事造成的？」她依舊難以伺候。

「什麼事？到底什麼事？」

「珍妮絲離開你就是其中一件，她向來就是一個哭哭啼啼的傢伙。」

「那尼爾森呢？哼？那他怎麼辦？」老媽不知何時創造出一個謊言，眼中所見還是原來那四個角落，老爸、哈利、小蜜圍坐在廚房餐桌旁，這樣專制的愛會凍結這個世界。

老媽回答：「尼爾森不是我的孩子，你才是我的孩子。」

「好吧，不管怎樣，他已經存在，而且我得替他操心，妳不能這樣隨便把珍妮絲摒除在外。」

「可是她把你摒除在外。」

「不盡然，她還是常打電話到印刷廠找我，而且史塔羅斯要她回來。」

「別讓她回來，她會讓你透不過氣，哈利。」

「我還有什麼選擇？」

「一走了之，離開布魯爾市。我始終不了解你爲什麼要回來，自從襪子內衣工廠南遷之後，每個人都知道這裡什麼都沒有，你應該學學小蜜。」

「我沒有小蜜那種本錢，而且她到處賣淫很傷老爸的心。」

「是他自己讓事情走到這種地步，你爸一直在找理由擺臭臉，好，我垷在就是他最好的理由了。不要拒絕自己的人生，哈利，過去的就讓它過去，怨天尤人絕對解決不了問題。我寧可收到你寄來的明信片，也好過看著你像笨蛋一樣坐在這裡。」

她總會抱持這種不可能實現的要求和期望，以及殘酷的夢想。

「哈利，你有沒有祈禱過？」

「大多在公車上。」

「你應該祈禱重生，爲自己的生命祈禱。」

他的臉頰發燙，低下頭去，他覺得她在要求他把珍妮絲和尼爾森殺了，要擺脫拘束必須犧牲旁人，自我重生意味他人的死亡，兔子默默拒絕成爲她口中的笨蛋，老媽則難看地癟嘴，望向一旁，她居然還想勸他像在母親的子宮裡一樣往前衝，難道看不出來他已經是個老人了嗎？

是個老笨蛋，唯一的用處就是留在原地，讓其他笨蛋倚靠他免得摔跤。

老爸上樓打開電視看費城人隊的比賽轉播，「這個球隊沒有那個亞倫㊶之後變得像樣多了。」他說：「他是個壞蛋，哈利，我這麼說並不是種族歧視，各色人種當中都有壞蛋。」

球賽進行幾局之後，兔子要離開。

「你不能至少留下來把球賽看完嗎，哈利？我想冰箱裡還有啤酒，我剛好要下樓到廚房裡去替你媽泡杯茶。」

「讓他走，厄爾。」

＊

爲了保護電線，傑克遜街兩旁的許多楓樹遭到截枝，正中央的樹枝頂端被砍掉；過去兔子並沒注意到這種情形，也沒注意到新蓋的廣場上，那些會絆倒溜冰者的小型排水溝已經拿掉。兔子以前也會溜冰，有天，他剛溜躍傑克遜街時聽到一聲吼叫：「哈利，你聽收音機報導了沒？總統死了！」聲音的主人是住在對街的男孩，坎尼．李吉特（Kenny Leggett），年紀比哈利大，是未來五分鐘能跑完一哩的馬拉松選手，成爲郡競賽聯盟裡的傳奇人物，不過，那是之後的事，當時的他不過是個比哈利高一點的孩子，那年冬天曾拿雪球砸過兔子，如果砸高一點，就可能把兔子的一隻眼睛砸掉。當時他喊的是「總統」，沒說是「羅斯福」，對於當時的人而言，「總統」是專屬羅斯福的專有名詞，羅斯福之後的歷任總統才被以姓氏稱呼。

就像有個星期五午餐後，兔子坐在震耳欲聾的高大機器前，父親悄悄上前，站在他身後吐露機密：「哈利，收音機剛傳來令人印象深刻的消息，甘迺迪被射殺了，據說是射中頭部。」兩位風雲人物都死於頭部的劇烈疼痛㊷，他們的微笑在無垠的星辰中消逝，而世人則在暴徒和會計師間繼續摸索。公車上，兔子聽從母親的吩咐，開始禱告：「祈求上帝讓左多巴發揮功效，讓她做好夢，保持尼爾森的純潔，別讓史塔羅斯對珍妮絲太無情，幫助姬兒找到回家的路，保持老爸身體健康，也保持我的身體健康，阿門。」

公車在山邊的加油站停站，加油站外面有戴葛羅顏料公司（Day-Glo）的廣告轉動錐，一個身穿粉紅色襯衫的男子在兔子身旁坐下，刻意嘆一口氣，那個人把臉整個轉過來，緊緊鎖定兔子眼角的餘光。過一會，兔子火大回瞄他一眼，那個人的臉頰就像他身上的襯衫那般粉紅，皮膚像小孩一樣光滑，儘管頭髮已經花白，兩條帶著憂鬱的長眉毛，仍因努力想辨認哈利的面孔而上揚，「冒昧請教，」他說著，加重捲舌音而發出呼嚕聲，「你是哈利……？」

「嘿，你是艾克斯，艾克斯牧師㊸！」

「安格斯壯，對吧？哈利．安格斯壯，好極了，眞是好極了。」艾克斯握起他的手，那隻

㊶迪克．亞倫（Dick Allen）：前美國職棒大聯盟費城人隊的黑人球員，因種族騷擾，個人行爲及稅務爭議引起球迷公憤，在一九七〇年賽季前被交易到聖路易紅雀隊。

㊷羅斯福在一九四五年三月三十日因嚴重腦溢血過世，甘迺迪於一九六三年十一月二十二日遭槍擊，子彈命中頭部。

㊸艾克斯（Eccles）是在第一集故事中協助哈利走出逃家陰影的牧師，負責史賓格一家人的教區。

肥厚潮濕的手似乎永遠不會放開。牧師的眼睛裡顯露從未見過的神情，一種受驚後的木然，像喉嚨底部的灰白般赤裸。他脖子上沒有配掛神職人員的白領箍，而就兔子看來，他身上穿的是一件滑稽的襯衫，上面有細小的白色條紋，加上透氣的半透明夏季波紋。他記得這位牧師過去不穿黑色的衣服，而是穿著細膩高雅的深藍色服裝。艾克斯仍握著兔子的手，兔子把手抽回。「告訴我，」艾克斯說，又帶有裝腔作勢的重音。兔子記得十年前，艾克斯並不是用這種方式說話：「一切可好？你還是和那個……」

「珍妮絲。」

「我現在可以老實說，她似乎不太適合你。」

「嗯，或者可說是反之亦然，我也不適合她，我們沒再生孩子。」那是艾克斯在雙方和解後最初幾個月給予的忠告，當時哈利和珍妮絲重新開始，甚至一起上聖公會教堂，後來艾克斯便奉命轉調更靠近費城的一座教堂。此後一、兩年間，經由珍妮絲的母親聽說這位牧師在新教區牽扯進某些麻煩，之後就再也沒有音訊，直到他在眼前出現，頭髮比以前灰白，但看起來卻沒變老，腰圍變小，甚至更加年輕，正處於自我感覺良好的狀態。他的頭髮長而捲曲，垂掛在襯衫領子後面，少有布魯爾人能練就他一身結實黝黑，加上那分洋溢的年輕氣息。兔子問：「你呢？一切可好？」他想知道艾克斯來這裡做什麼，竟會在山邊搭公車，此處僅有一座加油站，一個活動小餐車，遠方可見的高架道路，以及幾戶雲杉樹間的富裕人家，錯落在鐵圍籬後面的家屋中，除此之外空無一物。

「還過得去，算死裡逃生，不當牧師了。」儘管沒有發出聲音，他的下顎仍然張開，像是準備發出狂笑，同時清澈的雙眼仍然保持警戒。

「怎麼會這樣？」兔子問。

過去艾克斯的竊笑，總帶幾分察言觀色的意味，此時卻顯得卑鄙、欺妄，且帶有些微恐懼。「有很多原因，一方面是從人願，一方面是我自己的選擇。」

「你不再相信主了？」

「依我的個性，我也不確定自己當時有過這個信仰。」

「你不信？」兔子嚇了一跳。

「我相信……」艾克斯說著，聲音裡有過度的矯飾，和一種自憐的語調，「某種人與人之間的關係，至今仍相信。如果有人將在某種關係之下發生事情的原因歸咎於上帝，我不會提出異議，只是我不會再選擇使用那個名詞。」

「令尊同意嗎？他不是教會裡的長老嗎？」

「我父親……願他安眠……他在我做出決定的時候過世了。」

「你太太呢？她很漂亮，我忘記她的名字了。」

「露西，親愛的露西，她離開我了，真的，而且我脫了好幾層皮。」這位灰白喉嚨的長髮男子，嘴巴仍然開啓，隨時準備發出狂笑，但卻保持沉默的警戒。

「她離開你了？」

「她受不了我的魯莽，又再婚，住在威明頓（Wilmington），她丈夫是個刻苦的平凡人，好像是某個領域的化學家，個性不魯莽，我女兒也很尊敬他，你還記得我那兩個女兒吧？」

「她們很機靈，尤其是那個大的。既然談到這方面，跟你說，珍妮絲也離開我了。」

艾克斯靈活的灰白眉毛呈拱形上揚。「眞的？最近嗎？」

「登陸月球的前一天。」

「她比較像被拋棄的，不像是會拋棄別人的人。喂！哈利，我們應該找個比較……嗯……固定的地方聚聚，好好聊一聊。」艾克斯靠向哈利，藉以表示強調，公車搖晃使兩人的手臂互碰，哈利一向就有令人吃驚的肌肉，不過，艾克斯此時已經比他結實，顯得更加有自信，那顆蓬鬆的腦袋也更形巨大。

兔子問他：「唔，你現在在做什麼？」

又來了，張大嘴準備狂笑，以及嚴密警戒的表情。「基本上，我現住在費城，有段時間，我到基督教青年會（Y.M.C.A.）做些年輕人的工作，在佛蒙特（Vermont）擔任過三個月的夏令營監督。有幾個冬天，我只看書、冥想。我認爲，西方意識中正發生一件振奮人心的事，你大可嘲笑我，我目前正在撰寫大綱，朝著出書的方向努力。我認爲本質上，長久之來，我們終於要跳脫柏拉圖的巢臼了，就以『跳脫柏拉圖的巢臼』做爲書名，你覺得怎樣？」

「有些怪里怪氣，不過不要理我。咦，你回到這個骯髒老舊的地方來做什麼？」

「嗯，說起來奇怪，哈利，你不介意我叫你哈利吧？我開始覺得一切恍如昨日，我們這兩個人眞是奇怪！放任幽靈來迷惑自己！總之，你知道布魯爾以南，六哩外那座叫做金鶯鎭的小城吧？」

「那地方我去過。」哈利是隨中學籃球隊去的，十幾年前的國中時期，曾在那度過美好的一晚。

「好，他們舉辦一個夏日劇場，叫做『金鶯鎭的演員』。」

「沒錯，我們廠裡替他們印過廣告。」

「對喔，你在當印刷工人，我聽說過。」

「事實上是排字機操作員。」

「很好啊。嗯，我有個朋友，是個很滑稽的人，非常自私，不過還是個很棒的人，他是夏日劇場的副導演，說服我去幫他們做公關。他們的公關部門還眞是個資金籌募的單位，我剛到賈基山，就是去見那個非常討厭的老傢伙馬龍・楊格曼（Mahlon Youngerman），也就是去請向日葵啤酒捐錢。他說他會考慮，嘴上這麼說，事實上根本不會考慮這件事。」

「聽起來和你以前做的工作有些類似。」

艾克斯瞥了哈利一眼，眼神更加尖銳，以防衛性的睡意僞裝他的神情。「你是說像是把珍珠拿去給豬八戒㊹，和阻礙異教徒入侵這類牧師做的工作？沒錯，是有點類似，不過我每天只做

㊹把珍珠拿去給豬八戒（Pearls before swine），此句由馬太福音的第七章第六節節錄，意謂把珍貴之物送給不識貨的，即對牛彈琴。

八小時，剩下的十六小時，我可以保有一個男人的自我。」

哈利不喜歡他用飢渴的方式說出「男人」這個字，好像「男人」那個字充滿太多意義。公車上的兩人，顛簸搖晃地朝威瑟街前進，艾克斯的眼睛越過哈利往窗外看，眨眨眼：「我得在這裡下車了，要不要跟我一塊下車，讓我請你喝一杯？轉角的地方有家酒吧，氣氛不會太悶。」

「不，天哪，謝了，我得趕緊回家，孩子一個人在家。」

「尼爾森？」

「對，記性這麼好！謝謝啦！你氣色眞好。」

「非常高興再見到你，哈利，我們下次找個輕鬆一點的時機聚聚，你住哪？」

「賓州山莊那邊。從你還在本地的時候，他們就開始建設，不過目前事情不太明確……」

「我了解。」艾克斯匆忙說道，公車邊排氣，邊呻吟著靠站。他把手往哈利肩膀靠近脖子的位置上一放，聲音變換爲哀憐的語調，回復傳道者的方式：「我認爲，我們活在一個太好的時代，你方便的時候，我非常願意與你分享好消息。」

爲了拉大彼此的距離，兔子搭乘原來的十六路公車，但刻意多坐六個街區，直到公車轉上格里利街才下車，然後回頭走到威瑟街賣烤花生的地方，趕搭開往賓州山莊的公車。他看到報攤架上擺有費城地區發行的激進黑人報紙，標題寫著「警察暴力行爲：擾亂倫敦中北部之坎登自治區」。哈利心中緊張，往威瑟街北邊望去，察看是否有一個穿著粉紅色襯衫的人影尾隨而來，他頸背上被艾克斯觸摸過的地方直發癢，對於那傢伙如此陰魂不散感到不可思議，經過這麼多年，雙方的生活都變得亂七八糟。十二路公車來了，載著兔子穿越橋，九月的日光顯得缺乏前景，白晝的光線對每戶人家的窗戶哭鬧，各家草坪感覺毫無光澤，黑色的河流無精打采，而且散發臭味。哈利下車後，行經「玩具天堂」和「布契・席迪父子公司（Butch Cssdy & Kid）」，然後踏上恩伯利大道，轉往美景彎道，踩著同步的節奏，走在家家戶戶的自動旋轉灑水龍頭之中，也走在從空中接收下午四點垃圾節目的電視天線之下。

那輛骯髒的白色保時捷停在車道往車庫的半路上，和珍妮絲一模一樣，真討人厭。姬兒坐在褐色的扶手椅中，身上穿著貼身內衣，從疲憊不堪的姿勢可以看出下半身沒穿內褲。她答覆的語氣慵懶無力，就好像字句得先穿透一包骯髒的棉花、穿透整天累積下來的模糊記憶，才能傳到她嘴裡說出來。

「妳一大早跑哪去了？」

「出去了，離開你這討人厭的東西。」

「妳順便把孩子送過去了？」

「當然。」

「什麼時候回來的？」

「剛剛進門。」

「整天去哪了？」

「可能去了弗格谷啊。」

「也可能沒去。」

「我去了。」

「風景如何？」

「美極了，完美的地方，喬治・華盛頓是個花花公子。」

「形容一下房間。」

「走進一道門之後，有一張四根柱子的床，以及一個綴有纓穗的小枕頭，上面說明「喬治・華盛頓曾於此床臥眠」。床邊的小桌上還看得見他為入睡所服用的藥物，因為紅色的外套讓他過於焦慮。牆壁上有某種亞麻的材料，所有座椅扶手上都繫上繩子，不讓遊客亂碰，這就是為什麼我現在坐在這張椅子上的原因，因為上面沒繫繩子，滿意了吧？」

在姬兒混有笑聲、怒氣、頂撞與退讓的表現當中，哈利猶豫了，「好吧，聽起來蠻有意思的，很抱歉我們不能一起去。」

「你去哪了？」

「做完家事之後，去看我媽。」

「她還好嗎？」

「她說話的情形有改善，但是看起來更虛弱了。」

「很遺憾，很遺憾她有這種病，我猜我不會有機會認識你媽了，是不是？」

「妳想要認識她？要的話，你任何時候都可以去看他，只要四點十五分到鳳凰酒吧跟我父親會合就行，你會喜歡他的，他關心政治，而且認為社會制度是狗屎，剛好跟你一樣。」

「還有，我也不會有機會認識你太太了。」

「妳為什麼要認識她？為了什麼？」

「我不知道，就有興趣，也許我愛上你了。」

「天啊！不要。」

「你不太幫自己打算，對嗎？」

「自從我的籃球生涯結束，我就不打算了，還有，我母親勸我讓珍妮絲自生自滅，要我離開這個地方。」

「你怎麼回答？」

「我說我做不到。」

「你是個怪人。」

姬兒沒穿內褲，讓哈利感覺她今天已經被用過了，而這個獨特的月球之夏，也在不知不覺中一溜煙地永遠消失；使他忍不住問：「妳應該不會是想做愛吧？對嗎？」這是這個下午他第二次覺得羞愧。

「想插進去還是吸出來？」

「都可以，插好了。」哈利這麼回答，是因為他突然覺得姬兒把長牙齒的部位分給他，是爲了要保留另外那個洞，給某個目前還不存在的男人使用，某個對她而言比兔子更爲眞實的男人。

「尼爾森回來怎麼辦？」她問。

「他和珍妮絲出去，她會留他吃晚餐，何況他也不是威脅，不過妳可能太累了，全都因爲喬治．華盛頓。」

姬兒站起來，把上衣拉到肩膀上，停在那裡，就像一個可以包住頭部的皺袋子，年輕的肉體在它之下，白皙得像白色的蠟燭，挺起的乳峰渾圓欲滴。「上我吧！」姬兒冷靜地說，隨手把脫下來的上衣往廚房扔。在哈利身軀下方奮戰的時候，她繼續叫：「哈利，我要你把我裡面所有亂七八糟的東西都捅出來，把在這可厭的世上所有污穢，所有陰霾全都戳出來，傷害我，把我清乾淨，我要你成爲我的全部，親愛的！插深一點，哎喲，噢，對，再用力一點，我還要！射在裡面，親愛的，噢，親愛的，我的討厭鬼。」姬兒雙眼睜得奇大，眼睛裡的綠只剩眼眶外圈，而瞳孔裡的純黑，在哈利身影的遮掩下變得混濁。「你軟了。」

是眞的。她說的話和她的飢渴，都把哈利嚇得熄火，她太濕了，也變鬆了。她年輕細緻的胴體，屁股渾圓地完美無缺，但卻讓他覺得陌生，他抓住她，穿越一片烏雲，烏雲中籠罩老媽溫暖乾癟的身子骨，以及珍妮絲腰際肋骨呈新月形的黑暗曲線。他感覺到姬兒的神經末梢有一陣風，她被某種力量牽引，而他只不過是個影子，不過是個白色的影子，他的胸膛是個光輝明耀的盾牌，使她屈服。她掙脫開，跪著舔舐他的腹部，意亂情迷地相互挑逗，周圍的家具已變得模糊。

他們躺在扎人的地毯上，像母親一樣的電視螢幕俯視他們，她的陰毛在他嘴裡，臀部在他眼睛的下方，她正面拼命朝他的臉部抵靠過去，但他的舌頭卻不夠強壯。她於是翻過身，頭腳顛倒，用陰蒂摩擦他的下顎，直到他覺得痛爲止，她則在另一端細細品味他的陽具。哈利覺得精疲力竭、頭暈目眩、全身乏力，最後他要她拖著她的雙乳，和兩個堅韌的小奶頭，慢慢從他大腿之間的生殖器上摩擦滑過去，這個方式讓他重振雄風。哈利坐起身體，試圖開始滿足她，相反的體位，就像月球女孩遇上地球男子，當她渾身抽搐達到高潮時，他們卻各自在身後哭訴心底的秘密。「我愛你。」哈利說，雖然實際上不是眞的。姬兒坐在他身上，沒有停止動作，就像個生氣的機械工人，剛完成一件高難度的修繕工作，還要不斷測試它。

哈利聽出他們製造出的輕微聲響，是體液交融的聲音，他想像她的腹腔裡有個蜘蛛形狀的銀白色機器，呑吐他們體液的絲線，小心翼翼地結網，然後將他們連結在一起。哈利投降般說道，「噢，哭吧！哭吧。」他把姬兒拉下來，臉頰貼著臉頰，兩人的淚水交融。

姬兒問：「你爲什麼哭？」

「妳呢？」

「因爲這個世界這麼爛，而我居然其中的一部分。」

「妳認爲有另一個更好的世界？」

「一定有。」

「嗯……」他沉思：「爲什麼他媽的沒有？」

等到尼爾森回到家，他們倆已經沐浴更衣，家中電燈一片光明，兔子在看六點鐘的新聞報導（總結歷次夏季暴亂的綜合報導，本週越戰死亡人數統計，以及預估即將到來的勞工節週末交通事故件數），姬兒則在廚房裡做扁豆湯。尼爾森把今天和珍妮絲一起買回來的東西到處放，地板上、家具上都有，包裝都還沒拆，有時髦的騎師牌新型運動短褲、內衣、彈性襪、兩條寬鬆的長褲、四件運動衫、燈芯絨夾克、寬型領帶，甚至還有一付搭配薰衣草色襯衫的袖扣，更別提新的休閒鞋和打籃球的運動鞋了。

姬兒羨慕地說：「好看，很好看，超好看。尼爾森，我眞同情那些八年級的女孩子，她們一定全被你迷倒了。」

尼爾森緊張地看著她：「妳知道這些都很古板，我本來不想買，是媽咪叫我買的。那些店眞討厭，全都是物質主義。」

「她帶你去了哪些店？」兔子問：「她怎麼付這些該死的爛貨的錢啊？」

「她到處開賒銷戶頭，老爸，她也給自己買了一些衣服，有一件看起來像睡衣的不錯，女人穿出去參加派對都沒問題，還有一些這一類的衣服。我也買了一套西裝，灰綠色格子的，眞酷！一個星期後取貨，到時候會修改好。你不覺得別人替你量尺寸的感覺很滑稽嗎？」

「你記不記得帳戶上所使用的名字是誰的？是我，還是史賓格？」

姬兒好玩地穿上尼爾森其中一件新襯衫，用新的領帶把自己腦後的頭髮綁成馬尾。爲了展現自己，她開始旋轉，尼爾森看得入神，話都說不出來，完全被她迷住了。

「她簽駕照上的姓名，那個名字有錯嗎？」

「地址是寫這裡嗎？所有的帳單都會寄來這裡嗎？」

「駕照上怎麼寫，帳單就會往那裡寄。老爸，不要為難我，我告訴過她，說我只要藍色的牛仔褲，和一件切・格瓦拉㊺肖像的套頭衫，只是布魯爾市都沒賣。」

姬兒笑著：「尼爾森，你會是整個西布魯爾國中的最佳服裝激進分子，哈利，這條領帶是絲質的！」

「這是一場和那個婊子之間的戰爭。」

「爸，別這樣！那不是我的錯。」

「我知道，算了，你需要衣服，你長大了。」

「媽咪穿上某些衣服的時候，看起來還滿正的喔！」

兔子走向窗邊，免得繼續為難孩子，看到窗外自己那輛忠實的獵鷹，正緩緩往外開。他看一眼珍妮絲頭部的影子，她坐在駕駛座上前傾身軀的模樣，會讓你覺得她跟汽車相處還愉快的多，畢竟她是跟汽車一起長大的。她在屋外等了一陣子，等什麼？等他出去？或者只是想看看

㊺切・格瓦拉（Che Guevara）：阿根廷的馬克思主義革命家、醫師、作家、遊擊隊隊長、軍事理論家、國際政治家，以及古巴革命的核心人物。他的肖像已成為反主流文化的普遍象徵，和全球流行文化的標誌，同時也是第三世界共產革命運動中的英雄和西方左翼運動的象徵。

這棟房子?或許是想偷看姬兒?不然，就是想家。他看到汽車後窗上貼著的旗幟圖案還在，她沒讓史塔羅斯把它刮掉，臉頰抽動一下，哈利發現自己在微笑。

第三章

史基特

「我們被摧毀，我們被摧毀了！」

——前蘇聯聯合五號太空船

九月的某一天，兔子下班回家，發現屋裡多了一個人，是個黑人。「搞什麼鬼？」站在前廳三支風鈴旁邊的兔子問道。

「見鬼，老兄，這是革命，對吧？」那名年輕黑人說著，並沒從陳舊的褐色扶手椅上站起來。他的眼鏡閃爍兩環銀白色的圓圈，山羊鬍在陰影裡像是一塊汙斑，他放任自己的頭髮長成一顆大圓球，以致於兔子乍看之下沒認出他來。

姬兒從那張滾銀邊椅子上起身，快得像一縷輕煙。「記得史基特嗎？」

「我怎麼可能忘記他？」哈利上前一步，抬起手準備和對方握手，但害怕得顫抖。然而，史基特並沒有要站起來的意思，哈利只得放下，慶幸沒髒了他的手。

史基特端詳哈利那隻垂下的手，吸了一口菸，往肚裡呑，這次是支眞正的菸，煙捲裹的是菸草。「我喜歡。」史基特說：「我喜歡你的敵意，寶貝！就像我們以前在越南講的，這是我的菜。」

「史基特和我只是在聊天。」姬兒說。她的聲音不太一樣，比較猶豫，也比老成，「我難道沒有連聊天的權利都沒有嗎？」

兔子對史基特說：「我以爲你在牢裡還什麼的。」

「他目前交保候審。」姬兒話說得太快了。

「他的事讓他自己講。」

疲憊不堪的史基特糾正姬兒：「說眞的，我棄保潛逃了，逃脫這件幸運的事，就像他們說的，當地警察亟欲找我，我現在可是炙手可熱。對吧？」

「被抓到要坐牢兩年，」姬兒說：「什麼事都沒幹就要兩年，沒傷害人，也沒偷任何東西，什麼都沒幹，哈利。」

「蓓碧也棄保潛逃嗎？」

「蓓碧是個淑女，」史基特以令人厭煩，又忸怩作態的語調繼續說：「她容易交到朋友，對吧？我沒有朋友，大家普遍都認爲我是個缺乏同情心的人。」說到這，他的聲音變成假音，一種刻意畏縮的音調：「哇，是個壞——黑人。」兔子記得他有許多種聲音，沒有一種是眞的。

兔子告訴他：「警察遲早會抓到你，棄保潛逃只是讓事情更糟，不然你說不定早就被判緩刑出來了。」

「我應該有一次機會，可是官僚不願意給人家緩刑，對吧？」

「你是越戰退伍軍人，這派不派得上用場？」

「越戰退伍軍人又怎樣？我是黑人，還是無業遊民，脾氣又差，對吧？我還圖謀破壞這個國家，破壞這個黑奴祖宗稱爲老主人國的國家。」

兔子注視舊扶手椅上那團黑影，試圖站在他的立場思考。自從他和珍妮絲結婚之後，就從史賓格家閣樓拿來這把椅子，椅子一直跟著他們。眼前這個夢魘必會過去，他說：「你嘴巴講的倒是輕鬆，不過我認為你已經慌了手腳了，小伙子！」

「別叫我小伙子！」

兔子吃了一驚，他以前曾對一些不法之徒使用過這個詞彙，但他是以中性的角度看待這字眼。於是他試著修正：「你這樣只是在傷害你自己。去自首吧！就說你絕對沒有棄保潛逃的意思。」

史基特舒服地坐在椅子上伸懶腰、打哈欠、吸香菸。「我搞懂了，」他說：「你的觀念就是一般白種人對警察和警察作為的觀念，沒有任何事……容我重複一遍，沒有任何事帶來的滿足刺激，比得上把愚蠢可憐的黑人翅膀拔掉——先拔掉黑人的指甲，然後再拔掉翅膀，一點也沒錯，他們組成就是為了達到那種可怕目的，所以別拿屁股對著我，也別把我踩在你們白人的臭腳下，對吧？」

「這裡不是南方。」兔子說。

「嘿呀！寶貝朋友！你有沒有考慮過競選公職？現在沒有任何郡的公務人員，會像你把事情想得這麼美好。事實上，到處都是南方，廢除奴隸制度以前的美國，以梅森－狄克遜線作為南北分界，我們現在就在距離那條線五十哩的地方，然而北上到底特律，他們射殺黑人小孩就像宰殺水桶裡的鯰魚。事實上，只要棉花採收完畢，私刑①季節也開始了。在這個暗無天日的國家裡，每個黑人的貢獻都一文不值。」一隻褐色的手在陰暗中擺出精密的手勢，然後垂下去，「原諒我，寶貝，這根本簡單到不需要解釋，去看報紙吧！」

「我一直在看報紙，你瘋了。」

姬兒插嘴：「這是個腐敗的制度，哈利，法律是爲保護白人菁英而寫的。」

「你是說保護像在史東寧頓買得起遊艇的人。」哈利說。

「答對了！得一分！」史基特說：「對吧？」

姬兒勃然大怒：「那又怎樣？我已經逃離，我排斥那種制度，我根本不屑一顧，但哈利，你卻還喜歡這個制度，靠這個制度維生，靠吃我不屑一顧的大便維生，靠吃我父親，還有所有人的大便維生，你難道不知道自己被利用嗎？」

「所以妳現在是爲了他在利用我？」

姬兒的態度瞬間冰凍，臉色泛白，嘴唇薄到幾乎看不見，「是的。」

「妳瘋了，我也會有坐牢的風險。」

「哈利，只要幾個晚上，等他趕快湊足錢爲止，他在曼菲斯有家，他會去那裡，史基特，對吧？」

---

①私刑（Lynching）係指群眾暴力的一種形式。城鎮裡的激憤的居民會以實踐正義爲名，把他們認定是罪犯的人，不經正當法律程序的審判，透過拷打或肢解等方式處死。根據統計在一八八二到一九五一年間，美國有四千七百三十人被私刑處死，其中一千兩百九十三名是白人，但是有三千四百三十七名是黑人，比例差距懸殊。

「對，小甜心，你說得太對了。」

「不只是大麻，警方認爲他是非法買賣毒品的人，說他強行兜售毒品，他們會像釘十字架一樣折磨他，哈利，他們會的。」

史基特輕輕哼唱那首「古老堅強的十字架②」的前奏。

「他眞的強行兜售毒品？」

史基特球狀頭髮下方的那張嘴笑了，「我能爲你弄點什麼？寶貝，鎭靜劑丸、狂歡豆、紅魔、紫心？費城現在有很多巴拿馬紅③，多到可以拿去餵牛的地步，還是你想用鼻子吸一點海洛因，享受一下眞正的快感？」他從扶手椅的陰暗裡，伸出兩隻灰白色的手掌，擺出杯子的形狀，像是裡面裝滿發亮的毒品。

這麼說來，這個人很邪惡。兔子小時候，化糞池位在後院籃框附近車庫的轉角，他曾因爲好奇而掀開化糞池鬆餅形的鐵蓋，他也曾基於同樣的好奇心，把手指頭伸進肚臍眼裡，然後再嗅嗅手指。此時，這名黑人同樣在兔子下方敞開一整坑飄浮的惡臭，深不見底。

哈利轉身問姬兒：「妳爲什麼要這樣對我？」

姬兒撇過頭去，留下她長下巴的側影，一個毫不值錢的側影，「我太笨了，」她說：「以爲你應該會信任我，你當時不該說你愛我。」

史基特哼著克勞斯貝與葛莉絲．凱莉合唱的老歌「眞愛」。

兔子又問一次：「爲什麼？」

史基特從座椅上站了起來，「耶穌啊，請把我從令人作嘔又過分拘謹的白種情人中拯救出來吧，她這麼做，是因爲我幹了她一整個下午，對吧？我走的話，她跟我一起走，嘿，姬兒寶貝！對吧？」

姬兒說著，嘴唇一樣薄：「對。」

史基特對著她：「我才不會拿妳當賭注，妳這個見到雞巴就高興的可憐婊子，要走，我史基特自己走。」然後，對兔子說：「再見啦，寶貝，你這個缺乏常識的混蛋，不過，看你侷促不安的模樣倒是很有意思。」站著的史基特似乎相當虛弱，身上穿著破爛的李維斯牛仔褲，和單調的軍用擋風夾克，夾克上的臂章已經脫線，一團圓球狀的頭髮使他的臉看來更渺小。

「再見啦！」兔子欣然同意，內心深處鬆了一口氣，轉過身去。

史基特可沒這麼簡單就走。他靠近他，猥褻地說：「把我扔出去啊！我要你動手碰我。」

「我不要。」

「動手！」

「我不跟你打架。」

「我幹了你的婊子。」

---

② 古老堅強的十字架（That Old Rugged Cross）：這首歌是美國三K黨的聖歌。雖然在二十世紀六〇年代過後，三K黨受到人權保護團體的譴責，但史基特藉由哼唱此曲提醒哈利，白人歧視黑人的思想仍陰魂不散。

③ 以上爲毒販爲各式藥品取的代稱。

「那是她的決定。」

「還有，她是個糟糕的小屄，會讓你的雞巴像被老虎鉗夾到。」

「聽到了吧？姬兒。」

「嘿，兔子，人家習慣叫你兔子，對吧？你媽是個妓女，對吧？她在火車站後面替老黑酒鬼口交，每次五十分錢，對吧？如果沒錢，她就免費服務，因爲她樂在其中，對吧？」

哈利想起遠方的老媽，她房間裡被褥的氣息、藥味和床上的暖意。在她身體健康的歲月裡，兔子只記得她總是彎下高大的身軀，站在那張四邊都磨舊的廚房餐桌旁張羅餐食，她沒有坐下，因爲已經吃過。他練球練到很晚，夜幕早已低垂，從屋內看見窗玻璃上閃耀光澤。

「你爸是個同性戀，對吧？你一定跟他一個狗屎樣，你老婆受不了同性戀，好像被一隻老鼠上了，對吧？你就是那隻老鼠，嘿，難道我說的不對？難道污辱了你的感情？」他伸出手去，兔子將他推開，史基特高興地手舞足蹈，「這裡什麼都沒有，對吧？嘿，兔子！姬兒說，你信仰上帝，那我有個消息要告訴你，你的上帝是個同性戀，你們的白種上帝要比黑桃女王還像同性戀，祂邊幫聖靈④吸，然後叫祂兒子在旁邊看。嘿，親愛的，還有一件事，就是這世界上沒有耶穌，他是個同性戀壞蛋，對吧？他們收買羅馬人把他的屍體從墓穴裡挖出來，因爲味道太臭了，對吧？」

「你在我面前只是表現出……」兔子說：「你徹底的瘋了。」不過，哈利全身卻充滿一種毛骨悚然的甜美及狂熱，主日學的景象又在他眼前重現：死去的人比百合還要潔白，搖曳的薰衣草，洩露他的吻⑤。

史基特腳上穿著一雙磨損的大軍靴，繼續扭舞，他邊扭邊撞哈利的肩膀，拉他身上白襯衫的袖子，「想知道我是怎麼知道的嗎？想知道嗎？嘿，因爲我就是眞正的耶穌，我是黑人耶穌，對吧？再也沒有別的耶穌，沒有了。我放個屁就天打雷劈，對吧？天使一杓一杓來舀地上數不清克拉的黃金，對吧？跪下！親愛的，膜拜我！我就是耶穌，來親我的蛋蛋！我的蛋蛋是太陽，是月亮，我的雞巴是顆彗星，我的龜頭就是白熱星球永恆發光的心臟！」他像個木偶搖晃腦袋，同時拉開自己褲子的拉鍊，準備展示他的世界奇觀。

輪到兔子表現的時候了。他渾身充斥憤怒與恐懼，見縫插針，猛力朝那小伙子揮出漂亮的兩拳。兩隻拳頭頓時失去知覺，其中一拳擊中對方腹部，另一拳打到喉頭下方；他避開頭部，害怕對方的眼鏡可能會碎掉而嵌進皮肉裡。史基特像一隻蠍子捲曲身軀，砰然一聲摔到地板上。兔子瞥了他一眼，發現他雙目緊閉，只有幾處擦傷像磨砂紙機一樣顫抖；他感覺雙手開始疼痛，希望能看到這個傢伙睜開眼睛，因爲柔軟的部位經不起打，可能會裂開而致命。史基特拱起的背部非常僵硬，即使拳頭上突出的骨頭打到他的耳穴，充其量只會造成耳鳴而已。

④聖靈（Holy Ghost）是三位一體（Holy Trinity）聖父、聖子及聖靈的其中一員，現在稱做「Holy Spirit」。
⑤此段典故出自聖經馬太福音，叛徒試圖以親吻作爲暗號，夥同同黨襲擊耶穌。

姬兒尖聲驚叫，使出渾身的勁，扯住兔子襯衫的下襬，怒氣消退的同時，兔子發現雙手和前臂上有抓痕。他的敵手瑟縮在地板上，那塊每碼要價十一塊錢的地毯，應該比珍妮絲買那種價值十五塊錢的軟式避孕環耐用，珍妮絲老是說，這種地毯讓她想起迷你高爾夫球道上的草皮。史基特蜷縮的方式非常專業，膝蓋躲在下巴下方，兩手環抱腦袋，腦袋則盡可能塞進沙發底下。他身上的李維斯牛仔褲往上捲皺，露出小腿，兔子驚訝地發現，他的小腿肚和腳踝竟是那麼瘦弱細長，帶有烏黑的光澤，像這種用新原料製造出來的人類，較為持久，磨損也較為平均。姬兒咽嗚，「哈利，別打了，別再打了。」門鈴此時也以三音節反覆作響著，音階沒有變化，無法越過最高階。

大門砰一聲打開，尼爾森站在那，全身漂亮的上學新衣，魚骨紋的運動衫，佩上淡黃色的寬鬆長褲。站在他身後的是比利．佛斯納徹，比尼爾森高出一個頭。「嗨，」地板上的史基特說：「是你的小寶貝，對吧？」

「他是小偷嗎？爹地。」

「我們剛才聽見了家具碰撞和其他聲音，」比利說：「但是我們不曉得該怎麼辦。」

尼爾森說：「我們以為一直按電鈴聲音就會停了。」

姬兒說：「你爸失去了自我控制的能力。」

兔子問：「為什麼我總是那個必須自制的人？」

史基特像是從垃圾桶裡爬出來，每個動作都小心翼翼，說道：「不打不相識，寶貝，下一次我會記得帶把槍。」

兔子譏諷他：「我還以爲至少能看你來個三兩招空手道基本的砍劈手刀。」

「不敢使出來，怕把你劈成兩截，對吧？」

「爹地，這人是誰？」

「是姬兒的朋友，叫做史基特，他會在我們家住個幾天。」

「他可以……？」

姬兒的聲音裡帶有問號。

兔子思索如此做的理由，拳骨上幾個擦傷的部位產生劇痛，過度激動也留下反胃的餘波，他透過仍舊隱隱圍繞在四周的模糊，看見桌子翻了，浮木基座燈歪斜地倒在地毯上，但沒有破碎，這幾樣家具的耐心和盡責使他不知所措。「沒錯，」他說：「爲什麼不可以？」

史基特彎腰坐在沙發上，摀著肚子，搓揉挨揍的胃部，端詳哈利，「覺得過意不去啦？寶貝？想表現一點善意來洗刷自己的罪惡，對吧？」

「史基特，他已經很大方了。」姬兒破口大罵。

「我要把話講清楚，寶貝，我沒要感激誰，他所做的任何事情全都出於自私。」

「對啊，是因爲把你揍得滿地找牙會讓我很爽就對了。」可是實際上，哈利卻對把他留下這件事感到毛骨悚然。他將和他睡在同一個屋簷下，夜色裡，史基特會拿閃著月光的刀偷偷潛到他身邊，他也可能會照他說的弄把槍來，到時，報紙上會出現「逃犯將一家人制服在槍口下，市長宣示絕不妥協」的標題。他爲什麼要給自己找麻煩？想辦法叫珍妮絲來救他，這個念頭一閃而過。尼爾森朝這個黑人向前一步，一雙眼睛凝重到沉陷眼窩。等等！等等！他是個毒蟲，是個殺人犯，還是個黑人！

「嗨。」尼爾森說著，伸出手。

史基特把自己的四隻手指放到孩子手裡，就像四支灰色的蠟筆：「嗨，小寶貝，」眼神越過尼爾森的肩頭，朝著比利點點頭，問道：「你那個嚇死人的朋友是誰啊？」

突如其來這麼一句話，讓在場每個人都笑了，就連比利，甚至連史基特自己都笑了。比利看起來眞的嚇死人，像父親的瘦頸子和大耳朵，配上像他母親的天生傻瓜眼，以及下巴和臉頰上潰爛紅腫的青春痘斑點。笑聲一波接一波，讓比利確信大家並不是在取笑他，而是如釋重負、眞誠的笑，在兄弟般的氣氛裡共享這一刻，嘻嘻哈哈，整棟房屋像顆被大家孵到破殼的雞蛋。

不過上了床之後，屋裡被黑暗籠罩，比利也回家了，史基特在樓下沙發上精疲力竭地呼吸，兔子又重複一遍他提出的問題：「妳爲什麼要這樣對我？」

姬兒抽搐，翻過身來。她體重比他輕得多，自然從床墊的高處翻滾到他身旁。哈利早晨醒來的時候，經常發現自己被擠到床邊，差點從床上掉下來，姬兒又尖又小的手肘頂在他身上。「他那麼可憐，」她解釋著：「只是嘴巴硬而已，實際上卻一無所有，他眞的想要成爲黑人的耶穌。」

「那就是妳今天下午讓他幹的原因？難道沒有這回事？」

「眞的沒有。」

「是他說謊？」

一陣沉默。她又往床上他那半邊滑了一吋。「我認爲只要別人單方面對你做一件事，而你選擇不回應對方，就不能算數。」

「所以沒有這回事？」

「沒有。那只是發生在表象上的事，與實際狀況有天壤之別。」

「那妳跟我在一起呢？妳對任何事都沒感覺，與實際狀況總有天壤之別；所以依這種理論來說，妳其實是處女，是不是？」

「噓，小聲點。不，我對你有感覺。」

「什麼？」

姬兒又靠近一些，手臂摟起哈利的粗腰，「我覺得你是我父親送給我的那隻大泰迪熊，他以前常從紐約的『史瓦茲（F.A.O. Schwarz's）』玩具商場買奢侈的史泰大（Steiff）玩具回家，買六呎高的長頸鹿就花了五百塊錢，買來後不知道怎麼玩，只能到處擺著佔空間，我媽痛恨那些玩具。」

「還眞是謝謝妳了！」哈利慵懶地翻過身背對她。

「前幾次，你在我上面的時候，我覺得你是天使拿著一把劍衝刺我，我覺得你好像準備要宣佈些什麼，比如說宣佈世界末日，可是，你除了衝刺外什麼都沒說，眞是美好。」

「妳愛我嗎？」

「拜託，哈利，自從我經歷看見上帝的事情以後，我就無法以那種方式跟人相處了。」

「史基特也在妳的範疇之外？」

「他很可怕，眞的很可怕，他覺得一切都很卑鄙，他充滿仇恨。」

「既然如此，那又他媽的爲什麼……」

姬兒用吻堵住哈利的嘴巴，「噓，他會聽到。」聲音無拘束地往樓下遊走，穿過單薄的隔間，每個房間就像是運作正常的心室，「因爲我不得不這麼做，哈利，因爲無論別人對我提出什麼要求，我都會答應，我沒有興趣保留我自己，反正最後一切都會融爲一體，你懂的。」

「我不懂。」

「我認爲你懂，不然你爲什麼讓他留下來？你揍了他，你那時簡直是想殺他。」

「是啊，感覺眞好，我本來以爲自己的體能已經衰退了。」

「但是，他現在在這裡。」姬兒的胴體緊貼他，感覺透明，他可以穿透她，看到彼端的藍色窗戶，和傾瀉在車庫頂部上的月光。車庫頂部的木板瓦構造有種奇特的暗影線條，產生厚度的幻覺。她向哈利坦白，聲音小到像是無意間聽見，「他嚇到我了。」

「也嚇到我了。」

「我心中有點想叫你把他踢出去，不，不只一點。」

「嗯，」哈利隱隱微笑：「如果他是下一個耶穌，那我們得看祂好的那一面。」她的身體攤開，彷彿在微笑，很明顯今天的背叛和激動必須以性愛作了結。哈利的兩隻手環繞她的頭，愛撫她的耳後，摸著她耳朵上厚實如貝殼的曲線，和象徵活力的耳窩，哈利清楚知道姬兒的性慾來了，和在白雪前面慶祝新年到來的難忘時刻同樣清晰。他念頭一轉：「珍妮絲做了些不按牌理出牌的事，所以我也必須做些不按牌理出牌的事。」

「來報復她。」

「跟上她的步伐。」

※

以下新聞以短欄編排：

持有毒品，判決徒刑

八名本地男子和一名女子因持有大麻而於本周三遭判處六個月徒刑。出庭面對米爾頓・蕭福法官之被告係於八月十九日清晨，警方搜捕位於威瑟街的金波俱樂部時遭逮捕。

該名女子爲藝名「蓓碧」之本市知名演藝人員貝翠絲・格林，已受到緩刑處分，加上爲期一年的觀護。另外四名男子亦同。兩名未成年者已移交少年法庭審理。

第十名被告，胡柏．范斯沃未出庭應訊，已喪失戰時法庭——訊，已喪失保釋資格⑥，並已發出通緝令。

金波俱樂部的負責人是住在賓州公園的提摩西．卡特尼……

兔子的耳朵現在能感應到領班帕亞瑟克走到他身後，告訴他有電話，腳步聲中帶有些許沉悶及威脅，且呼吸中帶有挖苦的關心：「安格斯壯，也許該把你的排字機搬到我辦公室，不然乾脆就在你這裡裝個電話插座。」

「我會跟她講，艾德，這是最後一次。」

「我不喜歡有人的私生活干擾到公事。」

「我也不喜歡，我會告訴她。」

「告訴她！為了老字號的眞理印刷廠，告訴她！我們是一個團隊，正處於高度競爭的戰場之中，大家得堅持到底，你覺得如何？」

在毛玻璃牆內，兔子對著話筒說：「珍妮絲，這是最後一次，這次以後我不會再來聽電話。」

「這次以後，我也不會再打電話來找你。這次以後，我們之間所有溝通都將透過律師進行。」

「怎麼了？」

「怎麼了？怎麼了！」

「怎麼了，說啊！妳趕快講，我得回去工作了。」

「其中一個原因是，你讓我乾坐在這，從不回我電話，另外一個原因是，你弄了個黑鬼到家裡跟那個嬉皮在一起，你眞是不可思議，哈利，我母親以前常說：『他沒有惡意，只是比臭鼬還沒道德而已』，她說得一點沒錯。」

「他只在那裡待個幾天，只是個有趣的緊急狀態。」

「一定很有趣，還會讓人捧腹大笑，你媽知道這件事情嗎？你可以繼續這樣啊，我想打電話告訴她這回事。」

「總之是誰告訴妳的？那個黑人從不出門。」

哈利希望藉著自己理性的口吻安撫珍妮絲。她果眞解開謎底：「是佩姬．佛斯納徹。她說，比利一副吃驚的眼神回到家裡，說有個人躺在起居室的地板上，而且開口的第一句話就侮辱比利。」

「那並沒有侮辱的意思，只是要逗大家高興。」

「我希望自己高興得起來，我非常希望。我去找過一位律師，提出申請，要求立即發予監護尼爾森的法庭命令，下一步就是離婚，你是有罪的一方，兩年內不得再婚，絕對不行，哈

---

⑥哈利本來要排的字是「搜索令狀（Warrant）」，但卻誤排爲「戰時法庭（War Court）」。

利，我很抱歉，我認爲我們應該更成熟，我討厭找律師，整件事弄得難看了。」

「是啊，好啊，法律都替處於優勢地位的菁英服務，爲了得到對民眾更大的權力。」

「我看你是瘋了，我眞的覺得你瘋了。」

「嘿，妳的意思是說我讓你乾坐在那？我以爲那正是妳想要的，難道史塔羅斯不再跟妳相好了？」

「你至少該有一點好勝心。」珍妮絲哭了起來，在嗚咽之間喘氣，「你那麼懦弱，那麼缺乏魄力。」她努力地想把話說完，可是卻泣不成聲，像是用盡了所有力氣。因此哈利說：「我們之後再談，電話打回家。」說完，掛上話筒，止住珍妮絲的宣洩。

（續前文報導）透過電話對「大酒桶」提出的問題表示震驚，同時對於使用毒品的行爲十分不以爲然。搜捕行動展開時，卡特尼不在店裡。長時間以來，有傳言指出，該知名夜間俱樂部爲「黑人資本家」的黑社會幫派聚集場所，有意脫手出售。

布坎南在休息時間走過來，兔子摸摸自己的皮夾，懷疑此次接觸是否會加碼，從增值轉爲對外援助，最後變成社會福利。如果眞是加碼，他會予以拒絕，如果需索超過二十元，乾脆讓他們走上街頭鬧事算了。然而，掏出二十元的卻是布坎南，雖然不是原來那兩張十元鈔票，但數額相同。「老友哈利，」他說：「絕對別讓人家說黑人不還債，我感激不盡，那兩張十元鈔票讓我的牌局大逆轉，你相不相信連續來了兩把一模一樣的滿貫牌？連我自己都不敢相信，沒有人相信，第二次的時候，那些傻子全都當場呆住了，像世界末日到了。」布坎南把錢往兔子手裡塞，兔子來不及推辭。

「多謝，里斯特，我並沒……」

「期待拿回來？」

「……沒想到會這麼快。」

「嗯，是人都會有急需，這種事情很普遍，這不是偉人教我們的道理嗎？」

「你說得沒錯，不過我最近沒跟幾個偉人說過話。」

布坎南優雅輕笑，忽前忽後扭動身體，打量哈利，一根牙籤在他嘴裡，在他那比牙籤還細的小鬍子下方轉動。「我聽說你家有困難，接納了寄宿人。」

「噢，那個……只是暫時性的，不是我的主意。」

「我相信。」

「唔，我希望事情別傳開來。」

「我也希望如此。」

不知爲何，話題變了，「蓓碧現在怎麼樣？回她的老本行？」

「你覺得她的老本行是什麼？」

「你知道的啊，唱歌，我是指在搜捕行動和法庭判決之後，我剛排了這則新聞。」

「我知道你的意思，知道得非常清楚。你這禮拜可以挑一晚到金波去，去混熟一點，蓓碧對你的觀感越來越好，我告訴你，她對你的第一印象不算差。」

「是哦，好，太好了，如果找得到臨時照顧小孩的人，也許哪天就過去一趟。」要再踏進金波的念頭嚇到哈利，恐懼程度相同於把尼爾森、姬兒及史基特三人留在家裡，他正沉淪至公車上所見的底層社會之中。布坎南抓起兔子的手臂。

「我們來做準備，」這名黑人承諾：「噢，是的。」手抓得更緊，像是想讓指紋穿透藍色工作襯衫的保護層，「傑若米⑦要我致上特別的感謝之意。」

傑若米？

牆上時鐘滴答滴答響，休息結束的鈴聲響起，哈利返回他的工作崗位，范斯沃從明亮的排版桌之間走過。他是個烏黑發亮的黑人，晃動剃光的腦袋，擦拭嘴唇上的威士忌酒漬，朝兔子拋來一記炫目的咧嘴微笑，一個屬於黑人老爸的微笑！

＊

哈利在橋的另一端提前下公車，沿河步行，穿過磚瓦房屋櫛比鱗次的舊區段，這段路上，交通幹道的綠色大牌子形同累贅。佩姬．佛斯納徹公寓樓下的自動開門按鈕響起，他踏出電梯，她已站在家門，身上穿著一件沒有腰身的藍色浴袍。「噢，是你，」她說：「我以爲是比利又把他的鑰匙搞丟了。」

「妳一個人？」

「是啊，不過哈利，比利隨時可能從學校回來。」

「我只需要一分鐘的時間。」她領他進門，拉緊身軀上浴袍。他盡量以有禮的舉止掩飾自己跑這趟的用意，「一切都好嗎？」

「正在努力中，你呢？」

「我也正在努力。」

「喝杯酒？」

「這麼早？」

「我正在喝。」

「不了，佩姬，多謝，我只待一分鐘，我得回家去看看家裡在搞什麼把戲。」

「我聽說名堂不少。」

「那正是我想談的事。」

「請坐，我脖子痛得厲害。」佩姬從窗檯上拿來裝有冒泡液體的玻璃杯。從窗檯俯瞰整個布魯爾市，一整片濕地的磚瓦屋沉陷到沐浴著西邊陽光的山腳下。佩姬啜飲，眼睛分別看著哈

---

⑦「Jerome」爲范斯沃的名字。因爲范斯沃與史基特之間存在有特別的關係。

利的頭部兩側。「我喝酒讓你覺得不舒服嗎？我剛從浴缸裡出來；每當上午去見完律師或者到街上找工作之後，便會這樣度過下午時光。每個人都只想找年輕的秘書，他們一定覺得奇怪，爲什麼我老是戴著太陽眼鏡。回家之後，我就會脫光衣服，跳進浴缸，優哉地把酒灌進肚子，看著浴室的蒸氣把冰塊溶化。」

「聽起來很不錯，我是想說……」

佩姬站在窗戶旁，臀部扭向一側，浴袍的繫帶鬆脫。她背對著窗外單色的光燦天空，正面陷入陰暗，然而哈利卻仍然能想像用舌頭舔舐她乳溝的快感，乳溝必定還留有沐浴後的濕潤。

她提示他：「你是想說……」

「是想拜託妳一件事。妳能不能別跟任何人說比利看到有黑人在我家的事？珍妮絲今天打電話給我，我猜妳已經告訴她，那無所謂，妳能不能就此打住，我不想讓天下皆知。我的意思是，如果還來得及，別告訴奧立佛，事情涉及到法律問題，我不想招惹麻煩。」哈利無助地舉起雙手，不值一提的事情已經說出口。

步履不穩的佩姬朝著他走來，不知是喝多了，還是想故意露出臀部色誘哈利，亦或者是由於她的視線一向重疊，她告訴哈利：「她必定是個非常棒的性玩物，讓你肯爲她做這種事。」

「那個女孩？不，事實上，她和我頻率不合。」

佩姬動作迅速地把頭髮往後撩，這個動作抬起浴袍上的摺領，露出一邊乳房，她醉了。

「試試另一種頻率吧！」

「是啊，我很想，可是現在……事實上，我沒心情去做其他事，何況比利快回來了。」

「他有時候會在開心漢堡待好幾個鐘頭，奧立佛認爲他養成壞習慣了。」

「是啊，老奧立佛怎樣？妳和他會復合嗎？」

佩姬放下撩頭髮的手，摺領蓋回乳房，「他有時會跑來上我，但似乎沒讓我們變親近。」

「或許有，他只是沒表現出來，他傷害過妳，表現出來就太尷尬了。」

「你也許會覺得尷尬，但奧立佛不是這種人，他腦子裡從不覺得有罪惡感。你知道，他隨手拿起任何樂器都能演奏一下，他是個藝術家，不過，也是個冷酷的混蛋。」

「是啊，我也是個冷酷的人。」佩姬踉蹌又靠近一步，哈利早已戒懼站起。

佩姬說：「把手伸出來！」她分岔的兩眼看著他，環視他，表情不變，伸手抓起哈利垂在身旁的兩隻手，握住，就往胸部上靠。「手好暖，」兔子心想：我要冷酷！佩姬把左手往浴袍裡塞，壓在她的乳房上。此時，兔子覺得五臟六腑都要傾盆而出，像一頭母牛的胃袋被翻轉過來。乳房從指間彈溢，奶頭凝結一塊，像口香糖沾在手掌上。她閉上眼睛，眼皮上有靜脈，眼角有烏鴉腳爪般的魚尾紋。她說道：「你不冷酷，你好熱情，你是個熱情的男人，哈利，你是個好男人。你受到傷害，我要你被療癒，讓我治癒你，你可以對我爲所欲爲。」她像在自言自語，緊湊地輕語呢喃，不過她抱得那麼緊，讓他聽得一清二楚。她的呼吸就敲打在他的喉頭上，跳動的心臟緊貼他的手掌，額頭上有抬頭紋，浴袍露出的那部分身體上長有許多奇特的贅肉，盲目得像隻母牛，在酒精的影響之下，她把別人的身體當作自己的身體，沉浸在鏡面反射出的自戀影像，以及自我取暖的身體狀態，而哈利則被包圍其中，雖然違背他所有想法與意志，但他漸漸堅硬，這名獨眼女子在她的腰際下方開始採取行動。

他抗議，「我不夠好。」卻不知不覺陷進去，他放鬆握著佩姬乳房的那隻手，讓乳房透氣。

她堅持，「你很好，你很可愛。」同時在褲子拉鍊的位置摸索，哈利則用他另一隻手拉開佩姬浴袍上的摺領，另外一顆乳房也露出，同時浴袍繫帶的結鬆脫，掉到地板上。

大廳傳來電梯的關門聲，朝家門而來的腳步聲越來越接近。兩人彈開，佩姬裹回浴袍，兔子的視網膜上殘留一個像是蕨狀三角形的影像，三角形在佩姬腹部下方，比手掌寬，比水晶還白，帶有灰白色的妊娠紋。腳步聲從門口走過，兩個差點要做愛的人鬆一口氣，但興致已經被打斷，佩姬轉過身去，繫上浴袍的帶子，「你和珍妮絲還有聯絡嗎？」她問。

「不盡然。」

「那你怎麼曉得我告訴她有關黑人的事？」

有意思，其他人都可以那麼自然地說出「黑人」這個名詞，或直接說出自己痛恨戰爭，兔子必定是有心理上的缺陷，必須動腦白質切除手術才行。膀胱邊緣受罪惡感折磨的地方暗伏危險，他必須趕緊回家。「她打電話告訴我，說她找律師辦離婚手續了。」

「那會使你心煩意亂？」

「難免會有一點。」

「我想是我太笨，我一直不懂你爲什麼容忍珍妮絲，她絕對配不上你，絕對配不上。我喜歡珍妮絲，但她是最孩子氣的人，也是我所認識最不體貼的女人。」

「妳說話像我母親。」

「那樣不好嗎？」佩姬轉個身，頭髮飛揚起來。他從沒見過佩姬如此溫柔，這麼有女人味，甚至連那雙斜視的眼睛他也能夠接受了。爲了嘲弄比利隨時可能在他的背後出現的危機，他開玩笑地用自己的手背伸手摩擦佩姬的奶頭，或許也可說是「尖頭」和「小點」。

「也許妳說對了，應該來試試我們的頻率。」

佩姬突然漲紅臉，後退一步，看來像是受到驚嚇，就像眼前突然出現一面鏡子，對她反射出自己太過粗糙的臉。她把身上裹的藍色浴巾拉得更緊，以致於兩肩縮成一團。「你哪個晚上如果想帶我出去吃飯，」佩姬說：「那我接受。」又急躁地補了一句：「不過，別打如意算盤。」

※

快呀！快呀！十二路公車等了老半天才來，恩伯利大道好像永遠走不完。然而，哈利那棟位於美景彎道倒數第三家的房屋，看起來低矮、新穎，但卻呈現沉悶的蘋果綠色，正坐落在四分之一畝覆蓋蓬亂車前草的草坪上，從外觀上看來完好如初。周圍那片不見人跡的土地上同樣式的房屋，正維持複製景像的完整性；此時屋裡那個黑色的汙點毫無疑問在嘲弄他，讓他恨不得這棟房屋不存在。然而，當踏上玄關的三層階梯，通過三扇窗的屋門後，兔子看見右手邊的客廳裡沙發已經轉向，介於姬兒草莓金的圓錐髮型，與尼爾森那一團像珍妮絲的深色平頭之間，有顆毛茸茸的半球，三人在看電視。史基特似乎調整過電視機，把螢幕的對比調太亮，使播報員蒼白得像個鬼魂。

在太多的商業廣告之間，要播報的新聞實在是太多，主播裝腔作勢的嘴巴動作快得像吸血鬼，他說：「……在共產古巴及許多非洲國家，以及共產中國度過五個流亡的年頭後，今天抵達底特律，隨即被守候的聯邦調查局人員留置監管；有關種族問題方面，美國民權委員會嚴厲譴責尼克森政府，因其造成南方各州學校種族融合嚴重倒退。在密西西比州的法雅特，三名白種三K黨員，由於企圖爆破新近當選法雅特市長的黑人查爾士．艾維斯（Charles Evers）所經營的超級市場，而遭到逮捕，查爾士．艾維斯的兄長也是一名民權領袖，已經遇害⑧。在紐約市，聖公會發言人拒絕進一步為爭議性的決定辯解，所謂的爭議是指：因應黑人教會領袖詹姆士．弗曼（James Forman）五億美元之要求贈與二十萬美元，用來『抵償』美國境內基督教會『長達三世紀之久的侮辱及剝削』。在康乃狄克州的哈特福以及紐澤西州的坎登，繼上星期的黑人社區騷亂之後，現已達成一項得來不易的和平。現在，有一項重大的通告……」

「哈囉，哈囉！」兔子說。未理會其他人正專心看電視。

尼爾森轉過頭說：「嗨，爹地，勞勃．威廉斯⑨回國了。」

「勞勃．威廉斯是該死的什麼人？」

史基特說：「兔子寶貝，他是個要油煎你屁股的人。」

「又一個黑人耶穌，你們這種人究竟有多少？」

「透過許多的假先知，」史基特對哈利說：「你應該知道黑人耶穌會來，對吧？就是那本聖經，對吧？」

「聖經裡也說，他來了，又走了。」

「還會再來，寶貝，要來油煎你的屁股，來油煎你和尼克森的屁股，對吧？」

「可憐的老尼克森，連他自己的委員會都修理他，他到底能怎麼辦？他總不可能到每個少數民族的聚集區，親自修理那裡的下水道管線，他也不可能發給窩裡反的吸毒者每人一百萬和每人一個博士學位。尼克森、尼克森是個什麼人？他不過只是個典型、頑固、商會型的怪人而已，一路靠運氣坐上那個燙屁股的電椅，而且還愚蠢地以爲自己眞是幸運。別理那個可憐的混蛋，他正想煩死我們，怕我們跑去自殺。」

「尼克森，狗屎，那個白鬼子是那些窮苦白人用選票把他放到那個位置上，對吧？衝鋒隊

---

⑧梅格．艾維斯（Medgar Wiley Evers）：爲美國密西西比州的人權運動者，在一九六三年六月十二日遭拜倫．貝克維斯（Byron De La Beckwith）所暗殺。

⑨勞勃．威廉斯（Robert Franklin Williams）：爲美國黑人人權運動領袖，在種族關係緊張及公權力濫用的時代中，威廉斯扮演推動種族融合的關鍵角色，他並組成一隻黑人自衛隊。在流亡海外一段時間後，他在一九六九年回國，隨即遭到逮捕，並引渡到北卡羅來納州爲綁架白人的案子受審。

史壯⑩正是他抓到的大獵物，老兄，他是聖經裡的希律王⑪，我們所有的黑寶寶最好都要相信這回事。」

「黑寶寶，黑領袖，耶穌啊，我受夠『黑』個字了。我只要拿你講『黑』的八十分之一次講「白」這個字，你一定會大叫到臉色發青。看在上帝的分上，忘記你的膚色吧！」

「你忘記，我就會忘，對吧？」

「主啊，我想你不只要忘記你的膚色，同時也要忘記你皮膚裡所有一切。我以爲你三天前說，三天之後要滾出去。」

「爹地，別這樣！」孩子的面色緊繃。老媽說的對，他太敏感、太神經質，總認爲這個世界會傷害他，如果他這樣想，那就眞的會，這是宇宙消滅弱者的直覺反應。

姬兒站起來護衛另外兩人，一打三，這使兔子精神大振，想起籃球的假動作和閃避動作。兔子趕在她開口前說：「妳告訴妳在座的男朋友當中膚色較深的那位，我以爲他答應過，等湊足錢，他就走人。我這裡有二十塊要給他，同時這也提醒我另外一件事……」

史基特插嘴，對著空氣說：「我喜歡他這副德性，還眞像個大男人啊。」

輪到姬兒說話了：「尼爾森和我拒絕生活在爭吵的環境，今天晚餐後，我們要舉行一個有條有理的討論會，這個家迫切需要一點教育。」

「家？」兔子說：「我會說是難民營。」他堅持要說出自己想起來的事：「嘿，史基特，你有沒有姓？」

「我姓X，」史基特答覆他：「姓四十二X。」

「你確定你不姓范斯沃？」

史基特褪去身上那層死皮賴臉的殼，短暫地愣住，隨即又恢復他的頑皮，「那個超級湯姆大叔……」他斬釘截鐵地說道：「跟我一點關係都沒有。」

「大酒桶的報導上說，你姓范斯沃。」

「大酒桶……」史基特故意忸怩作態地發音：「是法西斯主義的爛報紙。」

進籃得分之後，你就可以低頭往回跑，心中抱持完美表現已無可抹滅的感覺。「我只是懷疑而已。」兔子微笑，伸長雙臂，擺出籃球場上的防守動作，就像想從這邊的牆壁摸到對面的牆壁，「除了我之外，還有誰想喝罐啤酒？」

晚餐後，尼爾森清洗餐具，史基特負責擦乾，姬兒整理客廳，準備開討論會。兔子幫她將沙發掉頭，擺回原來的方向。用來隔開客廳與餐廳的書架原本已經被珍妮絲淨空，兔子此時卻發現上頭多出一堆陳舊的平裝書，書背由於觸碰及翻閱而磨損，產生翻闔的摺痕。《杜．柏義斯文粹精選（The Selected Writings of W.E.B. Du Bois）》、《地球的悲慘（The Wretched of the

---

⑩史壯．瑟蒙德（Strom Thurmond）：支持尼克森競選勝利的南卡羅萊納州參議員，而該州曾經支持蓄奴。

⑪希律王（Herod）是耶穌童年時代整個猶太人地區的統治者，在《新約聖經》中，他知道伯利恆有個君王誕生了，就派三智者先行，假意跟隨朝拜。當三智者從另一方向離開後，他便下令將伯利恆及其周圍境內兩歲及以下的所有嬰兒殺死。

Earth）》、《冰上魂（Soul on Ice）》、《菲德烈．道格拉斯之生平與時代（The Life and Times of Frederick Douglass）》等等，有歷史學、馬克斯主義，還有經濟學，都令兔子作嘔，讓他想到外科醫師動手術的場景，或是街道下的下水道設備及瓦斯管線。「都是史基特的書，」姬兒說：「我今天到金波拿回來的，還有他的衣服，之前是蓓碧替他保管。」

「嗨，寶貝，」史基特從洗碗槽那邊大喊，聲音穿越置物架：「知道這些書我從哪裡弄來的嗎？是從越南帶回來的，在長平美軍基地的書店買的，你們那個瘋狂的軍隊喜歡當兵的人看書，教我們如何閱讀，如何開槍殺人，如何挖廁所，以及如何吸食海洛因。正如他們所說，海洛因是黑人的最佳良伴。」史基特「啪」的一聲甩掉抹布。

兔子沒理會他，問姬兒：「妳跑去金波？那裡都是警察，他們很容易就能追蹤妳。」

史基特在廚房裡吼叫：「別擔心，寶貝，那群可憐豬仔還有比我更大條的黑鬼等著讓他們抓去油煎。你知道約克郡那邊發生什麼事嗎？布魯爾的人跑到那邊，把那裡搞得像場婦女救援舞會！」啪！

在他身旁洗碗的尼爾森問：「他們會朝每個白種人開槍嗎？」

「他們大部分只射殺那些又老又醜的大人，你離那個看起來嚇死人的比利遠一點，緊跟在我身旁，那你就不會有事，小寶貝。」

兔子隨便抽出一本書，翻開來看：

政府的責任在於使人民生活進步，而非僅爲上流階級的舒適服務。工業界的目標在於勞工的福祉，而非所有人的富裕。文明的目標在於勞工大眾文化的進步，而非僅止於少數知識分子菁英。

哈利感到害怕，就像是過去博物館讓他害怕。以前，博物館遠足是學校課程的一部分，看到腐朽的木乃伊躺在用黃金做成的棺材裡，也看到一百名用象牙雕刻成的瞇瞇眼中國士兵。這些難以想像的遠方生命，讓他像生存在無底深淵，比在海床上盲目爬行更加可怕。這本書中盡是史基特的底線註記，他讀著：

醒來，醒來，拿出力量。噢，錫安山⑫！拒絕那些沒用的傳教士，他們從不教導愛和兄弟之情，只爲資方的私人利益，偷取你的土地和勞力。非洲，覺醒吧！披上泛非社會主義的美麗聖袍。

兔子把書放了回去，感覺稍稍平復。這世上根本沒有那種聖袍，全都是胡說八道。「討論會要討論什麼？」大家在仿製鞋匠的工作檯旁圍坐，兔子問。

姬兒緊張又臉紅，「尼爾森今天放學回來後，我們三人曾經談過，我們一致認爲這裡存在溝通障礙……」

⑫錫安山（Zion）是耶路撒冷老城南部一座山的名稱，經常用來隱喻耶路撒冷全城和以色列全地，簡稱爲「錫安」。

「有這麼回事?」兔子問:「也許是我們溝通太良好了。」

「……結構性的討論也許有幫助,有教育作用。」

「原來我成了需要接受教育的人。」

「未必。」姬兒講這句話時,那種有所顧慮的神情使兔子覺得可憐,心想「我們給她太多負擔了」。姬兒說:「你比我們都年長,我們尊重你的經驗,我們一致認爲,你的問題出在你從未得到機會明確表達你的看法。身處競爭激烈的美國環境,你必須讓每件事情立即付諸行動,但過於快速,你的生活缺乏深思熟慮的內涵,全都是直覺;當直覺不管用時,你就無所依循,而變得憤世嫉俗。我不知道在哪裡看過有人認爲:憤世嫉俗乃是陳腐的現實主義。現實主義在某些階段適用,像是披荊斬棘的初期,但它的工作已經完成了,非常浪費也非常殘酷,但,它已經完成了。」

「我代表丹尼爾・邦尼⑬……」兔子說:「向妳致謝。」

「錯了!」姬兒溫柔地繼續說:「當人家說美國人是剝削者的時候,卻忘了他們最先剝削的就是他們自己,就像你。」她邊說邊抬起頭,眼睛、雀斑和鼻孔簡直是天上的星群,「你從不給自己任何機會思考,除了技術工作、籃球和印刷之外,其他都是出於一種自我剝削。你背負舊有的宗教觀,以及憤怒老派的愛國主義,現在又背負一個舊制度下的婚姻關係。」

兔子深吸一口氣,準備抗議,但姬兒示意,請他讓她把話說完。「你接受這些事情並不是由於愛或信心,而是基於恐懼,你的思想凍結了,因爲當你的直覺失去作用,你就要趕忙做出結論，認定每件事都是虛無，一無所有就是眞正的答案。那正是我們美國人的想法，不是贏，就是全盤皆輸，不是得到全部，就是一無所有，不去殺戮，就會被殺，因爲我們從不稍加思考。到現在，你看，我們非這樣不可，因爲，光是行動已經不夠，而未經思考的行動就是暴力，就像現在在越南那樣。」

哈利終於可以說話，「在我們聽說有個他媽的越南之前，那個地方早就有暴力行爲，我可以坐在這裡聽妳胡謅，表示我基本上是個和平主義者。」他指向史基特：「他才是使用暴力的龜兒子。」

「可是，你看，」姬兒說，語氣像在哄小孩，這種淘氣的哼唱就和她在床上撒嬌的聲音一模一樣，「史基特使你惱怒，讓你害怕的原因在於你根本不知道他的來龍去脈，我指的不是他個人的歷史，甚至也不是他種族的歷史，而是你不知道他怎麼變成今天這個樣子。暴亂和社會救濟這類議題改變了報紙的內容，有如晴天霹靂地威脅到你，因此，我們今天晚上就來談談它，舉行個研討會，談談非裔美國人的歷史。」

「老爸，拜託啦。」尼爾森說。

「我的天！好，我加入，請原諒我這麼說，既然我們過去對待奴隸那麼凶殘，但爲什麼只

⑬丹尼爾·邦尼（Daniel Boone）：是美國國土的先驅者和拓荒者，他開疆闢土的功績使他成爲美國歷史上第一位平民英雄。

有極少數的美國黑人，願意放棄他們的凱迪拉克和彩色電視回非洲去呢？」

「爸，別這樣說。」

史基特開始了：「讓我們忘了奴隸問題，寶貝，那是很久以前的事了，每個人早就習慣了，那是國家的問題，對吧？即便如此，我還是得說，那種事情越是臭得像大便，你們南方那些貧苦的白人就越想躺到裡面打滾，對吧？」

「那不只是國家的問題。」

「放輕鬆，坐好。別爭辯，好嗎？除了在沼澤一般棉花田裡做到死的黑人之外，所有白人源源不絕地獲得棉花，對吧？無論如何，是你們白人自己要那場南北戰爭的，北方有葛瑞森[14]和布朗[15]的煽動，南方也有一大堆超級可憐的白人，諸如楊西[16]和瑞特[17]，他們以爲南北分裂可以把他們那塊餅變得又胖又大，可笑的是……」史基特咯咯笑，上氣不接下氣；兔子把史基特想像成光頭，看來還眞像范斯沃。

「並沒有，南部邦聯用船把他們送走，選了順從聽話的人擔任要職！北方同樣也選了像桑納[18]這種小貓。投票的時候，大家又害怕出這個主意的人，對吧？你們知不知道？假如不知道，我告訴你們，那傢伙叫做魯芬[19]，靈光得不得了，發明現代農業技術之類的，他十分痛恨北軍，是在薩姆特堡戰役[20]開第一炮的人，南方戰敗的時候，他對著自己的腦門開了一槍。狂人，太了不起了，對吧？因此，不管怎樣，林肯逮到這場戰爭，爲了一大堆錯誤的理由而戰，聯邦政府憑什麼如此神聖不可侵犯，只不過是權力的壟斷，對吧？這是另外一個解放奴隸運動的錯誤理由，可是已經將錯就錯。天佑美國，對吧？所以我要在這裡發飆了。」

「發飆吧！史基特，」兔子說：「誰要來罐啤酒？」

「老爸我要。」

「只能喝半罐。」

姬兒說：「那我和他對分。」

史基特說：「那玩意腐蝕心靈，介不介意我燒一點上好的紅大麻？」

---

⑭威廉．葛瑞森（William Lloyd Garrison）：美國著名的廢奴主義者、記者和社會改革運動家，擔任廢奴主義的激進報紙解放者（The Liberator）編輯，也是美國反奴隸協會（American Anti-Slavery Society）的創始人之一。

⑮約翰．布朗（John Brown）：美國起義者和廢奴主義者，一八五六年曾參加堪薩斯內戰，贏得勝利。一八五九年他領導美國人民在哈伯斯費里舉行武裝起義，要求廢除奴隸制，並逮捕一些園主，解放許多奴隸。維吉尼亞州的軍事家羅伯特．李（Robert Edward Lee）派軍鎮壓起義，布朗被逮捕後殺害。

⑯威廉．楊西（William Lowndes Yancey）：美國記者、政治家、演說家、外交官和南方獨立運動的領導人，支持奴隸制度，是分裂運動最有力的煽動者。

⑰羅伯．瑞特（Robert Barnwell Rhett）：美國南卡羅來納州的分裂主義政治家。

⑱查理斯．桑納（Charles Sumner）：美國南北戰爭及戰後重建期間，麻薩諸塞州反奴隸運動的領導人，也是參議院的激進派共和黨領導者，以及眾議院代表。

⑲艾德蒙．魯芬（Edmund Ruffin）爲農民、奴隸主、南方邦聯士兵，更是一八五〇年代的政治活動家，他也是一名農學家，發明菸草的施肥和輪作法。由於他的強烈的分裂意見和堅定信念，他在薩姆特堡戰役鳴響第一槍，開啓南北戰爭。

⑳薩姆特堡（Fort Sumter）是位於美國南卡羅來納州查爾斯頓港（Charleston harbor）的一處石製防禦工事，建於一八二七年，以美國獨立戰爭英雄托馬斯．薩姆特將軍（General Thomas Sumter）命名。一八六一年四月十二日，薩姆特堡遭南軍炮轟，稱爲薩姆特堡戰役，隨後，美國總統亞伯拉罕．林肯對南方宣戰，南北戰爭爆發。

「那不合法。」

「沒錯，可是每個人都幹這檔事，包括賓州公園那邊所有時髦的傢伙。你以爲他們回家後，會在晚上來一杯馬丁尼㉑？那都是過去式囉，他們現在『哈草』了啦，我說眞的，他們吸進去的比嘴裡嚼的口香糖還多，在越南，那是大頭兵吃的的糖果。」

「好吧，你點吧，既然已經走到這一步了。」

「還有一大段路要走呢，」史基特說著，從他這幾天睡覺的沙發裡取出一個塑膠袋，開始用一張黃色的薄紙捲起大麻菸，用他肥厚灰白的舌頭迅速舔舔紙的邊緣，然後捻轉菸捲的兩頭。點菸的時候，捻轉的兩端冒出火光，他貪婪地猛吸，之後閉住氣，像要潛往很深的水底，再一口噴出那股享用過的甜美的煙。他伸出殘留口水的煙嘴問兔子：「嘗嘗看？」

兔子搖搖頭，觀察尼爾森。這孩子的眼睛像鳥一樣靈動，注視史基特。也許珍妮絲說對了，他讓這孩子看到太多不該看的，不過他也並未放手不管。人生就是人生，是上帝創造的，不是兔子發明的。然而，他看著尼爾森，害怕他在場會讓尼爾森誤以爲他認可吸食大麻這件事。他對史基特說：「繼續唱你那首歌啊，林肯基於錯誤的理由而打贏那場戰爭。」

「而且，事後他被刺殺了，對吧？」史基特把大麻遞給姬兒，她以眼神詢問兔子：「你准許我做這件事嗎？」和拿普通香煙的方式不同，她以行家的手法拿著那支大麻菸，像是可以讓弗瑞德·亞斯特雷㉒配合她擺姿勢，只是態度虔敬，好像那支大麻是上天恩賜的食物，她用數根手指圍繞它，將濕的那端像吸奶一樣往自己嘴上送。她的臉變得平坦放鬆，增添夢幻的甜美。

史基特說：「因此，有四百萬被解放的黑奴處於一個從根部壞死的經濟體之中，身無分文或沒有工作，以爲哈利路亞的日子已經降臨。青青的牧草地，對吧？四十畝大以及一匹騾子，對吧？寶貝，你這個缺乏常識的混蛋，那些可憐的黑鬼爭相跳著去咬誘餌的樣子，是全世界上最可悲的事。他們教自己讀書，爲了不值幾文的報酬累斷脊椎骨，他們把好心人送進了他媽的美國參議院，他們立了法，送給南方各州有史以來第一批公立學校，但那些事情現在怎樣了呢？那是你們教——育裡的一個事實，對吧？姬兒寶貝，把那根菸還我，不然妳會把自己吹上月球，這可是沒加料的紅大麻。雖然如此，你們幾個寶貝跟小寶貝，注意聽著，南方那些窮白人加上北方的白人，還是口沫橫飛，把我們的黑人英雄叫成狒狒，只要北軍還留在南方，黑人的處境最多就只能這樣，對吧？狒狒、猴子、猩猩。這些可愛又滿懷希望的黑人，努力想讓自己被當人看，原本預期在這個暗無天日的美國裡，起碼會被當人看。」史基特臉上嘲諷的神情消失，轉變成痛苦，像是在哭。他已經取下眼鏡，伸出手向姬兒要回那支大麻菸，眼睛直盯兔子的臉。

兔子僵住，心中七上八下，尼爾森看到太多不該看的了！快叫他上床睡覺！聽完史基特的言論，兔子的神情走樣，變得脆弱，想閃避話題，啤酒的味道很糟，有麥芽的味道。史基特想

㉑馬丁尼（Martini）是混合琴酒和苦艾酒，並以橄欖裝飾的一種雞尾酒。

㉒弗瑞德·亞斯特雷（Fred Astaire）是美國電影舞者和百老匯舞者，也是編舞家，歌手和演員，以踢踏舞聞名。

大哭，想吶喊，他坐在沙發邊緣，激動地比劃手勢，兩隻手臂很可能會應聲折斷，他抓狂了。「那麼，南方怎麼樣呢？他們罵黑人狒狒，對黑人動私刑、鞭打、欺騙那些身無分文的黑人，而黑人還要反過頭來感激白人上帝，終於讓白人不必再費心餵養黑人了。同時，北方又怎麼樣呢？逃避、撒手不管了，傾盡所有的力量去打那場戰爭；此時卻踏入一個最廣大又最快樂的貪婪泥沼裡，貪污受賄、剝削、污染、製造貧民窟、殺印第安人，這個星球有史以來最受人蹧踏的老娼妓，對吧？別打瞌睡，寶貝，有意思的部分來了。南方那些混蛋和北方那些人渣沆瀣一氣，說要打個協議，管他什麼民主，讓我們發明一種讓大家都賺錢的制度算了，爲什麼要去關心自由和奴役？資方和勞方？這都是過去的觀念了，對吧？這個去你媽的爛國家，現在擁有一個有史以來最大的果醬缸，所以一起來吃吧！南方的白人就去惡整你們的黑人勞工，我們就去惡整移民來的白鬼子和蒙古白痴勞工，呼嘿！哈利路亞，對吧？因此黑奴解放局被丟到垃圾筒，同時軍政府的州長被騎在馬背上的南方窮白人趕回去，那些白人很擅長摧殘懷孕的黑人婦女。之後，民主黨候選人狄爾登在那則露骨無聊的選舉舞弊中㉓，被騙走總統的職位，你們可以在任何一本白鬼的歷史書裡找到承認這回事的記載，去查查就明白了，對吧？那就是一八七六年南北戰爭帶來的變革，對黑人而言，一八七六這四個字造成多大的傷害，而從七六年往前推一百年的那場，只不過是一小撮想避稅的英國紳士所發動的戰爭。㉔」

史基特戴回眼鏡，藍色煙霧後方的鏡框閃爍著，他的聲音恢復原先的譏諷，「所以，讓我們全體來歌頌『美麗的美國㉕』，對吧？北方和西部，就是殘酷的資本家和赤貧。走到南方，好一大串黑鬼烤肉串，希特勒至少還會想辦法把焚屍爐藏在別人看不見的地方，而南方各州卻是每棵木蘭花樹上都有根吊人繩。老兄，他們通過法律，如果有哪個黑鬼在距離白人屁股三哩內打噴嚏的話，鳥蛋就要被畢格爾獵犬的尖銳牙齒咬下來。哪個黑鬼敢不從人行道上滾開，或是敢不把城裡垃圾桶濺出來的煙草汁給舔掉，他就會被用鏈條鍊在一起，塞進囚犯隊伍裡去，被沿街叫賣，販售給警長的大舅子或小舅子，價錢比一顆鱷魚蛋還便宜。還有，黑人好大的膽子，居然敢要求投票權？即使第十五號修正案中早就明確授予黑人投票權了。其實何必這樣，難道他們想不出方法慢慢剝掉黑鬼的皮？難道他們發明不出足夠的法律來表達他們的不贊同？爲什麼寧可讓一名可憐的黑人把腦袋插進大嬸婆莉莉（Great-aunt Lily）的生殖器，也不肯讓他把頭伸進投票間？對吧？寶貝，我該把大麻給你吸一口，你剛剛一直有在吸它。結果，南方靠把黑人的投票權也計算在內來控制國會，哪怕黑人的票根本投不進去，算是以半價買回他們的奴隸制度；北方則獲得他們作爲資本所需的棉花錢。在大家都享受到在黑人頭上大便的樂趣之

㉓山繆・狄爾登（Samuel Jones Tilden）是美國一八七六年總統普選的民主黨候選人，狄爾登在普選中獲得多數，且僅一票之差即可獲勝，但共和黨人爭論四個州計票有問題，而指控民主黨詐騙，後由一個特別選舉委員會裁定，三月二日國會宣布海斯當選，此爲十九世紀美國最具爭議的選舉案件。

㉔自英國開發海外殖民地以來，爲了維護英國本土的壟斷利益，頒布一些限制殖民地經濟發展的法令，在殖民地美國進行一連串的課稅措施，其中印花稅法引發最有組織的反抗，殖民地居民對於英國侵犯其權利越來越憤怒，終在一七七五年爆發美國獨立戰爭（American War of Independence）。

㉕「美麗的美國（America the Beautiful）」是美國著名的愛國歌曲。

餘，居然還捏住自己的鼻子嫌臭，你相信我說的話嗎？」

「我全都相信。」兔子說。

「你相信嗎？你相信嗎？我現在這麼生氣只是要告訴你，如果我現在有把刀，我會用來割斷你的喉嚨，然後看你一命嗚呼，我會高興死，噢！會高興得要死。」史基特正在啜泣，淚水和煙在他的臉上縱橫交錯。

「好啦，好啦。」兔子說。

「史基特，別哭。」尼爾森說。

「史基特，菸太濃了，我受不了，」姬兒邊說，站了起來：「我頭暈。」

然而，史基特只想跟哈利說話。「我要跟你說的是，」他說：「我想要搞清楚，寶貝，你們白人曾經有過機會，那時候白人可以走比較高尚的道路，對吧？結果你們轉向貪婪，對吧？出賣了我們，對吧？你們也出賣你們自己，對吧？就像林肯說的，你們付出血的代價，還有以劍取代鞭刑之類的說法，我們伸出手去，但你們沒把我們給扶起來，老兄，我們像隻忠實的狗，等待那塊骨頭，可是你們白人卻踹我們一腳，把我們撂倒、把我們撂倒了。」

「史基特，不管你剛剛給我吸那什麼，拜託之後不要再給我了，千萬千萬不要再給我了。」姬兒說完，恍恍惚惚離開。

史基特控制住自己的啜泣，抬起那張憂鬱的臉，臉上的線條像是沾濕的灰燼。「你們不僅出賣我們，也把自己出賣了，對吧？你們白人眞的有過機會，你們曾經有過大好的機會，但卻走上貪婪下流的道路，老兄，你們把自己搞成這座星球上的混蛋，對吧？任憑那套資本主義在你們身上打滾，坐視那些南方的白人混蛋為所欲為，然後現在全變成白人混蛋了，不管北方或南方，到處都有混蛋，你們舔噬有毒的思想，如今後果全部顯現出來，寶貝，你們跟自己人高喊美國萬歲，仍然可以得到歡呼，並且在聯邦的旗幟上加上幾顆星星——可是如果你對任何一個黑人或黃種人談到美國，換來的只有仇恨，對吧？全世界的人都仇恨美國，美國是個不斷沉淪的大豬八戒。」史基特眼神呆滯，精疲力盡，用他瘦骨如柴的手指比劃，垂下頭去。

樓上，微弱傳來類似貓捉鳥兒的聲響，接著是一陣壓抑的呻吟聲，姤兒吐了。

尼爾森問：「爹地，該不該找醫生？」

「她會沒事的，上床睡覺去吧，你明天還要上學。」

史基特看著兔子，他的眼球發紅，有分泌物。「我說得對吧？」

「你的話裡有很多語病，」兔子說：「是種純粹的自憐。真正的問題在於，你下一步要怎麼走？我們同坐在這一條糟糕的船上，已經走到今天這步田地了。照你的說法好像這個國家從剛開始，就意圖要修理黑鬼，可惡，黑人只佔總人口的百分之十，大多數人事實上根本他媽的不在乎黑人在搞什麼，這是全世界最自由的國家，你做得到就去做，做不到的話，死得也很體面。不過，天哪！不要妄想免費搭車。」

「朋友，你錯了。你雖然是個白人，但是你錯了。我們黑人震懾住白人，白人！你們白人連作夢都會夢到黑人。我們是科技的惡夢，當你們在幹貪婪下流的勾當時，居然還把我們美滿自足的天性套用在你們自己身上。我們是工業革命的化外之民，因此下一次革命就是黑人革命，你難道不懂嗎？你懂！不然，你怎麼會這麼怕我，兔子？」

「因爲，你是個怪物，還有六個淫蕩的性交對象，我要去睡覺了。」

史基特緩緩轉動腦袋，狐疑地摸摸頭，他的亂髮在浮木燈的燈光下看起來極不眞實，頭骨窄小得像是小刀的骨質刀柄。他輕掃額頭，像是上面有小蟲子。他說：「祝美夢！我抽太多了，一時睡不著，得再坐一下，療癒內心的苦惱。介意我聽廣播嗎？我會盡量開小聲點。」

「請。」

兔子上樓，姬兒突然變成他懷裡溫熱的纖細女子，呼吸急促地懇求他，「把他弄走，哈利，他對我沒好處，對我們任何一個人都沒好處。」

「是妳把他帶來這裡的。」他把她的話當成小孩子誇張的表達方式一個字一個字說出來，以消除內心的恐懼，而她也確實不到五分鐘，就沉睡過去，沒有動靜。越過她的頭部，電子鐘散發螢光，像是小小月亮的骨架。樓下，關小聲的收音機隱約作響，不久，兔子也睡著，奇妙的是，他竟可以不在乎史基特在這棟屋子裡，而徹底熟睡了。

＊

「哈利，來杯小酒怎樣？」父親和往常一樣告訴酒保：「來杯史立茲。」

「威士忌沙瓦。」他說。夏天過去，鳳凰酒吧的冷氣也關了。「老媽還好嗎？」

「好得不能再好，哈利。」他像有陰謀一樣朝兔子靠近一吋，「那種新藥似乎真的發揮功效，現在她能下床好幾個鐘頭，至於我的錢就算了，雖然六萬四千塊會造成財務上的長期影響。醫生對這件事情非常坦白，我們又到醫院去的時候，醫生對她說『我最喜歡的試驗品好嗎？』」

「怎麼回答？」兔子唐突地問。

父親嚇到：「你是說她的回答？」

「誰的都行。」

他父親此時聽懂這個問題，聳聳褪色藍襯衫中狹窄的肩膀。「盲目的自信。」他想，又發牢騷地加一句：「又一個混蛋。」

吧台上方的電視機裡，一列士兵從一具靈柩旁經過，由於電視無聲，所以兔子無法判定究竟是艾弗瑞．狄克森㉖的靈柩在華盛頓供人瞻仰，或是胡志明㉗在河內的喪禮，達官顯要參加葬禮所穿的衣服看起來都一樣。他父親清清喉嚨，打破寂靜，「珍妮絲昨晚打電話來找你媽。」

「真是的，我想她崩潰了。她一天到晚在打電話，一定是史塔羅斯罩不住了。」

㉖艾弗瑞．狄克森（Everett Dirksen）美國共和黨政治人物，曾任眾議員及參議員，民權法案支持者之一，於一九六九年九月七日逝世，享年七十三歲。

㉗胡志明是越南共產主義革命家，一九四五年領導八月革命成功，宣告越南民主共和國成立。一九六九年九月二日，胡志明因心臟病逝世，享年七十九歲。

「她非常擔心，她說你在家裡收留一個黑人。」

「我沒有要收留那個人，是他就這麼出現了，事先沒有人料到，我想他是范斯沃的兒子。」

「不可能，就我所知，傑若米．范斯沃沒結過婚。」

「黑人都不結婚，對吧？以前當奴隸的時候，他們不被允許結婚。」

這一小段歷史資料讓厄爾．安格斯壯做出一個怪表情，他和兒子一樣採取強硬路線，「我得說，哈利，我對這事也不太高興。」靈柩上覆蓋的是星條旗，一定是狄克森的葬禮，葬禮那一幕消失，螢光幕上明滅閃現的是火炮射擊的爆炸光芒，卡車穿越沙漠，飛機無聲地劃破長空，士兵揮手。哈利不知道那是以色列還是埃及。他問：「珍妮絲打電話來，老媽有多高興啊？」

「我必須說，她和珍妮絲通話的時間很短，她告訴珍妮絲，想管家裡的事情，就應該回家去，她說珍妮絲無權抱怨，其餘的，我就都不知道了，我聽不下去。女人一開始鬥嘴，我就想趕緊躲開。」

「珍妮絲有沒有提到律師的事？」

「就算有提，你媽也沒說。這件事你知我知，哈利，她那麼操煩，已經讓我很害怕，我不相信她每天的睡眠有超過二或三個小時，她服了兩劑的史可諾（Seconal）安眠藥卻還是睡不著。她太擔心了，而且，哈利，原諒我厚著臉皮干涉，我也很擔心。」

「擔心什麼？」

「擔心這件事情的發展，我不討厭黑鬼，我很高興跟黑人一起工作，而且一做就做了二十年之久，儘管事實上他們還闖不進賈基山的門戶，搬進來住，不過，如果有必要，我也願意當他們的鄰居，可是按照我的經驗，一旦超過那道界線，就是在玩火了。」

「什麼經驗？」

「他們會讓你沉淪，」老爸說：「他們沒有任何責任感，我不是在譴責黑人，不過那是事實，他們會讓你沉淪，然後再看你笑話。他們不像白人注重道德，而且念他們也沒有用。你問我有什麼經驗，我不想談往事，儘管有一大堆可以拿出來講。只記得我在第三區長大，那時候，第三區的白人比黑人多，鄰居之間各方面都混得很熟，這個郡都是秉性良好的人，喜歡吃喝，喜歡有自己的紅燈區和號碼牌，他們寧可一次又一次讓人渣選上公職，也不願意看到他們的女人受褻瀆。」

「誰會受褻瀆？」

「就是你家那個動物園，你讓他存在的方式就是一種褻瀆。你有聽過鄰居對你帶黑人進來社區的想法嗎？」

「我連我的鄰居是誰都不知道。」

「你那個黑小子會出去露臉的，你會認識你的鄰居，就像我現在坐在這裡，不以父親的身分跟你說話，而是想要當你的朋友，你保證會認識他們。我能拿鞭子逼你理智一點的日子早已過去，哈利，無論如何，你給我帶來的麻煩比小蜜要少。你媽常說你讓別人牽著鼻子走，但我告訴她，哈利曉得自己該怎麼走，我說你四平八穩，可是現在我開始明白，她也許說對了。你媽也許全身不能動躺在床上，但想要騙她也不是件容易的事，你可以問問我這個試過的人！」

「你什麼時候騙過？」

老爸欺騙過老媽？老人家嘴巴不斷調整鬆動的假牙，表情憂慮地吸住牙齒，秘密也就此打住。老爸說：「幫我們一個忙，我討厭求人，不過還是要你幫我們一個忙，今晚過來一趟，談談這件事。你媽雖然伸直手臂擋住珍妮絲，可是我知道她受到驚嚇了。」

「今晚不行，我沒辦法。也許過幾天事情會明朗化。」

「爲什麼不行？哈利，我答應我們不會嚴厲質問你，天啊！我不是爲了自己在求你，是爲了你媽的心情，你知道的。」老爸靠近一些，兩人的衣袖碰在一起，兔子聞到父親呼吸裡噴出來的酸味，「她現在經歷的一切病痛，我們將來全都得經歷。」

「別再說了，老爸，今天不行。」

「他們控制住你了，對嗎？」

哈利站直身體，決定再來杯威士忌沙瓦，同時回答：「對。」

＊

當天晚餐後，他們討論黑奴問題。稍早之前，姬兒和史基特一起洗碗，兔子則協助尼爾森做家庭作業。這孩子這學年開始學代數，可是腦袋還無法完全駕馭、分解多項式和正負數的變化。兔子以前很擅長數學，那是一種有限度的遊戲，需要條理的演算，最後必定會獲得完整的解答。組合的數字往往應該加以分解，尼爾森這方面的腦筋太死，常怕做錯而拿不定主意，是個聰明但容易緊張的孩子，也許是害怕奪走他小妹妹性命的那件事，害怕那件事會在他身上重演。他們全部都要看「哈哈笑」這個節目，節目開始之前，他們做了半小時的代數。今晚，史基特占據那張大的褐色椅子，兔子坐在有銀邊的椅子，姬兒和尼爾森則坐在泡棉沙發上。史基特在看幾本書，放在他細瘦的褐色手下，看來有種孩子氣的伶俐，讓他想到上學日和芝麻街。

史基特對兔子說：「寶貝，我想過，昨天晚上我出賣實情，說出你們的奴隸制度是整個國家的問題，事實證明，你們的奴隸制度非但無與倫比，而且特別惡劣，大概是這個吸血的可憐星球上絕無僅有的。」史基特的聲音在談話中持續施加壓力，有如狂風把一株死樹颳得颼颼作響，眼睛從頭到尾沒看姬兒和尼爾森

兔子從前就是個勇於接受挑戰的學生，中學時代常拿乙，問道：「哪方面惡劣？」

「讓我猜猜你在想什麼，你認爲過去農場上發生的事沒有那麼差，對吧？農場上有斑鳩琴，有各式各樣的油煎餅可吃，而且還有個住在大宅邸裡的老主人，不必像現在還要靠社會福利部，對吧？那些黑鬼反正都是未開化的野蠻人，他們的蠢腦袋裡面只有骨頭，如果他們不喜歡奴隸制度，爲什麼不乾脆起來反抗，死在腳鐐手拷裡，像個有骨氣的老印第安人，對吧？」

「是啊！他們爲什麼不呢？」

「我喜歡你這個問題，因爲我已經有答案了。原因是，老敦多太原始，農場的工作對他毫無意義，印第安人根本是住在月球上的人，對吧？只會凋零而逝。而黑人來自西非，他們的祖國有農業，有社會組織。你想想看那些奴隸怎麼從千哩外的內陸被運到海岸？是經過黑人安排的，他們不會把機會分給白種人，他們把這張大餅保留給自己，腦袋頗有組織，對吧？」

「有意思。」

「我很高興聽你這麼說，我感激你有興趣。」

「他說的是眞心話。」姬兒插嘴。

「妳閉嘴。」史基特連看都不看她。

「你才閉嘴。」尼爾森插手了。兔子以尼爾森爲傲，他隨後發現，尼爾森是在護著姬兒，就和史基特對他的攻擊一樣，都是不由自主的反應，而這個反應是他平日上班不在家，他們三人發展出的相處模式之一。

「今天讀的資料！」姬兒提醒他。

史基特解釋：「小姬兒和我，今天討論了一番，她的意思是想爲大家安排幾個有系統的舒適夜晚，對吧？我們得大聲讀些資料，否則很容易我從頭講到尾，直到你又把我打倒在地板上。」

「讓我去拿罐啤酒。」

「喝啤酒會長小腹，老兄。讓我燒點上好的墨西哥提瓦納黃銅（Tijuana Brass）給大家享受享受，像你這樣的老運動員不應該有小肚子，對吧？」

兔子既沒同意，也沒起身去拿啤酒，瞥了尼爾森一眼。這孩子雙眼深陷，閃爍恐懼的光芒，但未及慌亂。他正在大人的對話中學習，並且信任他們。他皺眉望向父親，皺眉，希望父親別再盯著他看。四人周圍的壁爐從未點燃火光，像骸骨般搖搖欲墜的浮木基座燈也在傾聽他們說話，一陣無聲的雨打在窗戶上，把他們密閉在屋內。史基特閉緊雙唇，吸了一大口甜美的菸，吐氣；然後一邊嘆息，一邊將身體靠向座椅，若非他臉上還架著那副銀色鏡框的眼鏡，他整個人就會與座椅的褐色邊翼融合。

他說，「黑奴是財產，對吧？從維吉尼亞州開始，黑奴能帶來獲利，也代表資本。英國國王所關心的只是菸草錢，對吧？黑人對他而言只不過是噴在資產負債表上的墨汁。我們再來談談西班牙國王，他很久以前就認識黑人，北非的摩爾人曾經統治過西班牙國王的國家，其中有些還相當英明㉘。邊界以南，奴隸是財產的同義詞，但還有別種看法，西班牙國王說，奴隸是我的臣民，擁有合法的權利，對吧？教會說，奴隸也擁有永生不死的靈魂，於是讓奴隸受洗，教導他們是非對錯，奴隸結婚的誓言也是神聖不可侵犯的，對吧？如果他湊足錢想爲自己贖身，你就必須同意，西班牙法律上有明文規定。但在這裡，法律只規定一件事，就是黑人沒有

㉘摩爾人是中世紀伊比利半島（Iberia）（今西班牙和葡萄牙）、馬格里布（Maghreb）和西非的穆斯林居民。歷史上，摩爾人主要指在歐洲的伊斯蘭征服者，西元七一一年，摩爾人入侵基督教的伊比利半島，征服西班牙南部大半地區，數十年中摩爾人統治北非及西班牙，除了西北部和庇里牛斯山（Pyrénées）區的巴斯克地區（Basque）之外。

任何權利，奴隸不是人，只是一塊有體溫的動物肉而已，唉呦喂呀値個冷血的一千美元，不得結婚，如果市場行情合理，可以胡亂賣到市場上去，不能贖身，不能上法庭作證，因爲可能會破壞白人的財產權。這裡沒有像西班牙那種事，相信我，不可能會有主人像父親一樣把奴隸當成自己的孩子，沒那種事，這是鐵的事實。法律怎麼會變成那樣？因爲他們認爲黑鬼就是一坨屎，但白人居然會怕自己的屎。老兄，那些南方的可憐白人有毛病，而且他們自己也很清楚。在他們談論快樂的拉斯㉙和大聲咀嚼西瓜的那段日子，白人深怕黑人起義、怕黑人造反。寶貝，在美國歷史還不滿兩百或三百年，連尿桶都裝不滿的年代，他們就已經怕得不得了。既怕黑人讀書識字，又怕黑人學做生意，也怕黑人走入就業市場，一個所謂的自由黑人卻必須面臨無處可去的困境。當一解放奴隸，大家都在談論禁止蓄奴的自由地區；可是，在堪薩斯舉行禁止蓄奴之自由地區會議，第一件事竟然就是強調此地不要看到黑面孔，把黑人弄到我們視線以外的地方去，這個暗無天日的美國不像其他同樣有奴隸問題的國家，遇到那些理所當然的問題；就是有些人比其他人幸運，所以只能白人進一步，黑人退一步。不，先生，這裡絕對不是個夢幻天堂，所謂的夢，只是那些最早期移民的心理狀態，對吧？所以白人看到黑人，不是看到人，只是看到一個象徵，對吧？到處遊走的黑人其實只在白人的腦袋裡兜圈子，白人甚至不知道黑人被踢到是會痛的。耶穌不會告訴白人這種道理，因爲他們坐船帶過來的那個耶穌是個最卑劣，最沒種的耶穌，偉大的天父讓他這樣到處嚇人。我被你嚇到，你被我嚇到，尼爾森把我們兩個嚇到，可憐的姬兒被大家嚇到，我們如果在她面前不表現得像個老大爺的話，她會逃走，會再躲到大麻菸裡去。」他把濕掉的大麻菸頭遞過來，兔子搖搖頭表示謝絕。

「史基特，」姬兒說：「那本精選。」她像一本正經的俱樂部女性會員要求會議秩序：「『令人發笑』還有十三分鐘就開始了。」尼爾森說：「我不要錯過開始的那段，自我介紹那段很正點。」

「對——吼，」史基特說，摸摸自己額頭，摸摸腦袋裡似乎偶爾會出現的嗡嗡聲，「我剛說的話出自這本書，書名叫做《奴隸制度（Slavery）》。」史基特瘦削的手下方放著幾本書，書上的字有紅、有白、有藍，像在開小型書展，「只是隨便看著好玩，這些書可以帶來一些比我不管三七二十一謾罵更紮實的東西，對吧？你知道，寶貝，這像毒品一樣讓你屁股坐不住，對吧？」

「不會，我喜歡，我喜歡學習，我有開闊的心胸。」

「他勾起我的興致了，他真是忠於生命。」史基特說著，把書交給姬兒。「小妞，從妳開始，從我指的地方開始，念小字那部分就好。」他說，「這些都是舊式的演講，知道嗎？」

沙發上的姬兒坐正身體，稍高於平日說話的高調，是一種優質學校教育下的聲音，學校中除了教授馬術課程，還有高大寬敞，裝有白色紗簾的大廳，若以地段水準比較，則比賓州公園還要高級。

㉙拉斯（Rastus）是美國傳統對黑人的歧視性稱呼。

「想想，」她唸著：「這個國家的行爲，反覆不停地思考，上帝定會聽見汝兄弟鮮血的吶喊，來自地底的長聲啜泣；祂的正義甚至在此時問道，『美國，汝之兄弟何在？』美國必須予以答覆：『看哪，他在南方的水稻沼澤裡，在滿是棉花及茂密的藤條田裡。他很虛弱，我逮住赤身露體的他；我綑綁住懵懂無知的他；我壓倒貧窮野蠻的他；我把痛苦的車軛套在他更加軟弱無力的肩膀上，我給他鏈上腳鐐，拿鞭子抽他，其他的暴君曾支配他，但我的手則加諸在他的皮肉上。我靠他做苦工得以吃食，酒色財氣建築在他的汗水、淚水與血水之上。我偷了父親，也偷了子，派他們做苦工，他的妻子和女兒對我而言是令人愉悅的戰利品。見汝僕人和女侍的子女們，兒子比他們的祖先更加黝黑，汝需非洲黑人？我把他們變成牲畜。看哪，汝已得其所願。』」姬兒臉紅，把書還給史基特。她瞟兔子一眼，似乎在說：忍著點，我難道會不愛你嗎？

史基特開懷大笑，「少不更事的人！這眞是激發我的興趣。『令人愉悅的戰利品』，對吧？『兒子比他們的祖先更加黝黑』又是多美的一小段，你們能了解其中涵義嗎？那些北方佬的鞭子眞令人火大，任何一個有地位的北方混蛋，都會冷血地阻止廢除黑奴運動，可是，他們阻止的原因並非想把黑奴帶回家，並非想讓黑奴回到穀倉裡，只是想要嚴厲批評另外那些主張把黑奴從奴隸倉庫裡放出來的白人。黑色的肉是酸掉的肉，對吧？這裡有個希歐多．派克㉚，那裡有個群眾中最卑微的發言者，也就是老威廉．洛伊德。小尼，你試著念看看這段，我做記號的那段，只要把字慢慢念出來就行，不必表達感情。」

孩子手拿那本俗麗的書，看著父親求救，「我覺得好蠢。」

兔子說：「念吧，尼爾森，我想聽你念。」

他轉向其他人求救，「史基特，你答應過我不用念這個。」

「我是說看狀況，念吧，你爸喜歡聽你念，他有開闊的心胸。」

「爹地只是說好玩的。」

「放過他吧，」兔子說：「我失去興趣了。」

姬兒插嘴，「念一下就好，尼爾森，很有意思的，你不念，我們就不看『令人發笑』。」

這孩子突然開口，結結巴巴，眉頭深鎖，他父親不禁懷疑孩子是否需要戴上一付眼鏡。

「雖然……」他唸著：「每一個黨派均將由於意見相左而……而……」

姬兒從他的肩膀後面看，「而告撕裂。」

「……每一個派西……」

「派系。」

「……每個派系很快分崩離析，聯邦的盟約瓦解了……」

姬兒說：「念得好！」

㉚希歐多・派克（Theodore Parker）：主張廢除奴隸制度的社會改革者，他的理論影響亞伯拉罕・林肯，及馬丁・路德・金恩。

「讓他繼續念。」史基特閉上眼，點點頭。

尼爾森的聲音裡開始有了信心，「……這個國家由於一場內戰，同時也是一場事關奴隸的戰爭而弄得滿目瘡痍，雖然如此，奴隸制度必須被埋葬到噁行的墳場裡……」

「惡行的墳場裡。」姬兒糾正。

「惡……行的墳場裡，此外還有死灰復燃的可……」

「可能性。」

「這個國家如果承受不起反奴役的風潮，就讓這個國家腐爛，教會如果一定要爲人道的鬥爭而沮喪，就讓教會沉淪，它的碎片將隨風消逝，永遠不再褻瀆這個地球。如果美國聯邦無法維持下去，除非藉著獻祭（immolate）。這是什麼意思？」

「就是犧牲。」姬兒說。

兔子說：「我認爲那個詞的意思是指『焚燒』」

尼爾森抬起頭來，不曉得該不該繼續念。

雨滴打在窗子上，靜靜地，緩緩地弄濕窗框，使窗戶更加密合。

史基特的眼睛仍舊緊閉，「把它唸完，剩下最後一句了，小寶貝。」

「如果共和黨因爲宣布奴隸自由㉛，而必須從國家的巨輪上被抹除，那麼就讓共和黨沉陷到遺忘的浪潮下吧！在它滅亡之時，歡欣的呼喊，比五湖四海的水聲還要大，充塞整個世界。

—我根本不懂這什麼意思。」

史基特說：「它的意思是說，賦予人民更多權力，消滅法西斯豬。」

兔子說：「我認爲它的意思是，如果救不了嬰兒，就把浴缸一起丟掉。」他記得浴缸裡一缸死水，沉寂的水面上漂浮灰塵，他重新體驗伸手下去拔掉塞子的衝擊㉜。他回過神，和雨水一起回到大家坐著的房間裡。

姬兒向尼爾森解釋：「他說的意思和史基特一樣，即使這個體制對大多數人有益，但卻壓迫少數人民，那麼就應該揚棄整個體制。」

「我是那麼說的嗎？不是吧。」史基特從陳舊的座椅坐起，朝姬兒和尼爾森伸出打著哆嗦的瘦手，聲音帶有顫抖的嘲弄，說道：「這一切早晚都會發生，像炸彈轟然爆炸——但那顆炸彈不是黑人設置的，而是有錢白人的後代。黑人敲門敲太大力並沒什麼不妥，只是少了點耐性。把數量足夠的黑老鼠放進一個籠子裡，肥胖白老鼠的會比瘦小的黑老鼠更加狂亂，因爲牠們受到較大的擠壓。不！假使我們眼光放長遠點看，跳過黑人的革命暴行，進入下一階段，那將會推翻我們的假設。現在太悶了，下一個階段才有意思，將是偉大的——平靜到來。」

「而你是要將它實現的黑人耶穌，」兔子嘲諷：「我應該從耶穌降生之年活到史基特降生

㉛ 共和黨（Republican Party）創立於一八五四年，是由一群前輝格黨（Whig Party）黨員、北方民主黨人、以及奴隸解放運動者所組成的聯盟，這個新政黨的創立動機便是爲了對抗當時的奴隸主勢力，亦即當時那些試圖控制聯邦政府並擴張奴隸制度的南方富有階級。

㉜ 這是兔子回憶起小女兒不幸夭折的那一幕。

之年後，『一切榮耀歸於史基特之名』。」

兔子準備要唱詩歌，但史基特卻專注在另外兩位門徒身上，「大家一直在談革命，然而革命並不有趣，對吧？所謂的革命不過是一群人把權力從另外一群人的手裡搶過來而已，都是放屁，只關乎權力，而所謂的權力不過是槍砲和幫派分子而已，都是無聊的屁話，對吧？人家跟我說，說那人是自由的修伊㉝，我說他是去他媽的修伊，他不過只是個黑面孔的安格紐㉞罷了。這個世界很健忘，在幫派分子還沒死掉以前，就把他們遺忘了。眞正的問題是，當幫派分子相互廝殺、幹掉對方，然後逼剩下的一半人追隨自己時，只是在利用那些空出來的位置而已。南北戰爭後，空出很多位置，只是他們還是和過去一樣，找些貪婪的廢物來塡補空缺，結果只讓事情變得更糟，對吧？他們把狗咬狗的老套變爲神聖不可侵犯的法律。」

「我們正需要一些新的神聖不可侵犯的法律，史基特。」兔子說：「你何不爬到賈基山上，像摩西受領十誡那樣，讓刻在石板上的神聖新法律交到你手上？」

史基特那張像是精工雕琢過的刀柄型臉慢慢轉過來，看著兔子，緩緩說：「我對你不是威脅，寶貝，你已經定型了。我唯一能對你做的就是宰了你，而且那沒什麼大不了，對吧？」

姬兒體貼地試著化解：「我們何不挑點什麼讓哈利唸？」

「去他的，」史基特說著：「現在已經於事無補了，他給我惡劣的感覺，對吧？他還沒準備好，不夠成熟。」

兔子覺得受傷，他原來只是想開個玩笑。「來吧，我準備好了，把要念的拿給我。」

史基特問尼爾森：「你怎麼說，小寶貝，你覺得他準備好了嗎？」

尼爾森說：「你得念對，爹地，別亂開玩笑。」

「我？我什麼時候亂開過玩笑？」

「媽咪。你一直亂開媽的玩笑，難怪她要離開你。」

史基特遞把書遞給兔子，已經翻到某一頁，「只有一小部分，只要念我做記號的那些。」用淺紅色蠟筆做的記號，蠟筆盒常讓兔子想起運動場看臺上的每顆顏色不同的腦袋，眞是不可思議的想法。「我相信，各位朋友，以及各位同胞，」兔子嚴肅念著：「我們事先沒有參政的準備，不過，我們可以學。給他工具，然後教他釣魚，有一天他終將學會怎麼賣魚。投票也一樣，剛開始我們可能不了解，但我們終將學會如何行使公民的義務。」

雨水親切地鼓掌喝采。

史基特輕拍自己的小腦袋，朝沙發上的兩個孩子微笑說：「他成了一個好黑鬼，不是嗎？」

尼爾森說：「別這樣，史基特。他沒亂開玩笑，所以，你也不應該亂開玩笑。」

㉝自由的修伊指修伊・紐頓（Huey Percy Newton），是美國黑豹自衛黨（Black Panther Party for Self Defense）的創始人及領袖，旨在促進黑人權、公民權及自衛。

㉞斯皮羅・安格紐（Spiro Theodore Agnew）：美國政治家，曾任馬里蘭州長和尼克森任內的第三十九任美國副總統，因逃漏稅辭職下臺。

「我沒說錯啊，好黑鬼正是這個世界所需要的，對吧？」

爲了讓尼爾森看他父親有多強硬，兔子告訴史基特：「這些只是假惺惺的東西，就好像我發牢騷說，西元零年瑞典人受到芬蘭人的欺負。」

尼爾森大叫：「我們錯過『哈哈笑』了啦！」

他們打開電視，螢幕上冷冷的星形亮點越擴越大，迸發出的線條突然跳成畫面，小山姆·戴維斯㉟飾演下流的小老頭，他沿著公園長板凳後跳著踢躂舞，哼唱漫無目的悲傷曲調。他抬起頭，看到有人坐在長板凳上，不是露絲·布奇㊱，而是亞特·強森㊲，一個白種人，一個眞正下流的小老頭。他們兩人並肩而坐，相互凝視，像是在看哈哈鏡裡的同一個人。尼爾森笑了，尼爾森、姬兒、兔子、史基特，大家都笑了。好心的雨水將他們拴在屋裡，像是女裝裁縫師輕拍房屋，爲房屋周圍定針，最終穿上高貴莊重的寬禮服。

＊

經過幾個晚上的相處，史基特和兔子之間協調許多。史基特問兔子，「你想不想知道當一個黑鬼有什麼感覺？」

「不怎麼想。」

「爹地，別這樣。」尼爾森說。

姬兒沉默，遞過大麻菸，交給兔子。他十年來幾乎連香菸都沒拿過，上次在金波俱樂部差點吐了，不敢把大麻菸吸進身體。他於是試探性吸一口，吸了之後，屏住氣、屏住氣。

「想像一下，」史基特說：「你在一個玻璃箱裡，每動一下就會重重撞到腦袋。想像一下在公車上，每個人都躲得遠遠地，因爲你全身滿是結痂的小膿包，大家都怕感染你的病菌。」

兔子呼出氣：「現在的情形就是這樣沒錯，那些黑小子在公車上囂張得要命。」

＊

「你排了那麼多字，全世界都變成鉛做的了，對吧？你從不怨恨別人，對吧？」

「不埋怨。」語氣平靜。版面不像隔著肚皮的人心，是透明的。

「你覺得賓州公園那邊的人怎麼樣？」

「哪些人？」

「所有那些人，那些住在大豪宅裡的人，男女主人各有一輛凱迪拉克，停在院子裡繡球花叢的旁邊。還有，米弗林俱樂部那一帶的老無賴，家家戶戶都有大鐵門，他們以前都是紡織廠的老闆，現在雖然不再營業，但卻擁有一堆文件，讓他們仍然能雪茄照吸、女人照泡。你覺得

㉟小山姆．戴維斯（Sammy Davis Jr.）：美國藝人，舞者，歌手，電視及電影演員，童年爲雜耍演員，後在百老匯和拉斯維加斯發光發熱，成爲國際知名的藝人。

㊱露絲．布奇（Ruth Buzzi）：美國劇場、電視、電影的喜劇演員，以在「令人發笑」節目中的表演聞名。

㊲亞特．強森（Arte Johnson）：美國喜劇演員，爲「令人發笑」節目中的固定班底，他最爲人熟知的角色是劇中一位德國士兵，口頭禪爲：很有意思，不過……（可能接「很蠢」，「很好笑」或是其他形容詞）。

那些人怎麼樣?你回答這個問題以前,先讓尼爾森、姬兒坐進來。」

兔子想像賓州公園木質三角形的尖頂屋牆和泥灰的細部裝飾,沒有雜草的草坪像枕頭一樣蓬鬆。賓州公園位於山坡上,他習慣把賓州公園想像在山坡頂端,一座他永遠高攀不上的山峰,儘管它不像賈基山是一座眞正的山。當時,他和老媽、老爸、小蜜一起住在山腳附近的老家,住在光線被擋住的陰暗裡,與柏爾格一家爲鄰。老爸每天下班回家,都疲憊得無法到後院陪他玩傳接球,而老媽也和別家的女人不同,從未有過珠寶首飾。他們總是買隔夜的麵包,因爲比當日出爐的便宜一分錢。老爸當年牙痛的時候,總無法支付牙醫費用,而如今瀕臨死亡的老媽還要被那些開著凱迪拉克、家住賓州公園的醫師們玩弄——「我厭惡他們。」兔子告訴史基特。

這名黑人的臉色發亮:「再強烈一點。」

兔子再次想像賓州公園,害怕原來的感覺會破碎消失,然而實際上並沒有,感覺更加擴大、更加暴漲。木質三角形的尖頂屋牆,和車道上的鵝卵石,挾帶碎草片的高爾夫球桿在空中揮舞。他腦中想起一名醫師,兔子在這個初夏與他巧遇,當時兔子正踏進玄關準備探視老媽,而這名醫生則正要匆匆離去,雖然天上才剛落下幾滴雨,那名醫生已穿好一件時髦的乳色雨衣。這種花花公子型的人,只要時機恰當就能變出雨衣,一切準備妥當要來享受生活。羊毛料的長褲筆挺得有如刀鋒,覆蓋在光亮無比、扣著扣環的皮鞋上。他匆忙要去看下一名病人,焦急離開這條被毛毛細雨覆蓋的街。老爸,站在前門走道上,像個擔心牙痛的老太太,挾帶可悲的自豪介紹：「這是我們的兒子哈利。」那名醫生被攔下，惱怒甚至維持一秒鐘之久，修剪過的鐵灰色小鬍子的下方，上嘴唇噘成尖叉型，握手冰冷得像金屬塊，高傲地箝住哈利尚未準備好的手，像是在說，「我很厲害，要怎麼扭病人的身體都隨我高興，我主宰生死。」

「我討厭賓州公園那些去他媽的人。」哈利爲了演戲給史基特看，刻意誇大其詞，想讓他高興。「我如果能按個紅色按鈕把他們全都轟到王八王國去的話，」他的手在半空中比劃，「我會按。」兔子用力做出按下去的手勢，好像他眞的有顆按鈕。

「轟隆！對吧？」史基特咧嘴笑，把他像麻桿的雙臂打開，做出爆炸的姿勢。

※

「不過，事實上，」兔子說：「每個人都知道黑妞很漂亮，現在甚至還有人印在海報上。」

史基特問：「你以爲那些『媽媽型黑女人』的混蛋說法是怎麼開始的？是誰把所有那些既肥得像豬，又有古板教會形象的女人，在三十歲就趕到只有黑人居住的哈林區去？」

「不是我。」

「就是你們。老兄，幹那些事的就是你們白人。從產房裡開始，你們就讓黑人女孩覺得性感是狗屁，所以，她們只好盡其所能，讓自己隱藏在媽媽型黑女人的形象之下，對吧？」

「好，那你去告訴她們性感不是狗屁。」

「她們不相信我說的，寶貝，她們曉得我講話不算數，我沒那種能耐，對吧？我沒辦法保護我的黑女人，對吧？因為，你們白人不讓我當個男人。」

「去啊，去當個男人！」

史基特從那張銀邊扶手椅上站起來，繞著仿造鞋匠的工作檯兜圈子，像鐘樓怪人一樣謹慎弓身，快步上前吻了坐在沙發上的姬兒。她嚇了一跳，兩隻手猛然推擋一下，然後交握，垂放到膝部，頭既未後仰，也沒有用力往前傾。由於史基特爆炸式的黑人髮型遮蔽視線，使兔子看不見姬兒眼裡的表情，但可以看見尼爾森的眼睛。尼爾森的雙眼變成熱淚汪汪的洞穴，顏色之深，也顯示其受傷之深，兔子眞想拿根針刺進去，好教育他這世上還有更糟糕的事。吻過之後，史基特直起身軀，拭去嘴上姬兒吐出來的唾沫，「她就是一個令人愉悅的戰利品，寶貝，你喜歡嗎？」

「她不在乎的話，我也無所謂。」

姬兒閉起雙眼，嘴巴張開，上面有個吐出來的小氣泡。

「她很在乎，」尼爾森抗議：「爹地，別讓他亂來！」

兔子對著尼爾森說：「不是該上床了睡覺了嗎？」

＊

史基特的身體引起兔子的興趣。晒不到太陽的舌頭、手掌、腳底板都呈現亮灰白色，究竟是因為晒不到太陽，還是另一種皮膚？因為白種人的手掌也不會晒黑。他皮膚上發亮的獨特光澤，和臉上說不出所以然的細微變化及精緻拋光，反射出數十個光點，相反地，若是出現在白種人臉上，就成爲斑點，成爲正在乾涸中的油灰。史基特奇特的表情靈活優雅，動作警覺謹愼得有如蜥蜴，完全沒有哺乳動物的肥胖臃腫。在兔子家裡，史基特就像台電動玩具，想去碰他，卻又害怕觸電。

＊

「妳還好吧？」

「沒什麼特別感覺。」姬兒的聲音彷彿從遠方傳來，不像近在咫尺的床上。

「爲什麼？」

「我害怕。」

「怕什麼？怕我？」

「你和他都怕。」

「我和他不同國，我們相互痛恨對方的膽識。」

她問：「你什麼時候會攆他出去？」

「他會被抓去關。」

「無所謂。」

雨水上方猛烈擊打，滲過煙囪上一向漏水的遮雨板，哈利想像臥室天花板上將會產生面積不小的褐色污塊。他問：「妳和他之間是怎麼回事？」

姬兒沒答腔。一道閃電先照亮她像浮雕般瘦小的側影，幾秒鐘之後，雷聲也抵達。

他靦腆問：「他要上妳？」

「不想了，他說那種事沒意思，他現在需要我的是另一方面。」

「哪方面？」可憐的小妞，眞是瞎疑心。

「他要我告訴他有關上帝的事，他說他要帶一些迷幻藥給我。」

又一道閃電，雷聲很快接踵而至。

「眞是瘋了。」但也很刺激，也許她潛力無窮，他也許能從她身上榨出音樂靈感，就像蓓碧能從鋼琴製造出音樂。

「他是瘋了沒錯。」姬兒說著：「我絕對不要再被套牢。」

「我能幫什麼忙？」這陣雨，這場雷，還有自己的好奇心，和想中斷這種交往關係的寄望，讓兔子自覺癱瘓；因顧慮到注定悲劇的結局，和可能到來的陪審團判決而心感疲憊。

在女孩大喊的同時，恰巧一陣雷聲來到，哈利只好請她重複一遍——「你只關心你老婆。」姬兒朝上方嘶吼，傳進天空的混沌裡。

＊

帕亞瑟克站在他身後嘀咕電話的事。兔子勉強站起來，比喝酒後的宿醉還嚴重，非停止不可，每個晚上都哈草。必須自我控制、自我控制、自我控制前要先發火。「珍妮絲，看在上帝的份上……」

「不是珍妮絲，是我，佩姬。」

「噢，嗨，妳好嗎？奧立佛好嗎？」

「忘了奧立佛，不准在我面前再提他的名字。他已經好幾個禮拜沒來看比利，也沒給他任何生活費了，後來他終於出現，你知道他送他什麼禮物嗎？眞是個天才，你絕對猜不到。」

「又一輛迷你摩托車？」

「一隻小狗。他送我們一隻黃金獵犬的幼犬。該死的，我們現在到底該怎麼處理這隻小狗？比利每天都要上學，我每天八點到五點都不在家。」

「妳找到工作了，恭喜，什麼工作？」

「我替楊奎斯特（Younquist）那邊的布魯爾忠誠公司打字帶，他們把所有紀錄放在電腦，這工作不單無聊得想鬼叫，甚至連打錯字自己都不知道，打出來的只有紙帶上的洞，全都是保險金的數字。」

「聽起來很不錯。佩姬，談到工作，老闆不喜歡我接電話。」

她的聲音退縮，端出矜持的架子來。「很抱歉，我只是想趁尼爾森不在旁邊的機會跟你聊聊。奧立佛答應比利下星期天帶他去釣魚，下星期天，不是這個星期天。因爲你看起來不會主動邀我，所以，我想說，你星期六帶他過來的時候，要不要留在這吃晚飯。」

她敞開的浴袍、陰部上的那塊地方，和灰白色的妊娠紋，原來別打你的如意算盤就是去打她的如意算盤。「聽起來好像還不錯。」他說。

「應該還不錯。」

「再看看，我這幾天有點難脫身……」

「那個黑人還沒走嗎？把他趕出去，哈利！他無止盡地在利用你，他不走，你就叫警察，我說眞的，哈利，你太消極了。」

「是啊，也許吧。」直到他隨手關上辦公室的門，穿過工廠光線，往自己的機器方向走，才感覺到昨晚的大麻還在糾纏他，像潮水拉扯他的膝蓋。絕對不能再吸了！讓耶穌爲他找到另一條出路吧！

＊

「跟我們說關於越南的事，史基特。」大麻與情緒交融，使兔子感覺和所有事物都非常親近。那盞浮木燈，尼爾森那頭令人不安的亂髮，和姬兒腳踝上不成型的疤痕，他都喜歡，他看不見的聲音在空間裡進進出出。史基特的紅眼睛朝向天花板打轉，像是有東西因他穿過天花板傾注而下。

「你們爲什麼想聽？」他問。

「因爲我沒去過那裡。」

「你認爲自己應該去那裡，對吧？」

「沒錯。」

「爲什麼會這麼想？」

「說不上來，責任感、歉疚感吧！」

「不是，先生，你要到那裡是因爲——那裡是『越南』，對吧？」

「對。」

「那裡是證明自己最好的地點。」史基特說，不像是個問句。

「大致如此。」

史基特委婉地慫恿：「那個地方會讓你覺得自己不是那麼孬種，對吧？」

「我說不上來。你若不想談這方面的事，那就別談，我們看電視。」

「現在在播『新潮小隊㊳』。」尼爾森說。

史基特說：「如果你不能幹炮，色情照片也不會替你去幹，對吧？如果自己有能力幹，那些照片還是不會替你去幹。」

㊳新潮小隊（The Mod Squad）是美國廣播公司自一九六八年開播至一九七三年的警匪電視影集，由麥可・柯爾（Michael Cole）、佩姬・利普頓（Peggy Lipton）、克雷倫斯・威廉斯三世（Clarence Williams III），以及泰格・安德魯斯（Tige Andrews）主演，劇情描述三位年輕調查員，即一位白人男子、一位黑人男子，以及一位金髮女子打擊犯罪的故事。

「好啦，不要再說了，注意你在尼爾森面前的措辭。」

＊

夜裡，當姬兒在床上翻過身來朝向他，哈利發現自己對她不夠成熟的年輕胴體有種排斥感。肚裡的蘇打消他下體的慾望，慾望總在腦裡一閃而過，阻擋他直接應和姬兒女性的呼喚，潛伏在女孩體內的呼喚是由他造就。在他內心彷彿看到她的嘴被史基特的吻玷污，也感覺到她隨史基特的毒品而腐爛，他也無法原諒她曾經是有錢人家的小孩。經過了夜裡多次的推拒，和多次無聲的貶抑，哈利感覺到內心有種超自然的力量，也許那就是愛，姬兒似乎越來越黏著他不放。過去夜裡姬兒像個想把蘋果從樹上搖下來的小女孩一樣，俯身爲他口交，但那種階段已經遠離。

＊

這個秋天，尼爾森發現足球的樂趣。學校組了一支球隊，而他的小號身材並未成爲入隊的障礙。兔子下午回到家，發現這孩子正在踢那顆上面縫有許多黑白色五角型的足球，在從未使用過的籃球架下方，一遍遍將球踢向車庫的門。球從尼爾森身旁彈跳而過，哈利撿起球，感覺足球奇特的縫合處，朝向籃框投去，只投到籃板上。「手感已經沒了，」兔子說：「很有意思的感覺，」他告訴兒子：「人一旦老了，腦子下達命令，可是身體卻反其道而行。」

尼爾森繼續踢球，用腳的側面踢，門上一塊已經被踢到掉漆。這孩子已經精通控球的技巧，能把球固定在自己膝蓋下。

「另外兩個人呢？」

「在裡面，動作看起來很滑稽。」

「多滑稽？」

「你知道的，就是他們做動作的樣子，迷迷糊糊的，史基特在沙發上睡著了，嘿，老爸！」

「什麼事？」

尼爾森使出全身的力量踢球，一下，兩下，直到過癮爲止。他鼓起勇氣說：「我討厭附近的那些小孩。」

「哪些小孩？我一個都沒看到。我以前還小的時候，都在街上到處玩。」

「他們都在看電視，看少棒比賽什麼的。」

「你爲什麼討厭他們？」

尼爾森取回那顆球，雙腳交替運球，他的腳像手一樣靈敏。「湯米．法蘭克豪斯說，有個黑人住在我們家，他說他父親講過，那會毀掉我們整個社區，要我們最好小心一點。」

「那你怎麼回應？」

「我叫他最好小心他自己。」

「你們有打架嗎？」

「我是要跟他打，可是他比我高一個頭，雖然我們同年級，他當時只是笑。」

「別擔心這種事，你會飆起來長高，我們安格斯壯家裡所有人都大器晚成。」

「我恨他們，爹地，我恨他們！」他用頭頂球，球從車庫頂上的木瓦暗影裡反彈出來。

「不可以恨任何人。」兔子說著，走進屋裡。

姬兒在廚房，爲了煎一鍋羊排而難過。「火越來越猛。」她說，但事實上，她把瓦斯開到像藍色奶頭的火焰那麼小。哈利走過去把火調大一些，姬兒尖叫，撲倒在兔子懷裡，臉緊貼他的胸膛，隨興畫了深綠色眼線的雙眼抬起來偷看他。「你聞起來有油墨的味道。」她告訴他。「你渾身是油墨，好清新，就像一份新印出來的報紙，每天都有新的報紙送到家門口。」

兔子把她抱得更緊，淚水濕透他的襯衫。「史基特餵妳吸了什麼嗎？」

「沒有，爹地——我是說我的愛人。我們在家裡待一整天看猜謎節目。史基特討厭現在電視上老是讓黑人夫婦上節目，他說那是表面上廢除種族歧視的形式主義。」

兔子嗅聞她的氣息，正如她所承諾，呼吸的氣體中什麼都沒有，沒有酒精的味道，也沒有大麻的菸味，只有一縷無罪的氣息，和一股淡淡的甜味。看看廚房周遭熱鬧過的痕跡，和一把上面有水珠的水壺。「茶。」他說。

「多麼靈巧的小鼻子。」她說，指他的鼻子，捏了一下。「你說對了，史基特和我今天下午喝過冰茶。」姬兒一直撫弄他，抵在他身上摩擦，弄得他很難過。「你全身氣派，」她說：

「你是個大雪人，全身亮晶晶，除了鼻子不是紅羅蔔之外，你的紅蘿蔔長在『這裡』！」

「嘿！」他說著，往後跳躲開來。

她糾纏不休告訴他：「我喜歡你這裡勝於史基特，我認爲，行過割禮讓男人變得醜陋。」

「你這樣還能夠做晚餐？也許妳該上樓去躺一下。」

「我討厭你老愛這樣緊張兮兮。」姬兒雖然嘴上這麼說，但實際上並沒有恨意，聲音搖擺，就像小孩邊搖籃子邊閒逛回家。「你問我我還能做晚餐嗎？我能做任何事，我能飛，我能滿足男人，我能開一輛白色的車，我能用法文數任何一個數字，你看！」說著，她把身上的洋裝往上拉，拉到腰際以上，「我是一棵聖誕樹！」

可是，端上桌的晚餐烹調不佳，羊排吃起來像橡膠，半生不熟的豆子咬在嘴裡嘎吱嘎吱響。史基特推開餐盤，「我沒辦法吃這種爛貨，我不是原始人，對吧？」

尼爾森說：「味道沒問題，姬兒。」

可是姬兒心裡有數，她那張瘦小的臉低垂，淚水落在餐盤上。多麼不可思議的眼淚，幾乎出於自然反應，而非因爲內心痛苦，釋放出的眼淚就像紫丁香開出的蓓蕾。史基特不斷逗弄她。「看著我，女人。嘿，妳這個小賤屄，看我的眼睛，妳看到什麼？」

「我看見你，全身灑滿糖。」

「你看見了祂，對吧？」

「錯。」

「小蜜糖，妳看那邊那些窗簾。那些自己做的醜窗簾和壁紙融為一體，分不清了。」

「祂不在那，史基特。」

「看著我，看呀。」

大家都看著他。自從與大家同住，史基特變老了，山羊鬍益發濃密，皮膚染上囚居者緊繃的光澤，今晚他沒戴眼鏡。

「史基特，祂不在這。」

「繼續看著我，小賤屄，妳看到什麼？」

「我看到……一個又黑又黏的昆蟲繭，我看到一隻黑色的螃蟹。我只是想，天使就像一隻昆蟲，因為都有六條腿，難道不是嗎？難道這不是你希望我說的？」

＊

史基特告訴他們關於越南的事。他仰起頭，好像天花板是電影螢幕。他想保持平淡的述說，卻又害怕回首當年。「那是個窮途末路的地方，」他娓娓道出：「沒有遮雨遮陽的地方可以駐足停留，豪雨中，你像是牲畜般暴露在外，任由雨淋。睡在盤根錯節的地洞中，但你知道自己承受得住，不會因此而死。真有意思，就好像你終於領悟那是另一個世界的生活。搜索行動進行到一半時，有個小老頭，從那些老是戴帽子的小東方人中跑出來，想賣雞給你。沿途上，還有像玩具娃娃一樣可愛的小女孩，想賣你隨軍新聞攝影記者扔掉的小底片盒，裡面裝有海洛因，對吧？事情說來實在複雜，」他抬起手，「無法一言以蔽之。」

想像各種顏色的彈片穿過天花板的洞傾瀉而下，落到史基特身上，綠色的美軍地面部隊，穿上醜陋的綠，啃噬醜陋的綠色叢林。水陸兩用車的胎面把紅色泥土輾成沼澤地。一株株稻秧插在翠綠的稻田裡，映出水中倒影，清純得像是字母交織的圖案。有一個別連的傢伙，他鋼盔帶底下那對耳朵的顏色生硬得像是凋萎的杏子，轉為蠟黃。纖細的雛妓穿著像是黑色睡衣的衣服，當地話叫「奧黛㊴」，細緻到讓他不敢碰觸，儘管那個穿白色套裝的病態男子不斷慫恿，「黑大兵，一級棒，世界最大的雞巴，越南小妞喜歡吸」。他連上有個人在鋼盔裡面藏了一個紅色的幸運符，不是血紅色，而是撲克牌方塊紅，據說可以帶來好運。那些帶來好運的廢物，包括熔鉛製作的V形手勢，象徵愛與和平的彩色念珠，上有「愛、耶穌、母親，將我深葬」等字句的念珠，使用橡膠輪胎製成小腳形的胡志明涼鞋㊵，道教的八卦，基督教的十字架，幽靈式戰鬥機投擲出的交叉形炸彈，還有用鞋帶繫成象徵耶穌的希臘字母X形，一連好幾天塞在軍靴裡。磨得發亮的隨身行軍背包，外觀像長型的郵件袋；太陽照映紅色塵土和藍色煙硝，成束射進濃密的叢林間，裝備好的俄式步槍守候在樹林間，比蘭花更無聲無息，子彈傾流如柱，將他淹沒。史

㊴奧黛（Ao Dai）為越南傳統國服，通常使用絲綢等軟性布料，上衣是一件長衫，胸袖剪裁非常合身，兩側開高叉至腰部，走路時前後兩片裙擺隨風飄逸。

㊵胡志明涼鞋是名聞遐邇的越南鞋，起因於胡志明領導越南對法作戰時，許多軍民將從法軍奪來車輛的輪胎作成涼鞋，免費耐用又方便，後便稱為「胡志明鞋」，現代則改為用真皮或合成皮製作，作為一般人民的外出涼鞋。

基特自知永遠無法讓這三個白鬼相信，這個糊了壁紙的房間之外，確實存在著那樣的世界。

「迫擊炮只要有一顆命中你的散兵坑附近，」史基特說：「單是那個聲響，就像是一堵高大、堅固且厚達二十呎的音牆，讓你像隻蹦出去的昆蟲，恨不得多長幾隻腳來逃跑，可是這對他們不痛不癢，對吧？砲彈炸碎你的心智，而死者，死者太詭異，是那麼……死氣沉沉，和草坪上被貓抓到的老鼠一樣僵硬。我的意思是說，他們是彷彿靈魂出竅、如此安詳、無法以言語形容。同一個步兵昨天晚上還把他在威斯康辛州歐西庫希（Oshkosh）的女朋友描述得那麼生動，讓人不得不打手槍；他還說越共踩到地雷，炸得自己的身體和兩條腿各奔西東，眞是糟糕。他們曾說過：『這是個傷痛的世界』，這話說得對。」

尼爾森問：「什麼是步兵？」

「就是十一個人一班當中的一名單兵，對吧？是個一般兵，配備一支步槍，在森林裡爬來爬去。軍方非常奸詐，把一般兵部署到叢林裡當炮灰，讓受傷歸建的老鳥留在長平基地，回報記者地面部隊的死亡人數。他們把老查理連[41]部署在幾座糟糕的山坡上去，可是我沒再入伍，因爲我已經數完我的饅頭了，對吧？」

「我也曾是笨蛋查理。」兔子說。

「我以爲查理代表越共。」尼爾森說。

「你是，他們是，我也是，每個人都是笨蛋。我屬第一師第二十八步兵團第二營第三連，也就是代號查理那一連，集結在東乃河的上下游。」史基特看著單調的天花板心想，我沒眞正去作戰，我並沒有為公理正義而戰，我只是取巧，而神聖的格調難以達到。「查理這個笨蛋……」他說：「無處不在。越南人全都是查理，對吧？每個東方佬都是查理，一旦你成了笨蛋查理，中邪後，就不會在意殺死老弱婦孺，因為他們很可能就是夜裡佈置毒竹箭陷阱的人，當然也可能不是，不過都已經不重要了，許多事情都已經不重要了。越南必定是山姆大叔㊷世界裡唯一黑白不分的地方，真的，有白種小伙子為我丟掉自己的性命。陸軍待黑人大兵簡直是太平等了，因為黑人和其他人種一樣都能擋子彈，他們把我們部署在那裡，認為我們定會心存感激，我們確實感激，爭先去擋那些打過來的子彈，能夠戰死在白鬼身旁，是件多麼快樂的事。」

白色的天花板依然單調，不過開始嗡嗡作響，開始彎向虛無，史基特必須靠意志力支撐他說完這幾句話：「我記得有個小伙子……我真恨你們讓我回想起這件事，我願意用一顆睪丸換取遺忘。黑暗裡，他被炮擊中。越共從日落開始，便開始用迫擊炮把我們打得人仰馬翻，我們根本不該進去那座山谷。他躺在黑暗中，內臟全迸出來，我沒看見他，夾著屁股從旁邊的陣地撤退，一腳踩到他的肚子裡去，感覺就像踩到一灘果凍，更慘的是，他淒厲嚎叫一聲，隨即死了，他不該這樣死的。還有另外一次，我們一共四人出搜索任務，成串的AK-47自動步槍開始

㊶老查理連（Charlie Company）指第三連（C連），「查理」則是蠢人、笨蛋的俗稱，也指北越人。

㊷山姆大叔（Uncle Sam）是美國政府或美國公民的總稱。

始開火，那種槍聲和M16步槍截然不同，噼噼啪啪的聲音比較多，懂嗎？不像燒木材那種噼噼啪啪聲，我們被壓制住了。有個跟我在一起的小伙子，是個來自田納西的白種人，一輩子沒刮過鬍子，對自己的鬍子視而不見，像摩西一樣。他一溜煙衝進叢林把對方掃射光，等我們後來去找他，才發現他早就被子彈打成兩截，面目全非的人竟然還能持續開火，簡直匪夷所思，眞慘。我不相信你們能目不轉睛盯著這種慘事，那些可憐的敵人就在你前方，遭到由空中不斷翻滾而下的銀白色桶裝燒夷彈轟炸，身上沾滿固體汽油的火焰，喊叫著從叢林裡跑出來——就在你眼前，身上著火，邊跑邊開槍，子彈的　啪聲和著火的身軀，像某些遊行活動裡的火炬，跌跌撞撞跳進你的散兵坑裡，跟你肩並肩，他們以為唯一能把他們身上汽油膠化劑弄掉的地方就是我方陣地。這時為了讓他止住喊叫，你會射殺他。他們都還只是孩子，面孔和我方基地的擦鞋童一樣。這樣的殺戮讓人感覺麻木，不覺得有何不好，但也不覺得有什麼好，只是有其必要罷了。有尿就得尿，對吧？」

「我不想再聽了。」尼爾森說：「我快吐了，我們快要錯過莎曼珊㊸了啦！」

姬兒說：「史基特如果想說，你就得讓他說，把話說出來對他比較好。」

「戰爭已經發生了，尼爾森，」兔子告訴他：「假如沒發生，我是不會讓你受這種事情困擾，可是已經發生了，因此我們得接受它，大家都得想辦法面對它。」

＊

「史立茲啤酒。」

「我不知道要點什麼，我覺得不太舒服，來杯薑汁汽水吧。」

「哈利，你變得不像自己了，還好嗎？有沒有珍妮絲的消息？」

「什麼都沒，感謝上帝。老媽還好嗎？」

老人家向哈利靠近，像是要吐露一件見不得人的事情。「坦白說，一個月前誰都想不到她現在的情況會比過去更好。」

※

史基特現在眞的在天花板上看到異象，白色的天花板下面又附著一層白色，不過兩種白不一樣，第二種白從第一種白的洞裡傾瀉而出。「你們知不知道，」他問：「宇宙的形成有兩種理論？有人說，宇宙就像聖經裡所記載，是經由一次大爆炸而形成，我們至今仍認同這種論點，就像聖經裡所說，是瞬間的無中生有，對吧？有意思的是，所有的證據都支持這種說法。但還有一種我較喜愛的說法，指出宇宙只是狀似無中生有而已。這種理論認爲，事實上宇宙是一種恆常的狀態，雖然萬物確實不斷向四面八方擴展，但是，最終並不會變成全然的虛無，因

㊸莎曼珊（Samantha）是美國廣播公司自一九六四年至一九七二年，共播出六季的電視影集「神仙家庭（Bewitched）」的主角，由伊莉莎白・蒙哥馬利（Elizabeth Montgomery）飾演，故事描述女巫莎曼珊嫁給平凡人後，承諾放棄她的神力，但她母親常出現干涉他們的夫妻生活，而發生一連串的趣事。

爲經由虛無間奇異的通道，許多新的事物會不斷重新產生。這種理論，我認爲才是眞理。」

兔子問：「你講這些和越南有什麼關係？」

「越南就是局部的黑洞，地球正在那個地區進行自我改造，就像啃噬自己的尾巴，是無可逃避的幽谷。你探頭進水井，結果被井底水面上自己黑暗的倒影嚇了一跳。正如從一數到十，數到極致便會歸零，重新開始，否極泰來，宇宙的演進太美妙了。捲入越戰的人在泥沼中運行至美，那是上帝貫徹旨意之處。上帝降臨了，親愛的，親愛的嬰兒，親愛的女人，讓上帝進來毀滅一切，開槍殺人，太陽穿透雲層，月亮變紅，像是鮮紅的嬰兒頭顱夾在母親的雙腿間，新生命於焉誕生。」

尼爾森驚叫，雙手捂住耳朵。「我討厭聽這些，史基特，你嚇到我了。我不要上帝降臨，我要祂留在祂該在的地方，我要和他一樣長大成人。」尼爾森所謂的「他」，是指他的父親哈利，也是這個房間裡最高大的人。「我要和我爹地一樣當個普通人，平凡人，我討厭你關於戰爭的說法，聽起來明明很恐怖，一點也不美。」

史基特的凝視從天花板上移下，試圖聚焦在孩子身上。「對，」他說：「黑人啊，你仍然想要生存，他們仍然控制你，你仍然是他們的奴隸。放手吧，放手吧，小伙子，別當奴隸，甚至於你親愛的爹地也還在學。他在學習如何走向死亡，雖然進度很慢，不過，他每天都學一點，對吧？」史基特有一種瘋狂的衝動，任憑那分衝動帶領自己上前，跪在和姬兒同坐在沙發上的尼爾森面前。跪下的史基特說：「別將慈愛的上帝拒於門外，尼爾森。你這樣一個孩子，用手指頭摸雞雞，然後把雞雞拿出來，讓它射精。把你的手放到我頭上，答應我，你不會拒上帝於千里之外，讓祂降臨，請你爲了老史基特那樣做，他已經被傷害太久了。」

尼爾森把手放到史基特像顆圓球的頭髮上，手放得越深眼睛也睜得越大。他說：「我並沒有要傷害你，史基特，我不要任何人互相傷害。」

「上帝保佑你，小伙子。」史基特黑暗的內心感覺到，上帝就像陽光穿透雲層一般，透過尼爾森那隻在他頭髮裡震動的手，降下祝福，別再嘲諷這孩子了。史基特暗自在心中緩緩理清他瘋狂的條理，內心又再度變得踏實。

兔子怒氣沖沖說：「放屁，那只不過是一場非打不可的骯髒戰爭，你不能因爲湊巧去過當地，就把這件事情給宗教化了。」

史基特站起來，想了解眼前這個人。「你的問題是，」史基特說：「你被所謂的常識弄得一團亂，常識是狗屎，老兄。常識可以幫助你度過白天，沒問題，可是一到晚上就留你獨自一人。我以前一直沒讓你知道這件事，但你就是不懂，寶貝。你甚至不懂眼前的片刻就是你能擁有的全部，發生在你身上的事就是所有發生過的事，對吧？其實你本身就是這些事情中的一部分，對吧？你、就、是、它。我從天上降臨，」史基特指向天花板，那根手指像是褐色的蠟筆，「就是來告訴你這件事，因爲兩千年以來，你在某些地方曾經完成某些事，後來置之不顧，現在又忘了，對吧？」

「講點道理！難道前進越南錯了嗎？」

「錯了？老兄，假如我們一直認爲事情本該如此，那又怎麼可能會錯？這個可憐的暗無天日美國只是聽從自己的心意，對吧？無法阻止自己的心意，所以得由他人代而爲之，對吧？問題是，周遭並沒有任何強大到能代勞的國家。山姆大叔有天早上醒來，低頭看看肚子，發現自己變成蟑螂，他能怎麼辦？只能乖乖扮演自己身爲一隻蟑螂的角色，直到自己被踩死，可是現在卻沒有任何一雙鞋能踩死這隻蟑螂了，對吧？只能任由蟑螂做蟑螂的事。我不是個白種自由主義分子，不像可憐的弗爾杜（Full Dull），或不久以前的笨蛋麥卡錫㊹讓所有大學裡的同性戀者勃起，認爲越戰是錯誤，認爲只要讓躲在洞裡的山頂洞人下臺就可以彌補，但越戰並不是一個錯誤，對吧？這一路以來，任何總統都熱愛戰爭，就像自由主義的屌配上自由主義的屄。那些白鬼舔老媽的屁股舔太久，結果竟然忘記老媽正面長什麼樣子。什麼叫做自由主義？給這個世界帶來喜悅，對吧？在狗咬狗的場合中給足甜頭，好讓所有人讚不絕口，對吧？事到如今還有哪件事比越戰更好？美國一直設法維持越南海岸線的開放，老兄，如果不維持開放，那美國人還算什麼？老兄，如果我們不維持幾個淫蕩的國家像越南那樣把腿張開開，那麼美鈔和精液如何進得去？越戰是性衝動下的行動，對吧？與越南相較，以前攻打日本就完全是件醜陋的事，當時的美國是醜陋的爛貨，而現在的美國才眞的是經過文明洗禮的鈔票。」

天花板在搖晃，史基特覺得滔滔不絕的才氣降臨到他身上。「我們就是那張鈔票，少數像胡志明那種老笨蛋可能不知道這回事，美國充滿世界各國引頸期盼的東西——節奏強烈的搖滾樂、海洛因、黑人雞巴、大屁股汽車、大型廣告招牌，我們達到目標，耶穌也降臨，祂在這降臨了。其他的國家不過都是些狗屁地方，對吧？我們得到猩猩大便，對吧？讓帝國降臨，我們讓世界淹沒在美國灼熱的藍綠色猩猩大便裡，對吧？」

「對。」兔子說。

贊同的鼓勵讓史基特看到眞理。「越南，」他又說道：「越南這個小不點是老美天國精髓中的一個膿包而已。美國不喜歡越南，越南也不喜歡美國。」

「對，」兔子說：「太對了。」

頭髮太多，臉上長有灰白雀斑的姬兒和尼爾森，對於兔子和史基特看法一致甚爲驚訝。姬兒央求，「停！這一切太讓我傷心了。」史基特聽得懂，她的皮膚有些斑駁，這個可憐的女孩眞是對日月星辰敞開胸懷，今天下午，他讓她嗑了幾粒迷幻藥，她如果嗑了迷幻藥，便會吸食海洛因，吸食海洛因，便會有性衝動。他上了她。

尼爾森央求：「我們看電視好了。」

兔子問史基特：「你在越南那幾年爲什麼沒受傷？」

三張白色的面孔。白色面孔上的五官讓他看到就有氣，上帝通過三張白色面孔上的七竅傾注而下，他止不住泉湧，流到他的眼睛裡。史基特還小的時候，有些壞心眼的人教他上帝是個

㊹尤金・麥卡錫（Eugene Joseph McCarthy）美國政治家，詩人，眾議員，參議員，在一九六八年的總統大選是民主黨首位在新罕布夏州挑戰在職詹森總統的候選人，他的反越戰立場，使當時許多反戰的大學生及行動家齊聚新罕布夏州支持他的競選活動。

白種人。「我受過傷。」史基特說。

＊

史基特登山寶訓㊺

（綠色的簽字筆跡是姬兒用她信心十足，圓潤優美，受教於私立學校的那隻手在某晚玩鬧中寫下，寫在尼爾森筆記本的活頁紙上）

權勢是狗屎。

愛情是狗屎。

常識是狗屎。

困惑是上帝的面容。

除了永恆的一致性，無事有趣。

除了透過我，沒有救贖。

他們在家聊天的同一晚，姬兒用尼爾森找來的蠟筆，畫了一些人像畫，她採用簡單的線條畫法，畫風可愛，風格是二年級時的美術課中遺留而來，至今仍可見其相似之處。史基特當然以黑桃老大代表；尼爾森以梅花代表，誇張他深色的瀏海和兩旁修飾過的鬢角；她本人則是以紅桃代表，用粉紅色的蠟筆畫出淡金色的頭髮和瓜子臉；至於兔子呢，則是剩下來的方塊紅磚，撲克牌方塊的正中央是個粉紅色的小鼻子，以及一雙似睡非睡的藍色小眼睛，以及滿腹心事的眉毛。幾乎看不見的嘴巴微翹，像是想要吸奶。這四個素描的周圍，以綠色蠟筆畫出深情款款的指示箭頭和一顆氣球，潦草標示：「雖不像亦不遠矣」。

※

某天下午，尼爾森和兔子一個練完足球、一個剛下班回家。他們四人擠進姬兒的保時捷，行進鄉間。兔子個子高，不得不坐前座，尼爾森和史基特擠在後座。史基特從門前的通道小跑步到路邊，再鑽進車裡，上了車說道：「老兄，暴露在空氣中那麼久，對我的肺部有害。」姬兒開車匆促急速，挾帶年輕的傲氣，兔子不停用腳拍打地板，實際上副座並沒有煞車可踩，姬兒的側面冷靜地笑了。她那隻穿著芭蕾舞鞋的小腳，在經過幾處彎道時踩下油門，加速行駛在紅土山谷和灰白玉米殘莖田地間的筆直路段，趕在對面車道的來車將他們剪除到被世人忘卻的世界之前，超越一輛大型貨車，貨車像是一棟怒氣沖沖冒著黑煙的房屋被拋在身後。鄉間的景色很美，秋日讓賓夕法尼亞深沉的綠亮眼起來，天空裡殘留夏季那分意猶未盡的清朗，山坡嵌

㊺登山寶訓（Beatitudes）指的是馬太福音（Matthew）第五章到第七章裡，耶穌基督在山上所說的話。登山寶訓中最著名的是「八種福氣」，即虛心有福，哀慟有福，溫柔有福，飢渴慕義有福，憐恤人有福，清心有福，使人和睦有福，爲義受逼迫有福，被認爲是基督教徒言行的準則。

進琥珀色的暗影裡，似火的橘若是在別的月分則成爲蟬殼的色調，在狩獵季節裡，更會被踩得咖嗤作響；一把叢林的火，燒起煙霧瀰漫谷地，就像是河面上的氤氳。姬兒把車停在一堵新漆的白色圍籬和一棵蘋果樹旁，大家下車，踏進一地熟透蘋果散發出的馥郁香氣裡，腳邊的蘋果已經在溝渠細流旁的濕草地上腐爛，草地仍綠意盎然，但圍籬旁的牧草地卻已經被吃草的牲畜踐踏成褐色，而受到牛隻水肥滋養的叢叢牛蒡，卻長到像人一樣高。尼爾森撿起一顆蘋果，在離被蟲咬出一個洞的遠處啃了一口。史基特抗議：「孩子，別吃那個垃圾！」難道他從未見過水果在大自然裡被啃食嗎？

姬兒提起洋裝下擺，跳過水溝，抓住新漆白圍籬上的板條，從板條之間的縫隙往遠處望。遠處的樹木濃蔭之下有一座用砂岩蓋成的農莊，像個浸潤在茶水裡晶瑩閃爍的方糖。農家舊式車輛的輪子寬而細，透露靜止的永恆。輪子旁邊直立一個生銹的物體，應該是個幫浦。這讓姬兒想起羅德島碼頭和桑德周圍那些直立的索栓，等待船隻前來停泊。所有生鏽的索栓忽視被海水漂白的甲殼類生物，牠們落腳在海水包圍之處。夏季的陽光照射在海鷗灰的木頭上，照射在碼頭上，也照射在棚屋上，金屬隨著海水的擺盪嘎吱作響，而此時那座小島的距離卻是如此遙不可及。她說：「我們走吧！」

一行人重新擠進那輛小車，路上又是貨車、加油站以及裝飾霓虹女巫招牌的「荷蘭」餐館，風和車速掩蓋所有的氣味、聲音，以及可能屬於另一世界的各種想法。布魯爾南部開闊的砂岩鄉間，亞米胥教派信徒農莊點綴在排列齊整的農田上，美得有如雜誌封面，轉入城北醜陋的丘陵和陰暗的山谷，當地的鋼鐵工業如日中天，人們在這個地區建築許多門面狹窄的住屋，有山形牆、有屋頂窗，形狀看來像是美洲鷲的肩膀棲息在擋土牆後方的半球形草地上。布魯爾溫和的花缽紅，行至城北十哩之遙的此處變得鮮明，像是牛血般的深紅，雖然尚未抵達產煤區，但感覺上樹木都因煤塵而變黑。兔子憶起「大酒桶」刊載過的系列報導都是些怪異的凶殺案，被斧頭砍死，用沸水燙死，或是被繩子絞死，犯案地點就在這些山谷裡的狹窄大街，街上有血紅色教堂、銀行和共濟會會館，街道像是擰過的衣領，盡頭的急轉彎越過廢棄不用的鐵軌，進入不見陽光的峽谷。峽谷裡有失去光澤的清澈溪流，有時會與被濕氣包裹的小橋交錯而過，小橋嘎嘎的聲響像是要將人吞噬。

兔子和尼爾森，史基特和姬兒擠在小車內，奔馳中充滿許多歡笑，不特別爲何而笑，可能爲一名穿著連身工作服的鄉巴佬愚蠢的臉部表情而笑，爲圍欄裡豬隻那種神氣活現的模樣而笑，爲郵箱上古怪的姓名而笑——辛那細茲（Hinnershitz）、弗赫特（Focht）、喜士普納革（Schtupnagel）㊻，或爲駕駛牽引車的人胖到幾乎坐不進座位而笑。甚至當油表指出還有二分之一缸汽油，這輛小車卻在掙扎中速度變慢，最後像踩煞車般停下，大家還是繼續笑。

姬兒利用僅剩的衝力，將車子停到馬路邊，兔子下車查看引擎。引擎位於車尾整齊切口的引擎蓋底下，緊牢固定的引擎構造，運轉方式不像自動鑄造排字機般透明，巨大且一目了然；

㊻這些名字源自德語。

而是糾結、封閉且充滿油污。火星塞哼哼地攪和，但引擎卻紋風不動，原來應該要產生燃燒連鎖反應的機械動作發生故障，兔子讓引擎蓋維持敞開，表示車子拋錨亟待協助。後座上的史基特蜷縮身軀，喊著：「寶貝，你知道打開引擎蓋會怎樣嗎？會把可惡的警察召喚過來！」

兔子告訴他：「你最好從後座下來，後面可能會有車子追撞，到時候你就慘了。你也下來，尼爾森。」

這是一條極危險的公路，只有三個車道。從布魯爾開出的通勤車輛震動大地，捲起雪崩般的塵土、噪音和一氧化碳，沒有好心人停車伸出援手。這輛保時捷熄火的位置在一座堤防上方，堤防陡峭的斜面種植輕柔纖細的植物，也就是冠形野豌豆，用以保持水土。下方，褐雨燕飛過收割過的玉米田；兔子和尼爾森斜倚在汽車輪胎的擋泥板上，遠望地平線上方距離一小時的落日，陽光讓田裡充塞殘梗的陰影，微微起伏，像是燈芯絨布上的絨紋。姬兒走去採集一小把有些像是雛菊的紫菀，小小的紫菀在秋季怒放，細小的莖呈卷鬚形盤旋於距離地面一或兩吋高的空氣中。姬兒把花束送給史基特，想引誘他下車，史基特伸出手去把那把花束從姬兒手上拍掉，四散的花瓣飄落到路邊的沙礫上。史基特壓低嗓門從保時捷探出頭來，「妳這個白鬼賤屄，妳的行爲就是要把我交給警察。這輛可惡的車根本沒毛病，對吧？」

「它發不動。」她說。一朵紫菀落到一隻芭蕾舞鞋腳尖的位置，她面無表情。

史基特的聲音在車裡抱怨，罵聲不斷。「我就知道不該出門，姬兒寶貝，我知道原因，妳不能沒有那種貨，對吧？完全沒興致了，對吧？比提起興致更簡單事就是把老史基特交給警察，嘿，對吧？」

兔子問姬兒：「他在說什麼？」

「他說他害怕。」

史基特嚷嚷：「叫那兩個傻白鬼別擋路，我要翹頭了，到圍籬的另一邊有多遠？」

兔子說：「自作聰明，你如果真的爬到上面的森林，就更顯眼了，人家會說有個黑鬼躲在木堆中間。

「別叫我黑鬼，你這個白鬼雞巴。告訴你一件事，你如果把我送交警察，我就派人到費城去找人，把你們全都幹掉。不單只有我一個，我們到處都有人，聽到了沒？現在，你這該死的傢伙給我想辦法發動這輛車，聽到沒？想辦法發動這輛車！」

蜷縮在皮製背椅與後窗之間的史基特發號司令，他的慌亂令人厭惡，也許具有傳染性。兔子很想把史基特從車裡抓出來，拉到外面的陽光下，可是卻不敢伸手進去，怕被他螫到。兔子朝向史基特吵雜沙啞的聲音用力關上保時捷的門，然後走到車尾，使勁蓋上引擎蓋。「你們兩個留在這，讓他冷靜下來，把他留在車子裡，我用走的去找加油站，這條路前面一定會有。」

兔子跑了一會，史基特滿懷敵意的恐懼讓他的膀胱產生刺痛感，經過這幾晚的相處，這個黑鬼的第一個念頭竟然是別人會出賣他，也許這只是三百年經驗累積下的自然反應。爲了爭取時間，兔子快跑，就像上學遲到，得跑步趕去上課一樣。把那個黑人留在那，別讓他慌亂、別讓他逃走！史基特已經成爲他的責任，遲到了，來不及了。

沒多久，他看到一個古希臘式紅色飛馬的招牌，懸吊在被落日染紅的田地上，是個舊式修車廠，到處都是黑色的油污，牆壁上裝模作樣懸掛扳手、風扇皮帶、榔頭、零件。油壓起重機的旁邊有一座舊式的可樂自動販賣機，呼嚕呼嚕只送出瓶裝可樂。技工是個瘦長羸弱的年輕人，擁有農人溫吞的說話方式和黑色的手掌心，他與兔子駕駛搖搖晃晃的牽引車，回頭開往主要公路，牽引車的邊窗破裂，風呼嘯而過，飢餓迎面撲來。

＊

「溫度過高，」這名技工診斷結果，他問姬兒：「上一次換機油是什麼時候？」

「機油？加油的時候，不是就會幫你加機油嗎？」

「除非妳要他們加，不然不會幫妳加。」

「妳這個笨女人。」兔子對姬兒說。

姬兒不服氣地噘嘴，「史基特也開過這輛車。」

在技工踩油門檢查引擎的那段時間，後座的史基特筆直坐在座椅上，臉上的眼鏡在落日餘暉裡閃爍橘色的光芒，兔子問：「你開這臺車開多遠？」

「噢，」史基特說，在技工聽得見的距離之內顯得心虛，「從這裡到那裡，絕對沒亂開。」他繼續裝模作樣說：「我沒注意到這輛車是你的財產。」

「那就是一種糟蹋，」兔子沒把握地說：「和不小心。」

姬兒問技工：「可不可以在一個鐘頭內修好？我這位小弟還有家庭作業要寫。」技工只跟兔子說話，「引擎報銷了，活塞融化到汽缸裡。能修這種車最近的地方可能是波茲鎮（Pottstown）。」

「我們可不可以把車留在你那裡，直到我們找到人來拿？」

「得收你們停車費用，每天一塊錢。」

「那當然，好極了。」

「外加拖車費二十塊錢。」

兔子付錢，那名技工把車拖回車廠。一行人搭他的便車，姬兒和兔子坐上拖車的前座。「喂，小心，」姬兒挪動身體坐進去的時候，技工說：「我可不想讓油污弄髒妳那件漂亮的白色衣服。」保時捷的車頭被朝後傾斜拖吊，史基特和尼爾森坐在車裡，到了車廠，技工打電話叫了一輛計程車把他們送回布魯爾。史基特的身影在一扇髒門後面消失，然後沖了兩次馬桶。尼爾森看著技工解開拖車的吊鉤，聽他在那解釋「引擎」之類的名詞。姬兒和兔子走向門外，蟋蟀在黑暗中的玉米田裡亢奮地鳴唱，新月半遮面，高高掛在飛馬圖案招牌的上方，車廠外面的燈光已熄滅。兔子注意到姬兒芭蕾舞鞋上附著一片白色物體，是那朵掉落的小紫菀，他彎下身軀拿起小花，遞給她。她親吻那朵小花，向它道謝，然後默默把小花放進垃圾桶裡，讓小花就此安息，垃圾桶裡滿是沾滿油汙的擦手紙巾，以及開過的鐵罐，「小心別讓衣服沾上油污。」計程車的輪胎嘎吱作響，是一輛五〇年代的舊式別克，車尾模仿B-19型轟炸機尾翼。司機是個胖子，嘴裡嚼著口香糖，在往布魯爾行駛的路上，司機的腦袋在對方來車的大燈照射之下，從後座看來就像座金字塔般變大，除了嘴巴咀嚼的動作，身體動也不動坐在駕駛座上，與司機同坐前座的是史基特。「眞是美好的一天。」後座的兔子朝前座喊。

姬兒吃吃笑，尼爾森伏在她的腿上睡著了。她撫弄他的頭髮，用無聲的手指捲弄尼爾森的長髮。

「一年之中的這個時候就該這樣。」計程車司機慵懶答腔。

「這邊鄉下的景色好美，我們幾乎沒來過這座都市的北部，我們稍早開車到處走，看風景。」

「沒太多風景値得看。」

「我們碰上車子的引擎過熱，我想那輛車眞是一團亂。」

「我也認爲。」

「我這個女兒忘了加機油，現在的年輕人都這樣，搞壞一輛車之後再繼續去弄下一輛，不知道愛惜。」

「我想某些人是這樣。」

史基特對司機說：「你如果多遇上一些像我們這樣發生突發事件的好人就好了，這條路上壞人很多。」

「是啊，嗯。」司機說。這是他把車開到目的地之前說的最後一句話。到了美景彎道，他告訴兔子：「十八。」

「十八塊錢？十哩路十八塊錢？」

「十二哩，回程又得跑十二哩路。」

兔子下車，走到駕駛座旁付錢，另外三人往屋裡跑。司機伸出頭來問兔子：「你知道你自己在做什麼嗎？」

「這話怎講？」

「他們會在背地裡陷害你。」

「誰？」

司機湊得更近。藉著路燈，兔子看到一張蠟黃色的寬臉，和一張像鯨魚般沒有嘴唇的嘴，憂心忡忡，鼻肉上有個馬蹄鐵形的傷疤。他的答覆直截了當：「那個黑鬼。」

兔子尷尬地掉頭，看到一群小孩。尼爾森說得沒錯，那群小鬼站在美景彎道對街，有幾個牽著腳踏車，注視這輛怪計程車的乘客下車。在賓州山莊的蕭瑟地帶出現群眾聚集，使兔子提高警覺，彷彿月球表面正逐漸潰爛。

＊

這次的出遊壯大史基特的膽子，使他又敢暴露在陽光之下。兔子下班回到家，發現史基特和尼爾森在車道上投籃。尼爾森把球傳給父親，人在二十呎外的兔子接到球後，單手投籃，唰的一聲來了個漂亮的大空心。「嘿！」史基特大聲嚷嚷，聲音大到整個賓州山莊的家家戶戶都聽得見，「你這種怪里怪氣的老式投法是從哪學來的？你想耍寶，對吧？」

「球投進去了。」尼爾森老實說。

「放屁，小伙子，連一個獨臂的侏儒都能擋住那顆球，你那種秀球的方式需要兩個人的掩護，對吧？你得跳投才行，跳起來，再投出去。」他示範，雖然秀出的球沒進籃，但動作看來是正確的：先高托球，面朝上方後仰，再輕輕投出去，球呈拱形越過任何一名防守的球員。兔子試試這種方法，但發現自己的身體太重，跳投的動作不靈光，球也不聽使喚。史基特說：「你們白人的肚子都像鉛一樣重，不過我羨慕死你那雙手了。」他們一對一鬥牛，史基特的動作既快速又靈活，像是在與尼爾森傳球，一再閃過兔子，搶攻到籃下，然後跳起來單手進籃。兔子擋不住他，呼吸使胸腔開始疼痛。在某些時刻，他感覺那顆球、身上的肌肉、頭頂上的空氣以及自己的身體，在與緊張、力不從心以及地心引力間相互競爭。後來，十月的寒氣滲進汗水中，他只得踏進屋裡。姬兒還在樓上睡覺，近來她睡得越來越多，他認爲這種頭暈目眩的逃避性睡眠，是種無禮的行爲。等到她穿著那件令人厭倦的白色衣服，邊走邊把臉頰上黏膩的頭髮往後撩，踏下樓來，兔子粗魯地問：「妳處理好車子的事情沒？」

「甜心，我該怎麼做？」

「妳可以打電話給妳母親。」

「不行。她和我繼父會做同一件事，就是來找我。」

「那也許是個好主意。」

「我繼父是個討人厭的傢伙。」姬兒從他身旁走過去，連看都沒看他，走進廚房，拉開冰箱往裡面看：「你沒買吃的東西回來。」

「那是妳的責任。」

「沒車怎麼去買？」

「老天，妳五分鐘之內就可以走到艾克米超市。」

「別人會看到史基特。」

「別人無論如何都會看到他，他現在和尼爾森正在外面跑來跳去，而且妳顯然讓他開車跑遍整個賓州。」兔子越說越火，史基特竟然說他的肚子像鉛那麼重！「可惡！妳怎麼會把那麼貴的一輛車就這麼搞爛了，就這麼讓它動彈不得？那輛車的價錢足以讓世界上某些人生活十年。」

「別再說了，哈利，我覺得渾身無力。」

「好吧，抱歉。」他把她拉進他懷裡。她傷心地，踉踉蹌蹌地靠到他身上，鼻子在他的襯衫上摩擦。但當他間歇性的頭暈停頓，開始覺得自己的身體無法觸碰她的皮膚，癢得想打噴嚏。

姬兒喃喃道：「我看，你是在想你老婆。」

「那個婊子，門都沒有。」

「她只是和所有人一樣，被這個社會制約，現在她只想活出自我。」

「妳不也如此？」

「有時候吧，不過，我覺得那樣還不夠，會成爲讓人吃定你的原因。喂，放開我，你又不喜歡抱我，我感覺得出來。我想起來了，冰淇淋後面還有一些冷凍雞肝，不過得花很久時間解凍。」

＊

六點晚間新聞。由於美景彎道二十六號電視收訊不佳，所以螢幕捕捉到那張灰白面孔的播報員，本身並不知道自己的腦袋呈現扁平，而且下巴充滿彈性地被拉長，他嚴肅播報：「來自芝加哥報導。緊接著『民主社會促進學生會㊼』激進派成員所引發的整日暴亂之後，兩千五百名伊利諾州國民兵今天繼續執行勤務。這些年輕的好戰分子砸窗戶、翻汽車、襲擊警察人員，這批人的口號是……」沉重而嚴肅地停頓，那張變白的臉朝向攝影鏡頭抬起，伸展下巴，腦袋扁得像塊鐵板。「……把戰爭帶回美國本土來。」畫面先轉至揮動臂膀打人，踹腿踢人的警察，再看到幾個被拖行的長髮女孩，最後冷不防出現幾張大鬍子臉孔，揮舞拳頭，像是想穿透電視螢幕，然後再回到警察揮棒打人的鏡頭。那些動作有點像芭蕾舞蹈，尙可撫慰兔子的心靈，史基特也喜歡這種場景，「打得好！」史基特大吼：「再給那個自以爲了不起的白鬼一拳！」進廣告，他轉頭對著尼爾森說：「幹得好，對吧？」

尼爾森問：「你爲什麼這麼說？他們不是在抗議那場戰爭嗎？」

「他們如果是在抗議戰爭，那麼母雞就會有睪丸了。那些可憐白人抗議的東西，是原本要等二十年才能分到屬於他們爹地的那張大餅，不過他們現在就想要。」

「他們分到了大餅要拿去做什麼？」

「做什麼，小伙子？他們要吃掉它，他們就是要吃掉它。」

進廣告，螢幕上一張女人的嘴被放大，就結束了。「民主黨全國代表大會期間，芝加哥八人幫鼓動暴亂的被告，繼續在擾嚷紛亂的法庭上接受偵訊。與被告亞畢·霍夫曼並無親戚關係的主審法官尤立斯·霍夫曼數度叱責被告鮑比·席爾㊽。鮑比·席爾脫口而出的辱罵字眼包括……」播報員又抬起眼睛和扁平的頭，加上不以爲然的表情，「……豬仔、法西斯分子、種族主義分子。」法庭上席爾的素描畫面從螢幕上一閃而過。

尼爾森問：「史基特你喜歡那個人嗎？」

㊼民主社會促進學生會（Students for a Democratic Society）簡稱SDS，是美國新左派最具指標性的學生運動，主張參與式民主、直接行動、激進主義、學生權、抗議經濟蕭條，該組織在六零年代成立並快速擴張，在一九六九年最後一次代表大會後宣告解散，但其激進主義思想仍對後來的學生組織產生重要影響。

㊽芝加哥八人幫（Chicago Eight）即被控串謀，煽動暴亂，包括發生在芝加哥，和伊利諾伊州一九六八年民主黨全國代表大會抗議活動的相關人士，包括亞畢·霍夫曼（Abbie Hoffman）、傑瑞·魯賓（Jerry Rubin）、大衛·德林杰（David Dellinger）、湯姆·海登（Tom Hayden）、雷尼·戴維斯（Rennie Davis）、約翰·弗羅因斯（John Froines）、李·韋納（Lee Weiner），以及鮑比·席爾（Bobby Seale），其中鮑比因口出惡言藐視法庭，遭尤立斯·霍夫曼（Judge Julius J. Hoffman）先行判決四年監禁，芝加哥八人僅剩七人繼續受審（Chicago Seven）。

「我不怎麼贊同，」史基特說：「他安置黑鬼的主張。」

兔子忍不住笑了：「荒唐！他和你一樣心裡充滿仇恨。」

史基特關掉電視，以牧師的溫柔的口吻說道：「我絕對沒有滿懷恨意，而是滿懷愛意，愛是一種動力，但恨是一種癱瘓力，讓一切動彈不得。愛是進取的，是來解放世人，對吧？當年耶穌把那些兌換錢的人自神殿解放，新耶穌也將解放現在這些想換錢的人。以前舊耶穌佩一把劍，對吧？新耶穌也會佩一把劍。他會是愛的活火焰，混亂是上帝的身體，而秩序才是魔鬼的鎖鏈。至於羅柏．席爾㊾，任何一名黑人，凡是能夠獲得口臭的約翰．坎尼爾（John Kennel Badbreath）及笨腦雷歐納（Leonard Birdbrain）出面為他舉行募款雞尾酒會，在我心目中就都是同一種人。他們進入權力核心，也進入公眾矚目的核心後，就貶低了自己靈魂的價值，馬上就變成大家口中那種非我族類的人。我們黑人當初來到這裡，全都是沒沒無名的，我們是屬於未來的有機種籽，種籽是沒有名字的，對吧？」「對。」兔子習慣性回答。姬兒煮的雞肝邊緣已經焦熟，中心卻仍是冰冷。

＊

十一點新聞中，一名鬍子稀疏的小伙子淒厲喊叫：「幹掉豬仔！所有的權力歸於人民！」那人的臉孔湊進攝影鏡頭，使焦距無法對準他。

一名不見身影的記者用著甜美的聲音訪問那個人：「你如何說明你們組織的宗旨？」

「摧毀現存的壓制性結構，讓社會來控制生產工具。」

「能不能請你告訴電視機前的觀眾，你所謂的『生產工具』指的是什麼？」

攝影機遭到推擠，兔子的起居室裡卻暗了下來。「工廠、華爾街、科技產業，所有一切。一小撮資本家集團正在強逼我們為環境污染買單，讓人忍無可忍，還有超音速運輸機，以及在越南和其他少數民族聚集區所進行的種族大屠殺，所有一切。」

「我明白了。你們的目標就是藉著砸窗戶這樣的動作，幫逃跑中的科技套上勒馬索，然後打造出一種新人文主義的基礎。」

攝影鏡頭拼命想為那名年輕人重新對焦，使他的身影看來模糊地像從螢幕上走開。「你現在是在開玩笑嗎？你會是第一個去撞牆的人，你……」出現這種干擾顯示這段訪問是預先錄製。

兔子說：「告訴我你對科技有什麼看法。」

「科技……」史基特耐心解釋，深吸一口手上的大麻菸，菸頭灼熱得冒出紅光，「是屁。姬兒，把衣服下擺拉好！」

姬兒在沙發上睡著了，大腿散發光澤，洋裝下擺向上褪縮，若隱若現露出內褲上三角形的部位。

㊾羅柏・席爾（Robert George Seale）即前文的鮑比・席爾（Bobby Seale）。

史基特繼續說：「所有人都在這個強大的勞工系統裡工作，這個系統要我們把全部舊知識忘掉，登陸月球代表我們正把蘋果縫回蘋果樹上。遠古時代的古羅馬人就有科技，對吧？後來，異教徒把他們從科技裡拯救出來，異教徒其實是羅馬人的救世主。我們無法誘使愛斯基摩人前來侵犯我們，因此便爲自己拉拔一整個世代的異教徒，原諒我這麼說，是你們把那些年輕異教徒拉拔長大的，是你們白鬼把他們培養出來的。你們美國的中產階級，以及世界各地中產階級的模仿者，在自己身體裡，發現能夠生育百萬個『低等人類白痴』的神力，而在中古世紀的黑暗時代裡，這種低等人類只有近親通婚的貴族階級才能製造出來，你知道誰是那些被生下來的重度智障小國王？」

「誰？」兔子問。

「西元一世紀的梅洛文王朝㊿，對吧？我記不得了。他們坐在牛車上，嘰嘰嘎嘎被拖著到處走，而我們現在則幸運地坐在機械化的交通工具上，嘰嘰嘎嘎到處跑。美國那些年輕一代應該捐棄自我，把剩下的自己完全獻給毛主席㊿¹，這是眞實發生的事，對吧？」

兔子辯稱：「這話不中肯，那些年輕人有些不錯的觀點。除了戰爭之外，環境汙染的問題呢？」

「和白種人談話讓我越來越覺得厭煩，」史基特說：「你們爲自己那一套辯護，那些偏激的小孩，無疑就像安格紐那種人，渴望保持現狀，反抗神的意旨及神的懲罰，他們反基督，因意識到上帝對於越戰的表情，便在上帝的臉上啐口水。假先知，藉著他們理念擴散，大家就知道末日已近。大眾的無恥，別出心裁地研發武器和極度愚蠢的行爲，反倒受到尊崇，除了行賄和收保護費之外，其餘所有的法律都是笑話。因此美國就是步向毀滅的羅馬，而我是新黑暗世紀的基督，就算不是我，也是某個和我一模一樣的人，往後的各個世代也會認爲新黑暗世紀的基督就是我，你相信嗎？」

「我相信。」兔子吸著自己點的大麻菸，感覺他的世界就像是岔開雙腿的女人那樣膨脹，就像花朵綻放，也像星球相互走避，最後承認這些新的眞理。「我眞的相信。」

※

史基特希望兔子爲他朗讀在「生活周刊」及「時代雜誌」上弗利德瑞克．道格拉斯[52]的文章。「你是個爽快的人，對吧？你今晚注定要當大條的黑鬼。你身爲白人，寶貝，沒什麼多大意義，可是當個黑人你會很有意思。」史基特在書裡用迴紋針和蠟筆做出一些記號。

㊿西羅馬帝國滅亡後，一支名爲「法蘭克人」的日耳曼蠻族在高盧（現今的法國）地區建立國家，第一個王朝即是梅洛文王朝（Merovingians），梅洛文王朝使正統基督教文化在高盧地區流傳下來。

(51)文化大革命發生於一九六六年。

(52)弗利德瑞克．道格拉斯（Frederick Douglass）：美國廢奴主義者，女權運動者，編輯，演說家，作家，政治家和改革者，他出生時爲黑奴，揭露奴隸生活的眞實面貌引起美國白人的關注。

兔子唸著：「讀者應該已經注意到眾奴隸中的這個名字，在聖經以斯帖記[53]裡提到過，這名年輕女奴擁有『以斯帖』這個對她而言是個詛咒的姓名，她不只美貌，而且身材高挑，皮膚淡色，體態均勻，儀表端莊。以斯帖的追求者尼德．羅伯特（Ned Robert）是深受洛伊德上校（Colonel Lloyd）寵愛的一名奴隸的兒子，是個俊男，以斯帖則是個美女。某些奴隸主或許會樂見其成，促成這對愛侶的婚事，但基於某些原因，安東尼上尉否決了他們的戀愛，嚴格規定她不得與年輕的羅伯特交往，聲稱如果再發現他們倆在一起，將會給她嚴格的懲處。然而，要讓這對戀人分手是件不可能的事，以前幽會，往後還是繼續幽會——然後我要跳到下面那段。」

兔子繼續念頁尾用紅蠟筆做記號的那部分，他以戲劇性的口吻演繹清晨的霧靄，和一個孩子心裡的恐懼。「那是個清晨，大地一片寂靜，住在屋裡和住在廚房裡的人都還沒起床，此時我醒了，實際上是被可憐的以斯帖那種驚心動魄的尖叫，以及悽慘的哭聲吵醒，我睡覺的地方緊鄰廚房，中間沒有門隔開，是個簡陋小儲藏室，就睡在裡面的髒地板上……」

史基特插嘴。「你聞得到那間小儲藏室的味道，對吧？骯髒，對吧？收成一段時日的馬鈴薯，夾雜一些來不及長成就變黃的小草，對吧？就是那種氣味，他睡在那裡面。」

「噓！」姬兒說。

「……透過那些沒刨過木板條發出的嘎吱聲，我清楚感知，也聽見究竟發生什麼事，儘管實際上並未親眼目睹。以斯帖的兩隻手腕被緊緊捆綁，吊繩固定在上方粗木屋樑的大鐵鉤上。她站在一條板凳上，雙臂被緊緊吊在頭部上方，她的背部和肩部完全赤裸，身後站著老主人，手上抓著牛皮鞭，沙啞粗魯地說著極盡挑逗的辭句，進行殘忍的虐待行爲。他故意不疾不徐拖長這種折磨，以犧牲者的垂死掙扎爲樂，一次又一次地抽打他那充滿恨意的鞭子，對準自己力道及技術所及，能夠把人打得最爲疼痛的部位猛抽。可憐的以斯帖從前從未受過如此狠毒的鞭笞，她那豐腴柔嫩的雙肩，每一鞭、每一記重重的鞭笞，都引起一聲聲的哀號，同時，也濺出血來。『饒了我！噢，饒了我！』她哭喊著：『我再也不敢了。』可是，她扣人心弦的哭喊似乎只能增添老主人的怒氣。」紅色記號在此結束，兔子略過，改念這章的最後一段。

「這整個場景，以及所有相關者的境遇，眞是令人嫌惡，也令人震驚，而這種殘酷懲罰的動機被人知曉時，卻找不出公正的語詞來形容這種恐怖的罪行。我沒有把握，不敢說老主人總共鞭打幾下，總之在痛鞭一頓後，才解開被吊綁住的犧牲者。以斯帖被放下來的時候，幾乎無法站立，我內心很同情她。我當時還是個孩子，從沒見過這種事情，極度震驚。我受到驚嚇，變傻，變得沉默，不知所措。這裡描寫的場景後來經常發生，因爲儘管無所不用其極地加以防阻，艾德華和以斯帖仍然繼續幽會。」

史基特轉向姬兒，突然像小孩子似的打了她的胸部一下，「別噓我，妳這個賤屄。」

「我想要聽下一段啊。」

---

53 以斯帖記（Esther）是舊約聖經中的一章，敘述猶太人的以斯帖，隱藏其出身進入波斯王亞哈隨魯（King Ahasuerus）的後宮，成爲他寵愛的妻子之一，後因她的影響使猶太人躲掉一場大災難。

「這篇文章激起妳的興致了嗎？賤屄。」

「我喜歡哈利念的方式，帶有感情。」

「去他媽你們白人的感情！」

「嘿，你不要激動！」兔子無助地說，心裡明白史基特這種激烈的反應有其道理。

史基特抓狂，一隻手抓住姬兒的肩，另外一隻手朝她的喉嚨伸去，扯她白色洋裝的衣領。衣服的布料相當堅韌，姬兒的頭被拉得猛然前傾，隨後嘶地一聲，衣服被拉破了。她彈回沙發，眼神毫無表情，衣服的胸前被撕開成V字型，她兩個堅韌的奶頭在袒露的胸部上彈動。

兔子直覺反應並不是去救她，而是保護尼爾森。他把書往鞋匠工作檯上一放，身軀擋在孩子和沙發中間，說：「上樓去。」

尼爾森目瞪口呆，茫然不知所措地站起來，哀嚎著：「爸……他會把她殺了。」他的臉頰發紅，兩眼深陷。

「不，他不會，他只是嗑到神智恍惚了，姬兒不會有事的。」

「噢，該死的，可惡。」這孩子沮喪地反覆說，開始哭泣。

「嘿，小寶貝！」史基特喊：「你想拿鞭子抽我，對吧？」跳了起來，擺出假妖媚的舞姿，猛然脫去身上的襯衫，力道之猛，使襯衫袖口上的一顆釦子脫落，彈到電燈的陰影裡。他瘦扁的胸膛赤裸，身體線條令人讚嘆，每條肌肉明顯緊貼骨頭，兔子從未見過這樣的胸膛，除了十字架上那位之外。「然後呢？」史基特大吼：「要鞭打我的屁股，對吧？來吧！」他的手把褲子的拉鍊拉開，開始解皮帶。尼爾森逃出客廳，傳到樓下的嗚咽聲越來越小。

「好啦，夠了。」兔子說。

「再念一點。」史基特央求。

「你會失去控制。」

「你那個混蛋小孩以爲他擁有那個賤屄。」

「別再叫她屄！」

「老兄，耶穌不是給她生了那玩意嗎？」

「你眞恐怖。」姬兒對史基特說，把衣服上撕裂的縫隙抓合住。

史基特輕輕掀開半邊，學想喝奶的小牛，叫了一聲：「哞！」

「哈利，救我！」

「快讀那本書，寶貝，我不鬧了，念用迴紋針夾住的下一頁。」

他們上方傳來尼爾森走路的聲響。兔子念的話，尼爾森就不會有危險。「從『天啊』這裡開始唸？」

「那段全部。小姬兒，妳愛我，對吧？」

「天啊！這種奢侈浪費，免於勞苦，無可計數的財富，虛有其表的光環，輕鬆愜意的生活，和寬闊如海的富足，並非他們所見的天國之門……」

「妳是我的天國之門，小妞。」

「可憐的黑奴，睡在他那硬松木床板上，只蓋上一床單薄的毯子，睡得卻比那些斜靠在絨毛枕頭上、沉溺於酒色財氣的人，還要香甜許多。食物乃是怠惰者的毒藥，而非維持生命所需，潛藏在富裕及誘人佳餚下的乃是肉眼看不見的鬼魂，這種鬼魂以腰痛、痛風、風濕症、消化不良、火爆的脾氣、疼痛和苦惱，還有無法控制的暴怒，去塡滿那些自欺欺人的大饕客。以上這些毛病，洛伊德上校全部包辦。」

書頁之外，史基特和姬兒扭打成一團。姬兒的灰色內褲在兔子眼前一閃而過，兩顆乳房暴露出來。再來一閃，是姬兒的微笑，嘴裡的牙縫在無聲的微笑中露出，她喜歡這種攻擊式的逗弄。察覺兔子的窺視，被壓在下方的姬兒生氣地奮力掙脫，擁住全身被撕成破片的衣服，從客廳室跑出去，腳步聲沿著樓梯而上。史基特無視於她的離開，理理自己頭上的大枕頭髮型，嘆口氣：「太過癮了。」這居然是他嘆氣的原因。「再念一段，寶貝，幫我念他開始反擊的那一段。」史基特有如雕刻品的胸膛沉入米色的沙發裡，沙發的泡棉上覆蓋綠、紅、黃褐色小方格的蘇格蘭布，已被磨到褪色，僅剩一種色調。

「你知道，我明天還得起床上班吧。」

「你擔心你那個小娃娃？別擔心！老兄，一個賤屄就像一張可麗舒面紙，用完即丟。」眼見兔子沒答腔，史基特又說：「我只是在開玩笑，對吧？爲了激怒你，好吧？來啦，我們回到原來的段落，到下一個用迴紋針做記號的地方。老兄，你這個人有個問題，就是太像已婚男人，女人不喜歡一個除了肯和她結婚之外，什麼都不是的男人，女人喜歡讓她永遠捉摸不定的人，對吧？女人如果不再猜疑，就跟死了沒兩樣。」

兔子坐在銀邊椅上，開始念：「這種勇氣從何而來，我以最輕描淡寫的詞語來形容。我在四十八個小時以前，像是暴風雨中的一片樹葉，打著哆嗦與一名男人格鬥，這種勇氣究竟從何而來？我眞的不知道，無論如何，戰鬥依舊是較好的方式，我決心戰鬥、盡力去戰鬥。戰鬥的狂熱降臨在我的身上，發現自己強健的手指堅定地伸到暴君的喉頭，不計後果，在那一瞬間，彷彿法律之前人人平等。我忘了那個男人的非常膚色，只覺得他敏捷得像一隻貓，隨時得準備抵擋他。我避開他的每一擊，而且並未飽以老拳，我全然處於防守的地位，阻擋他對我造成傷害，我並沒有想要傷害他的意思。當他想要撲倒我，好幾次都反被我摔倒在地。我緊緊地掐住他的喉嚨，他的鮮血順著我的指甲往下流，彼此僵持不下。」

「噢，我愛死這一段，深得我心，完美得要命。」史基特說完，撐住一隻手肘站起來，用身體擋住兔子。「幫我再念一段，一小段就好。」

「我得上樓去了。」

「跳過幾頁，念我畫雙底線的地方。」

「你爲什麼不自己念給自己聽？」

「那不一樣，對吧？連學校裡任何一個小孩都知道打手槍和有人服務，滋味不一樣。念吧！寶貝，我很守規矩，對吧？我沒惹麻煩，我是個說話算話的湯姆大叔，快丟給湯姆大叔一根骨頭！照我說的念，我要脫掉身上所有衣服，連同全身的毛細孔一起聽你念。大聲念吧，老兄，唸吧。上面幾行，從『沒有力量的人』那個地方開始。」他又催促：「沒有力量的人……」說著，又開始拿解皮帶的動作來煩人了。

「沒有力量的人……」兔子專心念著：「是沒有人性基本尊嚴的人。無法尊崇無能的人是人類的天性，儘管可以訴諸同情，但如果那個人連一點展現力量的跡象都沒有，同情也維持不了多久。」

「爽啊！」史基特說，翻滾的模糊身影扭來動去，沙發附近閃著一小片的白，比書頁的白紙更白。

「他只知道……」兔子繼續念，覺得書上的字很大，每個字都像黑色的桶子，他的聲音在桶裡迴響：「精神上爆發的戰鬥意志背負且承擔了某些風險，但這是為了抗拒世上的不公不義，和暴君的殘酷侵犯。柯威是個膽小如鼠的暴君，反抗他之後，我煥然一新。」

「好爽啊！」史基特的聲音像是超越書本構築出的方形孤島，從看不見的深淵裡喊出。

「我從奴隸制度黑暗，而且邪惡的墳墓裡復活，前往更加自由的天堂，不再是個卑屈的懦夫，在屍體蛆蟲不悅的表情下發抖。長期以來受到恐嚇的心靈昇華成獨立自主的態度，到達一種無懼於死的境地。」兔子念到此處，使用強調語氣。

「噢，好爽啊，好爽啊！」

「事實上，這種精神讓我成為一個不是奴隸的自由人，儘管在形式上我還是個奴隸。一個不會受到鞭笞的奴隸，是個半自由人。」

「阿門！」

「他有一個像男子氣概那麼寬闊的領地需要捍衛，他眞正擁有全世界的力量。」

「說，說下去！」

「從這一刻起，到我逃離奴隸制度爲止，我從未眞正受過鞭笞，有人曾經想這樣對我，但終未能遂其所願。我有過瘀傷，不過我所描述的那個事例乃是不人道行爲的最後一章，奴隸制度使我蒙受了不人道待遇。」

「噢，你念出黑鬼的精髓了。」史基特不禁讚美。

兔子從書頁中抬起眼睛，看到沙發上原來那張白色的衛生紙已經消失，只剩下純粹的黑，發出低沉的呻吟聲，想把兔子吸引過去。他不敢順著史基特的手臂往下看，藉著室內燈光的反射，史基特的手正在進行節奏性的動作，那玩意長得像一條越來越大隻的鰻魚。兔子站起來，大步跨過房間，邊走邊把書丟掉，好像會燙手，哪怕書皮上黑人畫像灼熱的眼神邊瞪他，邊尾隨他快步穿越房間的硬地毯，踏上塗有亮光漆的樓梯，進入樓上的白人天地，兔子就像一架結霜的飛機在落地時刻起火燃燒，心臟蹦蹦跳。

＊

一樓浮木燈的燈光自下方映照院子裡的楓樹，楓葉的顏色像放在手電筒光線上方的手指紅，搖擺的樹梢佔滿他們臥室的半邊窗戶。躺在床上的姬兒翻身面向兔子，臉色蒼白，身體冷得像冰塊，「抱我，抱我，抱我。」重複講了三次，這讓兔子嚇了一跳，女人總是瘋瘋癲癲，保有一種古老的瘋狂。兔子把縮著身軀的姬兒擁在手臂，覺得她想被幹，任何方式都好，就算沒有快感也無所謂，只要壓在她身上就行。他很想為她做這件事，卻無法看透存在於他們之間的恐懼與嫌惡。她是在水面下游動的美人魚，而他則在水面堅定漂浮，設法不讓自己驚慌失措地沉沒。剛才朗讀的那本書正以一種無限卑鄙齷齪的幻覺折磨他，那幻覺關乎已逝去的世代，已被埋喪的酷刑，以及已經喪失的理性。起床去工作不再有什麼理由，任何事情都不需要有什麼理由，也沒有任何拒絕的理由。信眾稀疏的教堂裡除了一些可厭的空談之外，沒有任何可呼吸的養分，早已失去提振人心的理由。他生活在一個促狹的水井裡，水井陰濕的側面正在擠壓他，癱瘓他，哦，不，緊貼他的是姬兒。雖然今晚很熱，但姬兒仍想藉著他的身體取暖。他問她：「妳睡得著嗎？」

「睡不著，心裡很亂。」

「睡睡看，很晚了。要不要我幫妳再拿一條毯子？」

「一秒鐘都別離開我，不然我更睡不著了。」

「我背對妳，妳可以摟著我睡。」

樓下，史基特關上燈；屋外，那株小小的楓樹也像燒盡的火焰般消失了；而兔子在黑暗中翻過身，腦中又陷入樓下褐色沙發中的節奏，此時，恐懼感回來了，像眼皮包覆眼球一樣壓迫著他。

＊

她的聲音聽起來慵懶虛弱：「『布魯爾忠誠公司』您好，敝姓佛斯納徹，有什麼可以效勞的地方嗎？」

「佩姬？嗨，我是哈利．安格斯壯。」

「原來如此，」佩姬以前所未有的挖苦語調說：「眞是不敢相信！」過度誇張的表達方式是因爲旁邊的男人太多，這是說給他們聽的。

「嘿，還記得妳說過尼爾森和比利這個星期天要去釣魚，想邀我星期六共進晚餐的事嗎？」

「當然，哈利，我記得。」

「我接受妳的邀請，會不會太晚了？」

「當然不！怎麼會突然想到？」

「沒什麼，只是覺得應該會很開心。」

「會的，那就星期六見！」

「明天見。」哈利強調。因爲這是他的午休時間，本來想多聊幾句，但佩姬卻不想多說，大概是因爲工作壓力，還有別忘了，別打如意算盤。

*

下班後，兔子從威瑟街的公車站牌步行回家，走到恩伯利大道和恩伯利路的轉角處，兩名男子從一個紅白藍色的郵筒旁上前搭訕：「安格斯壯先生？」

「是的。」

「能不能和你稍微聊幾句？我們兩個都是你的鄰居。」講話的那個人，年紀在四、五十歲之間，身材圓胖，身上穿著一套五年前流行的灰色緊身窄領西裝。他的面部表情親切，但帶有愁苦，高挺的小鷹勾鼻與眼睛下方的斑點顯得很不搭調，下巴是兩個緊靠的肉塊，肉塊之間的波紋夾著沒刮掉的鬍子。他流露布魯爾人怯懦的氣息，以及白領階級的機靈與詭詐，可能是個會計師，或是個學校老師。「我叫馬龍·蕭瓦特（Mahlon Showwalter），住美景彎道對面，你也許注意過我那棟房子，就是那棟後面新加蓋的那家，是去年夏天加蓋的。」

「噢，是的。」兔子想起遠處曾經有過敲敲打打的聲音，可是當時並沒注意。他對賓州山莊的認識，僅止於知道它和賈基山是不一樣的兩個地方，不過是個沒沒無聞的社區。

「我從事電腦業，硬體終端設備。」蕭瓦特說：「這是我的名片。」兔子瞄了一眼卡片上的名字。蕭瓦特又說：「我們將給這座城裡的商業帶來革命性的興革，請記住上面的名字。這位是艾迪·布魯巴赫（Eddie Brumbach），住在美景彎道前半段，就你家上面一點的金盞花路。」

艾迪沒掏名片。他黑髮，身高比哈利矮，也比哈利年輕，所有鈕扣全扣上，挺起胸膛，兩肩後彎，肩胛骨之間有挑釁的氣勢，站姿和陸軍的站法相同，部分原因是來自他的平頭，頭頂看起來平坦，和家裡電視螢幕上出現的軍人腦袋一樣。與艾迪握手時，讓哈利想起另外一個人，咦，會是誰呢？布魯巴赫半邊臉的下顎骨移動，露出凹痕和L形的紅色疤痕，灰色的眼睛像是工具的鈍尖頭。艾迪只簡單說出像是惡兆的幾個字：「是的，長官。」

蕭瓦特說：「艾迪在費斯勒鋼鐵公司附近的組裝廠任職。」

「你們兩個今天一定是提早下班。」兔子說。

艾迪告訴他：「我這個月上夜班。」

蕭瓦特彎下身體，像是遠方傳來舞蹈的樂曲，插進兔子和艾迪中間，他說：「我們決定來和你談談，很感謝你的耐性，這是我的車，請你上車好嗎？雖然一看就知道這車坐起來不會太舒適。」

那是一輛豐田，讓哈利想起老丈人，隨之而來一陣渾身不自在的感覺。「就站著講好了。」哈利說，「如果時間不長的話。」說完，靠在郵筒上，好讓自己在兩人面前不會顯得太高。

「花不了多少時間。」艾迪·布魯巴赫表示，猛然移動肩膀，俐落地靠過來。

蕭瓦特又彎下另一邊的肩膀，像是想要側身擠進兩人中間，雙眼周圍看起來比剛剛更憂心忡忡，他抹抹自己那張沒有男人氣概的嘴。「嗯……好吧，不需要了，要不了多久時間。我們無意冒犯你，只是有幾個問題想請教。」

「是，我知道你想問的是客氣的問題。」兔子幫蕭瓦特澄清態度，亟欲幫助這個人，蕭瓦特謹慎和緩的講話聲音專屬道地布魯爾人所有，和這座城市一樣，即使在低迷的時代，也依然悠然自得、心胸開闊、溫和親切。

「現在，我們有些人，你知道的，就是我們這些鄰居……」蕭瓦特繼續說：「……在談論一件事。有幾個孩子告訴我們一些從你家窗戶看見的事情。」

「他們往我家窗戶裡看？」人行道平滑的表面已有寒意，低矮的房屋像是各種謎題，屋頂上半透明粉彩色調的瀝青，傘形的小樹，牆壁上的混凝土、磚塊和仿造的天然石材皆已出現時節的變化。時令已步入十月，但哈利倚靠的郵筒還是很燙人，他離開郵筒，挺直身體，往家的方向望去，很想看透所有房舍，保護自己的家。

布魯巴赫動怒，強行擠進兔子的注意力中。「他們沒有必要往任何人家的窗戶看，那些事情就擺在眼前，而且不是什麼好事。」

蕭瓦特插嘴，像女人甜言蜜語的聲音在旁打圓場：「不是這樣啦，他說得太嚴重了，不過也是事實，我想那已經是公開的秘密了。他們就開著那輛小保時捷來來去去，而且我注意到他和那個孩子在前院打籃球。」

「他？」

「那個和你同住的黑人。」蕭瓦特說，面帶微笑，好像已經找到他們之間對話的障礙，從此一切都可暢行無阻。

「還有那個白人女孩，」布魯巴赫說：「我小兒子前幾天回家說，看到他們就在樓下的地毯上打炮。」

「嗯，」兔子設法拖延時間。他覺得自己和這兩個人比起來，身高簡直高得離譜，他一邊想搞清楚那孩子到底看到什麼，心思也同時飄然遠去，腦中出現一個小方形框，就像牆上掛得太高的畫。「探頭往人家的窗戶裡看，看到這種事情沒什麼好奇怪的。」

靈巧的布魯巴赫往蕭瓦特前面一站——兔子突然想起方才跟他握手那一刻，也聯想起那位讓老媽服用新藥的醫生說過的話：「我要怎麼扭病人的身體都隨我高興，我主宰生死。」——「聽著，老兄，我們住在這個社區裡是要養小孩的。」

「我也是。」兔子回答。

「那是另外一回事。你做了什麼樣的變態教育示範？我替你兒子難過，眞的，我替你兒子感到難過。可是，我們其他這些想要善盡責任的人呢？這裡是個規規矩矩的白人社區。」他說「規規矩矩」這幾個字的時候有些心虛，但還是奮力說出來。「那也正是我們爲什麼選擇住在這裡，而不搬到河另外一邊的布魯爾市，那邊根本讓那些人胡做非爲。」

「讓誰胡做非爲？」

「你他媽的知道得很清楚，去看看報紙，老太太們連大白天都不敢帶著皮包出門。」

機靈又憂心忡忡的蕭瓦特，悄悄兜圈子，想插話進來。「白人社區不是問題的重點，我們也歡迎自重的黑人家庭住到我們社區。我以前和黑人一起上學，後來，每天都和一名黑人一起做事；事實上，我公司還有個徵才計畫。問題是，黑人自己的領袖想省麻煩，告訴黑人，學習如何誠實謀生乃是一種背叛。」他話說得超過自己原想表達的範疇，因此，他些微修正：「如果黑人的行爲舉止像個人，那麼我就會把他當作是人來對待。就這點，我有說得太過分嗎？艾迪？」

布魯巴赫深吸一口氣，襯衫口袋裡的香煙盒因而緊繃地凸出，身體兩側的雙臂彎曲，就像是青筋拉扯下的現象。「我曾在越南與黑人並肩作戰。」他說：「一點問題都沒有。」

「嘿，太有趣了，你也是越南退伍軍人，我們正在談的這個人……」

「沒問題，」布魯巴赫說：「因爲當時大家都知道遊戲規則。」

蕭瓦特的兩隻手順著自己西裝兩邊的窄領往下游移、輕拍、觸摸。「問題是那個女孩和那個黑人在一起。」他這話說得很快，點到爲止，立即打住。

布魯巴赫說：「老天！這些黑鬼喜歡白屁股，你應該看看各地的基地裡發生什麼事情。」

兔子說：「那是黃屁股，不是嗎？小東方的屁股？」

蕭瓦特拉起兔子的手臂，把他帶到距離郵筒幾步之遠的地方。哈利常懷疑會有哪個人會把要寄的信丟進這個郵筒裡，他每天都經過這裡，這個郵筒似乎神秘得像個消防栓，在原地等待那個也許不會來臨的時刻，他從未聽過投信進去的鏗鏘聲；而在賈基山，人們總會郵寄情人節卡片。隔了一段距離外的布魯巴赫望向天空，望向電視天線的高度，他知道他們兩個在討論自己。蕭瓦特說：「不要一直嘲諷他。」

兔子朝著布魯巴赫喊去：「我可沒有嘲諷你，是不是？」

蕭瓦特把哈利拉得更緊，使他的耳朵不得不轉向，面對蕭瓦特的鷹勾鼻，和那張既無男人氣概又不太高興的嘴。「他情緒不太穩定，他是因爲覺得受到威脅，來找你麻煩不是我的主意，我告訴過他，說你有你的隱私權。」

兔子試著陪他玩遊戲，低聲說：「左鄰右舍還有多少人像他這樣？」

「比你想像得還多，連我自己也很訝異，他們都是明理的好人，不過也有盲點，我相信，如果他們沒有子女，如果這個社區沒有孩子，社區會更充滿活力，生活也會比較愉快。」

然而，兔子顧慮自己和蕭瓦特對布魯巴赫太沒禮貌，於是朝他的方向喊道：「嘿，艾迪，我告訴你。」

布魯巴赫不喜歡人家這樣叫他，本來是希望要蕭瓦特解決。兔子看得出來，他們一個扮白臉，一個扮黑臉。布魯巴赫咆哮：「告訴我什麼？」

「我叫我孩子不去看你家窗戶裡的事，你也叫你的孩子別來看我家窗戶裡的事。」

「我們在越南對付像你這種自以爲聰明的傢伙很有一套，有時候他們會不小心被手榴彈炸到。」

「我另外再告訴你，」兔子說：「一個意外的驚喜，就是我會記得拉上窗簾。」

「你最好敢做出比拉上他媽的窗簾更狠的事情。」布魯巴赫對兔子說：「你最好他媽的設置路障圍住那個地方。」

不知從哪開來一輛紅白藍的郵務車，傾斜的擋風玻璃像個展示箱，吱吱幾聲之後，停到路邊，一名穿著灰色制服的矮小男人，沒看他們任何人一眼，匆忙開啓郵筒正面的鎖，抱出似乎有好幾百封的信件，放進一個灰色的袋子，關上郵筒，上鎖，然後開車離去。

兔子走近布魯巴赫。「你跟我說你想怎麼樣，是要我搬離這個社區嗎？」

「只要把那個黑人弄走就行了。」

「你們不喜歡的是他和那個女孩在一起，如果他留下來，叫那女孩走呢？」

「叫黑人走。」

「他會走，可是只要他在這裡一天，他就是我的客人。祝你晚餐愉快！」

「我們警告過你了。」

兔子問蕭瓦特：「你聽見他對我恐嚇了嗎？」

蕭瓦特微笑，擦擦自己額頭。他已經盡力了，感覺沒那麼沮喪。「我告訴過你，」他說：「不要去嘲諷他。我們可是彬彬有禮地來找你，我想再說一遍，關鍵在於事情發生的狀況，而不在哪個人的膚色。我家隔壁有一棟空房子，就像在你面前一樣，我告訴房地產經紀人，話說得很簡單明瞭：『任何一種膚色的家庭，只要家裡有男主人，就應該一視同仁，讓他們依市場價格買下房子，無論如何都請賣給他們，無論如何。』」

「能夠認識自由主義者眞好，」兔子說，伸出手去握對方的手。「我太太老是說我是保守主義者。」

兔子喜歡布魯巴赫，他喜歡任何一個曾在越南作戰的人，如果不是因爲自己太老、太胖又太懦弱，他本應前往越南作戰，他伸出手想和布魯巴赫握手。

這位自以爲是的小個子男人，兩隻手臂紋風不動垂掛身旁，頭卻轉了過來，展現出他另一邊變形的下顎。原先所見的那道疤痕並不只是紅色的L型，事實上是&型，兔子看到縫線，以及做過表皮移植手術留下的模糊痕跡，使那些疤痕看來更加錯綜複雜。皮膚移植手術顯然是爲了修補下顎上的孔洞，即使動過手術，依然明顯可見，總是吸引他人目光。兔子盯著那個孔洞看，布魯巴赫的聲音變得不那麼暴躁，幾乎有些哀戚，沉穩中夾雜了悲傷。「還有這張臉是我自己爭取來的。」他說：「我戰勝越南那邊的歲月，所以能夠在這裡過有尊嚴的生活。我許多老戰友的境遇更糟，所以我不要求同情，我只是要讓你知道，在我看盡一切，也做盡一切之後，再也沒有哪個自命不凡的傢伙能把我嚇倒了。」

※

屋內過分安靜，電視沒開。尼爾森在廚房的桌上做家庭作業，不，他是在看史基特的書，沒看幾頁。兔子問：「他們去哪了？」

「在樓上睡覺。」

「一起？」

「我想，姬兒睡在你床上，史基特睡在我床上。他說沙發有臭味。我放學回家的時候，他還醒著。」

「他看起來怎麼樣？」

雖然這個問題觸及一個新的脈絡，可是尼爾森卻不假思索地立即回答。儘管他們之間存在陰影，但在過去這段時間，父子關係倒是親近不少。「神經兮兮地，」尼爾森說，兩眼仍然盯著那本書，「他說他近來老是得罪人，還說他昨天整晚沒睡，我猜他可能吃了一些藥丸之類的，他眼神越過我的頭，好像根本沒看到我，而且一直叫我寶貝，不像以前叫我小寶貝。」

「姬兒呢？」

「睡死了，我探頭進去看過，叫她，她動也沒動，爸……」

「你說！」

「他給她吃了一些東西。」這個想法深藏在尼爾森心底，實在不容易說出口，他說完眼神隨即退縮，兔子感覺得他既羞怯又害怕地在搜尋字眼，不想觸怒父親，但卻找不到適當的詞彙。

哈利立即追問：「什麼東西？」

孩子急著搶話：「她從那時候起就沒再笑過，對任何事也喪失興趣，只會隨便找地方坐，不然就是睡覺，你看到她的皮膚沒有？爹地，她變得好蒼白。」

「她本來就很白皙。」

「是啊，我知道，可是，她現在不僅是白，而是看起來像生病，她幾乎沒吃什麼東西，反正有時候吃了就吐。爹地，別讓他繼續這樣對她，不管他給她吃什麼，拜託你阻止他！」

「我哪有什麼辦法？」

「你可以把他踢出去。」

「姬兒說她要跟他一起走。」

「她不會，她也討厭他。」

「你不喜歡史基特嗎？」

「不怎麼喜歡。我知道我應該喜歡他。我知道你喜歡他。」

「我喜歡他？」太令人驚訝了。兔子答應尼爾森：「我會跟他談談，不過你知道，人不是不動產，我沒辦法控制他們在一起做什麼，我們沒辦法替姬兒過她的日子。」

「如果你想，我們就可以，如果你願意付出一點關心的話。」這是尼爾森幾近於反抗的說法，但兔子直覺不要在意他的態度，應該溫和以對。

兔子直接說：「如果我收養她，她年紀太大了；如果你想娶她，你的年紀又太小了。」

孩子皺眉，低下頭去看書，一片靜默。

「現在，我希望你跟我說一件事情。」

「好啊！」尼爾森臉色緊繃，準備應對，他以爲父親要問他有關姬兒、性和他自己身體的事。兔子很高興能讓尼爾森失望，能給孩子一點私人空間。

「我下班回來的路上，有兩個人把我攔下，說有小孩子從窗戶看進我們家，你有聽過這方面的事嗎？」

「當然。」

「當然什麼？」

「他們當然有偷看。」

「哪些人？」

「全部。湯米．法蘭克豪斯，還有邋遢的吉米．布魯巴赫、艾芙琳．摩里斯，以及她從賓州公園那邊來的幾個朋友馬克．蕭瓦特，還有，我猜馬克．蕭瓦特的妹妹瑪莉蓮也看了，雖然她很矮……」

「該死，他們什麼時候偷看的？」

「不同時間，他們放學回家的時候，你回家以前，我去練足球的時候，他們會在附近留連，我猜有時候他們天黑之後會再來。」

「他們有看到什麼嗎？」

「我猜，有時候有看到什麼。」

「他們會跟你說嗎？他們欺負過你？」

「應該吧，有時候。」

「可憐的孩子，你怎麼跟他們說？」

「我叫他們他媽的滾開。」

「嘿，注意你的措辭！」

「我當時就是這樣說，是你自己要問。」

「你們有打架嗎？」

「還好，除非他們故意叫我某個名字。」

「他們叫你什麼？」

「沒什麼，算了，老爸。」

「說！他們怎麼叫你。」

「黑鬼尼爾森。」

「哼！好小子。」

「他們都是小孩子，爹地，他們對我而言根本不算什麼，姬兒叫我不要理他們，因為他們無知。」

「他們拿姬兒嘲笑過你？」

孩子完全別過臉，頭髮蓋住脖子，從背面看，肩膀的角度，和缺乏梳理的頭髮，無疑會被誤認成女孩，但低沉的聲音倒是很有男子氣概，「爸，我不想再談這件事情了。」

「好吧，謝謝了。嘿，抱歉，對不起讓你不得不在我們製造出來的混亂裡過日子。」

尼爾森低沉的聲音大喊：「天哪！我真希望媽回來！我知道不可能，但是，我真的希望如此。」尼爾森猛然靠在廚房的椅背上，前額趴在剛才用拳頭捶過的桌面上。兔子從旁走過，無助撥弄一下尼爾森的頭髮，到冰箱拿啤酒。

＊

這個時節的黑夜提早降臨，六點的新聞報導結束後，天色就已暗下。兔子告訴史基特：

「我今天遇到另外一個越戰退伍軍人。」

「可惡，這世界上的越戰退伍軍人還眞多，要不了多久，這世界上就再也沒有別種人了，對吧？我永遠忘不了有一次在綏和附近爬上一座燈塔，燈塔四處都是白色的牆壁，大家都去過那裡一兩次，去畫畫。最讓我不敢置信的是，確實是有一個人，我不知道是屬越共還是地下游擊隊，南越軍隊沒到過那裡，我們是後來才把那裡交給南越軍隊，反正是敵方的某個人，畫了一整面牆，價值連城的胡志明大叔——有胡大叔被雞姦、胡大叔在骷顱頭上拉屎、胡大叔做這做那的；全都是些不敬的畫，對吧？我告訴自己，這些像陰莖的小越南人受到壓榨的情形和我們沒兩樣，大家都被一些自認能創造歷史的瘋狂老傢伙所掌控，不過歷史不會再重演，寶貝。」

「那什麼會重演？」尼爾森問。

「一團混亂。」史基特回答，「不然，很可能就是我要降臨了。」

尼爾森用眼神搜尋父親的臉，現在只要史基特一出現瘋癲的行爲，尼爾森就會有這種反應。「爹地，我們該不該叫醒姬兒？」

哈利已經開始喝第二罐啤酒，開始吸第一支大麻菸了，只穿襪子的兩隻腳高高擱在鞋匠工作檯上。「爲什麼？讓她睡，不要那麼緊張。」

「別噓，」史基特說：「這孩子的提議很好，可惡的小姬兒在哪？我感到慾火中燒。」

尼爾森問：「什麼叫做慾火中燒？」

「慾火中燒是我的感覺，」史基特回答：「小寶貝，去把那個賤屄拖下來，告訴她男人要吃東西了。」

「爹地……」

「去吧，尼爾森，別再婆婆媽媽，他要你做什麼你就去做，你不是有家庭作業要寫？到樓上去寫，已經快晚上了。」

尼爾森離開，兔子鬆一口氣，「史基特，有一件事我搞不懂，你覺得越共怎樣？我的意思是，他們是對？是錯？還是怎麼樣？」

「如果是站在人對人的角度，或者應該說，如果站在是東方人看東方人的角度，他們眞的是挺強的，他們一定有嗑過什麼，才能如此勇猛，當中許多人的年紀不比小尼大，對吧？當人湊成一堆，我都弄不清楚他們到底誰是誰，除了我們可能是黑人或白人，而他們則是黃種人，是先在那個地方的人，對吧？另一方面，我也不能說他們的行爲有多大意義，被他們閹割、吊死或活埋的那些人，也都和他們一樣是黃種人，對吧？因此，我會認爲他們作的事情僅是迷惑世人的錯誤預言；一旦時機成熟，我這個眞神耶穌就會降臨。無論如何，我得承認，那些無聊的政治權力不能引起我的遐思，人才能讓我產生性慾，對吧？你也一樣，對吧？寶貝，她來了。」

姬兒恍恍惚惚走進來，臉上的皮膚緊繃。

兔子問她：「餓嗎？去幫自己做個花生三明治，我們剛剛應該先幫妳做一份。」

「我不餓。」

兔子想學史基特刺激她：「天哪！妳應該吃點東西，妳瘦得像根棍子。妳那他媽的是什麼屁股？簡直空無一物！妳以爲我們把妳留在這裡爲的是什麼？」

她沒理兔子，對史基特說：「我現在很需要。」

「胡說八道！我們每個人都有需要，對吧？整個世界都有需要，這不就是我們一致的見解嗎？寶貝。這整個暗無天日的世界都需要我，而我，我需要別的東西，把妳的屄帶來我這邊，白小妞！」

這時候姬兒才看兔子，兔子幫不了忙，因爲她總是認爲自己高人一等。她坐到史基特身旁的沙發上，溫柔地問他：「什麼？如果我跟你做，你也會幫我？」

「可能吧，告訴妳，姬兒甜心，我們爲那個人做吧。」

「哪個人？」

「這個人，那個人，坐在那邊的『笨蛋勝利者』，他想看。妳以爲他把我們留在這是爲了什麼？是爲了繁殖。嘿，哈利好友。」

「我在聽。」

「你喜歡當黑鬼，不是嗎？」

「是。」

「你想當個好黑鬼，對吧？」

「對。」天花板上方，尼爾森在房間裡悲傷的腳步聲聽起來好遙遠，別下樓！留在樓上！大麻菸和他的血管及肺葉交融，像是一棵枝幹扶疏的樹。

「好。」史基特說：「現在，這樣吧。你是個大個子黑人，坐在這裡被人用鏈條栓在椅子上，而我，我是像雪一樣的白人。注意了！」說完史基特以電流般的速度突然站起來，脫掉襯衫，上半身在漆黑的房間裡消失，接著他抓抓自己褲帶的部位，下半身也消失了，只剩下他鼻樑上那付眼鏡的銀色光圈，聲音脫離肉體，融入黑暗。他的腦袋漸漸在美景彎道尾端路燈的襯托下，像一團雲彩般出現。「這裡這個小妞，」史基特喊著：「是個有如煤炭的黑人，是從尼日河谷搶過來的處女，黑得有如黑檀木，對吧？起立，甜心，讓我們看看妳的牙齒，轉個身。」他那有如黑影般的兩隻手滑進姬兒那團白色的模糊影子裡，向上引導那團白影，就像陶藝家提起一團陶土放到轉盤上，再把陶土拉成一只花瓶，白影一直往上，像是花瓶裡冒出的一縷清煙，史基特將姬兒的洋裝拉到頭部以上的位置。

「轉身，甜心，把妳的屁股秀給我們看看。」一記輕輕的拍打妝點這一片漆黑，那團白影轉圈，兔子睜大眼睛，已經能從陰影裡篩選光亮和黑暗，可以模擬兩人的軀體距離自己六呎，位在鞋匠工作檯的那一頭，也能夠看見姬兒兩臀之間包夾的裂口，腰部隱約的凹痕，還有髖骨之間造成陰影的恥毛。她的腹部看起來很長，應該是胸部的地方，有兩隻黑蜘蛛在打架，然而兔子看清楚後才發現那是史基特的雙手。史基特對姬兒低語呢喃，雙手不斷飛舞，就像迎向月亮飛去的蝙蝠。兔子聽見她被頭髮過濾後的聲音溜出一句話，裡面夾雜「很滿足」這個詞彙。

史基特呵呵笑，宛如Z字形的閃電。「現在，」他宣布，聲音變得像是向前滾動的金箍圈，也像雜耍玩家充當拍賣主持人。「我們將要舉行一場服從性的示範表演，示範這位煤炭黑女士的服從性。這位女士是由田納西州納許維爾（Nashville）的幾名專業商人設法帶來的，他們擔保她在廚房裡、走廊上、馬廄裡、臥房裡，都絕對不會惹麻煩！」又是一記輕拍，那團白色的陶土變小，姬兒跪下去，而史基特仍然站立。此時，傳來一陣輕微、滑溜、清脆的聲音，潤飾這片寂靜，兔子看不清楚，但他想看，那盞浮木燈就在他身後，他沒轉頭，用手摸索開關，打開那盞燈。

好美。

乍看之下，兔子聯想到印刷作業的流程，油墨鉛版上的幾處已經先接觸到白紙。等他的眼睛適應浮木燈所照射出的光線，他所看到史基特並不是黑人，皮膚是中褐色，兩名肌膚平滑的孩子，靜靜在那裡接受處罰，其中一個被罰站，另一個被罰跪。史基特弓下身軀，往下伸出一隻長手，指甲有如新綻的玫瑰花瓣，像在遮掩姬兒的半邊臉，不讓燈光刺激到她的眼睛。姬兒的眼皮持續垂閉，嘴巴持續張開，胸部是如此扁淺，沒有投射出任何陰影，她全身最有女人味的部位就是支撐在踮起腳跟之上的臀部，以及白淨的雙手，正等在史基特睪丸旁邊遊走，準備從空中接下那根棒子。史基特的長老二從她的臉旁邊露出，他陰毛的形狀和濃密度與他那把山羊鬍子一樣，蓬鬆毛髮下方未被包裹的部分有一或兩吋長，一吋長的深紫色漂成淡紫色。弓下身軀掩護姬兒的史基特怯懦地轉過臉來，面朝燈光，他眼鏡上的玻璃愚鈍地閃耀刺眼光芒，上嘴唇翹起，像是佯裝痛苦的模樣。「嘿，老兄，這是幹麻？把燈關上！」

「你們的樣子好美。」兔子說。

「好，你把衣服脫掉來插她，她身上到處都有可以插的洞，對吧？」

「我不敢。」兔子招認。他們兩個的姿勢看來不單只是美，也像是相互連結的機器，會把兔子撕裂開來。

雖然姬兒對光線痲木，但兔子這句招認的話卻點醒姬兒。她轉過頭來，史基特的老二落了空，從姬兒的嘴裡掉出來，拖著一長串晶亮的黏液。她看看哈利，再從哈利身旁望過去。當哈利覺得不忍，伸出手摸索電燈開關的時候，姬兒發出驚叫——兔子從眼角裡也看到，窗戶邊有一張臉，雙眼像是香菸的灼印，燈光熄滅，那張臉也不見了，那扇窗戶在漆黑的房間裡，只剩有氣無力的藍色方框。

兔子連忙跑到前門開門察看。夜裡的空氣寒冷刺骨，他快速瞄草地一眼，十月的草坪看來很不自然，毫無生氣、枯燥乏味、乏善可陳。美景彎道除了停有幾輛汽車之外，空空蕩蕩地延伸。那棵楓樹太纖細了，不可能躲人，車庫的門向上開啓，可能是個小孩及時沿花圃越過房子正面，躲到車庫裡去；如果那孩子是尼爾森，車庫裡有一扇門可通廚房。兔子覺得沒有必要去追究，決定放棄檢查；擺在自己眼前的景象是張單調、呆板、死寂的照片，唯一的動靜就是他口裡呼出的熱氣，他關上門，也聽不見廚房裡有任何移動的聲響。他告訴起居室裡的兩人：

「沒看到人。」

「糟糕。」史基特說。他的老二已經完全鬆懈，蹲下時就像是一條夾在他兩腿間的鞭子。姬兒低垂著臉在地板上啜泣，赤裸的身軀蜷縮成一個打起來的結。她的屁股像是情人節愛心的上半部，只不過是白色的，肉色的頭髮散溢在陰沉的綠色地板上。兔子和史基特一起蹲下去想把她拉起來，她無力地反抗、打滾，頭髮濕貼在臉上，蓋住她的嘴，像蜘蛛網黏附在她的下巴和喉嚨；下巴上有一串像植物分泌出的乳白色汁液，兔子用手帕擦拭她的嘴和下巴。幾個星期過後，當一切都已成過往雲煙，兔子掏出這條手帕，把鼻子埋在裡面，嗅聞那幾乎無法察覺的遠方大海氣味。

*

姬兒的嘴唇在動，在說：「你答應過，你答應過的。」姬兒是在對史基特說話，儘管兔子那張大臉趴在姬兒臉的上方，可是她的視線卻從旁經過，看著兔子身旁那張瘦削的黑臉，眼裡的綠已經消失，兩個黑色的瞳孔遮蔽眼球上的虹彩。「這根本是件狗屁爛事。」姬兒輕輕嗚咽，彷彿在嘲諷自己發出的牢騷，但姬兒在康乃狄克州的母親會知道她其實言過其實。「噢，老天。」她以老成的口吻加上這一句，閉上眼睛。她全身冒汗，於是兔子試著輕撫她，但不摸則已，一摸讓她開始發抖。他想蓋住她，如果沒有別人在場，他想用自己的身體蓋住她，然而她卻只想和史基特談話，對她而言，兔子根本不在場——只有兔子認爲自己在場。

史基特問：「誰是妳的主耶穌？姬兒寶貝。」

「是你。」

「是我，對吧？」

「對。」

「妳愛我更勝於愛妳自己？」

「多太多了。」

「妳從我身上看到什麼？姬兒寶貝。」

「我說不上來。」

「妳看到一朵大百合，對吧？」

「對。你答應過我的。」

「喜歡我的大屌吧？」

「喜歡。」

「喜歡我的精液？甜姬兒，打從心底喜歡嗎？」

「喜歡。求求你，快點射在我身上。你答應過我的。」

「我是妳的救星，對吧？對不對？」

「你答應過我的，你一定要給我，史基特。」

「好，告訴我，說，我是妳的救世主。」

「你是。快點！你答應過我的。」

「好。」史基特急切說道：「我要修理她，寶貝，你上樓去，我不要你在旁邊看。」

「我要看。」

「這種事情有什麼好看的？你沒看過嗎？老兄！難看，這樣太難看了，眞他媽的！你別過來——你別管這件事情我就已經謝天謝地了，對吧？快走！算我求你，老兄。」

兔子了解，他們在這種鄉下地方，已經引起他人的敵意，外面任何地方都有敵視他們的人。他察看前門，在那三重迴廊的窗門下駐足，然後悄悄走進廚房，裡面沒人。他栓上車庫通往廚房的門，側身讓自己的影子變窄，然後上樓。他在尼爾森的房門外，想聽孩子熟睡無意識的呼吸聲，但聽到的聲音深沉刺耳。兔子回到自己臥室，室外的路燈將婆娑的楓樹樹影潑灑到壁紙，他穿著內衣褲爬上床，以防必要時可立即起床，拔腿就逃。

小時候的夏季，若是洗乾淨的衣服還掛在曬衣繩上，尚未晾乾，他就會穿著內衣褲睡覺。兔子傾聽樓下的聲響，喀嚓聲還有廚房裡的鏗鏘聲，小煎鍋放到爐子上，玻璃杯輕輕碰撞，發出叮噹聲，還有踩在油氈墊上的腳步聲，都是過去一向能幫助他入眠的聲響，老媽起床了，世界又開始運轉。他的思緒開始溶解，儘管心臟仍然繼續跳動，姬兒潔白情人節屁股上的那些浪花，像是太陽鑄印在他的視網膜上，平版印刷對抗凸版活字印刷，平版印刷看來油膩，絕對不如凸版印刷有韻味，凸版才是未來的趨勢。姬兒爬上床，躺在他身旁，她的情人節屁股冰冷地依偎在他的腹部，以及鬆軟無力的老二上，本來已經睡著的他，問她：「很晚了吧？」

姬兒的回答極為徐緩：「相當晚了。」

「感覺怎麼樣？」

「暫時好一點了。」

「得送妳去看醫生。」

「沒有用。」

他有個更好的主意，如此顯而易見，他無法想像為何之前從來沒想到過。「應該把妳送回妳父親那裡去。」

「你忘啦，他已經死了。」

「那麼，把妳送回妳媽那裡。」

「那輛車毀了。」

「我們付錢把它取回來。」

「太遲了，」姬兒告訴他：「你這個時候才想來愛我，已經太遲了。」

兔子原想回嘴，但事實既沉重又令人迷惑，讓他打消念頭，他的手撫弄她腰上那個向內凹陷的曲線，一隻熱呼呼的小鳥朝向窩巢降落。

＊

陽光，那古老的丑角，早晨微弱的光線斜射進來，楓葉掉落許多。頭痛觸碰他的頭骨和那場夢，夢裡帕亞瑟克和他在坐在一艘獨木舟裡，划槳逆流而上，穿越一片深綠色的鄉間，他們的目的地是遠方層巒疊抱的高山，山巒就像桌布上的縐褶。「我什麼時候可以拿到銀子彈？」兔子問。「你答應過我的。」帕亞瑟克說：「笨蛋，傻瓜。」兔子毫無邏輯地回應：「你知道的比我多太多。」在一片光芒之中，他豁然開朗。夢境和前夜發生的事融爲一體，都不像眞的。姬兒有如露水般清新地睡在他身旁，沿著髮際線到喉嚨下方聚集的汗水，晶瑩閃爍。兔子抓起她手腕，翻轉過來，小心翼翼深怕吵到她，他看到她帶斑點的手臂內側，可能都是蜜蜂的螫傷，數量不多。他想到可以去和珍妮絲談談，但又想到，珍妮絲並不在這裡，只有尼爾森是他唯一的孩子。他起床，發現自己身上只穿著內衣褲，和以前老媽把他的睡衣掛在繩子上晾乾時一模一樣。

早餐後，姬兒和史基特還在睡，兔子和尼爾森到院子裡耙草、割草坪，把除下的草放到花圃上，好讓花圃上的根莖防寒過冬。他希望這是冬季來臨前最後一次割草，但事實上，只有那些乾枯得恰到好處的草，在有濕氣的範圍，以及從廚房到街邊那一線的草地仍是綠意盎然。或許是因爲下水道的連接處破裂，有水滲出來，這也能解釋爲什麼賓州山莊的土地略帶甜臭味，還有那些樹葉……他喊叫尼爾森的名字，尼爾森得把刈草機關掉才聽得清楚。「這麼一棵瘦巴巴的小樹他媽的打哪來的這麼多樹葉?」

「不全是這棵樹的葉子，有些是從別棵樹那邊吹過來的。」

兔子環顧四周，發現自己的左右鄰舍也植樹，都像自己家裡這棵小樹，不過有些已經長得和屋頂一般高。也許將來有朝一日尼爾森會回到這裡，回到自己孩提時代的老家，發現這裡埋藏在濃蔭裡，是不可思議地幽暗，草坪肥腴，家家戶戶都是年代久遠的老建築。兔子聽見別家院子裡孩童的喊叫聲，透過幾堵籬笆以及車道望過去，看到幾個小孩正在進行星期六的橄欖球混戰，一個稚嫩的聲音喊道：「我脫身了、我脫身了。」聽話的球被相互傳遞。這個社區沒什麼不好，兔子心想，如果你願意給它機會，它可以是個不錯的地方，其他鄰舍中也有人和他一樣在耙草，割草。他問尼爾森：「你今天不去看你媽啊?」

「明天去。她今天和查理，還有查理的兄嫂，一起開車去波口諾斯看楓葉。」

「哎呀，她已經融入那個家庭了。」還眞是活躍的史賓格[54]，他對著自己微微一笑，這是一種不太正常的驕傲。法律文件必定正在寄送過程中，到時他便可加入無牽無掛的布魯爾怪老頭大軍了，老爸曾經說過，那種人眞是人渣。兔子最好趁現在還能擁有此地的時候，好好享受美景彎道的一切。他又開始耙草，凝神想聽刈草機再度發動的轟隆聲響，結果只聽到點火器哼哼的聲音，尼爾森嚷嚷：「嘿，爹地，我看是汽油用完了。」

---

[54] 珍妮絲娘家的姓爲史賓格，原文是「Springer」，此處哈利取其諧音暗指「活躍」的意思。

星期六微陽下的差事結束，還有居家照顧和社交活動。他和尼爾森提著五加侖汽油桶漫步到威瑟街，前往蓋逖（Getty）加油站買汽油，回程遇上姬兒和史基特從家裡走出，身上的穿著令人嚇破膽。史基特穿一件像是煙囪的高腰長褲，一雙鱷魚皮的鞋子，搭配上一件栗色的高翻領衫，以及一件桃色的對襟夾克，看來像是職業高爾夫球手當中的新進品種。姬兒則穿著她那件修補過的白洋裝，以及一件兔子的褐色套頭毛衣，讓人聯想到啦啦隊隊員在參加足球賽前的精神動員大會。她的臉雖然削瘦，臉上的皮膚既薄，又脆弱得像明膠，但卻泛有淡淡紅暈，看來似乎很興奮，充滿愛的甜蜜感。「冰箱裡還有一些義式臘腸和萵苣，如果你願意，可以拿來做你和尼爾森的午餐。史基特和我要到布魯爾去看看該拿那輛可憐的車怎麼辦，也打算順道去拜訪蓓碧，下午會晚一點回來。或許你這個下午也該去看看你媽，你一直不去，會讓我覺得內疚。」

「好，我也許會去。妳還好嗎？」說完，對史基特說：「你有公車錢嗎？」

史基特裝出花花公子說話的腔調，抬起下巴和山羊鬍子，透過幾乎沒有齒縫的牙齒說道：「姬兒有帶錢，如果花光了還不夠，你的大名就是信譽良好的保證，對吧？」兔子試著回想昨夜那位裸身男子的模樣，他有根垂掛的生殖器，突起的腳後跟，像蹲坐在遊民宿營地的營火旁，然而卻始終想不起來，那是發生在另一空間的事。

大白天的男人總是比較嚴肅，兔子申斥：「你們最好在六點鐘尼爾森和我出門以前回來，我不想在房子空著的時候出門。」說完壓低嗓門，免得尼爾森聽到：「經過昨天晚上的事，我有點被嚇到了。」

「昨天晚上有發生什麼事嗎？」史基特問：「我不記得有什麼值得害怕的事，我們都是苦中作樂的人，在這個暗無天日的美國裡掙扎過日子。」他已經穿上所有防護裝備，沒有任何人可以對他造成威脅。

兔子測試他：「你是個惡……惡劣的黑鬼。」

陽光裡，史基特露出幾排天使般的牙齒微笑，眼鏡反射出去的光暈比電視天線還高。「你現在不也是個黑鬼了嗎？」他說。

兔子問姬兒：「妳跟這個瘋子出去沒問題嗎？」

她輕輕說道：「他是我的甜心爹地。」說完挽起他的手臂，兩人相依偎，好像要從美景彎道退隱，消失在這個社區錯落的大玻璃窗之間。

兔子和尼爾森完成整裡草坪的工作，吃完午飯，踢了一會足球，之後孩子問父親，他是否能出去加入橄欖球的混戰，父子倆都聽得見室外小孩的叫聲。尼爾森表示他認識其中幾個小孩，也就是曾經從窗外偷看他們家的那幾個，不過無所謂，爹地。此時確實讓人覺得一切都能夠被原諒，就像雨水滲入大地，日子回到時間的軌跡，所有人也都沉入星期六的美國。兔子走進屋裡，觀賞美國職棒大聯盟總冠軍賽的第一場比賽，巴爾的摩金鶯領先於紐約大都會，接著轉臺觀賞美式足球賽，賓州隊領先西維吉尼亞隊，預感不斷在心中膨脹，他再也坐不住，起身打電話回老家。「嗨，老爸，嘿，我本來想這個下午過去一趟，可是孩子在外面打球，而且我們今晚無論如何得到佛斯納徹家去，老媽能不能等我們明天再去？我還急著要把紗窗換成風雪窗，昨天晚上冷的要死。」

「你媽能等，哈利，你媽最近常在等。」

「就是說啊，好，」他的意思是，那不是他的錯，人會變老並不是他發明的。「小蜜什麼時候回家？」

「每一天都有可能，我們不知道確切的日期，就像她離開的時候一樣，說走就走，她以前的房間已經準備好了。」

「老媽最近睡得好嗎？還是一直做夢？」

「好奇妙，你居然會問，哈利，我以前老說，你和你媽幾乎有心電感應。她的夢越來越糟糕，昨天晚上，她夢到我們把她活埋，你、我和小蜜三個人一起把她活埋了。她說，只有尼爾森想要阻止這件事。」

「天！她也許終於對尼爾森有好感了。」

「還有，珍妮絲今天早上打電話來。」

「她要幹嘛？我可不想收到史塔羅斯的電話帳單。」

「很難說。她沒說什麼具體的事情，好像只是想要保持聯繫。我認爲她在考慮過後，後悔了，哈利，她很爲你擔心。」

「我想也是。」

「你媽和我花了好多時間討論她打電話來的事，你也知道我們家瑪麗，從不承認自己在擔心什麼……」

「老爸，門口有人找我，你告訴老媽，我明天一定過去。」

其實，門口並沒有人，他只是突然覺得無法和父親繼續講下去，這老人家句句帶刺，但對父親說謊此時又讓他感到恐懼，「沒有人」這五個字彷彿變成門口的邪靈，造成他心理上的疙瘩。哈利躡手躡腳在每個房間走動，到處搜尋史基特給姬兒注射毒品的工具。憑藉從電視上獲得的經驗，他能想像出有注射器、壓脈器，以及用來溶解粉狀毒品的長調羹。哈利在沙發坐墊下發現一塊錢的零錢，一本折彎了的平裝書《冰上魂》，以及一顆珍珠，可能是從耳環掉落，或是從女人皮包裡滾落。他想也許藏在樓上姬兒梳妝檯的抽屜裡，但內衣下面除了一盒衛生棉條、一包髮夾、一排口服避孕藥，以及一小條不好意思被發現的青春痘軟膏之外，空無一物。最後一個應該查看的地方，就是樓下那座壁櫥，位置在從未使用過的壁爐旁，嵌裝在設計錯誤的角落裡，沿那堵褪色的松木牆擺放，牆上掛著一幅珍妮絲從克羅爾百貨公司連畫帶框一起買回來的海景圖，圖框是一體成形的塑膠薄板，兔子想起當時把這幅圖畫掛上的情景。

壁櫥裡的塑膠袋下方，收藏全家人的冬衣，其中還包括史賓格那老傢伙送給珍妮絲作爲二十一歲生日禮物的貂皮披肩，另外，還有一只矮胖的黑皮箱，聞起來有新皮革的氣味，上面還加裝對號鎖，平時上鎖，好讓史基特隨時能在三十秒鐘內抓起，逃之夭夭。兔子撥弄那副鎖，隨機配號，相信上帝會爲他製造一個微不足道的奇蹟，但並沒有成功，他按照順序繼續試，從一一一，一一二，一一三，一一四開始，然後，二一一，二一二，二一三，但全都不正確。數字的無限組合將哈利弄得頭暈眼花，櫥櫃裡的塵埃也開始讓他打噴嚏，他帶著瓶裝穩潔走到屋外，開始擦拭風雪窗。

工作舒緩心情，也將夏季拋諸腦後。他將鋁製紗窗取下，以藍色的清潔劑噴內窗，將它抹勻、抹薄；然後，再將噴劑連同窗玻璃上的灰塵全部擦掉。擦拭窗玻璃發出的吱吱聲，就像小鳥在歌唱。冬窗從四月起就在等著派上用場，他將冬窗從溝槽裡拉下來，再重複一遍清理工作。忙完室外的部分，哈利走進屋內，從裡面再重覆兩次完整程序，四層毫無瑕疵的透明玻璃於焉誕生，可方便路人從屋外看進屋內，甚至從別戶看進這戶來。

接近五點，史基特和姬兒搭乘計程車回到家，看起來興高采烈。他們透過蓓碧找到一個願意拿六百元買下那輛保時捷的人，那人驅車與他們一同前往車廠，檢查完畢那輛車，姬兒便簽署過戶的車籍資料。

「那個人是什麼膚色？」

「綠色。」史基特說，讓兔子看他手上開成扇形的十元紙鈔。

兔子問姬兒：「妳為什麼和他分那些錢？」

史基特說：「我感覺到你的敵意了，想分一杯羹，對吧？」他的嘴唇打著問號追問，眼鏡閃閃發光。

姬兒用笑聲掩飾史基特的追問。「史基特是我幹壞事的搭檔。」她說。

「你要聽我的話，妳知道妳應該怎麼處理這筆錢嗎？」兔子說：「妳應該買張回史東寧頓的火車票。」

「火車已經停開了。無論如何，我想，我要買些新衣服，難道說你還沒看膩這件又舊又破的白色衣服？我一定得用別針別在前面，然後再套上這件毛衣才行。」

「很適合妳啊。」

她迎接他聲音裡的挑戰：「你現在是哪裡不高興？」

「不高興妳的恣意而爲！妳他媽的毀了自己一生。」

「你要我走？我現在就可以走。」

哈利的雙臂像是打針般發麻，雙手沉重，手掌刺痛又發腫。她曾吸吮他的那張嘴，像蘋果般的堅挺，晨光裡，枕上像是扇狀珊瑚的雪松色頭髮，和那包覆緞面的白色心型臀部，就像恩賜的情人節禮物。「不行。」他央求：「妳還不能走。」

「爲什麼？」

「因爲妳在我心裡。」這句話從他嘴裡說出是如此不自然，聽在他們耳裡就像一陣颳過去的焚風，哈利這句話一定是替史基特說的，因爲史基特感激得咯咯發笑。

「寶貝，你正在學習當個廢物，我喜歡這種事，上帝也喜歡這種事，因爲廢物將會獲得地土[55]，對吧？」

[55] 最後一句乃是模仿聖經裡的話。

尼爾森打完橄欖球回來，上嘴唇帶著瘀傷，高興地歪嘴微笑。「你被修理了？」兔子問。

「沒有，很好玩。史基特，你下個星期六也該去打，他們問你是誰，我說你以前是『布魯爾高中』的四分衛。」

「四分衛，放屁，我是後衛，我個子小，沒人發現的了我。」

「我覺得我個子小沒什麼不好，動作會比較迅速。」

「好啦，」他父親說：「趕快去洗個澡，還有你這輩子也該梳一次頭髮吧？」

姬兒和史基特歡欣鼓舞地目送父子倆出門到佛斯納徹家做客。行前，姬兒爲兔子調整一下領帶；史基特撣撣兔子肩膀上的灰塵，活像鐵路臥車上的服務生。「我們就這樣想吧，」史基特對姬兒說：「我們的小兒子長大成人，要去赴他的第一次約會。」

「只是去吃個晚飯，」兔子抗議：「我會回來看十一點的夜間新聞。」

「那個斜眼的大白鬼，可能有爲你準備什麼飯後甜點喔。」

「你想在那裡待多晚就待多晚，」姬兒告訴兔子：「我們會打開玄關的燈，但是不會整夜等你。」

「你們兩個今晚打算幹什麼？」

「只是看看書，織毛線，愜意地坐在壁爐邊。」史基特告訴兔子。

「電話簿有她的電話號碼，如果有必要，你們可以聯絡我，就在M那欄底下。」

「我們不會打攪你。」姬兒告訴他。

尼爾森出其不意地說：「史基特，把門鎖上，除非必要別出門。」史基特輕拍孩子梳理過的頭髮：「我不會癡心妄想，孩子，老黑鬼就留在這個滿地荊棘的地方。」

尼爾森突然驚慌地說：「爹地，我們不該去！」

「別傻了。」父子倆出門。長條狀的橘色陽光帶著陰影，投射在一幢幢低矮房屋間平坦的草坪上。走到美景彎道的轉彎處，太陽移動到父子倆身後，兔子看著自己和兒子並肩而行的頎長身影，被尼爾森與他相同的走路模樣迷住了，四條腿踩著同樣悠閒的大步，身體、腦袋和肩膀上同樣擁有略帶神經質的沉靜。影子裡，孩子身上那雙和兔子一模一樣的彈簧腿，踩在人行道上，身高看來就和兔子一樣高。兔子側過臉說話，身旁的尼爾森拖著一個購物紙袋，邁開大步跟隨，滿頭過長的髮絲跳躍，紙袋裡裝有睡衣、牙刷、換洗內衣褲，以及一件套頭毛衣，準備隔天在小艇上的提前慶生派對穿。兔子無語，只有無聲的綿綿父愛，至死不渝，就像炙熱的陽光，燒紅楓樹瘦削的枝頭，與飄下的落葉，也將自身炙烤得扭曲。

從佩姬家中的窗戶向外望去，布魯爾散發耀眼的光芒，縮小成像是壁爐底部的灰燼。那條河，在河岸變黑很久之後，如今散發著藍光。這棟公寓裡多了一隻小狗，是隻毛茸茸的大腳掌黃金獵犬，牠滑溜的冷嘴在兔子手邊逗弄，身上的毛，摸起來令人訝異地柔軟，就像蕨類植物。佩姬記得兔子喜歡台克利酒，在端給他之前，她先調製好，加入冰塊，用電動攪拌器攪拌，酒杯裡一半是泡沫。她老了一個月，腰際也增加一磅或兩磅的肉，頭髮中分處多出兩、三根灰髮，頭髮往後梳綁成麻花，不再任由頭髮散披在臉部，像個高中學生，乾淨的臉部向前傾，散發光澤。她幽幽告訴兔子：「奧立佛和我可能會重修舊好。」

她穿著一件藍色洋裝，就像一位秘書，這套裝扮遠比那套佩斯利渦漩花紋的衣服好，那套衣服老是往上滑到兩條蒼白大腿的上方。「這是件好事，不是嗎？」

「對比利好。」一等尼爾森來，兩個小伙子就馬上搭電梯下樓，到地下室去設法修理那輛迷你摩托車。「實際上，多半也是基於這種考量。奧立佛擔心比利，我又要上班，孩子要等到天黑才肯回家，老是和大橋那邊的壞傢伙鬼混。你知道的，現在和我們年輕時的情形不一樣了，他們面對的誘惑不單只是香菸和摸摸女孩的私處而已，他才十三歲，就準備要去送死。」

哈利抹掉嘴唇上的泡沫，內心希望佩姬離開那扇窗戶，好讓他看到整片天空。「我想，孩子們可能以爲自己只會活到十八歲。」

「珍妮絲說你喜歡這場戰爭。」

「我不喜歡，我只是替這場戰爭辯護，從未喜歡過。現在小孩子有好多種死法，是我們這一代的人所想像不到的。無論如何，妳和奧立佛的事如果結局完美，的確是件好事，但也有些傷感。」

「爲什麼傷感？」

「對我來而言有些傷感。我的意思是說，我想，我失去……的機會。」

「什麼機會？」

「上妳的機會。」

雖然道過歉，但仍是措辭很差的一句話，太過刺耳，都怪他和史基特住在一起太久。當佩姬以慣常的姿勢斜靠在窗邊，她側面輪廓的空白使人聯想到一張空白支票。女人都是空白的，直到你幹了她之後；每件事都是空白的，直到你㨂了它以後。美國和越南，一個幹人家，一個被人家幹，流血就是智慧。其實一定有好辦法，但辦法並不會無中生有。兔子沉默下來，懷著無限懊惱；佩姬繼續保持好幾秒的空白，無言以對，然後移動身軀，朝向兔子的身旁走去，打開幾盞燈，拿起坐墊，舉起來又擺下去，彎下腰又直起身體，最後轉過身，身體兩側迎向燈光，展現她的身材。她是個略顯笨重的壯碩女人，但並不肥胖，略帶笨拙，但並不臃腫，隨著夜晚的來臨而傷感，無論奧立佛在她身邊與否，逝去的光陰太長，而未來的時間越來越少。過去，佩姬．格林與兔子上同一所中學，比兔子低三個年級，兔子還是風雲人物的時候，她就見過他。當身材瘦削的兔子在籃球場上呼風喚雨，打著赤膊，行動敏捷，她則坐在襖熱的露天看臺上叫喊，後來親眼目睹兔子最後一事無成。她一屁股坐到兔子身旁的椅子上：「近來，我被人家上了好多次。」

「妳是說和奧立佛？」

「和別人，和上班認識的幾個傢伙。奧立佛很在意這種事情，那也許就是他想回到我身邊的原因。」

「妳說奧立佛在意，一定是妳先告訴他，這表示妳一定也希望他回來。」

佩姬看著自己的玻璃杯底，裡面除了冰塊之外，一滴不剩。「你和珍妮絲怎樣？」

「誰是珍妮絲？我去幫妳再拿一杯。」

「噢，你變成紳士了。」

「還好吧。」

稍後，他把琴通寧酒送到她手上，說：「跟我說妳那些男人的事。」

「他們都是不錯的人，我並不會因爲他們而覺得了不起，他們是人，我也是人。」

「你們只做那件事，沒動眞感情？」

「顯然如此，這樣很糟糕嗎？」

「不。」他說：「我認爲很好。」

「你近來認爲很多事情都很好。」

「是啊，我沒那麼古板了，佩姬妹妹，我頓悟了。」

兩個孩子回到樓上，抱怨新買的腳踏車大燈不合用。佩姬招呼大家用餐，一砂鍋的雞腿和雞胸肉，遭到肢解的可憐家禽在鍋子裡沸騰。兔子不知道到底有多少動物爲了讓他繼續存活而犧牲自己的性命，以及未來還有多少動物將會失去性命。穀倉周圍一整片空地，還有一整座農場上面那些砰砰跳動的心臟，看來看去的眼睛，奔跑的腿，都被餵得飽飽，嘎嘎尖叫地進了他的黑暗的胃袋。活的不想死，但想活就要殺生，這是一件無可避免的事。晚餐進了肚子，大家再去飽餐一頓電視，有「賈姬．吉爾遜秀㊱」、「我的三個兒子㊲」、「霍根英雄㊳」、「女性的會合點[59]」、「鐵膽神探[60]」，這是一場放縱自己的聚會。尼爾森躺在地板上睡著了，放射性的燈光拍打他閉闔的眼簾和張開的雙唇，兔子將他抱進比利的房間，佩姬則爲自己的兒子蓋好被子。

「媽，我還不想睡。」

「已經過了該睡覺的時間了。」

「這是周末夜。」

「明天你還有得玩的。」

「他什麼時候走？」比利一定以爲兔子沒耳朵。「他什麼時候回他家去？」「你們等一下打算幹嘛？」

㊻ 賈姬．吉爾遜秀（Jackie Gleason Show）是由賈姬．吉爾遜主演的電視系列節目，從一九五二年開播至一九七〇年，節目由吉爾遜的獨白做爲開場，接著是由他本人及幾位固定班底演出的小短劇。

㊼ 我的三個兒子（My Three Sons）是美國描寫蘇格蘭愛爾蘭裔家庭的情境喜劇，從一九六〇至一九六五年在美國廣播公司播出，後轉換至哥倫比亞廣播公司播出，直到一九七二年停播。劇中記錄一位獨身的航空工程師史提芬．道格拉斯（Steve Douglas），以及他三個兒子的生活趣事。

㊽ 霍根英雄（Hogan's Heroes）是美國電視情境喜劇，一九六五年於哥倫比亞廣播公司開播至一九七一年，共播出一百六十八集，由鮑伯．克倫（Bob Crane）及飾演羅柏．荷根上校（Colonel Robert E. Hogan）。劇情設定在第二次世界大戰的德國戰俘營，描述荷根領導戰俘營裡的烏合之眾，在守衛監視下進行間諜和破壞活動。

㊾ 女性的會合點（Petticoat Junction）哥倫比亞廣播公司自一九六三至一九七〇製播的情境喜劇，以美國小鎮哈勒維里（Hooterville）爲背景，描寫經營旅館的凱特．貝德里（Kate Bradley）和她三個女兒之間發生的趣事。

⑳ 鐵膽神探（Mannix）是哥倫比亞廣播公司自一九六七年至一九七五年製播的電視偵探影集，主角喬．曼尼克斯爲一位亞美尼亞裔的私家偵探，由麥克．康納（Mike Connors）飾演。

「不干你的事。」

「媽！」

「要我聽你禱告？」

「如果他聽不到的話。」

「那你今晚自己聽自己禱告。」

哈利和佩姬回到客廳，看新聞綜合報導，周末的新聞播報員是個金髮男人，表情不如工作日那位播報員那麼嚴肅，他表示本星期有若干好消息。據報導，在越南死亡的美國人數是近三年以來的新低，且以二十四小時爲計算單位，達成未有任何一名美國人爲國捐軀的紀錄。本周，蘇俄上了好幾個頭條，與美國達成禁絕海底核子試爆的協議；與中共達成協議，繼續進行有關雙方邊界流血爭端問題的會談；「聯合六號（Soyuz 6）」太空船發射升空，將三截相連的太空觀測衛星送上太空，朝設置太空永久性觀測站的日子向前邁進一步。華盛頓消息，胡柏·韓福瑞支持理查·尼克森的越戰政策；脾氣暴躁，備受爭議的全國徵兵制度負責人里維斯·賀謝中將（Lieutenant General Lewis B. Hershey）在任職二十八年後解職，同時晉任四星上將；芝加哥消息，法庭外的暴亂，以及法庭內的暴亂行爲，繼續爲芝加哥八人的審判賦予特殊色彩；貝爾法斯特（Belfast）消息，基督教徒和英國政府軍隊發生衝突；布拉格消息，捷克斯拉夫修正主義政府在其最嚴厲的動作中，宣布禁止國民前往國外旅行；慶祝明日哥倫布紀念日遊行的相關準備工作正在進行中，無視於斯堪地納維亞半島裔團體指稱當年發現美洲者爲萊夫·易利信㉛而非哥倫布，該團體將於周三的延期支付日，展開全國性的和平訴求抗議行動。「胡扯！」兔子說。接著是體育新聞、氣象報告。佩姬笨手笨腳地從座椅上站起來，要去把電視關掉，兔子也起身，動作同樣僵硬。「晚餐眞棒，」他告訴她：「我想，我得回家去了。」

電視關上，兩人站在附近光線的圍繞之中。甬道另一頭的浴室門打開一條縫，讓兩個孩子夜裡上廁所不必摸黑，公寓大樓走廊上的燈光從大門底下流瀉進來，布魯爾市區的磷光則透過窗戶閃耀。佩姬的身體被這些遠來的光線包圍橫切，上半身和下半身並不十分搭調。她從黑暗裡猛然舉起雙臂，無意識地撩撩自己頭髮，似乎有些失落。她聳聳肩，也許是打了幾個冷顫，光線的陰影從她身上滑開。「你想不想……」她問，聲音並不像她，源於兩人身處昏暗曖昧的空間，讓氣氛越來越輕佻，呼吸越來越急促，「幹我？」

好啊！結果出來了，他當然想。他們撲向彼此，相互摸索，爲對方扯開拉鍊。她全身都像橡皮糖，然而卻也高貴地像是一尊雕像，寬度不一，像是一幅雪白大地的等高線圖，而這片大地是兔子從未體驗過的，自從露絲之後，兔子就再也沒和體型如此巨大的女人發生過關係。渾身赤裸，佩姬把兔子剝得全身赤條，甚至跪下去，替他解開鞋帶後，脫下鞋子，然後像姬兒跪在史基特下方那樣跪在他膝前，即是如此，他滑越過一個海灣，站上昨夜開始起跑的位置。

㉛萊夫．易利信（Leif Ericsson）是一位挪威探險家，他被認爲是第一位登上北美大陸的人（除格陵蘭島），早於哥倫布發現新大陸五百年。

他溫柔解開她的纏抱，將她放倒在地板上，品嘗一下她雙腿間的那塊三角地。她的兩條大腿自然岔開，此刻越來越濕潤；很不幸，她在這件事情上竟是絲毫不見笨拙特質，顯然有過和許多男人上床的經驗。佩姬處理他老二的老練程度，讓他覺得那些和她有過關係的男人似乎全在現場，他覺得自己面對競爭，且受到敷衍，竟然軟了。她脫掉衣服，趴到他身上，把她像是橡皮糖的舌頭塞進他的雙唇。在家具腳邊，他們的頭骨，腳踝骨不斷相互碰擊，而那隻小狗，聽到兩人製造出的騷動，以爲他們想玩，竟伸出牠冰冷的鼻子和刮人的腳爪，放到兩人敏感的皮肉上去，像是蕨類植物那種毛茸茸的急促動作搔得人發癢，也搔得人發痛，這第三隻動物使兔子又再舉起。有鑒於此，佩姬領他走向甬道的另一端，她兩片屁股之間的黑縫，隨她的腳步發出嘁嘁嚓嚓的黏液摩擦聲，胸前抱著她那件弄縐的洋裝，像是抱著護墊。

她在孩子睡覺的房門口停頓傾聽，點點頭，紮好的頭髮已經鬆脫。那隻小狗在他們的房門前嗚嗚嗚叫了一會，抓抓地板，好像想在那裡挖洞。哈利被彼此的激情壓制，在奔騰的血流之下陷入沉默。哈利對眼前這名不可測的女人，以及錯誤的時機點都感到害怕，但此時佩姬說：「等一下……」他在她身體裡，感覺她正在進行某種微妙的動作，緊收、放鬆她陰道裡的肌肉，氣喘吁吁喊：「就是現在！」她已經先做準備，讓他結實一挺，便能順勢用力插到底，沒有將她弄痛的顧慮。接續性交時純然的瘋狂，沉入高潮後的難堪，此時，眼力回復，彼此也從混亂中醒悟，開始整理彼此的差異。哈利把自己的臉深藏在她脖子旁邊，說聲：「謝謝妳。」

「你該謝謝你自己！」佩姬．佛斯納徹說。他特別不喜歡把握最後機會，在自己軟下來之前，再給她一記深入的衝刺。珍妮絲和姬兒兩人都太柔弱，不能用這種方式對付。他的雄風依舊。

佩姬終於說出：「可不可以請你翻身下去？你把我壓得透不過氣來了。」

「我有那麼重？」

「一下子之後會有點。」

「其實，我最好快點回去。」

「爲什麼？現在才半夜。」

「我會擔心，不曉得那兩個人在家裡幹嘛。」

「尼爾森在這裡，那兩個，你管他們在幹嘛。」

「說不上來，我就是擔心。」

「好，不過他們並不關心你，而眼前這個和你同床的人卻關心。」

他責怪她：「是妳要奧立佛回來。」

「難道還有更好的辦法？他是孩子的爸。」

「好吧，所以那可不是我的錯。」

「沒錯，你沒有任何錯。」說著，她翻過身去面對他，兩人又再經歷一次精采、傷感又老練的翻雲覆雨。結束後，兩人聊天，哈利有點打瞌睡，接著電話鈴聲在他耳邊淒厲地響起。

女人圓滾有彈性的胳臂，暖呼呼越過他的臉接起話筒，鈴聲戛然而止，那是佩姬的手臂。

她接聽電話後，把話筒遞給兔子，臉上掛著兔子無法解讀的表情。電話機旁有一台時鐘，上面的夜光指針指著一點二十分。「嘿，寶貝？你最好趕緊夾著你的屁股回來，大事不妙了、不妙了。」

「史基特？」他一講話喉嚨就發痛，可惡的佩姬把他榨乾了。

電話彼端的話聲隨著掛斷電話而結束。

兔子踢掉棉被，在黑暗裡到處找尋自己的衣服，後來才想起衣服還在客廳裡。他赤身露體往甬道上跑，然而孩子的房門突然打開，尼爾森驚愕地接受父親一絲不掛的事實。他問：「是媽打來的？」

「媽？」

「打電話來的人。」

「是史基特，家裡不曉得出了什麼事。」

「我該不該跟你回去？」

父子倆站在客廳裡，兔子彎下身軀拾起散落一地的衣服，希望趕緊將內褲穿好，再穿上外褲。那隻狗又醒了，在兔子身旁蹦蹦跳跳。

「你最好待在這。」

「會是什麼事？」

「不曉得。也許是警察，也許是姬兒病得太嚴重。」

「他爲什麼不說清楚一點？」

「他的聲音聽起來很滑稽，我不確定他是不是用家裡的電話打來的。」

「我跟你一起回去。」

「我說過，你待在這。」

「我要跟你走！爹地。」

兔子看著他，同意了，「好吧，我想你非得跟我走不可。」

穿著藍色浴袍的佩姬出現在走道上，多開了幾盞燈。比利也爬起來，睡褲的開口上有黃色的斑痕，滿臉青春痘，身高又高。佩姬說：「我該不該把衣服穿好？」

「不，妳現在的樣子已經很好了。」兔子的領帶怎麼弄也弄不好，襯衫背後有一顆釦子，必須解開後領帶才繫得上去。他只好穿上外衣，把領帶塞到外衣的口袋裡，皮膚由於開始冒汗而產生刺痛，生殖器也隱隱作痛，還忘記繫上鞋帶。當他蹲下去綁鞋帶，胃裡的食物直往上湧，湧到喉嚨。

「你們怎麼回去？」佩姬問。

「用跑的。」兔子答。

「你在開玩笑嗎？一哩半的路，我去穿衣服，開車送你們。」

兔子非得提醒佩姬她不是他太太才行。「不管發生什麼事，我不要妳和比利牽扯進去。」

「媽！」比利從門口探出頭朝兔子的方向抗議，但身上卻還穿著那套弄髒的睡衣褲，而尼爾森已經全副武裝，只剩光腳，鞋子抓在手上。

佩姬屈服了。「我把車鑰匙給你，是一輛藍色的「復仇女神」，停在靠牆那排的第四個車位上，尼爾森知道。不，比利，你和我留在這。」她的聲音實事求是，極有秘書架勢。

兔子接下鑰匙，鑰匙冰得像剛從冰箱拿出來。「眞的很謝謝妳，我早就該跟妳道謝，很抱歉發生這件事，晚餐很不錯，佩姬。」

「很高興你喜歡。」

「我會讓妳知道究竟發生什麼事。也許什麼事也沒有，那個雜種可能只是喝醉而已。」

尼爾森穿好鞋襪。「爸，我們走，非常謝謝您，佛斯納徹太太。」

「非常歡迎二位隨時再來。」

「如果我明天無法來搭船的話，也先在這裡謝謝佛斯納徹先生。」

比利不死心，還是想跟出去。「媽！」

「不行。」

「媽，妳是個婊子。」

佩姬甩自己兒子一記耳光，比利的臉頰上立即出現像是手指形狀的粉紅印記，比利的臉色僵硬，失去控制。「媽，妳是個妓女。橋上那些孩子都這麼說，什麼男人妳都睡。」

兔子說：「你們母子倆不要激動。」語畢，立即轉身開溜。父子倆朝外面的走廊跑，踏著鋼製的階梯往樓下狂奔，連電梯都不想等，直接跑到地下停車場，地下停車場就像是坐落於低度照明巖穴裡的多色湖泊。兔子眨眨眼，發現當他和佩姬在陰暗裡相互纏綿，一個冰冷的日光燈世界就在室外的走廊和樓梯間，以及地下室永不闔眼的樑柱間，支撐這整棟公寓大樓。整個不眠的宇宙裡，螞蟻不闔眼，星球也不闔眼，至死都還睜大眼睛。尼爾森替兔子找到那輛藍色的車，幾乎一聲不吭就發動，儀表板亮起綠色的光芒。倒車，父子倆沿著污斑點點的巖穴牆壁而行，經過一堵樓梯間的磚牆邊，那輛不銹鋼製的迷你摩托車仍舊被扔在角落裡，等待修理，通過一條鋪上柏油的出口通道（那裡也被劃成停車位）。

上街後，行經兩旁排列狹窄的房屋，上面有號碼標示的大型綠色指示牌，路邊的里程標示，和盾形的公路標示，都是他不可能會去的都市名稱。他們轉上威瑟街，交通流量稀疏，予人不祥之感，此時，紅綠燈停止指揮交通，號誌只閃黃燈。開心漢堡已經打烊，但裡面的紫色烤爐仍有火光，天花板的土黃色燈管也繼續發亮，用以嚇阻小偷和破壞分子。一輛警車飛馳呼嘯而過，艾克米超市的停車場一片空蕩，一望無際，還停在上面的幾輛車是已經報廢？還是屬於車床族？或者是這充斥汽車的世界上到處都有的輪下亡魂，像是樹葉般隨處飄落？旋轉的警示燈在後照鏡裡越來越清楚，一輛紅色的大型消防車響著淒厲的警報器猛衝而過，使這輛復仇女神偏離到路中央旁的電車軌道上。尼爾森驚叫一聲：「老爸！」

「叫老爸幹嘛？」

「沒事，我以爲車子失控了。」

「怎麼會！你爸絕對不會。」

電影院上方的看板沒開燈，顯得低矮，上面預告即將上映的影片「二〇〇一年——搭乘瑞克斯號返航」。威瑟街兩旁商店全都開啓防盜燈，有幾家還裝設鐵窗，這是種新的防盜方法。

「爹地，天上有火光。」

「哪裡？」

「右前方。」

他說：「那不會是我們家，賓州山莊還要再前面一點。」

然而兔子從沒注意過恩伯利大道右彎的角度比想像中還急，賓州山莊彎曲的街道帶領他們開向一團圓頂形的橘紅色氣體。黑影幢幢的群眾快速奔跑，車輛飛馳而來，斜停在路邊。恩伯利路與美景彎道的交會處站有一名警察，每當消防車轉動的警示光從旁經過，那名警察便會規律地浮現在光亮裡。哈利把車開到再也開不進去，便下車朝美景彎道往下跑，尼爾森在他身後緊跟。消防水管橫躺在柏油路面上，有些像帆布長褲的褲管一樣平扁，有些像眼鏡蛇一般鼓脹，連接頭的縫隙嘶嘶噴出水來；路旁的水溝裡，攪動的黑色汙水挾帶失去光澤的樹葉急速流動，下水道排水溝的周圍，堵塞的中心點冒出漩渦。他們在離家還有兩棟房屋之遙的地方，聞到一股類似焚燒樹葉產生的煙味，但較具刺激性和苦味，夾雜油漆、焦油、化學品的氣味。當走到距離一棟房屋之外時，擁擠的人群使父子無法繼續前進，尼爾森被淹沒，消失在人群中。

兔子以肩膀向前推擠，不斷致歉：「對不起，這是我家，很抱歉，這是我家。」雖然嘴裡這麼說，但心裡卻還不相信這是事實。從他站的位置望去，房屋被無數人頭、探照燈、向上灌救的水柱、叫嚷聲，以及光與水產生出的虹彩光影遮擋住，使整個火災現場的蠻橫性和奇特性像陽光一樣無法逼視。群眾和鄰居退出一條路讓他通行，兔子看到車庫全毀，只有燒焦的間柱依然聳立，屋頂已經塌陷，水柱朝著在藍綠色火焰中悶燒的屋頂灌救，僅剩混凝土地板上濕透的殘骸，動力刈草機的握柄佇立在原處。廚房及上方的臥室是最靠近車庫的房間，那間過去屬於他和珍妮絲，後來成為他和姬兒的天地，裡面的火焰正在對抗傾盆水柱，火焰消退後又再度死灰復燃地迸發，穿透屋頂和窗戶。蘋果綠的鋁質護板完全沒著火，但確切來說，似乎正在保護火苗不被水柱灌熄。與火舌角力的房屋結構在搖動時突然露出缺口，讓兔子看見樓上的壁紙和廚房的架子，然而在一陣風的輕拂之下，缺口又再度密合。

他仔細朝二樓窗戶望去，想尋找姬兒是不是站在窗邊求救，但只有髒汙的天花板隱約可見。半座屋頂上成為冒煙的田野，濃煙噼噼啪啪往上竄，明暗邊界有如一波波巨浪翻騰，尼爾森房間的窗戶中也傾瀉濃煙，然而有半座房屋尚未著火，或許可以挽救下來。這棟房屋不懷好意地燃燒，各式的替代材料及化學合成品並非易燃物，使得惡臭四散。兔子小時候見過賈基山東邊山谷裡的一座穀倉失火，乾草像火炬轟隆一聲點燃，餘燼染紅了半邊天，此時此地，看不見這種場景。

兔子周圍留有一片空間。看熱鬧的群眾和鄰居們為了對屋主的角色表示敬意，紛紛退讓開來。幾個月以前，兔子還見過電影拍攝現場有如明亮孤島的場景，而今自己卻成為實景的中心，心中同樣感覺自己像個局外人，有種疏離、懷念和麻木的感受。他掃視烈火照耀下的面孔，沒看到蕭瓦特或布魯巴赫在場，也沒見到任何一個他認識的人。

群眾一陣騷動，噢！他期待看見姬兒在窗口出現，穿著她那件白色透明的衣服準備往下跳，但幾扇窗戶中只有濃煙竄逃，戲劇事件的發生地點在外面院子。一名警察和一個柔軟的小人影相互拉扯，哈利熱切期望那是史基特，結果看到的卻是尼爾森那張白臉。一名消防隊員幫忙抓住孩子的胳臂，把尼爾森從房屋裡帶出來，帶到他父親身邊。見到父親，尼爾森緊閉雙眼，嘴唇後綳，拼命掙扎想要脫身，使抓他雙臂的兩人，動作像是沒命地想壓下幫浦把手。

「她在裡面，老爸！」

這名警察快要喘不過氣來，說道：「這孩子想進去屋內，他說裡面有個女孩。」

「我不知道，她一定已經逃出來了，我們才剛到而已。」

尼爾森的眼神狂亂，不停四下搜尋。「史基特那時候有沒有說她和他在一起？」

「沒說，」哈利的話就快要說不出來：「他只說大事不妙了。」

那名消防隊員和警察在對話當下鬆開手，尼爾森見機又往前門跑去。高溫必定襲面而來，因爲他在玄關階梯上腳步踉蹌，又被幾名身穿雨衣，看起來像隻甲蟲的人抓住。這一次帶他過來，尼爾森淒厲地對著哈利尖叫：「你這個幹他媽的混蛋，是你害死她的，我要殺了你，要殺了你。」儘管是親生兒子，這時候的哈利，也只能弓起身，舉起手，準備迎戰。

不過孩子的力氣終究無法掙脫大人的控制，他轉以一種較和緩的聲調辯解想要脫身的理由。「我知道她在裡面，拜託放開我，拜託讓我走，讓我去把她救出來，我知道我有辦法，我知道，她一定是在樓上睡著了，很容易就可以抱起來。爸，對不起，抱歉對你說出狠話，我沒那個意思，叫他們放開我，告訴他們姬兒還在裡面，請他們把她救出來。」

兔子問消防隊員：「她有沒有在窗口出現過？」

那名消防隊員像是一隻年老的嚙齒類動物，濃眉又有大黃牙，低沉地說：「那個女孩如果在裡面睡著，在醒過來之前，應該就已經被濃煙嗆死，大家都不知道什麼叫做致人於死的毒煙，火場裡的人往往都是因濃煙而喪命，而不是因爲火。」他問尼爾森：「好了吧？讓你走？小弟弟，大孩子要有大孩子的樣子，我們派人爬梯子上去。」

像背負甲殼的消防隊員猛砍屋門，玻璃被砍得粉碎，落到石板路上。另一名消防隊員出現在屋頂的另一端，用斧頭在樓上走道，大約是尼爾森房門口位置上方的屋頂鑿出一個洞，有種看不見的東西使他搖晃後退，一道紫色的火焰直竄而上，連續噴射過去的水柱將他驅離退過屋脊線。

「他們這樣不對，爹地。」尼爾森悲鳴。「他們沒有要去救她，我知道她在哪裡，他們沒有要去救她，爹地！」說著，孩子的聲音轉成顫抖的嗚咽。兔子朝他伸出手去，他退開來，藏起臉，長髮下的後腦摸起來很軟，像是過度成熟的水果。

兔子再度向他提出保證：「史基特會把她救出來的。」

「他不會，爹地！他不會管她！他關心的只有自己，而你只關心他，沒有人關心姬兒。」尼爾森在父親笨拙緊抓的手裡掙扎。

一名警察來到父子身邊，問：「你是安格斯壯？」他是那種新時代的警察，看起來像大學生，尖尖的鼻子配上圓潤的下顎，鬢角修剪得極短，短到讓兔子認爲那是一種反社會的表徵。

「是的。」

警察掏出筆記本。「有幾個人住在這棟房子裡面？」

「四個，我和這孩子……」

「名字？」

「尼爾森。」

「有中間名的縮寫嗎？」

「F，弗瑞德瑞克（Frederick）的F。」警察寫字很慢，說話聲音也極小，混雜在背景人群的議論聲，火焰的噼啪聲和水柱的沖灌聲中，兔子根本聽不清楚，不得不問：「你說什麼？」

這名警察重複一遍：「母親的名字？」

「珍妮絲，但她不住這裡，住布魯爾市那邊。」

「地址？」

兔子記得史塔羅斯的地址，但是沒給警察，而是給他岳父的地址：「弗瑞德瑞克．史賓格，賈基山鎮約瑟夫街八十九號。」

「還有，小朋友說的那個女孩是誰？」

「姬兒・潘德頓，康乃狄克州史東寧頓，詳細地址我不知道。」

「幾歲？」

「十八或十九。」

「親屬關係？」

「沒有。」

警察花費一長段時間寫下這句話。屋頂那邊不知發生什麼事，群眾的鼓譟沸騰起來，有個梯子在探照燈照射的交叉點處被放下來。

兔子提示警察：「第四個人，是個名叫史基特的黑鬼。S…k…兩個e…t…e…r。」

「黑人男性？」

「是的。」

「姓什麼？」

「不知道，可能姓范斯沃。」

「拼給我聽。」

兔子拼出字母，並主動說明：「他只是暫時住這裡。」

警察抬頭看這棟燃燒中的房屋，之後轉頭看著兔子：「你在房子裡幹嘛？經營一家公社嗎？」

「不是的，老天！我沒那種意思，我還投票支持胡柏・韓福瑞。」

這名警察端詳這棟房屋。「那個黑人有可能還在裡面嗎？」

「我想不會，因爲是他打電話通知我，好像是從電話亭打的。」

「他有說他放火嗎？」

「沒，他甚至根本沒說發生火災，只說大事不妙了。」「大事不妙」這個詞，哈利說了兩遍。

警察寫下「大事不妙了」這五個字，寫完闔上筆記本。「稍後，我們會再做進一步的偵訊。」火光在這名警察的帽徽上閃爍桃色的微光，浴室上方的屋頂崩塌了，電視天線在火焰的跳動中傾斜搖晃，像是一棵枯樹倒下，卻仍被一些纜線或托架抓住根部。兔子記得那支天線經他們擴充且調整過兩次，原因是鄰居的天線會讓家裡的電視畫面產生疊影。此時，一大團氣勢壯觀的黃色濃煙湧出，細看呈金灰色，就像從脆皮甜點師傅沾滿糖的手上抹揑下的糖層。

警察若無其事地說：「裡面如果有人，早在半個小時前就被煮熟了。」

兩步之遙的尼爾森彎下腰開始嘔吐。兔子向他走去，孩子並未反抗父親的觸碰，兔子扶住他的肩膀，感覺就像抓住一條在陸地上喘息的魚，想潛回水裡，否則就會沒命。兔子將尼爾森臉頰上的頭髮往後撩，免得沾到嘔吐物，然後用手在孩子又熱又軟的頭顱後方打一個女性化的髮結。「小尼，我確定她已經逃出來了，走遠了，她已經安全，走遠了。」

孩子搖頭表示不同意，又吐了。哈利扶住他好幾分鐘，一隻手緊抓頭髮，另一隻手環抱胸部。他緊抱尼爾森，不讓他陷到泥土裡，怕一旦鬆手，自己也會跟著陷進去。他心中不安，覺得自己骨頭承受的重量益加沉重，地心引力大到像是木星牽引地球。警察和看熱鬧的群眾，眼看他拼命抓住尼爾森，卻沒有任何人上前幫忙。終於，有一名警察走上前來，不是剛才問話的那一個，操著冷靜的荷蘭腔，問他：「要不要我們開車把小朋友送去哪裡？他在郡裡有沒有祖父母？」

「爺爺，奶奶，外公，外婆一共四個。」兔子說：「他也許應該到他母親那裡去。」

「不！」尼爾森說，掙脫父親的手之後，轉身面向他們。「在知道姬兒的下落以前，我不走。」他的臉上閃爍淚光，但腦袋是清醒的，之後的一個小時，尼爾森一直在父親身旁守候。

火焰慢慢撲滅，房屋靠近客廳的半邊保住了，但廚房那半邊的內部像是一座五顏六色冒煙的花園，包括合成樹脂板、乙烯、尼龍、油氈，每一種化學品燃燒後的模樣都不盡相同，大火將這些怵目驚心的合成化學物送回泥土和空氣中。消防隊員繼續在灰燼上澆灌水柱，也在燒毀的牆壁後面搜尋。探照燈像是瞪視的眼睛，照耀樓上幾扇窗戶，往下一點，像是聚滿螢火蟲的骷髏。看熱鬧的人群還在等待，因爲各種氣味，和熱氣裡散發的死人味而駐足停留。警方的無線電間歇傳來靜電干擾的呼叫聲，一名警察招來一輛救護車，警報器在抵達時猶疑不決地嘆息，鮮紅色的警示燈漫無章法地在車頂上飛舞。一個既像塑膠袋、又像被單的怪異綠色物體，被送進屋內，然後由三名穿著雨衣，面色冷峻的人抬出來。救護車接下那個不成形的袋子後關上門，關門的聲響很沉，只有最貴的汽車，車門才會發出那種聲響。救護車警報器猶疑不決的嘆息聲再度響起，只響了一聲便開動，疏落的人群在後面緊跟，夜裡開始響起汽車發動，以及加速離開的聲音。

尼爾森說：「老爸。」

「嗯？」

「那是她，是不是？」

「不知道，有可能。」

「是個人。」

「我想是。」

尼爾森揉揉眼睛，動作在臉上留下黑灰色的抹痕，就像印第安人的標誌，看來像是從遠古而來。

「我想睡覺了。」尼爾森說。

「想回佛斯納徹家嗎？」

「不要！」孩子像是想爲自己的口氣道歉，解釋道：「我討厭比利。」進一步斟酌，又加一句：「除非你想去。」實際上的意思是，除非你想回去，再幹佛斯納徹太太一次。

兔子問他：「還是想去找你媽？」

「不行，她去波口諾斯了。」

「這個時候應該已經回來了。」

「我現在不想看到她，帶我回傑克遜街吧！」

兔子的心底有個引擎正在低語「回到過去，重新來過」，想將父子的時光帶回今天下午離開家的瞬間，還沒做過任何事，根本沒出門，這一切都沒有發生，姬兒和史基特都還在，都還在那棟如今已經燒毀的房屋裡。在心中那道引擎的運轉聲之下，所有已發生的殘酷事實都被掩蓋，他語帶驚訝，大膽問尼爾森：「你在怪我嗎？」

「可以這麼說。」

「你不認爲只是運氣不好嗎？」儘管孩子幾乎連肩膀都懶得聳，哈利卻明白他的意思：運氣和上帝都太遙不可及，哈利從未教導過尼爾森相信任何父親理性判斷之外的事情。在現實人生永遠只能怪罪自己，不能推卸給上天。

一卡車的消防隊員開始回收水管，那名關心過尼爾森的警察走過來。「安格斯壯？隊長想跟你私下談談。」

「爸，你問他那是不是姬兒。」

這名警察看起來疲倦又遲鈍，體型和那個……什麼名字來著？蕭瓦特一樣圓胖，是個親切又有耐性的布魯爾人。他洩露消息：「那是具屍體。」

「黑人還白人？」兔子問。

「看不太出來。」

尼爾森問：「男的還女的？」

「女的，小弟弟。」

尼爾森又哭了，如鯁在喉。兔子問這位警察，他先前的提議還算不算數？可否請一輛巡邏車送孩子前往賈基山的爺爺奶奶家？警察把孩子帶走，尼爾森沒有反抗。兔子原來還以為他會堅持留下和父親在一起，直到事情告一段落，但頭髮散亂的尼爾森，眼淚不聽使喚直往下掉，將自己交到的法律手裡，接受社會秩序的保護，像是終於獲得紓解。當那輛銀藍色的布魯爾警察巡邏車，在美景彎道上迴轉，掉頭離開纏繞的水管和紅色的反光時，尼爾森甚至連揮手道別都沒有。空氣中有硫磺的味道，兔子注意到那棵小楓樹面向房屋的那一側被烤焦，枝頭像香菸一樣悶燒。

當消防隊員整理器材裝備時，兔子和隊長坐到一輛偵防車上，膝蓋和座位前的無線電設備擠在一起。隊長是個白髮矮個子，但坐下時並不顯得矮，寬實的胸膛上斜背肩帶，蓄留小平頭，短到接近頭皮，鼻子曾經橫向斷過，從此就不斷累積斷裂的微血管。他說：「現在有一名死者，事情就是另外一回事了。」

「火災是怎麼發生的？有什麼推測嗎？」

「我也想問這個問題。不過確實有推測，是人為縱火，起火點在車庫。我注意到車庫裡有一台動力刈草機，旁邊那罐汽油是要幫刈草機加油的嗎？」

「是的。我們今天中午才加滿那罐油。」

「你們今晚人在哪裡？」

兔子告訴他答案。這位隊長使用車上的無線電將相關情形回報西布魯爾總部，對方五分鐘內回話，在聆聽回話的時間裡，這位隊長厚臉皮地保持靜默，兔子心中對偵訊流程益發不耐，無線電裡的聲音像煎培根一樣嘶嘶作響。「佛斯納徹太太確認了嫌疑人的說法，同住的一名未成年男孩也是證人。」

「收到了。」隊長說著，掛斷無線電。

「我爲什麼要把自己的房子燒掉？」兔子問。

「一般常見的縱火犯都是屋主。」這名隊長說。他若有所思地端詳兔子，雙眼幾乎呈圓形，彷彿有人在他每個眼角都縫上一針。「也許那個女孩懷了你的孩子。」

「她一直有服避孕藥。」

「跟我說她的事。」

雖然難以表現自然，但兔子仍盡力回答。爲什麼他會同意史基特搬進來住？嗯，這個問題另有絃外之音，但爲什麼不能同意？他試著回答：「嗯，我太太離開我之後，我有點迷失方向，讓他搬進來似乎也無所謂，無論如何，我如果踢他出去，他就會把姬兒一起帶走，因此我不介意讓他住進來。」

「他恐嚇過你？」

爲了表示對於法律的尊重，兔子嘗試做出正確的答覆。「沒有，他教育我們。」哈利開始有點想發飆。「我不知道有哪條法律反對有人和你同住？」

「法律反對窩藏犯人。」這名隊長告訴他，停止筆記本上的紀錄工作。

「布魯爾警方通報，有一個名叫胡柏．強森的人涉嫌非法持有毒品保釋在外，拒不出庭。」隊長不樂見兔子毫無反應，於是繼續把話說得更明白：「你對於這件起訴案，以及藐視法庭案並不知情？」說完，更清楚補上一句：「我應該接受你的緘默，作爲一種不知情的宣示嗎？」

「是的。」這是唯一的回答。「是的，我對史基特一無所知，連他姓什麼都不知道。」

「他知道他現在的行蹤嗎？」

「不知道。他打給我的電話聽起來像是從電話亭打出來的，不過，我不敢保證。」警察將自己那雙大手蓋在筆記本上，就像用手掩蓋電話上的聽筒。「私下告訴你，我們一直在監視這個地方。他只是一條小魚，只是個小混混，我們當時希望循他這條線逮到比較大尾的。」

「比較大尾的什麼？藥頭？」

「擾亂社會秩序者。布魯爾的黑人與費城、坎登和紐瓦克（Newark）等地有聯繫，我們知道他們有槍，不希望布魯爾成爲另一個約克郡，但是現在呢？我們是不是成爲另一個約克郡了？」兔子又沒有反應，於是隊長再問一遍：「我們是不是成爲另一個約克郡了？」

「不，當然不是，我剛剛只是在思考你的問題。史基特說的話像是已經超越革命，有點像宗教狂，不是動刀動槍那種瘋子。」

「你認爲他爲什麼要放這把火？」

「我不認爲火是他放的，這不是他的行事風格。」

隊長繼續紀錄。「別管什麼行事風格。」這位隊長說：「我要的是事實。」

「該說的都跟你說了，已經沒有其他實情好說。附近鄰居有些人對史基特住在我家這件事情不太高興，昨天有兩個人在路上把我攔下來，跟我抱怨這件事，你要的話，我可以把那兩個人的名字給你。」

鉛筆在紙上徘徊。「他們跟你抱怨。有拿縱火來威脅你嗎？」

「你最好他媽的設置路障圍住那個地方！」有雙層下巴的布魯巴赫是不是眞的會像他恐嚇的那樣，讓鄰居也「不小心被手榴彈炸到」？兔子回答：「他們沒有挑明這麼說。」

隊長做下註記，內容似乎是「無這方面的指控」，然後將筆記本翻到新的一頁。「這黑人和那個女孩有性關係？」

「你聽好，我整天在外面上班，下班回來後，我們會做晚餐，然後陪孩子做家庭作業，然後大家坐在一起聊聊天，就像家裡多出兩個孩子，我不知道他們每分每秒在做什麼。你現在是要逮捕我還是怎麼樣？」

隊長本身就是一位父親，以好長一段微笑做爲答覆。依兔子看來，他的鼻子斷掉並非因爲發生意外事故，而是他自己在某處招惹來的。他那雪白的軟髮修剪得如此平坦，就像女人化妝用的粉撲，耳朵上方有粉紅色的凹痕，是戴警帽戴出來的，燦爛的微笑在臉頰上製造出許多皺紋。「嚴格來說，」他說：「這並不是我的職掌，我是代理我那位受推崇的同事，他擔任福內斯鎮的警長，已經累趴了，先回去睡覺。冒昧跟你說，我們監牢裡已經關滿人，不會再把你這種安分守己的人送進去，等一下我們還有更多問題要問你。」他闔上筆記本，扭開無線電，發出通報：「全體車輛，布魯爾警察注意！搜尋對象黑種人，男性，身高約五呎六，體重約一二五磅，中等深膚色，圓澎黑人髮型，名史基特，歷史的史……」兔子推開車門走出去，隊長並未轉頭看他。

就這樣，在兔子這一生，法網又再次從他身旁擦身而過。他自知自己是個行爲不當的罪人，只是沒被逮到而已，有如煤灰的噁心感滲入全身。消防隊員澆灌冒煙的殘留物，沿美景彎道聚集的那批人散去，警察用裝在支架上的黃色閃光燈圍起房屋的醜態，警告民眾不得進入。兔子繞行草坪周圍勘查損失，又濕又軟的草坪上踩滿腳印。這麼晚了，舞臺上還這麼多演員。

房屋後側的損毀程度較爲嚴重。房間浴室內的裝置懸空吊在管線上，支撐床頭板的那堵牆消失了，透過屋頂的破洞可以看見夜裡殘破的藍色天空。他從樓下的窗戶望去，藉著閃爍的黃色燈光，就像走進地獄裡的哈哈鏡奇異屋。沙發和兩張座椅像是醃漬在落下的泥灰裡，面對面佇立在鞋匠工作檯那一端，而浮木燈則依舊挺立。隔開早餐間的透空架子上，史基特的書濕透且失去光澤，原來的廚房和車庫間已經沒有阻隔，可以從廚房直接看到車庫外一個二乘四吋大小的燒焦N字。天空逐漸發白，小鳥振翅高歌。

賓州山莊竟然有鳥嗎？在哪？這裡沒有夠大的樹木可以留住小鳥。此時天很涼，比大火熊熊的深夜更涼，從東方布魯爾的方向泛出魚肚白，在黎明前的灰濛裡，賈基山也顯露自己的輪廓，一群遷徙的小鳥飛越南方市郊。哈利全身筋骨痠痛，眼皮像是豆子的外殼，他在疲憊不堪中產生幻覺，就像進入夢鄉前一瞬間，產生一種對人的延伸比喻。賈基山上方清新的天空是不幸夭折的小嬰兒貝姬，而尼爾森就生活在西方那片陰鬱的天空裡，雖是暴風雨顏色，但卻間隙展露晨星，而他，就是兩片天空中的凡人。

他走向殘破不堪的前門，撥開玻璃碎片，坐在鋪著石板的玄關上。石板很暖，就像坐在壁爐邊。儘管沒有任何一位鄰人上前攀談，爲他的不幸事件火上加油，但面對兔子的凝視，那些鄰居表現出的缺乏同情，在燈光下赤裸地表現出來。淡色的屋頂上，潮濕的斑塊印出椽木的形狀，後院的遊戲水池及鞦韆架，被草上的露水漂白。斜視的下弦月停留在魚肚白的天空中，像是地板上一個被人遺忘的玩具。一名老年人，是個剛下班的守夜員，穿著唰唰作響的綠色雨衣，走了過來：「這是你的房子？嗯？」

「沒錯。」

「有別的地方可以落腳嗎？」

「大概有。」

「剛剛那是你愛人的屍體？」

「不能算是。」

「那算是個好消息，年輕人，振作起來，保險公司會理賠大部分的損失。」

「我有保險嗎？」

「你有抵押貸款？」

兔子點頭，想起那本光面的小本存摺，可能被大火燒掉了。

「那你就有保險。我詛咒那些該死的銀行，他們只想到他們自己，從那些可惡的猶太人身上絕對撈不到任何好處。」

老頭的出現開始讓兔子覺得奇怪，他和這幾個月以來發生的所有事情一樣怪異。兔子問他：「你要在這待多久？」

「我值班到早上八點。」

「爲什麼？」

「處理火災的既定程序，防止趁火打劫。」他們兩個不可思議地望著賓州山莊沉睡中的房舍及草坪。此時，遠方響起一陣警鈴聲，同時有一處樓上的燈光亮起，散發出土黃色的光芒，趁亂打劫這種事情在當今這個年代仍所在多有。這名怪老頭問他：「裡面還有沒有值錢的東西？」兔子沒有動作。「你最好去睡一下，年輕人！」

「你呢？」兔子反問。

「像我這種年紀的人不需要太多睡眠，睡夠就行了。無論如何，我從小喜歡此時的寧靜。我老爹是個酒鬼，也是個晚睡晚起的人，老是不睡覺，我如果一大早吵醒他，他會狠揍我一頓，如此讓我養成了清早出門聽鳥叫的習慣。無論如何就是一舉兩得，既能值夜班賺錢，值班的地點又在戶外，但也別老是值夜班，免得超過一定數額，到時候領不到社會救濟金。別把自己寵壞，是一種新的技巧。」

兔子站起來，覺得渾身痠痛，從小腿骨開始往上延伸，經過鼠蹊部、腹部，直到胸部，像是魔鬼離開身體後感覺到的痛楚。青煙中霧靄昇起，他轉身檢視被水泡脹的前門，上面有斧頭砍過的痕跡，怎麼推也推不開。老年人告訴他：「我的職責是把任何事和所有人擋在這棟建築物之外，你如果對自己房子造成任何損害，那你就要自行負責。」

「你剛才還叫我進去把值錢的東西拿出來。」

「我剛剛的意思就是要你自行負責，我會轉過身去裝作沒看見，萬一踩空跌到地板上觸電，到時候可別喊救命。對我而言你不在這裡，我從事這項工作的原則就是不該看的就不要去看。」

「我做事情的原則也是這樣。」兔子用力推門，門砰一聲打開。門後那側的碎玻璃把走廊地板的亮光漆刮出一道道白色的弧形，裡面的煙霧和氣味令兔子開始流淚。屋裡很溫暖，左手邊出現一陣輕微的沙沙聲和咖嚓聲，而令人心緒沉靜的水滴聲從燒焦的托樑而下。原來潔淨的地板上堆滿焦黑的濕瓦礫，波波冒著氣泡，床鋪的金屬框架從樓上墜落到廚房裡。他右手邊的客廳陰暗污濁，但並未受損，銀線椅上的銀線穿透一種酸性氣體凝結出的薄霧，閃露亮光，電視機的綠色螢幕，茫然地等著被開啓。兔子想把電視搬走，那是此地唯一還能賣錢的東西，不過太重扛不走，硬搬可能會因地板濕滑而摔倒，畢竟這種電視世界上有好幾萬個。珍妮絲有次還說，我們應該用電視機代替炸彈，丟到叢林裡去，搞不好會更有效，當時他還認爲，以她的腦袋能有這種想法，眞是太聰明了，顯然那時候史塔羅斯就已經在透過珍妮絲發言。

珍妮絲一向很鍾愛那個所謂的鞋匠工作台。兔子記得剛結婚時，她會跪在旁邊用亞麻仁油擦拭，短促敏捷地輕擦，一次只擦幾吋，讓在旁觀看的他心神蕩漾。他拿起工作台夾到胦下，發現很輕，便再把那盞浮木燈從插座上拔下，一併帶走；其餘物品可任由趁火打劫的人，以及保險理賠核算人拿取。你絕不可能把煙的味道也帶走，就像人生中失敗的氣味既抹不去也弄不走。他想起防風窗，回想自己用穩潔擦拭四面防風窗的情景，一切似乎像是虛構，因爲他的一生中，從未專注在這種枝微末節的小事。這棟房屋從他手裡溜走，他也自由了。兔子兩胦分別夾著工作台和浮木燈，走在美景彎道上，長條狀的橘色陽光在那些低矮怪異的房屋之間伸展，此時陽光照射在他走的這一側；而在這個漫漫長夜之前，他和尼爾森走在這段路上，當時的橘色陽光則灑落另一側；佩姬的「復仇女神」是唯一停靠在路邊的車，像是一艘水鴨藍尾翼的小艇，由於退潮而擱淺。他打開車門，把座位往前推，好把工作台放到後座，這時，他發現車裡面有人，是個在睡覺的黑人。「搞什麼啊！」兔子說。

史基特睡眼惺忪地醒來，摸索掉到橡膠地板上的眼鏡。「寶貝，」他說著，戴上眼鏡抬起頭來。他的澎頭扁了半邊，像是顆爛水果。「你只有一個人，對吧？」

「是啊！」這輛小車裡充塞野獸的氣味，同樣的味道每天早晨在客廳裡也聞得到，他睡得越香甜，味道就越強烈。

「天亮多久了？」

「才剛天亮，現在六點鐘左右，你在這裡待多久了？」

「從看到你和小寶貝開車進來，我就一直待在車上。我在威瑟街那邊的電話亭打電話給你後，便注意看你是不是會經過那裡。雖然這輛車不是你的，但是車子裡面坐的腦袋卻是，所以我悄悄一路穿過別人家的後院趕過來，在你停好車後，就跑到車裡來了。一路披荊斬棘才找到你，對吧?該死，我當時如果沒睡著就好了。嘿，進來，老兄，你讓空氣跑進來了。」

兔子上車，坐到駕駛座上，沒轉過頭看他，設法不動嘴巴與他談話。賓州山莊又恢復了生氣，一輛車剛駛過去。「你應該知道，」兔子告訴他：「他們正在找你，他們認爲火是你放的。」

「我就知道條子會把事情搞砸，我爲什麼要把自己住的地方燒掉?」

「爲了毀滅證據。也許是爲了掩飾姬兒……你怎麼說的?……吸毒過量而死。」

「她從我這裡拿的海洛因吸了以後不會死人，東西稀釋過了，連糖水都比它有味道。喂，寶貝，你房子發生的事是白鬼幹的，你要相信事實，還是我應該省省力氣不再談你那個豬圈房子?」

「說來聽聽。」

史基特的聲音與他的面孔分離，比哈利記憶中來得低沉，有催眠作用，粗嗓音的輕快節奏使兔子想起孩提時代的收音機廣播。「昨晚，姬兒很早就上床睡覺了，我將就睡沙發，對吧?自從她又染上那個東西，她就從來不把自己用的火熄掉，總之，我既昏沉又精疲力竭，我們昨天爲了處理那輛狗屎車，在郡裡跑了兩圈，對吧?後來我聽到嘁嘁嚓嚓的聲音，醒了過來，辨別出聲音是從廚房傳來的，對吧？我以爲是姬兒想來煩我，要我再給她一針，結果不是，聽起來是「嗚嘘」和輕微的「嗡啡」聲，讓我想起越戰叢林小徑上地雷的爆炸聲，只是現在那些聲響不在路上。我跟自己說「戰爭打到家裡來了」，接著，聽到踹門的聲響，是車庫門受到重擊的聲音，我趕緊跑到窗前，看見兩個白鬼夾著屁股越過草坪，越過街，跑進那邊的房子裡，一溜煙地不見人影，對吧？我看到那兩人沒開車，然後，我就聞到煙味了。」

「你怎麼知道那兩個是白人？」

「可惡，你明知道白鬼跑起來的模樣，像屁股上夾著一根棍子，對吧？」

「你如果再看見他們的話，可以指認出來嗎？」

「我才不要在這個地方指認什麼摩西，在這個郡裡，我的皮膚是用油煎過的，對吧？」

「是啊，」兔子說：「還有一件你應該知道的事情。姬兒死了。」

後座上的靜默並未持續多久。「可憐的婊子，我懷疑她知道生死有什麼差別。」

「你爲什麼不把她救出來？」

「可惡，老兄，那時候的溫度很高，對吧？我以爲三K黨動用私刑的時代又來臨了，我知道這裡有一千兩百個討厭黑人的白鬼，我的處境沒有辦法照顧白鬼女人，還是讓白鬼照顧白鬼自己的女人吧。」

「竟然沒有人把你攔下來。」

「我受過基本訓練，對吧？可以巧妙躲過追蹤我的人。」

「那兩個人不是要來傷害你，是要來傷害我，他們想要用這種方法傳達訊息給我。這附近的人不會動用私刑，你不要胡思亂想。」

「我胡思亂想？你是不是選錯節目看了，底特律那些傢伙你怎麼說？」

「那加州那些死了的警察你怎麼說？你那些黑兄黑弟煽動「幹掉警察」的瘋言瘋語你又怎麼說？我應該把你交給警察，布魯爾警方會很高興看到你，他們很喜歡再教育你這個發了瘋的笨蛋。」

又有兩輛車疾駛而過，牛奶卡車上的司機好奇地從高處往下看。「快開車走吧。」史基特催促。

「這對我有什麼好處？」

「是沒什麼好處，對吧？」

車子很快發動，引擎的聲音比輪胎輾過美景彎道沿途水窪的聲響小很多，駛過那座蘋果綠的殘垣斷壁，以及穿著綠色雨衣在門前台階上打盹的那些人，行至曲折蜿蜒的街道上，朝郊外的方向開。到了街道盡頭，轉上兩旁盡是泥濘建屋地基的卡車道，發現一條闃無人跡的鄉間小巷，兩旁聳立成排的白楊木，路面崎嶇不平，無人照料。史基特坐上後座，兔子等待金屬物抵在他脖子上，也許是一支槍，一把刀，一支針管，黑人經常會帶著兇器，可能是毒鏢之類的。然而什麼事都沒發生，除了史基特呼吸出來的熱氣在兔子的頸背上起伏之外，一切正常。「你怎麼忍心讓她死？」

「老兄，如果你想談罪惡感，我們得回頭去說幾百年以前的事。」

「我昨天不在，但你在場。」

「我當時自身難保。」

哈利由於缺乏睡眠，腦袋飄飄然，他知道自己此時不應該做出任何決定，但還是說：「跟你說，我現在開車往南，把你送到十哩外的地方，從那之後，你就自己想辦法啦。」

「老兄，這種一刀兩斷的辦法不錯，我們就這麼辦。還有一個尷尬的問題，我們黑人兄弟把那個問題稱爲麵包。」

「你賣了姬兒那輛車，才剛有六百塊錢。」

「我的錢包還放在沙發旁邊。這才算是照顧，對吧？」

「壁櫥裡那個黑色的手提箱呢？」

「嘿，你調查過，不然怎會知道？」

「我身上也許有三十塊錢，」兔子說：「你可以收下，我開這趟車會設法避開警察，之後兩不相欠，就像你自己說的，你厭倦這個郡了。」

「我會回來，」史基特說：「只在光采的情況下。」

「到時候別把我扯進來。」

好幾哩路過去。沿途是一座山丘，一成串砂岩的房屋和一座水泥廠，先來一座標示天然岩洞的告示牌，再來一座上面有長鬍子亞米胥男子圖案的巨型告示牌。史基特還是使用另一種聲音講話，這種最像白人的聲音，聽在兔子的耳裡最具人情味。史基特問：「小寶貝承受得住姬兒的死嗎？」

「大概和你想的一樣。」

「心碎了，對吧？」

「傷心透了。」

「告訴他，天涯何處無芳草。」

「我會讓他自己想通這個道理。」

兩人來到陽光下兩條小路的交叉口，遠方收割過的褐色玉米田有一棟塗上白色顏料的岩造屋，正冒出青煙。十字路口旁的木質箭頭上面寫著「加利里二號」，否則此處便會是個無名小鎮。天空中，飛機畫出一道白尾，賓夕法尼亞州寧謐地向南延伸，穿透綠色，也穿透褐色。此處的道路底下鋪設一條石質的涵管，金屬製的里程標示牌生銹且單調。兔子掏空自己錢包裡的錢，放到史基特粉紅色的手掌上，然而數目不多，兔子得按捺住想表示歉意的衝動，不知道下一步怎麼做才恰當，猶大可以給耶穌來個不懷好意的吻？自從那晚兩人扭打成一團，兔子獲勝以來，彼此幾乎不再有過任何觸碰。他伸出手表示珍重再見，史基特端詳兔子的手，彷彿想學蓓碧替他看手相，然後用他那雙光滑的窄手將兔子的手拉過來，掌心的粉紅色肉褶朝上，抬高兔子的手，捧住端詳，然後嚴肅地朝兔子的手掌心啐了一口唾沫。唾液和他皮膚同樣溫暖，哈利最初只是因爲看過這個動作而知道有這回事，細小的水滴裡滿是小太陽般的泡泡，他決定將這個動作作爲一種祝福，在褲子上擦乾自己的手掌。史基特告訴他：「從來就想不透你的詭計。」

兔子的回應是：「也許根本沒什麼詭計。」

「就是在等這句話，對吧？」史基特咯咯笑。史基特笑的時候，上唇會有一種白人所沒有的複雜變化，正中央有一道傷痕，那道親切的縫痕讓兔子想起龜頭那圈與陰莖相連的肉。當兔子在狹窄的交叉路口倒車，這名年輕的黑人站在一排褐色的野草莖旁邊等待。在後照鏡裡，史基特看起來不同於以往地端莊，是一種調和的端莊，即使還是戴著那付眼鏡，蓄著山羊鬍，兩手空空徘徊在僅剩殘梗，烏鴉來回撿拾落穗的田畦之間。

小艾德溫．亞德寧上校㉒：現在，你可以進行連接了。向我這邊靠過來，直接往下，左邊一點，空間足夠，完全對準了，再往我這邊靠一點，往下，好！現在，完成了，你們在上第一條絞鏈，哪一條？好！移動，向左邊移動，好！現在，完成了。現在，你們在導航臺上完全接合了，你們的左腳向右一點點，好！很好。再向左一點，好。

尼爾．阿姆斯壯㉓：好！休士頓，我在登月艙門口了。

㉒巴茲．奥爾德林（Buzz Aldrin），原名小艾德溫．亞德寧（Edwin Eugene Aldrin, Jr.），曾是一名美國飛行員，以及美國國家航空暨太空總署的太空人，擔任老鷹號登月艙駕駛員，因成爲在尼爾．阿姆斯壯之後踏上月球的人而聞名。

㉓尼爾．阿姆斯壯（Neil Armstrong）曾是一位太空人、試飛員、海軍飛行員以及大學教授。一九六九年七月二十日成爲第一個踏上月球的太空人，也是第一個在外星球上留下腳印的人類。

第四章

小蜜

兔子坐在機器前，滑動手指，字模在高處「喀噠喀噠」響，熔鉛在身旁輕鬆自在地流動。

賓州山莊火災案，外州來客喪生
人為縱火之說甚囂塵上

西布魯爾警方持續於社區社區內蒐集證詞，釐清神秘之火焚毀賓州山莊居民哈利．安格斯壯夫婦豪宅的眞相。

該宅訪客，現年十八歲的姬小．潘德頓兒姐——姬兒．潘德頓小姐來自康乃狄克州史東寧頓，由於吸入廢氣及灼傷，經英勇的消防隊員救出後仍回天乏術。潘德頓小姐抵達布魯爾聖心女子醫院前——心女子的醫院前即已宣告死亡。

據報，之前住於普拉姆街之胡柏．強森，曾在該處附近活動，警方目前亟欲尋找此人進行偵訊。強森先生另有一爲人所知的名字「史基特」，偶爾自稱姓范斯沃。

福內斯鎮綽號「老朋友」的消防隊長雷蒙・費斯勒（Raymond"Buddy" Fessler）向大酒桶記者透露：「本人確信，本案是人爲縱火，雖然缺乏直接證據顯示是由汽油彈抑或其他類似的工具所引起。無論如何，此案並非一般所稱投擲炸彈而引發的火災。」

附近居民由於本案而深感困擾。據稱，除一名行跡可疑之黑人出現之外，該宅並無異常情況。

帕亞瑟克輕拍兔子的肩膀。

「如果是我老婆，」兔子說：「就叫她閃邊去，跟她說我死了。」

「沒人打電話來，哈利。我需要和你談談，私下談，如果你准許我的話。」

那句「如果你准許我的話」爲哈利心裡帶來一股寒意。帕亞瑟克假意表現出低聲下氣的模樣，關上辦公室的毛玻璃門，在辦公桌後面，「砰」一聲輕輕坐下，在桌上那堆沾上油墨的紙上舒展自己的手指。「還有個更壞的消息，」他說：「你承受得了嗎？」

「你說說看。」

「在你家遭逢不幸事故的節骨眼上，我很不願意火上加油，不過拖延也不是辦法。世界上沒有什麼事是永遠不變的，上面已經決定要將眞理印刷廠轉型爲平版印刷廠，到時候將保留一架平版印刷機來進行雜項印刷工作，至於「大酒桶」不是改成平版印刷，就是要送到費城那邊去印，這是可以預料到的事情。如果這樣，我們將加強爭取其他期刊，布魯爾市現在突然出現許多新報紙，依我之見，其中許多是鹹濕刊物，但是大家都愛看，同時法律也准許販賣，這就是麻煩的地方。」帕亞瑟克從兔子哀嘆的方式，就可以看得出來自己已經闡明論點。帕亞瑟克的前額從上方看呈球形，憂鬱的深皺紋退卻到頭蓋骨的水平線上，黃銅帶灰白的頭髮從水平線開始成束往後梳。

兔子幫他把話說完：「那麼，以後不再使用自動鑄造排字機了，是嗎？」

帕亞瑟克吃驚地抬起眼睛，眉毛往上拱起，又隨即下垂，在短暫的瞬間閉上眼睛，眼皮在頭頂明亮的日光燈管照耀下，宛如球面般光滑。「我以爲我剛剛已經說出重點了，那是技術層面的一部分，同時也是省錢之道。平版印刷作業全程使用感光膜，不再用滾燙的鉛金屬，改用陰極射線管①，老天，那東西一分鐘印兩千行，整份「大酒桶」七分鐘之內可以全部印完。到時候，公司方面還可以留下幾個人，再接受操作電腦紙帶方面的在職訓練，目前也已經和工會達成了協議。不過，哈利，就經營的角度來說，這是一種犧牲，我恐怕你遠在公司續用人員的名單之外，這跟你的私人生活無關……完全出於年資的考慮。你老爹的位置可以安啦，至於布坎南，老天，讓他走，全布魯爾市市民都會鼓掌叫好。這雖然不是我的做事風格，但如果他們來找我，我就會告訴他們，布坎南這個人每天從上午十一點就喝得半醉，他們黑人全都一個樣，如果他是白人，哪怕是個低能兒，我也會馬上兩肋插刀……」

「好啦，我什麼時候走人？」

「哈利，這件事讓我很難過，你學會這套技術，結果卻派不上用場，雖然整個州的報社有些關門大吉、有些加倍成長，而且這個行業目前有些供過於求的狀況；不過布魯爾市的眾多日報當中，或者在費城及亞倫鎮（Allentown）一帶，可能會有哪家肯錄用你。」

「我會活下去的。你知道庫特．許拉克現在在做什麼嗎？」

「誰是庫特．許拉克？」

「你知道的，就是負責『搖椅』的那個傢伙。」

「老天，你是說那個人啊，那是好幾年前的事情了。我還能記得的就只有他在這裡的北部買了一個農場養雞，如果他還沒死的話。」

「對啊，就經營的角度來說，死了最省事。」

「別這麼說，哈利，那很傷人，不要傷了和氣。你是個有活力的年輕人，看在基督的分上，大好年華還在前頭等著你。要不要聽些像是父親的忠告？你快離開這個郡，把亂七八糟的事情拋諸腦後，忘掉跟你結婚的那個笨蛋。我這麼說沒有惡意。」

「我知道。不過你不能怪珍妮絲，因爲我自己也好不到哪去，此外，我什麼地方都去不了，因爲我有個孩子。」

①陰極射線管（Cathode Ray Tube）最廣爲人知的用途是用於構造顯示系統，所以俗稱顯像管。它是利用陰極電子槍發射電子，在陽極高壓的作用下，射向螢光屏幕，使螢光粉發光，同時電子束在偏轉磁場的作用下，進行上下左右的移動來達到掃描目的。

「孩子？死腦筋。你不能用這種方式度過一生，你得從自身利益的角度考量事情。對你而言，自己才是最重要的，不是孩子。」

「現實和感覺是兩回事。」兔子說著，帕亞瑟克突然低下那個閃爍微光的球形腦袋，開始研究桌上那些沾上油墨的印刷校樣。從這個動作可以看出來，這人並不是眞心想談話，而是希望他快點走開。「那麼，我什麼時候離職？」

帕亞瑟克說：「會發給你兩個月的薪水加上累積的加給，此外，新印刷機這個周末就會到，比我們想像中還快，現在所有事情的步調都加快了。」

「除了我之外。」兔子說完，離開帕亞瑟克的辦公室。在廠房響亮的喧囂聲中，他的父親從自己的機器轉開身體，一臉問號朝兔子比出一個拇指向下的手勢，兔子點點頭，也回比一個拇指向下的手勢。下班後，父子倆一起沿松木街步行。在日光燈下工作一整天之後，他們走在戶外的空氣中，心中有種詭異的感覺。老爸說：「我一直有種不祥的預感，目前眞理印刷廠高層全新觀念當道，一名合夥人的兒子不知道從哪個商學院畢業，帶回一些知識垃圾。我跟帕亞瑟克說：『爲什麼留我？再不到一年我就要退休了。』而他卻說：『這就是要留你的原因。』我又對他說：『爲什麼不乾脆讓我走，把我的缺讓給哈利？』他說：『道理相同。』當然，他本身也覺得朝不保夕，甚至連國家的整體經濟都提心吊膽。尼克森準備要當胡佛總統的接班人，那些拖延償債期限的鴿派人士將會懇求詹森趕快回來，免得老奸巨猾的尼克森成功把錢從他們的銀行帳戶裡搾出來！」

此時的老爸話比以前多很多，像是想維持哈利心裡的紛亂，他緊纏哈利，想幫他保持神智清醒，過去三天眞是太可怕了，整個星期日都未曾闔眼。哈利開著向佩姬借來的「復仇女神」在賈基山和賓州山莊兩地之間來回，穿越布魯爾，也穿越令市政當局頭痛不已的哥倫布紀念日遊行。記憶中那幅單色調的清晨田園美景裡，史基特逐漸縮小成褐色田地上的一個咖啡色小點，然而現在卻變成一首四色的軍樂夢魘，和要人命的噪音悸動。袒露大腿的女孩轉動電光棒，身穿彩虹色制服的鼓手，使勁在哈利緊繃的胃部凹陷處搥打歸營鼓聲，大街小巷塞滿車輛，裝扮成騎士哥倫布的人四處遊走，退伍軍人在飛揚的國旗包圍之下，邁步遊行。

除了與這荒誕的慶祝活動來回相遇，他剩餘的時間裡，持續在依然溫熱的火災餘燼，以及無用且濕透的家具中來回搜尋，找到包括一支燒黑的吉他，哈利將它裝上車，運往傑克遜街住處後面的車庫。他在沙發附近並沒發現史基特說的皮夾，壁櫥裡的黑行李箱也不見了。姬兒的梳妝台本來沿著牆壁擺放，現在那個地方只剩下一個二乘四呎大小的空間，然而，兔子仍舊戳尋灰燼，想找到六百塊的蛛絲馬跡。回到傑克遜街，保險公司的調查人員正在等候他，其中還包括福內斯鎮的警長。這位警長是個矮小的老人，擁有蘋果般紅潤的臉頰，穿著吊帶褲，戴著一頂看起來很軟的帽子。這個人最在意別人拿他不在火災現場的事情來對付他，他的重聽很嚴重，每當房間裡有人說話，他就會轉過耳朵，迎向說話的人，並機警地說：「把剛剛那句也紀錄下來！我要每件事都被記錄下來，每件事都要開誠佈公。」

最糟糕的是，警方將這個消息透露給姬兒的母親，使哈利不得不接聽她的電話。在她溫文有禮的聲音中，除了好奇姬兒何以會跑到這棟房子來住，也想找機會發洩悲傷的怒氣，就像是關在籠中的鳥兒對於外界事物一知半解。

「沒錯，她從勞動節那天起就跟和我同住。」兔子透過樓下那具電話告訴她。黑暗的客廳裡，有老媽藥物以及家具擦拭過的氣味。「之前，她跟一群黑人在布魯爾市到處遊蕩，跟他們在一家後來歇業的餐館裡廝混，我認爲姬兒離開他們跟著我比較好。」

「可是，警方說，這起事件牽涉一個黑人。」

「是的，那個黑人是姬兒的朋友，是個來來去去的人。」每當哈利被逼問這段往事，他都會設法淡化史基特扮演的角色，剛開始是因爲他不得不隱瞞那天早晨開車把史基特送往南部的事，直到最後那名年輕黑人在他記憶裡，已經比椅子後面的陰影眞實不了多少。「警方說火是那個黑人放的，不過我確定放火的人不是他。」

「你怎麼能這麼肯定？」

「我就是這麼肯定。呃……怎麼稱呼？」

「我姓亞德里基（Aldridge）。」當她提到自己第二任丈夫的姓，突然間哭了起來。

哈利在她的啜泣聲中繼續說道：「現在不好談，我累得半死，而且我孩子就在隔壁，我們如果能夠面對面談，我也許可以解釋……」

憤怒瞬間爆發。「解釋！你解釋，她就能活過來嗎？」

「不，我想沒辦法。」

她回復溫文有禮的語調。「我丈夫和我明天早上飛往費城，抵達後會去租一輛車，也許我們該見個面。」

「最好是午餐時間，不然我得請假。」

「我們明天約在西布魯爾警察局碰面。」這個來自遠方的聲音帶著令人驚訝的堅決口吻說道：「就約中午！」

兔子從未到過布魯爾市西區市政廳，這一棟上面有白色裝飾的磚砌建築，坐落於一小塊花圃和草地上，緊鄰高大宏偉的精神病院，其實該建築的前身就是精神病院加蓋出的一部分。精神病院是以花崗岩爲建材的大廈，建於一世紀以前，由布魯爾市一名煉鐵業的大亨所興建，這片建地的產權全屬鋼鐵公司。市政廳後側是一座上蓋長條浪板石棉瓦屋頂的水泥屋蓬，其中有幾道門敞開。兔子看見裡面有幾輛卡車和一輛蒸汽壓路機，以及一台像黑蜘蛛的鋪柏油機器，還有一具可以舉起籃子的機械手臂，籃子平常用來載人，目地是修剪樹枝，以免樹枝距離電線太近。

就兔子看來，這些整理市容所需的機器設備，似乎都屬於他過去那個無可指責的世界，然而那個世界已經沒有他的容身之處了。市政廳內部有幾扇小窗口，民眾可以在那裡支付水電、瓦斯費用帳單，幾扇鑲有嵌板的門上分別貼著「代表」、「顧問」、「書記」等字樣的碎金色指示牌。金色箭頭指向樓下警察局的位置，兔子太慢看到，以致於先面對十名職員疑惑的注視，才終於從側邊踏進警察局。綠色櫃檯後方那名蓄著鬢角的警員看起來很親切，像是典型的大學生，但卻花費他一分鐘的時間塡表登記。

哈利被帶往通道，經過一些神秘莫測的房間，第一間裡面滿是無線電裝備，第二間裡面滿是檔案櫃，第三個房間面向往下延伸的水泥階梯，是地牢？還是監獄？兔子很想跑到下面那個地洞躲起來，但卻被領進第四個房間，裡面有一張死氣沉沉的綠色桌子，和幾把金屬折疊椅。那名鼻子斷過的隊長在座，還有一個女人，雖因疲憊而顯得虛弱，也因藥物作用而使得說話速度緩慢，但是一看就知道是康乃狄克人。她比賓州的女人尖刻，談吐也比賓州的女人風趣，頭髮不像是高齡的灰色，身上穿著黑色套裝。

姬兒那張哀愁的瘦臉必定遺傳自她父親，因爲她母親的臉型完全是另外一種，是一張急切的圓臉，配上盛氣凌人的嘴唇，兔子拭去腦中關於一隻活潑小狗的聯想，可以想見她高興起來必定顯得貪婪。她有一雙寬大的褐色眼睛，下巴有贅肉，頸部掛著一串珍珠項鍊，姬兒曾用「俏奶」來形容她母親，不過在這個不涉及性與哀傷的時刻，兔子覺得姬兒母親用胸罩扣帶撐住的胸部像是堅硬的船首，也像是制服上的塡充物。兔子後悔當時未能給予姬兒足夠的讚美，姬兒男孩般的胸部產生淺而隱約可見的暗影，曾讓她感到害羞又乾癟，但是舔在嘴裡，摸在手裡卻是無限柔嫩，無限豐滿的酥胸，是種無法測量的優雅，和一種風采，對他而言即是豐滿。

迷惘中，兔子聽見隊長介紹這是亞德里基先生和夫人，兔子記得姬兒歌裡提到的那名衛斯特里的稅法律師，不過對兔子而言，眼前這個人只留下一片空白，他的眼睛只注意到這個女人，只注意到姬兒投錯胎了。這女人擁有姬兒的沉著，但不像姬兒那般羸弱，當這女人絕望困惑地站立，沉重的兩臂垂掛在身體兩側的樣子也像姬兒。兔子想知道，她是否是爲了指認屍體而來？除了燒黑的骨頭、牙齒、一付手鐲、一些肉色毛髮的樣本之外，殘留下來的還有什麼？

「嘿！」兔子告訴她：「我眞是受夠這些事了。」

「是啊。」她那對明亮的眼睛從兔子頭旁邊掃過：「我在電話裡聽起來很愚蠢，你當時提到過你要解釋。」

他有這麼說過嗎？要解釋什麼？要解釋事情發生不是他的錯？至今尼爾森仍不原諒他。要解釋爲什麼把她帶到他家住？是因爲她無家可歸。要解釋他幹過她的事情？那全是生活中天經地義的事。性、火、呼吸都與氧氣脫不了關係，我們無時不在火災的邊緣發出火光，正如精神病院大樓上的窗戶訴說的那樣，兔子努力回想在電話裡談到的事情。「妳問過史基特的事，還有我爲什麼那麼確定他沒放火。」

「是的，我問過。你爲什麼那麼確定？」

「因爲他愛她，我們大家都愛她。」

「你們全部都利用過她？」

「某些方面吧。」

「所以就你的情形是，」這是一種奇異的精確問法，常跑俱樂部的女人總是會聚在一起廝混，說話的聲音由於香菸和威士忌而變得含混不清，在雞尾酒旁的日光斜照下歷盡滄桑。「她成爲你的禁臠？」

兔子猜出這個詞彙的意思。「我從來沒有霸王硬上弓。」他說：「我提供食宿，她提供肉體，算是各取所需。」

「你是個畜牲。」字字鏗鏘，她一直將這句話懲在心裡，如今已有些扭曲變形，並不十分貼切。

「好吧，你說的沒錯。」兔子讓步，不希望她走掉，想讓她發洩壓抑的怒氣，甚至放聲大叫。姬兒的繼父在她身後咳嗽，挪動身體的重心，準備迎接令人尷尬的局面。哈利覺得自己的五腑六臟懸空且變成透明，就和球賽開始前的心理狀態相同。哈利與這名虛僞的女子在某種程度上的契合，是過去與姬兒從未有過的，姬兒對他而言太世故、太精明，與他在年齡上的代溝太大，而眼前這隻小狐狸狗，姑且不論她的財富，以及那種俱樂部女性的刺耳說話聲，卻是與他同一世代的人，他能夠理解她的需要，知道她怕事，想找點樂子但不想被責怪，最後更不想在天國向上帝懺悔，而眼前的她想要利用女兒離家、走向毀滅的時刻，去達成她自己渴求的奇蹟。亞德里基太太用年輕人的方式摸摸自己臉頰，兩手重重垂放到臀部旁邊。

「我很抱歉，」她說著：「在一般的……狀況之下，我想請問，有沒有……她的遺物？」

「她的遺物？」兔子回想起燒黑的骨頭，齒模，和融化的手鐲，也想到中學女生佩戴的手鐲，鍊子上面會吊掛名牌，什麼朵蓮、瑪格麗特、瑪莉安之類。」

「她的弟弟們要我拿回……一些遺物作爲紀念。」

她的弟弟？姬兒曾說過，她有三個弟弟，其中一位和尼爾森同年。

亞德里基太太上前一步，不知所措地尋求幫助。「有一輛車。」

「他們把車賣了。」兔子回答的聲音太大了。「機油沒了她還照開，結果燒壞引擎，她就當破爛賣掉了。」

兔子的大嗓門把她嚇了一跳。直到現在，他還因爲他們糟蹋那輛車而感到非常憤怒。她後退一步，語帶抗議地說：「她很愛那輛車。」

他本來想告訴亞德里基太太，姬兒才不愛那輛車，一般人會喜歡的東西她全都不愛，可是想想她也許比他了解得更多。當年，亞德里基太太一定是親看看著姬兒收到父親送給她的禮物，即是那輛白色的新車。兔子終於想到一件她的「遺物」，「我有找到一個東西，」他告訴亞德里基太太：「就是她的吉他，被燒得相當嚴重，不過……」

「她的吉他？」這女人嘴裡叨唸，也許是忘記自己女兒會彈吉他這回事，使她雙眼低垂，圓臉漲得通紅，也促使她的男人前來安慰她。那個男的西裝無懈可擊，胸前口袋插著一條摺成三摺的栗色手帕，像廣告上的男模一樣沒有靈魂。「她什麼都沒留下來。」她說：「她離開的時候，甚至連張字條都沒有留。」她此時的聲音遮蓋原來聲音裡性感的沙啞，變得高亢又無助。兔子耳際又響起姬兒央求的聲音，「抱我，幫幫我，我的身體裡面都是毒品，我的一切全崩潰了。」

哈利轉身離開這個場景，隊長帶領哈利從側門出去，說道：「有錢的婊子，如果她給那女孩一半的理由留在家裡，那麼她今天還會活著，我每個星期都看到好幾起這種事情，什麼事都子就被送回現實世界了。

會有報應。安格斯壯，管好自己的事，把自己的孩子照顧好。」隊長像教練拍拍他的臂膀，兔

＊

「老爸，來喝杯小酒怎麼樣？」

「今天不行，哈利，今天不行。我們回家，有一個驚喜要給你，小蜜要回來了。」

「你確定？」等小蜜已經等了好幾個月，她不斷寄明信片回來，每一張明信片上面印的飯店名稱都不一樣。

「是啊。她今天早上從紐約市打電話給你媽，我今天中午還和你媽談過，本來應該告訴你，可是，我想，你心裡有那麼多事，所以還是省省吧。事情不來則已，一來總是一大堆，這是難解的事實，我們變得麻木，而主耶穌讓我們保有這種麻木，正顯示祂的憐憫。你失去老婆、房子沒了、又丟掉工作，小蜜回來的日子又碰上你媽怕做惡夢，整個晚上沒闔眼，我敢打賭，她一定整天在樓下想辦法清理環境，好像不清理會死，眞不知道下一步會發生什麼事。」如果照老爸剛才所說，下一步應該就是老媽的死了。十六路公車晃動搖擺，讓人有種精疲力竭的感覺。

賈基山這條路線上，黑鬼要比駛往西布魯爾那條路線來得少，兔子坐在靠走道的位置，老爸靠窗，突然間大聲清喉嚨，啐了一口，玻璃上的口水化爲一條淡淡的污痕往下流。「混帳！

那種事情眞傷我的心。」他說。兔子一看，公車剛經過教堂，是坐落於威瑟街和帕克街交叉口的長老教會灰色大教堂，台階上聚集一些人，高舉標語及未點燃的蠟燭，正在抗議越戰，有幾個穿著大衣的女人、兩名男性神職人員、修女及學童，今天是聲援反越戰遊行日②。「對老奸巨猾的尼克森來說，我是個榨不出什麼的人，從來就沒有用處。」老爸說著：「然而，這個可憐的魔鬼，他正在越南那邊做些有面子的事，要我們趕緊抽身，所以屋頂才沒有在我們還沒離開之前就垮下來。而那些精神異常的神職人員卻如此短視，他們搞不清楚講壇以外的世界，竟然去安排這種示威活動？他們這所有的動作只會讓越南那邊的小黃種赤色分子以爲自己馬上就要打贏了。我如果是尼克森，我會用抽稅的辦法，把那些嘴巴高喊耶穌的人攆出教會，如此就可讓那個小個子少一點負擔，用這種辦法，光是波士頓那個老庫興③一個人的身家必定就值一億。」

「老爸，他們所要表達的只是希望停止殺戮。」

「他們也說服你了，是不是？打仗殺人並不是最糟糕的事，寧願和殺手握手也不和叛國者握手。」

---

②全名爲「Moratorium to End the War in Vietnam」，由傑若米．葛羅斯曼（Jerome Grossman）在一九六九年四月間號召鼓吹的全國性反戰罷工遊行，在同年的十月十五日達到最高峰，全國超過百萬人響應。而後續幾年間，在澳洲及全球各地也陸續有零星的活動響應。

③指理查．庫興（Richard James Cardinal Cushing），他是羅馬天主教會的美國樞機主教，他曾在一九四四年至一九七〇擔任波士頓大主教，並在一九五八年升格爲紅衣主教。

如此濃厚的熱情，如今他卻只感受到一場空，這讓兔子覺得很有意思，使他感覺受到保護，有回家的感覺，能再回到自己的家，對他而言是種救贖。地毯上有股與以前那隻泰迪熊身上相同的霉味，打開地下室的門之後，湧出的那股熱氣和以前一樣，客廳通往樓上的樓梯，狹窄如昔，上面的欄杆還是和過去一樣鬆脫，上面的暗榫隨著時間流逝而乾燥、脫落，必須一再重新釘上。廚房的餐桌，還是原來那張四邊座位上有磨損痕跡的白色桌面，年少時期的胃口在此時又再度重現，想吃香蕉片加穀物粥，也想吃糖漬甜甜圈，儘管現在這種食品的包裝上面有玻璃紙，和以前用蠟紙袋的包裝方式不同，晚上則想生吃胡蘿蔔和可可。

以前住賓州山莊時，因爲珍妮絲一直沒把窗簾做好，所以他總是很容易被陽光喚醒；而在賈基山，卻被熟悉的陰暗包圍，現在的他容易睡過頭，需要有人叫他起床上班。以前每次前來探訪，老媽變形的臉和說話的樣子，都令他痛苦，而今卻迅速地默默接受這個既存的事實，這個事實在他缺席的許多年來，就一直如同另一半世界持續存在，而那另一半世界，就像是屋外後方地下室中兩扇笨重的半邊門，把他緊緊封閉在裡面。當他還是小孩子的時候，曾經蜷縮在地下室水泥階梯下傾聽雨聲，上方淅瀝淅瀝的聲音似乎愛憐地敲打他的意識，其間夾雜老媽在廚房裡粗魯的動作及腳步聲。目前，老媽仍能調劑性地在廚房裡走動，她說，哈利住在家裡勝過一百罐左多巴。

干擾兔子適應此地生活的一項因素，來自尼爾森，他和他父親過去的樣子很像，但卻是前所未見且目中無人。他悶悶不樂、傷心欲絕，怪里怪氣又粗魯無禮，擺出大字形躺在長條藤椅上。他的臉，因記憶裡某架電視變得呆滯，其他三人都不知道該拿他怎麼辦。但尼爾森不是哈利，他比哈利過去還陰鬱，而且想要享受哈利過去的禮遇及特權，在這棟傑克遜街上光線黯淡的雙拼式房屋裡，三名老安格斯壯都因爲尼爾森那種不知感恩的態度而錯愕不已，總是找不到他，三人總是相互詢問「尼爾森人呢？」、「尼爾森到哪去了？」、「這孩子在樓上還是在樓下？」尼爾森暫時使用小蜜的房間，經常一待就是好幾個鐘頭，聽搖滾樂、流行歌曲、民歌，聲音刻意調低，還會無緣無故就悶不吭聲、毫無歉意地拒絕吃飯。

他製做一本剪貼簿，裡面貼滿布魯爾各種報紙上刊登有關那場火災的最新相關報導。兔子昨天查看的尼爾森房間，發現這本剪貼簿，剪報周圍用原子筆畫上不同顏色的花和象徵和平的圖案，和道教的八卦、音符，以及幻覺畫風畫出的彩虹。這種開放式的漩渦形塗鴉在成爲商業廣告之前，常會讓人聯想到精神錯亂。剪貼簿上面也有兩張火災現場的拍立得照片，是比利星期一那天用他父親所送的新相機拍攝的，那兩張帶褐色且略微捲曲的照片上，顯示出那棟半毀的房屋，燒黑半邊看起來像個黑影，不過輪廓還在，正在啃噬沒被燒掉的另外半邊，傾倒的車庫則像煙灰缸裡的火柴棒在旁點綴。看照片的同時，兔子也聞到灰燼的氣味，這股氣味是眞實的，而不在記憶中。兔子在尼爾森的櫥櫃裡，找到氣味的來源，是那把燒黑的吉他；原來這就是當他想將遺物送交姬兒母親的時候，車庫裡的吉他卻不翼而飛的原因。姬兒的母親已經回去康乃狄克州，就讓這個可憐的孩子保有那把吉他。尼爾森的父親無法重啓他的心，和父親及祖父母同住只有讓彼此更加疏遠，因爲家裡實在是太多老人了。

＊

兔子和父親走上傑克遜街，看到一輛陌生的車子停在三〇三號門前，是一輛白色的「龍捲風」，上面掛的是藍底橘字的紐約州車牌，父親邁開大步加快速度。「小蜜回來了！」他邊走邊喊。一點也沒錯，當父子倆踏上彩色玻璃扇形窗下方，看到小蜜出現在樓梯頂端，走下階梯和他們一起站在幽暗的小通道上，是小蜜，但已經不是當年的小蜜了。自從上次見面，又是好幾年過去。「嗨！」小蜜說著，輕輕親吻父親的臉頰。從當年孩子年紀都還小的時候，安格斯壯就不是喜歡親來親去的人家，她本來只想一切從簡，以同樣的方式親吻哥哥一下，但兔子卻將她抱起，想體驗幾百個曾經抱過她的男人的感覺。眼前這個妹妹，兔子曾經替她換過尿片，孩提時期的星期天會一起沿著室外的地磚散步，妹妹習慣牽著他的拇指；有一次共乘雪橇的時候，妹妹猛然冒出一句：「噢，我愛你」。滑板在輾得發黑的滑道上呼嘯，天空正在飄著雪，街道上鋪滿蠟狀的雪白。

被兔子這一抱而抱得發窘的小蜜，又再次像小時候那樣，輕啄兔子的同一邊臉頰，然後堅定地聳扭肩膀，從他的手臂中掙脫，他有資格抱她。他感覺小蜜瘦得很勻稱，身上沒有一點贅肉，全身充滿女人味，一定是游泳的成果，在飯店的游泳池裡，利用晚上的最後時段，去除身上的脂肪，游泳使身體曲線平滑。除了眼睛之外，她顯然未施脂粉，也沒擦口紅，而那對異於常人的眼睛，有點像是埃及豔后，浸潤在孔雀紫和藍色裡，不僅是畫出輪廓，簡直是重新改造，當她一眨眼，那沉重的睫毛幾乎就要刺到人。這對裝飾絕妙的眼睛，在小蜜蒼白的嘴唇上方表現各式各樣的表情，每一抹零星的微笑、每一種諷刺的蹙眉、每一個體貼的噘嘴、每一次突然開懷大笑，都快速輪番出現。哈利想像有人在她腦袋裡塞進一條密碼帶，便會開始如電子映像般，在她臉上快速製造出排序的表情。

從前小蜜有幾顆暴牙，如今都已修整好，鼻子是她身上的缺點，也是當年進軍電視圈的阻礙，也許也是讓她至今無法成名的因素，她的長鼻子末端有個多切面的軟骨，和老媽的鼻尖一模一樣，好在小蜜現在已經三十歲，絕對當不了缺點不只一處的螢幕美人。那塊軟骨，位置介於孔雀眼睛，和那張矯柔做作又挑剔的嘴唇之間，確實讓她的臉龐免於流俗，且帶來家庭主婦般大方的樸實感。兔子認爲正是因爲這一點，讓她能夠延伸對男人的吸引力，儘管目前她接觸到的都是事業和婚姻觸礁，在飯店酒吧裡失意買醉的男人，而不是心腸冷酷的明日之星，只想在臂膀中摟住一只冰冷的花瓶。

以六〇年代的時尙觀點來看，她的穿著很滑稽。寬鬆的橫條大喇叭褲看來像是由三種格子布料拼湊而成；搭上一件縱然袖子蓬鬆寬大，看來仍像男人穿的細條紋襯衫；鞋子的顏色和款式，讓兔子想起海報上的唐老鴨。小蜜早在中學時代就喜歡圈形耳環，使她當年看起來像是吉普賽人或阿拉伯人，而今耳朵仍舊掛上三吋大小直徑的圈形耳環，搭配曬黑的皮膚，看起來像是義大利人，或者是住在邁阿密的猶太人。她砸下重金整燙頭髮，故意燙得蓬亂，顏色淡如蜂蜜，哈利並不覺得有什麼不好，她還沒上國中前就把頭髮染成這種顏色，她曾將之稱爲中褐色；當時，哈利斜倚在她的房門口，注視她在鏡子前凝視自己，然後說她是：「新教叛徒。」

老爸的雙手忙碌，一邊拍拍小蜜，一邊掛上自己的上衣，牽她進入陰暗的客廳。「妳什麼時候到的？從西岸直飛？直飛艾德維，現在有中途不停的直飛班機，對吧？」

「老爸，那裡已經不叫艾德維了④。我幾天前就飛到東岸，開車南下以前，紐約還有些事情要解決，只要經過那些油槽，紐澤西那邊眞是美不勝收，每個地方都充滿綠意。」

「車子是哪來的，小蜜？到赫茲（Hertz）租車租來的？」老人家試圖用小蜜與這個世界周旋的方式說話，張開疲倦的眼睛朝向心愛的女兒綻放火花。

小蜜嘆了一口氣。「是一個傢伙借給我的。」她在藤椅上坐下，兩隻腳擱在墊腳凳上。兔子小時候曾一度對那個墊腳凳懷抱夢想，幻想那個凳子裡藏滿美鈔，可以解決全家的問題，那個夢是如此鮮活，使他不得不試試看這個夢是不是眞的。凳子傷口縫合後留下的疤痕還在，墊腳凳裡的塡充料是令人不舒服的纖維，比麥稈子還要沒有彈性。

小蜜點燃香菸，將菸叼在嘴巴的正中央，噴出兩個李子形的煙圈，環繞在嘴巴周圍，她蹙緊眉頭，嗅嗅已經熄滅的火柴。

老爸陶醉在這種極其生活化的事物裡，突然間沉默下來。兔子於是問小蜜：「妳覺得老媽看起來怎樣？」

「就一個快走完生命之路的人而言，很不錯。」

「妳聽得懂她說的話？」

「聽得懂，讓我不懂的人是你，她告訴我你最近做的事。」

「哈利最近經歷一段地獄般的時光。」老爸順著小蜜的話說下去，就像是想跟上搖椅擺盪的節奏，老爸邊點頭，想跟上他這位耀眼女兒的節奏。「今天眞理印刷廠給他解雇的通知，他們繼續用我，但把一個正在全盛時期的人解雇。我早就有不祥的預感，不過不想由我來告訴他，那是他們煎的肉餅，讓他們自己端出去，混蛋東西，一個人貢獻自己的一生，結果換來的卻是屁股被踹，辛苦的報酬竟是解雇。」

小蜜閉上眼睛，突然顯得蒼老，說道：「老爸，見到你眞是好極了。可是，你不想花一分鐘上樓看看老媽嗎？她也許需要人家帶她去上廁所，我問過她，不過我在旁邊，她可能還是覺得難爲情。」

老爸馬上起身，好像那是他的義務，然而之後卻又低頭彎腰，遲疑地站在原地，試著想要淡化小蜜的粗魯無禮。「你們兩個之間有靈犀互通的共同語言，我和你們的媽都覺得很不可思議。我告訴過她，世界上不可能有哪對兄妹會像哈利和小蜜那麼親近，別人家的父母告訴我們的大多是，你們知道的，他們家的孩子打架了，眞是搞不懂他們在講什麼，因爲我們家從來沒有這種事。我對上帝發誓，我們從來就沒聽你們兩兄妹向對方大聲說話。小蜜出生那年，許多

④一九六三年十一月二十二日美國總統約翰・甘迺迪遇刺身亡，艾德維機場（Idlewild Airport）隨即在同年十二月二十四日改名爲約翰・甘迺迪國際機場（John F. Kennedy International Airport）。

男孩子才六歲，就已經會表達怨恨了，你們知道的，小小年紀，就已經會用自己的方法擺平事情，可是哈利卻不是這樣，打從一開始，打從小蜜出生後的第一個夏天起，我們就能放心把妳交給他照顧，把你們兩個單獨留在家裡，然後我和你們的媽可以出去看電影，那個時代，出去看場電影是忘掉煩惱的唯一方法。」他眨眨眼，千頭萬緒當中摸索出一句可以長話短說的話。「我對上帝發誓，我們眞是三生有幸。」說完，又畫蛇添足加了一句：「當你看到發生在別人身上的某些事情，你會發現我們眞是幸運。」說完就往樓梯上走，當他先面朝樓梯頂端點亮的燈泡，再小心翼翼把眼睛轉回到即將踏上的階梯以前，早已淚光閃閃。

他們兄妹曾有過靈犀互通的共同語言？兔子已經記不得了。他只記得隨著一季一季更迭，一個年級一個年級往上升，自己和小蜜在這棟房屋的情景。萬聖節、感恩節、聖誕節、情人節、復活節，一個節日接著一個節日，兄妹倆前往傑克遜街感受節慶氣氛；足球賽、籃球賽、田徑賽，一個賽季接著一個賽季帶來的香味及感覺。之後，兔子離家，小蜜成爲一個母親來信中提到的名字，當他離開陸軍回到家裡，發現小蜜已經長大、染頭髮、配掛大圈耳環，站在鏡子前面等著男生來追，說不定已經有幾個男朋友了；而後，珍妮絲帶他搬出去，最後兄妹倆全搬出去，房屋裡沒有半個年輕人。而今，在這棟房子裡，兄妹倆又再度聚首，這個房間似乎正需要小蜜香菸散發出來的氣味，老早就該把這些老家具和生病的氣味驅逐出境。坐在鋼琴凳上的兔子前傾身軀，朝小蜜伸出手。「給根香菸！」

「我以爲你戒了。」

「戒好多年了，我不會眞的吸進去，除非是大麻菸。」

「還大麻呢，你活得還眞開心。」小蜜在色彩鮮明的拼布手提包中翻找，包包和她身上那條寬鬆的長褲很是搭配，最後拋過來一支濾嘴很複雜的薄荷菸。死亡讓人無所適從，如果教會幫不上忙，抽根煙能解決你的困惑。

哈利說：「我不知道自己在做什麼？」

「我也一樣。老媽和我聊了一個鐘頭，以她目前的情況來說，話已經很多了。」

「既然妳有這種看法，妳現在認爲老媽這個人怎麼樣？」

「她是個了不起的女性，這句話也只能跟你說。」

「妳跟我說會比較好嗎？」

「比較不需要多費唇舌。」

「不知道怎麼說，妳看起來容光煥發。」

「謝謝。」

「老媽都說了些什麼？。」

「都是些你知道的事，除了珍妮絲常打電話給她以外。」

「我知道那件事，她從星期天以來就打過幾次電話，但是我受不了跟她說話。」

「爲什麼？」

「她太扯了，搞不懂她在想什麼，說要離婚，卻一直不採取動作，說要控告我把她的房子燒了，我就告訴她，只有我那半邊被燒了。後來，她又說要把尼爾森帶走，卻一直不來，我實在很希望她快點來。」

「依你看，她為什麼會這樣？」

「我看她是精神有問題，也許每天爛醉如泥。」

小蜜轉過來，拿小碟子充當煙灰缸，捺熄香菸。「她的意思是她想回來。」兔子對小蜜看事透徹滿懷驕傲，無論事情如何發展，小蜜總是早一步料到，她料不到的只有牽涉尼爾森在內的事情。自動排字機美妙的啪嗒聲出現在你左手邊，但大家都不再使用那種不合時宜的舊方法了。小蜜重覆：「她要你回到她身邊。」

「大家都這麼說，」兔子說：「可是我看不出什麼徵兆，她要的話，隨時可以找到我。」

小蜜交叉雙腿，使褲管上的條紋相對，她又點燃一支香菸。「她現在進退兩難。她對那個男人的愛對她而言意義非凡，是她自從淹死嬰兒以來，跨出的第一步。面對現實吧！哈利，你不要不信邪，就像要幹以前，得先經過拉皮條同意，不管那個皮條客叫老傑克·弗斯特還什麼的。珍妮絲想脫身，一定要先把事情搞大。你還記得嗎？小時候你把手伸進史波狄糖果店的糖罐裡，抓了糖，結果手拿不出來。如果現在珍妮絲鬆手，手是拿得出來，但是糖果就沒了，她既想把手拿出來，也想要糖果。不是，不完全是這樣，她眞正想要的是嘗過這顆糖果之後，內心所獲得的感覺，所以說，一定要有人去幫她把糖果罐打破。」

「在她還愛那個傢伙的情形之下，我不要她回來。」

「那正是你必須接受她的理由。」

「那個龜兒子，他還有臉穿著漂亮的西裝坐在那，騙人的技倆比我高明三倍，居然厚臉皮假裝愛好和平。有一天晚上，他和我們全家一起坐在餐廳，隔著桌子和我辯論越戰問題，他們兩個就在我對面玩屁股貼屁股的遊戲。妳會喜歡他那種人，眞的，他是你那種類型的人，是個流氓。」

小蜜耐心打量哈利，好像他是酒吧裡潛在的恩客。「你從什麼時候開始，」她問：「變成戰爭的愛好者？根據我的記憶，你那時候擺脫韓戰可是高興得要命。」

「不是每場戰爭我都喜歡，」他抗議著：「我就喜歡這一場，因爲其他人都不喜歡，沒人了解越戰。」

「你說說看，哈利。」

「那是一種，一種領導者的假動作，目的是讓對手亂了手腳。這個世界就是這樣，諸如此類的事你得偶一爲之，好讓自己保持多種選擇，讓自己周圍的活動空間大一點。」兔子在她面前，用自己的兩隻手臂展現極其出色的空間觀念。「否則，對手就有辦法判斷你的下一個動作，到時候你就完蛋了。」

小蜜問：「你確定對手眞的存在嗎？」

「當然，我當然確定。」對手就是那個用力把你的手握到痛了的醫生，誰會比我更清楚？瘋狂就在那個時刻開始。

「你不認為，其實是體制限制小人物的生存，所以才讓他們想為自己爭取更多空間嗎？」

「當然有很多小人物，有幾十億個。」幾十億個，幾百萬個，世界上每種東西都太多了。

「可是，世界上也有一個大人物，他想把所有小人物全都裝進一個大黑袋裡。他瘋了，因此，我們也瘋了，瘋了一點。」

小蜜點頭，好像她就是位醫生。「你說的有道理。」她說：「瘋狂只是想爭取個人自由的空間，你近來的生活聽起來足夠你瘋狂好一陣子了。」

「我做錯了什麼？我他媽的根本在當慈善的撒馬利亞人⑤，我把那個孤兒帶回家，無論黑人、白人，我號召大家快到我這邊來！無論膚色和信念，免費供餐，我眞是他媽的自由女神像。」

「結果害你房子燒了。」

「沒錯，做錯事情是別人，是他們的問題，不是我的問題，我做自己認為對的事情。」

他想向她傾吐一切，恨不得讓舌頭跟上自己對妹妹的愛。他想要喜歡她，儘管小蜜令人望而卻步，因為他不在的那段時間，太多的事情已成定局。他告訴她：「不過我倒是學到一些事。」

「有什麼值得我知道的事？」

「我學會與其被吸，不如插進去幹。」

小蜜從嘴唇上拿掉像是煙草的碎屑，但是香菸明明有濾嘴。「聽起來很健康，」她說：「雖然相當不美國。」

「我們還一起讀書，然後大聲朗讀出來。」

「哪方面的書？」

「忘記了，關於黑奴的歷史類書籍。」

穿著像小丑條紋裝的小蜜笑了出來。「你回到學生時代了，」她說：「眞幸福啊。」小蜜在學校的成績比兔子好，甚至開始跟男生交往之後亦復如此，總是得到「A」或「B」，而兔子得到的則是「B」或「C」。那時候老媽告訴兔子，女生非聰明一點不可，才能扯平男女不平等。小蜜問：「你從書裡學到什麼？」

「我學到了……」兔子注視房間裡一個角落，想要說出最適切的答案。雖然感覺不到天花板上的風，但可以看到餐具櫃上方的蜘蛛網在飄動。「這不是一個完美的國家。」兔子發現這話說出口連他自己都不相信，比死亡更令他不可置信。他厭倦談論自己的事。「說到幸福，」他說：「妳過得怎麼樣？」

「Ca Va，那是法文『過得去』的意思，算是馬馬虎虎過得去。」

「有人養妳，還是每天晚上換一個？」

她看著哈利尋思答案，眼睛上的濃妝露出一絲不悅的神情。之後，她吐出一口煙，緩和下

⑤典故出自新約聖經。當時猶太人和撒馬利亞人一向不來往，一位撒馬利亞婦人拿水給身爲猶太人的耶穌解渴，因此「Good Samaritan」後來就被引申爲「樂善好施者」，比喻對苦難者給予同情幫助的好心人。

來，似乎要做出定論，算了，誰叫他是我老哥。「都不是，我是個職業女子，哈利。我提供服務，但沒辦法跟你描述，沒辦法跟你描述現在外面的現實世界到底是什麼樣子。那些男人都不是壞人，他們有他們的規矩，不是很有趣的規矩，不像『玩火自焚之後就可以升天了』，比較像是『辦完事後，隔天早上去騎腳踏車健身』。那些男人喜歡平坦的腹肌，不想身體裡殘留太多酒精，靠運動流汗將不好的成分排出體外。你可以說他們是清教徒，幫派分子就是清教徒，他們的圈子很小，處境艱難，因爲不這麼作就難以存活。他們另一個規矩是享受者付費，因爲，凡是免費的東西下面都藏有響尾蛇，這就是他們的生存之道，也是沙漠求生守則，他們的世界就是個沙漠。你小心，這片沙漠已經蔓延到東部來了。」

「這裡已經是沙漠了，妳應該去看看布魯爾市中心，全都變成停車場了。」

「可是這裡種出來的東西可以吃，太陽仍舊陪伴人們生活，但是在那邊的人討厭太陽，活在地底下，所有的飯店都在地下室，只有幾扇漆成藍色的對外窗。那裡的人喜歡黑夜，凌晨三點左右，當大筆賭金上了賭桌，那些賭客一張張漂亮的面孔，哈利，就像籌碼一樣嚴肅，完全沒有表情，成千上萬的數目往前推、往後刮，卻沒有任何表情。你知道我回到這裡因什麼而震動？看看那些面孔有多祥和，上帝啊，那些祥和的面容。你看起來也這麼祥和，哈利，你仍然祥和地站在那裡，老爸仍然祥和地佝僂身軀。如果我們不快把珍妮絲帶回來，當你背後的依靠，你也會像老爸一樣開始駝背。說到祥和這回事，珍妮絲就不是一個祥和的人，她感覺起來硬得像堅果，這就是爲什麼我從來就不喜歡她。不過現在我敢打賭我一定會喜歡她，應該去看看她。」

「當然，妳當然可以去看看她，妳們可以交換各種人生經歷，也許妳也可以幫她在西岸找份差事，她雖然是個老女人，但是舌技還是很不錯。」

「你對她一直有成見。」

「我剛才說過沒有人是完美的。妳怎麼樣？有什麼特別的專長，或者只是來者不拒，照單全收？」

小蜜坐直身子。「珍妮絲眞的傷了你的心，是不是？」說完，靠到椅背上，饒富興味地凝視兔子，也許是她沒料到兔子心中竟潛藏這麼龐大的恨意。此時客廳已經暗下來，儘管外面仍有小孩在太陽下玩耍的喧囂聲傳進來。「你們都很祥和，」小蜜平靜地說：「像是落葉下的蚰蝓。但是，我們那邊，哈利，那邊沒有樹葉，大家長出一身曬黑的外殼，我就有一身曬黑的外殼，你看！」她將緊身線條的襯衫向上拉，露出的褐色的小腹。哈利試著去想像她身上的其他部位，同時懷疑她的陰毛是不是也染成蜂蜜金，如此才能搭配髮色。

「你從來就看不到他們往太陽底下跑，但是皮膚卻全都曬黑，腹部肌肉平坦，但缺點是裡面軟啪啪的，就像我們以前討厭的那種巧克力，就像那種討厭的巧克力奶油。你記不記得電影院分發的聖誕節禮盒？拿出來裡面只有一種長方形巧克力，和用玻璃紙包起來的牛奶糖，還有一種我們都討厭的東西，就是那種外面是深褐色的圓形巧克力，然後裡面包的都是一些噁心的東西。那裡的人就是那樣，每個人都覺得尷尬，但是他們還是有被擠奶的需要，男人需要釋放，就像膿瘡一定要擠出來，女人也是因此而生。你剛才問我有什麼專長，那就是我的專長，我替人家擠奶，我讓他們把身體裡的牛奶噴到我身上，這可能是個骯髒的工作，不過大部分的時候都很乾淨。我到那邊去本來是想當演員，就某方面我確實當上演員，差別只在每次只有一位觀眾，某種程度上也比較有挑戰性。所以，你也告訴我你的生活吧。」

「嗯，我本來是一架自動排字機的褓姆，結果現在他們讓機器退休了；我本來是珍妮絲的褓姆，結果珍妮絲站起來走掉了。」

「我們會把她找回來的。」

「不用麻煩了。接著，我當上尼爾森的褓姆，結果現在他恨我，因爲我讓姬兒死了。」

「她是自取滅亡。說到這個，這就是我喜歡那些嬉皮的原因，他們都想消滅一些東西，即便他們這麼做會先毀了自己。」

「消滅什麼?」

「消滅祥和之氣，消滅性、愛，自己，和自己的一切，他們正在這麼做。相信我，我的性伴侶沒有一個低於三十歲。他們用毒品把性慾燒出來，想讓自己乾淨俐落地一路挺進，就像，噢，像蟑螂，當隻蟑螂就是沙漠裡的求生之道。對你來說已經太遲，對我說來只遲了一點，不過，一旦那些嬉皮孩子聚集在一起，就再也無法被消滅，因爲他們將依靠毒品存活。」

兔子跟著小蜜站起來。雖然她是個高挑的女孩，且具有成年女性的豐腴及妝扮，但額頭還是只到哈利下巴的高度，他親吻她的額頭，而她斜仰起臉，閉起抹上藍色眼影的眼皮，接受哈利的第二次親吻。

老爸鬆垮的嘴唇位在老媽那個像是雕刻刀的鼻尖下，他告訴她老媽：「你眞是個振奮人心的女人。」說著，親吻她乾燥的臉頰，就像親吻噴灑香水的雕像，她臉頰上的微笑牽動他的嘴唇，伴隨接觸帶來的震動，她成爲他的一部分，再也不分彼此。

小蜜給哈利一個側身的擁抱，輕拍他腰圍上的肥肉。「我每天都面對三教九流，來者不拒，」小蜜招認：「我不像兔子．安格斯壯是個愛出風頭的人，不過，我用很低調的方式濫交。」她把他抱得更緊，肩並肩走向樓梯，上樓安慰他們的雙親。

＊

隔日是星期四。老爸和哈利回家的時候，小蜜、老媽和尼爾森正一起在樓下廚房的桌子旁邊喝茶，說說笑笑。「老爸，」這是自星期天上午以來，尼爾森第一次不等哈利先開口，就主動和父親講話，「你知道小蜜姑姑曾在迪士尼樂園工作嗎？姑姑妳再爲我爸扮一次亞伯拉罕．林肯，拜託，再演一次。」

小蜜站起來。今天她穿著一襲短版灰色的針織衫，兩條穿著黑色褲襪的腿顯得很瘦，輕微內八，自小就如此。她向前方搖動身軀，像是走向講臺，從並不存在的胸前口袋裡，掏出假想中的一張紙，手輕微抖動，拿在她雙眼下方，眼神試圖對焦，好像眞的看得到一張紙。她的聲音像是沙沙作響的錄音帶從喉嚨裡發出，她念出林肯的蓋茨堡宣言：「八……十七年……以前……」

尼爾森笑得從椅子上跌了下來，那雙謹慎的眼睛快速察看父親的臉，想知道父親的反應如何。兔子笑了，而老爸則發出一聲讚賞意味十足的吼叫，甚至老媽，盯著小蜜看的眼神原來茫然呆滯，但此刻變得癡傻愉快，這讓兔子想起小孩常不因笑話而笑，而是跟著大家一起笑，只是想附和別人，融入人群。爲了要讓笑聲持續擴大，小蜜身體抽動，彷彿靈魂附體，整個人就像個眞人大小的迪士尼娃娃，在桌上擺出兩個以上的茶杯和茶碟，然後邊搖擺邊點頭，沒把茶杯放到茶碟上，反而放到尼爾森的頭頂上，爲了讓鬧劇繼續下去，她甚至加入熱水，故意倒在桌子上，不倒到茶杯裡。桌面上的熱水冒出熱氣，朝向老媽手肘的位置流動。「住手！妳會燙傷她。」兔子說著，抓起小蜜，因她皮膚的彈性大感驚訝，她的皮膚因爲這場幽默短劇變得極具可塑性，不管怎麼捏都能定型。迪士尼娃娃嚇呆了，兔子輕輕搖搖她，她又恢復成人類，又回到他能幹的老妹，擦乾桌子，從桌子旁移動她瘦小的屁股，到爐子上去張羅全家大小的晚餐。

老爸問：「妳在迪士尼的時候，做的是哪種工作？小蜜？」

「我稍微化上一點殖民地時代的妝，帶領遊客參觀複製的維農山⑥。」她行屈膝禮，兩手裝模作樣，動作齊一指著那座舊的瓦斯烤爐。瓦斯烤爐上有硬殼式的爐頭，和仿裂紋雲母石的爐窗。「我們國家的……父親……」她以一種甜美嘹亮的白痴聲音說：「本身卻從未……當過父親。」

「小蜜，妳見過迪士尼本人沒有？」老爸問。

小蜜繼續表演：「他的雙……人……床，就是大家前方的那張床，有五呎四又四分之三吋寬，而從床頭板量到床尾板，差兩吋就滿七呎。就大多數紳士都長得不比長柄暖床器大的那個年代而言，這是一張巨大……的床。大家看……」她從蒼蠅痕跡斑斑的牆壁上取下一支塑膠蒼蠅拍，「這裡，就是一具長柄暖床器。」

「你如果問我的話，」老爸自言自語，不等其他人回應：「經濟大蕭條時期沒把這個國家拱手讓給共產黨的，並不是羅斯福，而是迪士尼。」

「那些小洞，」小蜜繼續解說，舉起蒼蠅拍：「是讓熱氣冒……出來的設……計，可以使我們這位國家的父……親在和他心愛的瑪莎上床的時候，不至於受寒，而這位……」小蜜的兩手指向牆壁上眞理印刷廠所贈送的月曆，翻到十月那一頁，上面是個燭光閃爍的萬聖節南瓜燈，「就是瑪莎。」

尼爾森仍在笑，不過表演應該就此打住，小蜜停下來，親吻老爸額頭，問道：「比薩王子（Prince of Pica）今天過得如何？記得嗎？老爸，我那時候還以爲比薩是那個有座斜塔的地方。」

「比薩位在布魯爾市以北的某個地方，」尼爾森告訴她：「確切的位置我忘了，那裡有個

⑥美國國父喬治・華盛頓故居，位於華府以南。

自稱比薩斜塔的建築物。」這孩子想看看這個笑話是否好笑，但儘管在座的幾名大人都親切地笑著，尼爾森卻發現並不好笑，因此閉上了嘴。他的雙眼再度變得機警。「我可以離席嗎？」

兔子尖銳問道：「你要到哪去？」

「回我房間。」

「那是小蜜的房間，你什麼時候才肯讓她搬進去？」

「隨時都可以。」

「你為什麼不到戶外走走？去踢踢足球，看在老天的分上，去做些有意義的事，把你的自憐自艾丟掉。」

「你別……管他。」老媽說。

小蜜打圓場：「尼爾森，什麼時候讓我看看你那輛很有名氣的迷你摩托車？」

「那輛車沒什麼好，老是故障。」尼爾森凝視小蜜這位可能是自己玩伴的姑姑：「妳穿這種衣服不能騎。」

「我們西部那邊，」她說：「大家都穿緊身毛衣騎摩托車。」

「妳騎過摩托車？」

「常常騎，尼爾森，我曾經當過地獄天使車隊⑦的大姊大。晚飯後，我們去看看你那輛迷你摩托車。」

「那輛摩托車不是他的，是別人的。」兔子告訴小蜜。

「吃完晚飯後天也黑了。」尼爾森告訴小蜜。

「我喜歡天黑。」她說。尼爾森放心踏著沉重的腳步上樓，沒理他父親，兔子有點吃味。小蜜離開學校這麼多年，學到他沒有學到的東西，那就是如何待人。

老媽顫抖地拿起茶杯，啜飲一口，然後放下，這是一個危險卻勇敢的動作。哈利從老媽端正的坐姿，和脖子上繃緊的青筋可以看得出來，老媽正為某件事自豪。她的頭髮緊緊梳在頭上，不但緊，而且幾乎散發光澤。「小蜜……」她說：「今天去見了一個人。」

「見誰？」兔子問。

小蜜回答：「珍妮絲。我到史賓格汽車廠去找她。」

「很好。」兔子坐在椅子上退開餐桌，椅腳刮在地板上。「那愚蠢的女人還有什麼好替自己辯解？」

「是沒有，她不在車廠。」

「到哪去了？」

「他說她找律師去了。」

「史賓格那個老傢伙說的？」恐懼滑進哈利的胃部，啃噬他的心。要走上法律程序了，即

⑦地獄天使車隊（The Hells Angels Motorcycle Club, HAMC）是一個世界性有組織的摩托車犯罪集團，成員通常騎乘哈雷摩托車，主要的口號是「做好事不會萬古流芳，但做壞事卻能永垂不朽（When we do right, nobody remembers. When we do wrong, nobody forgets）」。

將收到長型的白信封。然而，他喜歡小蜜去車廠的主意，穿著她那套怪衣服，往豐田汽車的剪紙模型前面一站，就像一把漂亮的小刀插進史賓格帝國的心臟，小蜜可眞是他們的秘密武器。

「不，」小蜜告訴他：「不是史賓格那個老傢伙，是史塔羅斯。」

「妳在那裡見到查理？他看起來如何？受盡折磨的樣子嗎？」

「他帶我出去吃午飯。」

「去哪裡？」

「我不清楚，某個黑人區裡的希臘餐館。」

兔子必須笑出來，死人和瀕臨死亡的人全都在他周圍，他得用笑作爲解嘲：「他接下來就會把這件事情告訴她。」

小蜜說：「我懷疑他會說，」

老爸反應不過來。「我們現在是在說誰？小蜜？是那個花言巧語迷惑珍妮絲的傢伙嗎？」

老媽的表情顯示她正在摸索，睜大眼睛就像快要窒息，嘴巴好像拼命想要把一個滑稽可笑的想法表達出來。一時之間，大家全都陷入不安的靜默當中。「她的情人。」老媽好不容易說出這幾個，難過的感受錐刺兔子。

老爸說：「我對這件狗屁事情一直都沒發表過意見，雖然哈利在這事當中確實禁不起誘惑，但我仍然保持平靜。情人這兩個字對我而言，是滿懷愛情且願意甘苦與共的人，不過據我所知，那個奸滑的第三者只是想要追求她的屁股，追求她的屁股和巴結史賓格這個姓氏。請原諒我的措辭。」

「我覺得，」老媽開口，雖然臉上閃現光彩，還是結結巴巴：「眞好……知道珍妮絲有個…」

「屁股。」小蜜完成老媽想說的話。但對兔子而言，老爸和小蜜似乎很惡劣，正在腐化站在墳墓邊緣的老媽。兔子冷冰冰地問小蜜：「妳和查理談了些什麼？」

「噢，」小蜜說：「談事情嘛。」小蜜挪移她結實的臀部，坐到廚房桌上，把那裡當成吧台前的高腳凳。「你知道嗎？史塔羅斯有風濕性心臟病，隨時都會死。」

「死的機率很大。」兔子說。

「這樣子的第三者，」老爸咧嘴，把假牙弄回定位，「會活到一百歲，但循規蹈矩的美國人會早早進墳墓。你們別問我爲什麼會這樣，上帝必定有祂的理由。」

小蜜說：「我認爲他人不錯，而且相當聰明。他說你們所有人的好話，比你們說他好得多，他很替珍妮絲設想，他也許是三十年以來，第一個把珍妮絲當人看，而且嚴肅地去關心她的人，他看到珍妮絲的許多優點。」

「他一定是用顯微鏡看的。」兔子說。

「而你，」小蜜說著，轉過頭來：「他覺得你大概是他見過最古怪的人。他無法理解，如果你希望珍妮絲回來，爲什麼不去把她接回來。」

兔子聳聳肩。「不是太驕傲就是太懶。我不太喜歡勉強自己，不喜歡跟花花公子型的人來往。」

「我告訴他，你是個很溫和的人。」

「妳老哥如果克制得住，連蒼蠅都不會去傷害，這讓我很擔心。」老爸說著：「就好像他其實是我們的女兒，只是我們自己不知道，是不是啊？老媽？」

老媽說話了：「絕對不是，他是個徹頭徹尾的男人。」

小蜜繼續說：「當時查理說，既然哈利是個溫和的人，那麼……」

兔子打斷小蜜：「又『查理』了。」

小蜜說：「查理說，**既然哈利是個溫和的人，為什麼要支持戰爭？**」

「幹！」兔子說。他比自己想像中還要更疲憊，更沒有耐性。「任何一個稍微有理性的人都會支持這場戰爭，越南人要打，我們不得不奉陪。除此之外，還有什麼選擇？有什麼選擇？」

小蜜試圖征服她老哥持續上升的火氣。「他的理論是，你喜歡任何能讓你奔向自由的災難，像珍妮絲離家出走，你喜歡；房子燒掉了，你也喜歡。」

「我甚至更喜歡，」兔子說：「妳永遠不要再看到那個油腔滑調的馬屁精。」

小蜜瞪兔子一眼，她的瞪視曾經撂倒過上千個男人。「就像你所說的，他和我是一丘之貉。」

「是個流氓，對吧？難怪妳在那邊把妳自己幹得進了停屍間。妳知道像妳這種伴遊女郎最後的下場會在哪裡嗎？告訴妳，會在驗屍官的報告裡，等妳吃多了安眠藥，等妳的電話鈴聲不再響起，等妳人老珠黃，那些流氓不想再找妳的時候，妳就要有大麻煩了，老妹，世界上姓史塔羅斯的人對妳不會有好處，他們只不過是敷衍敷衍妳罷了。」

「媽！」小蜜出自舊有的本能大喊，想獲得老媽的奧援，而身體羸弱又行動不便的老媽坐在餐桌旁不由自主地點頭。「妳叫哈利閉嘴。」兔子記得，他們兄妹時常拌嘴，但卻從來沒打過架，眞是個不解之謎。

＊

隔天也是哈利正式離開眞理印刷廠的前一天，老爸和哈利下班回到家的時候，家門前那輛掛著紐約牌照的「龍捲風」不見了。一個鐘頭之後，當兔子把晚餐的排骨肉放進烤爐，小蜜才回來。兔子問她到哪去了，她把她的大拼布包往舊沙發上一放，回答，「噢，就到處逛逛，再去看看小時候常去的一些地方，市中心區現在變成這樣眞令人難過，對不對？停車場一片黑壓壓，全都是黑人，還有賣塑膠地板的商店也是。不過我幹了件好事，我在威瑟街那家賣左派報紙的店裡買了一磅花生。你相不相信，只有布魯爾還買得到帶殼又好吃的花生。」她猛然把袋子拋過來，兔子伸出左手接住，他們坐在客廳聊天，兔子一面剝花生吃，一面把花盆拿來放花生殼。

「那麼，」兔子問：「妳又去見了史塔羅斯？」

「你不是叫我別去了？」

「我說的話算得了什麼。他怎麼樣？還在那裡抱他的心臟？」

「他很讓人感動，光憑他的言行舉止就讓人感動。」

「哇哇……妳又說了我什麼？」

「沒有，我們很自私，只談我們自己。他直接看穿我，我們正要喝第一杯的時候，他透過臉上的淡色鏡片上下打量我，說：『妳是幹那一行的，對不對？』給我一顆花生！」

哈利抓起整把丟過去，全部掉在小蜜的胸部上。她身上穿著一件仿蜥蜴皮紋的緊身小洋裝，正面從上到下是一整排鈕扣。當她把腿擺到腳凳上，他可以很清楚看到她褲襪的褲襠。她的動作溫馴又慵懶，眼神也變得柔和，儘管上面的粉妝發亮，像是剛上妝。「就這樣？」兔子問：「你們只吃午餐？」

「就這樣，各位！」

「妳這樣是想要證明什麼？我以為妳回東部是為了幫忙老媽。」

「是幫忙她，好讓她幫助你！我要怎麼幫她，我又不是醫生。」

「好，我真的很感激妳的幫助，去跟我老婆的男朋友上床。」

小蜜對著天花板大笑，展現出下顎那條馬蹄形的曲線，也就是白亮的頸靜脈凸起處。她的笑聲突然像被刀割斷，戛然而止，嚴肅且放肆地端詳哈利。「如果你可以選擇，你寧願讓誰跟他上床？珍妮絲，還是我？」

「她，珍妮絲，而且我確實是可以選擇珍妮絲，我的意思是我還有可能控制她，至於妳，爸。」

我從來就管不住你。」

「我就知道，」小蜜高興地說：「全世界的男人當中，你是唯一可以管我的人，你和老

「我怎麼完全感覺不出來？」

她狠狠瞪他，爲的是要把這句話說出來：「你無聊！」

「我也這麼覺得。嘿，老天，妳今天眞的讓史塔羅斯幹了妳一炮？還是妳只是想惹我發火？你們去哪做？難道珍妮絲在辦公室裡不會想念他？」

「噢……他可以跟她說他出去推銷汽車還什麼的。」小蜜提出說法，同時感到心煩，「不然，他可以叫她別管閒事，那是歐洲男人的作法。」小蜜站起來，摸摸身上仿蜥蜴皮洋裝的鈕扣，確定全都扣上了。「走，我們去看老媽。」說完又加上一句：「別擔心！幾年前我就規定自己絕不跟同一個男人做三次以上，除非眞的陷進去。」

＊

當晚，小蜜說服家人穿戴整齊出門，前往城北球場方向的荷蘭自助餐館吃晚餐。儘管老媽的頭左右擺動，且在切蘋果派的時候遭遇一些困難，但她應付得很不錯，看起來也相當開心。兔子埋怨自己的愚蠢，他和老爸爲何從未想過把她帶出戶外走動？當晚，家人各自進房準備就寢，兔子在走道上告訴老妹：「妳眞是個能夠修補所有東西的萬能小工匠，是不是？」小蜜已

經搬進自己過去的房間，尼爾森現在和父親一起睡。

「是啊。」她彈指，「而你就是偉大的亂搞先生。」說完開始解開身上的鈕扣，等哈利轉身離開後，才關上自己的房門。

星期六上午，小蜜開著她那輛「龍捲風」送尼爾森前往佛斯納徹家，珍妮絲先前已經和老媽說好，會和佩姬整天陪伴兩個小伙子。雖然從賈基山駛往西布魯爾只有二十分鐘車程，但小蜜卻在外面待了一整個上午，超過下午兩點才回到家。兔子問她：「怎麼樣？」

「什麼？」

「不是，我說眞的，他的床上功夫有那麼好？還是說，依照妳的經驗，只不過平平而已？我有一陣子認爲他一定有什麼地方不對勁，不然在有那麼多隻新鳥兒自動送上門的情況下，爲什麼還老纏著珍妮絲不放？」

「也許珍妮絲有種不可思議的特質。」

「我們談他就好，基於妳的經驗來談。」哈利想像所有男人都因小蜜而結合爲一體，面孔、聲音、胸膛和手全部焊接在一起，成爲一堵呢喃騷動的牆。對他而言，這就好像當年籃球賽場上的觀眾，匯合成一個尖聲叫喊的見證人，那就意謂著他的世界。「基於妳『豐富』的經驗來談。」兔子肯定小蜜的經驗。

「你爲什麼不照顧好自家的花園，要老是到處刺探別人的花園？」小蜜問。她脫掉那件滑稽的外衣，下半身成爲一扇橫紋牛仔布的閘門。

「我沒有花園可以照顧。」他說。

「那是因爲你從來不去照顧。其他人都想過規矩的生活，只有你憑自己的感覺處事，等事情毀了，或搞砸了，才坐在那邊嘟嘴。」

「老天！」他說：「十年來，我日復一日乖乖去上班。」

小蜜反駁：「你可能這樣覺得，但其實那是最容易的事。」

「妳知道嗎，妳開始讓我想起珍妮絲了。」

小蜜轉身背對哈利，打開她的鬧門。「查理跟我說，珍妮絲的床上功夫太美妙了，是個徹底的蕩婦。」

星期天小蜜整天待在家裡。後來全家一起搭乘老爸那輛老雪佛蘭出門兜風，前往他們過去散步的採石場。這片原野過去布滿白色的塵埃和雛菊，後來變成一片滿布金黃秋麒麟草的遼闊地帶，然而，現在整個採石場只剩下地上那個灰色的大坑洞，過去那座形狀像是澳洲大陸的工作棚，和處理水泥的傾卸槽，皆已全部拆除。從前有個洞穴，小孩子總是喜歡在裡面玩耍，玩自己嚇自己的遊戲，現在也被推土機推過去的泥巴，以及生銹的鐵板封住。「這裡……也……」老媽說：「曾經……發生過可怕的事，男人和小男孩。」他們在華倫街上，面向遠方的高架橋景緻，吃下味如嚼蠟的一餐，這餐飯沒有上次成功，老媽不肯吃。「沒有胃口。」她說，而小蜜和兔子則認爲是因爲包廂的空間太小又太明亮，老媽不願意讓別的客人看到她笨手笨腳的模樣。餐後，他們去看電影。「大酒桶」上的電影廣告刊載：「我黃得奇怪（I Am Curious Yellow）」、「午夜牛郎」，另外一份兩面印刷電影廣告的傳單上列有：「墮落者」、「馬戲團（超級正妹嶄新演出！）及一部瑞典的三級片，名爲「爽啊！」和「妙女郎⑧」。「妙女郎」片名看起來也像三級片，但演員包括芭芭拉．史翠珊（Barbra Streisand），因此應是一部音樂片。他們想趕六點半那場，但遲到了，老媽坐在電影院裡睡著，老爸站起來在電影院後方踱步，壓低嗓門和帶位員說悄悄話，直到稀落的觀眾當中有人噓了一聲才停止。走出電影院已是萬家燈火，有三個小混混用邪惡的眼神直盯小蜜，兔子不得不以中指回敬。眨眼望向大街的老媽說：「很好看……不過那個芬妮，還眞醜……但是……很有型……還有那個流氓。她從頭到尾都知道尼克．安斯坦⑨是個流氓，每個人也都知道……」

「這對她是好事。」小蜜說。

「把這個國家弄得動彈不得的不是流氓，」老爸說：「你們如果問我，我會告訴你們，是那些工業界的大亨，那些龐大的財團，還有梅隆⑩和杜邦⑪等家族，他們才是應該關進監獄的貨色。」

兔子說：「別太激動，老爸。」

「我不是激進主義者。」老人家說道：「要激進得先有鈔票才行。」

星期一是陰天，也是哈利失業的第一天。他七點鐘醒來，老爸已經一人獨自出門上班，尼爾森也跟他一起出門，尼爾森還是在西布雷爾的學校上課，得到威瑟街轉車。小蜜十一點左右出門，沒交代行蹤。兔子細看「布魯爾星期日標準報」上的求才廣告，招募對象包括會計師、行政管理實習生、噴漆學徒、汽車技工、酒保。雖然此時是尼克森主政下的經濟大蕭條時期，但這世上的工作機會還是很多。他略過保險經紀人和節目製作人等等，往下看徵募推銷員的欄位，然後翻到隔壁娛樂版。該死的三G公寓⑫！兔子覺得自己已經和那三個女孩同居好多年，但何時候才能看到她們脫光衣服？漫畫作者總是喜歡逗弄讀者，讓人物在浴室裸肩，伸出赤裸的大腿，但胯部總剛好在畫框的邊緣，只能看到一點鬆脫的胸罩扣環。兔子計算他支領兩個月薪水的資遣費後，還能再領三十七個星期的社會救濟金，之後就只能靠老爸的退休金過活了，現在這樣根本是在等死！他們不會讓你死得痛快，會慢慢輸血不讓你倒下去，否則對他們而言就是一種難堪。兔子瀏覽離婚訴訟的通告，沒看到自己的，於是上樓找老媽。

老媽坐在床上，雙手平靜地放在她母親留下來的拼花床罩上，電視機也靜默，老媽凝視窗

---

⑧《妙女郎》根據美國演員芬妮・布里斯（Fanny Brice）的眞實故事改編，由美國哥倫比亞電影公司出品，內容描述一個歌舞片明星的傳奇式的故事，歌手出身的芭芭拉・史翠珊成功扮演芬妮這個角色，並因此片獲第四十一屆奧斯卡最佳女主角獎。

⑨尼克・安斯坦（Nick Arnstein）由奧瑪雪瑞夫（Omar Sharif）飾演，他是芭芭拉・史翠珊在劇中深愛的風流賭徒，她爲他放棄巡迴演出，遠涉重洋，後來兩人結婚，但婚運多舛，枝節橫生。

⑩以梅隆家族爲中心的梅隆財團（Mellon Financial Group）是美國十大財團之一，以金融業起家，創始人湯瑪士・梅隆（Thomas Alexander Mellon）於一八六九年創梅隆銀行，發展迅速。即以此爲起點，逐步與工業資本融合，透過金融機構控制匹茲堡地區的銀行資本和工業資本。

⑪杜邦（Du Pont）家族的血統可追溯至法國，一八〇〇年移居美國。一八〇二年，在特拉華州威爾明頓創立一家火藥廠，從而開始營運杜邦公司（E.I. du Pont de Nemours&Company），該公司是一家市值達三百二十億美元的化學品製造機構，推出了尼龍和特氟隆等創新產品。

⑫三G公寓（Apartment 3-G）是美國報紙漫畫，主角爲三個在紐約曼哈頓合租公寓的職業女子。

外的楓樹，樹上的葉子幾已落盡，因此射進室內的光線很刺眼。人身上的酸臭味混合藥品散發出來的薄荷味，這樣令人哀傷的氣味更加鮮明。爲了省去老媽走往通道的麻煩，他們在暖器架旁邊擺上一個便盆。兔子想在老媽的生活上加諸一些彈跳的樂趣，便猛然往她床上一坐，她的雙眼圓睜，嘴巴蠕動，但是只吐出口沫。「還好嗎？」兔子大聲地問：「覺得怎麼樣？」

「惡夢。」她說，「都是左多巴造成的。」

「但是左多巴也對帕金森氏症產生作用。」這句話並沒有得到老媽的回應，因此，兔子再試一次：「妳從尤莉亞·安特那裡聽到什麼？還有，那個人叫什麼來著，麥咪·柯洛格對吧？她們還有來看妳嗎？」

「她們的興緻沒有我的老命長。」

「妳不懷念她們說的八卦嗎？」

「我想，所有的八卦都變……成事實，把她們嚇壞了。」

他試著：「跟我說一個惡夢吧。」

「我在揭瘡痂，全身到處都有。我揭掉一個，就像翻開石塊那樣，下面有好多一樣的小蟲子。」

「哇，這眞夠讓人睡不著了。妳喜歡小蜜在家裡嗎？」

「喜歡。」

「她還是那麼莽撞，是不是？」

「她只是強顏歡笑。」

「我是認爲她冷酷無情。」

「走一步算一步。」老媽說。

「什麼意思？」

「那是在電視兒童節目上聽來的。你老爸不把電視關掉，就讓我看，走一步算一步。」

「妳繼續說。」

「人生就是一條束馬鞍的肚袋，走一步算一步，生活很艱難。」

兔子笑了表示贊同，讓床鋪又彈跳幾下。「妳認爲我哪裡做錯了？」

「誰說你做錯了？」

「媽！房子沒有了，老婆跑掉了，工作丟了，兒子恨我，老妹說我無聊。」

「你長大了。」

「小蜜說我不按規矩來。」

「你沒這個必要。」

「嗯，正派的環境不需要那些規矩。」

老媽無言以對。兔子從房間的窗戶望出去。在他離開此地後的一年，甚至五年間，這條擁有舊式冠狀屋舍的街道，曾以自身存在的神奇力量鼓舞了他。街道上砂岩護壁、鐵欄杆上漆、房屋側面爲仿灰岩的雙拼式房屋，人行道由於楓樹根的蔓延顯得起伏不平。這些平凡的外觀見證兔子的生活是靠際遇盛裝他的血，宇宙曾經以此地爲中心，楓樹上旋轉飄落的每一顆種籽，都比整個銀河系來得貴重。傑克遜街只不過是一條隨處可見的普通街道而已，數百萬條的美國街道承擔幾億個生命，讓這些生命穿篩而過，既不注意也不加哀怨，而今走上衰微的路，甚至不爲自身的逝去哀悼，反而以歷經無數寒冬的憔悴屋面，對著拆除用的大撞鎚扮出鬼臉。

楓樹枝模糊的蛇形身影，不屈不撓地鑲嵌在這兩扇窗戶的彩色玻璃上，像是窗戶上的主角。老媽從未間斷和這些楓樹進行親密的交流，然而這些樹枝卻不會藉由呼吸，來喚回她不斷流失的生命。如果爲了拓寬傑克遜街，明日將砍除這些樹枝，她那種將樹枝植入內心的凝視，將會延遲它們的消失；然而到時除去樹蔭後，經由新進光線的沖刷，也終將把她心中關於這些樹枝的記憶抹滅殆盡。時光是我們的一部分，而不是個錯誤的侵略者，多麼愚蠢，他竟然花費三十六年的歲月才開始相信這一點。兔子的視線從窗戶移開，他想說話，他也必須說話：「小蜜在家，一定讓老爸很高興」，然而老媽在他剛剛的靜默中睡著了，她的頭部側在枕頭上，血紅的鼻孔與亞麻布的線條呈現強烈對比。

兔子下樓做了一份花生三明治，倒了一杯牛奶，感到這棟房屋是如此平穩，自己的腳步可能會震動老媽，將她震到地窖裡去。他踏進地下室，發現他的舊籃球，還發現一個更大的奇蹟，籃球的氣孔上竟還插著打氣的球針。人在脆弱時刻，物品卻仍保持忠實。籃框板仍在車庫上，但歲月已經銹蝕籃圈，弄鬆上面的鏍栓，讓他使勁投出去的第一球偏射到籃框側邊。然而他繼續奔跑跳躍，手感終於漸漸回來；身體躍起、輕鬆投射出去，身體躍起、再輕輕投射出去，忘記有形的籃框，想像球越過籃框的正前方落進框中。陰天的光線恰到好處，兔子想像白己上電視，可笑的是，觀眾怎能單憑電視螢幕上職業球員跳躍的美妙肢體動作，就知道投出去的球是否能夠命中。小蜜從屋裡走下台階，踏上水泥步道，朝兔子走來。小蜜身上一襲全黑套裝，上半身的衣領寬鬆，下半身的黑裙僅及膝蓋。這身裝扮會很討希臘人喜歡，就像古典式的寡婦裝。他問她：「新衣服？」

「在克羅爾百貨公司買的，是奇特的船來品，只花半價就買到了。」

「你去看查理？」

小蜜放下手上的包包，脫掉白手套，示意兔子把球拋給她。他高中時期和她打二十一球總是讓她十球，那時候小蜜身爲一個女生，在運動方面不但擁有速度，也有身爲內八字的毅力，若不是光環全被被兔子搶走，很可能會有更好的表現。「也看了珍妮絲。」她說著，射球，差點投進。

兔子把球跳傳回去給她。「弧度大一點。」他告訴她。「妳在哪看到珍妮絲？」

「她跟蹤我們進餐廳。」

「妳們吵架了？」

「不太算吵架。我們喝了馬丁尼和希臘葡萄酒，差不多快喝醉。她現在懂得調侃自己了，倒是件新鮮事。」小蜜抹得油膩的雙眼斜看籃框。「她說她要租一棟公寓，離開查理，好把尼爾森接過去。」這一球射到籃框與籃板連接的位置，本來就已鬆脫的螺栓被震得更鬆。

「這件事我會和她對抗到底。」

「你不要過度緊張，事情不會走到那個地步。」

「哦，不會？你是他媽的小萬事通？」

「我會盡力而爲。再讓我投一球。」當她把髒汙的球往空中推出去，胸部晃動她黑色上衣的寬衣領，這時開始飄起毛毛細雨。球投進籃框，如果有籃網就會發出唰的一聲。

「珍妮絲如果在場，妳怎麼讓史塔羅斯幹？」

「我們把她送回她父親那裡。」

兔子是故意提出粗魯的問題，並不是眞的要她回答。「可憐的珍妮絲。」兔子說：「不知道她被拋棄的感想如何？」

「我剛跟你說過，不要過度緊張。我明天就要飛回西岸，這件事查理知道，珍妮絲也知道。」

「小蜜，妳不能那麼快回去。妳走了，他們怎麼辦？」他指向自家那棟房屋。這棟房子的背面，有種住宅應有的高大架式，但後側木板加瀝青的劣質護牆板，則與街上結實的門面完全不搭。「妳會傷了他們的心。」

「他們知道我的生命不屬於這裡，屬於那邊。」

「妳在那邊除了一群好色的流氓之外，一無所有，還很可能染上性病。」

「噢，我們都很乾淨。不是告訴過你了嗎？我們都有潔癖。」

「妳是告訴過我，小蜜，但我要跟你說的是另一回事，難道妳對幹那檔事還不累嗎？我的意思是……」兔子爲了表示自己是嚴肅地說這句話，而不是故意說粗話，所以繼續說：「我覺得妳會厭煩的。」

小蜜了解兔子的意思，以身爲妹妹的態度誠懇說道：「老實說，我並不覺得厭煩。如果我還是個小女孩，我想我可能會厭煩，但我現在已經是個成熟的女人了，我想我不會厭煩。全世界的人都要做這件事，這是人之常情，也是人與人之間的一種連結關係。當然，有幾次我曾感到厭倦，不過也發現其中的一些好處。你有注意到嗎？人都想被肯定，沒有人想看起來像坨狗屎，但你得從中找出辦法，你必須幫助他們才行。」

她那雙濃妝豔抹的眼睛，在室外看起來比實際上年輕許多。「嗯，說得好。」兔子有氣無力地說，想抓住她的手，希望她幫助他。他身爲哥哥，有一次在採石場玩耍，不敢鬆開小蜜的手，怕如果鬆手的話她會跌倒，結果他一鬆手，她就眞的跌倒，然後爬起來說她沒事，所有人都會跌倒。小蜜笑了出來，繼續說：「當然，我從來不會像你那樣動輒生氣。你還記得嗎？你以前討厭食物的味道混在一起，例如甜點的汁不小心倒到盤子裡的肉裡，或是滴到其他吃的東西上面。你忘記那次了嗎？在你還沒把食物吞下去之前，我跟你說所有食物都應該弄得爛爛的像嘔吐物，結果害你一整個禮拜吃不下東西。」

「我不記得這件事了。怎麼樣？史塔羅斯的功夫眞的很好吧？」

小蜜從草地上拾起她的白手套。「他還不錯。」她用手套拍拍手掌心，端詳自己老哥。

「還有……」

「還有什麼？」他準備招架更糟的事，兵來將擋，絕不能吃虧。

「我幫尼爾森買了一輛迷你摩托車。這個被上帝遺棄的家裡好像沒有人記得明天是尼爾森生日，他明天就十三歲了，讓他感動一下，他明天就是個青少年，不再是小孩子了。」

「妳不能做這種事，小蜜，他會出事的。而且在此地騎上路也不合法。」

「我請店裡把車送到佛斯納徹的公寓交貨，他們可以在那邊的停車場上輪流騎。這可憐的孩子經歷那麼多你們施加在他身上的事情，應該得到一些補償。」

「妳眞是個超級姑姑。」

「而你眞是個笨蛋，竟然連下雨了都不知道。」說完，在昏暗的毛毛細雨裡，小蜜踩著內八的步伐，三步併作兩步跑到窄小後院上的步道，踏上後門窄小的玄關。哈利抱住籃球，跟在後面。

＊

住在父母家的哈利，不單只是恢復吃花生三明治及喝可樂的習慣，等老爸和尼爾森出門，整棟房子再度沉寂之後，他還會賴床，發現自己愛上手淫，要怪就要怪這個房間。這個長形的小房間，就像是一節被火車頭拖曳著穿過黑夜的車廂，房間裡唯一一扇窗戶隔著那條不見陽光的行人步道，與對面的鄰屋遙遙相望。他還小的時候，可以看到六呎外卡洛琳·琴姆房間窗戶放下的百葉窗，當年鄰居卡洛琳還是個小女孩，琴姆一家人都是夜貓子，兔子雖然比卡洛琳高三個年級，但是卡洛琳每天卻都比兔子晚睡。有幾個晚上，他會睜大著眼睛遠望，從百葉窗透光的縫隙偷看卡洛琳寬衣解帶的朦朧身影，另外如果在冰冷的窗玻璃上墊枕頭，然後把臉貼在枕頭上，還可以勉強斜看進琴姆夫婦的房間。有一晚，他看見一團肉色的東西在亂滾亂動，很可能是在做愛，但到了第二天早餐時間，卻又聽見琴姆家的吵架聲，他們家幾乎天天吵架，老媽因此懷疑過琴姆夫婦還能在一起多久，然而一般人在這種情況之下是不會做愛的。那時候房間裡到處都是運動員的圖片，大部分是棒球員，圖片取自學校筆記本上的封面，有穆夏⑬、狄馬喬⑭、路克．亞普林⑮，和魯迪．約克⑯。後來哈利一度開始集郵，回想起來眞是詭異，藍色大集郵有軟墊封面，臘質襯紙及臘質封套，裡面塞滿蒙特內哥羅⑰，和獅子山共和國⑱蓋上郵戳的

---

⑬指史丹利．穆夏（Stanley Frank Musial），是前美國職棒大聯盟球員，在一九六九年入選棒球名人堂，職業生涯主要效力於聖路易紅雀隊。

⑭指喬瑟夫．迪馬喬（Joseph Paul DiMaggio），前美國職棒大聯盟洋基隊球員，一九五五年入選棒球名人堂。

⑮指魯休斯．艾普林（Lucius Benjamin Appling），前美國職棒大聯盟游擊手，生涯全效力於芝加哥白襪隊，一九六四年入選棒球名人堂。

⑯指普萊斯頓．約克（Preston Rudolph York），前美國職棒大聯盟一壘手，生涯曾效力於底特律老虎隊、波士頓紅襪隊、芝加哥白襪隊，及費城運動人隊。

⑰蒙特內哥羅（Montenegro）爲前南斯拉夫社會主義聯邦共和國的其中之一，自一九九一年六月內戰爆發以來，境內共和國陸續宣告獨立，蒙國與塞爾維亞於一九九二年四月二十七日另組南斯拉夫聯邦共和國，後改名爲塞爾維亞與蒙特內哥羅邦聯，並並於二〇〇六年六月三日宣布獨立。

⑱獅子山共和國（Republic of Sierra Leone），位於西非大西洋岸，北部及東部被幾內亞包圍、東南與利比理亞接壤，首都自由城。

郵票。過去的他想像自己周遊列國，每到一個國家就貼上當地的郵票，寄明信片給老媽。他愛上旅行的想法，愛上跑步、印度棋、遠征，也愛上所有擲骰子再移動棋子的棋盤遊戲。火車廂的感覺如此鮮活，他彷彿幾乎看見頭頂上那盞鬱金香形狀，發出黃色光芒的燈，像是隨著火車行進而晃動搖擺。然而當時，旅遊是他所擅長的籃球運動中所不允許的。

他當兵的時候，牆壁上那些圖片全被扯下，圖釘釘過的痕跡重新粉刷過，鬱金香形狀的燈也換成嗡嗡作響，閃動的環形日光燈。老媽將這間房間做爲倉庫使用，放入一臺老舊的踏板式縫紉機，一大疊「讀者文摘」和「家族圈⑲」。一盞打橋牌使用的照明燈，破掉的燈泡插座垂掛在半空中，就像是雞頭被剁下，還剩一條筋與雞身相連。另外還有英國森林與義大利宮殿的圖片，他從沒去過這些地方，令人沮喪。此外尙有尼爾森睡過的折疊床，小蜜回來後，這張床隨著尼爾森搬到兔子房間，尼爾森因得到一輛放在西布魯爾的迷你摩托車而魂不守舍，星期二小蜜回西岸，折疊床就要搬回小蜜的房間了，遺留哈利自己在房間裡回憶和幻想。

他手淫的時候總是要有幻想對象，彷彿隨著年紀增長，眞人實體已經不夠刺激。他試著想像佩姬．佛斯納徹，因爲她是最近一次上床的對象，她全身都像橡皮糖，是一次美妙的經驗，但卻也讓兔子想起自己對她不夠意思，自從火災發生以來，一通電話都沒打給她，對她也完全沒有慾念，把她的「復仇女神」丟在地下室，連鑰匙也叫尼爾森還回去，他害怕看見她，怪她引誘他，彷彿她那想被男人上的藍色小火苗蔓延開，最後釀成那場火災，只要一回想起那場火災，就讓他馬上跌入沮喪的心境裡。他也無法去回頭幻想珍妮絲，除了喜歡撫摸她那像小鳥降落的腰肢之外，床上的珍妮絲沉悶虛假得令人迷惘，讓他根本不敢插進去。

他召喚一個放浪形骸的女黑鬼，雖胖，但不是水腫，有肌肉且有男人味，有一片的小鬍子，門牙上有牙縫。她像是一尊彌勒佛騎在他身上，緩緩搖動坐在他大腿上的屁股，有時候趴下，她那兩顆可可色大胸脯上敏感的奶頭，就會像拳擊手套一樣晃動拍打的臉。在幻覺裡，他和這個功夫厲害的妓女說了一個笑話，她笑了，帶著愉快的心情在他的胸膛上起起伏伏。他們身處的房間並非一般的房間，而是個高聳的閣樓，也許是個穀倉，遠處有根垂釣繩索的木樑，樣子幾乎像是個絞刑臺，圓形窗戶容許塵埃隨著光線起舞。雖然她老是在上位，他有時也會採取平躺的姿勢，幻想自己的手指就是女人的嘴唇。爲了達到高潮，他也常會翻過身來面對床頭，採取傳教士體衛。他平躺就會射不出來，感覺太具爆炸性，太強烈，也太褻瀆天上的神。上帝站在祂那邊伸展開羽毛翅膀，像是上方的棚屋，還是翻個身，往地獄裡射比較好。妳這個功夫要得的紫色陰唇大黑屄，還有那顆金牙。

等這個興致不錯的黑鬼女神，經過他頻繁地施咒，在幻想中已經過分鮮活之時，兔子開始幻想蓓碧。小蜜在她短暫停留的那幾天，聆聽他談論自己的事，最後曾唐突地告訴兔子應該去睡蓓碧，一切早已安排好，這也正是他潛意識中渴望的事。但在他心目中，蓓碧枯樹枝般的手指冰冷得有如象牙，在她身上找不出有任何洞是軟的，全身都是硬殼。蓓碧臉上的皺紋出自她

⑲家族圈（Family Circles）是美國最暢銷的婦女雜誌，由麥里迪斯企業發行。

令哈利畏縮的智慧，就像被烘烤定型的麵包，他想，還是當導演不要當演員比較好，不如另外想兩個人出來。他想到史塔羅斯和小蜜，他們倆個怎麼幹那檔事？他想像小蜜開著那輛白色的「龍捲風」奔馳上艾森豪威爾大道的陡坡，停在二二〇四號門前。

兩人下車，兩扇白色的車門拉風地「砰」一聲關上，踏進公寓大樓，往上走，小蜜走在前面，甚至連拉開序幕的回眸一吻都省了，當即寬衣解帶，慵懶放鬆地站在午間窗戶灑入室內的光線中。她那擁有動人膝蓋的兩隻腿，和那擁有凹陷的乳頭及隆起乳暈的胸部（兔子偷看過小蜜胸部）都還像少女一般，含苞待放，沒有哺乳過。史塔羅斯爲了怕傷到心臟，脫衣服的動作想必較爲緩慢，沉住氣將長褲摺疊好，避免弄皺燙線，畢竟等一下還得回車廠上班。

他的背後毛茸茸的，肩胛骨上有深色的漩渦，粗大的老二表面長有一條笨拙的青筋，雖然笨重，但在小蜜挑逗的撫弄之下，無可抗拒地翹了起來。兔子聽到他們相互挑逗的俏皮話逐漸停歇，午後的雲彩模糊了希臘祖先的深褐色面容，他們的照片擺放在蕾絲布鋪著的桌面上。他看見男人充血老二根部的柱狀肌肉，被小蜜長滿老鼠色陰毛的陰道吞噬（不，她這個地方的毛不是蜂蜜金色），看到她沒戴戒指的貪婪手指端起他的鳥蛋往裡推，直捅她已經被撐開，如狼似虎的屄。他射了。兔子還小的時候，覺得射精的感覺就好像太空飛行，一種受擠壓的無重力感在他頭上倒塌，而今卻像一種稀鬆平常的發洩，就如同發洩怒氣。他朝安全的床單裡面發出一連串悶住的低吼，聲音就像石頭砸到木板窗戶上。在緊接而來的寂靜中，他聽到一陣隱約浮現的音樂震顫聲，漸漸辨認聲音出自隔壁那對赤腳夫婦家裡的立體音響，是另外半邊房屋所發出的聲音。

某夜，他讓自己清洗過的身體順著思緒漂流，聽到姬兒走進房間，低俯身軀，愛撫他，他轉過頭去親吻她的大腿，她卻走了。但她已經喚醒了他，且她確實來過。經由她死亡造成的裂縫，使無數細節的記憶都變得模糊，她的捲髮，曲折的表達方式，顫抖脆弱的聲音隨著漫彈吉他而提高音節。她身上微小的細節讓他產生些微的排拒感，牙齒上的縫隙，兩條蒼白的腿，蘋果般平滑的心型臀部，乾癟嘴上顯現拘謹的孤高神情，那件她一直穿在身上骯髒的白洋裝，全部一切都在此時重現，躍然眼前，時光也瞬間倒流。當她的身影隨月光浮現在床上，她年輕的軀體才剛開始學著感覺，神經末梢捲曲地像是春天裡嫩綠的羊齒類蕨，令他想排拒，但那不是她的錯，她這個禮物還太新，還不到送人的時候。姬兒的臉上又出現哀怨的神情，讓他覺得心疼。他叫她把那種女兒般的體貼隱藏起來，爲什麼？他想以退卻表示抗議，不希望她逼他出來面對，他還沒做好準備，他被冒犯了，就讓那個黑耶穌擁有她吧！他硬起心腸，畢竟世界上有那麼多的女人，自己卻只有一個。他試著描繪出一幅景象，正如他見過的，姬兒和史基特在刺眼燈光下的情景是多麼美妙。

此時，兔子在幻覺中從座椅上站起來加入他們，想當他們的父親和情人，但他們卻像印刷機上的油墨和白紙互相接觸一下，又馬上分開。「姬兒再度出現，安格斯壯感覺她的丰采」。兔子躺在少年時期的床上，她又在他的身上喘息，但這一次，他不會再把臉別開，他小心翼翼把手從身體的兩側移上來，撫摸姬兒的髮梢，醒來後才發現自己的手懸吊在半空中。他悲從中來，從焦乾的胃部，疼痛的喉嚨，燒壞的眼睛中泉湧而出。他回想起她用女兒般的草綠色眼睛凝視他，那種眼神遠超過只是為了尋求一個庇護所，寢具上留下的斑點無須拭去，第二天早晨就會不見。然而她確實來過，留下她的呼吸和她的丰采，明天早上他一定要告訴尼爾森。在夢一般的紓解下，他放鬆了，在幻覺的顫抖中，就讓這個房間掛上一部火車頭，往西行駛，朝向沙漠，小蜜在那裡等著他。

＊

「那個婊子。」珍妮絲說：「你幹了她多少次？」

「三次，」查理回答：「就到此為止，那是她的原則。」

這段對話如鬼魅般糾纏珍妮絲，讓她一整晚無法入眠。哈利那位像是女巫的妹妹回西岸重操舊業，但她的影響力卻像惡疾遺留在查理身上。他們的性曾經那麼完美，這種事不可言傳，她媽沒教過，她爸沒教過，學校裡的護理人員也沒教過，只有在電影上看過，但無法將動作表現出來，至少到目前為止無法展現如此美妙的境地。她有時候，只要想到查理，就會達到高潮，其餘的時候，她和查理不斷纏綿，他的耐性如此美妙，不斷在她耳邊呢喃，告訴她，她有多美。有人說魚水之歡不過只是「一個小屁股」，她一直不懂其中含意，直到遇見查理。從前她常對哈利發脾氣，因為哈利無法製造身體接觸，也不給她足夠時間適應摩擦，結束後還反過來指責她不配合。他深入其中，直驅生命之始的子宮，那是一切的起點，珍妮絲現在還記得當初是怎麼懷尼爾森和可憐的小貝姬的。當女人尚未習慣房事，男人則拼命往內挺進時，感覺難堪得像被強暴，隨之而來的痛楚讓她根本顧不了後果，而後果就是孩子。

嬰兒的滿臉通紅，脾氣不佳，就好像在她體內時被別的事情打斷。她痛恨別人說插進屁股這種話，那是監獄裡的男人做的事，或者當你軍隊駐紮的地方只有黃種女人的時候，黃種女人會蹲在在路邊哭喊，手裡抱著嬰兒，隨便找個廁所就可完事，眞令人作嘔。然而查理就是給她一個小屁股，從她的屁股向上改造她的全身，感受煥然一新，魚水之歡才是生活的基礎。事後當她試著告訴他是如何塑造一個全新的她，他卻可愛地聳聳肩，裝作那是任何男人都能做到的事，就像用火柴棒逗弄姪兒，讓他們總是挑到最後一支頭向上的火柴棒的那種小把戲。這個宇宙中繼存一個悲哀的事實，即是除了查理之外沒有任何人能夠爲她做這種事。（哈利一向憂慮這個世界究竟有多寬廣，掛念星球有多遠，太空船向月球發射，以及共產黨想把所有人裝進一個大黑袋子裡，令他擔憂得無法呼吸），她自始就是爲查理而生，這件事情毫不誇大，當她想向查理描述他們的關係是多麼獨特而神聖的時候，他用那雙有魔力的手，在空中無聲地劃過弧線，最後將拇指在她唇上輕輕併攏，阻止她開口。

她問：「你怎麼可以這樣對我？」

他聳聳肩。「我沒有對妳，我是對她，我幹了她。」

「爲什麼？爲了什麼？」

「爲什麼不可以？妳不要窮緊張，跟她做那件事沒那麼痛快，吃午餐的時候，她還可愛得要命，但一上了床，她就立刻關機，像個白色的橡膠人。」

「噢，查理，跟我說，查理，告訴我爲什麼。」

「不要靠在我身上，母老虎。」

她曾挑逗他，要讓他跟她做愛，她可以爲了他做盡一切，因爲她崇拜他，她曾因爲自己黔驢技窮，受限於身體的有限性，悲傷到想大哭出來。她雖然可以榨出情夫的精液，但卻無法逼他說出和她完全一致的愛。她曾經夾雜恐懼、抱怨和洋洋得意對他說：「你知道我爲你放棄一切。」

當時，史塔羅斯嘆了口氣：「妳大可把一切再拿回來。」

「我毀了我的丈夫，所有報紙都在登他的新聞。」

「他承受得了，畢竟他是個愛出風頭的人。」

「我讓我的父母蒙羞。」

他轉過身背對她。以前和哈利在一起，通常背對人的會是她。摟抱查理不是一件容易的事，他的身體太壯，就像攀附在一塊有毛髮又滑溜的岩石上。他爲了自己身體著想，只好道歉：「母老虎，我累壞了，整天都不舒服。」

「怎麼樣不舒服？」

「全身都不舒服，全身顫抖。」

後來她發現他從身旁滑開，自顧自地睡著了。此舉激怒她，讓她不顧裸體猛然下床，用他在床上教她的話回敬他，將梳妝檯上過世姑母的照片掃落地板，大罵他，任何一個規矩的男人在明知對方不會接受的情況之下，至少仍會假意向她求婚。她打破這間令她失眠公寓裡的平靜，使黑暗在川流不息的艾森豪威爾大道車燈的脈動之間震顫。從查理公寓的後側望出去，景觀令人難以想像，奔馬河的彎道看起來像是紡織品上的一道刀痕，軍需品堆積場旁沼澤地上有橡皮色的油槽，而她從未發現那棟擁有雙藍色圓頂的教堂周圍有個小墓園，墓園的十字架以鐵製成，而非石製。公寓前的交通從不歇止，珍妮絲在布魯爾附近住了一輩子，但從未眞正居住其間，以爲所有地方在十點就會進入睡眠，沒想到這座城市轟隆的交通聲不斷，就像她的心，即使在睡夢中也會不停傾洩愛意。

珍妮絲醒過來。窗戶上的簾子是銀色的，月亮像冰冷的石塊高掛在賈基山的天空上。這張床不是她的，然而她馬上想起是她的，從什麼時候開始的？從七月開始。基於某種原因，查理睡在她左邊，哈利一向睡她右邊。查理床頭鐘的夜光指針顯示已經超過兩點，他躺著，面朝月光。她摸摸他的臉頰，是涼的。她將耳朵湊到他嘴巴上，卻沒聽到呼吸聲。他死了，這一定是夢。

彷彿是她的碰觸，使查理的眼皮動了，他的眼珠在朦朧的冷色光線下似乎看不見，沒有瞳孔，月光在離她較遠那隻眼睛角落上的一滴液體上閃爍。他呻吟一聲，珍妮絲發現將她吵醒的正是他的呻吟聲，這並非自然發出的聲響，而是從受壓迫胸腔底部的沉重機制中所發出。他看到珍妮絲用手肘撐住頭看著他，說：「嗨，母老虎。老天，好痛。」

「哪裡痛？親愛的，哪裡？」她的呼吸從她的喉嚨中快速衝出，產生灼熱感。整個房間從角落開始像顆水晶，只要她一個錯誤動作就會立即粉碎。

「這裡。」查理似乎想指給她看，但手臂卻無法動彈，接著他整個身體呈弧形向上拱，彷彿體外有個看不見的東西將他往上提。珍妮絲環顧房間，想知道是什麼無言的存在正在折磨他們，看到蕾絲窗簾上的圓形圖像，在街燈藍光的照映之下，梳妝檯上那些嬸嬸、叔叔、姪兒們方形相框裡的側影反射出藍光。呻吟聲又出現了，身體向上方拱成痛苦的弧形，像是吞下釣餌的魚，不慎把餌吞進心臟裡。

「查理，還有沒有藥？」

他從齒縫間擠出幾個字：「白色小藥丸，在浴室的櫃子裡最上面一格。」

擁擠的房間隨著珍妮絲的慌亂而顛簸澎湃，地板在她的赤腳下傾斜，身上穿的睡袍在她演出完可恥的場景後，像是想斥責她而拍打她灼熱的皮膚。浴室的門卡住了，一邊的門框重重撞到她的肩膀。她找不到開電燈的拉線，手在黑暗中揮動摸索，終於找到了，但是拉線卻又跳開，當她等待拉線擺盪回來，查理在黑暗中又開始呻吟，聲音緊繃，是最嚴重的一次。她的手指終於抓住拉線，拉了一下，燈光猛然撲向她的眼睛，速度之快，刺痛她的雙眼，但她沒有時間眨眼，睜大眼睛尋找白色的藥丸。她面對病人一整櫃的救命藥，所有藥丸都是白色的，不，有一種是阿司匹靈，另一種是透明黃色，那種膠囊裡有幾百粒專門對抗花粉熱的小炸彈。有了，一定是這罐！雖然這個小玻璃罐上沒有標籤，但一擠就開的塑膠瓶看起來很重要，藥丸上有些細小的字母，但她不可能花時間去讀。她的手嚴重顫抖，這一定就是了，她傾斜這個小罐子，對著手掌心，五顆藥丸很快被倒出來，不，六顆。她一邊懷疑自己怎麼能花時間去數到底有幾顆，一邊試著把多倒出來的藥丸，經過圓形的小玻璃罐口放回去，她全身劇烈顫抖，得固定所有關節，才能讓整個身體保持固定。

她想找個玻璃杯，但遍尋不著，只好抓起沖水潔牙器上的方蓋，非常笨拙地打開水龍頭裝水，關上水龍頭時，冷水沾濕她的手，連帶讓手上緊握的藥丸受潮軟化，也沾污她握住藥丸的掌心。珍妮絲不敢鬆開緊握藥丸的手，也不想讓那杯水溢出，必須將其中一隻手裡的東西暫時放到另一隻手，才能關上浴室的門，以免燈光刺激查理。他痛苦地從枕頭上撐起他的大頭，研究她手上正在溶解的藥丸，勉強說出一句話：「不是這種，是小的，白的。」他面容扭曲，像是在笑，頭又倒回枕頭上，喉嚨上的肌肉變得僵硬，此時身體發出的雜音提高八度，像是女人的聲音。珍妮絲眼看沒有時間容許她再進浴室找一次，他身體發出的聲調已經太高，來不及等藥物發生作用，這裡存在的是純粹的靈體，她必須製造奇蹟。

她的身體沉重地壓在骨頭上，想起哈利曾告訴她，說她擁有死神的觸摸能力。這時候，她身後有一股壓力，就像有人拍她後腦勺，將她推向前。隨著查理哀號，她把自己的身體壓在查理身體上。他變成一個完美的洞穴，大於她的愛所能填滿，她下決心要讓自己的心臟穿透骨骼，將自己心臟的跳動頻率傳送到他的身體裡去，查理咬緊牙關，迸出一聲：「上帝啊！」向上抽搐，用自己的身體頂住她，像是到達高潮，而她則極其冷靜地壓住他，她的身體好像充滿能量，而身上的溫暖、濕潤、脈搏，就像能夠阻止傷口繼續流血的力量，那個傷口就是她完整的男人，她愛他的一切：他的長度和寬度、平和的聲音、靈巧的大手、捲曲的體毛、柔軟的指甲、男性暗色凹凸的陰囊，而他身體的脆弱像是威脅，也像一具枷鎖般與她對抗。她是位於高處的水閘，裡面的愛正要滿溢而出，她感覺自己是水道中泥巴做成的護堤，正在一片片消溶，她覺得他的心臟正在掙扎，就像一頭被捕捉的獵物，至今仍無法掙脫。雖然他已經變成惡魔，正在擴張成一畦比採石場還要大的坑洞，聚集成一個由疼痛組成，向上戳刺的冰柱，她仍張開身體，制住他疼痛的刀鋒，放鬆肌肉吸收他疼痛的長釘。她不會讓他離開自己，房間裡還有別人，那個人已經認識她一輩子，直到此時都還在上方俯視她，透過那個人的雙眼，珍妮絲看到自己在啜泣，聽見自己喃喃祈禱，加油，加油，對她男人體內鞭笞他的魔鬼，大聲喊出：「離開他！」

查理的身體變了樣，他死了。不，她在他的嘴巴旁聽到斷斷的呼吸聲，突來汗水濕潤他的眼眉、肩膀、胸膛，和她的胸部。她的臉緊貼他的臉頰，他的腿部放鬆，呻吟著：「好了。」她終於敢從他的身上滑開，幫他蓋上之前爲了要檢查他胸膛而拉開的棉被，蓋到下巴。

「我要不要現在去幫你拿正確的藥丸？」

「要，馬上去拿。拿硝化甘油[20]。妳剛剛拿的是治感冒的柯立西錠（Coricidin）。」

她發現他扭曲的臉其實是在笑，而且他現在眞的在微笑。哈利說得沒錯，她眞的很笨。

爲了減緩她臉上受傷的表情，史塔羅斯告訴她：「心臟不舒服的時候，壓力感覺起來比被打一拳還糟，沒辦法呼吸，不動則矣，一動更糟，可以感覺自己的心臟在跳，好像有什麼動物在身體裡面蹦跳，眞可怕。」

「我好怕離開你。」

「妳處理得很好，把我救了回來。」

珍妮絲知道他說的是事實，她身上害死人的烙印被去除。做愛的時候，她毫無保留交出全部的自己，再被寧謐的踏實感塡充。就像做愛後，她會頑皮地檢查他的身體，感覺他厚實身體上流動的汗水，用一隻手指頭順著鼻樑向下愛撫。

他重複說：「眞可怕。」查理在床上坐起，讓自己冷靜，就像溺水被救起後在岸邊喘氣。她蜷伏在他身旁，像孩子一樣流淚。因爲她的頭髮刺痛他的肩膀，茫然的他，小心翼翼移動自己的手臂，笨拙地摸索她的髮梢。

她問：「是因爲我嗎？是因爲我爲了哈利他妹的事跟你發了一頓脾氣嗎？我差點殺了你。」

「不會。」他又加了一句：「我會讓所有事情按規矩來，不然這些事情就會反咬我一口。」

「我現在在這裡，就是不按規矩。」

---

⑳可用來預防胸痛（心絞痛），作用是擴張心臟血管，增加心臟的血液和氧氣。

「算了，母老虎。」他沒有否認，接著抓住她的頭髮，使她的頭猛然一震。

珍妮絲起身去拿回正確的藥丸。那些藥丸一直放在那裡，放在櫃子的最上層，但她當時看的是中間那格。他拿出一粒，展示如何將藥丸放到舌下，讓它溶解，藥丸溶解時，他做出她喜歡的嘴形，兩片嘴唇向前凸起，就像嘴裡頭含住菱形的東西。當她關燈爬上床，躺到他身旁，他側過身來給她一吻，但她沒回吻，因爲心裡充滿太多的寧謐。不久後，他無意識的呼吸聲柔和規律地響起，她躺著睡不著，清醒的每一根神經都讓她鬆開生命的結。樓下的交通熱潮已經消退，她和查理動也不動漂浮布魯爾上方，他睡在風上，心臟中空，下一次，她可能就無法再讓他保持清醒。奇蹟隨禱告應允，但人不能總依賴奇蹟發生，從她身體吹拂而過的愛已經是個奇蹟，下一步值得這份愛的事情，就是離開。心境雖未滿足，但身體的歡愉已經足夠，對她們彼此都已足夠，再多就太過分，可能會慢慢把查理害死，他已經叫她母老虎了。不到六點，天空就漸已泛白，她看著他開闊的額頭，像金屬絲的頭髮整齊地捲曲，鼻子是那麼勻稱，就像顯示一種女性的嬌貴，那張嘴即使在睡夢中也還是微微噘著，嘴角掛著一道閃光，是緩緩流動的唾液。就像天使和鷲鷹般漂浮，珍妮絲在她浩瀚的愛意當中，了解自己放棄了這個可能不完美的人，她所愛的對象。她的愛吞噬了自己，通過愛的純潔迅速往下墜落，四周盡是掉落飛舞的羽毛。

＊

老媽的床邊有一支電話，樓下的兔子聽見電話鈴響，又聽見鈴聲停止，經過一段時間，老媽才讓他搞清楚是他的電話。老媽現在的聲音已經完全像是嗚咽，但她有一支手杖，一支嚇人的多瘤節石南木手杖，是有一天老爸從布魯爾救世軍商店買回來的。她用那支手杖輕敲地板，直到將兔子引上樓，她拿著手杖的模樣很滑稽，邊揮邊敲。「我這輩子……」她說：「就是要……一支手杖。」

兔子聽到電話鈴響兩聲，過一會才聽到手杖敲擊的聲音，當時他正在起居室裡用吸塵器吸地毯，試著去除一點霉味，這種氣味在老媽的房間裡更是強烈，是一種頑強持久的腐朽味。他不知道曾經在哪裡讀過，我們聞到的只是東西本身細小的碎屑，這種碎屑會引起鼻子裡的組織發癢，是一種微妙的煙塵，而每種東西都有煙塵，花卉的煙塵比岩石大，瀕死之人的煙塵比正常人大。「你的電話。」老媽說。她背墊的枕頭已經滑脫，使她坐在床上的身體傾斜，兔子幫忙把老媽扶正。因爲老媽喉嚨裡的肌肉很難發出珍妮絲的音，只能慢慢讓兔子知道打電話來的是誰。

兔子怔住，伸手去接住話筒。「我不想跟她說話。」

「爲什麼……不想？」

「好吧，好吧！」兔子心裡一團亂，得在這個地方接電話，珍妮絲的聲音傳進他耳裡，他的眼睛看著老媽和那張弄皺的床。老媽那雙藍色骨節的手，十指交錯緊握，又鬆開來；眼睛睜得太開，無助地凝視他，藍色的瞳孔上有條細細的白圈，像個洩了氣的救生圈。「妳現在又想怎樣？」他對電話裡的珍妮絲說。

「你現在起碼可以不要那麼沒禮貌了吧？」她說。

「好，那我等一下再沒禮貌好了。我猜猜看，妳現在打電話來，是要告訴我妳終於抽空找到律師了。」

珍妮絲笑了，兔子已經好久沒聽到珍妮絲的笑聲，是一種靦腆的笑，笑了一半又想止住，就像卡住的溜溜球。「不是。」她說：「我還沒空去找，難道你就是在等著我去找律師嗎？」她現在比較難欺負了。

「我不知道我在等什麼。」

「你媽在你旁邊嗎？還是你在樓下？」

「對，我在樓上。」

「聽你的聲音就知道。哈利、哈利，你還在嗎？」

「當然在，不然在哪？」

「你想不想跟我隨便找個地方見個面？」她急著繼續說下去，表示這是件嚴肅的事。「保險公司的人打電話到車廠來，說你該塡的表格一個都沒塡，說我們應該趕快做出決定，我是說那棟房子，爹地已經在想辦法幫我們賣掉。」

「很像他會做的事。」

「還有，這件事跟尼爾森也有關係。」

「妳和妳那個南歐鬼，沒有房間讓尼爾森睡。」

老媽震驚地望向別處，凝視自己的雙手，努力用意志力克制兩隻手的輕微顫抖，珍妮絲快速深抽一口氣，今天他沒辦法把她趕離電話線了。「哈利，還有一件事，我已經搬出來了，都決定好了。一切都沒問題，我是指，我和查理之間的事。這通電話我是從約瑟夫街（Joseph Street）打的，我已經在這裡睡了兩個晚上。哈利？」

「我在聽，我還在。妳以爲我會溜走嗎？」

「你溜走過。我昨天和佩姬在電話上談過，她和奧立佛又復合了，而且奧立佛聽說你到別州去了，說是巴爾的摩有家報社找你去工作。」

「很有可能。」

「佩姬說她完全沒再接到你的任何消息了，我想她很傷心。」

「她爲什麼要傷心？」

「她有告訴我原因。」

「是啊，她是會說。嘿，跟妳聊天很有意思，不過妳有沒有什麼確切想告訴我的事？妳想要讓尼爾森住到妳娘家去是不是？我想，他可能也想去。他……」他正想招認那孩子在這裡過得不快樂，但發現老媽也在聽，說出來會傷到老媽的心。考慮過珍妮絲現在的狀況之後，覺得她這次是眞的爲尼爾森著想。

珍妮絲問：「你想不想見面？我是說，你會覺得跟我見面是瘋子做的事嗎？」

他笑了，笑聲聽在自己耳朵裡非常陌生。「可能吧。」他說，意思是不會。

「噢，那就這樣。」她說：「你來我這裡？還是我去你那邊？」她了解他沉默的意思，因此再次確認：「那我們去別的地方好了，雖然有點蠢，不過到賓州山莊老房子那邊見面怎麼樣？雖然人進不去，但我們應該去看看，然後決定該怎麼處理；我是說，有人想要買下那個地方，前幾天銀行和爹地談過這件事。」

「好，我現在得去幫老媽做午餐，兩點可以嗎？」

「好，我有東西要給你。」珍妮絲還想繼續說。這時，老媽發出需要有人帶她去上廁所的訊號，那隻發紫的手因緊握手杖而泛白。

「不要因爲你媽失約了。」這是珍妮絲的忠告。兔子掛上電話，老媽坐在床沿，用手杖重重地敲了一下地板表示加重語氣，用手杖頭畫弧形催他來幫忙。

把洗好的餐盤放到瀝水架後，兔子準備出門。他決定就穿現在身上那條已經連續穿兩個禮拜的黃褐色長褲，就像上班日一樣，上半身換上乾淨的白襯衫，外面套上一件從閣樓木箱裡找出來的舊夾克，那是中學時代的運動夾克，背後的象牙色盾形圖案上有開心果綠的ＭＪ字母，袖子是綠色，肩部有Ｖ字形線條，拉上正面的拉鍊後，夾克緊繃在胸部和腹部上，然而他依然就這樣出門，南下傑克遜街，走在凜冽的楓樹下。在恩伯利大道踏下十二路公車時，低窪地區較暖的空氣讓他解開夾克的拉鍊，他踏著輕快的步伐啪啦啪啦沿著蜿蜒的街道步行，兩旁住家的門廊上擺著南瓜，門上掛著玉米。

他美景彎道上的房子，像是一排糖果中間的一塊黑炭。他那輛旅行車已經停妥，美國國旗貼紙依然還貼在後窗上，看來富有強烈的愛國意識，只是已經褪色。

珍妮絲從駕駛座下來，站在車旁，身上穿著駱駝色厚呢大衣，讓他想起過去好幾個冬天。她看起來矮胖又固執，他已經忘記珍妮絲有多矮，忘記她稀疏深色頭髮從低矮前額往後梳的模樣，頭髮上的油亮光澤沿髮際線反射出小小的斑點。她捨棄聖母瑪利亞的髮型，把頭髮旁分往一邊梳，看起來並不討好，然而她的嘴似乎不像過去那樣緊繃，嘴角的皺紋也消失了，而且似乎比以前更常笑，畢竟現在和以前比較起來，已經沒那麼多東西好失去的了。兔子的直覺是，瘋狂！他想伸出手拍拍她，應該做些動作，例如像是搔弄小狗一樣搔弄她的耳背。然而他們之間沒有任何動作，沒親吻，也沒握手。「你是從哪裡讓那件肉麻的老爺夾克重新復活的？我已經忘記以前學校那些可怕的顏色了，討厭，像仿冰淇淋的顏色。」

「我從我爸媽家閣樓的舊箱子裡翻出來的，他們都還留著，還很合身。」

「合誰的身啊？」

「我好多衣服都燒掉了。」他這樣辯解是因爲知道她說得沒錯，兔子當年就曾在冰淇淋色的世界裡聲名遠播。不過，珍妮絲此時身上的裝扮對她來說也太過年輕，髮型像是回到青春期，旁分的髮型像是四〇年代的南美洲女人，跳著恰恰恰。

她笨手笨腳，把手伸進毛呢大衣側邊的口袋。「我說過要送你一個禮物，這就是了。」她交給兔子一個閃亮搖晃的東西，是車鑰匙。

「妳不需要用車了？」

「不是很需要，我可以到爹地車行開走任何一輛，我不知道自己當時怎麼會覺得會用到車，我猜，可能是因爲我原以爲我們會逃到別的地方去，逃到加州或加拿大，我不知道，我們後來根本沒考慮過這件事。」

他問：「妳打算住妳父母家嗎？」

珍妮絲抬起頭，視線掃過他身上的夾克，在他的臉上搜尋。「我受不了，我是說眞的。媽那麼嘮叨，可以看得出她原意是什麼都不說，但最後還是不斷把話說出口，嘴上老是掛著「輿論」這兩個字，好像她是在做蓋洛普民意調查的人。而爹地，我第一次覺得他很可憐，有人在某個購物中心開了一家日產汽車的代理公司，我想他感覺受到威脅。」珍妮絲說著，深色的眼睛輕輕停駐在他臉上，萬一在他臉上看到令她不悅的表情，便隨時可以飛走。「我可能會去找一戶公寓，也許就找在佩姬那棟大樓裡，這樣尼爾森就又可以走路去西布魯爾上學了。尼爾森當然跟著我。」她的眼睛望向別處。

「所以這輛車是用來交換的東西。」

「比較是個重修舊好的禮物。」

兔子伸出中指和食指比了個V字型和平手勢，然後將手移到頭頂，假裝是頭上的角，她太笨了看不懂，他告訴她：「孩子很可憐，也許妳眞的應該帶著他，假裝妳跟那個什麼來著的人已經玩完了。」

「我們是玩完了。」

「爲什麼？」

她的舌頭在雙唇間閃動一下，這是她曾讓兔子誤認爲性暗示的習慣動作，但現在看起來無害，就像舔鉛筆的動作。「噢，」珍妮絲說：「我們在一起已經做盡一切事情，他開始有點神經兮兮，你那位親愛的妹妹也沒幫上忙。」

「噢，我猜，我們在他身上加諸不少事情。」他所謂的「我們」包括兔子、珍妮絲、小蜜、老媽。至親的連結，隨時間流逝和犯過的錯，聯繫得更加緊密。他不想要求她交待更多描述，他從來沒有眞正了解女人，例如說爲什麼女人會有月經，爲什麼女人陰晴不定，還有男人的屌頭插進去之後會有多接近子宮，子宮在裡面沒有嬰兒的情況之下是不是中空。他直覺將史塔羅斯一起抛諸到女人浩瀚無垠的謎題中，他無意從珍妮絲的眼睛喚回任何愛的火花，她的眼睛親切、機靈、嚴肅地看著他，看著她的獵物。

她也許本來準備要告訴他更多事情，要告訴他，她對他的愛有多偉大，會純潔地綿延下去，因爲她此時像被他的緘默制止，皺起眉頭。「關於尼爾森的問題，你得幫幫我，他跟我談的全只是你老妹買給他那輛可惡的迷你摩托車。」

兔子朝屋前那堵歷經火災的綠色護板比了一個手勢。「我的衣服並不是裡面唯一被燒毀的東西。」

「你是說那個女孩。她和尼爾森很親近嗎？」

「她就像他的姐姐，他一直在失去姐姐和妹妹。」

「可憐的小傢伙。」

珍妮絲轉身，他們一起看著這個他們曾經生活過的地方。不知是什麼公司或單位，也許是銀行、警察或是保險公司，在火場周圍用柱子和鐵絲圍出一道簡易的籬笆，然而小孩還是能夠自由接近，將沒燒毀那半邊的屋裡偷得一乾二淨，砸破窗戶、風雪窗和所有一切。有人不厭其煩地帶來黃色噴漆，在一側噴寫「黑鬼」二個大字，還有「殺了」。這兩個詞是分開的，很難說噴字的人站在哪一邊，也許來自兩罐不同的噴漆，但花費的時間相同。窗戶下方鋁質護牆板延伸出來的地方，也是春天長出水仙花，夏季夾竹桃盛開的位置，有人潦草噴寫黃色的「豬仔政權＝乾淨政權」。另外此處也有和平符號和納粹使用的卐字記號，顯然出自同一罐噴漆。此外，也有人使用從瓦礫堆找出的燒焦木枝，試圖修改這些標語和符號，把「豬仔」改成「黑人」，把「乾淨」改成「國會」，但所有加上的字句都不比塞進電視節目間的文案來得高明，還有一個蠢蛋拿紅色的噴漆在兩扇窗戶間胡亂噴寫「不給糖就搗蛋」。

珍妮絲問：「她那時候在哪裡睡著了？」

「樓上，我們以前睡的地方。」

「你愛她？」珍妮絲說完這句話，眼神從兔子的臉上移開，面對被踐踏得亂七八糟的草坪，默默沉思。他想起來了，她這件毛呢大衣上面有按扣式可以取下的兜帽。

兔子向她坦白：「我應該要愛她，但我沒有，她不是我這種階層的人。」說這種話讓他有罪惡感，他想像姬兒若是聽到，會有多傷心。為了替自己辯護，他指責珍妮絲：「如果妳不離家出走，她一定還在別的地方活著。」

她的眼睛很快抬起。「你沒資格這麼說，別把過失硬是加到我頭上，哈利・安格斯壯，無論這裡發生什麼事，都是你造成的。」她不小心淹死嬰兒，他不小心燒死女孩，真是天造地設的一對。她主動中性化這件事。「佩姬說是那個黑鬼讓她吸毒，比利說是尼爾森告訴他的。」

「那個黑鬼說是她自己要吸的。」

「很奇怪，那黑鬼竟然能逃走。」

「他有地下交通網㉑。」

「你有沒有幫他？火災之後你有見過他嗎？」

「幫了一點忙，是誰告訴妳的？」

「尼爾森。」

「他怎麼會知道？」

「他猜的。」

「我開車把他送到郡南，在一個玉米田裡讓他下車。」

「我希望他別再回來，否則我會報警，我是說，如果他……」珍妮絲讓自己的想法到此為

㉑指南北戰爭以前，幫助奴隸逃往北部或加拿大的地下交通網。

止，她想太遠了。

兔子被珍妮絲這套高明的手段搞得情緒緊張，一愣一愣，兩人現在正緩慢地彼此相鬥，但是彼此都害怕將對方氣走。「那黑人說他不會再回來了。」只在光采的情況下。

珍妮絲鬆了一口氣，指向燒掉一半的房子。「房子還值不少錢，」她說：「保險公司出價一萬一千塊，有人和爹地談過，以房屋的現狀，出價一萬九千五百塊。我猜光是這塊地皮就值八千到九千，這裡即將成為新興地段了。」

「我以為布魯爾要完蛋了。」

「只有中心區。」

「我跟妳說，我們把這個混蛋房子賣掉吧。」

「就這麼辦！」

他們倆握手。兔子在珍妮絲面前轉動汽車鑰匙。「我開車送妳回妳娘家。」

「我們一定要去那裡嗎？」

「也可以到我那裡去看看我老媽啊，她會很高興看到妳，她現在幾乎沒辦法開口說話了。」

「省省吧。」珍妮絲說：「我們不能就開車兜風嗎？」

「兜風？我不確定自己還會開車。」

「佩姬說你開過她的克萊斯勒復仇女神。」

「天！這個郡裡根本沒有秘密。」

他們往東行，開到威瑟街往市區的路上，珍妮絲問：「你媽自己照顧得了自己嗎？」

「當然，她自己解決不少事情。」

「我開始喜歡上你媽了，當我在電話中聽得懂她在說些什麼的時候，發現她對我相當不錯。」

「她軟化了，我想是人之將死，其言也善。」他們越過大橋，開在中心區的威瑟街上，行經壁紙精品店，賣烤花生的報攤，擴充的葬儀社，和幾家大型的商店，門面上原來那些發白的霓虹招牌，被新店東裝設光亮又充滿希望的新招牌蓋住，新垃圾桶的蓋子也都改成飛碟形狀。他們經過幾家歇業大型電影院前方空蕩蕩的遮蓬，也經過松木街和鳳凰酒吧。兔子說：「我應該出去找找印刷廠的工作，看有沒有差事好幹，或者搬到別的城市去，巴爾的摩也許是個好主意。」

珍妮絲說：「你不上班之後看起來好多了，氣色變好，找個待在戶外的工作會不會讓你比較快樂？」

「划不來，只有傻瓜才會在戶外工作。」

「我會繼續在爹地那裡上班，我想我應該繼續工作賺錢。」

「那跟我有什麼關係？妳不是要租公寓？記得嗎？」

珍妮絲沒回話。威瑟街往上延伸，太接近山區，太接近賈基山，也太接近兩人父母的家。

兔子左轉，駛入夏日街，兩旁是設有天窗的三層磚瓦屋，上面有驗光師和復健指壓師的招牌，以及一座有圓形窗戶的石灰岩教堂。他說：「我們可以買個農場。」

她接話：「是因爲露絲有個農莊嗎？」

「對喔！妳不提我還忘了呢。」他扯謊：「這條街就是她住的地方。」他有次沿這條街，朝著盡頭走，但卻沒走到，因爲走了幾個街區後就耗盡力氣，於是掉頭。「妳記得艾克斯牧師嗎？」他問珍妮絲。「我今年夏天遇見過他，六〇年代讓他脫胎換骨。」

珍妮絲說：「既然說到露絲，你跟佩姫在一起很享受嗎？」

「是啊，但那又怎麼樣？她快變成這座城裡家喻戶曉的人物了。」

「但你沒有再去找她。」

「老實說，我消受不起，不是說她，她很行，不過我受不了那檔事，每個人都在幹，我不懂，這讓我成爲一個太悲哀的人，也讓一切動彈不得。」

「你不認爲是那件事讓一切運轉的嗎？食色性也。」

「除了性以外，一定還有其他的。」

她沒答腔。

「沒有？沒有其他的？」

珍妮絲避而不答，反而說道：「奧立佛回到她身邊了，但她似乎並沒有因此特別快樂。」

車裡的氣氛輕鬆自在。「停」的交通號誌，以及街角的幾家雜貨店快速從旁邊閃過，磚瓦房屋和石灰岩建築，映入向前奔馳的擋風玻璃裡。他行至夏日街尾端，以爲前面會有條小溪，小溪後方有一條泥土路及開闊的草地，然而夏日街卻在此地變得寬闊，接上一條公路，公路兩旁有成排的漢堡店，提供免下車服務的潛艇堡店，以及一座有大型石膏恐龍的迷你高爾夫球場，和一家使用折價卷的商店，最後是幾家改過名稱的汽車旅館和加油站，「漢波」汽車旅館改爲「蓋蒂」汽車旅館，「亞特蘭大」加油站改爲「愛可」加油站。

珍妮絲問：「要不要停車？」

「我吃過午飯了，妳呢？」

「找一家汽車旅館停車。」她說。

「妳和我？」

「你不必做任何事情，這樣繼續開下去只會浪費汽油。」

「老天，浪費汽油比汽車旅館費便宜，而且經營汽車旅館的人不是喜歡你帶著行李投宿嗎？」

「他們哪管那麼多，反正我帶了一個手提箱，放在後座，只是預防萬一。」

他轉頭一看，果然不錯。那是個普通的褐色行李箱，上面還掛著當年他們前往海邊住宿旅館的標籤，旅館的名稱是「原始森林小屋」，這個手提箱必定就是她帶到史塔羅斯家裡的那一個。「說！」他說：「妳現在滿腦子都是性方面的鬼點子，是不是？」

「算了，哈利，帶我回家，我早就把你忘了。」

「你現在在晚餐時間以前登記入住，難道那些經營汽車旅館的人不會覺得可疑？現在幾點？才兩點半。」

「可疑？有什麼好可疑？哈利？天哪！你眞是個老古板。誰不知道大家都要幹那檔事，那是我們來到這個世界的原因。你什麼時候才要長大？哪怕是只長大一點點都可以。」

「儘管如此，光天化日之下就這麼大刺刺地走進去……」

「告訴那個人，我是你太太，告訴他我們太累了，我說的是實話，眞的，我昨天晚上睡不到兩個鐘頭。」

「既然這樣，妳不想到我父母親家去嗎？尼爾森一個小時內就會到家。」

「老實說，我和尼爾森，誰對你比較重要？」

「尼爾森。」

「尼爾森和你媽呢？」

「我媽。」

「你這個人有病。」

「那邊有一家，喜歡嗎？」

「安全天堂汽車旅館」的招牌下方掛著小牌子，上面寫著：

特大號床鋪、全彩電視、淋浴及泡浴設備齊全

電話××——××××「神奇按摩椅」

一盞「尚有空房」的招牌嗡嗡散發沉悶的紅光，所謂的辦公室是個磚塊砌成的小櫃臺，旅館裡有一座乾涸的游泳池，上面鋪有綠色的帆布。長形的磚砌門面破損得讓人感覺悽涼，入口通道前已經停有幾輛車子，那幾輛車像是站在飼料槽邊等待餵食的金屬牛隻。珍妮絲說：「看起來很破爛骯髒。」

「正合我意。」兔子說：「他們可能會收留我們。」

但是他一邊說，一邊開過汽車旅館。珍妮絲說：「說眞的，你從沒做過這種事？」

他告訴她：「我想，我過去過的是溫室裡的人生。」

「啊，過去了。」她指的是那家汽車旅館。

「我可以掉頭開回去。」

「到時候，我們會開在路的另一側。」

「妳怕了？」

「怕什麼？」

「怕我。」兔子俐落地急轉彎，閃進一家園藝供應品商行的停車場，揚起一片碎石塵，即時踩住煞車，差一點就和對面車道的來車撞上，車越過雙黃線，往回開。珍妮絲：「你如果想自殺，就請便，不過別拖我一起死，我眞正的人生才剛開始。」

「太遲了。」他告訴她：「再過幾年妳就要當祖母了。」

「像你這樣開車，不可能。」

他們又再次越過雙黃線，平安回到車流裡，那盞「尚有空房」的招牌仍在閃爍。兔子熄火，排檔排到P檔，陽光在靜止的柏油路面上閃耀。「你不能就呆坐在這裡。」珍妮絲小聲斥責。兔子下車，充滿緊張氣氛的空氣從他的兩腿間滑過，小櫃臺裡除了一臺糖果販售機，以及一架子掛著黑色吊牌的鑰匙之外，只有一個男人。那人有油亮的銀色頭髮，領帶上有馬蹄形的領帶夾，而且得了感冒，拿著一條藍色的絲質大手帕輕拍擤破的鼻孔，將一份住宿登記卡放在哈利面前。「姓名，地址，汽車牌照號碼。」他帶著西部人的鼻音說道。

「我和我太太眞是累壞了。」兔子主動說，兩耳發熱，羞澀感往下蔓延，覺得內褲汗濕了，塡寫登記卡時，心跳使他的手直發抖。「哈利．安格斯壯夫婦」。地址呢？當然得撒個謊。「賓州山莊美景彎道二十六號」，兔子用這個地址來接收垃圾信件和各種帳單。郵政服務眞是了不起的機制，將自己要寄出的信件投進郵筒，一個袋子一個袋子分門別類，最後遞送出去，「啪噠」一聲，經由正確的通道，百萬封郵件進去該進的信箱裡，眞是一種運作良好的奇蹟。讓那些年輕的龐克革命家來試試，如何讓郵件順利抵達目的地，無論雨水、冰雹、黑夜必皆無阻。當兔子腦袋狂奔，右手發抖，那名繫領帶的人耐心靠在合成樹脂的桌子上。「牌照號碼也得塡。」他溫吞平靜地說：「拿個行李箱讓我看看，不然得預付住宿費。」

「我不是在開玩笑，她是我太太。」

「一定是中學下課後就趕著出來度蜜月的吧。」

「哦，你是說這件夾克。」兔子低頭看著自己身上那件薄荷冰淇淋色的賈基山運動夾克，內心與再度出現的羞澀感對抗。「我都不知道已經有多少年沒穿這件夾克了。」

「看起來幾乎還很合身。」那老人說著，輕敲尚爲空白的汽車牌照欄位。「你如果不急的話，我也不急。」他說。

站在小櫃臺前的哈利，走向窗邊，仔細看自己的車牌號碼，打手勢要珍妮絲出示行李箱。他做出提起箱子和放下箱子的動作，但珍妮絲看不懂。坐在「獵鷹」裡的珍妮絲，由於窗玻璃的反光而閃耀片片亮斑，看起來很模糊。兔子做出打開行李箱的動作，在空氣中比劃著長方形，氣得說：「老天，她簡直笨到不行！」直到此時珍妮絲才終於看懂，轉過頭去，伸手舉起那只行李箱，透過彼此間的兩層玻璃讓那個人看見，那男人點點頭。哈利在登記卡上塡下牌照號碼「U20-692」，取得十七號鑰匙。「等一下往後面走，」那人說：「距離馬路遠，比較安靜。」

「我不在意安不安靜，我們只是要睡個覺。」兔子說，手上握著鑰匙，突然攀起交情：「你從哪來的？德州？我當兵的時候駐紮過魯巴克附近的拉森堡。」

那人將登記卡塞進格子架，透過雙焦距眼鏡的下半部看過來，舌頭發出嘖嘖聲：「你有去過聖塔菲附近嗎？」

「沒，從沒去過。抱歉，我沒去過。」

「我認爲那是一個好地方。」那人告訴兔子。

「我很想哪天去看看，眞的，雖然也許根本去不了。」

「別這麼說，像你這樣帶勁的年輕人，還有你那位可愛的小姐。」

「我沒那麼年輕了。」

「你很年輕。」那人心不在焉地堅持。這個男子人眞好，說他年輕，還給他鑰匙，在一般情況下，人總是那樣親切。哈利回到車上時，珍妮絲問他咧嘴笑什麼。「還有，你怎麼搞那麼久？」

「我們剛剛聊了聖塔菲，他建議我們去玩。」

十七號房裡不可思議地又長又窄。紫色地毯，四周的反光板改變了實際的感受，讓人覺得彷彿身處電影院大廳或奇幻世界。浴室在房間深處，牆壁由漆成玫瑰色的水泥板拼接而成，以海洋爲背景的仿製油畫努力妝點四周牆壁，兩張特大號的床位在狹窄房間的一端，盯著電視機看。兔子脫掉鞋子，扭開電視，躺上床。螢幕上出現一道逐漸擴張的光芒，從抖動的斜線中慢慢出現了「約會遊戲」這個節目，一名來自費城的黑人女孩正試圖決定，三名男子當中應由哪一人帶她出去約會，其中一個黑人，一個白人，最後一個是黃種人，電視顏色使那個中國人的皮膚變成橘色，黑人女孩看起來則像藍色。信號接收上的疊影，使電視上那些人笑的時候，嘴裡有好多好多牙齒。珍妮絲將電視關掉，和哈利一樣已經脫鞋，只穿著襪子，像是兩個竊賊。

他抗議：「嘿！節目很有趣，那個女的看不見幕後三個男的，所以必須根據聲音來辨別是哪個膚色的男人，如果她在乎膚色的話。」

「你現在就已經在約會了。」珍妮絲告訴他。

「我們應該買臺彩色電視，職業足球賽會精采許多。」

「你說的我們是指誰？」

「噢……我，老爸，尼爾森，老媽。還有小蜜。」

「你爲什麼不移到那張床上去？」

「那邊的那張床是妳的。」

珍妮絲站著，紋風不動站在牆壁和牆壁間的地毯上，腳上沒穿襪子，展現出她漂亮的腳踝，暗色的毛裙短到露出膝蓋，有稜有角的膝蓋看起來眞美。她問：「你這是幹什麼？要算舊帳？」

「我是誰啊，敢算妳的舊帳？艾森豪威爾大道上最騷的女人。」

「我不確定我還喜不喜歡你這個人。」

「我還眞不知道你喜歡我過。」

「好了、好了，移過去。」

珍妮絲將毛呢大衣拋向汽車旅館住宿規章，以及消防檢查證明下方的塑膠座椅，注視他的那雙眼睛迷亂地加深。當她脫掉套頭毛衣，彎腰褪除裙子，肩胛骨快速閃射長條的光澤，就像是一堆硬幣灑落。只著內褲的她遲疑了，「你要鑽進被子裡去嗎？」

「好啊。」兔子說。然而他的身體卻有如退燒，神經就像水紋往沙裡頭滲退般往下沉，他的行爲無法隨心所欲：先脫衣，走一段長路進浴室，萬一她想爲他口交，也許應該先清洗身體，然後又想到，萬一自己不夠持久，他們倆的關係不就又回到原點。還是躺平比較保險，好好欣賞身上只著內褲的她。所幸他挑選一個嬌小玲瓏的女人，這種女人的身材比大塊頭容易維持，雖然她二十歲的時候看起來不像二十歲，但現在看起來卻並不比實際年歲老，至少她生氣的時候，那雙黑色的眼睛活靈活現。「妳可以鑽進來，但是不要懷抱什麼期待，我現在還是一團亂。」最近他失去自慰的能力，怎麼弄都翹不起來，試著幻想那個有筍尖乳頭的女黑鬼，還把她的頭換成萬聖節南瓜，但無論如何都不管用。

「我也要說，」珍妮絲說：「你也別打我的主意，我只是不希望兩個人還要隔著床呼來喊去罷了。」

兔子勇敢地撐起身體，下床踏上通往浴室的地毯。回來時全身赤裸，以衣物遮住自己身體，一頭鑽進被子裡，像是後有追兵，得快點鑽進洞穴，他感覺不知名的微粒正在轟炸他。珍妮絲觸摸起來纖瘦怪異，像蛇一般冰涼，她冷得發抖，立即貼上他的身軀，皮膚接觸之下那突如其來的一陣涼意，差點讓兔子打噴嚏。「這房間不夠暖。」

「快十一月了。」

「房間裡有沒有溫度調解器？」

「有，我看到了，在那邊的角落，要的話自己去調高一點。」

「謝啦！這種事情應該由男人去做。」

兩人都沒動作。哈利說：「嘿，這張床有沒有讓妳想起琳達．哈瑪赫那張床？」琳達．哈瑪赫，就是那個當年和哈利、珍妮絲一起在克羅爾百貨公司上班的人，她讓哈利和珍妮絲使用她位於布魯爾的公寓房間。

「想不太起來，那房間的視野不錯。」

他們試著聊下去，但由於睡意及陌生感，使談話的慾望時有時無。「那麼，」經過一陣沉默，兩人之間還是沒有任何事情發生，珍妮絲說道：「你怎麼看你自己？」

「無名小卒。」兔子回答，蜷縮起身軀，像是想親吻她的胸部，但是他並沒有。她的兩顆乳房就在他唇邊，這使他痴迷，但各式各樣空泛的感覺瀰漫在棉被上方的空氣中，將他們分隔開來。

靜默重現，且不斷延伸，一名穿著紅色裝束的芭蕾舞者出現在兔子眼皮下方。他突然肯定地說：「尼爾森現在眞的很恨我。」

珍妮絲說：「不，他沒有恨你。」很快補充一句自相矛盾的話：「他會克服過去的。」女人面對無法沫滅的事情，處理邏輯是先掩蓋，繼而淡化，但這也是唯一的辦法。他摸摸她下體，已經濕潤，雖沒有引燃他的慾火，但能確保他擁有那一小塊領地，可以把東西藏在那裡。

珍妮絲的身體急躁地變換姿勢，他沒有親吻她的乳房或任何地方。她將她冰涼的腳底板放到他腳背上，他打了一個噴嚏，床鋪因而彈動一下，她笑出來。爲了譴責她，兔子直率地問：「妳跟史塔羅斯，每次都能達到高潮？」

「不一定。」

「妳現在會想念他嗎？」

「不會。」

「爲什麼？」

「因爲你在這。」

「不過，難道我不會看起來很可悲之類的嗎？」

「你讓我感到値得，就算只有一點點，也已經很好了。」

兔子語帶抗議：「我整個人一團糟。」聽到珍妮絲這麼說之後，這句話或許算不上是有意義的調整，但卻代表他的誠意。他覺得自己和珍妮絲一直還在太空裡做調整，緩慢地在某種鮮豔的油墨裡旋轉，透過他的眼簾看起來是紅色。在闃寂的太空中，他無法測量他們到底調整多少，只覺得他們橫向飄浮，最後更加深入婚姻生活，他突然主動提議：「我們哪天應該把佩姬和奧立佛請過來。」

「那太可怕了，」她說著，輕推他一下，就像兩個飛行器在太空裡出奇不意地接合。「你從現在起離她遠一點，你已經嘗過甜頭了。」

過了一會，他問她一個問題，因爲就他所知，她什麼都知道。「妳認爲越戰會結束嗎？」

「查理認爲會，只要大型工業利益團體發現從越戰中撈不到好處之後。」

「老天，那些外國人還眞愚蠢。」兔子嘟囔。

「你是指查理嗎？」

「你們全部。」他在心中思索，覺得應該把話說清楚。「史基特認爲越戰是天下大亂的開始，會有一段徹底的混亂，接著才有一段美好的承平時期，由他來進行統治，或者某個和他完全一樣的人。」

「你相信他？」

「我很想相信，但是我太理性了。一般而言事情總會解決，混亂只是整件事情的局部。妳覺得這樣說有道理嗎？」

「我不確定。」珍妮絲說。

「妳覺得，我老媽是不是有過情夫？」

「你去問她。」

「我不敢。」

再過一會，珍妮絲明說：「你如果不做愛，那我就要轉過去睡一下，爲了今天這場……『合好』，我昨晚擔心到幾乎整晚沒睡。」

「妳認爲這場『合好』到目前爲止進行得如何？」

「還可以。」

當她轉動身體，被單滑落，就像銀鈴般的樂音，白色被單的聲音不受空間阻擋地向外擴散。他從前總會用右手穿過她身後的頭髮，捧著她的頭，左手把她兩個乳房抓在一起，兩個奶頭之間只有一吋的距離，現在他就是這樣抓住她，但她的屁股和兩條腿卻挪移開來。他問她：

「我們要怎麼離開這裡？」

「就穿上衣服，從這扇門走出去。但是先讓我打個盹，你現在已經開始胡言亂語了。」

「會很丟臉，櫃臺那個傢伙會認爲我們倆沒幹好事。」

「他才不會關心這種事。」

「他關心，他眞的關心。我們在這待一整晚會讓他比較好過，但沒有人知道我們兩個跑去哪裡，會擔心。」

「別再說了，哈利，我們一個鐘頭之內走人，你閉嘴就是了。」

「我覺得罪惡感深重。」

「爲了什麼事？」

「所有的事。」

「放輕鬆。不是每件事的錯都在你。」

「我無法接受這種說法。」

他放開她的乳房，讓他們兩人之間飄走，像是發光的碎片那樣飄向外太空。他們身處的太空世界，就是這間像洞穴一般的長形神秘房間，此時全變成內在的微觀宇宙。他順著冰涼的床單上往下滑一吋，讓自己的小宇宙，軟弱無力地進入她雙臀間彎曲的裂縫，她的屁股就像能夠傳授花粉、孕育生命一樣。他想變硬，但雙手已經離開她的乳房，來到了熟悉的腰部凹陷位置，從肋骨到骨盆，游移在沒有骨頭的部位，柔軟得令人飄飄欲仙；豐腴鬆弛的內彎曲線，是他的嬰兒從她腹部出生的地方。他找到那條內彎的曲線，順著線條滑入。睡著了。他，還有她，都睡著了。好嗎？

國家圖書館出版品預編目資料

兔子歸來 / 約翰・厄普代克（John Updike）者；李懷德
譯. -- 初版. -- 台中市 ； 晨星, 2010. 05
面 ； 公分. --（兔子四部曲）
譯自：Rabbit redux
ISBN 978-986-177-365-0（平裝）

874.57 99003365

《兔子四部曲》兔子歸來

作者	約翰・厄普代克（John Updike）
譯者	李懷德
編輯	李健睿
校對	李雅玲、李健睿
封面設計	言忍巾貞工作室 謝靜宜
發行人	陳銘民
發行所	晨星出版有限公司 台中市工業區30路1號 TEL：(04)23595819 FAX：(04)23597123 E-mail: morning@morningstar.com.tw http://www.morningstar.com.tw 行政院新聞局局版台業字第2500號
法律顧問	甘龍強律師
承製	知己圖書股份有限公司 TEL：(04)23581803
初版	西元2010年5月1日
總經銷	知己圖書股份有限公司 郵政劃撥：15060393 （台北公司）台北市羅斯福路二段95號4F之3 TEL：(02)23672044 FAX：(02)23635741 （台中公司）台中市407工業區30路1號 TEL：(04)23595819 FAX：(04)23597123

定價380元
（如書籍有缺頁或破損，請寄回更換）
ISBN 978-986-177-365-0

◆讀者回函卡◆

以下資料或許太過繁瑣，但卻是我們瞭解您的唯一途徑

誠摯期待能與您在下一本書中相逢，讓我們一起從閱讀中尋找樂趣吧！

姓名：________________ 性別：□男 □女 生日： / /

教育程度：____________

職業：□學生 □教師 □內勤職員 □家庭主婦
□SOHO族 □企業主管 □服務業 □製造業
□醫藥護理 □軍警 □資訊業 □銷售業務
□其他 ________________

E-mail：__________________________ 聯絡電話：________________

聯絡地址：□□□ ______________________________________

購買書名：《兔子歸來》

・本書中最吸引您的是哪一篇文章或哪一段話呢？ ____________________

・誘使您購買此書的原因？

□於 ______ 書店尋找新知時 □看 ______ 報時瞄到 □受海報或文案吸引
□翻閱 ______ 雜誌時 □親朋好友拍胸脯保證 □ ______ 電台DJ熱情推薦
□其他編輯萬萬想不到的過程：______________________________

・對於本書的評分？（請填代號：1. 很滿意 2. OK啦！ 3. 尚可 4. 需改進）

封面設計 ________ 版面編排 ________ 內容 ________ 文／譯筆 ________

・美好的事物、聲音或影像都很吸引人，但究竟是怎樣的書最能吸引您呢？

□價格殺紅眼的書 □內容符合需求 □贈品大碗又滿意 □我誓死效忠此作者
□晨星出版，必屬佳作！ □千里相逢，即是有緣 □其他原因，請務必告訴我們！

____

・您與眾不同的閱讀品味，也請務必與我們分享：

□哲學 □心理學 □宗教 □自然生態 □流行趨勢 □醫療保健
□財經企管 □史地 □傳記 □文學 □散文 □原住民
□小說 □親子叢書 □休閒旅遊 □其他 ____________________

以上問題想必耗去您不少心力，爲免這份心血白費

請務必將此回函郵寄回本社，或傳眞至（04）2359-7123，感謝！

若行有餘力，也請不吝賜教，好讓我們可以出版更多更好的書！

・其他意見：

晨星出版有限公司 編輯群，感謝您！

請填妥後對折裝訂，直接投郵即可，免貼郵票。

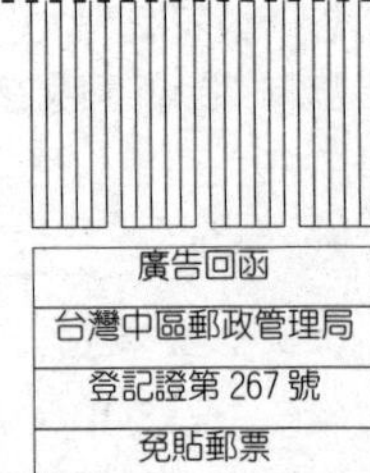

407
台中市工業區 30 路 1 號
晨星出版有限公司

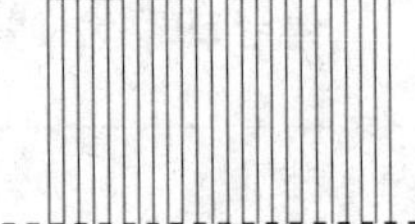

請沿虛線摺下裝訂，謝謝！

更方便的購書方式：

（1）網站：http://www.morningstar.com.tw
（2）郵政劃撥　帳號：15060393
　　　　　　　戶名：知己圖書股份有限公司
　　請於通信欄中註明欲購買之書名及數量
（3）電話訂購：如為大量團購可直接撥客服專線洽詢

◎ 如需詳細書目可上網查詢或來電索取。

◎ 客服專線：04-23595819#230 傳眞：04-23597123

◎ 客戶信箱：service@morningstar.com.tw